"十四五"国家重点出版物出版规划项目

国家社科基金重大项目（21&ZD269）阶段成果

新中国少数民族文学史料整理与研究（1949—1979）

学术委员会

主　任：朝戈金

委　员：（按姓氏笔画排序）

丁　帆　丁克毅　王宪昭　文日焕　包和平

刘　宾　刘大先　刘亚虎　汤晓青　李　瑛

李晓峰　吴　刚　邹　赞　汪立珍　张福贵

哈正利　钟进文　贾瑞光　徐新建　梁庭望

韩春燕

国家出版基金项目
NATIONAL PUBLICATION FOUNDATION

新中国少数民族文学史料整理与研究

当代诗歌、散文卷

（1949—1979）

李晓峰　苏珊　龚金鑫 ◎ 编著

辽宁师范大学出版社

·大连·

© 李晓峰 苏 珊 龚金鑫 2024

图书在版编目 (CIP) 数据

新中国少数民族文学史料整理与研究：1949—1979.
当代诗歌、散文卷 / 李晓峰, 苏珊, 龚金鑫编著.
大连：辽宁师范大学出版社, 2024.11. -- ISBN 978-7-
5652-4516-9

Ⅰ. I207.9

中国国家版本馆CIP数据核字第20242W9N89号

XINZHONGGUO SHAOSHU MINZU WENXUE SHILIAO ZHENGLI YU YANJIU（1949—1979）·DANGDAI SHIGE、SANWEN JUAN

新中国少数民族文学史料整理与研究（1949—1979）·当代诗歌、散文卷

策划编辑：王　星
责任编辑：齐树友　王文燕
责任校对：王　硕
装帧设计：宇雯静

出 版 者：辽宁师范大学出版社
地　　址：大连市黄河路850 号
网　　址：http://www.lnnup.net
　　　　　http://www.press.lnnu.edu.cn
邮　　编：116029
营销电话：0411－82159915
印 刷 者：大连图腾彩色印刷有限公司
发 行 者：辽宁师范大学出版社

幅面尺寸：170 mm × 230 mm
印　　张：34
字　　数：555千字

出版时间：2024年11月第1版
印刷时间：2024年11月第1次印刷
书　　号：ISBN 978-7-5652-4516-9

定　　价：200.00 元

出版说明

本书所收均为少数民族文学研究领域的珍稀史料，其写作时间跨越数十年，不同学者的语言风格不同，不同年代的刊印标准、语法习惯及汉字用法也略有差异，个别文字亦有前后不一、相互抵牾之处，编者在选编过程中，为了尽量展现史料原貌，尊重作者当年发表时的遣词立意，除了明显的误植之外，一般不做改动。对个别民族的旧称、影响阅读的标点符号用法及明显错讹之处进行了勘定。

同时，为了保证本书内容质量，在选编过程中，根据国家出版有关规定，作者和编辑在不影响史料内容价值的前提下，对部分段落或文字做了删除处理，对个别不规范的提法采用"编者注"的方式进行了说明，对于此种方式给读者带来的阅读困扰，敬请谅解。

目　录

全书总论

"三交"史料体系中的新中国少数民族文学史料

各民族文学史料是中华民族共同体史料体系的重要组成部分,文学史料的整理和研究,在中华民族共同体研究的话语体系、理论体系建设中,具有不可替代的作用。习近平总书记在 2023 年 10 月 27 日中共中央政治局第九次集体学习时提出"加快形成中国自主的中华民族共同体史料体系、话语体系、理论体系",这对民族文学史料科学建设具有重大历史意义。

在"三大体系"中,史料体系是基础。犹如一栋大厦,根基的深度、厚度和坚实程度,决定着大厦的高度和质量。而中华民族共同体史料体系的完整性、系统性、科学性,在"三大体系"建设中至关重要。对现代学科而言,完整的史料体系,包括政治、经济、社会、法律、文化各个方面,缺一不可,否则,就难言史料体系的完整性、系统性、科学性。正是从这一意义上,将各民族文学史料纳入中华民族共同体史料体系之中,就显得尤为必要。

一、民族文学史料在"三交"史料体系中的地位和价值

各民族文学交往交流交融史料,在中华民族共同体史料体系中具有举足轻重的地位,在中华民族共同体话语体系、理论体系建设中,具有不可替代的作用。这是由文学自身的特点,以及文学史料在还原中华民族多元一体格局形成的历史,全面总结和评价新中国成立以来,少数民族文学以文学的方式,在宣传党的民族

1

政策、促进各民族团结、培养各民族国家认同中发挥的不可替代的作用决定的。

首先，文学是人类最广泛、最丰富的活动，是人类情感与精神最多样、最全面、最生动、最直接的表达方式，是人类历史最生动、最形象、最全面、最深刻的呈现形式，所以文学经常被认为是人类的心灵史、民族的命运史、国家的成长史。

文学诞生于人类最早的生产活动和精神活动。《吕氏春秋·古乐》云："昔葛天氏之乐，三人操牛尾，投足以歌八阕：一曰载民，二曰玄鸟，三曰遂草木，四曰奋五谷，五曰敬天常，六曰达帝功，七曰依地德，八曰总万物之极。"在学界，一般认为这是对中国原始诗歌和舞蹈起源的史料记载，对人们了解原始诗、歌、舞三位一体的形态和内容具有重要的史料价值，同时也是文学起源于劳动学说的最好例证。鲁迅先生在《门外文谈》中也说："我们的祖先的原始人，原是连话也不会说的，为了共同劳作，必需发表意见，才渐渐的练出复杂的声音来，假如那时大家抬木头，都觉得吃力了，却想不到发表，其中有一个叫道'杭育杭育'，那么，这就是创作；大家也要佩服，应用的，这就等于出版；倘若用什么记号留存了下来，这就是文学；他当然就是作家，也是文学家，是'杭育杭育派'。"这里谈的也是文学起源、作家与作品的关系、文学流派的产生，其观点与《吕氏春秋·古乐》一脉相承。

从文学发展历史来看，文学是人类对外部客观世界、人类的生产生活实践和人的内在精神世界的直接反映。口头文学是早期人类文学生产、传播的主要形式。口头文学的口头性、集体性、变异性、传承性，一方面使大量的文学经典一直代代相传地活在人们的口头上，同时，在传承中出现了诸多的变异和增殖；另一方面，人类口耳相传的口头文学具有综合性，不仅与劳动生活融为一体，而且和其他艺术门类综合在一起，所谓诗、歌、舞、乐一体即是对其综合性的概括。中国活态史诗《格萨（斯）尔》《江格尔》《玛纳斯》便是经典例证。

文字产生以后，有了书面文学。但口头文学与书面文学并行不悖且同步向前发展，二者之间的关系复杂多样。

从史料的角度来说，文字的产生，使人类早期口头文学得到记录、保存和流传。可以确定的是，文字产生之后相当长的时期，文字一方面成为文学创作的直接手段，即时性地记录了人们的文学创作活动，另一方面也成为口耳相传的口头文学向书面文学转换和固化的唯一媒介和符号。在早期被转化的文学，就包括人类代代相传的关于人类起源、迁徙、战争等重大题材和主题的神话传说。历史学已经证实，人类早期的神话传说包含着丰富的历史信息、文化信号和精神密码。例如，殷商时期的甲骨文，记录了商人的生活情形，使后人约略获取一些商朝历史发展的信息。而后来《尚书》《周礼》中关于夏、商、周及其之前的碎片化的记载，以及后来知识化的"三皇""五帝"的"本纪"，其源头无一不是口头神话传说。

也正是口头文学的口头性、集体性、变异性、传承性，使这些口头神话传说在不同的典籍中有了不同样态，五帝不同的谱系就是一个例证。司马迁在《五帝本纪》中对五帝的记叙，仅仅是其中的一个谱系。即便是目前文献记载最早的中华民族创世神话三皇之一的伏羲也是如此。吕振羽在《史前期中国社会研究》中，认为伏羲神话是对渔猎经济的反映，具有史前社会某一个时期的确定性特征。刘渊临在《甲骨文中的" "字与后世神话中的伏羲女娲》中，骆宾基在《人首龙尾的伏羲氏夏禹考——〈金文新考·外集·神话篇〉之一》中，都将目光投向早期文字记载中的伏羲，是因为，这是最早的关于伏羲的文献史料。有意味的是，芮逸夫在《苗族的洪水故事与伏羲女娲的传说》中，认为伏羲女娲神话的形成可追溯到夏、商；杨和森在《图腾层次论》一书中，又认为伏羲是彝族的虎图腾及葫芦崇拜。他们的依据之一便是这些民族代代相传的神话传说的口头史料和文献史料。这些讨论，一是说明早期文献典籍对人类口头文学的记载，既多样，又模糊；二是说明对中国早期文明形态、文明进程的研究，离不开人类口头文学；三是说明对中国早期文明的研究应该有中华文明起源"满天星斗"的视野；四是说明同一神话传说在不同民族传播的表象下呈现出来的各民族文化交流交融是一个值得从中华民族共同体角度研究的历史现象。

从文献史料征用的角度来说，作为人类口头文学的神话传说，后来被收进了各种典籍，作为历史文献被征用。此后，又被文学史家因其文学的本质属性从历史文献中剥离出来，纳入文学史的知识体系。文学独立门户自班固《汉书》首著《艺文志》始，在无所不包的宏大史学体系中，文学有了独立的归类和身份，但仍在"史"的框架之中。至《四库全书》以"集部"命名文学，将其与经、史、子并列，文学身份地位进一步确定和提升。但子部所收除诸子百家之著述外，艺术、谱录、小说家等无不与文学关涉，这又说明历史与文学的关系是盘根错节、难以分割的。这种特性，也造就了中国古代历史和古代文学史的"文史不分"——没有"文学"的历史与没有"历史"的文学，都是不可想象的，这也充分说明文学史料在整个史料中的地位、价值和意义。文学描写的是人类活动，表达的是人类情感和思想，传递的是人们对美好生活的向往，是人类诗意栖居的共有家园。这是历史学其他分支学科所无法做到的。而人是活在具体的历史之中的，正如"永王之乱"之于李白，《永王东巡歌》作为李白被卷入"永王之乱"的一个文字证据而被使用。因此，历史学的专门史，是文学史的基本定位。如此，文学史料在史料体系中的地位和价值就是不容忽视的存在。

其次，在马克思主义理论中，文学艺术与哲学、政治、法律、道德、宗教一起，构成了马克思主义社会意识形态的主体要素。文学被视为意识形态的原因在于，它是社会意识形态的一种表现形式，并且具有意识形态的属性。

我们知道，意识形态是人对于事物的理解和认知，是人的观点、观念、概念、价值观等的总和。意识形态也是一定的政治共同体或社会共同体主张的精神思想形式，是社会意识诸形式中构成思想上层建筑的组成部分。文学作为人类一种精神活动及其产品，是由人们对人类社会发展的历史和社会现实的认知所决定的。就文学与历史、文学与生活的关系而言，文学以不同的形式，表现或传达人们对历史和现实生活的认知和内心情感。一是"文以载道""兴观群怨"，说明文学并不是社会生活在人们头脑中的简单重现，而是包含着创作者的世界观、人生观、价值观等意识形态元素，这些元素通过作品的人物塑造、情节安排等方式，向读者传达出来。二是文学是审美的意识形态，它既是一种创造美和欣赏美的社会活动，同时也是一种以美为创造对象和欣赏对象的意识层面的活动，这种活动伴随着什么是美和美是什么的追问，也伴随着人类情感、精神和思想境界的升华。因此，习近平总书记在《在文艺工作座谈会上的讲话》中指出：文艺事业是党和人民的重要事业，文艺战线是党和人民的重要战线。文艺是时代前进的号角，最能代表一个时代的风貌，最能引领一个时代的风气。这说明，党和国家对文学的意识形态属性高度重视。而事实上，在意识形态之中，文学正是以对历史的重构、现实的观照，人类对美的追求的表达，承担着其他意识形态无法替代的社会功能，这也决定了文学史料在整个史料体系中的特殊价值。

再次，文学上的交往交流交融，对推动中华民族从多元走向一体的历史进程，推动中华民族凝聚力的形成和中华文化认同，影响深远而巨大。这是由文学的巨大历史载量、巨大思想力量、巨大情感力量、巨大审美力量所决定的。没有什么是文学所不能承载的，所以文学在各民族交往交流交融中，既是显性的交往（如文化层面的交流互动、文学作品的跨民族、跨文化传播），又是精神、情感和心灵层面的属于文学接受和影响范畴的隐性的深度渗透。作为文化的直接载体和表现符号，文学具有先天优势。正因如此，在中华民族交往交流交融历史上，留下了浩如烟海的文学史料。例如，根据历史文献的记载，文成公主入藏时，所携带的书籍中不仅有佛经、史书、农书、医典、历法，还有大量诗文作品。藏区最早的汉文化传播，就是从先秦儒家经典和《诗经》《楚辞》开始的。再如，辽代契丹人不但实行南面官北面官制，还学汉语习汉俗，更是对《诗经》、《楚辞》、汉赋、唐诗、宋词照单全收。辽圣宗耶律隆绪对白居易崇拜有加，自称"乐天诗集是吾师"。耶律楚材在西域征战中习得契丹语，将寺公大师的契丹文《醉义歌》翻译成汉语，不仅使之成为留存下来的契丹最长诗歌作品，也使我们从中领略到契丹人思想领域中的多元状态——既有陶渊明皈依自然的思想，又有老庄思想与佛教的思想观念。而这种多元的思想是契丹基本的思想格局，它不仅反映了契丹社会的开放性和包容性，更显示了契丹文化与其他民族文化的交融，特别是对汉族文化的吸收。这些生动丰富的文学史料，从生活出发，经由文学，抵达人的思想和精神层面，共鸣并升华为中华民族的向心力和凝聚力，极大地促进了各民族交往交流交融，成为中华民族从多元走向一体的文学记录。

也正因如此，党和国家对各民族文学史料高度重视。早在1958年，党和国家在全国各民族社会历史调查和语言调查取得丰硕成果的基础上，决定由中华人民共和国国家民族事务委员会主持编写《中国少数民族》《中国少数民族简史丛书》《中国少数民族语言简志丛书》《中国少数民族自治地方概况丛书》《中国少数民族社会历史调查资料丛刊》（简称"民族问题五种丛书"），这一系统而浩大的国家历史工程历经艰辛，于 2009 年修订完成，填补了中国历史研究的空白，成为研究中华民族从多元走向一体的基础文献。

而同年，由中共中央宣传部直接领导，各省区党委负责，中国科学院文学所主持的中国少数民族文学史（概况）编写工程启动。

中国少数民族文学史（概况）编写与"民族问题五种丛书"作为社会主义意识形态重大工程和国家重大历史文化工程的同时启动，说明党和国家对少数民族文学的重视，也说明各民族文学史料之浩繁、历史之悠久、形态之特殊，是"民族问题五种丛书"无法完全容纳的，须独立进行。例如，《蒙古族简史》在"清代蒙古族的文化"一章中，专设"文学作品"一节，但这一节仅介绍了蒙古族部分作家作品，没有全面总结蒙古族文学与汉族、满族等民族文学交流融合的历史进程。其他民族的"简史"存在同样的问题。

事实证明，正是新中国成立后对各民族文学的有组织的全面调查、搜集、整理、研究，使我们掌握了各民族文学的第一手史料，摸清了各民族文学的"家底"，尤其是在搜集、整理过程中发掘出来的各民族文学关系史料，为揭示中华民族从多元走向一体的思想、情感、文化动因，提供了重要的支撑。1983 年中国社会科学院毛星主编的三卷本《中国少数民族文学》第一次呈现了中国少数民族文学发展的历史，绘制了中国少数民族文学版图。此后，马学良、梁庭望等也陆续推出通史性质的中国少数民族文学史。而这些通史性的少数民族文学史，正是以各民族文学史料的整理、各民族文学史（概况）的编写为基础的。

特别需要说明的是，20 世纪 90 年代，梁庭望、潘春见的《少数民族文学》，立足于各民族交往交流交融的理念，拓展和深化了少数民族文学研究，也为中国特色的比较文学学科体系、学术体系、话语体系建设做出了积极努力。2005 年，郎樱、扎拉嘎等人的国家社科基金重大项目"中国各民族文学关系研究"立足

"关系"研究,通过对始自秦汉,止于近代的各民族关系研究,得出了"你中有我,我中有你"的历史结论,成为中华各民族交往交流交融关系研究最早、最系统、最宏观的成果。而这一成果也是作者们历时数年,对各民族文学交往交流交融史料进行的最全面的梳理和展示。

事实上,自少数民族文学学科建立以来,对各民族文学交往交流交融研究就是重点领域,特别是20世纪90年代以来,各民族文学关系研究成为少数民族文学研究的分支学科。相应地,对各民族文学交往交流交融的史料整理也自然成为研究的基础。《中国各民族文学关系研究》《20世纪中华各民族文学关系研究》《元代蒙汉文学关系研究》等都是具有代表性的成果。这些成果,不仅重新梳理、发掘了一大批各民族文学交往交流交融关系的史料,同时也进一步揭示了中国各民族自古以来的交往交流交融的历史发展规律。

因此,在"三交史料"体系中,各民族文学交往交流交融史料的重要地位是不能忽视和不可替代的。剥离了文学史料,各民族交往交流交融史料体系是不完整的。

二、新中国少数民族文学史料的性质和价值

少数民族文学史料,既是少数民族文学发展、学科建设历史的足迹,也是少数民族文学史知识生产的基础材料。

新中国少数民族文学史料是新中国文学史料体系中重要而独特的组成部分,是各少数民族文学史料的集成。这是新中国少数民族文学的性质决定的。

新中国成立后,少数民族文学被纳入社会主义新文学的整体之中,被赋予了社会主义新文学的性质。同时,少数民族文学还被党和国家赋予了宣传党的民族政策,维护国家统一,促进民族团结,促进各民族之间的了解和文化交流,反映各民族人民社会主义新生活、新面貌、新形象、新精神、新情感、新思想的社会功能和政治使命,受到党和国家的高度重视。少数民族文学因此成为国家话语的组成部分,从而与党的民族政策、各民族经济和社会发展保持密切关系。因此,无论从社会主义意识形态角度观之,从统一的多民族国家的角度观之,还

是从新中国社会主义文学的角度观之，少数民族文学的性质、功能、使命和作用都决定了少数民族文学史料国家性的特殊属性。

例如，1949 年 7 月 14 日中国第一次文代会通过的《中华全国文学艺术界联合会章程（草案）》，首次提出在即将成立的中华人民共和国的文学艺术事业中，要"开展国内各少数民族的文学艺术运动，使新民主主义的内容与各少数民族固有的文学艺术形式相结合。各民族间互相交换经验，以促进新中国文学艺术的多方面的发展"。这里的"各少数民族文学艺术"概念以及对少数民族文学的定位和发展规划，虽然与 1934 年《苏联作家协会章程》有一定联系，但重要的是，为什么在规划新中国文学时，就已经充分考虑到各少数民族文学艺术。显然，这与即将建立的新中国是一个不同于苏联的统一的多民族国家的国家性质直接相关。这样，"促进新中国文学艺术的多方面的发展"，显然超越了《苏联作家协会章程》中对各苏维埃联邦共和国中不同民族文学翻译的重视和发展各兄弟民族的文学——《苏联作家协会章程》在第四项任务中称："实行相互帮助，交换各兄弟共和国作家和批评家的创作经验，有组织地将艺术作品从一个民族的语言翻译成其他民族的语言——借此尽量地发展各兄弟民族的文学。"也就是说，《中华全国文学艺术界联合会章程（草案）》中统一的多民族国家的立场和对少数民族文学发展目标的确定明显不同于《苏联作家协会章程》。这一点在《人民文学》发刊词中得到了更直接的体现。在发刊词中，少数民族文学的国家文学、国家学科、国家学术的国家性被正式确定，各民族文学共同发展的国家意识，也都指向了统一的多民族国家，指向了统一的多民族国家中各民族一律平等，指向了反对大民族主义和地方民族主义的国家意识，指向了在统一的多民族国家的社会主义新文学的整体格局中定位少数民族文学的性质，指向了在国家文学和国家学科中通过推动少数民族文学的发展，落实党和国家的民族政策，指向了党对少数民族文学在统一的多民族国家建设中的作用的重视、规范和期待。

所以，国家在启动"民族问题五种丛书"编写的同时，也启动了少数民族文学史编写以及"三选一史"的国家工程。1979 年，少数民族文学史编写工程再次启动,《光明日报》发表述评《重视少数民族文学》,再一次发出国家声音。故而,在对少数民族文学发展和对少数民族文学史编写的重视方面,只有从建构统一的多民族国家历史知识的角度,从中华民族共同体历史知识生产的角度,才能理解和认识党和国家的良苦用心。而少数民族文学史料所呈现的历史现场也是如此。老舍在《关于兄弟民族文学工作的报告》和《关于少数民族文学工作的报告》中,从统一的多民族国家的高度,提出少数民族作家的文学创作要达到汉族作家的水平,清楚地表明了以平等为核心,共同发展为目标的民族政策在少数民族文学事业上的国家顶层设计。

历史地看,新中国少数民族文学以积极主动的姿态实现了国家对少数民族文学性质、功能、作用的定位和期待。例如,玛拉沁夫的《科尔沁草原上的人们》在《人民日报》的短评中斩获了五个"新",从作家角度说,是因为其对少数民族文学性质、功能、作用的实践;从国家层面说,是因为党和国家对少数民族文学所承担的责任和使命得到了很好践行的充分肯定。再如,冰心的《〈没有织完的统裙〉读后》也是一个典型案例。冰心从"云南边地自然风光和民族风情""新人新事""毛主席伟大民族政策在云南的落地生根"三个观察点进行分析,这三个观察点同样也来自国家赋予少数民族文学的功能和使命。与《科尔沁草原上的人们》不同的是,在冰心这里,少数民族文学在促进各民族之间的了解和文化交流方面的功能得到强调。冰心说,"那些迷人的、西南边疆浓郁绚丽的景色香味的描写,看了那些句子,至少让我们多学些'草木鸟兽之名',至少让我们这些没有到过美丽的西南边疆的人,也走入这醉人的画图里面"。而且,民风民俗同样吸引了冰心,特别是作为民族智慧结晶的民族谚语,更引起她的注意:"还有许多十分生动的民族谚语,如:'树叶当不了烟草','老年人的话,抵得刀子砍下的刻刻','树老心空,人老颠东','盐多了要苦,话多了不甜','树林子里没有鸟,蝉娘子叫也是好听的'……等等,都是我们兄弟民族人民从日常生活中所汲取出来的智慧。"所以,冰心"兴奋得如同看了描写兄弟民族生活的电影一样"[①]。

---

① 冰心:《〈没有织完的统裙〉读后》,《民族团结》1962 年第 8 期。

冰心的评价既表现了国家对少数民族文学的期待和规范，同时也呈现了少数民族文学在增进各民族了解和文化交流方面的作用和少数民族文学独特的美学特质。正如老舍1960年在《兄弟民族的诗风歌雨》中所说："各民族的文学交流大有助于民族间的互相了解与团结一致。"①

少数民族文学史料的国家性，使之成为新中国文学史料体系中具有独特价值的不可或缺的组成部分。

首先，少数民族文学史料真实客观地记录了党和国家从统一的多民族国家和中华民族共同体建设的高度，发展少数民族文学的国家立场和实际举措。

其次，少数民族文学史料真实客观地呈现了少数民族文学对党和国家赋予的功能、使命的践行，真实客观地反映了各民族社会生活的历史性巨变。

再次，少数民族文学史料忠实记录了少数民族文学自身的发展历程，记录了不同历史时期政治文化语境的变化对少数民族文学创作、文学批评和理论研究的深刻影响。

最后，少数民族文学史料真实客观地反映了少数民族文学对中国文学做出的巨大贡献。各民族民间文学的搜集整理，少数民族古代作家作品的研究，当代各民族文学发展研究，不仅渗透到中国语言文学的各个学科，而且高度体现了中国文学史的多民族共同创造的属性。各民族文学史料对中国文学史料的丰富、完善，不仅为少数民族文学史研究，也为新中国文学史研究提供了基础材料。

所以，少数民族文学史料的性质和政治价值、社会价值、历史价值、文化价值、文学价值都是值得重视和研究的重要课题。

三、新中国少数民族文学史料形态

"形态"一词通常指事物的形式和样态、状态。在这里，笔者更倾向于从研究生物形式的本质的形态学角度来认识新中国少数民族文学史料，借鉴形态学

---

① 　舒舍予：《兄弟民族的诗风歌雨》，《新华半月刊》1960年第9期。

注重把生物形式当作有机的系统来看待的方法,不仅关注部分的微观分析,也注重总体上的联系。

史料基本形态无外乎文献史料、口述史料、实物史料、图片史料、数字(电子)史料五种。专门研究史料形态及其演变规律的史料形态学,关注的重点是史料的形态、结构、特征以及它们在不同历史时期和文化背景下的变化,史料形态与社会、政治、文化等因素的相互关系,以及这些因素如何影响史料的形成、传播和保存等。通过深入研究史料形态学,我们可以更好地理解史料的本质、来源、传播和保存方式,从而更准确地解读历史信息,揭示历史事件的真相。这样,史料形态学的研究就要从史料的形态入手。新中国少数民族文学史料也是如此。

从有机的系统性角度来看,无论是对新中国少数民族文学整体评价的文献史料,还是微观形态的作品评论史料,乃至一则书讯、新闻报道,都指涉着特定历史语境中的意识形态、社会思潮、社会生活、文学创作、文学评价所构成的彼此关联和指涉的有机系统的整体性和内部的丰富性、复杂性。这些要素各有特定的内涵和不同话语形态,但其内在价值取向的指向性却具有一致性和共同性的特点。至于对社会生活反映的话语的不同,对不同问题的阐发的不同,学术观点的争论甚至某一人观点前后的矛盾,也都是一体化的政治文化语境下,不同的文学观念与社会价值观念的对话、冲突、调适,并且受控于国家意识形态规范的结果。因此,对史料系统的有机性的重视,对史料系统完整性程度的评估,对不同史料关系的梳理,对具体史料生成原因的挖掘,直接关系到真实、客观、全面还原少数民族文学的历史现场。

从史料留存的基本情况看,1949—1979年少数民族文学史料形态涵盖了前述五种形态,但各形态史料的数量、完整性极不平衡。其中,文献史料最多且散佚也最多,口述史料较少且近年来也未系统开展收集工作,图片史料少而分散,故更难寻觅,实物史料则少而又少。因此,以文献史料特别是学术史料为主体的史料形态是本书史料的主要特征和重点内容,这也是由目前所见少数民族文学史料的主体形态和客观情况所决定的。

　　文献史料在史料形态中的地位自不必言，而文献史料存世之情形对研究的影响一直作为无法破解的问题，存在于史料学和各学科研究之中。孔子在《论语·八佾篇》中言：夏礼，吾能言之，杞不足征也；殷礼，吾能言之，宋不足征也。文献不足故也，足，则吾能征之矣。在这里，孔子十分遗憾地感叹关于杞、宋两国典籍和后人传礼之不足，十分清楚地说明了史料与传承的重要性。孔子尚感复原夏殷之礼受史料不足的局限，后人研究夏殷之礼的难度就可想而知了。正如梁启超所说："时代愈远，则史料遗失愈多而可征信者愈少，此常识所同认也。"同时，他还说："虽然，不能谓近代便多史料，不能谓愈近代之史料即愈近真。"①这也是梁启超在研究中国历史时，对晚近史料之不足与史料之真伪情形的有感而发。他的感想，也成为所有治史料之学人的共识。傅斯年所说的"有一分材料说一分话"，指出了远古史料、近世史料的基本状况、形态以及使用史料的基本规范和原则，但从中也不难体察出治史者对史料不足的无奈。

　　少数民族文学史料也是如此。本书搜集整理的是 1949 年至 1979 年间的少数民族文学史料。其起点距今不过 70 多年，终点不过 40 多年。按理说，这 30 年间，国家建立了期刊、报纸、图书出版发行体系，建立了国家、省、市、县、乡镇的体系化图书馆。早在 20 世纪 50 年代，许多工厂、机关、学校、街道在极其艰难的条件下，陆续建立了图书阅览室。另外，从国家到地方，也有健全的档案体系，文献史料保存的系统是较为完备的。但是，史料的保存现状却极不乐观。以期刊为例，即便国家图书馆，也未存留 20 世纪 50 年代出版的少数民族文学的全部期刊。已有的部分期刊，断刊情况也非常严重。特别是 20 世纪 80 年代后期，因为种种原因，许多地区和基层图书馆期刊、报纸文献遭到大面积破坏，20 世纪 50 年代至 60 年代的许多珍贵史料，被当作废纸按"斤"处理掉。对本地区期刊、报纸文献保存最完整的各省级图书馆，也因搬迁、改造、馆藏容积等使馆藏文献被"处理"的情况极为普遍。因此，许多文献已经很难寻找，文献史料的散佚使这一时期文献史料的珍稀性特点十分突出。

---

① 　梁启超：《中国历史研究法》，上海人民出版社，2014 年版，第 39 页。

例如,在公开发行的史料中,《新疆文艺》1951年创刊号上柯仲平、王震撰写的创刊词,我们费尽周折仍无缘得见。再如,关于滕树嵩的《侗家人》的讨论,是以《云南日报》为主要阵地展开的,但是,《边疆文艺》《山花》也参与其中,最终的平反始末的史料集中在《山花》。其中还有《云南日报》的"编者按"以及同版刊发的批判周谷城的文章,其所呈现出来的一体化的时代政治文化语境中,边疆与中心的同频共振给我们深入分析这些史料的价值提供了第一手材料,也还原了特定的历史语境。是不是将这些史料"一网打尽"后,关于《侗家人》发表、争鸣、批判、平反的史料就完整了呢?当然不是。因为,这些仅仅是公开发表的,或者在社会公共空间生产和传播的史料,还有另一类未在社会公共空间公开生产和传播的珍稀史料存世。例如,云南省委宣传部的《思想动态》上刊发的《小说〈侗家人〉讨论情况》《作协昆明分会同志对讨论〈侗家人〉的反映》《部分大学师生对批判〈侗家人〉很抵触》《〈侗家人〉作者滕树嵩的一些情况》,这些未公布于世的内部资料,与公开发表的史料汇集,才能真实地还原《侗家人》由讨论到批判的现场。因此,未正式刊行史料中的这类史料的价值是难以估量的。

未正式刊行的珍稀史料除了内部资料外(如各种资料集),还有各种文件、批示、作家手稿、书信、日记、稿件审读意见、会议记录、发言稿等。这类史料散佚更多,搜集整理更难,珍稀程度更高。

例如,1958年首次启动,至1979年第二次启动,其间有大量史料产生的少数民族文学史史料编撰,目前我们所见的成果仅有中国社会科学院1984年选编的《中国少数民族文学史编写参考资料》这一内部刊行资料。其中收录了中共中央宣传部关于少数民族文学史编写工作座谈会纪要,关于少数民族文学编写原则、分期等讨论稿,以及李维汉、翦伯赞、马学良等人的信件等。事实上,在1961年关于少数民族文学史编写座谈会召开及对已经编写的少数民族文学史进行讨论时,中国科学院文学研究所曾编印了《一九六一年少数民族文学史讨论资料》和少数民族文学史编写、审读、讨论的"简报"等第一手资料,但这些珍贵史料已经不知去向。我们只能从《中国少数民族文学史编写参考资料》的断简残章中去捕捉当时的宝贵信息,还原历史现场。

　　再如,1955 年玛拉沁夫为繁荣和发展多民族国家的少数民族文学"上书"中国作协。中国作协领导班子经过讨论给玛拉沁夫的回复和玛拉沁夫的"上书",一并发表在中国作家协会的《作家通讯》上。但是,"上书"的手稿,中国作协领导层如何讨论,如何根据反映的情况制定了对少数民族文学发展起到重大影响的"八个措施"的会议纪要等,已湮没在历史之中。

　　再如,少数民族文学概念的提出是一个"元问题"。目前有人追溯到公开发表的第一次文代会通过的《中华全国文学艺术界联合会章程(草案)》。但是,本来是有记录的《中华全国文学艺术界联合会章程(草案)》的起草过程,各代表团、各小组对大会报告和《中华全国文学艺术界联合会章程(草案)》的讨论情况的第一手材料,已经无处可觅。近年来,王秀涛、斯炎伟、黄发有等人对第一次文代会史料的钩沉虽然有了不小的收获,其艰难程度却渗透在字里行间,仅第一次文代会代表是如何产生的这样重大问题,"目前学界的研究却仍然是笼统和模糊的"[①]。至于是谁建议将少数民族文学艺术纳入《中华全国文学艺术界联合会章程(草案)》,是谁修改了《苏联作家协会章程》中的"各兄弟民族文学"的表述,却没有一点记录留存。因为,从《苏联作家协会章程》中的"实行相互帮助,交换各兄弟共和国作家和批评家的创作经验,有组织地将艺术作品从一个民族的语言翻译成其他民族的语言——借此尽量地发展各兄弟民族的文学",到《中华全国文学艺术界联合会章程(草案)》中的"使新民主主义的内容与各少数民族固有的文学艺术形式相结合。各民族间互相交换经验,以促进新中国文学艺术的多方面的发展",显然进行了本土化创造。这种本土化创造的立足点是中国共产党和尚未正式宣布成立的新中国的文学发展的国家构想。那么,是哪些人参与了讨论并提出修改意见? 特别是,两个月后《人民文学》发刊词中,才对少数民族文学概念有了真正意义上的命名,而且确定了少数民族文学的社会主义新文学和国家学术、国家学科的性质和地位。在这短短两个月中,少数民族文学发生变化的历史信息,都成为消逝在历史时空中的电波。而消逝在历

---

① 　王秀涛:《第一次文代会代表的产生》,《扬子江评论》2018 年第 2 期。

史时空中的电波,又何止于此。这一时期的作家手稿、书信,作品的编辑出版过程,期刊创办的动意、刊名的确定、批文等,或尘封在某一角落,或早已消失。而这一点,也是我们在寻找一些民族地区期刊创办史料、作品出版史料、作家访谈时得出的结论。

再如,已有的史料整理,也存在着缺失或差错的问题。例如,20世纪80年代初,吴重阳、赵桂芳、陶立璠三位先生编辑整理并用蜡纸刻印过《当代少数民族作家作品研究资料索引》,该索引于1983年由中国社会科学院民族文学研究所作为内部资料印刷。这是目前所见最为全面的1949年至20世纪80年代初少数民族文学创作与研究文献目录索引。但是,其中仍有无法避免的诸多疏漏和差错。例如包玉堂的《侗寨情思》(组诗),该索引仅收录了《广西日报》刊登的第二首,而未收《南宁晚报》刊登的一首,包玉堂发表在《山花》上的《侗寨情思》(五首)不仅对原作进行了修改,而且具体篇目也作了取舍和调整。这些在《当代少数民族作家作品研究资料索引》中都没有呈现。而追寻这一源流,呈现《侗寨情思》从单篇、"二首"到"组诗"的扩大、修改、更换的历史现场,本身就是一件非常有价值和意义的史料甄别和研究工作。

至于少数民族文学的其他史料形态,如图片史料,我们所见更多的是一些文献史料的"插图",而第一手的图片更难搜寻。第一手的实物史料、数字(电子)史料就更加稀缺。所以,本书的史料形态只能是文献史料以及部分文献史料中的部分图片。从这一意义上说,本书用十年时间从各种渠道搜集整理出来的这些文献史料,虽然不是这一时期少数民族文学史料的全部,但这些史料的珍稀性是确定的,它以这样的方式呈现的这一时期的少数民族文学史料形态上的残缺,提示我们应该加强这方面的工作和研究。

四、少数民族文学史料的结构体系

少数民族文学史料有文学史料的共性特征,也有少数民族文学史料的独特性,这一独特性,主要体现在史料的内容体系、空间结构和学科体系、学术体系、话语体系的特征上。

在内容体系上，少数民族文学史料分宏观性史料、中观性史料、微观性史料三个层次。

宏观性少数民族文学史料是指 1949—1979 年间少数民族文学宏观性、全局性的史料，包括新中国少数民族文学政策、制度，少数民族文学发展的宏观性、全局性总结，宏观性的文艺评论与理论概括等。如费孝通、马寿康、严立等人的《发展为少数民族服务的文艺工作》《开展少数民族的艺术工作》《论研究少数民族文艺的方向》等关于少数民族文学功能、性质和发展方向的论述，1959 年黄秋耕等人对新中国成立十年来少数民族文学发展的整体性评价的《突飞猛进中的兄弟民族文学》，华中师范学院、中国社会科学院、山东大学等高校和科研机构在中国当代文学格局中对少数民族文学发展的宏观总结，老舍关于少数民族文学发展的两个报告，中宣部关于少数民族文学史编写工作座谈会纪要，《光明日报》关于《重视少数民族文学》的述评，还有对民族形式、特点等少数民族文学重大理论问题的讨论等。这类史料的数量不多，但代表着特定历史时期国家对少数民族文学发展的规划、设计，对少数民族文学的社会功能、使命、作用的定位，对少数民族文学发展方向的指导和规范，对少数民族文学发展的总体评价，对少数民族文学发展中存在问题的分析及解决办法和具体措施。

在宏观性史料产生的时间上，1956 年老舍《关于兄弟民族文学工作的报告》是第一篇关于少数民族文学全局性、整体性情况介绍、评价和改进措施的报告。1959 年至 60 年代初，是宏观性史料产生最多的时期。其间，三部当代文学史对少数民族文学的宏观评价，标志着少数民族文学第一次进入中国文学史知识生产，意味着中国多民族文学的整体架构初步建立。

中观性少数民族文学史料是指 1949—1979 年间，以单一民族文学为单位形成的文学史料，包括某一民族文学史的编写、某一民族文学发展的整体评价、某一民族文学期刊创办等史料。

在这三十年中，伴随着党和国家民族政策的落实，中国各民族文学有了较快发展，特别是各民族民间文学资源的系统发掘，为全面评价各民族对中国文化的历史贡献提供了强大支撑，其意义远远超过文学本身。因此，这部分史料的价值不言而喻。

中观性少数民族文学史料有三个基本特征。

其一,各民族民间文学搜集整理、文学史编写、作家培养和作家文学的发展,党的民族政策、文化政策、文学政策的落实情况。

例如,国家对各民族社会历史情况调查和"三选一史"的编写,作为国家历史知识、民族文学谱系的"摸底"工作,覆盖了每一个民族。这种覆盖是有组织、有计划进行的。客观地说,各地方党委、政府的重视程度是高度一致的,这是一体化的意识形态规约和特定的政治文化语境中,国家、地方、个人意志、行动高度契合的生动表现。在民族平等政策的制度设计中,国家把各民族文学的发展纳入各民族经济、社会、文化教育发展的整体格局之中,并将其视为重要标志。这种无差别的顶层设计,具有文学共同体建设的鲜明指向。

其二,各民族民间文学史料多于作家文学史料,且其分布呈现出与该民族人口不对等的不平衡状态,这种不平衡是各民族民间文学发展历史的不平衡、文学积累的不平衡的真实样貌的客观反映。

例如,《纳西族文学史》《白族文学史》最早问世,是由云南各民族民间文学的丰厚积累和大规模的集中搜集整理决定的。云南各民族民间文学宝藏的惊人程度,可以用汪洋大海来形容。1958年、1962年、1963年、1981年、1983年云南进行了五次大规模的民族民间文学调查。特别是前三次调查,为云南各民族文学史提供了第一手丰富而珍贵的史料。1956年云南人民出版社就出版了《云南民族文学资料》。1959—1963年,中国作家协会昆明分会民间文学工作部以内部资料的形式,编辑出版了《云南民族文学资料》18集。这还不包括云南大学1958—1983年民间文学调查搜集整理的18个民族的2000多件稀见的作品文本、手稿、油印稿、档案卡片和照片。其文类包括神话、传说、民间故事、歌谣、史诗等。而楚雄对彝族文学史料搜集整理后稍加梳理,就编写出《楚雄彝族文学史》。相比之下,满族、蒙古族、藏族、维吾尔族这些人口较多的民族,民间文学搜集整理的状况就远不及云南各个民族。当然,这些民族一些经典的民间文学作品首先被"打捞"上来。如在科尔沁草原广为流传的《嘎达梅林》,维吾尔族的

《阿凡提故事》等。

此外，各民族民间文学史料的搜集整理也不平衡，以三大史诗为例，青海最早发现和相对系统地整理了《格萨尔》。1962 年，分为五部二十五万行的《玛纳斯》已经完成整理十二万行。1950 年，商务印书馆已经出版了边垣自 1935 年赴新疆后整理的 291 节、1600 多行的《洪古尔》（《江格尔》），但《江格尔》大规模的整理并未能及时跟进。

其三，各民族民间文学与作家文学发展状况复杂多样。民间文学发达的民族，在新中国成立后，作家文学并不一定发达；书面文学发达的民族，在进入新中国后，民间文学并不一定同步发展。这种复杂多样的文学格局也决定了史料的格局和形态。

以文字与文学发展关系为例。我国现在通行蒙古族、满族、维吾尔族、哈萨克族、朝鲜族、彝族、傣族、纳西族、壮族等 19 种民族文字，不再使用的民族文字有 17 种。有文字的民族书面文学发展相对较早，但新中国成立后，文学发展差异较大。如蒙古族涌现出一大批汉语、双语、母语作家，各文类作家作品保持了较高的水平。同时，民间文学也保持着旺盛的生命力。以玛拉沁夫、纳·赛音朝克图、巴·布林贝赫、安柯钦夫、敖德斯尔、扎拉嘎胡为代表的蒙古族作家群，游走在汉语与母语之间，为把蒙古族文学推向新中国社会主义文学共同体做出了杰出贡献。而傣族虽然有自己的民族文字，且产生过《论傣族诗歌》这样的古代诗歌史、诗歌理论兼备的著作，但是，新中国成立后，作家文学却并不发达，民间歌手"赞哈"仍是创作主体。当然，许多民间歌手在这一时期是具有双重身份的——傣族的康朗英、康朗甩、温玉波，蒙古族的毛依汗、琶杰等，他们创作的口头诗歌被广泛传颂，同时也被翻译成汉语并发表，实现了从口头到书面的转换。

然而，另一种情形是，诞生了伟大史诗《格萨尔》和发达的纪传文学、诗歌、戏剧的藏族，在新中国成立后，除了云南的饶阶巴桑的汉语诗歌创作外，无论藏语创作还是汉语创作都鲜有重要作家和作品产出。而维吾尔族、哈萨克族、朝鲜族，则以母语文学创作为主，民族文字文学史料类别、数量远远超过汉语文学创作及其史料。

微观性少数民族文学史料，是指 1949—1979 年间少数民族作家作品史料。这部分史料占比较大，既反映了少数民族民间文学、书面文学的发展状况，也反映了少数民族文学批评、研究的基本格局。特别是，我们在介绍少数民族文学史料形态时所强调的有机系统性、宏观史料与微观史料的关联性，在微观性史料中得到了更加具体的体现。例如，前文所列举的《科尔沁草原上的人们》在《人民文学》发表后斩获的"五个新"的高度评价，表明该小说很好地实践了国家赋予少数民族文学的功能、使命、作用。同时，这种评价也对少数民族文学创作方向产生了巨大的引领作用。因此，正如史料显示的那样，这一代少数民族作家的心是与祖国同频共振的，他们的作品成为新中国少数民族翻天覆地的深刻变化的忠实记录，关于这些作品的评论，也规范、引导了各民族作家的创作。

值得一提的是，在微观性史料中，还有一类容易被忽视的简讯、消息或者快讯类的文献史料。这类史料文字不多，信息量却很大。例如，《新疆日报》1963年 4 月 12 日发表的《自治区歌舞话剧一团演出维吾尔语话剧〈火焰山的怒吼〉》一则简讯不足 300 字，但该文却涵盖四个方面的信息：一是《火焰山的怒吼》是维吾尔族作家包尔汉创编的维吾尔族革命历史题材的汉语话剧；二是该话剧由中央实验话剧院在北京演出后，又由新疆歌舞话剧院话剧二团在乌鲁木齐演出；三是包尔汉对汉语剧本进行了修改并转换成维吾尔语；四是新疆歌舞话剧院话剧一团排演了维吾尔语的《火焰山的怒吼》并在新疆各地巡回演出，受到了各族群众的热烈欢迎。那么，这些信息背后的信息又有哪些呢？其一，这部原创汉语话剧反映了辛亥革命后维吾尔族、汉族共同反抗阶级压迫的革命斗争，揭示了"汉族人民同维吾尔族人民自古以来的兄弟般的情谊"，在革命斗争中，新疆各族人民的命运同汉族人民的命运紧密地连接在一起，在今天看来，这里蕴含的正是共同体意识。那么，包尔汉为什么选择这个题材？而中央实验话剧院又为什么选择这部话剧？其二，新疆话剧团是一个多语种的话剧演出团体，这种体制设置和演出机制的背后，传达出什么信息？其三，维吾尔语革命历史题材话剧的演出，对宣传民族团结，增强维吾尔族人民对中国共产党革命历史的认识起到了重要作用。那么，包尔汉的选材，是自我选择还是组织安排？其四，由汉语转译为维吾尔语的《火焰山的怒吼》的排演，说明当时话剧团的领导和创编人员有高度的政治觉悟。那么，这种觉悟在 1963 年的政治文化语境中，究竟是自觉意识还是体制机制规约？因此，这则微型文献史料让我们回到 20 世纪 60 年代的新疆政治文化语境，看到了各民族作家的可贵的国家情怀和共同体意识。

在空间分布上，本时期少数民族文学史料空间广阔性和区域性特征十分鲜明。如《促进云南文学艺术的发展和革新》《云南民族文学资料》《内蒙古文学史》《积极发展内蒙古民族的文化艺术》《关于内蒙古自治区民间音乐、舞蹈、戏剧会演的几个问题》《十五个民族优秀歌手欢聚一堂　昆明举行庆丰收民歌演唱会》《新疆戏剧工作的一些新气象》《西南少数民族艺术有了新发展》《少数民族艺术的新发展——在西南区民族文化工作会议期间观剧有感》等，这些史料，大都是对某一区域性少数民族文学历史、现状和文学艺术发展的评价、分析和总结，在空间上呈现出了中国多民族文学丰富多彩的文学版图，是少数民族文学史料体系最为独特的体系性特征。

在少数民族文学史料的学科体系、学术体系和话语体系上，1949 至 1979 年的少数民族文学史料的体系性特征十分突出。

首先，已有的史料形成了文学理论、民间文学、古代书面（作家文学）、现当代文学、戏剧电影文学的学科体系，尽管各学科的史料数量不等，但学科体系的确立已经被史料证明。

其次，从学术体系而言，少数民族文学在各学科的框架中同样以大量的、丰富的史料为基座，初步形成了各个学科的学术体系。例如，在少数民族当代文学学科中，形成了包含诗歌、小说、散文等文类和相关文类作家作品批评和研究的史料体系。在民间文学学科中，形成了以各民族史诗、叙事诗、神话、传说、故事、谚语搜集、整理、研究为主体的学术体系。而且，因研究对象的不同，各民族文学形成了特色鲜明、丰富多样的学术体系。

最后，从话语体系而言，新中国少数民族文学史料话语体系的国家性、时代性、民族性相融合的特征十分鲜明。

在国家性上,少数民族文学史料是新中国社会主义文学话语体系的重要组成部分,也是最具中国特色的文学话语体系。这表现在,统一的多民族国家、中国共产党的领导、民族平等政策、民族团结是少数民族文学史料最核心、最关键的共同性和标识性的话语。在所有宏观性、全局性的史料中,统一的多民族国家、民族平等、民族团结、社会主义是少数民族文学话语生成和发声的国家语境,少数民族文学总是在这一语境中被强调、阐释和评价。

在时代性上,"兄弟民族文学""兄弟民族文艺""新生活""新人""新面貌""新精神""对党的热爱""突飞猛进"等话语,无不与"团结友爱互助""民族大家庭"这一对中华民族的全新定义高度关联,无不与新中国成立后的各民族生活发生的历史性巨变高度关联,因此,各民族之间的关系,各民族文学中的新生活、新气象、新面貌成为具有鲜明时代辨识度的评价少数民族文学的关键词。特别是,在共同性上,社会主义新文学、社会主义新生活、社会主义新人,各民族文化遗产,以及作为国家遗产的各民族民间口头文学、书面文学、文学史的编写原则等,是少数民族文学各学术体系共同的标准和话语形态。

在民族性上,社会主义内容与各民族传统艺术形式的结合,使少数民族民间文学、作家文学的民族形式和民族特点的表现,成为少数民族文学的标志性的合法话语被提倡。各民族丰富多彩的民间文学文类和样式,如蒙古族的祝赞辞、好来宝,哈萨克族的阿肯弹唱,藏族的藏戏、拉鲁,维吾尔族的十二木卡姆,白族的吹吹腔等各民族丰富而独特的艺术形式被发掘并重视。前述冰心在评价杨苏小说《没有织完的统裙》时称赞的边疆风光、民族风情作为少数民族文学的民族文化和地域文化特征,在统一的多民族国家的中华民族文化多样性和国家文化集体性的高度上被认同。如何正确反映民族生活,如何正确评价少数民族文学的民族特点等理论问题,也在新中国社会主义文学的框架下被提出、讨论并得到规范。取其精华,去其糟粕不仅广泛运用于民族民间文学整理,也用于民族风情的描述和展示。可以说,这一时期少数民族文学民族性话语范式和评价标准基本确立。

尤其要说明的是,少数民族文学史料话语的国家性、时代性、民族性是融合在一起的。这一点在各类文学批评史料中都得到充分体现。而且，这些史料也清楚地表明，1949—1979 年间，是少数民族文学全面发展的第一个黄金期，因此，这一时期少数民族文学史料的历史价值、社会价值、文化价值、文学价值都弥足珍贵。

五、问题与展望

如前所述，史料是学科大厦的基座。这个基座的广度、厚度、深度，决定学科大厦的高度和生命长度。

应该看到，与中国文学其他学科相比，中国少数民族文学学科的历史并不长，史料学建设还相当薄弱。少数民族文学史料整理从 20 世纪 50 年代各地民间文学大规模的搜集整理时就已经起步，"三选一史"和"三套集成"都是标志性成果。1979 年中央民族大学整理编辑过《中国少数民族作家作者文学作品目录索引》《中国少数民族民间文学作品目录索引》。20 世纪 80 年代中国社科院民族文学研究所成立后，于 1981 年、1984 年将吴重阳、赵桂芳、陶立璠合作辑录的《当代少数民族文学作家作品研究资料索引》纳入《中国少数民族当代文学研究资料丛书》，还有《中国少数民族文学史编写参考资料》等以内部资料方式刊行的文学史料。全国各地在少数民族文学史料方面也做了大量工作，如云南多种版本、公开与非公开刊行的《民间文学资料》，广西的《广西少数民族当代作家作品目录索引》，玛拉沁夫、吉狄马加主编的《中国少数民族文学经典文库》，中国作家协会编辑的多种少数民族文学作品选（集），以及纳入"中国当代文学研究资料"丛书中的少数民族作家专集，等等，成果是显而易见的。特别是近年来，各民族学者依托各类项目对少数民族文学专题性史料的系统整理，形成了点多面广的清晰格局。

尽管如此，史料学意义上的少数民族文学史料系统整理和研究尚没有真正展开。本文所述的少数民族文学史料形态中，文献史料占据主体地位。这也意味着，除中国社会科学院民族文学研究所积几代学人之功建立的口头文学数字史料库外，其他形态史料整理还尚未起步。

本书选择 1949—1979 年少数民族文献史料作为整理对象,一是基于文献史料在所有史料形态中的主体地位;二是基于目前文献史料散佚程度日益加剧的现状,本书带有抢救性整理的用意;三是这一时期的史料在少数民族文学发展史上具有重要价值,特别是在少数民族文学学科发展处于转型升级阶段的今天,这些史料不仅还原了这一时期少数民族文学的历史现场,同时对少数民族文学发展也具有重要的历史参考价值;四是在少数民族文学研究中,面向少数民族文学历史的研究,必须以史料为支撑,面向未来的研究,同样要以史料为原点。

本书对文献史料特别是以文学批评和文学研究文献为主体的史料的整理与研究,仅仅是少数民族文学史料学建设的一个开始,本书所选也非这一时期史料之全部。只有当其他形态的史料也受到重视并得到系统发掘、整理和研究,当少数民族文学史料学体系真正建立起来,各形态史料构成的有机系统所蕴含的历史、社会、文化、文学等丰富的思想信息被有效激活时,我们才能在多元史料互证中走进少数民族文学发展的真实的历史空间。在此,笔者想起洪子诚先生在《问题与方法——中国当代文学史研究讲稿》的封面上写的一句话:"对 50—70 年代,我们总有寻找'异端'声音的冲动,来支持我们关于这段文学并不单一,苍白的想象。"那么,这个寻找和支持来自哪里?——史料。

从史料看 1949—1979 年少数民族
文学诗歌批评范式

1963 年出版的《十年来的新中国文学》一书将新中国文学总结为四个"崭新"——"崭新的文学""崭新的理论""崭新的道路""崭新的创造"。这种概括，意味着新中国文学基本上实现了《人民文学》发刊词规定的目标和任务，即"站在毛泽东旗帜下"，"为建设新民主主义的文艺而奋斗"，"反映新中国的成长，表现和赞扬人民大众在革命斗争和生产建设中的伟大业绩"。这些指导思想、目标、任务，也成为评价少数民族诗歌水平的重要标准。

一、少数民族诗歌中的政治评价话语范式

1953 年周扬在中国文学艺术工作者第二次代表大会上的报告中，指出社会主义新文学中值得特别注意的一个现象就是"同时开始出现了新的少数民族的作者……他们的作品标志了国内各少数民族文学的新的发展"。1956 年，老舍在《关于兄弟民族文学工作的报告》中称中国少数民族"已经有了新时代的现实主义文学"。《文艺报》也用"突飞猛进"形容新中国成立十年来的少数民族文学发展，"许多兄弟民族都已经建立了社会主义现实主义的新文学"，"我们也把曾经是'一穷二白'的兄弟民族文学领域改造成万紫千红、争妍斗丽的大花园。这是历史上从来没有过的现象"。

历史地看，国家之所以将少数民族文学纳入一体化的社会主义文学格局，是因为作为国家话语的少数民族"新文学"承担着有关"少数民族"与"统一的多民族社会主义国家"政治、文化等国家意识形态话语建构，以及推进整体的"新中国文学"发展的特殊使命。少数民族诗歌反映了少数民族在新中国的新生活、新面貌、新气象、新人物、新思想、新精神；歌颂了党的领导、党的伟大领袖毛泽东，歌颂了党的民族政策、民族团结（兄弟民族的友爱），歌颂了社会主义带来的翻天覆地的变化。

1960年出版的《我握着毛主席的手——兄弟民族作家诗歌合集》就是很好的证明。该书在"出版说明"中说"我国是一个多民族国家"，"十年来，诗人和歌手们，用绚烂的笔，热情的歌声，表达了各民族人民对中国共产党和中国人民的领袖毛主席的极为深挚的爱戴，并且真实地反映出兄弟民族解放以来的幸福生活和建设社会主义的高度热情，以及我国民族大家庭的团结友爱的精神。……它们在本民族广大人民群众中，产生了深刻和积极的教育作用"。这些诗作"是我国兄弟民族社会主义新诗歌最初的丰收。表示了我国民族大家庭的团结一致，有力地证明了毛主席文艺思想已经在兄弟民族地区深入人心并且取得了巨大成果"。田间在谈到民间诗歌的创作时也说："这些少数民族优秀诗人和歌手们，他们迎接了党的阳光，站起身来了，他们以主人翁的身份，纵情歌唱党和敬爱的恩人。"二者虽然有视野阔狭之分，但对少数民族诗歌歌唱了"新生活"和"歌唱党和敬爱的恩人"的整体评价高度一致。

在对具体诗人诗作的评价上，政治评价标准和话语范式表现得既具体又多样。如评价纳·赛音朝克图的诗集《幸福和友谊》"以朴素而热情的语言歌颂了党和毛主席，歌颂了兄弟民族的团结，生动地描绘出草原生活和蒙族人民新的精神面貌"。"《狂欢之歌》是一篇激情的颂歌。诗人歌颂了党和毛主席给蒙古族人民带来的幸福生活，歌颂了祖国十年来的伟大成就。这首诗的内容是广阔的，它对蒙古族人民新的精神面貌和草原的繁荣景象，都有生动的描绘。"评价巴·布林贝赫的诗歌是"献给伟大祖国、献给民族团结的颂歌"，"对祖国的忠诚，对领袖的爱，以及对各族人民大团结的热情歌颂，这种崇高的爱国主义思想,成为布林贝赫创作思想性的核心"。评价铁依甫江·艾里耶夫"歌颂了祖国大家庭的温暖,表现了维族①人民的新的生活和新的感情"。评价库尔班·阿里的诗歌,"抒发着诗人对过去黑暗统治的仇恨,对党、对革命的激情,描绘了新疆草原上各兄弟民族在这伟大时代所发生的变化;从人与人关系的改变,到人们改造自然,作者都怀着强烈的阶级感情,写出了自己真切的感受",这些诗"都是歌颂自己民族欣欣向荣的新生活,是劳动和建设的赞歌。诗人歌唱着象大地绣花似的劳动,歌唱汗水的海洋、庄稼的海洋,歌唱着日夜忙碌的劳动者,歌唱着劳动者美好的心灵"。评价汪承栋的诗歌"反映了华南、西北和西南边疆的鲜明的生活画面。他讴歌着各民族团结友爱大家庭的幸福生活,礼赞着边疆的艰苦建设,描绘着边疆的尖锐阶级斗争。他走到哪里,就歌颂哪里的新人新事、新气象。在他的笔下,有着苗、黎、维、哈②、汉、藏各族新人的形象;特别是许多藏族翻身农奴的形象,生动感人"。评价包玉堂的诗"歌唱他的民族的新生"以及"热情地礼赞翻身解放了的壮族、苗族、侗族、瑶族等广西其它各族人民"的"新人新事新景象"。评价《流沙河之歌》"是第一部用巨大的幅页,和高度的政治热情,表现了傣族人民现实生活的长诗",是"新的社会,新的生活,新的思想情感,使康朗英创作了《流沙河之歌》",等等。

由此可见,高度一致的政治规范,形成了高度一致的少数民族文学观察角度和话语范式,这种政治规范和话语范式,一直延续到 20 世纪 70 年代末。1978 年,朱宜初、秦家华在《谈傣族文学》中,依然认为康朗甩的《傣家人之歌》"写出了傣族人民'怎样从地狱跨进天堂',歌颂了毛主席的革命路线和党的民族政策在少数民族地区的伟大胜利"。

需要指出的是,20 世纪 50 年代至 70 年代,中国社会政治文化语境发生变化,具有特定政治文化语境特征的政治话语融入政治评价标准和话语体系,使之呈现出与国家政治文化语境变迁同步发展的动态特征。1975 年出版的《少数民族诗歌选》"编者的话"中提到,"革命诗歌和其他革命文艺形式一样,是'团结

---

①　编者注:"维族"应为"维吾尔族",后同。
②　编者注:"维"应为"维吾尔","哈"应为"哈萨克"。

人民、教育人民、打击敌人、消灭敌人的有力的武器'。我们编辑这本诗歌选集，希望少数民族的诗歌在巩固无产阶级专政中发挥战斗作用"。这说明，随着少数民族生活的发展和变化，政治评价的话语和少数民族文学的内容也在发展和变化。但是，其核心价值指向与功能规范并没有变化。正如《少数民族诗歌选》"编者的话"中所说："实践证明，各民族间的文学艺术交流，是增强民族团结，促进文学艺术繁荣发展的一种很好的形式。"

必须承认的是，"新"是"统一的多民族国家"中少数民族生活显著的现实特征，这种现实赋予了少数民族诗歌政治评价话语合理性。

二、少数民族诗歌的诗学评价话语范式

在诗学方面，少数民族诗学主要是各民族传统诗学。新中国成立后相当长的时期内，各民族仍然延续着本民族的民间诗歌传统，即便是从民间文学的土壤中成长起来的本民族新诗人，或多或少地受到中外其他民族诗学的滋养，也无法割断与本民族文学传统的血脉关联。因此，这些少数民族诗歌中的民族形式成为评价其民族性的重要指标。如《十年来的新中国文学》指出纳·赛音朝克图的"《狂欢之歌》是汲取了蒙古族民间流传的'赞词'的形式创作的"。

白桦、臧克家、尹一之等人，对饶阶巴桑诗歌中那些明显具有藏族民歌特点的诗歌，表现出浓厚兴趣并给予了高度肯定。白桦的《介绍藏族战士饶阶巴桑的诗》开篇即说"藏族是一个诗歌的民族，他们的诗歌有着悠久的传统"，无论饶阶巴桑写日常生活、重大政治事件还是抒情诗，"保持着藏族传统的特色"。《中国当代文学史稿》也认为，饶阶巴桑的诗"保持着藏族传统诗歌的特色"。蓝华增指出饶阶巴桑"学习了藏族民歌的一些表现方法，他的不少诗篇充满了藏族民歌粗犷洪亮、优美含蓄的调子"。

需要指出的是，从具体诗评中可以看出，评论者对傣族诗歌传统、藏族民间诗歌诗学范式、维吾尔古典诗学理论等各少数民族传统诗学体系及特质的了解程度深浅不一、参差不齐。特别是刚刚创立尚处于自我完善过程中的"口头诗学"，更未能对中国少数民族民间口头诗歌的诗学阐释产生可观的启发和影响。

因此,对各民族诗歌传统和诗学特质的重视,更多的是一种价值观念和导向。这种观念和导向隐含着对各民族文化传统重视的国家意识,这种国家意识在客观上确保了各民族诗学的合理性,并建构了多元并存的诗学价值体系和话语范式。

民族诗人与民族诗学传统是一体化的,彰显出少数民族诗歌骨子里一脉相承的自在的民族性。所以,对这些不同民族诗学价值的重视,体现出清晰的多民族多元诗学并立的价值评价导向和理论体系特征,这是该时期少数民族诗歌研究最大的价值和贡献。

丰富的民间叙事资源,是少数民族诗人创作的源泉。在创造性继承和创新性发展中,少数民族诗歌的诗学批评,出现了"诗学+叙事学"的话语范式,这种范式或可称为叙事诗学。

例如,彝族诗人吴琪拉达从彝族民间故事中取材创作了叙事诗《月琴的歌》。傅仇在《漫谈〈月琴的歌〉》中,首先从诗学的角度指出作者学习了民歌的表现技巧,并且在叙事结构上受到了叙事诗《阿诗玛》《百鸟衣》的影响。同时从现实主义叙事理论对人物形象塑造的规范出发,指出该诗深刻、细致地刻画了人物的思想感情,塑造了成功的人物形象。在对吴琪拉达另一首叙事诗《阿支岭扎》的评论中,王映川首先肯定了吴琪拉达"创造出阿支这样一个有共产主义觉悟的新人物",同时指出《阿支岭扎》主要借鉴了彝族传统民歌的诗学资源,并将之与现代自由诗结合,从而使诗歌语言具有彝族口语的特征,因此具有"浓厚的民族风格"。

再如,在对韦其麟的《百鸟衣》的评论中,贾芝依据现实主义叙事理论对人物、故事情节进行了全面分析。同时,他又从民间故事与长篇叙事诗的关系角度,指出《百鸟衣》"对民间传说作了认真的研究、理解了传说的基本精神",从而"丰富了民间传说的人物"。在诗学方面,贾芝特别强调诗人描写壮族群众日常生活时富于形象的语言和对"民歌的语言"的汲取。这说明,贾芝在评价《百鸟衣》一诗时使用了叙事学和诗学的双重视角。

最能体现少数民族诗歌"诗学+叙事学"范式的,是1979年莫奇的《重读

〈百鸟衣〉》一文。作者从《百鸟衣》与壮族民族民间故事、神话传说、诗歌的关系,人物性格和语言、叙事情节和结构、民族风俗叙事等角度,评价《百鸟衣》在诗的语言和结构上有"特有的一种戏剧的安排",才使这个民间流传的故事在诗歌园地里也获得这样长的艺术生命。

这种"诗学＋叙事学"的评价范式,不仅适用于少数民族各类叙事诗,也同样适用于同时期郭小川、贺敬之等人的长篇叙事诗。

三、政治评价话语与诗学评价话语同时在场

从该时期少数民族文学理论批评的具体实践和历程来看,少数民族政治诗学在具体操作中,呈现出"政治评价"与诗学、叙事学评价同时在场的话语格局。这一特征是"政治标准第一,艺术标准第二"转型为"政治倾向与艺术风格相统一""思想内容与艺术形式相统一"的文学批评规范与话语范式所决定的。一般来说,这种同时在场经常会用"思想内容和艺术形式"来表述。在这种规范下,诗学和叙事学很少甚至不能独立存在,只有在政治评价符合规范的前提下,诗学和叙事学才具有阐释艺术诸元素、特征的可能性、合理性即阐释权力。也就是说,评论者可以单独讨论文学的政治性如主题、思想倾向、社会意义等,但不能或很少单独谈论其诗学或叙事学特征。只有首先肯定作品的主题和作家政治思想的正确性,才能够进入诗学或叙事学分析的程序。虽然在具体的评价实践中,偏重政治评价明显超过偏重诗学或叙事学评价,但二者同时在场的特征非常鲜明。这既是此时期中国文学评价的主流模式,也是少数民族文学评价的基本范式。

例如,蒙古族民间诗人毛依罕,傣族民间诗人(歌手)康朗英、康朗甩受到极大重视,其原因就是他们用本民族传统民间文学形式表现了民族新生活。

毛依罕运用蒙古族传统好力宝(好来宝)形式创作的《铁牤牛》一诗受到广泛的赞誉。乌尔图那斯图在肯定作者"对幸福生活的歌颂"和"描写人民怎样欢迎这些新事物、珍惜这些新事物""歌颂我们敬爱的领袖"的同时,对好力宝这种蒙古族特有的民间艺术形式进行了全面介绍,指出《铁牤牛》"节奏强烈,正适合

于用四胡配奏演唱,同时自始至终节奏一致,没有变化,这是好力宝的重要特征之一"。而实际上,对《铁犍牛》的肯定,正是因为其用民族传统的艺术形式表现了新生活。而正因为反映了新生活,好力宝这一蒙古族传统艺术形式才得以在当代诗学体系中确立自己的价值和地位。

同样,蒙古族另一个著名民间艺人琶杰的新好来宝、祝赞词如《两个羊羔的对话》《骏马赞》《献词》也因其"继承和发扬了蒙族①民间文学的特点和形式(如长诗、赞歌、好来宝、狩歌等等)","这些民族的珍贵的遗产,经过他的加工,有了新的内容",而受到一致好评。

谢冕在评价巴·布林贝赫的诗歌创作时,也指出:"对蒙古族人民苦难的昨天,诗人有深切的了解;对蒙古族人民幸福的今天,诗人更有满腔的喜悦。"同时又揭示诗歌的诗学渊源,"深受蒙古族传统文化的熏陶,特别是蒙古族民歌的滋养",因此,他的诗歌"具有蒙古族民歌和神话的媚妩,更有雄伟壮丽的时代光泽"。

此外,宋垒对汪承栋诗歌的综合研究、李奇对库尔班·阿里的诗歌评论等,都是政治评价与诗学评价、政治评价与叙事学评价同时在场,并且具有一定学术深度的诗歌评论。如李奇在评价库尔班·阿里的诗歌时指出:"饱满的政治热情,明快的民歌格调,鲜明的民族特色,构成了库尔班阿里诗歌的风格。"该文特别引述库尔班·阿里诗歌中诸如"歌和马是哈萨克的两支翅膀"等谚语,指出"这些民谚和歌谣,如同自画的肖象一样,多么生动地刻划了这个'诗歌的民族'的形象啊。"

"诗歌民族形象"概念的提出,在不经意间揭示了少数民族文学的意义和功能。1949—1979 年间,许多人对少数民族的认知,正是从这种政治话语与民族诗学叠加的"文学民族形象"开始的。

进一步观察会发现,在"同时在场"的规范下,也有将二者融为一体但更侧重诗学分析的成果。例如,朱天在《喜读傣族歌手康朗英的〈流沙河之歌〉》一文

---

① 　编者注:"蒙族"应为"蒙古族",后同。

中盛赞《流沙河之歌》是"新的社会，新的生活，新的思想情感，使康朗英创作了《流沙河之歌》"，《流沙河之歌》"继承了傣族的文学传统，也突破和发展了傣族的文学传统"，他特别关注诗中的神话传说、故事和泼水节的习俗、傣族的民间舞蹈等民间文学资源，指出"发掘和继承民族民间文学艺术的传统，有着头等重要的意义"。所以，该文分析指出，《流沙河之歌》的创造和革新一方面表现在诗人将传统习俗注入了"新的劳动、新的生活和新的思想感情"，另一方面将民间神话传说与新生活融为一体。在此，我们明显感受到评论者对诗学的欣赏和重视，但这是在首先肯定诗歌的思想主题前提下进行的，政治标准在此退居到次要地位，但并没退场。

在此时期，还有一些主要进行诗学或叙事学分析的"超越规范"的成果，如贾芝对《百鸟衣》的诗学分析，盛鉴对巴·布林贝赫组诗《伊敏河畔》的诗学阐释等，都偏向于诗学分析。同样，政治标准是隐身的，但隐身并不是不在场。

上述特征，在本卷史料中有最直观的呈现。

第一辑

综合性诗歌评论

本辑概述

　　本辑收录了 1960 年山东大学编写的《中国当代文学史》一书中对少数民族当代诗歌的评价、1962 年华中师范学院（今华中师范大学）编著的《中国当代文学史稿》一书中对少数民族当代诗歌的评价、1963 年中国科学院文学研究所编写的《十年来的新中国文学》一书中对少数民族当代诗歌的评价以及 6 篇关于少数民族诗歌的评价史料。其中，三部中国当代文学史书籍对 1959 年前的少数民族诗歌进行了宏观性评价和代表诗人诗作分析。但是，所选诗人和诗作有所不同。山东大学编写的《中国当代文学史》提及诗人最多，有朝鲜族诗人李旭、任镐、金哲，蒙古族诗人纳·赛音朝克图、巴·布林贝赫，藏族诗人饶阶巴桑，维吾尔族诗人艾里哈木，哈萨克族诗人布哈拉、库尔班·阿里，彝族诗人吴琪拉达，土族诗人汪承栋，白族诗人张长等。华中师范学院编著的《中国当代文学史稿》则以分析作家作品的方式，对纳·赛音朝克图、康朗甩等诗人的重点诗作进行了评述。

　　此外，《少数民族诗歌选》的"编者的话"也可以视为对 20 世纪 70 年代以前少数民族诗歌的总体评价，选编者的多民族国家高度和多民族文学史观尤其值得肯定。此外，柳央的《激情的颂歌——读〈我握着毛主席的手〉》、孙克恒的《红日的赞歌——读伊旦才让、汪玉良、赵之洵的诗歌》、李丛中的《光辉照千秋 颂歌唱万代——读云南各民族歌颂毛主席的诗歌》则是为数不多的少数民族诗歌专门性评论。孟和博彦的《内蒙古文学创作的新气象》则是区域性少数民族诗歌评论。但国干的《民族团结谱新歌——喜读〈少数民族诗歌选〉》则通过《少数民族诗歌选》对少数民族诗歌进行了全面评价，该文代表了这一时期少数民族诗歌综合评价的最高水平。

从总体上说,少数民族诗歌进入当代文学史研究范畴,标志着少数民族诗歌在中国当代诗歌谱系中拥有了一席之地。但是,少数民族诗歌的综合性研究成果较少。

本辑选编了上述文学史著作中评价少数民族诗歌的部分章节,不另写解读。

1960 年山东大学编写的《中国当代文学史》 对少数民族当代诗歌的评价

> **原文**

……

我国各兄弟民族同汉族一样都是诗的民族。无限美好的现实生活，党和毛主席对兄弟民族亲切的关怀，激发了诗人们的创作激情，年轻的诗人们，就在这样的大好形势下，精神焕发，才情纵横，写出了不少优秀的诗篇。侗族诗人苗延秀的《大苗山交响乐》和《元宵夜曲》，以热烈的情感、优美的语言，深刻地反映了广西苗族和侗族人民反对封建的斗争和社会生活。仫佬族诗人包玉堂几年来写了近百首歌颂党、歌颂民族团结、歌颂祖国的美好山河以及描绘爱情和民族风习的诗。从各个方面写出了仫佬族在党的领导下的新生活和成长过程，构成了丰富多彩的仫佬族人民生活的画面。他的诗高昂、明快、铿锵、响亮，富有生活气息和战斗性。朝鲜族诗人李旭、任镐、金哲，蒙古族诗人布林贝赫，藏族诗人饶阶巴桑，维吾尔族诗人艾里哈木，哈萨克族诗人布哈拉、库尔班阿里，彝族诗人吴琪拉达，土族诗人汪承栋，白族诗人张长，都歌颂了党和毛主席，歌颂了本民族的新生活，表达了本民族人民的思想感情和愿望。

……

在群众创作运动中，还涌现了一批有才华的诗人和杰出的歌手，如傣族歌手康朗甩和康朗英，蒙古族的毛依罕和琶杰，都是群众创作中的优秀代表人物。

……

第三节　纳·赛音朝克图

纳·赛音朝克图，是现在内蒙古作家当中写作历史最早的诗人，也是内蒙古最优秀的作家之一。

纳·赛音朝克图,是内蒙古自治区察哈尔盟正蓝旗人,他从二十五岁便开始写诗。解放前他做过小学教师等。1945 年曾去蒙古人民共和国学习,于1947 年回国。解放后,他被选为内蒙古自治区文学艺术工作者联合会常委会委员,并兼《内蒙古文艺》(蒙文①版)主编,后又被选为中国作家协会理事会理事和中国作家协会内蒙古分会主席。

纳·赛音朝克图有多方面的创作才能,解放前写有《沙原,我的故乡》(日记)、《知己的心》(诗集)等。解放后,由于党的民族政策的光辉照耀和内蒙②人民幸福的新的生活,激发了诗人的创作热情,几年来他孜孜不倦地进行创作,写出了大量博得广大牧民喜爱的作品。他的主要作品有:诗集《幸福和友谊》,长诗《狂欢之歌》,中篇小说《春天的太阳来自北京》和散文《蒙古艺术团随行散记》等。其中,《幸福和友谊》是诗人解放后献给祖国的第一本诗集,选辑了诗人1938—1955 年间的诗作,虽然绝大部分是解放后的作品,但大体上可以看出诗人的创作过程。

在解放前的那个动荡的年代里,年青的诗人,带着他的生活理想开始了创作生涯。诗集《幸福和友谊》中,就辑有他解放前写的三首诗,它们主要表现了诗人对光明幸福的追求和对旧社会强烈的憎恨和诅咒。从诗人最初创作的这几首诗看来,他有着丰富的生活,真挚的感情,并且善于通过凝练的语言,创造出深远的诗的意境,因而博得了群众的欢迎。

解放了,草原人民获得了新生,也给诗人带来新的生活和喜悦。他开始以响亮的歌喉,激昂的调子,热烈地歌唱新生活,歌颂党和毛主席,歌唱民族团结。

诗集中有些诗篇,是诗人对内蒙人民今天幸福生活的赞美,它们包括《幸福和友谊》、《生产社的姑娘》、《蓝色软缎的特尔力克》和《乌兰巴托颂》等。诗人怀着万分喜悦和激动的心情看到了草原上一片欣欣向荣的景象:荒山里耸立起高高的脚手架,废墟上建起了发电厂,新的城市在不断出现、成长,旧日的首都也

---

① 　编者注:"蒙文"应为"蒙古文",后同。
② 　编者注:"内蒙"应为"内蒙古",后同。

在日益改观。在歌唱草原人民幸福生活时，诗人着重地歌唱了他们的劳动生活。在《生产社的姑娘们》一诗中，诗人塑造了一群生产社的姑娘的动人形象。使我们从诗人细致入微、优美动人的描绘中，看到姑娘们勤劳的性格，和她们劳动时轻快的节奏以及对幸福生活的喜悦。可以说，姑娘们这种性格，就是蒙族人民勤劳的民族性格的具体体现。此外，如《沙原，我的故乡》等，也不同程度地表现出草原人民劳动生活的情景。

歌颂党、歌颂领袖的题材，在诗集中占有十分重要的地位，这是诗中接触最多、也是诗人感情最真挚、最饱满的所在。打开诗集开头第一篇，我们就看到诗人塑造的毛主席的伟大形象。诗人在描写他和毛主席握手时的激动心情时写道：

> 象一个期待吃奶的贪婪的孩子，
>
> 抚摸着妈妈温暖的奶头，
>
> 我紧紧地握着毛主席的手，
>
> 心里如同被太阳的光芒照亮。

——《我握着毛主席的手》

这首诗表现了诗人对伟大领袖的高度的爱和纯朴的感情。草原上蓬勃的新气象，草原人民幸福的生活，甚至是一株花、一湾水、一个生产社的姑娘，都引起诗人对党和毛主席深深的感激。这是各族人民共同心理的表现。

诗人还在长诗《幸福和友谊》中满腔热情地歌颂了蒙汉人民的友谊和亲密的团结。牧民们称呼来到草原帮助他们进行建设的汉族工人是"毛主席派来的北京的亲人"，并向他们献出了敬意和赞美。他们感激地说：

> 因为你们将电力
>
> 带给我们年轻的"浩特"，
>
> 我们才能控制
>
> 那在云中飞驰的电能；
>
> 我们才能操纵
>
> 那神奇的机器。

　　工人、牧民相处得那么融洽,他们互相交谈,紧挽着手臂,用不同的语言,响亮的歌声,歌唱他们之间的友谊,歌唱党的民族政策光辉的胜利。这首诗热情地歌颂了蒙汉人民兄弟般的友谊,也真实地描绘出蒙古①草原社会主义建设蓬勃发展的宏伟图景,表现了诗人高度的艺术才能。

　　歌唱英雄,歌唱自己的家乡,是蒙族传统文学的重要内容,他们习惯用长篇叙事诗的形式,讲述民族英雄为争取自由、反抗王公、保卫家乡的可歌可泣的战斗故事。诗人继承了这优秀的传统,写出了赞美英雄的诗章,博得了人们极大的喜爱。在诗人歌咏的英雄形象的画廊里,有劳动模范、社会主义建设的突击手;有来自朝鲜战场胸前戴着奖章的战士;也有为民族解放事业而献出生命的蒙古革命军英雄阿尤西。特别突出的是,诗人对于英雄阿尤西,怀着敬重、感激的心情为他写出一曲动人的歌,在辽阔的草原上广泛地传唱着。

　　值得特别提出的是《我们的雄壮的歌声》和《迎接国庆的时候》这两首诗。前者表现了站起来的中国人民对美帝国主义的坚决抗议和猛烈的抨击。诗人以六亿人民和伟大的祖国为抒情对象,宏亮的声音和巨大的题材,自然形成诗篇雄浑、磅礴的风格。后一首是作者在迎接国庆两周年时所写的诗。这两首诗,无论从它们本身来看或从诗人创作道路上来看,都是极为重要的,说明了诗人解放初期思想上和艺术上的新发展。

　　1958年,作者还发表了组诗《塔什干的召唤》。这是作者创作上的又一发展。诗人开阔的胸怀,豪迈的艺术风格和饱满的政治热情,在作品中都达到了空前的高度。特别是《塔什干城》一诗,诗人一连用了二十个发问和十个感叹,赞美那个美丽的城市,赞美劳动人民的幸福和优越的社会制度,是一首十分成功的好诗。最为可喜的收获,是诗人的长诗《狂欢之歌》。

　　《狂欢之歌》是一首抒情长诗,是诗人献给祖国建国十周年的珍贵礼品。诗人在抚今追昔、万分感慨的情况下,抒发了蒙族人民庆祝建国十周年的欢乐情绪,并通过草原人民解放前后生活命运的巨大变化,热情而深沉地歌颂了祖国,

---

① 编者注:"蒙古"应为"内蒙古",后同。

歌颂了党和毛主席。长诗共分四章，约一千多行。长诗一开始，就渲染了即将
狂欢的气氛。诗人以简练有力、发人深思的诗句，提出两个值得深思的问题：

　　带着喉咙

　　诞生在人间

　　是为了什么？

　　我要歌颂

　　人民翻身后的

　　国庆十周年！

　　赋诗讴歌

　　直到如今

　　是为了什么？

　　我要赞颂

　　阳光般

　　光辉明朗的生活！

　　接着，诗人以那铿锵的诗句，那宛如骏马奔驰的旋律，表现了蒙族人民坚
强、豪爽、奔放的气质；诗人以充满泪水、饱含悲愤的诗句回顾了过去的苦难生
活。但是诗人并没有一味沉溺在悲痛的回忆里，他又怀着无限喜悦的心情，以
异常豪迈、动人的诗句，把读者带到今天的现实生活中来。诗人用他那蘸满激
情的彩笔，勾勒出我们祖国美丽富饶的图画：

　　辽阔无边的大地

　　盛开着争妍的

　　花朵，

　　万里无云的长空

　　放射着绚烂的

　　彩霞，

　　绵绵翠绿的山岭

　　鸣叫着迷人的

夜莺，

绿色海洋的草原

蠕动着肥美的

牧群……

而生活在这片国土上的人们，又是那样的幸福！

年迈的老人

在幸福的晚年

享受着青春，

年幼的孩子

在成长的岁月

灌输着知识，

可爱的小宝宝

躺在摇篮里

幸福的微笑，

人民的功臣

不分日夜的

创造着奇迹。

　　诗人更以满腔的热情，歌颂了给我们缔造幸福的党和毛主席，歌颂了为我们今天的幸福生活而牺牲了的革命烈士们。诗人把我们的党比作"号角"、"旗手"、"灯塔"和"园丁"，把我们敬爱的领袖比作"启明星"、"舵手"、人民的"智慧"和"眼睛"。他还号召我们，让我们高举酒杯歌颂我们丰功伟绩的党；让我们拿出深沉的爱来歌颂伟大的毛主席。透过诗人闪闪发光、炽热深沉的诗句，我们仿佛听到了各族人民共同的心声。

　　长诗中，诗人还以不可抑制的激动、喜悦和骄傲的心情，歌唱了蒙族人民的新生：

说什么蒙古人

虽然勇敢

却很愚蠢，

说什么蒙古人

只是会

套马驯马

如今已经

掌握了知识

学会了技术

摩托手

机械工人

样样都有。

短短的诗行，唱出了蒙族人民自豪的心情。

诗人的感情，象一匹脱缰的骏马奔驰在草原上。随着骏马的劲蹄，我们仿佛来到了巍峨的大青山，来到繁荣壮丽的呼和浩特、包钢、白云鄂博以及祖国的每一个角落，使我们看到祖国北方的内蒙古草原，在人民的时代所起的巨大变化。全诗的基调热情奔放，清新明朗，充满着浓厚的草原生活气息和使人不断向上的前进力量。无论就诗的语言的优美动人，形象的鲜明塑造以及全诗高度的艺术魅力来说，都超越诗人以往任何一篇作品。

纳·赛音朝克图不仅真实而深刻地反映出蒙族人民的生活、草原的风光和蒙族人民的精神面貌，而且，诗人在艺术的探索上也做了可贵的努力，取得了一定的成绩。

作者的语言不仅十分优美动人，而且朴素、清新，有巨大的感染的力量。作者非常注意民族语言的学习和运用，并熟练地运用了蒙族人民生活中久经磨炼的比喻和富有哲理性的警语。象"一个人成不了家庭，一把木柴烧不成烈火"，就长久地流传在蒙族人民的生活中，诗人巧妙地把它们运用到自己的作品中来。为了创造蒙族人民喜闻乐见的形式，作者常常直接运用民间流传的"好来宝"形式写诗。但他并不是一味刻板地模仿民间形式，而是积极地向民间文学吸取营养，在这个基础上创造自己诗的新形式，他的四行诗的形式就是这样建立起来的。他的诗,每一节是一个感情的单位,前后又连贯得十分紧密,全诗保持着各节的均衡和统一。纳·赛音朝克图在诗歌创作中,进行了多种多样形式的尝试,有节奏强烈、短小精悍的诗;也有适应复杂内容和情感的波澜的自由体的诗。此外,作者在早期的诗中,很喜欢采用象征性的笔法。他的《压在笆笆下的小草》、《窗口》两诗,都寓意深刻,十分含蓄,从一首短诗里可以联想到许多东西。诗人的作品,感情十分饱满,气势异常磅礴,突出地表现了诗人特有的艺术风格。

第四节　仫佬族诗人包玉堂

仫佬族诗人包玉堂,是新成长起来的青年诗人。他是在仫佬族中长大的,解放前深受国民党反动派的摧残和压迫。他父亲给地主作过二十年长工,诗人自己也从小就在家里辛勤劳动,过着饥寒交迫的生活。解放以后,党给予他无微不至的关怀,并积极帮助他在文化上彻底翻了身。因此,在党亲切培养关怀下,他才由一个只读过两三年书的普通仫佬族青年,很快成为一个诗人。

几年来,包玉堂写了近百首诗来歌颂党、歌颂民族团结、歌颂祖国美好的河山。这些诗从各方面描叙了仫佬族在党的领导下的新生和成长过程,描写了仫佬族的民族风习和青年人的纯洁爱情。可以说这些诗是一部丰富多彩的仫佬族新生活画卷。

热情地歌唱仫佬族的新生,赞美仫佬族地区蓬勃发展着的社会主义建设,这是诗人的作品中接触最多、最重要的主题。诗人在《歌唱我的民族》一诗中,以今昔对比的手法,清新朴素的语言,描绘了从前的虎狼窝——国民党的乡公所,今天变成了民族小学;从前官吏敲诈勒索的地方,现在开办了民族商店;从前国民党杀人的刑场,如今盖起了医院的雪白瓦房;荒凉僻静的乡村出现了规模巨大的国营煤硫矿;破旧不堪的山镇,也有了繁星一般的电灯,……。从这里可以看出仫佬族解放前后生活的巨大变化。诗人在同一首诗中,以清新刚劲的笔调,轻松活泼的诗句,描绘出美丽如画的家乡景色和幸福生活。那里是"迎风摇动的竹林,碧绿婆娑的榕树,多情美丽的山桃花,坚强挺拔的板栗树";那里有

"欢跳上学去的孩子们"和"耕山锄岭的同胞们"；山道上车队驰骋，田野里红旗飘扬，鸽群翱翔在天空中，画眉、喜鹊在婉转歌唱，而仫佬族姑娘则伴着优美的琴音，唱出了欢乐、动人的歌声……所有这些充满了生机的新生景象，正是仫佬族今天幸福生活的写照。

诗人酷爱自己的民族和家乡的一切。因此他对阴谋破坏社会主义建设和民族团结的右派分子，表示着强烈的憎恨；对党则表现出高度的热爱。诗人写道：

我要一万次歌唱：

共产党，我的民族的太阳！

谁要往太阳上抹黑，

我们就斩断他的手；

谁要向党进攻，

我们就先把他打倒。

这首诗对诗人创作来说，有着十分重要的意义，它标志年轻的诗人在创作道路上迈开了健康的第一步。除此之外，《山中之夜》、《凤凰山》等诗也在不同程度上表现出仫佬族新旧生活的变化。

诗人还以充沛的感情歌唱了农业合作化。这类诗有《山区老人的愿望》、《浇麦》、《红旗歌》等。诗人在《山区老人的愿望》一诗中，塑造了一个热爱乡土的老人形象，他有比较显明的性格，饱满而深沉的感情，这一切都表明诗人的创作有着显著的进步，这与诗人比较深厚的生活基础也是分不开的。

解放后，由于党和毛主席的领导，仫佬族同胞过着幸福、欢乐的生活；青年人的爱情生活也无比的自由和美好。于是，描写青年爱情生活题材的作品也出现在包玉堂的诗集中。如《仫佬族走坡组诗》和《桃花树下的姑娘》都是写得比较好的诗。特别是《走坡组诗》十分生动地刻划了一个初次走坡（和情人在山坡上会面）的少女的复杂心情。诗人通过人物行动的描写，十分逼真地揭示出姑娘内心的活动，不仅人物形象鲜明，栩栩如生，而且诗意浓郁。

包玉堂从小就深受民间文学的熏陶，这对他的创作起了很大的作用，因此使他写出《虹》这样的诗。长诗《虹》通过一个美丽坚强的苗族姑娘花姐姐的遭遇,反映了苗族人民对封建统治的仇恨和坚强不屈的性格,具有比较丰富的感情,美丽的想象和绚烂的民族色彩。诗人更善于利用民间故事形式来表现我们的现代生活。如《山谷里的故事》这是叙事诗,写得相当优美动人。这种表现手法使生活带有美丽神奇的浪漫色彩,富有民族特色。此外,用民间传说的"龙"和"凤凰"比喻现代的生活和人物、事件,更是诗人常用的手法,这都增加了诗的感染力量。

继诗集《歌唱我的民族》之后,诗人又以《凤凰山下百花开》为名出版了第二个诗集。这是在民族生活的土壤里和民间文学的哺育下生长起来的又一束鲜花。这些诗歌唱了本民族工人阶级的诞生和新兴工业的建立,歌唱了公路的修通等等。特别是人民公社成立以后,各族人民互相协作、支援,因此诗人写了《天河流过凤凰山》这样的诗,歌颂各民族的团结和互助精神。这是一首比较好的诗,它刚劲有力,朴实饱满。《春雷》一诗既描绘出仫佬族地区社会主义建设的蓬勃发展图景,也表现了战胜自然、主宰自然的新思想。这些诗和第一个诗集相比,内容更加丰富,感情更为充沛,艺术上也有一定的进步和提高。

总的说来,包玉堂的诗题材相当广阔,形式多种多样,格调清新明快,感情充沛高昂,语言朴素优美。诗人选取了重大的社会生活题材,真实地反映出仫佬族的生活和斗争,富有生活气息和战斗作用。

当然,包玉堂的创作在前进中也还有一定的缺点,作者对主题思想、人物性格等挖掘得还不够深;有些诗主题思想虽好,但缺少动人的形象和优美的诗的意境。

（本文有删节）

1962 年华中师范学院编著的《中国当代文学史稿》对少数民族当代诗歌的评价

原文

......

歌颂共产党和毛主席，歌颂解放军和新生活，歌颂民族大团结和人民当家作主，已成为本时期兄弟民族文学突出的主题。藏族民歌《共产党的恩情长》《东方升起了金黄色的太阳》，以滔滔不绝的江水来形容党对兄弟民族的恩情的深远，以金黄色的太阳和十五的月亮来比喻领袖毛主席。四川兄弟民族创作的短诗集《金色的太阳》也以优美的诗句，真挚深厚的感情，歌颂共产党和毛主席。

歌唱解放军的如东藏民歌《歌唱解放军》，唱出了：

白天见了解放军，

如同见太阳；

黑夜见了解放军，

如同见月亮。

这是发自内心的富有真情实感的诗句。

歌唱民族大团结的有藏族的《团结得象亲生的兄弟一样》、瑶族的《兄弟民族大团结》等。前一首写道：

......

祖国是各民族的大家庭。

住在平川的种庄稼，

住在草地的牧牛羊；

不分藏、汉、苗、彝、哈萨克①，

不分蒙、黎、羌、回或东乡。

同在毛泽东的阳光下，

团结得象亲生的兄弟一样。

这首民歌反映了在党和毛泽东同志的民族政策的光辉照耀下，各兄弟民族关系的深刻变化。

歌唱新生活的有湘西苗族的《十谢毛主席》等，他们把歌唱新生活和感谢毛主席紧密地联系起来，表达了饮水思源的深厚感情。歌唱人民当家作主的如广西瑶族的《人民当家万万年》，歌唱在解放后各兄弟民族实行区域自治这一振奋人心的事实，显示了各兄弟民族在解放后当家作主的喜悦，表达了他们"七个民族团结紧，牵手跟着毛泽东"的态度和决心。

其他兄弟民族也有许多优美的民歌出现。这些作品的共同特色，是热情洋溢、感情真挚、活泼优美，有着浓厚的民族色彩。

不但兄弟民族的群众创作极为活跃，也涌现了不少优秀作家，如蒙古族诗人纳·赛音朝克图，藏族诗人饶阶巴桑以及蒙古族民间艺人毛依罕等等。他们在创作方面都取得了很大的成就，写下了不少优秀的诗篇。

纳·赛音朝克图是兄弟民族中一位有才华的诗人，是内蒙古写作历史最久的作家之一。解放前他做过小学教师，曾担任内蒙古自治区文学艺术工作者联合会常委会的常务委员、《内蒙古文艺》（蒙文版）主编以及全国作协理事会理事等职。

解放后，党的光辉的民族政策给内蒙古人民带来了新的生活，激发了诗人的情感，几年来诗人满怀热情、孜孜不倦地进行创作，他的主要作品有《春天的太阳来自北京》（中篇小说）、《幸福和友谊》（诗集）、《蒙古艺术团随行散记》（散文）等，特别是他的诗歌《幸福和友谊》《北京颂》等等，深受广大牧民的欢迎。

毛依罕是蒙古族著名的民间艺人。从十六岁起，就开始演唱活动。解放

---

① 编者注："哈萨克"应为"哈萨克族"，后同。

后,党的关怀和教导使他获得了新的艺术生命。他认真地学习文化,积极参加了土地改革和抗美援朝等宣传工作。一九五〇年参加内蒙古民间艺人代表会议时,曾表示要为党的事业奋斗到底:

拉起我的胡琴,放开我的喉咙,

向着广大的牧民群众,

把新社会的幸福生活,

编成好来宝来赞颂。

头发白了,岁时大了,

虽然身体也衰弱了,

但为了祖国的永恒幸福,

我愿献出我的全部力量。

由于他热爱党和领袖,热爱新社会,能自觉地用自己的创作和演唱来为社会主义事业服务,所以他的艺术活动受到了广大群众一致的好评,获得了党和政府的热情鼓励和荣誉。一九五五年,他参加了内蒙古自治区民间音乐舞蹈戏剧观摩演出大会,演唱了他的新作《铁牤牛》,荣获表演一等奖。一九五六年三月光荣地加入了中国共产党。同年四月,出席全国文化先进工作者会议,会见了我国各族人民敬爱的领袖毛泽东同志,并参加了中华全国总工会主办的全国职工业余曲艺观摩演出,荣获创作奖。

毛依罕的创作以好来宝为主。解放前创作的好来宝有《可恨的官吏富翁》《一颗粮》《虚伪的旧社会》等。解放后,赞颂新社会成了他的创作的基本主题。在短短的几年里,他创作了四五十首好来宝和诗歌,其中比较成功的有《说唱艺人的今昔》《铁牤牛》《慈母的爱》等等。这些作品都具有较高的思想性和艺术性,不仅为内蒙古人民所喜爱,还译成汉文,受到了广大汉族读者的欢迎。

饶阶巴桑是在党培养下成长起来的藏族青年诗人,写了不少优美、有力的诗。由于他是边防军战士,所以他的诗大部分是描写士兵生活的,也有以爱情和一些重大政治事件为题材的。这些诗不仅抒情味浓,而且保持着藏族传统诗歌的特色。《永远在前列》《牧人的幻想》等是他的优秀作品。前者显示了一个坚持职守的牧人当了边防战士后那种英勇杀敌的雄心；后者反映了一位老年牧人在长期的痛苦生活中对幸福生活的幻想与追求和幻想变成现实后的兴奋心情。作者这样描写这位年老的牧民：

追着西边的太阳，

头发已经斑白；

他牧放着几十只牛羊，

送走了壮年时代。

如今他迎着早晨的太阳，

头发变得分外黑亮；

他牧放着上万只合作社的牛羊，

他的心胸和草原一样年轻宽广。

从这里我们可以看出这位年老牧民在两个不同的时代所表现出来的两种不同的精神面貌。

包玉堂是解放后成长起来的仫佬族青年诗人。他的诗集《歌唱我的民族》，表达了作者对本民族的热爱和对党的无限感激的心情。他写道："我要一万次歌唱，共产党，我的民族的太阳！"这正是三千多万兄弟民族人民的心声。

《虹》是他根据苗族民间传说写成的一部比较优秀的长篇叙事诗。长诗通过描写一个美丽坚强的苗族姑娘花姐姐的不幸遭遇，反映了苗族人民对封建统治者的仇恨和坚强不屈的性格。作品具有丰富的感情和明朗的民族色彩。

…………

取材于民间故事的诗歌创作，还有侗族诗人苗延秀的《大苗山交响曲》、壮族诗人韦其麟的"百鸟衣"等。《大苗山交响曲》是一部说唱体的民间故事，它表现了苗族人民在反抗官僚地主统治阶级中的勇敢、智慧和顽强，并生动、朴素地表现了苗族人民的生活、思想和感情。《百鸟衣》写的是一对青年男女为了自己的幸福生活与封建势力进行英勇顽强的斗争的故事。聪明勇敢的青年古卡爱上了美丽能干的姑娘依娌。但是，土司夺去了依娌，破坏了他们的幸福生活。勇敢的古卡爬了九十九座山，射了一百只雉鸡，做了一件"百鸟衣"，救出了依娌,杀死了土司。这篇作品生动地刻划出了古卡和依娌反抗封建势力的坚强性格,赞颂了劳动人民的勤劳、勇敢、聪明、能干,揭露了封建统治者的蠢笨和贪婪。这篇作品无论在思想内容还是艺术价值上都取得了较高的成就。

《幸福和友谊》(纳·赛音朝克图)

《幸福和友谊》是蒙古族诗人纳·赛音朝克图的诗集之一,它选辑了诗人解放前后的部分诗作。这些诗歌作品的内容,除了第二辑《压在笤笆下的小草》等是表现诗人强烈的革命愿望和对旧社会不妥协的斗争精神外,其余的诗作都表现了诗人对祖国、新领袖和对新生活的热情赞颂。这里有明朗的草原风光的画面,也有为人们所向往的新建设;有蒙汉民族兄弟般的友谊,也有青年男女美好的爱情;有对旧势力的蔑视,也有对新社会的歌颂;有对侵略者的斥责,也有显示人民力量强大的诗行。

诗人以他清新、朴素、火辣的语言,从各个侧面反映了内蒙古人民生活和精神面貌的巨大变化:如《幸福和友谊》、《欢迎劳动模范》、《可爱的幼小的兄弟们》、《乌兰巴托颂》等等。不仅由于诗人选择了大家所关心的主题,更由于作者相当完善地表现了这些主题,所以在作品的思想内容上和艺术特色上都达到了相当成熟的水平。这些作品不仅在蒙古族人民中间广泛流传,也深受全国人民的喜爱。

歌颂领袖这一主题,不仅表达了诗人对领袖的热爱,而且也表达了内蒙古人民的心意。诗人以他澎湃的炽热的感情歌颂了我们伟大的领袖毛主席,写下了《我握着毛主席的手》这类热情洋溢的颂歌。

……
我紧紧地握着毛主席的手,
心里如同被太阳的光芒照亮。
……
这只手曾经鼓舞人民去斗争,
它擦干了千万个受苦人的眼泪,

把各族人民从苦难中拯救由来，

引导人民走向光明幸福的路程。

……

毛主席坚强的手指引的路，

高山低头、凶猛的洪水也要让路，

美丽幸福的花朵发着芬芳，

金色的太阳发出绚烂的彩光。

短短的诗行表现了蒙古族人民之所以能够获得幸福生活是由于受到了党和毛主席的指引，也写出了人民如何坚定不移地随着毛主席指引的道路，向着美好的生活奋勇前进。

解放后，内蒙古人民的生活是那样色彩缤纷，他以敏锐的洞察力和饱满的热情，以抒情而遒劲的笔触给我们描绘了一幅幅内蒙古人民美好生活的图画。

朴素动人的《蓝色软缎的"特尔力克"》就给我们描绘了一个聪明可爱、纯洁娴静的姑娘的形象。在这幅人物素描里，诗人巧妙地撷取了姑娘缝"特尔力克"这一细节，形象地表达了爱情、自由的幸福生活的主题。

在那辽阔翠绿的草原上，

有一座崭新而洁白的毡房，

那里住着一个聪明的姑娘，

她的心事儿——实在难猜想。

她手里拿着蓝缎"特尔力克"，

针脚缝得可真漂亮，

温柔美丽的姑娘哟，

请问你为谁这样忙？

在那"天苍苍野茫茫，风吹草低见牛羊"的背景上，出现了一位姑娘，这位为左邻右舍所夸奖的"劳动里锻炼得更出色"的姑娘，正在为她心爱的忠诚可靠的好青年，牧马、摔跤的能手绣织"特尔力克"。

新时代的孩子们，

生活前程无限好，

彼此性情都了解，

咳，就该随他们自己的便。

诗人借母亲的口说了年青一代的幸福。爱情是社会生活的一部分，只有在我们这样的社会里，纯真的爱情的花朵，才有可能茂盛地开放。因此，诗人通过对青年男女爱情的歌颂，也展示了我们社会生活的美好。

《生产队的姑娘们》是一首牧歌式的欢畅跳跃的抒情诗，它以轻快的旋律奏出了一支草原上的小夜曲。

……

夜晚的静静的天空，

群星在眨着眼睛，

宽大的蒙古包里，

姑娘们在歌唱，

……

生产合作社是我们大家的力量

发展起来的，

建设社会主义

是我们共同的愿望。

……

被放开的羊羔，

欢快地蹦跳着，

歌喉美妙的姑娘们

继续着她们的歌声。

……

劳动的愉快和蒙古族人民走上了社会主义道路的幸福，都在鲜明的富有草原特色的画面里展示了出来。

诗人歌颂他们的幸福生活，不只表现在爱情和劳动方面。在《可爱的幼小的兄弟们》里,诗人也歌唱了生活在新时代的儿童的幼小心灵里,再也没有皮鞭的摧残,他们可以展开自己的翅膀自由地飞翔。

......

父亲毛泽东的慈爱,

在你们晶莹的眼中辉映,

伟大的红领巾,

在你们的胸前闪耀。

今天,你们可以自由地成长在

祖国幸福的大地上,

明天,又可以用你们的双手

去建设你们美好的将来。

诗人在表现蒙古族人民的生活时,就是这样展开了丰富的内容。这些诗把我们引到了草原,引到了蒙古族人民的生活中,使我们真实地感受到蒙古族人民的生活在解放以来所发生的巨大变化。

锡林郭勒草原要修建第一座发电厂了,这是蒙古族人民世世代代梦想着的大喜事,诗人面对这样吸引人的主题,以他优美而风趣的笔调唱出了《幸福和友谊》的赞歌。

......

来自北京的工人弟兄,

挽着盛装的

青年牧民的手臂,

来到那青青的河畔,

亲切地坐在一起,

融洽地相谈。

草原的儿女,

将他们最亲爱的同志,

紧抱在那火热的怀里:

把赞美和敬意都献给

毛泽东派来的北京的亲人。

这是多么真挚、多么亲切的诗句！诗人赞颂了工人弟兄出长城、过草原，把"温暖"带给蒙古族人民。这不仅表现了蒙古族人民的理想已实现，也表现了兄弟民族在祖国的大家庭中的团结和友爱。

青年们纵情地歌唱，歌唱"辽阔的草原上，就要诞生新的发电厂"：

不知是哪一位姑娘

嘹亮地唱起了

"多任朱格托亚尔拉"

工人弟兄，也用那浑厚的歌喉

合唱起了"东方红"。

正是这种真诚的愿望和欢乐的心情把他们紧紧地团结在一起，在不同语言的歌声里，却融合着兄弟民族的心。

……

嗬嚯，笃洛玛，你在那儿，

兴奋地叫着他的老伴，

同活泼的青年们一道

踏着那音乐的节拍，

他们二人也纵情欢跳，

人们都把惊喜的目光，

凝注在这一对老人的身上。

丰富的生活内容，深厚的感情，衷心的喜悦，通过这样的诗句，都概括、集中而形象地表现出来了。这一富有民族特色的结尾，使得诗歌欢乐的氛围变得更高昂更自然了。

诗人在《幸福和友谊》这本诗集中，比较真实、深刻地反映了内蒙古人民生活和精神面貌的变化。既有新颖的思想内容，又有优美的艺术形式，而且形象鲜明，语言生动，音调和谐，这是我国兄弟民族诗歌园地上一个可喜的收获。

《铁牤牛》(毛依罕)

《铁牤牛》是在党的民族政策和文艺方针的光辉照耀下开放的一朵绚丽的鲜花。

它发表在一九五五年十一月号的《民间文学》上。当时正是我国的第一个五年计划的第三年,社会主义建设和社会主义改造工作取得了辉煌的成就。由于工农业的发展,交通运输业也相应地发展起来,铁路伸向了山区和草原。

作者就是通过对火车开进草原这一激动人心的事件的描写,歌颂了党对兄弟民族的关怀和工人阶级的伟大力量,反映了草原人民在建设社会主义方面所取得的伟大胜利以及草原欣欣向荣的新面貌。作者写道:

万朵鲜花齐开放

哪能显得不美观

坐上飞快的铁牤牛

哪能有人不喜欢

这诗句是多么的朴素、清新,感情是多么的真挚、深厚。

火车开进草原,的确是一件振奋人心的事。我们完全可以想象,在那茫茫的草原上出现了"从远古时代起,也未曾来过锡标郭勒的铁牤牛"所引起的大草原的强烈震动:

奔驰的铁牤牛

响声轰轰轰

铁道附近的人们

快活地跑来欣赏哪

男男女女结成队

大路小路塞满人

他说你谈乱议论

笑声闹声喧哗声

黑狗花狗一大批

> 跟着铁牛汪汪叫
>
> 前后欢跳着
>
> 撵不上它才站下来

火车第一次到来引起的人们的激动被充分描写出来了，也充分表现了草原人民对火车到来的热烈欢迎。

诗人以较多的篇幅对火车做了多方面的描写，有力地说明了"铁牤牛"对草原人民生活的深远影响：它加强了我国同兄弟国家的联系；"加深了工农牧友谊""把祖国各地的特产交流"；"为建设高楼大厦"，它"卸下了许多建设器材"；为了发展生产，它又运来了大批的水车和打草机。诗人描写了草原人民购买由火车运来的东西的一个场面：

> 勇敢的铁牤牛
>
> 也运来了色彩鲜艳的绸缎
>
> 漂亮年轻的妇女们
>
> 嘻嘻笑笑争着选
>
> 绛红翠绿的绸头巾
>
> 盘在头上试试看
>
> 是否可心又顺眼
>
> 围着镜子转圈看

这种热情洋溢的笔调，鲜活地描绘了草原人民那种异常欢乐的气氛，体现了草原人民美满幸福的生活。

"铁牤牛"给草原人民带来了很多的好处，有力地促进了草原的繁荣。草原人民也并没忘记感谢给他们带来这幸福生活的恩人毛主席，以及在党领导下的筑路工人。作者和草原人民一道，满怀激情地歌颂幸福的创造者——工人阶级。诗里以巧匠把宝石雕成珍品、以艺术家把玉石雕成宝贝来衬托工人的才能和智慧，以雄狮猛虎的威力来形容工人的力量和本领。看：

> 工人阶级的力量
>
> 能够创建黄金的世界

哪怕是钢、铁、山石

都运用得像水一样自如

诗篇最后写出了"铁牤牛"给草原人民带来了"恩人毛泽东的慈爱"和"鲜艳夺目的红旗",它使"草原人民的心永远沸腾"。诗人就是这样满怀对党和毛主席的感激结束了这部动人的诗篇。

"铁牤牛"之所以这样出色,还要归功于它成功的写作技巧。

形象、生动的比喻,增强了作品的艺术感染力。诗人怀着满腔热情,把火车称为"铁牤牛",并从多方面做了细致而深刻的描写,赋予它无比的生命力:

胸怀那么庞大

头颅脖颈那么正当

眼睛眉毛配的妙

力气巨大,铁牤牛

一只眼睛光儿强

吼声象雷鸣

在黄金的世界上

高傲的奔驰,铁牤牛

诗人对火车开进草原感到由衷的喜悦,才能够从草原人民的现实生活中,选择出人们既熟悉又热爱的事物——铁牤牛,来说明火车的外形、威力和作用。这种表现手法是相当高妙的。

反复吟赞是一个很值得重视的特点。例如:

吐着浓烈的青烟

奔跑如飞的铁牤牛

在那锡林郭勒的草原上

骄矜驰骋的铁牤牛

跨过茫茫的大草原

穿山越岭的铁牤牛

划着美丽的蓝烟

喷着云团的铁牤牛

在诗的很多小节里，也像以上的两个例子一样，"铁牤牛"在一个小节里反复出现，并对它做了多方面的形容。但读起来并不感到啰嗦、乏味，反而加深了人们对"铁牤牛"的感情。诗人之所以这样描写，是因为汹涌的激情逼着他要一遍又一遍地歌唱。

善于烘托，也是本诗的特点。作者写到男女老少欢呼火车到来的场面时，又以跳跃的笔调，描写了一些牲畜活动的情景，展现了一幅大草原异常欢腾的画面：

黑狗花狗一大批

跟着铁牛汪汪叫

正吃草的众羊群

跟随着铁牛在狂奔

这不仅使景象更加热闹，也使得诗的主题更加突出，更加明显。

总之，《铁牤牛》无论就其思想性还是艺术手法说，都取得了一定的成绩，它是全国和兄弟民族文学园地中又一朵灿烂的鲜花。

《流沙河之歌》（诗歌）（康朗英）

康朗英是傣族人民喜爱的老歌手。一九〇六年出生在云南省勐海县一个贫农家里。童年为人放牛，过着自讨口食的生活。后来当过和尚，做过"二佛爷"。这一时期，他受到了傣族传统文学的熏陶，同时也受到了佛教思想较深的影响。还俗后的生活，辛劳终年而不得温饱。傣族人民在土司和国民党匪军的双重压迫下，苦难更加深重，他一家人的生活更加悲惨。于是，他收敛了那悦耳的歌声，沉默地度过了十余年。

解放后，他和所有的傣族人民一样，找到了共产党，生活有了很大的改善。他主动热情地回应党的号召，参加了修水库的劳动。在劳动中，他深深地认识到党和毛主席的英明、伟大，深深地体会到生活在毛泽东时代的温暖和幸福。在那沸腾的劳动中，他看到了民族团结的巨大力量和傣族人民在"大跃进"中精神面貌的巨大变化以及新生力量的迅速成长。所有这一切,怎能不激起他重新放开喉咙纵情歌唱呢? 于是歌手在党的领导关怀下,在同志们的帮助下,以他丰富的生活经验、出色的创作才能,写下了优秀的诗篇——《流沙河之歌》。

主题思想及内容分析

《流沙河之歌》是一部优秀的长篇叙事诗。作者通过修建流沙河水库这一富有代表意义的事件,形象而真实地指出了旧社会的黑暗和丑恶,反映了新社会的光明和幸福。

全诗共分九章。在第一章里,作者以徐缓的歌声给我们叙述了一个关于流沙河的古老传说。在第二、三章中,则以悲愤的笔调写出了傣族人民过去受灾受难的血泪史,有力地控诉了封建领主、清朝政府、蒋介石匪帮的罪行。从第四章到第九章,作者用饱满的政治热情,勾画了一个沸腾而欢乐的劳动场面,热情充沛地歌颂了党和领袖,唱出了傣族人民在总路线的光辉照耀下,实现了祖祖辈辈的愿望的欢乐心情。歌颂了傣族人民共产主义精神的成长,歌颂了各民族的大团结。

几千年来,傣族人民一直过着非人的生活。"染有魔鬼凶气的流沙河"、洪水和干旱,给傣族人民带来了莫大的灾难。傣族人民有着一个战胜自然灾害的美好愿望,然而在那灾难深重的年月里,他们无能为力,愿望变成了空想。可恨的是那些土司、清朝皇室、国民党,竟以修水库为名,大肆向傣族人民进行搜括和掠夺。自然的灾难和人为的灾难使得傣族人民"天天悲伤、夜夜哭泣"。歌手和所有的傣族人民一样,也饱经了这种痛苦和辛酸。所以歌手对那种吃人的社会制度做了深刻有力的揭发。

解放以后,傣族人民站立起来了。党和毛主席为他们指出了美好的远景和奋斗方向。他们的内心里充满了喜悦。当党发出修建水库的伟大号召后,怎能不使他们欢欣鼓舞纵情歌唱呢? 歌手代表着傣族人民的心愿,以灼热的感情歌颂了这一伟大而庄严的号召:

> 毛主席热爱我们，
>
> 象热爱亲生儿女；
>
> 他看见勐海缺水，
>
> 号召我们兴修水利。

在实现这个号召的过程中，歌手并未回避阻挡人民向社会主义前进的思想障碍，他以幽默的笔调嘲笑了鬼神。他发出了"有毛主席领导，我们要把水鬼龙王赶走"的召唤，鼓舞人们不断地进行斗争，从而大大加强了诗的现实意义。更重要的是，歌手看到，在傣族人民中间正在飞跃成长的新生力量以及傣族人民那种不畏困难、战胜自然的雄心壮志。

在困难面前，傣族人民不是畏缩退却；而是以顽强的战斗精神和高度的革命乐观主义精神去迎接它，战胜它。由于"哪里有困难，党委书记就在那里出现"和傣族人民那颗"钢铁一样坚定"的心，也由于"党给了他们无穷的智慧"，所以使得迷信被破除了，困难被克服了，顽石——"朋彼旭"被烧死了。歌手从这里找出了傣族人民不断革命永远向前的巨大动力，全力地歌颂了党。

在党的民族政策的光辉照耀下，我国各兄弟民族团结得像一家人一样。歌手在修水库的劳动中，敏锐地看到了这种团结的巨大力量。新的民族关系是平等互助的关系，流沙河水库的建成就是各民族的汗珠凝结而成的。歌手借一位兄弟民族姑娘的口，高亢地歌颂了这种新的民族关系：

> 修流沙河水库，
>
> 是为边疆人民造幸福。
>
> 傣族哥哥哟，
>
> 这是社会主义大事，
>
> 我们应该互相帮助。

由于党和毛泽东同志的英明领导，各民族的团结互动以及傣族人民的顽强战斗精神，终于在流沙河建筑了灌溉良田的水库。这是傣族人民有史以来的一件大事。它标志着傣族人民揭开了与自然作斗争的新历史。作者高歌了党和领袖带来的幸福生活：

毛主席共产党的洪福，

是一个永不会干的仙井，

全中国人民子子孙孙，

永远唱不完……

《流沙河之歌》所反映的内容是比较广泛的。有传说，有傣族人民的血泪史，有沸腾的现实生活。这一切都鲜明地告诉了我们：傣族人民在新旧不同的两个时代的不同命运，以及他们在"大跃进"中新的精神面貌和高度的劳动热情。

艺术特色

《流沙河之歌》是傣族文学的一部优秀作品。在内容上它不再像那些古典诗篇局限于一两个主人公的命运的描述，而是选取了现实生活中最有代表意义、最有深远影响的事件来描述的。为了更好地表现这些崭新的内容，作者在艺术手法上采用了比较自由的格律，通过平易的叙述，用很多细节和画面，刻画出淳朴、善良、勤劳而勇于战斗的傣族人民的形象。作者以深刻的感受，从各个不同的方面组成了这部长诗。鲜明的形象，贯穿着这部诗的全部，使人感到十分亲切。

这首长诗是在深厚的传统文学基础上发展起来的。诗中有叙事，有抒情，也有强烈的政治鼓动。三者之所以能够比较完美地统一在这部诗中，正是由于作者创造性地继承和发展了优秀的民族文学传统和民间传统。

诗中运用的比喻十分生动贴切，富有民族色彩。如描写干旱的稻谷"象头发一样细，象腊条一样黄"。又如描写年轻姑娘的紧张劳动，也很传神：

朝霞还没有爬上椰子树，

你们就出现在水库；

你们挑土来回奔跑，

真象蝴蝶在花丛中飞舞；

你们上下堤坝，

跟老鹰叼小鸡一样迅速。

歌手在诗中还很含蓄地表现了小伙子与姑娘们的互相爱慕。如：

田想水想得心焦，

水想田想得心跳；

我们应该多出力，

让它们早日拴线。

作者在毫不拘束的诗境中，把古老的神话、久远的历史和当前的现实生活巧妙地融会在一起，具有革命现实主义与革命浪漫主义相结合的特色。此外，结构的谨严和语言的通俗形象，也是本诗的特点。

《流沙河之歌》是一部用饱满的政治热情，反映傣族人民生活和命运的变化，歌颂今天幸福生活的优秀诗篇。这是兄弟民族文学园地中的一个可喜的收获。

（本文有删节）

1963 年中国科学院文学研究所编写的《十年来的新中国文学》对少数民族当代诗歌的评价

原文

······

少数民族诗人的创作,富有特殊的民族色彩,特别引人注意。

蒙古族诗人纳·赛音朝克图建国以来写了许多热情洋溢的诗篇。《我握着毛主席的手》《北京组诗》是他的优美的抒情诗。《狂欢之歌》是一篇激情的颂歌。诗人歌颂了党和毛主席给蒙古族人民带来的幸福生活,歌颂了祖国十年来的伟大成就。这篇诗的内容是广阔的,它对蒙古族人民新的精神面貌和草原的繁荣景象,都有生动的描绘。《狂欢之歌》是汲取了蒙古族民间流传的"赞词"的形式创作的,反复吟咏,重叠复沓的手法,构成了这首诗独特的艺术风格。从《幸福与友谊》到《狂欢之歌》,诗人纳·赛音朝克图对时代的感情更奔放了。因而,诗的生活色彩愈来愈浓厚,诗的风格也愈来愈明朗。这标志着他的诗歌创作得到了令人喜悦的进展。

壮族青年诗人韦其麟的《百鸟衣》是根据壮族民间传说创作的一篇优美动人的长篇叙事诗。诗篇通过争取婚姻自由的主题,表现了主人公的斗争智慧,赞美了他们坚贞不渝的爱情和勤劳勇敢的品格。诗篇既有浓厚的生活气息,又有浪漫主义色彩,语言朴实优美,富有诗意。诗人把握了这个原传说的内容和精神,又审慎地注意了它的艺术特点,并做了出色的处理,这是他根据民间传说进行再创作获得成功的一个重要原因。

饶阶巴桑是藏族的一位青年诗人。他的抒情诗,常常具有独特的构思和新颖的意境。他的《母亲》一诗,写得简洁凝练,质朴动人。

　　近几年来逐渐成长起来的少数民族诗人还有蒙古族的巴·布林贝赫，维吾尔族的克里木·赫捷耶夫、艾里喀木·艾哈台木、铁衣甫江·艾里尤夫。还有一些民族，解放以来，他们第一次有了自己的青年诗人，这是一件划时代的事情，如彝族的吴琪拉达，仫佬族的包玉堂，土家族的汪承栋等，他们都写了一些赞美新生活的热情的诗篇。

　　十年来，我们的新诗的收获是丰富的，比之解放以前，是有了许多新的特色的。我们应该庆贺我们的丰收。然而这也是事实，在我们今天的诗歌中，思想深刻、艺术完美的优秀的作品还不太多。诗应该具有高度的集中和深刻的概括的力量，才能给人留下鲜明、强烈的印象。诗要经过千锤百炼，反复推敲，然后才能写得精练完美，才能一下子打进读者的心里，使人们长久不会忘记。我国古诗中的优秀作品，都是写得十分精练、十分完美的。诗人们应该更好地继承我国的民歌和古典诗歌的优良传统，写出更多构思巧妙、语言精练的诗篇。

内蒙古文学创作的新气象

孟和博彦

史料解读

该史料为综述性评论，原载《文艺报》1958 年第 23 期。该文指出，内蒙古自治区出现了大量以新民歌为主要形式的群众文艺创作。新民歌歌颂集体英雄主义和共产主义精神，赞颂了人民群众忘我的劳动精神和新的民族关系。许多作品充满豪迈雄伟的气魄，高扬着革命浪漫主义精神。文艺理论和评论方面，工农作者参与了理论批评工作，文艺理论批评已逐渐成为一种群众性的创作活动。

原文

内蒙古自治区的文艺创作所表现出的朝气和一日千里的蓬勃气势，是远非过去几百年以来的文学历史所能相比的。

最显著的特点，亦如全国一样，即是以新民歌为主要形式的，群众文艺创作的大量出现。这些在生产"大跃进"中所产生的作品是同群众的生产斗争与劳动密切结合着的。它的内容再也不是那些渴望婚姻自由的男女青年的恋歌或是叙述人们凄惨命运的悲歌以及歌颂神奇英雄的赞歌。现实生活中所发生的惊天动地的变化给民歌带来新的主题，这些民歌的主人公是群众自己，他们所歌颂的是集体英雄主义和共产主义的忘我劳动精神以及新的民族关系等。内蒙古自治区各族人民虽然过去曾受到反动统治阶级的挑拨离间，但各族人民在共同的劳动中却建立了深厚的友谊。解放后，这种友谊已不限于个人友谊间的交往或爱情上的联系，而是建立在共同的伟大理想上，他们都为了一个共同的目的——把祖国早日建设成为一个社会主义的繁荣富强的国家，这在民歌里有着出色的表现。

由于生活本身发生了惊天动地的变化，所以劳动人民无法抑制住自己内心的激情，他们热情洋溢地来歌颂这个"一天等于二十年"的充满革命浪漫主义精神的时代，歌颂自己所从事的气势宏伟的劳动。白云鄂博矿山区所流行的一首民歌就反映了这种新的面貌：

> 白云山上白云飘，
> 白云下面人人笑，
> 人人欢乐人人唱，
> 歌声飞上九重霄。
> 牧民挥起套马杆，
> 矿工拉响开山炮，
> 枣红马儿草上飞，
> 矿石滚滚山下跑，
> 东风吹响跃进号，
> 炮声隆隆战鼓敲，
> 天空挂起彩虹桥，
> 草原要把天堂造。

这种变化遍及每一个角落，无论在城镇、农村、牧区或偏远的地方，人民的干劲冲天，充满信心地为高速度发展生产进行着苦战。不久前，我曾到伊克昭盟去了三个月，伊克昭盟鄂尔多斯高原在一般人的印象中是一个偏僻和布满沙漠的地方，被称为"干旱草原区"，但那里的牧民不仅日夜苦战地为高速度发展牧业生产斗争，而且还进行着巨大的改造自然和生产上的革新。乌审旗牧民决心要在二至三年期间把全旗的沙漠改造成为绿洲，并且还在面积达一百七十万亩的辽阔草原上，展开了声势浩大的锄醉马草运动（一种含毒的草，牲畜吃后中

毒而死），这种豪迈的举动在过去是不可想像的，牧民在过去曾把这种草信奉为
"穿绿缎衣之神"，今天由于群众的思想解放，再也不信它是什么神了，牧民确信
集体力量的伟大，决心要把毒草铲除干净。这些事迹都在群众自己的创作中得
到表现。

从群众创作可以看出，人们不再是自然界的奴隶，而是掌握自然命运的主
人。同时牧民还把最好的理想同党的名字联系在一起，党，在牧民的心目中是
产生一切力量的源泉，他们确信党所指出的方向是万无一失的，一旦党号召了
就会毫不犹豫地拿出革命干劲去实现它。所以在"大跃进"以来所产生的新民
歌中，歌颂党的题材是占很大比重的。如锡林郭勒盟一首民歌《党的恩惠》这样
写道：

用热腾腾的心啊，

歌唱党的恩惠，

直唱得岩石崩裂，

直唱得峭壁飞起，

直唱得四海翻滚，

直唱得江河倒流。

因为党把荒凉的草原，

变化为五彩缤纷，

我们要用全部的心血，

歌唱得日出日没，

把一颗火热的心，

献给富饶的祖国。

又如鄂温克族的《山民心上的红线》是一首反映鄂温克族人民向往与热爱
祖国及领袖的民歌：

弯弯小路通大道，

大道直直通北京，

这是咱们心上的红线，

山民跟毛主席心连心。

鄂温克的猎民把通向北京的大道比喻做心上的红线，这条红线联系着领袖同人民的心，这是一个很生动的比喻，正因为领袖同人民的心连结在一起，所以他深知人民的感情和愿望，而人民也就更热爱自己的领袖。

"大跃进"中所产生的民歌最大的特点，是劳动人民集体主义英雄主义的自我表现，作品中充满豪迈和雄伟的气魄。劈山造海的英雄再不是某个杰出的人物，而就是人民群众自己。

在工人中出现了不少优秀的作品，这些作品大都是质朴、刚健和清新的，作品很富于想象力。如蒙族工人碧丽格图的《赛跑歌》：

让日月在我们身旁流过，

我们用涂染机油的双手，

把金黄似的光阴抓紧，

不断的创造和时时革新

等于和社会主义握手。

新民歌在数量上是数不胜数的，群众的创作密切结合着生产劳动，他们在生产中，日常生活中，随时随地进行创作，真是歌不离口。伊克昭盟达拉特旗有一个十九岁的女民间诗人杨玉华，遇事就能编出快板或民歌，深受群众喜爱。这样的例子是不少的。民歌已经成为群众生活中不可缺少的组成部分，群众不仅是民歌的创作者，而且也是热情的欣赏者。如伊盟准格尔旗民族生产社的农民有一次在劳动了一天后不肯回家去吃饭，许多社员聚集在一起听民歌朗诵，一直听到很晚，后来因为要开会才散开去吃饭。有些牧业社的牧民在劳动一天完了后，就到张贴大字报的地方寻找诗歌津津有味地读。由于现在群众基本已扫除文盲，所以在各乡、苏木、社乃至生产队都有自己编印的民歌。群众诗人大量出现着。托克托县有一位民间诗人孟良，在"大跃进"以来已编了三千首民歌和二百多个快板。乌兰察布盟更出现了家庭赛诗会，丰镇县大东营金星农业社社员姐来存经常召开家庭赛诗会，全家五口人，从六十一岁的老奶奶到六岁的小孙孙都参加比赛。

为了更好的推动群众的创作,中共内蒙古党委已向全区发出指示,要求全党全民在五年期间收集一千万首民歌,现在,内蒙古全区已掀起广泛收集民歌的运动。

我区文学事业"大跃进"局面的出现是和去年反右派斗争的胜利分不开的,文学界通过反右派斗争彻底揭露和批判了资产阶级修正主义文艺路线,从而大大提高了文学工作者的思想水平。我区文学作者都深深认识到长期地深入工农群众,同劳动结合的重要意义,认识到只有和劳动人民同劳动、共呼吸,决心在人民中改造思想,才会写出好的、具有较高思想水平和艺术水平的作品。因此不少文学作者都长期地到人民中去落户;如我区作家协会分会主席,诗人纳·赛音朝克图已到锡林郭勒盟乌珠穆沁旗的一个牧业合作社去长期生活,他计划去那里生活二年,同牧民一起劳动,并写作。我区青年作家明斯克与诗人安谐等也都到基层和牧区去长期生活。青年作家乌兰巴干最近在完成了以反映蒙古人民历史革命斗争题材的长篇小说《草原烽火》后,已决定到他的故乡哲里木盟科左中旗长期落户,并计划在那里写出一部反映内蒙古人民根治辽河斗争题材的长篇小说。作者们到人民中同劳动结合后,改变了同劳动人民的关系,群众反映:"诗人和作家也来到我们这里劳动,真是太好了。"

我区文学工作者经过酝酿讨论,提出了大胆的规划。这个规划的口号是"苦战二—三年,在作品的数量和质量上赶上并超过过去十年。"根据这个精神,作者们都制订了自己的红专规划和写作计划。

在这一个时期,文艺理论批评工作也比过去大大活跃了。文学作者中克服了轻视理论批评工作的脱离政治倾向与理论批评不如创作吃得开的资产阶级个人主义思想。文艺理论批评日渐出现着新作者的名字,特别是工农作者参预了理论批评工作,文艺理论批评已逐渐冲出少数人的范围,成为一种群众性的创作活动。

自从党提出革命现实主义与革命浪漫主义相结合,作品应以共产主义精神教育人民后,给我区文学作者的思想以极大的启发。新的形势要求作者必须热情充沛的来歌颂这个惊天动地变化着的时代和人民中的集体主义英雄主义。

要能迅速地反映我们时代的面貌，首先就要求作者本身的思想是共产主义的，为此，内蒙古的文学工作者都把思想改造与向人民积极宣传共产主义思想作为自己的光荣任务。

1958 年 10 月 21 日于呼和浩特

（本文有删节）

激情的颂歌

——读《我握着毛主席的手》

柳　央

史料解读

　　史料原载《诗刊》1960 年第 7 期。《我握着毛主席的手》是以纳·赛音朝克图的同名诗作命名的少数民族诗集。该诗集收录了蒙古族、维吾尔族、壮族、傣族、苗族、彝族、回族等 16 个民族 28 位作者的 177 首诗,是新中国少数民族诗歌创作的一次全面检阅,该诗集全面反映了当时少数民族诗歌创作水平。该文是对该诗集的评论。正如作者所说,兄弟民族的诗歌创作,不仅思想性强,而且在艺术上是百花齐放、风格各异的。这些作者的社会主义、共产主义激情饱满,他们不仅在处理新鲜题材和不同主题的时候,表现出这种才能;同时,在写相近或同一主题时,也显示出了各自不同的风格,具有鲜明的时代特点。

原文

　　我们置身在诗的海洋、歌的国度之中。开国以来,随着各地区经济生活、文化生活的飞跃发展,我们的诗歌创作,呈现了一派生气勃勃的繁茂景象。兄弟民族地区也不例外。《我握着毛主席的手》这本书,便是十年来我国各兄弟民族作家的诗歌选本，虽然由于汉译上的困难，目前只收入蒙古、维吾尔、僮①、傣、苗、彝、回等十六个民族二十八位作者的一百七十七首诗，远远不够完善，但我们从这里也可以看到兄弟民族诗歌创作的丰硕成果和壮丽的前景了。

读着这本厚厚的诗集，在无限兴奋的同时，不能不使人想到过去的年月！在那黑暗的日子里，我们哪里敢想读到这样汉译的兄弟民族作者的诗歌合集呢！虽然，各个兄弟民族并不缺乏有才华的诗人和值得传诵的诗篇。但是，在当时反动的政治统治、经济盘剥和文化压迫的条件下，兄弟民族人民的优秀的、有生命的诗歌，只能象一股潜流，活在他们劳动人民的生活里、心坎上，不可能自由地创作和传诵。只有解放后，党的政策、毛泽东的思想，象一股劲吹的东风，才刮走了垢积在兄弟民族地区的一切旧的污物，才拨响了各兄弟民族人民的心弦，给兄弟民族的诗歌带来了新的思想的光彩和艺术的光彩。于是一支年轻的、有才华的民族诗歌队伍也迅速地成长起来，这支队伍中，有生活、创作经验丰富的老诗人和老艺人，也有初露锋芒的年轻作者；有跟随毛主席长征的老红军，也有土生土长的民间歌手；有以抒情见胜的作者，也有长于叙事的诗人。从他们的作品中，我们看到一幅幅兄弟民族生活的跃进图，听到一曲曲新生活、新世界的激情颂歌！

许多兄弟民族作者的生活和创作道路，和他们民族的命运、人民的遭遇，紧紧地联系在一起，因此他们的诗篇真实地反映了各兄弟民族从苦难到欢乐、从黑暗到光明以及从奴隶到主人的变革过程，特别是那些年长一辈的艺人歌手，他们亲身经历了截然不同的新、旧两个时代，对旧社会的憎恨，对新社会的热爱，在他们的诗中是表现得深刻和强烈的，他们喜欢在自己的诗篇里叹咏过去的身世和今天的景况，因为通过现身说法的方式是更能增强诗的效果、打动人心的。蒙古族歌手毛一罕，解放前是个"流浪得把靴袜磨破了底"但还是"填不满肚皮"，"走遍了五旗和十县"也"赚不了遮体衣"的艺人，他前半生受着大牧主、有钱人"无穷的辱骂，无尽的迫害"，只有解放后，才解开了捆在身上的绳索，才掀掉压在头上的磐石。新社会给了他做梦也想不到的权利和欢愉："在各种

---

① 　编者注："僮"应为"壮"，后同。

盛大庄严的会场上，也有我们说唱艺人去出席；就是伟大的领袖毛泽东，也会跟我们说唱艺人握手。"于是诗人的创作也起了根本性质的变化，用全部热情赞美新生活。哈萨克族诗人库尔班阿里原是伊犁河畔的一个牧人的儿子，他的苦难的青少年时代是在一座小毡房里度过的。罪恶的反动政权，剥夺了牧羊人的一切权利，诗人早期的诗充满了对自由解放的渴求。一当新疆地区解放以后，毛泽东的阳光照彻整个天山南北大草原时，诗人歌唱的调子猝然变了，他和自己民族的劳动人民一起分享着新生活的幸福和欢愉，他唱出了哈萨克人内心的喜悦："牧羊人插上了翅膀，围着月亮，吻着阳光，和星星畅谈，在天空自由地歌唱。"（《毛泽东给我们权利》）

年青一代走着一条不同前辈的路子。他们受到党的思想雨露的滋润，象春苗一般成长，强烈的爱国主义情绪和集体生活的幸福感在他们作品中现出光彩。藏族青年诗人饶阶巴桑的诗这样说："我从遥远遥远的边疆，渡过了黄河和长江，虽然我还没有走到长白山，但是我在心底轻声地说：'世间再也没有什么，比母亲的胸脯更宽广！'"（《母亲》）蒙古族青年诗人巴·布林贝赫也有这样的诗句："从西藏拉萨的金座献来哈达，从海南岛的森林里献来硕果，从可爱的首都广场响起口号，我们蒙古人民也在热烈地敬乳"，来共同祝祷"父亲毛泽东的健康"！（《心与乳》）

歌颂伟大的共产党和各族人民敬爱的领袖毛主席，是各族作者共同的主题，也是这本集子的基本主题。各族的劳动人民，都从自己的切身经验中知道，只因有了党和毛主席的好领导，他们才在自己的土地上赶走了苦难贫困和荒凉；他们才当上国家的主人，才迎来了新的生活和新的一切；他们才从一个胜利走向另一个胜利。他们从自己的切身体会中知道，他们的一切收获、每个成果，都是和党和毛主席分不开的，党和毛主席是照亮各族人民前进道路的灯塔；是鼓舞各族人民劳动、斗争的伟大力量。而千百年来，或多或少，程度不同地受着异族特别是帝国主义侵略、欺侮的兄弟民族人民，对这点的理解和体会是极为深刻的，所以他们对党和毛主席的热爱拥戴，也更为强烈动人，甚至可以这样说，每一个兄弟民族的劳动者心中，都有着一腔热爱党和毛主席的情感，都有着一支对党和领袖的衷心颂歌。作为他们的歌手的兄弟民族诗人，他们的创作表达了各兄弟民族劳动人民的愿望，唱出了他们心底的歌。这些作品，实际上是各族人民对党和毛主席共同感情的强烈体现。

蒙古族诗人从自己民族的命运中，得出了这样坚定的信念："毛主席坚强的手指引的道路，高山低头，凶猛的洪水也要让路。美丽幸福的花朵发着芬芳，金色的太阳发出绚烂的彩光。"（纳·赛音朝克图：《我握着毛主席的手》）挣断了奴隶枷锁的彝族弟兄，在歌唱自己翻身欢乐的同时也热情地赞美党和毛主席，说："毛主席的红旗，插在彝家的心里。"并下定决心"日夜同毛主席在一起，"永远"跟着共产党走"（吴琪拉达：《奴隶解放之歌》）；生活在祖国南方的仫佬族人民，也身受党和毛主席真理阳光的照拂，当一小撮社会败类阴谋往太阳上抹黑的时候，他们的歌手这样激昂高歌："共产党，我的民族的太阳！谁要往太阳上抹黑，我们就斩断他的手；谁要向共产党进攻，我们就先把他打倒。"（包玉堂：《歌唱我的民族》）这是十分强有力的诗句，它表达出了各族人民热爱、保卫党和毛主席的共同决心和意志。

这个主题的巨大意义和长青生命，是不待言的。值得我们倍加注意的是，这些诗篇有着不同的艺术特点和多样的表现手法。这不仅可以看出兄弟民族诗人歌手们的创作才能，同时也表明了他们诗歌传统的源远流长。不同的表现手法和艺术特点是和各个民族不同的社会生活、风俗习惯相联系的。集子里的一百多篇作品，属于这个主题的占着很大比重，有的诗人还一而再、再而三地接触它和表现它，却不使人产生呆板、重复或雷同之感，其中大部分作品，在意境的创设、比喻的选用和诗句的结构上，都比较独特和新颖，有着鲜明的民族生活色彩。

我们熟悉的蒙古族诗人纳·赛音朝克图写了不少这方面主题的诗。他的作品不同凡响的地方，在于它的题材丰富宽阔，思想健康明朗，气魄雄浑磅礴，他的诗不局限在简单的抒情和片断的联想上。而是乘着诗的翅膀，巡视整个草原，网罗着可以入诗的人物、事件和景象，并以鲜明的思想红线和特有的抒情方式，把这一切熔铸成篇。他的篇幅宏巨的政治抒情诗《狂欢之歌》，这一点表现得格外突出。诗篇的这个特点显然是由突飞猛进的草原生活和蒙古民族特有的粗犷、豪迈精神所影响和决定的。与此不同，傣族歌手康朗甩用的是另一种手法。他的诗主要是抒发自己的内心感受和将自己的激情吐露在精巧的比喻上，以此方式来表现这个主题。歌手赖以抒情的不是眼前万花缭乱的生活图景，而是他日夜企望、想象中的人民首都——北京。诗篇通过傣族人民熟悉和喜欢的事物来比喻它，从而表现出了蕴藏在傣族人民心底的美好感情："北京每一朵花，香在我们的心上；北京每一股流水，滋润着我们的心坎。即使燕子飞到那里，冬天也不愿飞回南方。"（《依高啊，北京！》）这种优美纤细而恳挚的感情，和善良、勤劳、富有艺术传统的傣族人民的美丽性格，很有关系。

藏族诗人昂旺·斯丹珍的诗的手法，也有自己的特色。作者不去借助汹涌感情的奔泻和众多的比喻和衬托，而是通过一段生动有趣，富于戏剧性的对话来表现这个主题：

（卓玛：）"……毛主席能说一百种语言。"

"为什么？"

"因为我们祖国有一百种民族。"

"你又说谎了！"

"不，我并没说谎，

因为毛主席说的话，

句句都是各民族人民内心的愿望。"

语言是那么朴素，意境是那么单纯，但却真实地表现了刚刚打碎野蛮的农奴枷锁的藏族同胞对领导他们翻身的恩人毛主席的热烈拥戴和无限敬佩。这正是当了生活主人的藏族广大人民今天的情绪、愿望的典型表现。

从这里可以看出，兄弟民族的诗歌创作，不仅思想性强，而且在艺术上是百花齐放、风格各异的。这些作者社会主义、共产主义的激情饱满，艺术才思涌若喷泉，他们不仅在处理新鲜题材和不同主题的时候，表现出这种才能；同时，那怕是在写相近或同一的主题时，也显示出了各自不同的风格。从这里，我们有理由相信：我们各民族组成的祖国大诗坛，群芳竞丽、百花争放的时期，已经到来了！

红日的赞歌

—— 读伊旦才让、汪玉良、赵之洵的诗歌

孙克恒

史料解读

　　史料原载《甘肃文艺》1961 年第 12 期，是一篇综合评介伊旦才让、汪玉良、赵之洵三位青年诗人的诗歌创作的诗评。伊旦才让是一位对诗的艺术感受力比较强的诗人，他既长于直接地把心灵的激动传达给别人，又长于通过一定的故事情节的叙述表达感情。在艺术表现手法上，伊旦才让的诗呈现出较浓烈的民族传统色调和浪漫主义的形象感染力量。汪玉良的诗作《东乡诗草》《耶松大板的春天》《筏子手散歌》等则表现出深沉和遒劲的抒情特点。汪玉良诗歌创作的不足之处在于诗人所熟悉并掌握的题材不够广泛多样，因此反映的生活不够深刻、丰富，缺乏对典型的民族风俗的多方面展示。特别是解放后，社会主义建设的飞快发展带来的东乡族人民生活新的变化，反映得较贫弱。在三位青年诗人里，赵之洵的诗歌发表数量较少。他主要运用短诗形式，给人以简洁、明新的感觉，飞动着新社会生活的节奏。该文指出了三位诗人努力的方向，首先要解决革命思想水平的提高与继续深入生活的问题；再者是在马克思列宁主义思想指导下，站在全国各族人民休戚相关的共同命运和目标一致这一思想基础上，努力达到诗歌创作的民族化。

原文

一

近几年来,我省的诗歌园地里绽放出了几枝散发着馥郁的芳香、富有绚丽的民族色调的花朵。放声讴歌社会主义《金色的骏马》,《飞向太阳的家乡》,并以《尕海组诗》和《红日的赞歌》中鲜明飞动的民族风习画面,吸引着我们的是藏族青年诗人伊旦才让,从《唱一唱跃进的家乡》开始,接续着又以《东乡诗草》、《耶松大板的春天》和《筏子手散歌》等组诗,向我们展示出一个民族解放前后生活的变化,新人的成长,并在诗中滚淌着一股深沉、激荡的感情暖流,那是东乡族青年诗人汪玉良;还有回族青年诗人赵之洵,也以那组意境鲜明、构思巧妙的"情歌会即景",引起我们的注意。尽管这三个民族不同的歌手,踏上诗歌创作的道路还不太久,在创作的某些方面也还不太成熟,但是,由于他们有着比较深厚的生活基础,有对党,对社会主义建设事业的澎湃激情,有丰富的少数民族民间文学的滋育,特别是有社会主义雨露和党的阳光直接抚养,所以在他们创作的开始,就迈出了坚实的第一步。

最近,我有机会比较全面地读到了这三位青年诗人散见于几种报刊上的抒情诗作,从心底为他们取得的成绩高兴,也感受到一种精神上的鼓舞。欣喜之余,不禁萌生了想发表一点感想的愿望……

二

在公园的花圃前面,我们会根据香味的浓淡,花瓣的形状,枝叶的异别,花色的深浅……也就是说,根据它们的不同特点,来认识和区别这种和那种花,叫出这样或那样花的名称来。对于诗歌创作,我觉得,最可贵最需要的,也正是要建立这种特色。作品的艺术特色,是思想和生活在作品中的艺术闪光,是作品内容与形式寻求统一过程中的一种独特而巧妙的结晶;是艺术技巧水平的"温度计",也是通过作品的构思、手法与风格等等把一个作家和另一个作家区别开来的重要的因素。读过三位青年诗人的作品,给我印象最突出的,就是他们虽然发表作品的时间还不太久，但是，通过他们各自的主观努力和不断地创作实践，在几组有代表性的诗作里，已经初步显露出了他们各自不同的创作特色。应该说，这是一个很重要的收获。这里，我只想就几个主要方面，谈谈自己的一些粗浅的看法。

伊旦才让是一个对诗的艺术感受力比较强的诗人，他既长于直接地把心灵的激动传达给别人，又长于通过一定的故事情节的叙述表抒感情的诗人。《金色的骏马》、《飞向太阳的家乡》、《尕海组诗》及《红日的赞歌》（组诗）就较集中地体现了这一特点。他能敏感地观察并奇妙地摄取我们祖国在社会主义革命和建设的胜利行进中，藏族生活里所起的一系列平常的，但都蓄蕴着本质变化的那些事物、场景，精心地从生活里抽出一缕一丝的金线，编织出自己最心爱最激情的歌。于是，我们读到了献给"别说今天才学会'尕'、'卡'，可明天是草原上的曼巴"的草原小学（《谷底的银泉》），歌唱"一座座的新房，暖烘烘的火塘，银白的毡哟，捧托着微笑的脸庞"的藏族新居民点的出现（《暖烘烘的火塘》）；以及年青的藏族兽医格桑（《白云中遨游》）；公社的猎队（《山谷里的回音》）等诗篇。在他的一些诗里，构思的巧妙，又是对集中于某一特定生活场景的具体概括和诗意抒情紧密地结合在一起的。比如，《金色的骏马》开始的一段，诗人就以"不是正月十五的灯会，也不是六月六的相郎节"，但人们却反常地"穿红又挂绿"、"脸上放射红光"等挑逗起我们的蛊惑。接下去，直到第二段八行中的最后两行，在气氛、情绪已极尽点染、铺张之后，诗人才道出了这个秘密：合作社要成立了！于是，我们听到了村长动听的话语和震动山谷的欢笑。最后，在结束的高潮中才跳出了全诗那有力而深刻的主题：

老阿加白胡子颤动，满眼泪花

封了娘尼的老阿妈高兴的说出了话

呵，社会主义——金色的骏马

你驰到那里，幸福便到那里安家

《暖烘烘的火塘》也是以具有明晰的民族风俗画面的对比，激发起我们无限的想象；更巧妙的象在《白云中遨游》一诗里，三个地方诗人都破格地因而也是大胆地运用了同一种形象:"书本里欢跳着一群群牛羊","明天皮箱里会跳出一大群的牛羊","明天这脚印会变成数不尽的牛羊"。这就不仅把牛羊与藏族生活的关系,把格桑学习兽医的过程与人民的理想,含蓄、形象、惜墨如金的表现了出来,同时,在诗的语言效果上也达到一种节奏的美。

伊旦才让也是一个善于把思想,把生活观察和体验转化为形象感受的诗人。一个抒情诗人具有这种特殊的形象思维表现力,那是很难能可贵的。我们不妨看看《满天的白云》一诗里,伊旦才让是怎样描写羊群的。我觉得,除开"羊儿出了栏"和"羊儿围栏卧"两节略显平庸外,其他三节,生动的比喻形象,传达出了多少"言有尽而意无穷"的诗的神韵啊!

羊儿上了山,

就象雪白的云衣衫。

羊儿布草原,

就象晶莹的星斗万点。

羊儿湾里跑,

就象江河起波涛。

这是在写羊多,但从羊多又衬托出了山高、湾险、草原辽阔的特定的自然环境。……这些是诗启发给我们的,是在我们想象世界里映显出来的。这种艺术语言的技巧,就是高尔基所说的"作家的作品要能够相当强烈地打动读者底心胸,只有作家所描写的一切——情景、形象、状貌、性格等等,历历地浮现在读者眼前,使读者也能够各式各样地去'想象'它们,而以读者自己的经验、印象及知识底积蓄去补充和增补"(《给青年作者》)。

在艺术表现手法上,伊旦才让的诗呈显出较浓烈的民族传统色调和一种浪漫主义的形象感染力量。这一方面是由于诗人对生活的激情和深刻的感受所决定的;另一方面,民族诗歌与传说,也给他的诗歌艺术表现的调色板上,增加了绚烂、多彩的几笔。在诗中,他广泛地运用了象征性的比喻与民间传说中的情节事物,特别象《飞向太阳的家乡》和《党啊,我的阿妈》表现得尤为显著。甚至他的许多诗的标题,也体现了这种特点。在有些诗里,象《满天的白云朵》、

《谷底的银泉》，又分明看得出藏族民歌的影响。

　　如果我具体地谈到某些诗的缺点，我觉得，《飞向太阳的家乡》的第三节意思多有重复，嫌长了些；因此，给全诗匀称完整的结构带来了些不和谐之感；"心灵里充满了阳光"，构思较一般化；"猎队的权子枪在歌唱，呵啰啰，草原上人畜两旺"，"枪权上挂一天繁星，山顶上传来朗朗歌声……"意象雷同而平淡，"马背上搭满兽皮——绚丽的云彩"之句，也嫌笨拙了些。……

　　深沉和遒劲，是汪玉良的许多诗所共同表现出来的一种抒情个性特点。这些诗，我指的是《东乡诗草》（组诗，1959 年）《耶松大板的春天》（组诗，1960）《桥梁》（1960）《革命春秋》（组诗，1961）和最近发表在《甘肃文艺》10 月号的组诗《筏子手散歌》。从这些诗发表的顺序上，也较豁朗地描划出了汪玉良在创作中步步提高的前进轨迹。这是很可喜的。他特别擅长于截取拥有较完整的故事情节的一系列的生活场景，准确的特定的自然环境描绘与对人物的精心地镂刻，嵌镶在诗人别具匠心的创作构思中。象《猎手》、《狩猎队》、《木筏夜行》以及包括在《筏子手散歌》中的三首诗，都可以说是这样的力作。我们看在《猎手》一诗里，诗人是怎样介绍色日素和克力木出场的：

　　黑影卷起一股股懔懔旋风，

　　雪沫纷扬，撒来一声声吆喝；

　　呵，不要问这老练的猎手是那一个，

　　大板的山鹰呵那准是色目素大哥！

读到这里，终究还不算是淋漓酣畅，最传神绘影的还在下面：

　　山鹰把锦鸡逼向山隘窄谷，

　　就在那摸向林棵老窝的时刻，

　　只见他倾身抖手放出一串火蛇，

　　那纷纷彩云翻滚着栽落……

　　陡然，崖头飞落一个年轻小伙，

　　帽檐上一缕红缨迎风闪烁；

　　荷着枪，他纵身向地面飞跃，

那敏捷,真难用文字描写。

这才真叫痛快呢! 在《猎手》里,人物刻划,可以说是在飞动紧张的场面里,用人物自己的突出行动,出奇制胜地得以完成的。但是,在另一类诗里,比如说《老队长》,老队长的形象塑造,却是在与洮河激战的前夜,表面上平静、缓和的氛围里,通过站在河崖上的老队长"看河滩上木筏排列成行,洮河上下,望不尽的红松白杨,就要押送原木献给祖国,猛想起当年漂泊在浪上——"的一连串遐想,和由于今天的幸福而充满浑身力量的内心活动展示,而达到目的的。一动(《猎手》)一静(《老队长》)的不同构思和艺术表现,镂斫出了两个具有不同性格特点、内心感受又各显风采的老年人形象。《儿子》也是一首成功之作。在精神本质上,这首诗应该说是《猎手》与《老队长》融铸后的结晶。在《儿子》里,英雄的老把式阿爸,和英雄的儿子曼苏尔两代形象,就是在"动"与"静"结合的艺术创造里,站立在我们面前的。特别象:

阿爸没有来得及一声叮咛,

曼苏尔一纵身穿进怒涛,

象一支羽箭径直射向河面,

两臂荡平了一河风暴。

北岸水手的喝采缭绕未息,

曼苏尔已转回南岸前来报到,

他手擎的红旗滴水不沾,

熠熠旗音如波涛畅笑!

全诗的神韵,在这两节诗里燃烧起来了。这里再一次显示出诗人对特定生活场景的独特构思以及那种气势雄浑、遒劲和深厚的创作个性。

或则闲闲几笔,或则精雕细凿,给我们描绘出了几个难忘的老人与年青人(包括青年群众)形象,如象色目素和克力木(《猎手》),阿爸和曼苏尔(《老队长》),老队长(《老队长》)和《木筏夜行》中的年青人们,老水手和那年青的一群(《喜讯》)这是汪玉良诗歌创作的极重要的收获。

但是,与伊旦才让比较起来,汪玉良的诗歌创作有显著的不足之处。纵观汪玉良的诗，我总觉得好像诗人所熟悉并掌握的题材还不够广泛多样，因此反映的生活，就显得不够深刻、丰富。他的诗缺乏典型而鲜艳的民族风俗画幅的多方面展示，特别是解放后，社会主义建设的飞快发展所引起的东乡族人民生活中激荡最深，幅度极大的变化，反映得较贫弱。诗人所喜爱和最有感情的抒情题材是猎手、水上生活与放筏，人物类型是老年人。而几首反映民族生活变化的诗，象《桥梁》，《舍犁夫老人的歌》，《赫底澈》，《幼儿园》等等，因为感受较浮泛而显得一般化。这确实也是一个极有趣的现象。我们只要读读这几首诗，就不难发现，它们在反映生活时，有一个共同特点，就是都缺乏具体、明细的，又有一定情节性的画面概括。但善于这种诗的艺术构思与表现，已如上述，恰恰正是汪玉良所擅长的。这个事实，从表面上看，好象只是一个擅长于某一方面的艺术表现的问题，但实质上，它的含意却要深刻得多。为了说明问题，我们不妨再举出一个例子来看看。在不少诗里，诗人都回忆到东乡族人民解放前的惨痛生活。那是：

> 漫长的岁月呵，头人和荒旱，
>
> 用罪恶的手劫夺了我们的心血，
>
> 苦难的土地埋不尽苦难的生活，
>
> 日日夜夜，日日夜夜……

（《南阳河》）

> 这里曾接连不断的挥动刀枪，
>
> 呵！那动荡的年月，民族的纷争，
>
> 曾在他们心上烙下了多少创伤！……

（《桥梁》）

哪是象在《舍犁夫老人的歌》和《红旗》中所反映得那样（《老队长》是个例外）？但诗人无论怎样横描竖绘，反咏复叹，总是使人觉得隔了那末一层，也就是说，在我们的想象世界里活不起来。但是，这种"隔"，在伊旦才让的诗里，就被诗人用形象的具体描写打破了。他也写到过藏族牧人的苦难，可是我们看他是如何写的：

"江河出自岩泉，

海洋是它的终点，

可牧人呵，你的路，

起自哪里？还有没有终点？"

"草原那面是重重雪山，

雪山那面又是无边的草原，

爷爷将阿爸丢在雷雨的路上，

阿爸只留给我茫茫的雪原。"

"草原上冰雪越积越多，

牧人的路越走越窄，

糌粑皮袋已抖过三十三遍，

就连脚上的靴子啊，也成了累赘。"

"父母给了牧人一双走路的腿，

可头人说牧人只长了一张吃饭的嘴；

祖宗八代走不完的路，

终点是焚化牧人尸体的灰堆。"

（《暖烘烘的火塘》）

读着这几节渗透着血与泪，仿佛从诗人心灵深处喷射出来的诗行，就使我想到，假如我们青年诗人没有解放前那段亲身经历过的农奴生活，怎能写出即使是这么有限的几行，却具有无限重量的诗来！

这里，已经牵扯到艺术创作的一个带根本性的问题了。一个作家生活基础的深度、广度，他对生活的具体而形象的多方面感受程度，一定会灵敏无误地通过作品思想的概况、题材的选择和处理、事物形象表现的准确性与具体性等等的折光，或明或暗或隐或显地反映出来。汪玉良的诗歌创作，要想在现有的基础上，从思想与艺术两方面，再突破一步，非首先解决这个问题不可。生活贫乏与艺术表现上的贫乏有前因后果的必然联系。事实上，在汪玉良的诗中，也已流露了这一迹象：《儿子》的思想寓意与《猎手》有些雷同，《老队长》的意境创造也会使我们不无理由地联想到《木筏夜行》。

另外，有些诗也给人以不够凝练之感，诗的节奏显得松缓。在主观抒情色彩较浓的诗里，对思想与激情的想象概括、熔铸的不够；在较客观的有一定情节性叙述的抒情诗里，展开情节，镂塑人物，叙事与抒情的结合等等，处理的不恰当，都是导致创作拖沓、散漫的原因。前者，如《祖国颂》；后者象《喜讯》，把情节推进的节奏，放得再跃动一些，就更接近理想。有些诗句，只能看，不能念，念起来佶屈聱牙，也是应该避免的。

在三位青年诗人里，赵之洵发表的数量较少。他所运用的主要也是短诗形式。他的几组诗，如象《青海速写》、《草原水电站散歌》、《情歌会即景》、《雪莲小集》和《高原歌舞队》，或者几幅小型的旅途感受速描；或者为社会主义建设者们唱几支短歌，或者几笔动人的藏族风俗画面的勾勒……都给人以简洁、明新的感觉，飞动的新社会生活的节奏，在每首小诗里，都跳蹦得适意而紧张。特别值得一提的是，描写正月初八藏族居住地区拉不楞附近举行情歌会的三首短歌，三个含蓄、凝练的镜头，达到了惊人的传神：

> 圆袖遮住了半个脸庞，
>
> 目光紧盯着一个地方，
>
> 虽然她一直没有开口，
>
> 却已经将多少歌儿唱给她的情郎……

这首题做《羞》的短诗，不但使我们记起这样两首藏族民歌：

> 她抿着嘴儿微笑，
>
> 向满座望了一望，
>
> 媚眼娇滴滴一转，
>
> 停留在情郎脸上。
>
> 黑字写的誓盟，
>
> 雨水一湿就漫灭了，
>
> 没写出的心中情意，

谁也擦它不掉！

（《西藏短诗集》王沂暖编辑）

也使我联想到唐代汉族诗人于鹄的一首绝句《江南曲》：

偶向江边采白蘋，

还随女伴赛江神。

众中不敢分明语，

暗掷金钱卜远人。

这都是诗人们在有限的四行的诗歌形式里，充分运用了以"静"（外型）传"动"（内心），以"无声"显"有声"的辩证艺术表现手法，揭示出人物丰富的内心感受的佳作。

对于赵之洵，我们期待着能读到他更多的诗歌作品。

记得在今春的一次座谈会上，伊旦才让谈到他对深入生活的体会时说，有一种人扎根在深厚牢固的土地上；有一种人却站在沙砾垒起的流坡上，能真正唱出人民心灵的歌的，写出受群众欢迎的艺术作品来的，是前一种人，而绝对不会是后一种人。这个话是发人深思的。毛主席早就说过："作为观念形态的文艺作品，都是一定社会生活在人类头脑中的反映的产物。革命的文艺，则是人民生活在革命作家头脑中的反映的产物"（《在延安文艺座谈会上的讲话》）。所以，要使创作在已取得的成绩基础上，再向前跃进一步，我们三位诗人所应该首先解决的问题，还是革命思想水平的提高与继续深入生活的问题。提高思想，深入生活，这不仅能使诗人们深刻地理解生活的全部丰富性、复杂性，在森渺的现实生活海洋里，进一步摸清并把握住那些稳步成长的新鲜事物和场景的本质含意，使作品的思想容量充实起来；同时，也是想象驰骋，诗情喷涌，获得无尽的创作构思，扩大写作题材，不断提高艺术概括水平的唯一泉源。对于这个问题，我们前面结合着汪玉良的创作，已经初步论述过了。不过，这里还有一个问题值得注意，那就是我们达到诗歌创作的民族化，也是与一个诗人的深入生活程度有直接关系的。民族化，绝不是在作品里出现几个卓玛或赫曼克等名称，描写的是赛马或者帐篷，用的形式是"拉夜"或是"花儿"。广博、喧沸的民族群众生活,某一民族所特有的思想感情,民族民间文艺创作,永远是培育民族歌手的肥腴土壤。但,同时,一个真正的民族歌手,只有在马克思列宁主义思想指导下,只有站在全国各族人民休戚相关的共同命运和目标的一致这一思想基础上,也才能对本民族的生活和群众精神领域,有更深一层的了解。这样,在诗歌作品中,才能出现属于某一民族所特有的那种生活和感情表达方式,表现出民族精神的本身,这就是作品真正民族化的标志。

另外,加强文艺修养,提高艺术表现技巧水平,也是一个重要问题。尽管我们前面提到过,在三位青年诗人的诗里,已经初具了某些艺术独创性,并且把它看作是诗人们创作的重要收获。但这毕竟是初步。从更高的艺术标准来要求,瑕瑜互见,甚至是失败之作也都存在。这就需要我们更加努力地学习。藏族、回族、东乡族都以善歌善舞,闻名遐迩,民族艺术遗产与群众创作,也显示出了无比丰富性与艺术感染力。这正是我们青年诗人们可以投身于其中,孜孜学习的海洋。向其它兄弟民族,特别是向历史悠久、容量丰富的汉族文学理论遗产与诗歌作品学习,也是重要的一方面。如象在诗的艺术构思与意境创造;诗歌语言的含蓄、凝练与形象化;诗的思想、形象与诗句结构完美融汇所出现的"言有尽而意无穷"的语言力量,等等各方面,在优秀的汉族古典与现代诗歌作品中,都有极高的造诣。如果我们能多注意吸收,消化,并转而为自己艺术创作生命中的有机成分,那提高会是很快的。

党的百花齐放、百家争鸣的方针,已经在我国各族文艺工作者面前,展示出了一条丰富、宽广的社会主义文学艺术发展的康庄大道。热烈地期待着我们三位青年诗人,在这大好形势下,在社会主义文学艺术的春天里,唱出一支又一支更新更美的歌。

民族团结谱新歌

——喜读《少数民族诗歌选》

但国干

史料解读

该文为书评,原载《中央民族学院学报》1975 年第 3 期。《少数民族诗歌选》是继《我握着毛主席的手》《颂歌声声飞北京》之后又一部全国性的少数民族诗歌选集。这部诗选收录了包括台湾高山族在内的全国 54 个少数民族的215 首诗歌,编者站在统一的多民族国家的高度,有意突出中国文学多民族共同创造、共同发展的基本特征。该文对《少数民族诗歌选》这部诗集的思想和艺术特征进行了全面分析和评价,正如作者所说:"我国是一个多民族的国家,勤劳勇敢的各族人民,在长期的革命斗争和生产实践中创造了丰富灿烂的民族文化,其中包括具有民族特色的诗歌。"该文诞生于 20 世纪 70 年代中期,时代政治话语特征非常鲜明,但作者的统一的多民族国家立场值得肯定。

原文

我国是一个多民族的国家,勤劳勇敢的各族人民,在长期的革命斗争和生产实践中创造了丰富灿烂的民族文化,其中包括具有民族特色的诗歌。

经过学习无产阶级专政理论,各族工农兵歌手、诗人,以昂扬的革命激情,精湛的艺术手法,写出了不少优秀诗篇。继一九七二年出版的《颂歌声声飞北京》之后，现在又有一本《少数民族诗歌选》（中央民族学院选编、人民文学出版社出版）和广大读者见面了。

这本诗选收录了包括台湾省高山族在内的全国五十四个少数民族的二百一十五首诗歌，各族诗歌之首分别冠以独具民族特色的题头画。建国以来出版的少数民族诗歌集子，包括五十四个民族成分的，这还是第一本。它生动地显示了在毛主席革命文艺路线和党的民族政策的光辉照耀下，我国少数民族的诗歌创作正在日益繁荣，别开生面。

诗歌和其他文学形式一样，从属于一定的政治路线，是为一定的阶级服务的。革命诗歌是无产阶级的意志和理想的体现，是巩固无产阶级专政的战斗武器。当前，全国各族人民正在贯彻毛主席关于认真学习理论、反修防修，促进安定团结和把国民经济搞上去的重要指示，开展轰轰烈烈的农业学大寨运动。作为文艺轻骑兵的革命诗歌，应该而且必须通过具体的生动的艺术形象，去反映这方面的内容，从而使广大人民群众都知道：认真学习和贯彻毛主席三项重要指示，对于进一步理解和贯彻党的基本路线，搞好反修防修的斗争，加强全国各族人民的革命团结，具有重大的现实意义和深远的历史意义。

《少数民族诗歌选》中的许多诗篇，正是把各族人民学习无产阶级专政理论问题作为重点凸现出来，因而使整个诗集具有强烈的政治倾向性和鲜明的时代特色。从诗集中，我们看到了长白山下的"山寨读书班"，"边疆民兵篝火新夜校"和"牧村理论队伍"的茁壮成长；看到了在深夜刻苦学习无产阶级专政理论的朝鲜族女支书金达莱的生动形象，看到了"黎族青年学理论，誓把封、资、修扫下海"的坚强决心。这一幅幅绚丽的艺术画卷，一个个光彩照人的新人形象，深刻地再现了少数民族的人民群众坚持无产阶级专政下继续革命的战斗风貌。

革命理论一旦武装了人民群众，就会产生巨大的物质力量。诗集反映民族地区通过学习无产阶级专政理论，革命和生产呈现出一派欣欣向荣、蒸蒸日上的大好形势，革命的新生事物象雨后春笋一般涌现出来，社会主义到处都在胜利地前进。

"条条真理化金泉，流进心田起惊涛"。通过学习无产阶级专政理论，更可喜的是人的变化。诗选的作者生动地描写了一批活跃在社会主义革命和社会主义建设第一线的各族工农兵的新人形象。他们有"跨上电塔猛加鞭"的草原架线工和"为祖国的明天,绘制更加壮丽的画卷"的西藏高原上的第一代毛纺工人;有"在广阔的田野奔驰"的维吾尔族女拖拉机手;有"手握钢枪,守卫在祖国北疆"的"七日格"(战士);有被誉为"公社的报春鸟,苗岭山上的腊梅花"的苗乡邮递员;还有访遍洱海千家万户的白族赤脚医生。在这些新人身上,跳动着时代的脉搏,焕发着革命的精神,体现了"人民,只有人民,才是创造世界历史的动力"的伟大真理。一首维吾尔族诗歌说得好:

谁说我们是"下愚"、"小人"?

创造人类历史的正是革命工农;

谁说我们想"恭喜发财"?

扭转乾坤的正是奴隶们。

诗歌是直接表现作者强烈感情的一种文学样式。革命诗歌对激发、鼓舞人民群众的革命感情能起特殊的作用。洋溢于《少数民族诗歌选》中的,是各族人民热爱伟大领袖毛主席和伟大的中国共产党的深厚的无产阶级的革命激情。请看佤族民歌《颂歌飞北京》中的一段:

如果我们是红云,

就飘向太阳的故乡。

如果我们是山鹰,

就环绕北京城飞翔。

如果我们是鲜花,

就开放在天安门广场。

阿佤心向毛主席,

心向红太阳升起的地方。

这首诗韵味隽永,一气呵成。作者用形象的语言,烘托的手法,把佤族人民热爱毛主席的深情抒发得淋漓尽致。

少数民族的人民热爱毛主席和共产党是有其深厚的思想基础和阶级基础

的。他们从自己的切身经历中深深感到：毛主席和共产党是各族人民的大救星，是继续革命的领路人。解放前，在那"长夜难明赤县天"的苦难岁月，少数民族的劳动人民深受三座大山的残酷压迫，不少人被赶进深山老林，被反动统治者视为不开化的"野人"。"苦过黄连猪胆泡"正是他们苦难生活的真实写照。毛主席和共产党把他们从黑暗苦难的深渊中拯救出来，让他们成为新生活的主人，走上了社会主义的金光大道。"毛主席恩情比天高，颂歌就像喷泉冒"，这是各族人民热爱毛主席的共同心声。

当然。抒发革命激情不是空泛的，它总是通过对具体事件或场景的描写来进行的。《牧民见到了毛主席》描写蒙古族牧民聚集在牧草茸茸的蒙古包前观看电视，急切地"等待着领袖幸福接见"的动人情景。当毛主席的光辉形象出现在荧光屏上的时候，牧民们一个个激动得"胸前挂满了珠串"，此刻，"满都图盖"（万岁）的欢呼声响彻了夜空，震动了草原。在这首诗的最后，作者更是把革命激情推上了一个高峰：

　　毛主席的身影啊，

　　永远映在心间；

　　毛主席的光辉啊，

　　永远照亮草原……

诗的感情深沉浑厚，亲切感人。《庆丰收》通过描写欢庆丰收的热烈场面，抒发了朝鲜族社员热爱和想念毛主席的心情。在这丰收大喜的日子里，社员们擂响长鼓，拨动伽倻琴，载歌载舞，他们"顶来最甜的泉水一罐，选满最好的稻谷一箩，酿成甜酸酸的米酒一坛，做成香喷喷的打糕一锅"，请亲人毛主席来做客，分享这丰收的快乐。诗的感情质朴纯真，沁人心脾。此外，如回族民歌《毛主席著作是清泉水》，生动地阐明毛主席著作具有无比巨大的威力，是改天换地的力量的源泉。佤族民歌《春雨和阳光》，形象地说明听毛主席的话就无往而不胜。苗族民歌《最爱毛主席的革命路线》通过生动的比喻，表达了苗族人民坚决捍卫毛主席革命路线的决心。读着这些闪耀着思想光辉的诗篇，我们受到了深刻的思想和政治路线的教育。

毛主席曾经指出："中国文化应有自己的形式，这就是民族形式。"所谓民族形式，就是"新鲜活泼的、为中国老百姓所喜闻乐见的中国作风和中国气派。"斯大林同志也曾经指出："无产阶级文化并不取消民族文化，而是赋予它内容。相反，民族文化也不取消无产阶级文化，而是赋予它形式。"(《论东方民族大学的政治任务》)这些精辟的论述，都说明民族形式对发展民族文化的重大作用。它对诗歌创作也是完全适用的。革命诗歌既表现社会主义的时代精神，又具有一定的民族特色，才能更好地发挥鼓舞人民，教育人民的作用。

《少数民族诗歌选》在继承和发扬诗歌的民族形式方面，收到了可喜的成果。《毛主席恩情比天高》用的是瑶族"呼咿歌"形式，写出瑶族人民曾经历两种社会、两重天的生活，在表达上，恰当地运用了修辞学上的"顶针格"和瑶族人民习用的呼喊声"呼咿"作衬字，表现出瑶族人民深厚的阶级感情，形式新颖，别具一格。《长长的"铁龙"进侗乡》用的是侗族琵琶歌形式，生动地反映了侗族地区的巨大变化。《土族人民一心跟着党》、《脚踏个金色的路了》、《金色的大路毛主席铺》采用的是流行于我国宁夏、青海、甘肃一带，并为各族人民所喜闻乐见的"花儿"的形式，抒发了土族、东乡族、裕固族人民对伟大领袖毛主席热爱的感情，语言朴素，有着浓厚的民歌风味。《草原对唱》用男女对唱形式，反映出哈萨克族人民对社会主义新生活的热爱和他们生活在草原上的豪放的性格特点。

有些作品，同时就是歌词，不仅读起来琅琅上口，而且随着民族乐器的伴奏可以放声歌唱。鲁迅先生在论述诗歌创作时曾经说过："诗歌虽有眼看和嘴唱的两种，究以后一种为好"。革命诗歌是战斗的号角，是刺向阶级敌人的投枪，如果它具有顺口、有韵、易记、能唱的特点，就能更好地发挥其战斗作用，为巩固无产阶级专政服务。各族歌手在发展诗歌的民族形式上，虽然作了一定的努力，但用顺口、有韵、易记、能唱这个标准去衡量，还有不少差距，我们应该朝这个目标继续前进。

大量运用比喻、夸张、对比、设问等修辞手法是许多少数民族诗歌在语言上的一个特点，如用"革命理论代代传，好比江河流不断"，来说明学习革命理论的重要意义，用"举锄离天三尺三，锄落犹如春雷翻"，来形容贫下中农战天斗地的革命干劲；用"昔日的阿克塞是凄凉的荒滩，如今的阿克塞是幸福的乐园"，来描绘边疆地区日新月异，今非昔比。这些手法加强了诗歌的艺术效果，具有较强的感染力。

《少数民族诗歌选》还具有广泛的群众基础。诗歌作者绝大多数是少数民族出身的工人、社员、牧民、渔民、猎手和人民解放军战士。其中有年逾八旬的老贫农，也有朝气蓬勃的年青一代；既有革命领导干部，也有普通群众。他们以满腔的革命热情关注党的文艺事业，积极投入诗歌创作活动。如湖南省通道侗族自治县八十六岁老贫农吴朝运同志，在生命的最后一息，也还给我们留下了《侗乡升起红太阳》这首充溢着革命激情的诗歌，热情地歌颂伟大领袖毛主席。又如《矿工的心意》的三名作者，一个是工厂党委书记，一个是革委会主任，一个是普通工人，它是典型的"三结合"的产物。各族工农兵占领诗歌阵地，是无产阶级在文学艺术领域对资产阶级实行全面专政的强有力的表现，也是我们党的文艺事业不断繁荣兴旺的可靠保证。

总起来说，这本诗集的思想性和艺术性是好的，它是在毛泽东思想哺育下，各族工农兵用自己的心血谱写出的一部民族团结的新歌。它的出版，令人可喜可贺。当然，这本诗集和其他新生事物一样，不可避免地存在某些缺点，例如有的诗在语言上还不够凝炼，用词也有不够准确的地方；有的诗不大讲究押韵，读起来不那么顺口。这些说明少数民族诗歌创作如何进一步繁荣发展，在理论上和创作实践上都还存在一些问题，有待研究、摸索和创造。我们坚信，在毛主席革命文艺路线的指引下，各族歌手和业余的、专业的文学工作者一定能够在批判继承古典诗歌和民歌的基础上，百花齐放，推陈出新，创作出更多更好的作品，为促进各民族的文化交流和革命大团结，不断做出新的贡献，民族诗歌园地的新花朵将会越开越鲜艳。

（本文有删节）

光辉照千秋　颂歌唱万代

——读云南各民族歌颂毛主席的诗歌

李丛中

史料解读

　　史料原载《思想战线》1977 年第 5 期。该文是一篇评论,主要评论了云南歌颂毛泽东主席的诗歌作品。该文认为这些诗歌寄托着对毛主席的思念,表达了对毛主席的崇敬,写出了见到毛主席时的激动心情,有的还用被毛主席握过的手来歌颂毛主席。这些都是那个年代党的民族政策和少数民族翻天覆地的生活的真实写照。

原文

　　云南是一个多民族的省份。二十二个民族,尽管有自己不同的历史和传统,风俗和性格,但却有着一个共同的命运:旧社会,遭受到残酷的剥削和压迫;解放后,享受着温暖和幸福。因此,各族人民对党和毛主席的感情,都是极为深厚的。

　　云南是一片诗歌的海洋。各民族的诗歌,尽管形式不同,风格各异,但这些诗歌都有一个共同的主题,那就是对党和毛主席的热情赞颂。

　　从解放到现在,云南各族人民歌颂伟大领袖和导师毛主席的诗歌,真是浩如烟海,"比树叶还密","比星星还多"!读着这些诗歌,可以深深察觉到各族人民心脏的跳动和热血的沸腾。是的，这不是一般的诗歌，它真真是发自肺腑，来自心底的歌。它无半点的矫揉造作之感，显得那样真挚、深沉、朴素和自然，充满着浓郁的民族风味和强烈的泥土气息，有自己鲜明的艺术特色。总之，这些诗歌，称得上是优美动人的诗歌。

要深刻理解云南各族人民歌颂毛主席的诗歌，之所以那样感情深厚，真挚动人，不能不联系到各族人民解放前的悲惨遭遇，解放后的欢乐幸福。解放前，压在各族人民头上的，除了帝国主义、国民党反动派之外，还有土司、山官、王子、头人。各族人民，不但经济上遭到残酷的剥削，政治上受到骇人听闻的压迫，而且思想上也受到沉重的统治和压抑。

有一首彝族民歌是这样唱的：

遍山羊群是奴隶主的，

软软牧鞭是奴隶主的，

牧羊姑娘是奴隶主的，

牧场响起了悲歌，

唯有歌声才是自己的。

这首歌，真是声声泪，字字血，它以最深沉的愤怒，揭露了奴隶制的残酷剥削和统治。奴隶们不但一无所有，连自己也不能自由，只有"悲歌"才是自己的，这是多么惨痛的遭遇呀！

然而，在那暗无天日的旧社会，即便是悲歌，也不能痛快地唱出来，因为"村首'阎王'不答应，要唱调子先罚油"。满腹的悲愤已经到了说不得说，唱不能唱的地步，还有比这更痛苦更惨痛的事吗？怪不得一首傈僳族民歌这样说："我看见七十七个人都在哭泣，我看见九十九个人都在悲伤"，这的确是解放前各族人民悲惨生活的真实写照和形象概括。

解放了，毛主席的光辉照到了云南边疆。"太阳照到的地方最暖和，鲜花盛开的山岭蜜最多"（布朗族民歌）。各族人民政治上抬了头，经济上翻了身，思想上也得到了解放。他们知道："贫穷要在我们这一代结束，幸福就从我们这一代开始"（傈僳族民歌）。他们懂得："如果没有您，毛主席！我们哪能活到今天；如果没有您,毛主席! 千年的铁链还在脖颈"(彝族民歌),因此,他们更坚定地表示:"哈尼人不能离开共产党,就像婴儿不能离开乳娘;哈尼人不能离开毛主席,就像鲜花不能没有太阳"(哈尼族民歌)。就这样,千百年来郁结在心中的歌,就必然像火山一样爆发出来,如江河一般倾泻出来。各族人民把满腔的感激之情,献给了社会主义,献给了我们的党,献给了伟大领袖毛主席。旧社会的悲歌,代之以新时代的欢歌,颂歌。在数以万计的颂歌中,纵情歌颂恩人毛主席,便成了各族民歌中崭新的压倒一切的主题。有一首傈僳族民歌说得好:"心里的歌有一百竹箩",感谢共产党,歌颂毛主席的歌,"就有九十九竹箩"。

这些歌颂毛主席的诗歌,以高昂的格调,欢乐的情绪,瑰丽的想像,巧妙的比喻,多彩的语言,唱出了我们时代的最强音。各族人民,出于对伟大领袖毛主席的衷心爱戴,总是用最美好的形象来歌颂毛主席,在比喻中寄托着无比深厚而强烈的感情。他们把毛主席比做金灿灿的太阳,比做天上的彩虹,比做北斗星,比做甘露,比做和风,比做春雨……而下面这首彝族民歌,可以说是各种比喻的精华的荟萃:

　　星星和月亮在一起,珍珠和玛瑙在一起,

　　庄稼和土地在一起,幸福和劳动在一起。

　　儿子和妈妈在一起,鱼和水在一起,

　　针和线在一起,彝家和公社在一起。

　　光明和太阳在一起,温暖和春天在一起,

　　人民和毛主席在一起! 彝家的心啊!

　　永远和共产党不分离。

"在一起……在一起",这一连串的比喻,如泉水涌流不止,如珍珠相串不断,一气呵成。这首民歌善于从生活中常见的事物中,信手拈来,做成如此贴切而生动的比喻。在这一连串的比喻之后,又画龙点睛地指出:"人民和毛主席在一起",这真是唱出了各族人民心中久欲倾吐的话。这只是比喻吗? 不,这不只是比喻,每句话都闪耀着真理的光芒。它把领袖和群众不可分的关系,说得如此明白,如此形象,如此透彻,又如此深刻!

　　正因为伟大领袖毛主席与各族人民这样亲密,因此,各民族人民无时无刻不在想念伟大领袖毛主席。端起新米饭时想念毛主席,穿起新衣裳时想念毛主席,盖起竹楼时想念毛主席,点上电灯时想念毛主席……。白日的劳动中,夜晚的梦境里,思念毛主席的心,像千丝万缕的经线纬线,时时都牵连着北京,牵连着毛主席!

　　这种日思夜想的深厚情感,很自然地又倾注到诗句中,凝铸成歌颂毛主席的诗歌。请看下面一首佤族民歌:

　　如果我们是红云,就飘向太阳的故乡。

　　如果我们是山鹰,就环绕北京城飞翔。

　　如果我们是鲜花,就开放在天安门广场。

　　阿佤心向毛主席,心向红太阳升起的地方。

　　你看,飘向故乡的红云,飞绕北京的山鹰,开放在天安门前的鲜花,朝向毛主席的红心,这些,不正是佤族人民深切思念毛主席而产生的瑰丽的想像吗?这些发自内心的动人诗句,不但表达了佤族人民思念毛主席的感情,也表达了各族人民的共同感情。

　　在思念毛主席的时候,各族人民总是想把自己的这份心意表达出来,或献上爱尼人的一箩清香的春茶,或献上阿佤人的一杯醇甜的泡酒,或献上一条藏胞洁白的哈达……各族人民总是把自己民族最珍贵的礼物献给毛主席。这样,歌颂毛主席的诗歌又把人们带进了新的境界。一首纳西民歌这样唱道:

　　花园里的牡丹花,最美的摘一束;

　　石岩上的金蜂蜜,最甜的取一窝;

　　白蚕吐的金丝线,最好的挑一根;

　　黄金色的小铜盘,最亮的选一面。

　　金线绕牡丹,拿在左手里;

　　铜盘装蜂蜜,端在右手里,

　　最高贵的礼物,献给毛主席。

　　最美的牡丹,最甜的蜂蜜,最好的丝线,最亮的铜盘,最高贵的礼物,一连用了五个"最"字,表达了纳西人民最真挚、最恭敬的感情。像这样的诗,何止千首万首,有这样感情的,又何止一个民族!

由思念的感情,到敬献最珍贵的礼物。随着感情的趋向高潮,便产生了亲眼见一见毛主席的美好愿望。各族人民都把见到毛主席看成是一生最大的幸福。这一天终于来到了,傣族歌手康朗英"借来了金纳丽的翅膀",乘着飞机,飞到了北京,来到了毛主席的身旁。

这只是康朗英一个人的幸福吗?不,这是云南各族人民的共同幸福。因为康朗英是各族人民的代表,正如他自己在诗歌里唱的:"在我要飞往您身边的那天早上,澜沧江边站着二十五万傣家人,递给我十万片彩霞,托我绕挂在天安门上。格朗河住着的六万僾尼人,摘下五十万朵棉花。让我撒在天安门广场"。

毛主席还接见了另一位傣族歌手康朗甩,给康朗甩以巨大的鼓舞,增加了他的智慧和力量。他不但用毛主席握过的这双手炼钢铁,建水坝,而且用这双手写歌颂毛主席的诗篇:

我将用双手,摘下片片白云作纸张,

在星星为我掌灯的夜晚,我将用双手捧起澜沧江水,

把每一滴晶莹的水珠,化作感谢您的诗行。

用诗歌来寄托对毛主席的思念,用诗歌来表达自己对毛主席的崇敬,用诗歌来写见到毛主席时激动的心情,再用毛主席握过的手来写歌颂毛主席的诗歌,这一切都深刻地说明:毛主席不但给各族人民带来了幸福的生活,而且激励着各族人民澎湃的创作热情,写出无比激扬的诗歌。今天,有什么样的诗歌,比写歌颂毛主席的诗歌,更能表达我们的心声,更能激发我们的诗情呢?

能以最大的热情去歌颂毛主席,便是最幸福的歌手。各族人民理所当然地是这最幸福的歌手,最值得自豪的歌手。

各族人民总是怀着最强烈的感情,来歌颂自己的领袖毛主席。随着社会主义革命的深入,这种感情不断地升华到了一个又一个的更高、更深刻的阶段。如今,各族人民,不但认识到毛主席是各族人民的大救星,而且进一步认识到毛主席的革命路线是各族人民的生命线。他们深知,只有认真学习毛主席著作,

坚决执行毛主席的革命路线，才能战胜前进道路上的任何困难，取得一个又一个的胜利。

有一首景颇民歌，充分表达了景颇人民坚定地沿着毛主席革命路线前进的决心："十万景颇人呀，只有一颗心；十万景颇人呀，只有一条路；十万景颇人呀，只相信党和毛主席"。这斩钉截铁的话，正是景颇人民高度路线觉悟的体现。这样，各族人民对毛主席的歌颂，便上升到了路线斗争的高度，显得更加深厚和扎实了。

请看下面一首怒族民歌：

老一辈人走过数不清的路，没有哪一条通向幸福；

老一辈人见过数不清的花，没有哪一朵永不雕谢；

老一辈人唱过数不清的歌，没有哪一首唱出欢乐。

毛主席制定的基本路线，是通往幸福的金色大路；

毛主席培育的大寨红花，永远盛开在怒族人民心窝；

毛主席带领我们继续革命，怒族人民唱出了欢乐的歌。

显然，这样的诗歌，思想深度上已更上一层楼。各族人民不单是感激毛主席带来的温暖和幸福，而且能自觉地把毛主席著作作为行动的指南，把党的基本路线作为指路的明灯。他们在毛泽东思想的哺育下，逐渐锻炼成为有路线觉悟的无产阶级专政下继续革命的战士，并以这种战士的姿态，投入批判刘少奇、林彪、"四人帮"的斗争。越是在斗争中，各族人民越感到毛主席的英明伟大，越体会到毛泽东思想的巨大威力，越加深了对毛主席的阶级感情，因而，对毛主席的歌颂也就越有更高的思想性和艺术性。

一九七六年九月九日，伟大的领袖和导师毛主席与世长辞了。毛主席逝世的消息传到云南高原，传到千里边疆。在各族人民心中激起了无比的悲恸和哀伤。在那些沉痛的日子里，各族人民是在泪水中写下自己对毛主席的歌颂、缅怀和悼念的诗歌的。听听苦聪人沉痛的歌吧：

北京传来毛主席逝世的消息，悲痛的泪水湿透了苦聪人的衣襟，

再香的白米饭苦聪吃不下，再甜的蜜糖水苦聪吃不进。

　　可以想见，解放前世世代代居住在深山老林的苦聪人，过着野人一样的生活，解放后毛主席的光辉照到边疆，他们才走出森林，"有饭吃，有衣穿，有房住，有田耕"，过上了社会主义的幸福生活。毛主席的逝世，他们是多么悲痛呀！这山一般沉重的悲痛压在他们心上，他们怎样吃得下，喝得进呢？

　　像这样沉痛的感情，像这样沉痛的歌，又岂止苦聪人有呢？全国各民族都是同样的，只不过这首民歌道出了亿万人民的共同感情罢了。在那些悲痛的日子里，各族人民更加怀念毛主席，想到毛主席带领我们走过万水千山，经历一次又一次斗争的风浪，战胜一个又一个的困难。怎能不一遍又一遍地赞颂毛主席的丰功伟绩呢？这首苦聪民歌又接着唱下去："九万支金笛颂不完您的恩情，九万把三弦赞不尽您的功绩"，这两句民歌，同样道出了亿万人民的共同心声。

　　毛主席虽然逝世了，但他并没有离开我们。毛主席的好学生，我们党的好接班人华主席又带领着我们继续沿着毛主席开辟的革命航道胜利前进，完成毛主席未竟的事业。毛主席纪念堂的建立，又在各族人民心中激起了巨大的感情的波澜，各族人民又以极大的热情来歌颂伟大的毛泽东思想。

　　再听听苦聪人新的颂歌吧：

　　欢乐的三弦琴背身上，香甜的糯米酒摆一旁，

　　炽烈的火塘红红旺旺，苦聪人把红五卷紧贴心房！

　　毛主席给苦聪人带来了幸福，毛泽东思想哺育苦聪人成长；

　　苦聪人紧跟英明领袖华主席，永远前进在毛主席的革命路线上。

　　这是对毛主席的颂歌，也是苦聪人的战斗誓言。这里，把对毛主席的感念之赤诚和对华主席的热爱之深情紧紧联系在一起了，又把对毛主席、华主席的深厚感情，化成了永远前进的巨大动力。革命的民族民歌，它不是一般的欢歌，而是热烈的颂歌，战斗的誓言，进军的号角。创作这些民歌的，也不是普通的歌手，而是革命的战士，毛主席教导下成长起来的英雄的人民。

　　在纪念毛主席逝世一周年的时候，我们更加体会到民歌中"毛主席永远和我们在一起"这句诗歌的深刻涵义。毛主席虽然逝世了，但他那高大的身影，慈祥的笑容，伟大的功绩，光辉的思想，永远激励着各族人民继续革命，不断前进。

毛主席的伟大旗帜，永远是革命的胜利的旗帜，毛主席的名字将与天地共存，与日月同辉。

有一首白族民歌唱得好：

水有源头树有根，毛主席是人民的大救星，

父传子来子传孙，世世代代记在心。

是的，我们要世世代代铭记毛主席的恩情，让毛主席的颂歌，世世高唱，代代流传。

《少数民族诗歌选》编者的话

史料解读

1972 年,人民文学出版社出版了中央民族学院选编的少数民族诗歌选《颂歌声声飞北京》。该诗集以"歌颂"和"北京"为主题,收录了 52 个民族 93 首诗歌(民歌与诗人诗作),其中还有苦聪人的民歌。1975 年,中央民族学院在《颂歌声声飞北京》的基础上,在全国各省区重新进行收集和选编,出版了姊妹篇《少数民族诗歌选》。该诗集选录了除基诺族之外的 54 个少数民族的 215 首诗歌。这两部诗集所选诗歌无一重复。选编者力图观照到每一个民族,统一的多民族国家的多民族文学的整体意识非常明确。因此,该诗集也成为中华人民共和国成立后第一部容纳作家民族成分最多的诗集。所以,这两部诗集的意义不在其文学价值,而在于呈现了中国多民族文学的完整版图,展示了少数民族文学话语的政治意义——"各族工农兵用自己的心血谱写出的一部民族团结的新歌","生动地显示了毛主席革命文艺路线和党的民族政策的光辉照耀下,我国少数民族的诗歌创作正日益繁荣,别开生面"。这样的主题显然与 20 世纪 50 年代少数民族诗歌主题一脉相承。

原文

我国少数民族地区面貌焕然一新,各族人民认真学习无产阶级专政理论,革命热情日益高涨。社会主义到处都在胜利地前进。文艺作品"都是一定的社会生活在人类头脑中的反映的产物"。各族工农兵群众在大好的革命形势的鼓舞下，为了抒发他们的革命激情，创作了大量的新诗歌。我们深入少数民族地区，从人民群众中，从报刊上，广泛收集，又从收集到的大量诗歌中，选出二百多首，经过翻译和整理，编成这本《少数民族诗歌选》。

这本诗选，包括了全国五十四个少数民族的诗歌，这一事实，生动地显示了我国是一个统一的多民族的社会主义国家。值得指出的是，这里选录了台湾省籍高山族作者的诗歌，这些诗歌反映了高山族同胞盼望台湾迅速解放、早日回到祖国怀抱的强烈愿望。所选的诗歌，不少是工人、社员、解放军战士的创作，更多的是工农兵群众在三大革命斗争中集体创作的民歌，专业作者的诗歌也选录了一些。各族工农兵占领诗歌阵地，是无产阶级在文学艺术领域对资产阶级实行全面专政的强有力的表现。

这二百多首诗，内容丰富，题材广阔。有歌颂伟大领袖毛主席和共产党的，有歌颂党的十大和四届人大的，有反映学习无产阶级专政理论的，有表现各民族坚强团结的，有描写少数民族地区工业学大庆、农业学大寨的繁荣兴旺景象的，有颂扬社会主义新生事物的，有赞美与旧的传统观念实行彻底决裂的，有表达不准帝、修、反侵犯祖国边疆一草一木的坚强意志的，等等。这些诗歌虽然来自不同民族，风格多样，但有着一个共同的特点，就是：在认真学习无产阶级专政理论的热潮中，少数民族地区发生了深刻的变化。这些诗歌，就是这种新面貌的生动真切的写照。

这些诗歌，思想性和艺术性都是好的，有着饱满的政治热情，浓厚的生活气息，强烈的时代色彩，新颖的艺术技巧，鲜明的民族特点。它们是在毛泽东思想哺育下，各族工农兵用自己的心血浇灌出来的文艺鲜花。

革命诗歌和其他革命文艺形式一样，是"团结人民、教育人民、打击敌人、消灭敌人的有力的武器"。我们编辑这本诗歌选集，希望少数民族的诗歌在巩固无产阶级专政中发挥战斗作用，也希望它在繁荣社会主义文艺中发挥应有的作用。实践证明，各民族间的文学艺术交流，是增强民族团结，促进文学艺术繁荣发展的一种很好的形式。

这本集子中所选的诗歌，我们除了对有的诗歌在文字上作了适当的加工外，还加了必要的注释。由于我们水平有限，编选工作中难免存在缺点错误，欢迎工农兵读者指正。

我们在整个工作过程中，得到广大少数民族地区的党政领导和工农兵的热情支持和大力协助，谨在这里一并表示深深的谢意。

一九七五年七月

（本文有删节）

第二辑

蒙古族诗歌

本辑概述

　　本辑共收录 16 篇史料。其中，收录周蒙、屈正平、李永荣、士美等人的读后感 8 篇、谢冕、奎曾、幕山等人的评论 7 篇,《新闻业务》记者的访谈整理 1 篇。这些文献分别发表在《草原》《民族团结》《内蒙古民族大学学报》《北京日报》《中央民族学院学报》等报刊上。从中华人民共和国成立至 1956 年末，中国一直处于社会主义改造时期，是新民主主义革命的延续。实质上，该时期蒙古族诗歌的主要思想内容是民主主义与社会主义思想的相互融合。即新民主主义时期到 1956 年末,蒙古族诗歌的主要内容是民主和社会主义思想启蒙。在这个时期，纳·赛音朝克图、巴·布林贝赫成为当代蒙古族诗歌的奠基者。巴·布林贝赫 1953 年发表的《心与乳》、纳·赛音朝克图 1954 年发表的《蓝色软缎的特尔力克》,宣告了当代蒙古族诗歌脱离了好来宝、民歌、诗歌三位一体的创作方式,具有了当代新诗的特点。诗人们创作时远离单一构思,开始追求独特的艺术风格。自此,当代蒙古族诗歌进入新的发展阶段。在发展过程中,出现了抒情诗(包括政治抒情诗、叙事诗等多种体裁)。例如纳·赛音朝克图创作的政治抒情诗《狂欢之歌》、巴·布林贝赫创作的叙事诗《阳光下的孩子》等。在本辑的史料中,周蒙评论纳·赛音朝克图的诗歌具有广阔的主题,深厚的思想内容;屈正平认为纳·赛音朝克图作品的翻译和整理,无论对读者,还是对内蒙古社会主义文学事业的发展,都有极大的促进作用;士美认为巴·布林贝赫诗歌的思想性、艺术性都达到了相当的高度。这些优秀的作品被翻译成多种语言版本传播到国外,这不只是诗人个人的荣誉,也让世界更全面地了解中国文化的博大精深和少数民族生活的深刻变化。到 20 世纪 60 年代中期,蒙古族诗人们的艺术风格开始成熟。纳·赛音朝克图和巴·布林贝赫的创作风格虽都具有革命现实主义和革命浪漫主义的特点,但艺术风格上大相径庭。前者明朗,后者含蓄,这一点在本辑史料中奎曾对巴·布林贝赫诗歌的评论里有所体现。

本辑收入的史料,大多是关于以上诗人及其作品的评论和详细的分析,评论水平具有一定的高度,但批评话语和批评标准具有那个时代政治诗学批评范式的鲜明特征。

读《幸福和友谊》

周　蒙

史料解读

史料原载《草原》1957 年第 6 期。纳·赛音朝克图是一位有丰富创作经验的诗人。他的写作才能是多方面的。无论他的小说、散文还是诗歌，都得到了人们的喜爱，他的歌影响较大。他的诗集《幸福和友谊》的汉译本，由于译者译笔纯熟，流畅通达，使我们能更全面地领会原作的风貌。这些诗篇，诗句朴素，格调清新，意境优美，节奏爽快，有很强的吸引力。诗中充溢着热烈的情感，全面展现了草原新的生活面貌，歌颂了新人物的成长。不论是青年牧民、白发老人、劳动模范、青年积极分子，还是戴着红领巾的少年和那些生产队的姑娘们，都形系生动、令人难忘。

原文

纳·赛音朝克图，是一位创作途程较长的前辈诗人。他的写作才能是多方面的。无论他的小说、散文或诗歌，都曾博得了人们的喜爱，而他的诗歌，就更有着较大的影响。

最近，读了他底诗集《幸福和友谊》的汉译本，由于译者的译笔纯熟，流畅通达，使我们更多地领会了原作的风貌，弥补了我不懂蒙文的缺憾。这些诗篇，以它朴素的诗句，清新的格调，优美的意境，爽快的节奏，深深地吸引了我。诗中充溢着热烈的情感，极广泛地描绘了草原新的生活面貌，歌颂了新人物的成长。

不论是青年牧民、白发老人、劳动模范、青年积极分子；或者带着红领巾的幼小的兄弟和那些生产社的姑娘们，这众多的人物形象，都是激动人心、令人敬爱难忘的。

但诗人也曾描写了过去。早在解放前，诗人就开始了他的文学生涯，收在本集最后的几首诗，便记录了他已往的创作道路。那时草原正处在苦难的年代，反动的黑暗势力，压得人民透不过气来。一个与人民同呼吸、共命运的具有正义感的诗人，对此，当然不会熟视无睹、莫动于衷的。所以，在那部分诗中，流露了诗人渴望光明，要求自由的急切心情。由于环境的限制，诗人是不能畅所欲言的，他只好寓言似的在《压在笤笆下的小草》一诗中，把自己比作蓬勃发育的"小草"，虽然它遭受着压制、迫害，但反抗的意志，并没有使他屈服而失掉信心。诗人坚信着，这"腐败的势力"不会长久，那"万象更新的春天就要降临"，并且发出预言说：

你可知道一切陈旧的东西终归灭亡，

新生的事物必然蓬勃成长，

看吧，我将以巨大的威力挣脱你底纠缠，

去和天空的曙光会面！

这首诗，描写了诗人自身的遭遇，但也是那个时代广大人民的写照。

诗人的预言，在今天已经完全得到证实，民族压迫的制度，专制黑暗的势力，这"一切陈旧的东西终归灭亡"了。"万象更新的春天"已经降临，共产党的"曙光"，照亮了草原。这里不再有王公、贵族以及国民党的反动统治；黑暗、荒凉、疾苦、贫困，也已被扫除。代替统治者的皮鞭与叫骂声的，是人们的劳动声响与纵情的歌唱。这儿"人民的生活，充满了幸福"，受苦的牧民们，已由单干组成了生产合作社，集体走上了社会主义的康庄大道。请看看他们新生活的景象吧：

在草坡上，

社员们的毡包四处伫立着，

那些肥胖可爱的牛羊，

> 舒适的躺在棚圈里。
>
> 一天的工作完了，
>
> 老人、妇女、青年和幼童，
>
> 雾围坐在火盆旁边，
>
> 尽情地谈笑。
>
> ——《生产社的姑娘们》

这充满了诗意的繁荣的情景，是多么引人入胜呵。

是的，草原在日新月异的变化着，人们在用双手创造着奇迹。当"辽阔的草原上，就要诞生新的发电厂"的时候，诗人以澎湃的激情，赞颂了这历史上的创举以及牧民的喜悦。在《幸福和友谊》一诗中，抒情与叙事巧妙地结合，描绘了"那达慕"大会的盛况。由毛主席派来的给草原带来电力的北京的工人弟兄和牧民们，他们欢聚一堂，载歌载舞，庆祝这幸福与友谊。其中那位"穿着蓝色齐绸的老人"的形象，塑造的非常成功，是感人至深的。但人们庆贺，却没有忘记这幸福是如何得来的，诗人借那位老人的口，告诉我们，它是"在昨天日本强盗的牢狱的废墟上"建立起来的。因为记着灾难的过去，就会使我们更加热爱今天。

这波澜壮阔的幸福生活，也波及到了每个家庭，每个人的身上。青年男女们，已从婚姻不自主的束缚下，获得了爱情的自由与解放。《蓝色软缎的特尔力克》，是一首构思完整、夹叙夹议的抒情诗。诗人以轻快的笔调、富有风趣的语言，描绘了一位在为未婚夫赶制新衣的心灵手巧的姑娘，对这位少女的心理和由于爱情带给她的欣喜与羞涩，都是刻划得非常细致入微的。我们读过之后，会在不知不觉中，受到了感染与陶醉，溶入到所描绘的境界里去。请看这两节：

> 她手里拿着蓝缎"特尔力克"，
>
> 针脚缝得可真漂亮，
>
> 温柔美丽的姑娘哟，
>
> 请问你为谁这样忙？
>
> 玫瑰似的脸蛋儿多丰美，

柳叶似的眉梢儿向上扬，

伶俐可爱的姑娘哟，

你心灵手巧没人比得上。

仿佛这位美丽温柔的姑娘，就站在我们眼前，她底动作、面貌，都是栩栩如生的。达到如此的艺术效果，绝不是靠玩弄技巧、堆砌华美辞藻所造成，而是由于诗人对现实生活，观察得深感受得深的结果。

面对着和平、自由、幸福的生活，不能不令人感激制造这光辉民族政策的伟大的领袖毛主席。人人敬爱领袖，人人向往北京，是可以理解的。诗人曾不止一次地写出了毛主席对草原亲人般的关怀。当诗人在怀仁堂里会见了恩人，"握着毛主席的手"的时候，内心迸发出了不可遏止的兴奋情绪，因为：

这只手曾经鼓舞人民去斗争，

它擦干了千万个受苦人的眼泪，

把各族人民从苦难中拯救出来，

引导人民走向光明幸福的路程。

他说出了蒙族同胞想要说的话，传达了蒙族同胞对领袖的无限爱戴。

《北京颂》一诗，则是运用牧民所喜闻乐见的通俗形式"好力宝"，颂扬了祖国的心脏——北京城。毫不做作，极为自然。例如：

美丽芳香的花儿上，

蝴蝶哪能不飞落，

看到秀丽的北京城

谁人心中不快活。

初升的红太阳

谁人不歌颂，

我们的首都北京城

谁人不赞扬。

这样的比喻，是亲切动人的。全篇情调，活泼和谐，易于记诵。排比的手法，短促的节奏，反复咏唱的形式，都显示了民间文学的特色。它受到欢迎，是不无道理的。另外，象"一个人成不了家庭，一根木柴成不了烈火"（《火炬》）这类民谚似的语言，也是运用得确切恰当的。这就再一次地证明了一条真理：民间文学永远是丰富创作的取之不尽，用之不竭的源泉。

除此之外，诗人对我们极亲密的友邻，革命后获得了新生的蒙古人民，也作了尽情地赞美。在留学蒙古的时候，他曾亲眼目睹了这儿的人民，已彻底摆脱了封建军阀的奴役，帝国主义的蹂躏，一切阶级剥削，欺诈、掠夺，都已被消灭，人们正欣欣向荣的建设着社会主义社会。对这块土地上成长起来的新的社会制度，寄予了强烈地真挚的热爱。在《乌兰巴托颂》中，诗人曾这样向世界宣布：

这里没有为专横的老爷们作威作福而修筑的宫殿；

这里没有为昏庸的财主们寻欢取乐而建造的府邸；

这里没有为残暴的军阀们行凶作恶的官厅；

这里没有狡猾的奸商们投机营利的市集——

这就是人民的首都，光荣的乌兰巴托。

而这里有的是"高耸入云的大厦"在"繁荣的文化园地里，人民的文化正如鲜花一样开放"，"整洁的房舍里洋溢着新生活的欢乐"，"宽广的空地上预示着未来的宏伟建设"。这首诗的每一节最后，都用"这就是人民的首都，光荣的乌兰巴托"的重复句子，表现了极其肯定的信念和引以为骄傲的心情。更增加了诗的感染力量。诗人也为我们描写了"光荣的蒙古的优秀儿子——阿优喜"的可歌可泣的事迹。这位英雄，为了驱逐共同的敌人日本强盗，为了解放中国的土地，他洒尽了最后一滴血。通过英雄之死，极深刻地表明了中蒙一家，亲如骨肉，唇齿相依的关系。谁读过之后而不受其感动呢？英雄阿优喜的名字，将永远活在中国人民的心里。

政治抒情诗，保卫和平，反对侵略战争的主题，在这部诗集中所占的比重，也是相当大的。这些诗篇的产生，都依赖于诗人饱满的政治热情，对于重大历史事件的敏感与关心。体现了爱国主义和国际主义的精神。象《沙原，我的故乡》、《火炬》、《我们的雄壮呼声》、《迎接国庆节的时候》、《我们欢迎了英雄朋友》等，都应属于此类。其中有对祖国建设成就的歌颂；有对保卫胜利果实、保卫和平的愿望与决心；有对美帝国主义"武装干涉朝鲜"、"侵略台湾的罪行"的控诉；有对英雄的朝鲜人民的热诚关切。均表现了中国人民伟大的斗争意志和雄壮的豪迈气魄，思想性与战斗性，都是较强的。在这类暴风骤雨似的诗作还较少产的今天，是更加可贵的。

但这类篇章，还都存在着一个共同的缺点，似嫌缺乏形象。语言的不简练和散文化的倾向，也是显著的。《迎接国庆节的时候》一诗，表现的最为突出。例如象开头的这样描写：

今天

我们以无比的欢欣

来庆祝

各民族的

自由、平等

幸福的大家庭——

雄伟的

站立起来的

中华人民共和国

诞生

两周年的

节日！

这仿佛是一篇讲演词，只是空泛概念的叙述，语言拖沓冗赘，是极少诗意的。苏联诗人伊萨柯夫斯基曾说过："诗的语言关系到诗的命运"（《谈诗的技巧》），这是极为正确的论断，不容我们忽略的。指出这种缺陷，是基于我们对诗人更高的要求，期望他在语言的造诣上，再跨进一步。当然这也绝不会妨碍我们对于整个诗集的总的评价，我想，这不是过份的吧？

综括如上的分析，我们可以说《幸福和友谊》是一部优秀的创作。不难看出，诗人是付出了艰苦的劳动。由于他的心，紧紧地随着时代的脉搏一齐跳动，诗人的政治热情和他对生活洞察力的深广，使得他站的更高，也看的更远。诗人不仅描写了草原的过去，也歌唱了现在和未来；他不仅写出了各色各样的人物，也写出了他们的思想感情；他不仅倾诉了对祖国对领袖的热爱以及对国际友谊的珍重，也涉及了重要的历史事件。这广阔的主题，深厚的思想内容，没有使诗人的笔触停留或局限在身边细小事物和个人生活情感的描写上。我想，诗人所以受到了人们的欢迎，更多的缘由，也就在于此。

写到这里，我便记起了俄国伟大的批评家柏林斯基的一段话，他说：

"任何一个诗人也不能由于他自己和靠描写自己而显得伟大，不论是描写他本身的痛苦，或者描写他本身的幸福；任何伟大诗人之所以伟大，是因为他的痛苦和幸福的根子，深深地伸进了社会和历史的土壤里，因为他是社会、时代、人类的器官和代表。只有渺小的诗人才会由于自己和靠描写自己显得幸福和不幸，但是只有他们自己才倾听他们那小鸟似的歌唱，而社会和人类是不愿意理会这些的。"（转引自《苏联人民的文学》）柏林斯基的这几句话，和诗人纳·赛音朝克图的创作实践，都给了我们极可宝贵的启示。

（1957 年 4 月 12 日于呼和浩特）

新时代的赞歌

——读《幸福和友谊》

屈正平

史料解读

　　史料原载《草原》1959 年第 6 期。《幸福和友谊》是蒙古族著名诗人纳·赛音朝克图从 1938 年以来创作的诗歌中选编而成的诗集。该文对诗集《幸福和友谊》进行了全面分析和评价。通过对诗人不同时期诗作的分析,作者发现了诗人创作手法和思想感情的变化轨迹。文中指出,诗人创作初期喜欢运用象征的艺术手法进行创作,尽管作品不够雄浑有力,但反映了诗人深厚的生活积累和艺术才能。新中国成立后,他的创作风格有了发展和变化。在诗歌主题上,诗人表达了对党、对祖国的无比热爱之情,热情歌颂了蒙古族人民的幸福生活,讴歌了各族人民在共同建设祖国边疆中结下的深厚友谊。文中认为,在诗歌艺术上,纳·赛音朝克图在诗里融入了浓厚的民族感情,非常重视对民族语言、蒙古族文学传统和表现手法的继承,大量借鉴了蒙古族民歌的表现形式,形成了鲜明的民族特色。他的诗歌语言朴实凝练,结构均衡统一,诗歌气势雄浑、磅礴。同时也指出了诗集存在的不足,如部分诗歌比较空泛,感情不够饱满等。该文观察非常全面,具有一定的理论深度,是这一时期纳·赛音朝克图诗歌研究的代表成果。

原文

　　纳·赛音朝克图是有着多方面成就的作家,他的小说有《春天的太阳来自北京》,散文有《蒙古艺术团随行散记》等,但人们一说起纳·赛,都不期而然的认为他是一个诗人,这就说明他的诗在群众中产生了深刻的、广泛的影响。他的诗集有《我们的雄壮的呼声》,《知己的心》。《我们的雄壮的呼声》在1956年译成汉文,稍作了些增删并根据作者的意见,改名《幸福和友谊》。《幸福和友谊》选辑了诗人1938年以来的诗篇,虽然绝大部分是解放后的作品,但大体上还可以窥见诗人创作发展的足迹,和解放后泉涌般的创作激情。

一

　　蒙族的历史,是一部充满了封建贵族的统治、屠杀和奴隶反抗的历史。特别是近百年来,帝国主义、大民族主义者和封建王公相互勾结,给蒙族人民带来了空前的灾难,黑暗势力夜幕似的笼罩了草原。为了人民的解放,中国各个民族在共产党的领导下,揭起了反帝反封建的大旗,革命的风暴席卷整个中国。在这个动荡的年代里,年青的诗人,带着他的生活理想,开始了创作生涯。诗人把生活幻想得多美啊! 多么快乐、欢畅、充满了生气和爱情:

　　啊! 窗口,你给我传送进来——

　　快乐的小鸟的啼叫的悦耳的声音,

　　可爱的昆虫合奏的唧唧的小曲,

　　和那笑容满面的美丽的少女们的动人的歌声,

　　啊,窗口,让他们传到我的屋间里来!

——窗口

　　这是诗人对光明幸福生活的一种渴望,但从这渴望里也看出了作者的纯真,因为在那"令人颤栗的黑夜"里,窗口是不能给他传送进美好的东西来的! 所以他自己应感有一种时代的重压,就象一株小草似的,压在被人遗弃的笆笆下面。笆笆是沉重的,但也是破旧的、腐朽的,诗人从另一首诗里诅咒和蔑视了

这个旧势力:

> 对于有生命泉源的,
>
> 充沛着青春朝气的我,
>
> 你这个不知自量的,
>
> 丑陋而腐朽的笆笆算得了什么!
>
> 支离破碎的笆笆你身形虽然庞大,
>
> 但在这世界上你已失去了作用。
>
> 我虽然弱小却是新的生命,
>
> 看吧,我将怎样穿过你的胸膛!
>
> 你可知道一切陈旧的东西终归灭亡,
>
> 新生的事物必然蓬勃成长?
>
> 看吧,我将以巨大的威力挣脱竹的纠缠,
>
> 去和天上的曙光会面。

> ——压在笆笆下的小草

　　解放的鼙鼓的晨响,结束了古老的中国数千年的统治,天安门前飘荡的红旗,象一把火炬,照亮了东方世界,"天上的曙光"普照到全国各族人民的心里。这惊天动地的巨变,给诗人带来了新的生活,他的喜悦是难言的,他开始以洪亮的声音,激昂的调子,歌唱新生活,歌唱毛主席、共产党和亲密的民族团结。一打开诗集,便是诗人塑造的毛主席巨大的形象;细心的读者,你只要读上三四行,立刻便感受到诗人握着毛主席手时内心怦怦跳动的声音。歌颂毛主席那双巨人的手,就是这双手,鼓舞了人民斗争,擦去了千万受苦者脸上的眼泪;也就是这双手,把六亿人民团结得象个握紧了的拳头,指引他们走向社会主义、共产主义的道路。

　　诗人带着他激动的心,回到了草原。看到草原上一片欣欣向荣的气象:荒山里耸立起了脚手架,废墟上建筑了发电厂,甚至一株花、一湾水,一个生产队的姑娘,都引起诗人对党、毛主席深深的感激。特别是那些脖子上扎着红领巾的活泼的孩子,更唤起了诗人的喜悦和对自己童年痛苦的回忆。诗人的童年,

是在痛苦中挣扎过来的，象一株小草被压在笆笆下面，被摧残着、阻挡着生命的成长。而解放后草原上的儿童，却有着完全不同的生活：

> 父亲毛泽东的慈爱
>
> 在你们晶莹的眼中辉映，
>
> 伟大的红领巾
>
> 在你们的胸前闪耀。
>
> 今天你们可以自由地成长在
>
> 祖国幸福的大地上；
>
> 明天，可以用你们的双手；
>
> 去建设你们美好的将来！
>
> 深夜里，没有人再抓走你亲爱的父亲，
>
> 你将恬静地睡在他温暖的怀中；
>
> 疼爱你，哺育你的母亲，也不再为你
>
> 把她忧伤的泪水洒在你的身上；
>
> 封建王公的残酷的皮鞭，
>
> 不再落在你柔软的肩上，
>
> 你再不会尝受到
>
> 黑暗时代里的任何痛苦。
>
> ——可爱的幼小的兄弟们

诗人是熟悉蒙族人民的历史的，他是蒙族人民痛苦生活的经历者和目击者。过去，野蛮的日本帝国主义和封建王公，在草原上造成了许多人家的流离失所。在蒙族民歌里，有数量惊人的孤儿孤女的歌子，可怜的、无家可归的孤儿，象一匹孤独的小驼羔似的，在寒风彻骨的野地里徘徊，唱着"年老的妈妈儿想你呀，空旷的原野里只有我一人在"！可诅咒的时代过去了，这样摧裂肺腑的哀歌，也只有在历史上可以找到。想想过去草原上的灾难，看看今天这些儿童的幸福，热爱蒙古民族，渴望自由的诗人，怎能不由衷地感激蒙族人民的救星毛主席和共产党呢！

共产党给各族人民带来了幸福,也给各族人民带来了友谊。亲密的团结,代替了长期的民族间的隔阂和仇视。过去到草原来的汉人,除了军阀的走狗外,还有一批所谓旅蒙商人,他们有的是武装掠夺,有的是利用草原经济落后和交通不便,进行高利盘剥,往往用一个烟袋嘴,就要换走一条牛。现在,这些为非作歹的人绝迹了,到草原来的汉族工人也更多了,但他们的使命是要帮助蒙族人民建设,把光明带到草原来。牧民们称他们是"毛泽东派来的北京的亲人"献给他们最高的敬意和赞美,牧民们感激的说:

因为你们将电力

带给我们年轻的"浩特"

我们才能控制

那在云中飞驰的电能;

我们才能操纵

那神奇的机器。

可敬的工人兄弟

望着年青牧民明朗的眼睛

也在夸奖:

勤劳而智慧的

蒙古同志,

你们用繁盛的牲畜,

点缀了辽阔的家乡。

——幸福和友谊

工人、牧民融洽的交谈,紧挽着手臂,用不同的语言,合唱着东方红。用他们最响亮的语言,歌唱了工人、牧民的亲密团结,歌唱了毛主席的民族政策光辉灿烂,诗集题名《幸福和友谊》正好表达了诗人内心的激动感情。

歌唱英雄,歌唱自己的家乡,是蒙族传统文学的重要内容,他们习惯于用长篇的叙事诗的形式,传唱着民族英雄为争取自由、反抗王公、保卫家乡的可歌可泣的战斗故事。古老的史诗江格尔、格斯尔姑且不说,就是近代的《英雄陶克陶胡》、《嘎达默林》都是几天几夜也唱不完的长诗。纳·赛音朝克图接受了这个好的传统，写出了赞美英雄的诗章，博得了人们极大的喜爱；只是时代不同了，英雄们也有了新的面目。在这英雄辈出的时代，诗人歌咏的英雄形象的画廊里，有劳动模范，有社会主义建设的突击手，有来自朝鲜战场的胸前戴着奖章的战士，也有表现中蒙友谊的，表现那为了中国的解放，而献出生命的蒙古革命军的英雄阿优西。对于革命的英雄们，诗人表示了他崇高的敬意与深沉的怀念，他给那个为消灭日本法西斯，献出他"黄金般的生命"的阿优西，写出了一曲动人的歌子，在辽阔的草原上传唱：

> 你把这珍贵的一切，
>
> 都献给我们。
>
> 你把宝贵的鲜血，
>
> 洒在我们的土地上，
>
> 英雄的鲜血，
>
> 滋润了和平的花朵，
>
> 热烈的友谊，
>
> 在脉管里奔流。
>
> 和平自由的生活，
>
> 日益繁荣，
>
> 兄弟般的坚固的友谊，
>
> 日益深厚。
>
> 不可战胜的英雄，
>
> 光荣的蒙古的优秀儿子
>
> ——阿优西，
>
> 我们把你的英雄事迹传颂。

——英雄阿优西

歌唱英雄故事，在蒙族诗歌中，往往和热爱家乡，保卫家乡交织在一起，《嘎达默林》那么为蒙族人民所喜爱，也就是因为"要说起义的嘎达默林，是为了蒙古人民的土地"的缘故。在保卫家乡,反对敌人的斗争中,蒙族人民都要用英雄的名字,来激励战斗的勇气。1947 年,国民党反动派发动了大规模的内战,战火眼看烧到了沙原,家乡又要受到野蛮的蹂躏。在这军马倥偬之际,诗人想起了"坚贞无畏的林丹英雄"和许多爱国志士,为了抵抗大民族主义者的侵略,用自己的胸膛,筑成了铜墙铁壁,于是,爱故土,爱人民的激情,象火一般燃烧起来:

湖面上掀起的波浪,

激动着我赤诚的心房,

绝不让无耻的叛徒,

踏进我们摇篮般的故乡。

风暴吹动着柳枝,

震荡着我愤怒的心脏,

绝不让国民党反动派的魔爪,

掠夺我们肥美的牛羊。

——沙原,我的故乡

蒙族的人民,是勇武也是勤劳的,千百年来,他们赶着成群的"生个子"马、牛羊群,风里雨里在草原上牧放。解放后,牧民们摆脱了奴隶的锁链,在共产党的教育下,提高了觉悟,认识到"热情的劳动是幸福的源泉,肥美可爱的幼畜,是辛勤劳动的结晶。"他们爱护牲畜,饲育羊羔,把自己平凡的劳动,都和国家的社会主义建设联系起来,一个普普通通的生产队里的女孩子,都能深刻地理解到,"白银般的柔软的细绒毛,是工业上的原料。洁白香甜的乳汁,是人民的需要"。她们劳动着,歌唱着,美好的社会主义理想,成为她们冲天干劲的源泉。

生产社里的姑娘们,有愉快的劳动,也有美满的爱情生活。回想过去,婚姻、爱情在蒙古草原上,演过多少可怕的悲剧啊!在民歌里,有很大一部分,都是慨叹爱情生活的痛苦,那些不幸的女孩子,大都是在恶势力的威逼下,在贪财图势的父母主宰下,嫁给很远很远地方的王公。不相爱的婚姻,加上土地辽阔,交通梗塞,就是想看看娘家的亲人,也成为不可能的事。她们在出嫁时,都要痛苦地诅咒自己的命运,"破轱辘车呀,为什么套到了院中,女孩子是赔钱货。为什么要来投生"！新社会里，这些阴暗的事情，再也不会有了，诗人在《蓝色软缎的特尔力克》里，巧妙的借一个老妈妈的嘴，说出了传统的腐朽习俗的崩溃和新时代青年幸福的爱情生活，她指着自己的女儿，向人夸赞似的说：

> 她赶上了这个新时代，
>
> 劳动里锻炼得更出色，
>
> 左邻右舍的人们啊，
>
> 哪一个对她不夸奖！
>
> …………
>
> 乌恩尔的孩子吉尔嘎拉塞汗，
>
> 是个忠诚可靠的好青年，
>
> 牧马摔跤是能手，
>
> 哎，就说随他们自己的便。
>
> ——蓝色软缎的"特尔力克"

从上面可以看到，诗人的创作是坚定的站在人民方面的。解放后他热情的歌颂党、毛主席，选取了许许多多重大的社会政治事件，作为他歌咏的题材，表现了人民的生活和斗争。他是个时代的歌人，在他动人的诗篇里，响彻着时代的声音。

二

一个热爱民族的诗人，用他的诗歌述说了劳动人民的要求和愿望，鼓舞了他们生活的信心，必然受到人民的敬爱，纳·赛音朝克图就是这样的蒙族人民的歌手。他的作品，已经在草原上广泛的流传，牧区的人们熟悉他的诗歌。人民已经承认，纳·赛是他们自己的诗人。我也曾听到过熟悉纳·赛音朝克图的朋友说，他的诗歌，在草原上已广泛和群众生活联系起来，牧民一听说："纳·赛来了！"都要骑着骏马到老远老远的地方去迎接。

纳·赛音朝克图获得人民由衷的敬意，不是偶然的，一则在于他刻苦的写作里，反映了蒙族人民的要求，歌颂了伟大的毛主席和共产党，同时，也在于他熟练地运用了为蒙族人民喜闻乐见的形式。革命的前辈教导我们说："在民族问题方面,遗留在人们意识中的资本主义余毒,要比在其他任何问题方面更有生机。其所以有生机,是因为它能在民族外衣下面巧妙地暗藏起来"。(文艺报1957 年 5 期)"在文学艺术问题上,大国沙文主义者,坚决要把一切民族特征,当作反动的东西消灭掉;而资产阶级民族主义者恰恰相反,他们用一切方法,把各民族的文学艺术,同社会主义分开,同共产主义的思想分开,使它变为反党反人民的满含毒汁的民族主义的武器。"(斯大林:《列宁主义问题》)在纳·赛音朝克图的文学活动里,一直坚持着党的文艺方针,认为"我国各民族文学是社会主义内容与民族形式相结合的文学"。"内蒙①文艺是中国新民主主义文艺的一部分,有其一般性;同时因为内蒙是一个民族地区,内蒙文艺又有其特殊性。有时我们强调了一般性而忽视了特殊性,生硬地搬进其他地区的东西,不能很好掌握民族形式和特点。有时我们强调了特殊性而忽视了一般性,不去吸收其他地区兄弟民族文艺的新的革命内容,也阻碍了内蒙文艺的向前发展。因此我们一方面要反对生搬硬套;一方面也要反对故步自封。为使民族形式和新的内容很好结合起来,今后内蒙文艺必须大力的向这方面来努力。"(乌兰夫:《在内蒙古民间艺人代表会议闭幕式上的讲话》)纳·赛音朝克图同志,坚决的在文学战线上向资产阶级民族主义分子进行了斗争,把企图破坏民族团结,反党、反社会主义的色道尔基,比作隐藏在"大黑辫子里面""而变成黑色的蠢子",并严厉警告这些右派分子,"如果……不赶紧把那冰块——反党、反社会主义、阴谋分裂和破坏我们民族的野心,掏出来抛掉的话,那么,无疑他那整个的身灵同那冰块一起,将在伟大革命的烘炉里烧成灰烬,连一小滴肮脏的水都不会留下的"。(纳·赛音朝克图语)政治上的坚定,使他忠实地执行并保卫了党的文艺路线,能以清醒的思想,饱满的政治热情,蒙族人民喜爱的形式,来歌颂蓬蓬勃勃的生活和斗争,他艺术的根深植在蒙古民族文学的传统里,深植这块辽阔的草原上。《幸福和友谊》虽然是这么薄薄的一本诗集,但也真是一册色彩绚丽的画卷,也

---

① 　编者注:"内蒙"应为"内蒙古",后同。

是蒙族人民生活的教科书；从那里我们看到了，蒙族人民丰富多彩的生活、风俗、习尚和善良朴实的心灵，告诉了我们许多生活中真实动人的故事和人物。

在《幸福和友谊》里，诗人描写了一个可爱的蒙族老人，他准备了上好的马奶酒，带了他的老伴，去庆祝草原上第一座发电厂建成的盛大的"拿达幕"大会。在年青的牧人和毛主席派来的工人，踏着轻快的舞曲，纵情欢舞的时候，老人拉上一群活泼的人，离开了欢乐的人群，到他老伴的身边，欣赏他特地带来的礼品：

老人盘坐在地上，

将高桶的马奶酒放在前面，

精致的银碗里，

斟满了清凉的马奶酒，

老人心里充满了欢欣，

和青年们一同畅饮。

——幸福与友谊

这位豪爽、朴实的老人，在草原上不知经历了多少风霜，过去，他亲眼看到日本强盗的掠夺，王公贵族的淫恶；现在，也就在他们践踏的废墟上，建立起了"快乐的宫殿"，建立起了发电厂，老人心里怎么能够平静！银白的胡须上，挂着激动的泪花，用他颤抖的手臂，拥抱着来自北京的年青工人，亲吻他们的面颊，实在无法抑制他内心的激动了：

"嗬育，笃洛玛，你在哪儿？"

兴奋地叫着他的老伴，

同活泼的青年一道，

踏着那音乐的节拍，

他们二人也来纵情欢跳。

…………

在文学作品里，我们也看到许多老爷爷，豪爽、热情、有风趣，但这位老人的心灵，却是纯粹的蒙族人民的，他的行动谈吐，他那爽直好客，甚至他那几分孩子似的天真,挎着老伴跳舞,都可以看出蒙古民族开朗的美好性格,并闻到浓厚的草原气息。当然,我们这么说,并不是看到诗人许多表面的描写,而是在整个作品里,这位老人,充满了那种独特的心理状态和蒙族人民的性格。

为人民所喜闻乐见的民族形式,不只是一个形式问题。"五四"以后,在我国文坛上这个问题很长时期内没有得到很好的解决。瞿秋白同志曾批评过有些醉心欧化的作家,不但语言上、情调上,就是在编写故事时,也有模拟外国的"古典主义"的倾向。而真正的民族的文学,不但要写出民族独特的心理状态,也要写出这个民族的生活、乡土的景色和对它特有的动人感情。纳·赛音朝克图是以这样爱恋的情绪,描写自己民族人民的劳动生活和家乡的:

春天,温暖的阳光下,

原野上漫步着拾粪的姑娘。

秋夜,皎洁的银月下,

大路上蠕动着运草的车辆。

严冬,暴风雪猖獗的时候,

大戈壁便成为遮寒的屏障。

酷夏烈日燃烧大地的时候,

人们在浓密的树荫下乘凉、歌唱!

——沙原,我的故乡

诗人,象在和我们谈家常似的,一句一句的从春到夏的述说,朴实的语言,却能唤起深远的遐想;你好象在看一幅幅精致的油画,把你引入到草原上的春阳或银月的下面,随着拾粪姑娘或运草的牧人共同劳动。当你慢慢的把这两节诗读完的时候,蒙族人民一年四季的劳动生活和草原风光,都那么清晰的在脑海里呈现出来。诗人就是这样在生活中选取看来平平凡凡的事物。

生活,只有生活才是诗歌的源泉。只有生活强烈的力量鼓动我们的心灵,诗歌才会展翅飞腾,诗歌的魔笛才会奏出迷人的曲调。在纳·赛音朝克图的诗里对蒙族人民的劳动生活的熟悉,思想感情深刻的理解,往往看来是几笔平平淡淡的描写,就显得那么深厚,那么具有吸引人的艺术力量。在草原上,姑娘们

喂小羊羔,本来是司空见惯的劳动,但在诗人的笔下,却能写得那么动人:

> 拴在"哈那"上的
>
> 那些洁白可爱的小羊羔,
>
> 在柔软的粪灰上,
>
> 舒适的躺着。
>
> 面颊象苹果一样红的
>
> 生产队的姑娘们,
>
> 用牛角制的奶瓶,
>
> 耐心地喂着它们。
>
> 小羊羔贪婪地吸吮着
>
> 温暖香甜的奶子,
>
> 花鼻梁的小羊羔,
>
> 肚子吃得胀鼓鼓。

——生产社的姑娘们

　　诗人细致入微的描写,并不是要告诉我们姑娘喂小羊的过程,而是要通过洁白的羊羔、柔软的粪灰、温暖香甜的奶子、姑娘们耐心的饲育,以致把花鼻梁的羊羔肚子喂得"胀鼓鼓",这一连串具体形象而富有色彩的描写,让我们看到,姑娘们劳动轻快的节奏与内心为时代阳光照耀的喜悦。这样的描写,来自草原的生活,来自新人心灵的深处;是诗人对劳动人民的生活、对劳动人民有了深刻的理解,他的"诗歌的魔笛"才奏出了这样迷人的曲调,在草原上博得了广大牧民的喜爱。

　　语言,是民族形式的重要因素。纳·赛音朝克图非常注意民族语言和民族文学传统表现手法的继承,他认为"本民族的语言文字,是最能有力地表现本民族人民的生活,心理和性格的"。"民族语言文字的问题又是跟学习与继承本民族的优良文学传统问题联接在一起的;而这又在很大程度上,决定一个作家的作品是否能为人民所喜闻乐见。用本民族语言文字写作。不但能直接鼓舞本民族人民的劳动和斗争,而且也能够在祖国的丰富多采的文学大花园里,增加一枝或更多枝别民族所不能代替的独特的鲜艳的花朵。"解放后,蒙族文学有了空前的发展,许多优秀作品,都在全国范围内受到广大群众的欢迎,但这些作品的不足之处,他认为是"接受传统的东西少",作家"都很少吸取蒙族传统文学中的表现手法。例如在《格斯尔传》中,写这位无敌英雄,说他想起茶就象想起姐姐一样,想起奶酒,就象想起爱人一样。这种譬喻手法就是纯粹蒙族的,蒙族人民看来特别亲切。"(纳·赛音朝克图语)在我们面前摆着的纳·赛音朝克图的诗集,由于经过了翻译,原文音节的优美,自然无法领受,但在表现手法上,的确新鲜动人,富于蒙族特色。诗里不但表达了蒙族人民的生活、斗争和风俗习尚。而且在语言上,熟练的运用着蒙族人民在生活中久经磨炼的譬喻和富有哲理意味的警语。象"一个人成不了家庭,一根木柴烧不成烈火,"都是广泛地在蒙古民族生活中长久流传着的,现在他都吸收到他的诗里来了。又在《我握住毛主席的手》这篇诗里,写着:"象一个期待吃奶的孩子,抚摸着妈妈的奶头,我紧紧握住毛主席的手,心里如同被太阳的光芒照亮"。通过这样的譬喻,把毛主席描绘得那么慈祥可亲,这种表现手法,在民歌中是常用的,我想,在蒙族人民读起来,也自然会格外亲切。

为了蒙族人民的喜闻乐见,纳·赛音朝克图直接用民间流传的"好力宝"的形式来写诗,也有些诗经过翻译之后,很象汉族的快板诗、顺口溜。这些形式的诗歌,大概都是伴着马头琴供牧民说唱的。就从这一点,可见纳·赛音朝克图在创作上的严格的人民的观点。我们这样说,并不是意味着他故步自封,亦步亦趋的跟着民间形式模仿,而是向民间文学吸取营养,在这个基础上,创造他的诗的新形式。蒙族的民歌,通常都是以四行诗的形式,反复咏叹,著名的《嘎达默林》就是这样:

> 南方飞来的小鸿雁啊!
>
> 不落长江不起飞。
>
> 要说起义的嘎达默林,
>
> 是为了蒙古人民的土地。
>
> ——嘎达默林

纳·赛音朝克图的诗，明显地受到民歌的哺育。我想举《生产社的姑娘们》里的那些姑娘们哄小羊唱小曲，作一个比较：

> 等到春寒过去的时候，
>
> 小羊羔啊，就把你们从房子里送出去。
>
> 你们健康的成长吧！
>
> 等到布谷鸟叫的时候，
>
> 就把你们送到外边去，
>
> 在宽广的草原上，
>
> 尽情的玩乐吧！

——生产社的姑娘们

就诗行的整齐和反复吟咏上，和民歌大体是一样的，但《嘎达默林》每节只有几个字或一两个字的差别，虽然在加深感情上，也能收到很好的效果，却不免有些单调、累赘，而这支哄小羊羔的曲子，彩色缤纷，富于变化的多了。纳·赛音朝克图严整的四行诗的形式，就是这样在民族诗歌的基础上建立起来的；每一节成一个感情的单位，前后连贯的很密切，就全诗来看，也保持各节的均衡和统一。纳·赛音朝克图的诗的形式，是多种多样的，他有节奏强烈、急促的诗；也有为了适应复杂的诗的内容和诗人感情的波澜的自由体的诗。

因此，从诗的形式来看，纳·赛音朝克图以他自己的创作实践，回答了党对民族地区文学工作者的要求，既不拘泥于本民族的东西而故步自封，也不对其他民族的文学形式不加消化的生搬硬套。在他的诗里，深刻地表现了人民丰富多彩的生活，崭新的社会主义内容，和蒙族人民喜闻乐见的形式紧密结合，而成一个浑然的整体，鼓舞了蒙族人民建设社会主义祖国的热情，成为他们前进道路上的号角，他自己也就成了人民所喜爱的诗人。

三

党在文学艺术上，是坚持百花齐放的方针的。"艺术上的不同形式和风格可以自由发展，科学上不同的学派可以自由争论。利用行政力量，强制推行一种风格,一种学派,禁止另一种风格,另一种学派,我们认为会有害于艺术和科学的发展"。(《毛泽东论文艺》93 页)周扬同志在解释这个方针时候说:"我们所有的文艺,都应当有自己民族的风格,工人阶级的风格,但是每个作家、艺术家又有自己的风格"。因此,一个作家,培养发展自己独特的艺术风格,对促进百花齐放,繁荣社会主义的文学园地,是有重要意义的。从文学发展的历史来看,各个时代的不同,形成了每个时代文学上独特的风貌,就是在一个时代里,因为作家的遭遇、思想、性格和文学素养的差异,也就表现了多种多样的格调。在中国文学史上,苏轼的"大江东去,浪淘尽、千古风流人物"的豪放,和他同时代的柳永的"杨柳岸、晓风残月"的缠绵,在风格上的差异,成为艳传佳话。所以有人说:"风格就是整个的人",也正是这个意思。但细细研究起来,就是一个作家,特别是大作家,由于诸种因素的促成,在作品的风格上也不是清一色的,一成不变的。就如我国现代大诗人郭沫若的诗风,有的雄浑奔放,如火山爆喷,在他笔下的欢跃飞腾的凤凰和气吞山河的天狗,充分反映了五四时代风暴突起的精神。但也就在他那时的诗集《女神》里,也有些爱情的小诗,也有些对自然风物的清明恬适的讴歌,色彩绚丽,构思新颖,表现了诗人缠绵清新的另一种风格。《别离》一诗:"残月黄金梳,我欲掇之赠彼姝。……晓日月桂冠,掇之欲上青天难。……"更是华美秀逸,"放在古民歌中也是有特殊色彩的"。〔张光年:《论郭沫若早期的诗》〕一个作家的风格,是错综复杂的,因此,在读纳·赛音朝克图的诗的时候,也应该对他的艺术风格作一番简要的探讨。

每一篇诗,都是作家对现实的反映,而作家的思想、情绪和他生活的时代环境,对他的作品风格,无不打上鲜明的印记。在纳·赛音朝克图开始创作生活时,很喜欢采用象征性的笔法。在《压在笪笆下的小草》里,把进步力量比作生命力旺盛的小草,被压在一块腐朽的笪笆下面。这块笪笆虽然腐朽了,但仍然覆盖一块土地,阻碍着、摧残着小草的生命。读者一看,自然会理解到深刻寓意的所在。诗人因感到黑暗势力压抑的痛苦,也就自然而然的憧憬光明、幸福,"窗口"反映了对合理生活追求的急迫的心情:

啊,窗口,给我送进来——

那驱散心中烦闷的黎明的光辉，

和唤醒清新知觉的爽朗的空气，

啊，窗口，让它们流到我的房间里来！

…………

啊，窗口，你给我阻挡住——

令人颤栗的黑夜的刺骨的严寒，

使人眩晕的灰尘弥漫的狂啸的暴风，

叫人心绪凝固的夜晚的黑暗，

啊，窗口，把它阻挡在我的窗外！

——窗口

把"窗口"和"压在笆笆下的小草"比较起来，都含有深刻的象征的寓意，但在情调上有很大不同，不久，他又写了草原上的《拾粪的姑娘》，歌颂了姑娘的爱好劳动，性情温柔。长得美，歌声动人，爱情坚贞……都是写得朴朴实实的，但在诗的结尾处，诗人语意深长的问这位拾粪姑娘道："啊！你为了升起炉火使全家取暖？还是为了驱走深夜的寒风和黑暗，来保护你的身体，照亮你的房间"？从纳·赛音朝克图开始创作时的几首看来，诗人以他丰富的生活，真实的感情。通过凝练的语言，创造了深远的意境，言近意远，使人回味无穷。从他的一首短诗里，能够联想到许多东西，无论他说的小草也好，笆笆也好，窗口也好，都能引起你对社会的真实感受，从而在思想感情上得到充实和提高。

诗人在开初就那么熟练地运用着带有象征意味的表现方法，但仔细分析起来，《压在笆笆下的小草》的慷慨陈词，与《拾粪的姑娘》的柔和婉转的娓娓倾诉，在格调上都有很大的不同；这种风格上不同的倾向，在纳·赛音朝克图的诗里一直保持着，并都得到很好的发展。这里，有一问题要探讨的，就是诗人开初的作品，何以很含蓄而且带象征意味呢？我想，这和他的遭遇思想有密切的联系。诗人在发表这些作品时，伟大的抗日战争已经暴发，界在北面的蒙古人民共和国早已成立，在内蒙古这块辽阔的土地上，有组织的马克思主义宣传已如火如荼，共产党领导的抗日军队，揭起了胜利的红旗；而诗人对于草原上卷起的风暴,显然接触很少。在他的诗里,虽然坚决相信:"对于我这吸吮大地的营养的茁壮的新生命的力量,你这被甩掉的枯朽的笞笆,岂能永远压在我的身上?!"坚决地相信他能摆脱一切纠缠,"去和天空的曙光会面"却总是使人觉得如隔着一层轻纱似的朦胧;在人民反帝反封建的要求,已经化为轰轰烈烈的行动的时候,他的诗和这个战斗的时代,还有一段相当远的距离。他一再说,自己是"吸吮了大地的营养"但他的根在"大地"里扎得不深,并没有和"大地"的不可战胜的威力结在一起。在"窗口"里,他思想上的弱点就看得更为清楚。他那么坦诚、直率、激情的呼唤:

啊,窗口,给我飘送进来——

在温和的日光下生长的青草的气味,

在幽静的月光下盛开的花朵的清香,

和那清凉露水洗拭过的清晨里的流动的空气,

啊,窗口,让它们通畅到我的房间里来!

——窗口

诗里表现了他对光明幸福的渴望,但我们也感到他思想力量的不足,似乎象一个书生,在书斋里娓娓申诉,而不是站在时代的尖端,代表千万劳动人民吹起的战斗号角。年青的纳·赛音朝克图同志思想的深处还是一个知识分子的感情,他的思想情绪,也就很明显的表现在他作品的风格上。当然,我并不是说,凡带有象征性的含蓄的风格的作品,作家的思想都要受到一些限制,这些作品是不好的或是较不好的。不,绝不是这个意思。对不同的作品,要作具体的分析,而纳·赛音朝克图同志开初的诗篇,因为他思想、生活的精神限制,使作品不够雄浑,缺乏革命的冲击力,也是一个事实。话又说过来了,尽管如此,我们仍然认为,这些诗还是好的,因为他表达了作家深厚的生活的激情和他的艺术才能。

后来,纳·赛音朝克图同志到蒙古人民共和国学习,思想上获得很大的跃进,在他的诗里,歌颂了先进的社会制度,工人农民的创造力量和伟大的列宁。回国后,正值草原受到国民党反动派挑起的内战的威胁,热爱民族的感情激励着他，写出了《沙原，我的故乡》这样动人的诗篇，在诗中，响亮地呼喊道："朝着共产党指引的方向前进吧，让自由放射出灿烂的光芒"！这篇作品的出现，标志了纳·赛音朝克图创作风格新的发展。

全国解放，给诗人带来了空前的创作热情，过去他对社会的诅咒和反抗，让位给对党和毛主席的歌颂，把祖国和人民的形象，塑造得那么巨大雄伟：

> 人民的正义的呼声，
>
> 象雄狮吼叫一样，
>
> 震动着宇宙的气波，
>
> 响彻全世界的每个角落。

——我们的雄壮的呼声

> 今天
>
> 我们以无比的欢欣
>
> 来庆祝
>
> 各民族的
>
> 自由、平等
>
> 幸福的大家庭——
>
> 雄伟地
>
> 站起来的
>
> 中华人民共和国
>
> 诞生
>
> 两周年的
>
> 节日！

——迎接国庆的时候

诗人歌唱的再也不是一株小草，一个窗口，一个女孩子，而是以六亿人民，解放了的祖国为抒情的对象，宏亮的声音和巨大的题材，自然形成诗篇雄浑、磅礴的风格。对于纳·赛音朝克图解放初期写的诗，特别是这两首，我觉得无论从诗的本身来看，或从诗人创作道路上来看，都是极其重要的，因此，对它应当作出公允的评价。

我们读一首诗、一篇小说，或其他的文学作品，总是不能脱离当时的社会要求，脱离阶级斗争的情势的。就象《我们的雄壮的呼声》，是诗人看到中国人民的代表，到联合国控诉美帝国主义的罪行时写的。中国人民长期受帝国主义的侵略。解放了，人民站了起来，对帝国主义的挑衅，再也不能忍气吞声；在世界人民面前，控诉他们的罪恶，并提出义正词严的警告，在中国外交史上是空前的。当时一提这件事，每个中国人民都是精神振奋，心情沸腾。这是记忆犹新的。在这紧张的情势下诗人发出了"雄壮的呼声"，它在社会上引起的积极的、行动的意义，是可想而知的。我们现在读或评论这些诗篇时，不能因时过境迁，便坐在书斋里，搬弄几个文学术语妄作判决；应该联系到那个战斗的时代，联系到那巨大的政治事件所引起人们激动的心情，来作比较全面的分析。须知道，在群众情绪浮动的时候，往往一个口号，都会卷起暴风雨般的行动——当然，这不是说口号就是诗。文学，不只是它本身的语言、形象等等问题，它还得为政治服务，要把这一重要之点摒弃了是很难作出正确评价的。

其次，再从诗人创作道路上来看，当时，纳·赛音朝克图在创作上正在经历着一个艰苦的时期，这株久久压在笤笆下的小草，现在眼前是强烈的光芒照耀，崭新的事物纷至沓来。诗人努力寻求新的表现形式、新的题材、新的格调，来反映这伟大的时代。他在艺术上所作的艰苦的努力的痕迹从诗集里我们看得清清楚楚，特别是他那雄浑、磅礴的艺术风格的发展，对纳·赛音朝克图同志的创作生活来说，是十分重要的。我们完全可以这样设想，假若没有《我们的雄壮的呼声》，便很难产生《塔什干的召唤》。在《塔什干的召唤》里，诗人把保卫全人类的和平、幸福作为自己的使命，代表着"亚非人民的心愿"来歌唱：

我们祝福人类的和平、幸福，

不吝惜献出自己瑰丽的语言。

我们痛恨那疯狂的侵略者，

将笔尖当作斗争的火箭。

我们带着亚非人民的心愿，

欢聚在人民幸福的城市——塔什干。

我们热望着全人类的和平与安宁，

向全世界的同胞发出了召唤。

——塔什干的召唤

诗人开阔的胸怀，豪迈的艺术风格和饱满的政治热情，表现在诗篇里都达到了空前的高度。特别是《塔什干城》一诗，诗人一连串用二十个发问和十个感叹，赞美那个美丽的城市，赞美劳动人民的幸福和优越的社会制度。气势雄浑如长江大河，一泻千里；浩浩荡荡的语言的行列，表达了诗人波澜汹涌的内心世界。艺术风格的雄浑、深厚，达到这样的艺术高峰是不易的，是踏着《我们的雄壮的呼声》的肩头，作了进一步攀登的结果。因此，就诗人艺术才华的发展来看，对《我们的雄壮的呼声》、《迎接国庆节的时候》等解放之初的诗章，都应作充分的肯定。

我这样推崇、肯定纳·赛音朝克图同志的这几篇诗，是否它就完美无缺了呢？不是。无可讳言的，它还有些干巴、空泛，个别的地方近于力竭声嘶的呼喊。因此，我觉得还有不足之处，还有缺点，同时，我还觉得它的缺点并不在于技巧和语言。解放之初，诗人已经有了较长期的写作锻炼，远在十多年前写的《压在笆笆下的小草》技巧圆熟。语言那么新鲜、活泼，平素诗人也非常注意语言的提炼。很难想象，到这个时候，语言技巧的约束，还能给他的创作，带来什么多大的困难。所以，我觉得根本的问题，在于写这些诗的时候，诗人的感情还不够深厚。不错，他这时确实选取了社会重大的事件作为歌咏的对象，以他的诗篇参加了政治斗争，都是十分可贵的，标志了诗人政治认识，政治热情的迅速提高。但政治上的正确认识还没有经过反复实践的磨炼，没有在实践的过程中发生由衷的波动。另外，现实中许多重大的政治事件，也引起了诗人的愤怒和喜悦，而这种朴素的感情也是浮泛的，没有经过思想的深化。这样，便不能不限制他深刻地了解每一件事物具体的，微妙的内容，表现在作品上，感情的不够饱满便是自然的事了。当然，所有这些都是进一步的、更高的要求，诗人对自己的要求是无止境的，作为一个读者对诗人的要求也是无止境的。

　　读了《幸福和友谊》写出了上面一些感想。我觉得纳·赛音朝克图同志,一直是忠实于人民,热爱人民的诗人,在他的诗里震响着劳动人民的呼声。诗人两脚坚实地踏在现实的土地上,在他的笔下,人民的劳动、斗争和爱情生活,都和时代保持着密切联系;他的诗热烈地歌颂了党、毛主席,歌颂了各民族的幸福和友谊,是一曲响亮的颂歌。在祖国百花盛开的文艺园地里,《幸福和友谊》是别有风格的一朵,生动地表达了蒙族劳动人民的精神风貌和草原上美丽的景色,有的气魄宏大,象暴发的火山,有的细腻柔和如淙淙的溪流;读起来都能给我们以美的享受,使我们在思想感情上得到提高和丰富,诗人自己也大体上和"五四"时代文化大师一样,从民主主义走向共产主义,"踏着'个性解放'的阶梯,走向集体主义的大道"(臧克家:反抗的、自由的、创造的女神)只是他更靠后一些罢了。纳·赛音朝克图同志的诗我读得很少,对于他在政治上和文学上走过来的道路我完全不知道。"知人论事"是我们的老说法,只有这样才能比较全面,但我只能倒转过来,从已译成汉文的诗中,了解一些他思想的基本倾向,谈到具体问题时,错误就在所难免了。说到这里,想起另外一件事,作为一个不懂蒙文的读者我很愿意读到他的全部的作品和有关诗人经历的文章。在年青的内蒙古的文学队伍里,纳·赛音朝克图同志可以算作前辈的诗人了,因此,对他的作品的翻译和整理,我想,无论对读者,或对内蒙古社会主义文学事业的发展,都是有很大好处的。

激情的赞歌

——读长诗《狂欢之歌》

李永荣

史料解读

　　史料原载《草原》1959 年第 10 期。《狂欢之歌》是蒙古族著名诗人纳·赛音朝克图于 1959 年发表的抒情长诗。该文对长诗《狂欢之歌》的思想感情和诗歌艺术进行了分析和评价，点明了这一时期少数民族文学创作繁荣发展的原因：我们的生活是如此绚丽多彩，我们的道路是如此宽广美好，面对着这样的现实，作为时代鼓手的诗人怎能不放声歌唱？祖国，是各族人民温暖的大家庭，祖国，是值得诗人们大展歌喉、永远歌唱的英雄的主题。至于文中指出的长诗的不足之处，"不应该只是仅仅停留在描述过去、歌颂今天上，还必须以丰富的想象来展望将来，引导人们向更美满，更幸福的社会前进"，也是一个值得讨论的问题。

原文

　　铁钟
　　和诗句啊，
　　赞美

这青春的大地。

——马雅可夫斯基

一个阳光灿烂的早晨,我读完了纳·赛音朝克图同志的长诗《狂欢之歌》,内心感到无比的欣慰和喜悦。诗人的声音,诗人的思想,诗人的激情,一次又一次地引起我情绪上的共鸣。这简直不是在读诗,而是诗人和我们亲切地谈心呵! 不是吗? 透过这些热情洋溢的诗句,我们不是看见诗人把他那赤诚的心坦露出来,在十月的明媚的阳光下和我们畅谈?!

我们的祖国在暴风雨的年代里,经过多少风风雨雨,历尽多少险阻艰辛,度过多少黑暗的岁月,走过多少坎坷的道路,最后,终于在十年前骄傲地站起来了。十年来,在党和毛主席的领导下,六万万人民在一穷二白的废墟上生活着、劳动着,年轻的共和国在不断地成长着、壮大着。十年,在历史的扉页中,只不过是薄薄的一页;十年,在时间的长流里,又是多么短暂的一瞬! 然而,就在这短短的十年中,我们新生的祖国却起了多么巨大变化,取得多么惊人的成绩! 虽然,目前我们的生活还不十分富裕,但是,在我们的国家里,已经基本上消灭了吃人的剥削制度,劳动人民成了国家的主人,过去被人践踏的"奴隶"已经掌握了自己的命运,在我们的国家里,再也听不到无家可归的人沿门求乞,再也听不到饥饿的人们凄苦悲鸣,全国人民团结一致,满怀信心地向大自然进军,向共产主义社会迈进! 我们的生活是如此绚丽多彩,我们的道路是如此宽广美好,面对着这样的现实,作为时代鼓手的诗人怎能不放声歌唱? 祖国,是各族人民温暖的大家庭,祖国,是值得诗人们大展歌喉、永远歌唱的英雄的主题! 纳·赛音朝克图同志的长诗《狂欢之歌》就是在抚今追昔,感慨万分的情况下从心里迸发出来的一首激情的赞歌。

这首长诗以燃烧的革命的炽热的情感,以洪亮的歌喉和高亢的声音,赞美了全国人民的大家庭——我们如花似锦的祖国,讴歌我们前进道路上的灯塔——英明伟大的共产党,歌颂各族人民的领袖——我们敬爱的毛主席。长诗的感情是由衷的,崇高的,热烈的,深沉的。全诗的基调热情奔放,清新明朗。在我们欢欣鼓舞庆贺祖国十年大庆的今天,能够读到这样一首优美的抒情长诗，不仅能加深我们对祖国，对党和领袖的热爱，同时，在文学意义上也可以说是一种极高的享受。

长诗一开始，诗人就向自己（也是向所有的读者）提出两个值得深思的问题：

带着喉咙

诞生在人间

是为了什么！

我要歌颂

人民翻身后的

国庆十周年！

赋诗讴歌

直到如今

是为了什么？

我要赞颂

阳光般

光辉明朗的生活！

看！这些诗句多么简练有力多么发人深省，令人深思。这是诗人内心的激情不可抑制的流露，也是诗人长期对生活感受的总的概括。我们的诗人就以这样一个基本思想来作为他赞美祖国，赞美生活的颂歌的基调。

诗人并没有停留在"愿我金色的笔尖宛如骏马的劲蹄向前奔驰"的个人吟颂，也没有满足于"愿我的喉咙象马头琴一样铮铮鸣响"的单弦独奏。我们的诗人以无比奔放的热情向"慈祥的母亲"、"雄狮般勇猛的健儿们"、"燕子般矫健伶俐的孩子们"、"莲花般美丽端庄的年轻的姑娘们"、"蒙族人民的心声著名的歌手们"发出了响亮的号召，号召大家共同来歌颂、来赞美、来祝贺繁荣升腾的、飞跃发展的、阳光普照的国庆十周年！诗人用高亢的声调为我们揭开了颂歌的序幕。

紧接着第一章的后面，诗人用充满泪水、饱含悲愤的诗句把我们带回到苦难的年代：

　　痛苦的劳役

　　不让人们

　　有瞬时的休息；

　　沉重的担子

　　不离开人们的

　　脚腕和手腕，

　　除了痛苦和呻吟

　　穷苦的人民

　　没有别的享受。

　　神气富人的

　　牲畜的尸体

　　填满壕沟，

　　穷苦人民的

　　瘦弱的孩子

　　没有饭吃，

　　有钱的人们

　　个个都是

　　胸满肥肠，

　　苦难的人们

　　被饿得

　　瘦如骨架，

　　虽然这些惨状已变成历史的陈迹，虽然这些不合理的现象已随着剥削制度一扫而光，虽然这样的日子早已过去，虽然对于这一切今天的少先队员难以理解。但是从旧社会走过来的人，谁能忘得了凄苦的往昔？朋友，当你悲痛地回忆过去的时候，你是否会感到今天的生活多么美好，你是否会感到作为一个新中国的公民多么值得骄傲？

回顾了苦难的过去，让我们看看今天的生活吧！

年迈的老人

在幸福的晚年

享受着青春，

年幼的孩子

在成长的岁月

灌输着知识，

可爱的小宝宝

躺在摇篮里

幸福的微笑，

人民的功臣

不分日夜的

创造着奇迹。

看吧！这就是社会主义时代的欢乐，这就是我们今天的生活！多少年来，我们的先辈梦想着的，奋斗着的不正是这样的生活！

我们的生活多么美好，我们的祖国又是多么富饶！看吧！

辽阔无边的大地

盛开着争妍的

花朵，

万里无云的长空

放射着绚烂的

彩霞，

绵绵翠绿的山巅

鸣叫着迷人的

夜莺，

绿色海洋的草原

蠕动着肥美的

牧群,

何等动人的歌声,何等优美的景致! 诗人用饱蘸生活的彩笔,给我们勾勒出祖国美丽的面影。这是清新活泼的诗句,也是色彩鲜明的画卷。我们不必再到古典诗词中去寻觅祖国动人的姿容。

朋友,当你随着诗人的笔尖从解放前的苦难岁月走到今天的幸福生活时,你首先想到的是什么? 我想,你一定会想起我们英明伟大的党和毛主席。我们的诗人也是一样。关于这一切,长诗中有许多动人的描写。诗人把我们的党比作"号角"、"旗手"、"灯塔"和"园丁",把我们敬爱的领袖比作"启明星"、"能手"、"人民的智慧"和人民的"眼睛"。诗人还高呼"让我们举起斟满美酒的金杯欢欣的歌颂,歌颂我们功绩昭著的英雄的党!""让我们把内心的深沉的爱拿出来,欢欣的歌颂光辉伟大的毛泽东!"透过这些闪光的、炽热的诗句,我们仿佛听到了各族人民共同的,也是诗人自己的声音。

在歌颂党和领袖的同时,诗人又以无比眷恋崇敬的心情赞颂着为革命事业贡献出生命的烈士。"当无穷的灾难黑夜般笼罩着祖国"的时候,"在广阔的人间地狱般的阴森恐怖"的岁月里,多少英雄志士在党的领导下进行不屈不挠的斗争。正是这许许多多在敌人的严刑拷打下也没有屈服的,在炸弹的火网里也没有任何胆怯的无敌英雄的斗争,我们才会有美满幸福的今天。今天,当我们在和平幸福的环境中生活、工作和学习时,怎能不怀念起给我们缔造幸福的前人,怎能不热烈地赞颂他们的功勋?

在秋月般

光辉明朗的

生活中,

在花朵般

芬芳鲜艳的

欢乐里,

宛如明媚的阳光

照射着

晶莹的露珠，

你们神圣的鲜血

永远闪发出

宝石般的光芒！

感情这样亲切而健康，诗句这样熨帖而明朗，用不着我再作笨拙的分析了，请读者自己去欣赏吧，相信大家会比我体味得更深。但我想说一句，这不是哀痛的挽歌，这是衷心的赞诗。亲爱的读者，读了这样的诗句，你不能不深深地思索！

在长诗中，诗人还以不可言状的激动和喜悦歌唱了蒙族人民的新生：

说什么蒙古人

虽然勇敢

却很愚蠢，

说什么蒙古人

只是会

套马驯马，

如今已经

掌握了知识

学会了技术，

摩托手

机械工人

样样都有。

在短短的诗行中，我们听到了蒙族人民自豪的声音。过去被人们认为是"愚蠢"的蒙古人，如今能掌握新时代的每一种技术，这种变化多么巨大深刻，又是多么有意义呵！

诗人的感情好象是一匹脱缰的骏马在草原上奔驰，他把我们带到严峻雄巍的大青山，把我们带到壮丽繁华的呼和浩特，把我们带到包钢、锡林浩特、温都尔庙、白云鄂博以及祖国的每一个地方，使我们看到内蒙古——祖国北边的一颗珍珠,在人民的时代所起的变化。正好象诗人所歌唱的一样"与其数一数内蒙古新建的城市,倒不如数一数夏天盛开的花朵。"今天,内蒙出现了举国闻名的包钢。将来的情况又会怎样呢?我们前进的步伐,就是最新式的火箭也无法赶上。我们美丽的前景,即使是最大胆的幻想家也不敢想象!

综上所述,我们可以毫不夸张地说,这是一首好诗。它给我们总的感觉是:感情健康、饱满、格调清新,明朗、色彩鲜明、淳朴,形式活泼、明快,充满着一股向上的前进力量和浓厚的生活气息。

每一个读者都是希望我们有才华的诗人不断前进的。所以在肯定这首诗所取得的成绩的同时,我很愿意指出长诗一点不足之处,提供给诗人参考。

坦白地说,我曾不止一次地读着这首长诗,而每次都是那么激动,那么喜悦。但在激动和喜悦之余,我总感到长诗中似乎缺少点什么。是诗人的感情不充沛吗?不是!是长诗的语言不够美丽动人吗?也不是!我思索着,苦苦地思索着,最后终于找到答案:

我觉得,作为一首歌颂祖国、赞美生活的长篇抒情诗,不应该只是仅仅停留在描述过去、歌颂今天上,还必须以丰富的想象来展望将来,引导人们向更美满,更幸福的社会前进。回头来看看《狂欢之歌》,我们不难发现这首长诗恰恰缺少这种展望,这不能不说是一个缺陷。在今天的现实生活里,到处洋溢着革命的浪漫主义,人们破除了迷信,高瞻远瞩,对未来充满希望。作为时代号角的诗人就应该通过丰富多彩的想象来激发人们对未来的向往。当然,在一首短诗中我们提出这样的要求恐怕有点过分,但对于长达千余行的《狂欢之歌》,这恐非苛求吧!

尽管这首长诗还有不能十分令人满意之处。但我们可以肯定地说,这是一首好的长篇抒情诗,是一首振奋人心的激情的赞歌。

赞《生命的礼花》

士　美

　　史料原载《草原》1960 年第 4 期。巴·布林贝赫的《生命的礼花》是一首长篇抒情诗，作者以丰富的比喻、准确而生动的语言、巨大的激情，倾诉了蒙古族对党、对伟大祖国这个温暖的民族大家庭的热爱，倾诉了蒙古族对幸福的新生活的喜悦。同时，他的诗作吸收了蒙古族民间诗歌、谚语的养分，丰富而寓意深刻的比喻的应用，朴素而新鲜；他的诗句婉转而优美，句子短小精悍，文风非常朴素。总之，《生命的礼花》是一首非常成功的诗作，思想性、艺术性都达到了相当的高度。

原文

　　怀着无限喜悦的心情，读完了蒙族青年诗人巴·布林贝赫同志的长诗《生命的礼花》《草原一九五九年十一月号》。好象听了一首激情荡漾的山歌联唱。

　　这是一首长篇抒情诗，作者以蒙古民族的文学特色：丰富的比喻，准确而生动的语言，巨大的激情，倾诉了蒙古民族对党和毛主席；对伟大祖国这个温暖的民族大家庭的热爱。倾诉了蒙古民族对于幸福的新生活的喜悦。在全诗中，极其精彩的穿插了几个动人的小故事，借以抒发满怀的激情，给人留下了非常深刻的印象。

我们知道,写一首诗,总是要有生活基础的。没有对生活的深刻感受,就写不出好的诗来,尤其是写长篇抒情诗,更须有饱满的思想内容,而巴·布林贝赫同志的《生命的礼花》就是这样一首优秀的长诗。

在党的民族政策的光辉照耀下,昔日灾难深重的内蒙古人民,获得了新生,如今在草原上出现了工厂和城市,出现了水电站和高楼瓦房,真可谓人畜两旺、欣欣向荣。于是诗人唱出"早已沸腾的心声,共产党的颂歌",歌唱我们伟大祖国,歌唱我们伟大的民族大团结,歌唱各族人民敬爱的领袖毛主席。因而他笔端,着纸千言,诗句象喷泉一样流畅。因为伟大的景象,诗的生活,使得我们年青的诗人奈不住地放声歌唱。

在《生命的礼花》这篇长篇抒情诗里,诗人唱了四组激情的赞歌;在第一组,是"往日的悲歌"。在那苦难的岁月里,蒙古民族经受着多么深重的民族危机呵,封建王公和奴隶主以及民族上层反动分子与帝国主义、国民党反动派勾结起来,骑在蒙古人民的头上。蒙古人民在水深火热中挣扎着,终于在中国共产党的领导下,以毛泽东思想武装了蒙古人民的优秀儿女。在汉族同胞的帮助下,蒙古人民取得了彻底的解放和真正的胜利。这些,在第一组的诗行里,得到了有力的表现。

在第二段里,诗人紧接着歌唱了蒙古人民解放后的幸福生活。这是对党的民族政策的光辉胜利的颂歌。党和毛主席特别关心少数民族人民的斗争和生活。内蒙古解放后,很快就实行了民主改革,实行了民族区域自治,内蒙古人民成了国家的主人,和祖国各族人民一道,沿着党的路线前进!"过去怜光闪闪的,渺茫的荒凉的地方,现在闪射着汽车的灯光。过去野狼栖息的,荒漠和枯瘠的山谷,现在耸立起了工厂和楼房",草原上实现了人民公社化,牧民们定居下来了,住进了宽敞明亮的大瓦房。草原满是欣欣向荣的春天的气象。诗人歌唱了这一切,而这一切,都是党的民族政策和毛主席的光辉思想的开花结果。诗人对草原人民的幸福生活的颂歌,也就是对党和毛主席以及党的民族政策的颂歌。

蒙汉两族人民兄弟般的血肉关系,在《生命的礼花》的第三段里有非常具体形象而生动的描写。

蒙汉两族人民，从来是和睦相爱的。但在解放前，在国民党以及封建时代，两族之间，却也曾有过非常深的隔阂；这是统治者造成的，统治者为了达到他的统治目的，欺骗、煽动、挑拨民族间的歧视和仇恨。只有在中国共产党的领导下，在毛主席亲手制定的伟大民族政策的光辉照耀下，各族人民才消除了一切隔阂和误会，恢复和加强了民族间的血肉亲睦关系。

在长诗的第四段里，诗的调子高昂而响亮，是全诗最精采的一部分。我们的诗人唱道："是我们的党，使我们民族获得了新生"，蒙古人民饮水思源，永远也不会忘记毛主席的恩情。在这一段里，诗人从肺腑里冲出来的歌，是不能不叫人震奋而激动的！

巴·布林贝赫同志的长诗《生命的礼花》不仅有着丰富深刻的思想内容。艺术上，也有可喜的成就，我们知道，巴·布林贝赫同志是在解放后党的培养下出现的蒙古青年诗人。他为我们写过不少好诗，他的诗，在一定程度上，体现了毛主席的文艺思想；在他的诗作中，吸收了浓厚的民族风味的民间诗歌、谚语的滋养，如丰富而寓意深刻的比喻的应用，朴素而新鲜。

巴·布林贝赫同志的诗的语言也是十分精采的。他的诗句婉转而优美，句子短小精悍，文风非常朴素。因而，为读者喜闻乐见。

《生命的礼花》是一首非常完美的诗，思想性、艺术性都达到了相当的高度。这是在毛主席文艺思想照耀下，在我国社会主义诗坛上盛开的一朵灿烂的鲜花。我为我们年青的蒙族诗人巴·布林贝赫同志高兴，希望他创作出更好的无愧于我们作者时代的激情的诗篇。

读《伊敏河畔》

盛　鉴

史料解读

　　史料原载《草原》1962 年第 4 期。文中概括指出,组诗《伊敏河畔》的篇幅不长,却生动描绘了伊敏河畔沸腾的劳动生活,展示了不同岗位上普通劳动者的精神面貌,平凡的人物和事件寓意深远。诗中抒情的笔调,新颖的比喻,鲜明的色彩和富有音乐感的语言,使诗歌达到了"诗中有画"的佳境。虽然人们将《伊敏河畔》组诗视为抒情诗,但叙事占据了较大比重,以写人为主且人物形象刻画极为生动,桑巴老人、色玛、挤奶姑娘的形象栩栩如生。

　　巴·布林贝赫曾表示,他在诗歌创作上的美学追求,是将蒙古史诗的道劲风格同汉族古典诗歌意境美相结合,要将好来宝与祝赞词的直抒胸臆同国外诗歌的抒情性叙事相结合。这一点在《伊敏河畔》组诗中得到了体现。

原文

　　不少人曾谈到过巴·布林贝赫的诗,说他的诗感情充沛,想象丰富,富于浪漫主义色彩,这些意见,我认为都是正确的。但读过《伊敏河畔》(《草原》1961 年12 月号)我觉得似乎还应该再补充一点,就是他的诗,诗中有画,诗人善于用形象的图画,抒情的笔调,来塑造人物、抒发感情。

　　《伊敏河畔》的篇章不长,却娓娓动人地描绘了伊敏河畔沸腾的劳动生活,展示出各种不同岗位上普通劳动者的精神面貌，这里人物和事件有些看来虽也平常，但其中却蕴含着深远的寓意，发人深思，促人效仿。特别是诗中那抒情的笔调，新颖的比喻，富有美术色彩的图景，具有鲜明音乐感的语言，更增添了诗中有画的特色和诗的艺术魅力。

譬如，第一首《桑巴老人》，刻划了一个热爱并关心公社生产的桑巴老人的形象，这样的形象我们在其他诗歌里并不是第一次看到的。但这里作者在塑造这一形象上有他自己的特色。作者不是用那些轰轰烈烈的富于战斗色彩的语言，不是通过简单的直接的叙说，不是对桑巴老人积极参加公社生产等具体行动进行长篇累牍的描绘，大喊大叫地揭示于读者的面前，而是通过作者所一贯擅长的抒情的笔调，通过一系列富于象征意味的新颖形象的比喻，首先揭示出形成这种性格的原因，然后，画龙点睛式地展示出桑巴老人的这种性格。诗中是这样描写的：首先通过，形象性的描写："他在草原上追逐过多少次跳兔"；"光着脚驱赶过多少次绵羊"；"在旷野里摔下过多少次马背"；"流着汗跋涉过多少次沙原"；形象的描写，通过旱獭野鼠、野燕野葱、雏鹰山鸡、湖泊池塘等生动的比喻，表明桑巴老人非常熟悉伊敏河畔苦难的过去和幸福的现在，熟悉伊敏河畔"六十年甘苦的情景"，因此，他才能具有彩虹一样美丽的心灵，"尽管胡鼓已经蒙雪，春天却永驻他的心田；尽管鬓发已经染霜，太阳却常照他的胸膛。"由于看清了灿烂的前景，"认清了光明的大道"，因而热爱并关心公社生产。

第二首《钻石花》也是如此。诗歌一开始便通过"挡着朝霞的伊敏河水里，映现着银镯的闪烁的光辉"这样富于画意的美丽形象的描写，向我们介绍了女主人公色玛一天的劳动开始，诗的最后又通过"泛着星光的伊敏河水里，映现着白马的英骏的身影"这一同样具有美术色彩的美丽形象的诗句，告诉我们黑夜的降临虽然照示着一天的终结，但对热爱劳动、关心公社生产的色玛姑娘说来，劳动的一天并没有就此结束。在诗中色玛姑娘的劳动热情和生产干劲是通过"早晨她同星星一起醒来"，"晚上她比麻雀睡得更晚"这样富于象征意味的诗句表现的，色玛姑娘那坚毅不拔，不畏险阻的性格是用"山上的青松"和"水里的绿竹"象征的，她的成长和促使她成长的源泉是拿"美妙的歌曲"、"幸福生活的喜鹊"、"真理的乳浆"、"永远盛开的钻石花"比喻的,通篇的主题思想都是以作者所特有的抒情笔调表达的,这再一次显示出我在上面提到的那些艺术特点。

同样的艺术特点,在第四首《伊敏河水》里表现得更加明显,这首诗可以说通篇都是象征,节节都有比喻,美术色彩极浓,抒情味道强烈,读者一阅即明,这里我不再赘述了。

第三首《司机和挤奶姑娘》却稍有不同,诗中又增添了一种衬托式的手法和喜剧性的穿插,但仔细看来,基调还是一样的,如一开头的氛围描写:

高高的蔚蓝天空,

星辰还没有匿迹;

宽阔的碧绿草原,

夜露还没有消逝。

……

鸟儿惊得唧喳乱叫,

兔儿吓得四散逃避。

即使是诗中所增添的衬托式手法,广义说来,实际上也是一种象征比喻手法,是象征比喻手法的另一种表现形式。因此,并不是与作者创作的上述基本特色毫无联系的。

总之,组诗《伊敏河畔》再一次显示出巴·布林贝赫诗歌的抒情特色,是内蒙古文艺百花坛中一朵新花。我读过这组诗后,为诗中那浓郁的抒情味道所陶醉,久久浸沉于它所散发的沁人的芳香中。

评巴·布林贝赫的诗

屈正平

史料解读

　　史料原载《草原》1962 年第 7—8 期。文中全面总结和评价了巴·布林贝赫的诗歌创作，指出巴·布林贝赫通过诗歌诅咒腐朽和落后，歌颂光明和新生事物，对党和毛主席的歌颂，是巴·布林贝赫诗的一个重要的内容。巴·布林贝赫的早期作品《心与乳》深受人们喜爱，以蒙古族人民对乳的特殊情感来类比对党和社会主义的感激和热爱。他的诗歌反映了社会主义革命和建设生活，感情澎湃、奔放。布林贝赫的诗歌创作具有鲜明的浪漫主义特征，有远大的理想和激情。他以锐利的目光观察新生事物，用浓烈的感情描绘出浪花飞溅的时代。他的诗歌构思大胆新颖，善于描写壮丽广阔的生活画面，如《生命的礼花》《银色的武川哟，金色的武川哟》等。巴·布林贝赫在诗歌创作上敢于触及重大社会事件，热情讴歌人民的英雄事迹，展现蒙古族人民的纯朴性格和深厚情感。此外，他的诗歌在艺术上深受蒙古族古典诗歌和民歌的影响，注重诗歌的民族形式，"生动贴切的比喻，总是联翩络绎而来"，增强了诗作的艺术感染力。他还有意识选择具有民族特色和地域特点的事物来描写，具有浓厚的民族色彩。当然，文中的评价话语具有那个时代的鲜明特征和历史局限。

原文

在蒙族的诗人中，巴·布林贝赫是我们很熟悉的名字，从他的诗篇里，我们不断听到在祖国北方在内蒙古这块辽阔的土地上，人们辛勤劳动的歌唱，看到那美丽雄伟的山川，给了我们优美的艺术享受。在建国十周年的时候，他那格调豪迈、感情奔放的《生命的礼花》的发表，成为诗坛上一颗霞光闪闪的宝珠。而且，他的诗歌，有的已译英文，先后在蒙古人民共和国的报刊和《亚非作家作品选》中刊载过，许多国际朋友，也已听到了他的歌唱。

巴·布林贝赫是在党的直接培养下成长起来的诗人。他用诗诅咒了、鞭挞了那腐朽的历史残渣，热情洋溢的歌颂了光明新生的事物，歌颂了伟大的党和毛主席。

回顾巴·布林贝赫的创作，《心与乳》是他最早受人称道的诗篇。常说，"民以食为天"，对于一个有放牧历史的民族，乳在人民生活中的地位，是可想而知的。因此，在蒙族人民中间，对乳形成一种特有的风习：

我们对心里的爱，用乳来表示。

我们对自由与解放，用乳作献礼。

我们对健康与兴旺，用乳来祝贺。

我们对未来的幸福，用乳来迎接。

人民对乳是这么珍惜和敬重，但是，在过去的日子里，为了争得温饱摆脱灾难，要经过多少严重的斗争呵！而真正扬起东风、吹散草原浓雾的，是共产党、毛主席。所以，当庆祝国庆、各族人民欣喜若狂的时候，"为了给我们带来好日子的父亲毛泽东的健康"，"蒙族人民也在热烈地敬乳"。诗人把这热情荡漾的歌唱题作《心与乳》，是意味深长的："蒙族人民也在热烈的敬乳"，实际上是人民把自己的心，把内心最大的感激与崇高的祝福，献给了党和毛主席。

对党和毛主席的歌颂，是巴·布林贝赫诗的一个重要的内容，《生命的礼花》是众所熟知的名篇，在他的近作《敖塔奇》（见《人民文学》1961 年 7—8 月合刊）中，也带着浪漫奇想，反复地向彩虹、波涛、蜃楼诘问：过去传说中的圣水、珍珠、灵芝草、群芳料……为什么不能用来驱逐病魔？今天，随着毛主席派来的医生走进公社，灵丹妙药，全都来了——

踏着绚烂缤纷的彩虹，

将圣水含在口中，

花鹿呵，随着医生跑来了！

摇荡着金光闪闪的波涛，

将珍珠夹在鳞中，

金鱼呵，随着医生游来了！

……

多么美妙的诗情、诱人的颂歌呵，是伟大的党、毛主席，给蒙族人民带来了健康、兴旺、富裕和文明。

"党的文艺工作，在党的整个革命工作中的位置，是确定了的，摆好了的；是服从党在一定革命时期内所规定的革命任务的"。（见《毛泽东论文艺》第70页）巴·布林贝赫遵循着毛主席对文艺工作的指示，在一开始写作的时候，便积极自觉地用诗歌来服务于时代的斗争，服务于党的政治要求。因此，他的诗密切地联系着时代，反映了社会主义革命和建设中人民的战斗生活。

党的事业，人民的生活，总是萦系着诗人的心，甚至在一个黎明的时分，他听着檐下毛毛雨的声音，也使他心绪不能平静，向毛毛雨细心叮嘱：

毛毛雨呵，下吧，

花和叶上的尘土将被洗掉，

小草将从地面钻出来，

牧场上的牛羊将要上膘。

毛毛雨呵，足足的下吧，

让欢乐的牧民更加欣喜！

我的家乡已有了牧业社，

你知道吗？呵，毛毛雨。

——《毛毛雨》

由于时代的感召,巴·布林贝赫的创作激情显得格外充沛,从各个方面,歌颂了各族人民在党的领导下意气风发的跃进气象,歌颂了革命风暴引起的人们思想上深刻的变化和共产主义风格的成长。那些曾经发愁地感叹着"给大个子人做衣服多么难呵"的牧民,现在,立志要为"草原穿上彩缎的衣服";对于那"象猛虎啸着翻起涛浪"的黄河,现在也要套着它的脖子,驰向社会主义了。

蒙族的人民本来受宗教迷信的束缚是很深的,对于一个山峰、一个深谷、一棵古树、陡崖,往往都留下迷信传说:

> 雨后的虹从山后拱起的时候,
>
> 人们都说那儿有无尽的宝藏云积;
>
> 柔软的薄雾从山沟飘起的时候,
>
> 人们都说那儿有神仙穴居。

无论牧民们把这些自然现象幻想得多么美妙,都抹上了浓厚的迷信色彩。但跃进的洪流,粉碎了思想上的枷锁,牧民们在大自然、在泥塑木雕的神灵面前站了起来;共产主义的理想代替了对佛爷的膜拜,社会主义劳动的大合唱代替了山风的幽吟,他们以自己的双手打开了大自然的秘密,在威严的山神穴居的地方,丛楼林立,建成了社会主义的钢铁基地。

对于草原上的这种巨变,巴·布林贝赫曾怀着感激的心情说过:"一切好事,一切喜事,一切奇迹,都是由于党的领导和汉族兄弟忘我的帮助。"(见《听,整个的草原唱起来了》,《文学知识》1959 年 3 月号)因此,诗人对蒙汉民族的团结和友谊,对于他们为了社会主义的事业而忘我的精神,描绘得十分动人。在毛主席的教导下,许多汉族的青年、老人摒弃了个人的打算,克服了生活的困难,翻山越岭,在风雪弥天中的沙漠、草地上奔走。他们和蒙族兄弟携手并肩,披着党的光辉,带给了荒寒的地方以温暖和生命。诗人还用蒙族的谚语"独木不成林,单人不成家"为题,反复咏赞了蒙汉民族坚如磐石的团结和亲密的友谊;把这种团结和友谊,比作草原上铸成的"万年的金塔",用热情的诗行,给以歌颂:

天空呵，你是多么辽阔崇高，

但是，记载老大哥的功劳你显得太小，

大地呵，你多么纯厚深奥，

但是，刻上老大哥的功劳你显得太薄。

——《金塔》

文学总是民族生活具体真实的反映，同时，又是鼓动人民起来参与斗争的武器。巴·布林贝赫为了使自己的诗歌，更有力地反映新的时代生活，为广大的群众喜闻乐见，担负起"团结人民，教育人民，打击敌人，消灭敌人"的战斗任务，对诗歌的民族形式，也是苦心经营的，甚至在题材的选取上，他也提出严格的要求来鞭策自己。他在一个诗歌座谈会上说："一首诗的好坏在创作之始，选材很重要，要选择有特色的东西，不同的环境要有不同的选择。自治区的作者，一定要选择有民族特色和地区特色的东西。"（见《畅谈诗歌创作》，《草原》1962年1月号）在巴·布林贝赫的诗里，不但在内容题材上，深刻地表现了蒙族人民的生活和性格特征，而且，人民在生活中长期所形成的、习惯的表达思想感情方式的运用，也是十分突出的。他的诗虽然有的是细腻入微，娓娓动听的抒情，而慷慨高歌，尽情倾泻还是他的基本调子。适应他的这种澎湃、奔放的感情的表达，诗人常常从民间传统文学中，吸取反复咏唱的方式。在《生命的礼花》中，他是这样歌唱给各族人民带来幸福的北京城的：

若把北京比星星，

它是星星中的亮星星，

若把北京比珍珠，

它是珍珠中的明珍珠。

若把北京比镜子，

它是镜子中的水晶镜，

若把北京比珊瑚，

它是珊瑚中的宝珊瑚。

这种回环往复的咏唱，表现了鲜明的节奏感和音乐性，和蒙族传统的说唱文学,是一脉相承的。他有名的长诗《生命的礼花》,每章都引用民间歌谣作为序曲,而且,在内容上又互相渗透,浑然一体。比如在第一个诗章的开头,引了牧民熟悉的"吃了奶油,别忘了喝过奶水",这富有生活哲理的短歌,接着便生发开去:"每当吃到鲜美的奶油,心就想起苦涩的奶水,每当望见明媚的阳光,心就想起混沌的岁月……"无论在内容和形式上,彼此结合得真是天衣无缝,毫无斧凿的痕迹。这种人民惯用的对比方法的采用,增加了作品的民族色彩,往往也更鲜明有力地显示生活的本相,诗的内容也就更为丰满、深厚。

抒发感情的方法,是多种多样的,一个民族或一个有成就的诗人都是这样。蒙族的古典诗歌或民歌,也常常有不加雕饰、直抒胸臆的。巴·布林贝赫也喜欢采用这种方式,来写他抒情的诗篇,《心与乳》、《致战友》……都可以作为代表。在《致战友》里,诗人追溯他们崇高的友谊时说:

当我们在马背上比赛本领的高低,

当我们在战场上试验武器的锋利,

革命的火焰把我们的命运连结在一起,

友谊之花种在那英雄的岁月里。

烈火不能把这花朵烧毁,

干旱不能把这花朵枯萎,

战友呵,我们虽然握手告别,

这友谊之花呀,却永远开在心里。

诗人的感情写得多么率真,语言朴素,几乎没有任何雕饰,感情丰满,真是如见肺腑。也许有人会说,质朴无华的抒情,不一定是蒙族诗歌的特色。当然,这是对的。但巴·布林贝赫诗中蕴含的深厚和沉郁的色调,是蒙古民族的,是蒙族人民浑厚、纯朴性格的表现,带着特有的民族色彩。

在蒙族的传统文学中,无论是抒写情怀,或者是描画事物,那结合人民生活习惯,生动贴切的比喻,总是联翩络绎而来。我记得《格斯尔传》写一个妃子听说可汗从远方回来教仆人去烧茶时,曾用了一连串的比喻,来表达这个妃子激动、喜悦和那泉涌般的感情。

当然，文学上的传承或影响，并不是简单的模拟，而作品又表现着不同范畴的社会内容和人民的思想感情，具体引摘是有困难的。但是，在巴·布林贝赫的诗里，人民这种习惯的表达思想感情的方式，被他熟练地运用着，富于民族色彩精确的比喻，也是俯拾即是，不胜枚举的。在《生命的礼花》里，他描绘草原上牲畜的肥壮时说：那犍牛的短毛，为什么那样发光，就象绒缎一样？那绵羊的绒毛，为什么那样洁白，就象孩子一样？良驹的脊梁，为什么那样浑圆，就象皮球一样？他也曾用"毒象蛇，馋象狗；人面兽心，活象鬼"，来刻画一个反革命分子令人憎恶的嘴脸。这些比喻构思巧妙，而且跳动着诗人鲜明的爱憎感情，语言简炼、明快，看出诗人运用语言表达感情的方式和对语言的提炼，都与人民生活保持着深刻的联系。

巴·布林贝赫是个富有创造性的诗人，他向传统学习，也敢于大胆革新。他向外国或兄弟民族文学中汲取营养时，总是从自己民族传统的文学和人民生活的基础上出发，就是他的表达思想感情的方法，也是有深厚生活基础的。由此可见，艺术作品的民族特色，决不是个单纯的技巧问题，就象巴·布林贝赫在《民间文学与群众创作》（见《内蒙古日报》1961 年 5 月 30 日）中说的那样，作家只有遵循着毛主席的教导，深入生活，参加劳动锻炼，向劳动人民学习，改造自己的世界观，只有这样，才能使自己的创作，越来越表现出民族的特点。

巴·布林贝赫的作品富有革命浪漫主义。他的革命浪漫主义的特征，首先在于远大的理想和革命的激情。激情，是诗的生命。从巴·布林贝赫的诗篇里，我们可以明显的感受到诗人热烈的政治感情和革命理想。在生活的激流中，他以锐利的目光，观察着新生的事物，用苍壮的笔触，蘸着浓烈的感情，描绘出浪花飞溅的时代，用嘹亮的嗓音唱起热情的富于理想的歌子。

农业合作化的运动浪潮，激荡着草原的时候，他写出了《车儿呀，你尽情的奔驰吧！》，描写了一个在火车上的战士，急于回到合作化后的故乡的焦急的心情。车上虽有柔软的椅子，但他却感到如坐针毡，为了即刻能看到故乡的面貌，他要那绵绵的青山低下头来，要袅袅的蜃楼收敛他飞翔的翅膀。在这个青年战士的心灵里，对自己故乡的变化，展开了最动人的想象：

我那银白的沙原上，

准已轧出了崭新的大道。

我那红铜色的山峰上，

准已竖起了钻探的石标。

我那凉爽的山坡上，

准已安下了合作社的夏营的牧场。

我那令人舒心的草原上，

准已布满了合作社的牛羊。

当时，对于草原上这个崭新的生产组织，诗人作了热情的讴歌。整个诗篇，甚至每个形象每个词汇，都灌注进诗人的激情。而且这种激情，不是一时内心的浮动，是和革命的理想互相渗透，水乳交融的，所以它就更深厚、更有震撼人心的艺术力量。这种革命的激情，一直流泻在巴·布林贝赫的创作中，他也曾在《生命的礼花》里，作了坦率地自白："假如要体会我内心的激情，请跳入熊熊的烈火！"正是由于巴·布林贝赫富于革命的激情和共产主义的理想，也就使他的革命浪漫主义的诗歌，构思大胆、新颖，并且善于写壮丽的画面。

巴·布林贝赫敢于接触那些重大的社会事件。在党的大办农业、战胜灾荒的号召下，他曾到武川参加整风整社，写出了《银色的武川哟，金色的武川哟》这样气魄宏大的诗篇，描绘了武川人民在战胜灾荒中的雄心壮志和高大的身影：

不论是高山还是平川，

云雾里掀起了银色的波浪，

武川人踏着银色的波浪，

在火红的朝霞里奋战。

英雄的事业，需要英雄的语言。在诗的开头，巴·布林贝赫就以雄健的笔触，描绘了那艰苦的、壮丽的劳动环境：雪浪滚滚，冰峰晶莹，放眼四望，大地皆白，就是云雾里也掀起了银色的波浪。艰苦的环境，正是他山之好石，大可磨炼磨炼武川人民的豪气。他们在火红的朝霞里，披着党的光辉，吹起了向大自然进军的号角，用劳动的热情，融化了冰冻的大地，从黑土里挖出珍珠和宝藏。也

正因为有这样英勇的人民和党的英明领导,诗人才向雄巍的大青山,作出了大胆的预言:

瞧着吧!

待到秋天降临,镰刀闪光,

你会发现我们怎样把过去光荣的传统,

发挥在今天的农业第一线上。

冰封的严冬逃往那里?

雪盖的大地逃向何方? ——

到那时大青山将换上盛装,

原野和丘陵将镀成一片金黄。

诗人虽然面对着冰封万里的大地,却为我们透露出丰收的消息,满怀信心地描写出,原野即将改变面貌,就象题目所标的那样,紧跟在银色的武川后面,就是金色的武川,到那时——

大青山看到了这一切,

便把鲜花投向武川的英雄,

于是武川,田野翻起金色的波浪,

那浪花呵,亲吻着大青山高高的顶峰。

大青山向英雄献花,金色的波浪亲吻着大青山的顶峰,多么新颖、大胆的艺术构思,奇伟壮丽的画面呵! 这里,我们看到诗人艺术才华的迸发,想象力的飞跃。《银色的武川哟,金色的武川哟》充满了革命浪漫主义的激情,是巴·布林贝赫近作中最诱人的一朵花。

构思的新颖大胆,画面的壮丽雄伟,也表现在他的散文诗里。散文诗《冬天里的春天》,是以呼和浩特的大炼钢铁为内容的,其中分三个诗章。在《雪里的衣》这一章里,歌颂了和冰雪搏斗,去"迎接春天,要把花儿播遍"的呼和浩特人,接着诗人满含风趣的写道,这花不是迎春花,也不是银莲花,而是"毛泽东时代蒙古人播种的金钢花"。《美丽的图画》里,描写了气魄浩大的炼钢场面:天上的云烟,焦炉里的烈焰,灯火、人影,汇合成一幅色彩绚丽的、壮观的图画。待到

《花开的时候》,大地变了,封冻的土地衔着种子去迎接春天,凝结的冰坝变得水波荡漾去召唤天鹅;金骆驼的长鬃迎风飘荡,铁牤牛的犄角顶到天上——冬天里来了春天,"蓝晶石的草原,将展开自己的翅膀",而且诗人以美丽的幻想,大胆的构思,给我们创造了更为诱人的艺术境界:

钢的火花,溅到黑河的河水里,变成了金鱼,在水里嬉戏;钢的火花,溅到大青山顶上,变成了花鹿,在山顶上游逛;钢的火花,溅到乌素图野杏的枝梢上,夜莺便在那里歌唱。

再就巴·布林贝赫的创作道路来看,他的革命浪漫主义也是逐渐发展的。最初的诗,若以《隐蔽战》为代表,那可以说完全是革命现实主义的,战斗性很强,是一柄匕首似的武器。后来,连续写了《心与乳》《你好,春天》《车儿呀,你尽情的奔驰吧》……,热情澎湃,构思大胆,革命浪漫主义的因素有了很大的发展。他曾写了《听,整个的草原唱起来了》,为牧民新的诗歌欢呼,他特别称赞《我的扁担六尺三》那首民歌:"远大的理想冲天的干劲,体现在艺术形象之中,艺术形象展示了远大的理想和干劲。有'实',也有'虚';有'情',也有'智',是革命浪漫主义和革命现实主义相结合的好作品"。特别是毛主席的革命浪漫主义和革命现实主义相结合的创作方法的提出,使巴·布林贝赫更明确了自己创作的方向,他深切的认识到,我们的时代,"充满着革命精神和求实精神。早晨,现实中开放了理想之花;晚上,理想之花又结了现实之果。……在艺术上,我们如何充分反映这一神话般的时代呢?毛主席给我们指出了道路,新民歌给我们做出了榜样"(《脚踏现实,眼瞩未来》)。可见,巴·布林贝赫创作上提高得那么迅速,是缘于革命现实的推动,人民创作的哺育,特别是毛主席文艺思想的武装。在这样的条件下,使他在庆祝建国十周年之际,写出了《生命的礼花》那气象万千、动人心魄的诗篇,革命现实主义革命浪漫主义相结合的创作方法,诗里也得到了体现;它在巴·布林贝赫的创作道路上,也形成了一个高高的峰巅。

近年来,在党的"百花齐放,百家争鸣"文艺政策的推动下,他不断进行诗歌多种形式的探求,使我们在蒙族诗坛上,有了新的发现,心神怡悦,耳目一新。而且,他诗歌的艺术构思也更为精细,形象完整,色彩和谐,有了更能打动人心

127

的艺术力量，《银色的武川哟，金色的武川哟》，散文诗《冬天里的春天》，都可以作为这方面的代表。若将它们和三年前写的《金的翅膀》相比，你就会感到《金的翅膀》固然是首好诗，可是结构比较松散，缺乏艺术的统一和完整，也许是我夸大了些，就是从中删去两节，似乎也没有什么不可。就是那有名的《生命的礼花》，艺术上（当然也关乎内容）也不是尽善尽美的，比如诗的第三部分，诗人引用了"独木不成林，单人不成家"这句谚语，目的是要歌颂蒙汉人民的团结、友谊的。但诗中引了几个小故事，就结束了。我觉得这样很难反映出蒙汉民族传统的、血肉相连的关系；内容上显得单薄，就是艺术表现上，和全诗强烈的抒情气氛，似乎也不是那么和谐。当然，这只是一点个人感受，即使对的话，也是璧玉微瑕，并不妨碍《生命的礼花》成为一篇好诗。我所以在这里提一提，是由于巴·布林贝赫艺术上成长的迅速，表示对他未来更多的期待。

巴·布林贝赫是在毛主席文艺思想指导下成长起来的诗人，在毛主席的《在延安文艺座谈会上的讲话》发表二十周年的时候，读了他的诗篇，更觉蒙族文苑是满园春色，也更生动地让我们看到毛主席文艺思想巨大的生命力，也给我们增加了无限的勇气和信心；只要我们坚定的沿着毛主席所指的方向前进，将会有更多的有才华的作家、诗人出现，将会有更宏伟壮丽的诗篇！

（本文有删节）

升于草原上空的一束礼花

谢　冕

　　史料原载《草原》1963 年第 6 期。《生命的礼花》是蒙古族青年诗人巴·布林贝赫的诗集,收长诗一首,短诗三十多首,散文诗九首。巴·布林贝赫的诗歌创作主题主要是歌颂祖国、民族团结和新生的草原,展现了蒙古族人民得新思想、新感情,具有鲜明的爱国主义思想。艺术风格上,他的诗歌深受蒙古族传统文化熏陶,具有浓郁的民族色彩和民歌特点,同时富有浪漫主义意味。巴·布林贝赫的抒情诗充分且凝练,有时不惜铺张地使用排比,字斟句酌,颇见锤炼功夫。在长诗《生命的礼花》中,这种特点更为突出,诗歌在广阔的历史背景上展开,雄伟壮阔,言简意赅,有巨大的概括力。相比之下,他的散文诗措词绮丽,抒情性强,色彩浓郁,巧妙地把民歌的排比对衬等手法运用到散文诗中来,每首都有精巧的构思立意。然而,部分诗歌在剪裁和构思上存在粗糙和平庸的问题,如《百灵庙》、《凤凰》和《司机和挤奶姑娘》等。总的来说,巴·布林贝赫的诗歌创作具有深刻的思想力量和独特的艺术风格,是对社会主义祖国和蒙古族新时代、新生活的深情歌唱。

原文

《生命的礼花》，诗集，收长诗一首，短诗三十余首，散文诗若干首。作者巴·布林贝赫，蒙古族青年诗人。

一九五三年，他开始歌唱。他的第一首诗《心与乳》，就是献给伟大祖国、献给民族团结的颂歌。他按照蒙古族的习惯，用乳来表示心中对祖国的爱，用乳来作对自由和解放的献礼，用乳来作对未来的最好祝愿。他以草原独特的语言，把祖国大家庭中的民族和睦喻为"无垢母乳"。从那时起，诗人便引起我们的注意。

诗是时代的音乐。在我们伟大祖国，民族的诗歌应当飘着社会主义时代的芳香。布林贝赫的诗正是如此。他不仅写蒙古包、写马头琴，写辽阔无边的草原，他还着重表现草原的新面貌、表现蒙族人民的新思想、新感情。

诗人祝愿自己的诗篇能够飞向北京，绕着朱红的大柱、沿着彩色的锦檐飞翔。他把最大的热情献给祖国、献给毛主席、献给各族人民大团结。诗人的政治热情在这里得到了尽致的表现。

他歌颂北京，因为北京是祖国的象征。他把北京比作"星星中的亮星星"，"珍珠中的明珍珠"。在《桑巴老人》一诗中，他告诉我们：一个老人尝尽六十年甘苦的心"联结了草原和北京"。他的诗正是这种联结的纽带——把草原的苦难和欢乐与祖国的命运紧紧地结在一起。他唱道：

　　那万重高山的峰顶，

　　都向天安门祝福，

　　那千条河流的浪涛，

　　都向北海致敬。

（《生命的礼花》）

这诚挚的诗句，鸣响着千万蒙古族兄弟的心声。对祖国的忠诚、对领袖的爱，以及对各族人民大团结的热情歌颂，这种崇高的爱国主义思想，成为布林贝赫创作思想性的核心。

他是蒙古民族的儿子,他爱草原。而他的爱,体现在对于新生草原的歌唱上。布林贝赫笔下的草原:新鲜、沸腾、朝气蓬勃。不是"天似穹庐,笼盖四野",不是"天苍苍,野茫茫",没有那种愁颜与苦态!白云鄂博有奇丽的彩虹,白音宝拉格有清亮的泉水,山野间绽开了勘探队白色的帐篷,沙原上矗立起了脚手架,在神话中花鹿飞跑的峰峦上,"圣水"滴下来了。传说中象征着吉祥的金马驹,也跑回来了。传统的浓郁的草原风光,加上了崭新的时代色彩,显得更加光华灿烂。

重要的不在于他描写了这些。因为这是普遍的主题,几乎所有的诗人都在同声歌唱。都在歌唱,有的人用的是陈旧的方式。创造性的诗人,却无不探寻自己独特的手段。布林贝赫的每一首诗,都用以歌唱祖国、歌唱新生活,而他绝大多数的诗章,都有精到的构思,有的甚至很巧妙。有首诗叫《杏花》,写"恰特"(蒙语:剧场)的出现。一共才用了八句。通篇只写杏花——春雨如何绵绵地下,杏花如何在晨雾中吐放艳蕊,又如何浮动着透明的露滴,春意浓极了。最后才指出不是杏花在吸引行人,而是那旁边出现了红色的"恰特"。杏花不仅是烘托,还是一种巧妙的隐喻,这使得那恰特具有了难状的风情。有首诗叫《凤凰》,用传说做引子,由虚拟而引出一对真凤凰来;一对年青人攀上了宝山,唤醒了草原。还有一首诗,《女仆和仙女》,不借助虚拟或象征的手法,却以坚实而丰富的经验打动人。它概括出一个毛纺女工在两个社会中的两种命运。"纺呵,纺呵,纺不完的无情绳,何日何时呵,才能斩断这阎王索",这样的声音是饱含着泪花唱的。

诗人笔下的蒙古族人民,个个精神焕发,神采奕奕。我忘不了《钻石花》中在映着朝霞的伊敏河中洗脸的色玛姑娘,河水映着她那银镯闪烁的光辉。虽然一生下来就失去亲娘,色玛在解放了的草原上却到处有亲人,她不疲倦地劳动着,犹如一只快乐的喜鹊,"共产党喂她真理的乳浆,使她变成永远盛开的钻石花"。这是年青一代的形象。我更忘不了《途中》相遇的那位老大爷和老大娘,老人骏马,金须银发,红润的面孔,琅琅的笑声,这是老一辈的形象。新时代的老人，虽则对刚刚开始的新生活的全部意义还没有深刻了解，然而时代新鲜的阳光已经投射在他们身上。从他们身上，我们看到了蒙古民族不老的青春。虽然只是一个侧面，一个断片，但却启发对新的生活进行全面的思索，确如诗人所说：

> 一颗颗水晶的露珠，
>
> 清新的碧绿草原；
>
> 一道道黄金的阳光，
>
> 恬静的晴朗早上。

（《途中》）

对蒙古族人民苦难的昨天，诗人有深切的了解；对蒙古族人民幸福的今天，诗人更有满腔的喜悦，他自己说过："即使是一个哑吧，如果现在不欢唱，胸怀也会被迸裂"！他的许多歌唱，便是这种热情的燃烧。因为他对自己的草原有深刻的理解，有深沉的爱，因此他能够用诗句塑造出这个民族的英雄形象。这形象集中地体现在"一束钢花一杯奶酒"中，在那里他对"快马、套杆，昨天游牧的蒙古，电光、铁纤，今天钢铁的民族"，只用四行短短的诗句概括了它：

> 右手举一杯奶酒，
>
> 左手拿一束钢花，
>
> 要把奶酒和钢花呵，
>
> 献给领袖毛泽东。

（《一束钢花一杯奶酒》）

布林贝赫的诗歌艺术，深受蒙古族传统文化的熏陶，特别是蒙古族民歌的滋养。如《敖塔奇》，它借用了蒙古族传说中的传统形象：珍珠游于金鱼嬉戏的大海，灵芝草长在粉蝶翩舞的原野，山峰上花鹿在奔跑，森林里苍鹰在翱翔，这些奇珍异宝的出现，都为了衬托毛主席派来的医生。全诗依据譬喻组成，其形象是生动而丰满的。它有三段，每段都有一种句型，一段之内，句型相同，全诗读来，又有明显的变化。又一致，又变化，二者互相结合，这是民歌特点之一，吟诵起来，就不会单调。《敖塔奇》富有深厚的民族色彩，就风格论，它是浓丽的；

它的反复吟咏,真如月下草原马头琴迁缓的轻歌。再如《金马驹》,它有雨后的七彩长虹,有百灵衔来的金色花瓣,更有旗帜和火光,浓烟和铁水。它具有蒙古族民歌和神话的媚妩,更有雄伟壮丽的时代光泽。这一切,溶而为他的风格的雏型。

他的抒情是充分的,有时不惜铺张地使用连续若干个排比,但却无碍于诗行的凝练。他的诗,字斟句酌,颇见锤炼的功夫。如《杏花》,才八行。如《矿工的未婚妻》,才十二行。后者是一首奇特的情歌,这情歌,是对情人唱的,又似是对草原唱的。少女唱道:越看越雄伟的白云鄂博,越瞧越英武的我的哥哥。这无疑是赞美自己的情人,但同时又赞美大自然。"万吨青铁在我情人的手中轻如鹅毛,千只白羊在我的歌声里柔如锦缎",爱情和劳动的主题揉合得紧,把爱情的描写放在它的基础——对于劳动的描写上。这样做,毫无牵强之感。最后一句写草原"如醉如狂闪开一条道",也富有浪漫主义的意味。这首短诗,行行都有新意,足见诗人匠心。

上述特点,在长诗《生命的礼花》中更为突出。一般长诗都苦于冗长、苦于繁琐。《生命的礼花》歌唱蒙古族翻天复地的变化,主题在广阔的历史背景上展开,雄伟壮阔。长诗言简意赅,诗行之间比较跳荡,有巨大的概括力,写来十分精炼。"当初是乳汁和奶皮,接着是皮张和绒毛,再就是头头的牲畜,最后是旷野的白骨",这是写解放前的痛苦生活。它隐去了一切繁冗的外观的描绘,大胆舍弃旁枝繁叶,而突出其鲜艳的花朵。它质朴无华,蕴有深厚的思想力量,借朴素的语言倾吐出深沉的感情来。此外,如"慈母辛酸的眼泪,如同草原上的湖泊;爱父痛苦的叹息,如同山谷里的狂风",其力量之大,犹如仇恨的旋风。

布林贝赫的散文诗,措词绮丽,抒情性强。其色彩甚至比他的诗还要浓郁。它巧妙地把民歌排比对比等手法运用到散文中来,前后有呼应,好象一个乐章中同一旋律的有变化的重复出现。

我是这样理解散文诗的:它必须既是诗又是散文,而首先要是诗,散文只是表达诗情的方式而已;好的散文诗,既有诗的凝练,又有散文的无拘束,既有精密巧妙的构思,又有散文美。

布林贝赫的散文诗，几乎每一首都有这样精巧的构思设意。在只有四、五百字的"美丽的图画"中，他用四段文字来表现大炼钢铁劳动，每段都有一句概括性的结语，这就是：白云似烟，烟也似白云；晚霞似火，火也似晚霞；星辰似灯，灯也似星辰，神仙似人，人也似神仙。可以想见，作者不仅想象丰富，而且安排也很巧妙。"碧空中的银河，大地上的金江"（《花开的时候》），这是草原在炼钢；"鲜乳一般洁白的鸟"，"羊绒一般轻柔的白云"，（《早晨的笑声》）何处无飞鸟，何处又无白云？然而，这是草原的鸟，草原的云。这真是草原的诗人在歌唱啊！

某些诗，剪裁上还嫌粗糙。如《百灵庙》，"说它是一株种在石盆的月季吗？说它是一个插上翎毛的玉瓶吗？"已经有了美好的形象化的开头，但可惜没有沿着这条比较含蓄的路走下去，而是拣了一条轻捷的路，让概念化的幽灵窃据了位置（如"新城市，高楼房，给人展示着幸福的图景"）。再如《凤凰》，前三段是形象的，已有不平凡的展开，但后三段却失之平庸，这毛病是从"现在我才明白"开始的，因为说得太明白了。《司机和挤奶姑娘》篇幅不短，但无甚新意境，构思也比较陈旧，在这里诗人并没有发现什么新的东西。也许这是诗集中明显失败的一首。

《礼花》升起来了，我们拍掌欢迎它。不论是物质生产还是精神生产，对于英勇的劳动者，不畏艰苦的人，每一分钟都是五彩礼花照耀下的节日。

祝诗人进步！

嘹亮动人的新时代赞歌

——评巴·布林贝赫的诗

奎 曾

史料解读

史料原载《民族团结》1963 年第 9 期。文中对蒙古族诗人巴·布林贝赫的诗歌创作进行了全面深入评述。首先指出，巴·布林贝赫与纳·赛音朝克图的诗歌代表了蒙古族诗歌中的两种不同风格，巴·布林贝赫的诗歌热情豪放、色彩浓烈，更具浪漫主义气息。巴·布林贝赫的诗歌基本上是对内蒙古草原新生活的赞歌，包括对党和领袖、祖国繁荣富强和民族大团结等的歌颂。这些诗歌思想性、战斗性强，饱含着政治热情和时代脉搏，激励人心。巴·布林贝赫的诗歌具有鲜明的民族特色，通过独特的抒情方式表达了对祖国的热爱。在选材和构思上，他善于通过对具体事物的描绘来激起读者的联想和共鸣。在艺术构思上精细灵巧，常常在最后"画龙点睛"。此外，他的诗歌革命浪漫主义气息浓厚，想象大胆夸张，巧妙运用比兴，使得诗歌具有童话般的绚丽色彩。巴·布林贝赫的散文诗别具一格，具有深刻的思想内容，写景细致优美，同时寓情于景，以景寓情。散文诗同样具有鲜明的民族特色，结构严谨，对仗工整，意境深远，余意不尽，大量使用富有民族色彩的语汇词句。同时，该文也指出他需要更加踏实地深入生活，以进一步提高创作水平。该文对巴·布林贝赫诗歌的评价较为全面，特别是对散文诗的分析较为精当。

原文

假如要想知道

我歌唱的语言，

请数数天上的星星！

假如要想体会

我内心的激情，

请跳入熊熊的烈火！

假如要证实

这是谁的话语，

请问问每一个蒙古人！

——《生命的礼花》

在内蒙古，当谈到蒙古族诗歌创作的时候，人们总习惯于将巴·布林贝赫跟纳·赛音朝克图并称。人们认为他们两人的诗歌，基本上可以代表蒙古族诗歌创作中的两种不同的风格、不同的流派；纳·赛音朝克图的诗歌严谨敦厚，质朴自然，现实主义的成分居多；巴·布林贝赫的诗歌则热情豪放，色彩浓烈，浪漫主义的气息更重。当然，这样的区分并不十分确切，因为他们有不少诗作却同时闪烁着革命现实主义和革命浪漫主义的光辉，他们也都在努力使这两种因素、两种成分得到进一步的结合。不过从人们的这种评论之中，却也可以大体上看出这两位诗人创作上的不同的特点。

和纳·赛音朝克图不同，巴·布林贝赫乃是解放后在党的培育下成长起来的一位青年诗人。他 1949 年写的抒情短诗《我的故乡》[①]可算是他最早的作品。到了 1953 年，他的脍炙人口的代表作《心与乳》[②]就产生了。从此，他一发而不

---

① 　汉文译文见《东蒙民歌选》。

② 　汉文译文见汉文诗集《生命的礼花》，下同。

可止,连续写出了《冬天的傍晚》《心之心》《北海公园的两条海》《车儿呀,你尽情地奔驰吧!》等激情洋溢的优秀诗篇。这样,当 1956 年全国召开青年创作会议时,他的蒙文诗集《你好,春天!》就问世了。十多年来,他已出版了《你好,春天!》《黄金季节》《东风》《生命的礼花》《凤凰》等五个蒙文诗集(均由内蒙古人民出版社出版)。去年十一月,作家出版社出版了以《生命的礼花》命名的他的诗歌选集。这本用汉文翻译出版的诗集,虽然只选择了他的诗歌的一部分,但我们也可以看出他的创作的基本特点。

汉文诗集《生命的礼花》共四辑,基本上都是抒情诗;第一、二辑是抒情短诗;第三辑是抒情长诗;第四辑是散文诗。现在,我们就依次作一番粗略的评述。

一

巴·布林贝赫诗歌的内容,基本上可以用"赞歌"两个字概括——这就是关于内蒙古草原新生活的赞歌,关于总路线和人民公社的赞歌,关于党和领袖的赞歌,关于祖国繁荣富强和民族大团结的赞歌。从诗集中的第一首抒情短诗《心与乳》到最后一篇散文诗《苍松和鲜花》,莫不都是如此。这十多年来,凡是祖国和自治区的每一巨大变化,几乎都激起了他热烈的诗情。我们从他的这些嘹亮而动人的时代歌声中,感受到蒙古族人民在党和毛主席的领导下及汉族同志的帮助下,如何欢欣鼓舞地走上了社会主义光明大道,又如何同其他兄弟民族一道建设着美丽的内蒙古自治区,建设着伟大的社会主义祖国。他的这些诗歌,思想性、战斗性是较强的。它们总是饱和着政治热情,跳动着时代脉搏,激励人心,令人获得鼓舞和力量。我以为这就是巴·布林贝赫抒情诗的基调。诗人的这种战斗热情是很宝贵的。

文学作品总是自己民族生活的具体反映;特别是抒情诗,更是离不开诗人自己的具体感受。巴·布林贝赫的抒情诗的思想性、战斗性,是通过他自己的体验感受、以独特的抒情方式表现出来的。作为一个蒙古族诗人,他的诗首先具有鲜明的民族特色:

我们对心里的爱，用乳来表示。

我们对自由和解放，用乳作献礼。

我们对健康和兴旺，用乳来象征。

我们对未来的幸福，用乳来祝贺。

——《心与乳》

乳，乃是与草原牧民生活最密切、也是草原牧民最喜爱的食品。它象征着纯洁、美好、幸福和吉祥。因而，用它来表达蒙古族人民对祖国的真挚的热爱，就特别令人感动。象这样的例子是很多的。

当然，巴·布林贝赫诗歌的民族特色并不仅仅表现在这些地方。他在题为《为诗歌的进一步民族化群众化而努力》[①]的一篇文章中，具体地谈了他的体会和意见。他是主张从选材、构思一直到表现手法、语言形式等方面都要在自己民族传统的基础上去创造和革新的。他在自己的诗歌中一方面具体而深刻地表达了蒙古族人民的心理状态、性格特征和风俗习惯，一方面又吸收了蒙古族古典文学和民间文学中那种常用比兴、反复咏叹的手法，并在新的条件下加以运用。例如《伊敏河水》就是这样的一首诗，诗里既反复地运用鲜花千丛万丛、白杨千棵万棵来比拟生产大队的姑娘们和小伙子们，又用其中最芬芳、最繁茂的来比拟戴奖章、获锦旗的两个青年男女。这首诗的结构严谨，对仗工整，很象蒙古族的新民歌。

巴·布林贝赫在诗歌的选材、构思方面很有自己的特点。一般说来，他不大喜欢直截了当地从正面去抒发见解，倾吐自己对生活、对人民的感情，以及对一些重大事件的态度；而是往往喜欢通过对自己感受最深的一些具体事物的描绘，"借一斑，见全豹"，从而激起读者的联想，引起人们的共鸣。这样的诗，在艺术构思上当然就要求更精细些、更灵巧些。他的许多诗往往又是到了最后才"画龙点睛"，"卒章见志"，读者不一口气读完，就总是放不下来。例如这里有一首总共八行的短诗《杏花》，前面尽写春暖花开的美景，人们都来观赏，只有到了

---

① 　载《草原》1962 年 5 月号。

最后方说:"如今却被另外的景物吸引,向着它旁边的红色的恰特(剧院)。"这里既是写景,又是写情,而诗的富于启发性的主题——赞美社会主义新建设——也就自然而然地表现出来了。另一首《夜猫子搬家》以及歌颂民族团结的《北海公园的两条海》等也是如此。

巴·布林贝赫抒情诗的革命浪漫主义气息是浓厚的,特别是学习了革命的现实主义与革命的浪漫主义相结合的创作方法以后,他的诗歌就表现得更为明显。革命的浪漫主义成分,首先体现在诗歌中的理想主义。他早在 1956 年写的一篇论文中就主张"抒情诗里的'情'应该是新人的、我们这个时代的英雄人物的'情'。……这里说的'情'是通过诗人去抒发的。因此,我们要求诗人本身,首先应该就是新人、革命家和共产主义者。"①他是把诗歌看成一种文艺武器来创作的。因此,他的抒情诗虽然不是直截了当地向读者发布号召,可是却具有鼓舞力量,令人胸襟开阔,奋发向前,不仅要为社会主义奋斗,而且要为共产主义献身。如一首描写草原矿山白云鄂博的诗,在表现了宝山的今昔之后,在最后一节里就出现了这样振奋人心的形象:

朝霞、旗帜、火光,

白云鄂博红浪翻滚,

金马驹乘着红浪前进,

骑手呵,稳稳地贴着鞍峰。

············

沿着社会主义的光明大道,

朝着共产主义的灿烂前程,

牧民策着金马驹在草原上飞奔,

一个蹄印印出一朵鲜花的笑容。

——《金马驹》

又如另一首诗《银色的武川哟,金色的武川哟》本来是歌颂武川人民在严冬

---

① 《关于蒙文文学创作的几个问题》,载《内蒙古日报》1956 年 12 月 18 日。

时节大搞生产的，但是诗人所描写的却远远不止于此；他想到的是"待秋天降临，镰刀闪光"，看到的是"银色的武川"变成"金色的武川"，"原野和丘陵要镀成一片金黄"。于是这首诗的思想意义就大大进了一步，不仅看到现在，而且看到未来，给人以很大的鼓舞力量。

大胆地想象夸张，巧妙地运用比兴，使得巴·布林贝赫的诗歌涂上了浓烈的童话般的绚丽色彩。还是在1957年，他就将毛纺厂的女工比喻为仙女，赞美过去的"小女仆呵，如今却变成了仙女！"（《女仆和仙女》）他时时为草原上所出现的各种建设奇迹所激动，他联想到蒙古族许多优美的神话传说，于是加以革新创造，赋予新的内容，以丰富自己的诗歌。例如《虹》《智慧的钥匙》《敖塔奇》《凤凰》《钻石花》等都是。《敖塔奇》（医药之神）是歌颂毛主席派到草原上来的汉族医生的。这首诗写到蒙古族民间传说中的圣水、珍珠、灵芝草、群芳料等灵丹妙药，但它们都是望之不可及、求之不可得的东西，草原人民依然疾病交加，只有"自从毛主席派来的医生，踏进牧区人民公社的大门，传说中的灵丹妙药呵全部给了我们"。于是：

> 祖先们憧憬着的理想和愿望，
>
> 如同手掌上的珍珠在眼前闪光，
>
> 蒙族人民的心呵长起了翅膀，
>
> 向伟大的北京城展翅飞翔。

可以在这首诗里，神话与现实，现实与理想，得到了很好的结合。它既是对蒙古族新生活的歌颂，又是对党、对毛主席、对民族大团结的礼赞。

二

抒情长诗《生命的礼花》是在建国十周年前夕跟纳·赛音朝克图的抒情长诗《狂欢之歌》同时出现在内蒙古诗坛上的。它们所歌唱的主题基本相同——都是赞美祖国和内蒙古自治区的十年来的巨大建设成就、赞美民族团结、赞美党和领袖，但是在结构、形式、语言、风格等方面，却又各有特点。

长诗《生命的礼花》共分四章：第一章是"忆旧"，从黑暗的岁月写到为争取解放而进行的英勇斗争;第二章是"新生",写解放后草原新生活的欢乐;第三章是"团结",写汉族人民帮助蒙古族兄弟建设家乡;第四章是"颂歌",写自己对党、对领袖、对祖国的歌颂。从这简单的介绍里可以看出,长诗的结构层次分明,有条不紊。而贯穿其中的,则是抒情主人公"我"的忆苦思甜,歌唱胜利。应当说,这个"我"既是诗人自己,更是一个概括了蒙古民族的命运的典型形象。如"我的被捆绑的身体,摆脱了严酷的绳索,舒畅地伸开了。我的被压弯的脊梁,摆脱了沉重的木轭,笔直地挺立了"等等,都是指整个蒙古民族说的。有的批评家认为作者"在诗中强调了个人的作用",我看是不对的。

和巴·布林贝赫的抒情短诗一样,长诗《生命的礼花》同样没有局限于对现状的歌颂,而是激励人们在胜利的基础上继续前进,以革命的志气去创造更加美好的未来。长诗最后写道:

胜过万花的娇美,

夺去皎月的光辉,

我们所向无敌的红旗,

把整个的世界照耀!

革命文学作品不仅是现实的忠实的记录,而且要成为前进的战鼓和号角。长诗《生命的礼花》在这方面来说是具有战斗性和鼓舞力的。这也正是诗人自己的政治热情的体现。

广博的思想内容要求与之相适应的艺术形式。在长诗里,巴·布林贝赫不再是娓娓动人地去描绘一两件具体事物,用它们去打动读者的心灵;而是引吭高歌,直抒胸臆,用概况而集中的诗句来激励人们前进。这样,长诗的语言就特别显得重要了。

巴·布林贝赫深深知道,向人民学习语言是诗歌走向民族化、群众化的最重要的途径。这部长诗之所以令人感到民族特色浓厚,正是由于他在学习语言方面下了苦功。长诗语言的特色之一,是运用了许多流传在蒙古民间的格言、谚语,例如长诗在每章之首,都引用民谚来概括每章的思想内容。(第一章:"吃到了奶油,别忘了喝过奶水。"第二章:"太阳升起了,绿叶舒展了。"第三章:"独木不成林，单人不成家。"第四章："水有源，树有根。"）而这些民谚，往往都是极其富于民族特色的。它们通俗、形象，生动活泼，表现力强，给长诗增加了新的血液。

鲜明、干净，是这部长诗语言的主要特征。它们很少拖沓冗长，装腔作势，而是明确、简练，往往一针见血、直截了当地说出了所要说的一切，并且又十分生动形象，激动人心。如长诗开头的三段：

每当吃到鲜美的奶油，

心就想起苦涩的奶水；

每当望见明媚的阳光，

心就想起黑暗的岁月。

每当骑上急驰的快马，

心就想起步行的苦痛；

每当挥起有力的笔杆，

心就想起往日的悲歌。

严寒的冬天，

酷热的夏天，

枯瘦的春天，

丰满的秋天。……

以下还有"用脂肪包着的富人，冬天也感觉温暖；皮包骨头的穷人，夏天也感觉寒冷。""吃腻了奶油的富人，春天也很丰满；奶水喝不饱的穷人，秋天也很枯瘦"等诗句。这些诗句的语言是那么鲜明、形象、生动而富于表现力！它集中了生活中的常见的事物和常有的思想感情，加以提炼、加工、典型化，从而就产生出这样铮铮作响的钢铁一般的诗句。在这里，穷富的阶级对比，被描写得再鲜明不过了。而这一切：奶油、奶水、脂肪、快马，又都是从蒙古族人民自己的生活习俗、思想感情出发来表现的。别的民族的读者读来，会感到很有特色；本民族的读者读来，当然则倍感亲切了。

努力学习本民族的人民语言，努力继承本民族的优秀传统，并不排斥作家向其他民族的先进文化学习与借鉴。在这方面,巴·布林贝赫也是很有成绩的。他明确地说道:"为了进一步增强诗歌的民族化和群众化,要向先进的汉族诗歌学习。这种学习不但不减弱文学创作中的民族特色,恰恰相反,它对不断提高少数民族新诗的思想水平,提高少数民族文学工作者的思想艺术修养,风格的多样化和日渐成熟,将打开更加广阔的天地。"[①]他说他的抒情诗就受到田间的《给战斗者》、贺敬之的《放声歌唱》和李季的《玉门诗抄》的很多有益的影响和启发。而在蒙古族传统格律诗的基础上如何采用比较自由的节奏和比较活泼的诗句等方面,汉族诗歌也给他提供了摸索的途径。这种影响和尝试,在长诗《生命的礼花》中是很显著的。这部长诗既有格律诗的语句,又有自由诗的气势。虽然由于缺乏经验,看来两者结合得还不很自然,不够统一,但这种努力是值得赞许的。

三

巴·布林贝赫的散文诗,完全是由汉族散文诗接受而来的,但是,却也具有自己的特点。

散文诗这种新颖别致的形式,过去蒙古族文学中不曾有过;即使在汉族文学中,也是"五四"以后才大量出现的。鲁迅的野草,应当被认为是中国散文诗的代表作。巴·布林贝赫尝试着用蒙文写散文诗的本身,就是一件很有意义的工作。据我了解,目前写散文诗的蒙古族作家还是不多见的。

这里选入诗集《生命的礼花》中的散文诗计五组九篇,其中《冬天里的春天》一组描写 1958 年呼和浩特的群众性炼铁运动;《银色世界的主人》一组描写猎人生活;其余的三篇则是描写牧区人民公社新气象。就以上题材内容看来,这无疑是具有积极的意义的。可以看出,巴·布林贝赫写散文诗,也正如同他写抒情诗一样,都是为了反映当前的伟大现实,歌颂新生活、新事物。因此,他的这些散文诗都有比较深刻的思想内容。

---

① 《为诗歌的进一步民族化群众化而努力》载《草原》1962 年 5 月号。

散文诗这种介于诗歌和散文之间的特殊的文学形式，虽不要求具有象诗歌那样严格的韵律，却同样需要有严谨的结构、优美的意境、凝炼的语言和鲜明的节奏。从这些方面说，它确实更接近于诗歌，只不过是在抒发思想感情的时候可以更具体、更细致、更自由些罢了。我们从巴·布林贝赫的这些散文诗中，依然可以看到蒙古族格律诗的传统，同样也可以看到我们在前面已经提到的他的抒情诗的某些特点。

这些散文诗都写得十分优美。这里有烟似白云、火似晚霞、灯似星辰的青城炼铁工地；有鲜花一般洁白的鸟和羊绒一般轻柔的白云的夏日清晨的草原；有冰雪融化、大地解冻的初春的牧区人民公社；也有红的太阳、白的大地的猎人的银色世界……骤然看来，它们好似一幅幅色彩鲜艳、富于诗意的风景画，写景确实占了散文诗的极大篇幅。然而，他写景却又是为了写情，情溶于景，以景寓情。因此，我们依然将它们看作抒情的散文诗。这里试举《银色世界的主人》为例：

银色世界的主人是谁？这是这篇散文诗提出的问题。它逐一描写了在"红的太阳，白的大地"的环境中任意遨游的雄鹰、野羊和狡兔，也许它们就是银色世界的主人吧？然而它们都不是，最后当"红的脸颊，白的胡须"的老猎人一出现，它们就都躲藏不见了。只有人，满载着猎获物的猎人，才是这银色世界的真正的主人。"人是自然界的主人！"——大概这就是这篇散文诗的主题思想吧，而它的构思却是如此的精致，它的描写却是如此的优美！下面一篇《苍松和鲜花》含意就更深刻。它用苍松和鲜花来象征一对草原上的青年男女："洁白的大地，绯红的头巾——真象雪中盛开的鲜花！洁白的大地，蓝色的长袍——犹如冰里挺立的苍松！"这已经很富于启发性了。然而诗意并未就此结束，接着往前又推进了一步：

这里的鲜花在严冬里也是红艳艳的，因为天安门红霞般的光芒抚摸着它的花瓣。

这里的苍松在酷寒中也是青翠翠的，因为中南海碧玉般的水流滋润着它的根蒂。

这样的联系竟是如此的自然，丝毫也不显得牵强。它正确地指出了牧区人民幸福生活的根源，转而就成为对党、对祖国的歌颂。由此可以看出，这篇散文诗的思想意义是深刻的。我觉得，意境深远，余意不尽，正是巴·布林贝赫的散文诗的最主要的优点。

和他的抒情短诗一样，这些散文诗也都具有鲜明的民族特色。它们结构严谨，对仗工整，反复咏叹，大量写自己民族的传统风习和精神面貌，在语言上也多用富有民族色彩的语汇词句，从而构成一篇篇优美抒情的草原诗章。可以预料，散文诗这种新的文学形式，将会在蒙古族文学中生根发芽，逐步成长为本民族人民所喜闻乐见的一朵鲜花；而巴·布林贝赫的散文诗，也会取得更大的成就。

巴·布林贝赫从事诗歌创作的时间不算很长，然而他所取得的成绩却是显著的。从以上对他的短诗、长诗和散文诗的分析里，我们可以看出他最基本的一点是始终遵循着毛主席所指示的正确的文艺方向前进。无论是选择什么样的题材，采取什么样的形式，他总是努力使自己的创作符合革命的需要，反映现实，歌颂时代，用自己的诗歌去激励、鼓舞人民奋发向前，战斗不息。他诗歌中的政治热情一直是饱满的，这是很宝贵的地方。

在深入生活、向民间学习、继承传统、向汉族的先进文化学习等方面，巴·布林贝赫都作了不少努力。他的许多为人称道的诗篇，都是在深入生活的过程中写出来的。事实证明，人民生活是文艺创作的唯一源泉，特别是对于生活积累不多的青年作家说来，这就显得格外重要。应当指出，诗集《生命的礼花》中也还有一些诗歌生活气息较差，虽然艺术构思精巧，然而内容却不那么厚实。这说明踏实地深入生活，对巴·布林贝赫说来还是十分必要的。他自己说："我在自己的习作中深深感觉到凡是思想感情比较健康、比较扎实、有点生活气息的作品，都是下乡下厂以后写出来的。……深入生活和改造思想是无止境的，是文艺工作者终身的事业。"①祝巴·布林贝赫同志沿着党所指出的正确方向，更加奋力前进！

（本文有删节）

――――――――――

① 《为诗歌的进一步民族化群众化而努力》载《草原》1962 年 5 月号。

歌唱草原新生活

——读《生命的礼花》

幕　山

　　该文原载《北京日报》1963 年 4 月 6 日，是对巴·布林贝赫第一部汉语（包括部分蒙译汉诗歌）诗集《生命的礼花》的短评。巴·布林贝赫是草原和时代造就出来的新中国第一代蒙古族诗人。从第一篇诗作《心与乳》到《生命的礼花》，巴·布林贝赫用诗歌的方式展示了新中国成立十余年内蒙古草原发生的历史性巨变。文中概括指出，《生命的礼花》中的诗，有对草原新生活的歌唱，有对草原工农业发展的描写，有对党、对祖国、对各民族大团结的赞颂，涉及的生活领域相当广阔，充满着蒙古族人民对祖国、对幸福生活浓烈而深沉的爱。他的诗歌，富有蒙古族诗歌特有的叙事特点，能寓抒情于叙事之中，读他的诗，仿佛能闻到草原上的乳香。该文还以八行短诗《团结之歌》为例进行了分析。今天看来，《生命的礼花》是巴·布林贝赫诗歌创作走向成熟的重要标志，也是同时代中国政治抒情诗中的代表作。

原文

　　我国蒙古族的青年诗人巴·布林贝赫的诗集《生命的礼花》，不久前由作家出版社出版了。

　　作者是从一九五三年开始发表作品的。汉译过来的第一篇作品是《心与乳》。这首诗,通过蒙古族人民生活中最普通的、不可一日或缺的乳,叙写了蒙古族人民对于祖国、对于幸福生活的浓烈而深沉的挚爱,令人间得到草原上的乳香。他后来的其他作品,差不多都有这种特色,特别是在抒情长诗《生命的礼花》里,这种特色更有所发展。

十年来,用蒙文出版了巴·布林贝赫几本诗集,但编译为汉文出版的,《生命的礼花》还是第一本。集子里有关于草原新生活的抒唱,有关于草原工农业发展的描写,有关于各民族大团结和对党对祖国的赞颂等等,涉及的生活领域是相当广阔的。

蒙古族是我国有名的诗歌的民族,内蒙古草原被称为"诗海"。作者从小就耳濡目染,吸收了民间文学的营养,因而,他的诗富有蒙古族所特有的擅长于叙说的特点,并且能寓抒情于叙写中,通过实写以抒情,使抒情基础更为厚实,这从他的八行短诗《团结之歌》的前六句便可看出:

"摩天的昆仑,由一块块的石头长成,

无尽的长江,由一支支的溪流汇成,

浩瀚的沙原,由一颗颗的沙粒聚成,

伟大的祖国,由各个民族组成。

各民族的团结,像昆仑一样坚固,

各民族的友谊,如长江一样深沉,

……"

纳·赛音朝克图的诗歌创作

奎　曾

史料解读

　　史料原载《民族团结》1963 年第 5 期。该文对纳·赛音朝克图二十多年
的诗歌创作进行了全面总结和评价。该文认为纳·赛音朝克图真正的创作
生涯始于 1949 年后,他的诗歌主题紧跟时代脉搏,从庆祝内蒙古自治区成
立、欢呼人民解放战争胜利,到赞美新中国成立、歌颂民族团结与社会主义
建设,展现了国家及蒙古族人民思想和社会生活的历史巨变。在创作上,
纳·赛音朝克图以抒情诗见长,其作品情感浓烈,生活气息浓厚,构思独特。
他善于选取典型事件和性格鲜明的人物,通过他们的言谈和行动来抒发内
心的激情。例如,《幸福和友谊》描绘了蒙古族和汉族共同团结建设边疆的
生动场景,《蓝色软缎的"特尔力克"》则歌颂了解放后草原上青年们的幸福
爱情。这些作品深受读者喜爱,广泛流传。纳·赛音朝克图的诗歌还具有
鲜明的民族特色和群众化特点。他自幼接受蒙古族古典文学和民间文学的
熏陶,与人民群众保持密切联系,其诗歌语言幽默生动,多用比兴手法,富有
民族色彩。同时,他注重学习和借鉴其他民族的先进文化,根据诗歌内容加
以融合和创新,形成自己的独特风格。他的作品不仅鼓舞了本民族人民的
劳动和斗争,也为祖国的文学花园增添了独特的鲜艳花朵。最后,文中指
出,纳·赛音朝克图仍需继续努力提高政治水平,深入生活,熟悉本民族人
民的新精神面貌和风俗习尚,以创作出更多更好的为祖国和各族人民服务
的优秀作品。

原文

纳·赛音朝克图是当代蒙古族作家中创作年限最长的一位著名的诗人。他的诗歌创作开始于三十年代末期,到现在已经二十多年了。解放以前,他曾写过许多诗歌和散文,计有诗集《心侣》(1938—1941)和《前进的杵臼之声》(1942—1945)、日记体的散文集《沙漠的故乡》和书信体的政论集《蒙古兴盛之歌》等。然而,作为一个革命的诗人,他真正的创作生涯却是解放以后才开始的。十多年来,他积极为人民写作,先后出版了诗集《我们雄壮的呼声》(蒙文)《幸福和友谊》(汉译本)、散文集《蒙古艺术团随行散记》(蒙文)、中篇小说《春天的太阳升自北京》(蒙文,汉译本名《春天的太阳照耀着乌珠穆沁草原》)、诗集《金桥》(蒙文)《狂欢之歌》(汉译本),以及长诗《南迪尔和孙布尔》和根据《格斯尔传》改编的《阿尔勒高娃》等(均蒙文)。他是一个具有多方面才能的兄弟民族诗人。

一

内蒙古向有"诗海"之称。在蒙古族文学中,诗歌向来比较发达。但是,在解放前漫长的黑暗年代,草原上灾难重重,诗歌也只能是痛苦的心声。1947年5月1日,在党和毛主席的领导下,内蒙古自治区正式成立,蒙古族当家做主,与汉族和其他兄弟民族一起开始创造光明灿烂的新历史。纳·赛音朝克图的革命诗歌创作,也就从这时候开始。

当时,正值人民解放战争进入反攻阶段。他在自己的诗歌中欢呼我东北、华东战场上的伟大胜利(《胜利之喜》),号召人民保卫家乡、粉碎国民党反动派向解放区的进攻(《沙原,我的故乡!》)。他表示作为一个革命的知识分子,就"要以马克思的思想,列宁的意志,……挥动锐利的笔锋,进行顽强的斗争!"(《决定性胜利的一年》)

1949年10月1日中华人民共和国的成立,给诗人思想、生活上带来不小的变化，同时也给他带来十分广阔的题材和无限美好的诗情。他在当时就写下了热情洋溢的《狂欢》《我们的旗帜》，赞美中华人民共和国，歌颂五星红旗。他在诗中唱道："被外人歧视的那黑暗的时代已经过去，那文化发达的时代已经开始！""每当我仰望我们的国旗，便想起历代的那些英雄；每当我想起'祖国'这个神圣的字眼，我的赤心就随之沸腾！"他的诗歌创作从此进入到一个繁荣的新时期，1955年，他在解放后的第一个诗集《我们雄壮的呼声》出版了。

诗集《我们雄壮的呼声》包括的内容很广，反映了建国初期我们祖国及内蒙古自治区的社会面貌。例如抗美援朝、我国政府代表出席联合国安理会的正义斗争、蒙汉民族团结、内蒙古牧区新生活新气象等，在这本诗集中都有许多生动的描绘。

纳·赛音朝克图基本上是一位抒情诗人。这本诗集中最受欢迎的一些优秀诗篇，如《幸福和友谊》《蓝色软缎的"特尔力克"》等，都有浓烈的感情色彩，充满了生活气息，并有自己独特的构思。《幸福和友谊》描写汉族工人帮助蒙古族牧民建设发电厂，把党和毛主席的光辉带到了每个蒙古包中。这首诗在歌唱民族团结时，选择了一个富有典型意义的事件，来表现蒙汉两族人民的深厚友谊；同时具体描写了几个性格不同的人物，如风趣诙谐的蒙族老人，健壮豪爽的青年牧民和汉族工人，以及活泼可爱的草原上的姑娘和儿童等，通过他们的言谈和行动来抒发作者内心的激情。

这首诗在内蒙古流传颇广，被认为是歌颂蒙汉民族团结的一篇较好的作品。所以在1956年诗集的汉译本出版时，《幸福和友谊》就成了诗集的名字。另一首抒情诗《蓝色软缎的"特尔力克"》，则是通过对母女两人生动的描绘，歌颂了解放后草原上青年们爱情生活的幸福。

1956年，纳·赛音朝克图来到了北京，有机会见到了中国各族人民的伟大领袖毛主席。当时，他心情十分激动，写出了《我握着毛主席的手》，表达了自己对伟大领袖的敬爱：

象一个期待吃奶的贪婪的孩子，

抚摸着妈妈温暖的奶头，

我紧紧地握着毛主席的手,

心里如同太阳的光芒照亮。

他这种心情,也正代表着祖国各兄弟民族诗人对伟大领袖的感情。所以当1959年人民文学出版社为庆祝建国十周年而出版兄弟民族作家诗歌合集时,《我握着毛主席的手》也就成了这本诗集的名字。

二

纳·赛音朝克图积极响应党的号召,深入到牧区生产第一线。由于他经过深入生活,劳动锻炼,诗人在思想感情上同劳动人民更为接近,诗歌的生活气息更浓,语言更加通俗,从而他的诗也就更受欢迎。后来他写了《深入生活好处多》一文(《文艺报》1960年第一期),生动地具体地叙述了他深入生活的体会和收获。也就在这时,他光荣地参加了中国共产党。

这一时期的诗集《金桥》(蒙文)和《狂欢之歌》(汉译本),赞美了内蒙古的社会主义建设和蒙古族人民的新生活;同时,它们又往往和歌颂党的领袖、歌颂祖国、歌颂民族团结联结在一起,从而使得诗的思想意义更为深厚。他在这些诗中,将党的社会主义建设总路线比作照耀一切工作的"灯塔",将人民公社喻为通向共产主义的"金桥"。无论是自治区首府修建一座水库,抑或是草原上新出现一处定居点,都引起纳·赛音朝克图的诗情,成为他歌唱的对象。后来,诗人在一篇文章中谈到自己的诗歌的变化时说:"现在,我的作品不再是从前(指解放前——笔者)那样感伤的哭泣,不再是迷途者的彷徨的呼喊,也不再是不知所以的气愤的话语。现在我正在努力使自己的作品成为新生活的赞歌、愉快劳动的颂词和英勇斗争的武器。"①

抒情长诗《狂欢之歌》是1959年建国十周年前夕创作的,它是纳·赛音朝克图的诗歌的代表作之一,也是当代蒙古族诗歌创作上的代表作之一。这篇长诗共分四章,通篇以"忆苦思甜"的手法,回顾了蒙古族旧时代的苦难生活,同现

---

① 《主席著作使我的创作获得了新生》,《文艺报》1962年第5、6期合刊。

在的幸福时代相对比，从而热情地歌颂了祖国光辉灿烂的十年建设和自治区的巨大变化，歌颂了党和毛主席，歌颂了民族团结。

长诗运用了一系列比拟的词句，来表达蒙古族人民对党对领袖的热爱，如把党比作"号角"、"旗手"、"灯塔"、"园丁"，把毛主席比作"启明星"、"舵手"、人民的"智慧"和"眼睛"等。长诗又运用富于民族特色的语汇，从蒙古族人民的风俗习惯出发，来抒发人们对祖国的深情，如："幸福地生活在祖国是为了什么？我们要用肥美的羊肉、醇香的奶油摆满桌上！我们要用劳动的丰美的硕果热烈地欢庆，欢庆给蒙古包带来幸福的建国十周年！"长诗的形式整齐而多变化，语言优美流畅，色彩浓郁，节奏欢快，不失为兄弟民族作家向祖国献礼中的一篇佳作，同时也是诗人政治热情与艺术成就的集中体现。

三

毛主席提倡我们的文艺必须具有为中国老百姓所喜闻乐见的中国作风和中国气派，亦即是说，我们的文艺必须具有自己的特点。由于纳·赛音朝克图自幼接受了蒙古族古典文学和民间文学的熏陶，又同人民群众保持着密切的联系，他的诗歌一般地说是比较民族化和群众化的。这正是他的诗歌受到群众热烈欢迎的主要原因，也正是他诗歌创作上的突出成就。

蒙古族有着悠久而优秀的诗歌传统，概括说来，在思想内容上是歌颂英雄主义和爱国主义，抨击邪恶，赞美生活；在表现形式上是诗行整齐，音韵铿锵，节奏鲜明，反复咏叹，语言幽默生动，多用比兴手法等等。不过如何运用这些特色来表现新生活、新思想，这就又必须要做一番革新与改造的工作。纳·赛音朝克图一方面认真学习与继承古典诗歌与民歌的传统手法，一方面又吸收其他兄弟民族的先进文化，根据思想内容的需要，加以融合、加工和创新，从而形成自己的独特风格。例如在《多么美好啊》一诗中，诗人通篇采用比拟的手法来赞美我们的社会主义建设：

　　鲜艳的花朵啊，

　　比那草原上的一切要美好！

鲜花般的工厂啊，

比那彩色缤纷的长虹要美好！

白色的花朵啊，

比那沙滩上的一切要美好！

绚烂的电灯啊，

比那所有的照明要美好！

以下接着还有广播音乐比百灵鸟的歌声美好、人工水库比自然湖泊美好、巨大的拖拉机比勇猛的狮子、老虎美好、玻璃楼房比变幻不定的蜃楼美好等等。用不着多说，这首诗的民族色彩是极其浓厚的。诗中所采用的一切比拟，都是蒙古族人民最熟悉、最喜爱的事物，同时这一切比拟又是多么贴切，更能表现出社会主义建设使草原所发生的巨大变化。这首诗有三节，每节八句，每四句又组成一小段，反复咏叹，形式基本相同，严谨整齐而又稍有变化。这一切都使人联想到蒙古族的民歌和"好来宝"来。然而，它却又是我们时代的新生活的赞歌。

民族形式问题主要是语言问题。纳·赛音朝克图在论文《民族语言是发展民族文化的重要武器之一》(《新内蒙》1951年2月号)以及1956年在中国作协第二次扩大理事会上的发言中，都特别强调了这一点。他说："本民族的语言文字，是最能有力地完善地表现本民族人民的生活、心理和性格的。……用本民族的语言文字写作，不但能直接鼓舞本民族人民的劳动和斗争，而且也能在祖国的丰富多采的文学大花园里，增加一枝或多枝别的民族所不能代替的独特的鲜艳花朵。"[1]同时，他也认为要发展本民族的文学，必须学习汉语文、借鉴先进的汉族文学。诗人熟练地大量运用本民族人民在生产、生活和斗争中提炼而成的格言、成语和警句，既富于表现力，又富于民族色彩，读来就倍觉可亲。

而这一切，归根到底又都来源于生活。正由于纳·赛音朝克图过去熟悉生活、使自己经常扎根于人民群众之中，所以就能获得丰富的创作源泉，并在艺术

---

① 见《文艺报》1956年第7期。

上有所提高、有所创造。例如，他对生活的观察就特别细致，一只羊羔，一杯马奶，他都能有自己深刻的感受和丰富的联想；而如果他不是熟悉自己的民族、自己的人民的话，那是根本不可设想的。

纳·赛音朝克图无疑是我国当代的一位有才华的兄弟民族诗人。他的诗歌创作在一定程度上反映了解放后蒙古族人民的思想、生活的巨大变化，同时也表明了一位兄弟民族作家在党和毛主席亲切教导下的成长进步。应当说，纳·赛音朝克图所走过的创作道路，并不是一帆风顺的。即使在今天，在进一步提高创作质量、进一步民族化、群众化，以使诗歌更好地为最广大的人民群众服务的道路上，他依然有许多需要继续努力的地方。其中最根本的一条，恐怕还是需要提高政治水平，并长期深入生活，无条件地到群众中去，从而进一步改造自己的思想感情，熟悉本民族人民的新的精神面貌、新的风俗习尚，及时反映和歌颂他们的新人、新事、新的生活和新的斗争，使自己的诗歌更好地为农、牧民群众服务。也只有这样，自己的诗歌才能百尺竿头，再进一步，达到一个新的高度——一个思想性、艺术性更高的、更加民族化、群众化的高度。纳·赛音朝克图是一位勤奋而谦虚的诗人，相信今后他会为祖国各族人民写出更好的作品！

1962 年 10 月初稿

1963 年 4 月三改

（本文有删节）

革命自有后来人

——读《最鲜艳的花朵》

林　霏　刘　旭

史料解读

史料原载 1964 年 6 月 19 日《成都晚报》。《最鲜艳的花朵——记草原英雄小姐妹龙梅和玉荣》是玛拉沁夫创作的报告文学作品。这部作品讲述了龙梅和玉荣这对英雄小姐妹的感人事迹。玛拉沁夫在听说小姐妹的事迹后,专程从白云鄂博到呼和浩特市采访正在医院接受治疗的姐妹俩。因姐妹俩当时都不会说汉语,玛拉沁夫便用蒙古语和她们交谈。玛拉沁夫不想表现得像是一个冷冰冰且急切的采访者。所以并没有表明身份,也没有做一系列笔记,只是作为一个关心她们的陌生人来谈心。玛拉沁夫在交谈过程中了解到姐妹俩护羊群的全过程和大概路线,后来又亲自去走了一趟当时的路程。随后,玛拉沁夫又访问了姐妹俩的亲人。最终创作出了这篇影响较大的报告文学作品。这部报告文学也是当时少数民族报告文学的重要收获。动画影片《草原英雄小姐妹》中的故事情节,参考了这篇报告文学作品。

原文

发表在 5 月 19 日《人民日报》上的玛拉沁夫的报告文学《最鲜艳的花朵》,是一曲昂扬的革命接班人的赞歌! 一曲激越的社会主义时代精神的赞歌!

春节前夕，内蒙古草原的芝茇滩和南草滩上，发生了一场惊心动魄的事件：两个小姊妹为了保住公社的三百八十四只羊，在突然降临的暴风雪中，面临着零下三十七度严寒的侵袭，忍受着一天一夜没喝一滴水、没吃一颗米的折磨，顽强地用超过她们幼小年龄的毅力和勇气，同暴风雪搏斗。

小姊妹尽管冻得滴汗成冰，跑得精疲力尽，仍然不肯停歇下来，她们一心想到的是：绝不放走羊群！冻死一只小羊，十一岁的姐姐怀着"这是公社的羊，就是冻死了也得把羊皮交给公社"的思想，奋力将它背到小坡上；九岁的妹妹跑掉了毡鞋，光脚上结了一层厚厚的冰砣子，但她在风雪中奔走时根本不知道。是她们没有感觉了吗？不！占据两姊妹整个思想的是：保住公社的羊！

这是多么感人的壮举啊！这两个幼小的孩子，在黑夜严寒的风雪中，为什么会有那么可贵的思想、那么坚强的毅力、那么高尚的品格和英勇的行动呢？这并不难解，作者说得好："龙梅和玉荣，从小就是在严格的劳动教育和集体主义思想教育中生成的。她们刚刚懂事的时候，就已经公社化了，她们没有受过私有制观念的沾染，在她们幼小的心灵上，'公社的'和'我们的'是同一个概念。公社的羊，就是她们的命根子。"

这两朵鲜花，是在我们时代的土壤上开出的，是在毛泽东思想的阳光照耀下开出的，是在风雨的锻炼中开出的。中共内蒙古自治区委员会第一书记乌兰夫同志在他的题词中写道："龙梅、玉荣小姊妹，是牧区人民在毛泽东思想教育下，成长起来的革命接班人。"这对两位小英雄的模范行为和高尚品质的深厚根源，作了最深刻确切的揭示。是的，在这两个小英雄身上，我们再一次看到了毛泽东思想的伟大力量和灿烂光辉！

龙梅和玉荣那样的小英雄，只能出现在我们这样的社会。培养小姊妹的，是我们的党、我们的社会和小姊妹的父亲——一个旧社会受尽压迫的长工、新社会翻身作主的公社社员。挽救小姊妹生命的，是我们的党、我们的社会和我们的人民。当小姊妹不幸迷路失踪的消息传出后，惊动了每一个牧民，他们急切地四处寻找，特别是那位身带重病、连夜追寻小姊妹的党支书的爱人阿迪娅的行动，尤其使人感动。发现了小姊妹后，列车工作人员细心的护理，医院里紧张的抢救,白云鄂博矿区党政负责人以及自治区党政领导同志亲切的关怀,还有全国各地听到消息后寄来的几千封慰问信、几千件慰问品——无一不充分表现出我们时代的精神,党和人民对下一代的关心和爱护。这是多么深挚热诚的阶级感情啊!

少年儿童是祖国的花朵,是革命事业的接班人。在党和毛主席的关怀教导下,我们的革命队伍中,出现过无数小红军、小交通员——象海娃、雨来那样在枪林弹雨中无所畏惧的小孩;出现过象刘文学、张高源那样坚决与阶级敌人斗争的小英雄。今天我们又看到在社会主义建设时期,奋勇保住公社羊群、与暴风雪顽强搏斗的小姊妹龙梅和玉荣。这一代一代的红色接班人,象一根灿烂的红线,贯穿了我们的革命事业。我们有了这样的红色接班人,我们的革命事业一定永葆青春,革命的火炬,一定能永远相传下去!

读《阳光下的孩子》有感

巴　图

史料解读

　　史料原载《草原》1964 年第 7 期。《阳光下的孩子》是巴·布林贝赫的一部叙事诗作品。诗里的原型人物为草原上的一对英雄小姐妹。诗人深入这对姐妹的家乡采访，仅仅花费十天时间就用极大的热情创作出了这篇叙事诗佳作。诗人并没有从正面直接描写姐妹二人的故事，而是另辟蹊径，以一个细节为切入口，从侧面叙述这对小姐妹与满天飞雪抗争、拼命保护好公社羊群的感人事迹。诗人在诗里毫不吝啬地表达自己的感动与赞美。诗人以情叙事，歌颂这对小姐妹崇高的精神。诗歌人物形象鲜明，深深打动了读者。该诗的立意是，只有在党和共产主义的光辉照耀下，新一代的儿童才能茁壮成长，才能具有崇高的心灵境界。这是诗人对新生活、新时代唱出的优美颂歌。

原文

　　我很少读诗，从不写诗，也从不评诗。可是读了巴·布林贝赫同志的长诗《阳光下的孩子》(《草原》1964 年 6 月号)，感想很多，心情激动，所以乘兴动笔，潦草几句，表表我这已经激动起来的心情。

　　龙梅和玉荣这两个英雄小姊妹的光荣事迹已轰动了全内蒙古自治区，也波及全国各地。人们听到这个英雄故事，就会自然地发问：为什么内蒙古自治区会出现这样两个英雄,大的十一岁,小的才八岁,为什么过去不曾有过,而单单现在才有?龙梅和玉荣,不可能在旧社会出现。她们只能在我们社会主义社会里出现,她们是我们社会制度的产儿,是人民公社的产儿,也是社会主义的蒙古民族的英雄女儿。她们是我们党所培养的无产阶级和劳动人民的革命后代的代表,是毛泽东思想的阳光下盛开的万紫千红花丛中的两株宝石花。这同那些垮了的一代相比,多么的不同呵!《阳光下的孩子》用下述句子表现了这一点:

> 他们不是屋檐下安睡的
>
> 温柔幼小的鸽子;
>
> 在时代的暴风雨里,
>
> 他们是海燕的后裔。
>
> 海燕的后裔,革命的后裔,
>
> 时代的风云呼唤你们奋起,
>
> 在阶级斗争的天秤上,
>
> 称一称你们革命的重量。

《阳光下的孩子》以饱满的政治激情,在热烈歌颂这两个草原小英雄的模范行为和高尚品质的同时,还以浓郁的抒情笔触,揭示出了她们成长为英雄人物的时代背景和社会原因。

如何教育后代,事关百年、万年的大计。养而不教,不如不养;既养了,就要教好。教育后代,社会有责,学校有责,父母更有责。把后代娇养成和平的小白鸽,就经不起风吹雨打,担不起革命的重负。把后代惯养成温室里的花草,就受不了酷热严寒的考验,完不成前辈交给的事业。和平的小白鸽,温室里的花草,就有可能蜕化成为垮了的一代。我们革命者的任务是把后代培养成勇猛的海燕,能乘风破浪,培养成革命的后代,从我们手中接革命的班,接革命的红旗,正象龙梅和玉荣的父母所做的那样。作者在《序诗》里这样问到:

> 父亲们,当你抱起心爱的男孩,
>
> 亲着他苹果脸蛋的时刻,
>
> 你是否严肃的考虑过,

教他如何越过生活的陡坡？

母亲们，当你搂着心爱的女儿，

喂给她慈母奶汁的时刻，

你是否认真思考过，

教她如何迈上人生的道路？

接着作者又回答了这个问题，他写道：

最快的马，

在坎坷的道路上飞起四蹄；

最猛的鹰，

在重迭的云层里展开双翼。

最烈的火星，

在冰雪里燃成熊熊的火炬；

最好的接班人，

在斗争中锻炼成坚强的战士。

党的教育，阶级斗争和生产斗争的锻炼，以及她们父母的教育，是这两个只经历十来个春天的牧民儿童成长为红色接班人的根本关键。当我读到龙梅在床上一苏醒过来，第一句话就是"我的羊群在哪里？羊群呢？我的羊群！"我是被深深地感动了。在这瞬间，我看到的已经不是眼前的龙梅和玉荣，而是整个英雄的下一代，在毛泽东思想光辉照耀下在茁强地成长。这是多么崇高的心灵！是雷锋式的伟大的共产主义的精神。看到、听到龙梅和玉荣的事迹，我们感到教子任重，于心不安，但更觉宽慰的是，只要育之正道，教子有方，我们的后代一定会是革命的，是红色的！

玛拉沁夫同志谈报告文学

《新闻业务》记者

史料解读

　　史料原载《新闻业务》1964 年第 7 期。玛拉沁夫是中国第一个自觉以写家乡草原为己任的蒙古族作家,他被誉为中国草原文学的开拓者,玛拉沁夫的名字始终与当代少数民族文学联系在一起。关于报告文学,玛拉沁夫从"互相取长补短""提倡多样化""挖真金子""真实性问题"四个方面阐明了自己独到的见解:报告和文学二者缺其一就无法成为报告文学。在连贯、优美的基础上,更重要的是写出社会主义新人的精神面貌。这需要新闻领域工作者与文学领域工作者的长期深度交流和融合。玛拉沁夫认为创作报告文学作品时,不必拘于一种形式。不仅题材要广泛,在内容上更要灌注作者的激情,利用独特的写作技巧。报告文学应重点表现人的思想品德、人格素养,不能一味只描述事件,将人和事完美结合起来才是一部好的作品。另外,玛拉沁夫建议在确保报告事件真实性的情况下,可以在创作中对细节进行一些艺术性的加工。这篇文章,是最早的报告文学理论成果,结合了玛拉沁夫创作《最鲜艳的花朵》的体会。

原文

　　最近,本刊记者在呼和浩特访问了蒙古族作家玛拉沁夫同志,请他谈谈报告文学问题。现将玛拉沁夫同志的谈话整理发表在这里。

互相取长补短

　　繁荣报告文学的创作，文艺工作者和新闻工作者负有共同的责任。一年多来，报告文学有显著的发展，出现了不少优秀的报告文学作品，这同文艺工作者和新闻工作者的共同努力是分不开的。我感到，在报告文学创作这个问题上，文艺工作者与新闻工作者的关系最为密切，有许多地方可以互相取长补短，这对提高报告文学质量大有好处。我同新闻工作者有很多联系，经常向他们请教，得到不少益处。新闻工作者观察问题敏锐，了解情况多，动作迅速，反映问题快；这些正是从事报告文学应该具备的条件，很需要学习这些优点。另一方面，我想，新闻工作者也可以从文艺中吸取某些长处，来改进自己的写作。文学，以它的生动性和形象性，更易于感染读者，抓住读者的心灵。当然，不是说要把所有的报道都写成报告文学，只是说，要写报告文学，需要从文学中吸取营养。报告文学，顾名思义，就是报告性的文学，或文学性的报告。报告性、文学性，这两者缺一就不成其为报告文学。何谓文学性？增加一些华丽的词藻，插入一些风景描写，能不能说就具有了文学性？优美、流畅的文笔是需要的，但据我理解，报告文学的文学性，主要是要求写人，写出有个性的社会主义新人的精神面貌。优秀的文艺作品都善于在共同性中突出个性，所以给读者的印象特别深刻。电影《李双双》获得很大的成功，从艺术上来说，人物性格鲜明突出，这是一个主要的原因。我认为只就人物性格刻划这一点来说，喜旺这个人物要超过双双。你看，喜旺一出场，观众就为之骚动，作家真是把人物写活了。

　　我们大家都说孙谦同志的《大寨英雄谱》写得好，好在哪里？最主要的，是它为我们刻划出了一群叱咤风云的社会主义英雄人物的形象。这篇报告文学不是抽象地叙述大寨道路和大寨精神的，它把这一主题通过许多栩栩如生的人物形象，真实、生动地表现了出来。那些人物有共同之处，即都有艰苦奋斗、自力更生的社会主义雄心壮志，同时每个人物的个性又都那么鲜明、突出，他们的声音笑貌跃然于纸上，给读者留下了深刻的印象。我们写报告文学，就应当着力去刻划社会主义新人形象,挖掘社会主义新人的精神美。

提倡多样化

报告文学要发展,要提高,就势必要多样化。一年来出现的许多报告文学作品,证明多样化的道路是正确的。从作品风格来说,魏钢焰的《红桃是怎样开的?》与孙谦的《大寨英雄谱》就不同。前者是从横断面着手,没有纵贯全篇的故事,主要是一些看起来好像没有联系的片断。虽然是片断,但并不给人零碎的感觉,因为有一根主人公的思想红线贯穿其中。大家熟知的《谁是最可爱的人》也是属于这一类型的,把人物身上最可贵、最突出的东西加以集中地描绘,而不严格要求事件的贯串和故事的完整。《大寨英雄谱》即是沿着大寨人抗洪斗争发展的脉络来展开它的故事的,有头有尾,比较完整,这是另一种类型。

有写一个人为主、捎带写其他人的,也有写群象的;有以叙事为主的,也有叙事夹抒情的……。总之,不必拘于一种样式。

作品中要贯注作者的激情。贯注作者对党对人民的全部感情。这一点非常重要,可以大大增强作品的感染力和思想性。作者不能客观主义地叙述事实,应该以自己的身心投入到事件中去。报告文学中要有作者的"我"。好的文学作品都是有作者的独特风格的,见其文如见其人。鲁迅曾经更换过上百个笔名,当时不论他署什么名,读者一眼就能认出而争相阅读,就是因为他的每一篇文章都有作者的自己的风格。刘白羽、华山、魏巍、郭小川等同志的报告文学中都有他们的"我"。魏巍、魏钢焰是写诗的,他们的报告文学就充满了诗情。郭小川的报告文学常常带有哲理性,那便是他在诗里的影子投射到报告文学中来了。

多样化还应表现在题材的广泛上。

挖真金子

我很欣赏魏钢焰同志的《红桃是怎样开的?》(载《人民文学》一九六三年七、八月号),特别是其中的"太阳"一节(写赵梦桃同志在中共第八次代表大会上投

票,写她怎样"在毛泽东的名字上浓浓地画了一个圈"),请读这一节中的一小段:

> 选举时,会场里只听到纸张翻动和沙沙的笔响;赵梦桃伏在桌上,挚情地瞅着候选名单上毛主席的名字,想起了:那辆哀叫的铁轮大车,倒下的老爹,洛阳血火中惊跑的人群,诉苦会上一声声血泪控诉……想起了:拖拉机上的青年农民,炼钢炉前的伙伴,千万个正走向建设岗位的小梦桃……她举起了笔,在毛泽东的名字上,浓浓的画了一个圈。她要为那些不能来的亲人投上一票! 她要在这名字上留下对党的深情和誓言。

不只这一小段,而是这一整节都十分精彩,简直是一首可以独立成篇的抒情诗。作者通过投票这个细节,写她作为一个工人阶级代表的感情,写她对毛主席的热爱,人物的精神面貌立时进入一个很高的境界,作者把人物身上的"真金子"找到了。做到这一步,需要作者有很高的政治水平,对生活有很深的了解,并且对材料的意义要下苦功夫去挖掘。我们有时遇到了金子也看不见,挖来的却是些泥沙,这说明功夫还不到家。

我们写细节,写事件的过程,都有一个目的,就是为了刻划人物,突出主题,换言之,就是为了表现人物高尚的精神面貌、思想品德,用以来教育人民,鼓舞人民。离开了这一目的,去孤立地写事件,写过程,作品就不会有较高的思想性和战斗性,也会缺乏感染力。所以,从事件和人物的关系来说,什么样的人,做什么样的事,人物产生事件,事件总是处于从属的地位,是为衬托人物服务的。好的作品,常常是有人又有事,而人与事又结合得非常好。

真实性问题

《新闻业务》从去年以来,连续发表了不少谈报告文学问题的文章,我大都看过了。在真实性问题上,许多文章都强调"绝对真实",和一般新闻报道要求无异。我认为,对于发表在报纸新闻版上的报告文学和写真人真事真姓名的报告文学作这样的要求无疑是正确的。但以此作为对整个报告文学的要求,似乎还有可以商榷的余地。由于某些原因,除了真人真事真姓名的报告文学以外,是否还可以有真人真事假姓名的报告文学呢？除了有在细节上都"绝对真实"的报告文学以外，是否还可以有对某些细节作些艺术加工的报告文学呢？我看可以允许作者去作各种尝试，这对繁荣报告文学是有利的。事实上，多年来从报告文学的发展情况来看，大家也正是这样做的。在这里，我要重复一下：如果是发表在报纸新闻版上的，或者不是在新闻版上但写的是真人真事真姓名的报告文学，在真实性问题上是绝对含糊不得的，要不然不但会出笑话，而且在政治上也会产生副作用。

我是学习写小说的人，对报告文学缺少实践经验，前面说的一定会有谬误之处，请同志们指教。

流韵遗风　长在人间

——读纳·赛音朝克图同志的诗

张凤铸

史料解读

　　史料原载《草原》1978 年第 7 期。蒙古族诗人纳·赛音朝克图于 1973 年 5 月 13 日去世。时隔五年，张凤铸以该文回忆和悼念纳·赛音朝克图。因此，该文虽副标题为"读纳·赛音朝克图同志的诗"，文中也对纳·赛音朝克图的诗歌创作道路、诗歌的艺术风格进行了概括，但更多的是在历史发展的新起点上，通过回忆诗人的不幸遭遇和自己在纳·赛音朝克图病重期间探望时的对话等细节，叙说诗人坎坷的人生道路。该史料的价值不在文学，而在于得以从中窥见社会和历史的发展状况。

原文

　　那汗水浸透的乌拉特平原，
　　那辛勤培育的金黄色小麦，
　　那热情送行的兵团战友呵，
　　收住脚步吧，我一定会再来。
　　那巍峨壮丽的青山顶峰，
　　那滔滔不绝的黄河浪头，

那青春焕发的一代亲人呵，

后会有期；再见了，白银花！……

当我吟咏着纳·赛音朝克图同志这情满农村、志壮山河的《白银花组诗》时，脑海里浮现出了一幅动人的画面：一个年近花甲、精神矍铄的蒙古族诗人深入生活，平易近人，在"与战友生活的日日夜夜里"，建立了深厚的友谊，惜别依依，难舍难分……老诗人豪情纵横地和年青的兵团战友握手道别：后会有期，来日方长，我一定会再来！

可谁能料到：一九七一年七月二十日诗人写下的这组热情洋溢、壮怀激烈的诗篇竟成了他的遗作！事隔两年后的一九七三年五月十一日，诗人因横遭林彪、"四人帮"迫害，药石难治，愤然离世了！这是我国、我区文艺界的一大损失！悲痛、愤懑之情占据着我们的心头！我们非常惋惜、痛心，痛恨林彪、"四人帮"，夺去了我们著名的蒙古族作家、诗人纳·赛音朝克图的宝贵生命！这是"文艺黑线专政"论及其在内蒙古的变种"叛国文学"论的恶果之一，是林彪、"四人帮"欠下人民的一笔血债！血债必须偿还，沉冤必须昭雪，名誉必须恢复。被颠倒了的是非应该颠倒过来，拨乱反正，正本清源，彻底批判和肃清"文艺黑线专政"论及其变种"叛国文学"论的恶劣影响。

纳·赛音朝克图，又名赛春嘎。一九一四年诞生在锡林郭勒盟正蓝旗一个普通牧民的家庭里。从小就跟随父母追逐水草，放牧沙原。诗人的家乡是标准蒙古语、民歌盛行的地方。民歌浩如烟海，争相传唱。诗人的婶子就是民间歌手，母亲又以口述民间故事见长，乡邻也是能歌善舞、歌声琅琅。万象纷呈的蒙古族民间文学熏陶着他，孕育着未来的诗人，为他后来的诗作埋下了缕缕根须。诗人十六岁才上小学，二十三岁转入中学，从此开始写诗，并勤奋攻读蒙古族古典文学和汉族翻译作品。蒙、汉族古典诗文的积极进取的思想，现实主义、浪漫主义的优良传统，曾使年青的诗人感奋万千、受益不浅；古典诗文中络绎奔会的"名章回句""丽典新声"，以及巧妙新颖的构思、韵味无穷的诗意，也曾使诗人慑服、心折。

诗人憎恶黑暗社会，向往朝霞旭日，同情挣扎在死亡线上的草原奴隶。但他当时因历史条件，未能投身于革命斗争的激流之中，只能"藏身窗内"，诅咒"令人颤栗的黑夜"，用关住窗户的消极办法去阻挡"刺骨严寒"和"狂啸的暴风"（见《窗口》）。

可是，掀窗破户的狂风暴雨，岂容诗人躲在象牙之塔安安生生？诗人面对风雨如磐的重压，毫不妥协，决意"冲出这世界上一切混浊的泥污"，迎接"黎明的光辉"。诗人以被压在笘笆下的"小草"自喻，托物言志，情出心底。诗行凝聚仇恨，对恶势力的憎恶，对光明的未来梦寐以求：

> 支离破碎的笘笆你身影虽然庞大，
>
> 但在这世界上你已失去了作用。
>
> 我虽然弱小却是新的生命，
>
> 看吧，我将怎样穿过你的胸膛！
>
> 你可知道一切陈旧的东西终归灭亡，
>
> 新生的事物必然蓬勃成长！
>
> 看吧，我将以巨大的威力挣脱你的纠缠，
>
> 去和天气的曙光见面。

——《压在笘笆下的小草》

我们从诗人早期的诗集《心侣》、散文集《沙漠，我的故乡》，便能窥视到他这个时期的思想烙印。

内蒙古自治区的成立，新中国的诞生，伟大祖国的欣欣向荣，使诗人喜泪纵横，感慨万端。诗人回顾昔日万般辛酸，奔波半生，想有所为而不能为的痛苦经历，再展望云蒸霞蔚、前程似锦的未来，激情如波卷浪翻，诗人"仰望我们的国旗"，"赤心便随之沸腾"，民族自豪感油然而生；诗人有幸到首都观光，触处皆春，不禁"情往似赠，兴来如答"，用蒙古族传统的好来宝形式回旋吟咏"人民革命历史上名扬四方的北京城"；诗人回到自己的生活基地——"辽阔翠绿的草原上"，倍感亲切，诗情荡漾。故乡的秋色、冬景、春华、夏日……故乡的一湾细水、一座毡包、一杯奶酒、一场舞会、一条红领巾、一件蓝色软缎的"特尔力克"、一座新的发电站……无不牵动着诗人的脉脉情肠。行文所到，感情充沛，诗味

浓郁,生活气息扑人。写下大量激情洋溢的诗篇。

如果说,诗人在解放前写的诗文,写出了他的爱与憎,同情与愤懑,希望和抗争,那么,解放后的诗文却是一曲曲新生活的礼赞,充分表达了诗人对社会主义时代的酷爱之情和对伟大领袖毛主席无比崇敬的心境。《我握着毛主席的手》就是纳·赛音朝克图同志感情升华的结晶。一九五六年三月,中国作家协会在北京召开第二次理事(扩大)会议期间,纳·赛音朝克图同志和与会代表荣幸地得到了毛主席的接见,而且"紧紧握过毛主席的手",这是诗人一生永远不能忘怀的幸福时刻:

假如把小时候

走过的门槛,

要一个一个数得详尽,

那是多么的荒诞。

但是怀仁堂的门槛,

在我的记忆中永远清新,

它那光辉灿烂的雄姿,

牢牢地印在我的心间。

——《北京组诗》

毛主席春风化雨般的温暖,使在旧社会颠沛流离、一事无成的纳·赛音朝克图同志感激万分,焕发青春。诗人以此为动力,从"内心里下定了这样的决心,永远不放松这温暖而坚强的手,紧握着它,随着它的指引,全力为人民服务"。从此,诗人遵循毛主席文艺为工农兵服务的方向,深入基层,投身于三大革命运动之中,和劳动人民打成一片。无论在乌珠穆沁草原、鄂尔多斯高原、正蓝旗的沙岗、乌拉特平川……到处闪现诗人的身影、到处留下诗人的脚印!

长诗《狂欢之歌》,是诗人创作的一个新的高潮。全诗主题鲜明,构思严谨,格调昂扬,想象瑰丽,比兴纵横。句法大开大合,长短错落不齐,丝丝入扣、首尾圆合、步步推进,表现了我区十年来革命与建设的声威声势,抒发了诗人的仇仇爱爱之情。对旧社会、旧制度的鞭笞,如惊风怒涛,裹雷挟电,力抵千钧;对新社

会、新制度的歌咏则似春风化雨,滴滴甘霖,拨响心弦。长诗第五章,更是大气
磅礴,如喷珠泻玉的瀑布飞流直下、浩荡东向,纵情歌颂毛主席和中国共产党。
诗人善用比兴,"联类不穷,流连万象之际","或喻于声,或方于貌,或拟于心,或
譬于事",状物传神,令人称道。如把党比作"号角"、"旗手"、"灯塔"、"心脏"、
"甘露"、"掌握着金质的缰绳的开路先锋",……又如把毛主席比作"启明星"、
"舵手"、"革命的明灯"、"人民的眼睛"、"时代的智慧"……可谓珠联璧合,荟萃
比喻之精华,开放形象思维之奇葩。令人击节赞赏,受到启迪。茅盾同志对此
诗评价甚高,曾誉之为"不但是好诗,而且在形式上也有值得我们学习之处。"

　　诗人的成就是多方面的。他的创作成就主要是在诗歌方面,但他还写过小
说、散文、政论、杂文,参加过《毛泽东选集》一、二卷的翻译、校对工作,翻译过毛
主席的光辉诗词,鲁迅的诗词和其它一些汉文名著。从纳·赛音朝克图同志解
放以来出版的几个诗集里,可以看到丰富多采的现实生活,崇高感人的工农兵
气质,源远流长、可资借鉴的古典诗词和民歌,为诗人的诗笔纵横,开拓了广阔
的天地。他牢笼万物,尽收笔底:题材大至时代风貌、政治斗争、人民的革命之
志,党和领袖的厚德深恩,小如行旅、题咏、友谊、爱情、山川风物……。在诗歌
形式上,他除了应用最得心应手的体裁,还能驾驭多种形式。他以表现重大题
材的政治抒情诗见长,以句法整齐的四行体居多,但他不拘一格,有时也运用外
来的而经过熔铸改造的"阶梯式"诗体和蒙古族独有的好来宝形式。由于他擅
长于揉蒙古族古典诗词、说书、民歌于一体,熔铸创造出自己独特的艺术形式,
加之语言富有民族特色,因之,"牧民从毡包里迎接他的诗,就象迎接老朋友一
样",亲切异常。

　　纳·赛音朝克图同志的一生,正当中国处于翻天覆地的大变革时代,这是
暗无天日的旧中国转向繁荣昌盛的社会主义新中国的伟大时代。他投入时代
的革命洪流,抒时代之情,吟劳动之物,咏革命之志。他的一生,是"活到老、学
到老、改造到老"战斗不息的一生。诗人后期兴豪才高,思想性、艺术性益臻成
熟,可谓"烈士暮年、壮心不已"。他身兼数职、活动频繁,既是四届全国政协委
员,又是中国文联委员、中国作协理事,并兼任内蒙古作协主席、《诗刊》编委、

《花的原野》主编等职务。可是他精力充沛,不舍昼夜地学习、工作、写诗……。记得广播电台多次举办的国庆文艺晚会、春节文艺晚会和诗歌实况朗诵会,每邀他登台赋诗,尽管他很忙,总是有求必应,欣然前来。他那激情荡漾的高腔阔嗓,他那抑扬顿挫、别具一格的朗诵,感人至深,至今历历在目、耳际萦回。

诗人病重期间,我曾往医院探访过他一次。他当时身患癌症,骨瘦如柴,加之诬蔑不实之词的堆砌一身,尚未平反昭雪,心境之愤怒、痛苦,自不待言。见着我,他只是眉宇深锁,握了握我的手,喃喃细语地重复一句话:"想不到你还敢来看我……"。话不多,出内心,可见当时诗人一身瘦骨还要承受"四人帮"横加的沉重精神压力……。想不到,这竟成了我和诗人的最后一次诀别。前些日子,曾听到诗人的亲属介绍:诗人临终前,病痛缠身,辗转反侧,可他毅力坚强,憧憬未来,手中捧读《法兰西内战》和鲁迅著作,痛恨假左真右的政治骗子,赞扬鲁迅的战斗精神,同时用生命的最后时刻写下了最后的遗作——充满战斗激情的诗《学习抒怀二则》(待发)。今天,我们怀念纳·赛音朝克图同志,介绍他、学习他,最突出的一点就是他对党和毛主席的感情始终竭诚如一的高贵品德。

　　人的生命不长,

　　象流逝的光阴一般一闪而过。

　　党的事业永存,

　　象巍巍昆仑、滔滔黄河。

　　让我们遵照毛主席的教导,

　　把有限的生命献给无限的伟业。

——《乌审召颂歌》

卒读《乌审召颂歌》全诗(载《内蒙古文艺》一九七八年第三期)顿觉春风扑面、心旷神怡。诗人"挺立于沙漠之中","和英雄的乌审召人共同学习、战斗和生活"的情景,以及他那热情奔放、朴实无华的音容笑貌,宛如眼前挺立。诗言志,文如其人,那掷地有声的诗句,是诗人肝胆照人、赤心可见的有力证明。可是世界上谁能相信写出如此思想深刻、意境壮美、音韵铿锵、响遏行云诗作的诗人竟是什么"反动文人"?! 可这咄咄怪事就是出现在林彪、"四人帮"为虐的时期。诗人写完《乌审召颂歌》不久,便被拉上"点鬼台",缧绁于"牛鬼蛇神"行列之中,从而被剥夺了写作的权利。某派刊抛出的奇文《把纳·赛音朝克图揪出示众》,棍棒帽子双管齐下,信口雌黄、罗织罪名,必欲置之死地而后快。文章虽出自某某之手,而罪魁祸首却是林彪、"四人帮"及其在内蒙古的追随者。面对通篇诬陷不实之词,稍有正义感之人,岂能停吼息愤?! 罪孽来自林彪、"四人帮"炮制的"文艺黑线专政"论及其变种"叛国文学"论。

然而,事实胜于雄辩,纳·赛音朝克图同志参加革命二十多年来,用自己的实际行动和创作成就证明了,他是热爱党、热爱毛主席、热爱祖国,热爱社会主义的著名诗人、作家,也是我们自治区团结战斗的革命队伍中的光荣一员。他是无愧于群众的忠实代言人和草原歌手这一光荣称号的! 随着革命的深入、时代的前进,他本来可以写出更多更好的作品,以飨读者。可是诗人那支生花之笔横遭林彪、"四人帮"摧折,汨汨诗泉被堵塞止流。诗人志未酬、诗未尽,而身先去,抱恨离世,实在令人痛惜!

华主席领导全国人民粉碎了"四人帮",大地回春,百花竞放,文艺春天已经到来。林彪、"四人帮"横行霸道,猖獗一时,骑在人民头上作威作福的日子一去不复返了。他们强加在内蒙古各族文艺工作者头上的种种诬蔑不实之词必须统统推倒。不仅要落实文艺干部政策,还要落实作品的政策,凡是被打成毒草而实际并非毒草的作品,应予平反,重新评价。

战鼓催征,形势喜人。华主席为首的党中央,率领我们开始新的伟大长征。四个现代化指日可待,诗人若有神知,当是含笑九泉,额手称庆! 让我们接过已故诗人"蘸饱了采墨"的"战斗的诗笔",写出他想写而没有写完的"社会主义征途上的一路新事、一路凯歌",为踏上新的伟大长征的浩浩荡荡铁流呐喊助威,以告慰纳·赛音朝克图同志的诗魂!

优秀的诗人　不朽的作品

——重读纳·赛音朝克图的部分诗歌

哈斯朝鲁

史料解读

　　史料原载《内蒙古民族大学学报》1979 年第 1 期。作者从新的时代语境、新的思想观念出发,对纳·赛音朝克图的人生经历、创作过程、艺术风格、文学贡献进行了全面评价。从文学史的角度,该文对诗人生平、不同历史时期的创作主题、艺术风格以及文学活动的介绍,具有一定的史料价值。文中"新中国成立的隆隆礼炮,祖国建设的冲天鼓角,英雄人物的不朽形象,城镇乡村的巨大变化,都在纳·赛的诗中留下了震撼心灵的声响"之句,同样是正面评价纳·赛音朝克图的诗歌主题和内容,但与前述史料完全不同的表述方式值得重视。

原文

一

　　纳·赛音朝克图(简称纳·赛),一九一四年三月二十三日,生在内蒙古正蓝旗扎格苏太村的一个普通牧民的家里。纳·赛音朝克图自幼读书,喜爱文艺。他从十五岁至十九岁在家乡的一个小学里学蒙文,以后去张北(现河北省张北)青年学校学习。他当时很喜欢民间文学,同时也接触了蒙古族古典作品。一九三八年用公费留学日本，先在予科班学一年，后在东京东方大学学教育学。这时，他开始阅读世界上有名望的作家普希金、拜伦、海涅、惠特曼、托尔斯泰等人的作品和日本进步作家的作品。同时，他又进一步熟悉了蒙古古典文学和民间文学。从此，他开始创作了歌唱故乡和抒发热爱民族的诗作。一九四一年，毕业后回国。一九四二年至一九四四年间在张家口任教，后编写教科书。

一九四五年十一月至一九四七年十一月，在蒙古人民共和国学习。在乌兰巴托期间，他写了很多诗歌。回国后，他在内蒙古日报社当编辑，后在内蒙古人民出版社工作。这时期，他做了一些汉译蒙工作，并且参加了《毛泽东选集》的翻译工作，成绩优异，受奖。后来在内蒙古党委宣传部文艺处工作。一九五六年当选为中国作家协会委员，任《内蒙古文艺》主编，后又充当《诗刊》编委，中国作协内蒙古分会主席，并当选为内蒙古人民代表大会代表。一九五九年，加入中国共产党。在"文化大革命"中，他深受迫害，一九七三年五月十一日含冤死去。

纳·赛音朝克图从一九三八年开始写作起，一直坚持到受迫害致使害重病在身的一九七一年七月二十日。他主要是写诗，另外还写了一些散文和中篇小说。纳·赛从他开始写作到他不幸逝世的三十多年里从未停歇过他那战斗的脚步。他早期的诗作有《压在毡笆下的小草》、《窗口》、《知己的心》和日记《沙原，我的故乡》等。解放后，诗人满怀革命激情，写出了《我握着毛主席的手》、《幸福和友谊》、《北京颂》、《生产社的姑娘》、《蓝色的特尔力克》、《迎接国庆的时候》等著名诗篇。一九五六年出版了诗集《幸福和友谊》，选辑了他从一九三八年至一九五五年的诗作。此后，他陆续发表了诗集《金桥》、《我们的雄壮的歌声》、《正蓝旗组诗》、长诗《狂欢之歌》，中篇小说《春天的太阳来自北京》、《阿茹鲁高娃》，散文集《蒙古艺术团随行散记》等。在他诗歌创作实践中，创造了自己的四行诗的新形式，深为广大读者喜闻乐见。他的遗作《白银花的组诗》发表于一九七八年的四月号《草原》月刊。我们纵观诗人纳·赛的三十多年的创作历史，不难看出他那极其丰富的诗歌创作的一个最宝贵的突出特点。这就是他一直保持和发扬了诗人强烈饱满的政治热情。这一点，对一个诗人来说，是非常重要的。因为这是诗人世界观的反映，是诗人为革命而歌唱必备的重要基础。有这种政治热情，就能够自觉主动地、积极正确地认识和反映生活，写出好的作品。实践证明，纳·赛音朝克图是一个才华横溢，有理想、有抱负的诗人。他的每首诗，都燃烧和闪耀着强烈的革命热情的火花。这火花在粉碎"四人邦"后，全国人民跟随华国锋同志为首的党中央进行新长征的今天，愈益显示出它那炽热和光彩。他的创作道路可分为两大阶段，即解放以前和解放以后。他的诗作曾译成汉文，在全国广泛流传。他那瑰奇警迈的诗风，也是一株艳丽的奇葩。它那绚丽的色彩，照映着当代诗坛，也强烈地吸引和启发着年轻一代诗人和广大读者。

二

在解放战争、土地改革时期，产生了许多反映解放战争和土地改革的优秀文学作品。纳·赛的《沙原，我的故乡》便是其中的一个。他在诗中写道：

春天，温暖的阳光下，

原野上漫步着拾粪的姑娘。

秋夜，皎洁的银月下，

大路上蠕动着运草的车辆。

严冬，暴风雪猖獗的时候，

大戈壁便成为遮寒的屏障。

酷夏，烈日燃烧大地的时候，

人们在浓密的树荫下乘凉、歌唱！

诗是生活深处迸发出来的火花，离开了生活，就不会有真正的诗。当时还很年轻的纳·赛，用朴实的语言，对春、夏、秋、冬一年四季的述说，唤起深远的遐想，使我们好象在看一幅幅精致的油画。从诗中可以看出，蒙古族人民的劳动生活是多么好，草原风光是多么美！沙原，我们的故乡是多么美丽、富饶！可是，一九四七年，国民党反动派发动了大规模内战。战火烧到草原，家乡受到野蛮的踩蹦。内蒙古各族人民，在党的领导下投入轰轰烈烈的解放战争。许多爱国志士，为了抵抗反动派的压迫，用自己的胸膛，挡住了敌人的炮弹，筑起了铜墙铁壁。他们热爱故土，热爱人民，决心为保卫内蒙古解放区粉碎国民党反动派的武装进攻而战。纳·赛的这首诗，表现了人民群众的这种决心。他在诗中，倾吐了对自己故乡的热爱，歌颂了民族英雄和爱国志士。

> 湖面上掀起的波浪，
>
> 激动着我赤诚的心房，
>
> 绝不让无耻的叛徒，
>
> 踏进我们摇篮般的故乡。
>
> 风暴吹动着柳枝，
>
> 震荡着我愤怒的心脏，
>
> 绝不让国民党反动派的魔爪，
>
> 掠夺我们肥美的牛羊。
>
> 啊，沙原，我的母亲，
>
> 我们的故乡！
>
> 朝着共产党指引的方向前进吧，
>
> 让自由放射出灿烂的光芒！

多么铿锵有力的诗句！诗人对祖国和人民有着炽热的感情、饱满的政治热情和奔放的情绪，唱出了粗壮、豪放的调子。因而，他的诗就具有独特的风格；雄伟的气魄，宏亮的格调，奔放的情感。这些特点就形成了诗人那种雄浑、豪迈、壮阔、磅礴以及富有战斗力的风格。我们从他的另一首诗《窗口》中，也可以看出这位年轻的诗人带着他的生活理想唱出的充满快乐、欢畅、生气和爱情的诗句：

> 啊！窗口，你给我传送进来——
>
> 快乐的小鸟啼叫的悦耳声音，
>
> 可爱的昆虫合奏的唧唧的小曲，
>
> 和那笑容满面的美丽的少女们的动人的歌声，
>
> 啊！窗口，让他们传到我的房间里来！

从上述诗行里可以看到,诗人是多么渴望光明和幸福！在那国民党反动派和封建王公贵族互相勾结,黑暗势力象夜幕般的笼罩草原,蒙古族人民遭受空前灾难的日子里,"窗口"是不能给他传送进来"悦耳声音"和"动人的歌声"的！于是,诗人感到黑暗势力压抑的痛苦,自然而然的憧憬光明和幸福,反映了他对合理生活追求的急迫心情:

啊,窗口,给我送进来——

那驱散心中烦闷的黎明的光辉,

点燃伟大理想的灿烂的阳光;

和唤醒清新知觉的爽朗的空气,

啊,窗口,让它们流到我的房间里来！

……

啊,窗口,你给我阻挡住——

令人颤栗的黑夜的刺骨严寒,

使人眩晕的灰尘弥漫的狂啸的暴风,

叫人心绪凝固的夜晚的黑暗,

啊,窗口,把它阻挡在我的窗外！

在这里,诗人那种笔致豪放、气势流转以及排山倒海、力吞山河的气概表现得淋漓尽致。

暗无天日的旧社会,使诗人纳·赛渴望着光明和幸福的生活。他坚信旧的、腐朽势力一定要灭亡,而新生事物是不可战胜的。他在《压在笤笆下的小草》一诗中写道:

对于有着生命源泉的,

充沛着青春朝气的我,

你这个不知自量的,

丑陋而腐朽的苦笆算得了什么！

支离破碎的苦笆你身形虽然庞大,

但在这世界上你已失去了作用。

我虽然弱小却是新的生命，

看吧，我将怎样穿过你的胸膛！

你可知道一切陈旧的东西终归灭亡，

新生的事物必然蓬勃成长？

看吧，我将以巨大的威力挣脱你的纠缠，

去和天空的曙光会面。

苦笆是沉重的，但它是破旧的，又是腐朽的，诗中诅咒和蔑视了象苦笆一样的旧势力，颂扬和揭示了象小草一样新生事物的不可战胜。解放战争的胜利和反动统治势力的彻底崩溃乃是历史的必然，迎来的将是新中国的诞生！

纳·赛的这些诗，主题突出，思想深刻，感情真挚，形象显明，读起来自然流畅，没有矫揉作态的痕迹；感情充沛真切，没有一般化的毛病。

三

一九四九年十月一日，新中国黎明的曙光普照全国各族人民的心坎。这惊天动地的巨大变化，给各族人民带来了新的生活。诗人们用优美动人的诗篇歌唱这一天。纳·赛写了《迎接国庆节的时候》。他以饱满的热情歌颂了中华人民共和国的成立，描述了伟大祖国翻天覆地的变化。诗人在诗中写道：

今天

我们以无比的欢欣

来庆祝

各民族的

自由、平等

幸福的大家庭——

雄伟地

站起来的

中华人民共和国

诞生

两周年的

节日！

……

昨天在敌人的眼中是

无能

愚昧

多病的奴隶，

呻吟在

死亡、贫困

深重的灾难里，

今天

我们成了国家的主人，

自由地生活。

这个巨大的变化、伟大的胜利，都是在党和毛主席的领导下取得的，正如诗
人所唱的：

这都是由于

谁的领导，

谁的功劳？

是我们

英明的舵手

共产党

是我们

向往着的恩人

毛泽东，

唤起了

沉重压迫下的

千百万人民，

坚决地

斗争

前进！

新中国的成立，给诗人的创作带来了春天和阳光，纳·赛开始了他诗歌创作的新阶段。这时期，他所写的政治抒情诗紧密配合了国内外的斗争形势，起到"团结人民，教育人民，打击敌人，消灭敌人"的战斗作用，例如《我们雄壮的呼声》：

人民的正义的呼声，

象雄狮的吼叫一样，

震动着宇宙的气波，

响彻在全世界的每个角落。

……

六亿人民坚强地团结在一起，

向祖国提出热切的誓言保证，

不管任何侵略者敢于发动战争，

一定要给它迎头痛击。

纳·赛的这首诗，以豪迈的气势，表现了中国各族人民反对侵略、保卫和平的坚强意志。

解放以后，诗人纳·赛以洪亮的声音，激昂的调子，满腔热情地歌唱新生活，歌唱毛主席，歌唱共产党，歌唱各族人民的革命大团结。他在《可爱的幼小的兄弟们》一诗中唱道：

父亲毛泽东的慈爱，

在你晶莹的眼中辉映，

伟大的红领巾

在你们的胸前闪耀。

今天你们可以自由地成长在

祖国幸福的大地上；

明天，又可以用你们的双手

去建设你们美好的将来！

深夜里，没有人再抓走你亲爱的父亲，

你将恬静地睡在他温暖的怀中；

疼爱你，哺育你的母亲，也不再为你

把她忧伤的泪水洒在你的身上；

封建王公的残酷的皮鞭，

不再落在你柔软的肩上；

你再也不会尝受到

黑暗年代里的任何痛苦。

党和毛主席给草原人民带来了幸福生活，也给各族人民带来了团结友谊。在党的民族政策的光辉照耀下，各族人民的大团结代替了过去民族之间长时期的隔阂和仇视。如今，各民族兄弟把命运联在一起，共同建设祖国的边疆。解放以来党和政府派各种建设人材来到边疆建设草原。纳·赛以饱满的政治热情，歌唱各族人民的团结和友谊，抒发热爱新生活，热爱新社会的真挚感情。他在他的《幸福和友谊》中，赞美了汉族工人来到草原帮助蒙古族牧民把无人烟的荒野，建设成灯火辉煌的美丽世界，从而给草原人民带来幸福生活的情景：

因为你们将电力

带给我们年轻的"浩特"

我们才能控制

那在云中飞驰的电能；

我们才能操纵

那些神奇的机器。

可敬的工人弟兄

望着青年牧民明亮的眼睛

也在夸奖：

勤劳而智慧的

蒙古同志

你们用繁盛的牲畜，

点缀了辽阔的家乡。

诗中还描写了一个蒙古族老人，准备好马奶酒，带着他的老伴，去参加那达慕大会，庆祝草原上第一座发电厂的建成。在那达慕大会上牧民们和工人们随着轻快的舞曲纵情欢舞，紧挽着手臂，用不同的语言，合唱着《东方红》：

他们虽然用不同的语言歌唱，

但他们的歌声，

却融合得多么动听！

他们虽然属于不同的民族，

但是他们的心，却都怎样地热爱着

我们的领袖毛泽东！

党的民族政策光辉灿烂，草原上的牧民们怎能不激动万分?！

老人盘坐在地上，

将高桶的马奶酒放在面前，

精致的银碗里，

斟满了清凉的马奶酒，

老人心里充满了欢欣，

和青年们一同畅饮。

……

"嗬唷，笃洛玛，你在哪儿?"

兴奋地叫着他的老伴，

同活泼的青年一道，

踏着那音乐的节拍，

他们二人也来纵情欢跳。

……

在这里,我们可以看到,这位豪爽、朴实的蒙古族老人,在茫茫的草原上不知经历了多少风霜。在那暗无天日的旧社会,他亲眼看到日本鬼子的掠夺,王公贵族的淫恶。在翻身解放的今天,在他的家乡建立了发电厂。老人怎能不高兴,怎能不纵情歌舞!

蒙古族人民是勤劳勇敢的人民。解放后,在党和毛主席的领导下,他们用自己的双手建设着祖国边疆,建设着千里草原。纳·赛在他的很多诗中都表现了这方面的内容。如在《生产社的姑娘》中写道:

> 拴在"哈那"上的
> 那些洁白可爱的小羊羔,
> 在柔软的粪灰上,
> 舒适的躺着。
> 面颊象苹果一样鲜红的
> 生产社的姑娘们,
> 用牛角制的奶瓶,
> 耐心地喂着它们。
> 小羊羔贪馋地吸吮着
> 温暖的香甜的奶子,
> 花鼻梁的小羊羔,
> 肚子吃得胀鼓鼓。

诗贵集中。诗人在这里细致入微地描写了洁白的羊羔、柔软的粪灰、温暖香甜的奶子、姑娘们耐心的饲育以及花鼻梁的羊羔肚子吃得胀鼓鼓等情形,跃然纸上。姑娘们不但愉快地劳动着,而且也在尽情地歌唱着:

> 等到春寒过去的时候,
> 小羊羔啊,就把你们从房子里送出去。
> 到春暖花开的时候,
> 你们健康的成长吧!
> 等布谷鸟鸣叫的时候,

就把你们送到外边去。

在宽广的草原上，

尽情的玩乐吧！

解放了的男女青年不但有愉快的劳动，同时也有美满的爱情生活。纳·赛在他的诗中也反映了这方面的内容。他的《蓝色软缎的"特尔力克"》中有这样的诗句：

她赶上了这个新时代，

劳动里锻炼得更出色，

左邻右舍的人们啊，

哪一个对她不夸奖！

……

新时代的孩子们，

生活前程无限好，

彼此性情都了解，

哎，就该随他们自己的便。

这是诗里一位老妈妈指着自己的女儿，向人们夸奖似的说的话。诗人巧妙的借这位老妈妈的口，说出了传统的腐朽习俗的崩溃和新时代青年幸福的爱情生活。

合作化是我国农村走向繁荣的唯一正确的道路。在牧区合作化运动中，纳·赛同民间艺人合作写了"说书"《富饶的查干湖》。在这"说书"中通过寓言的形式，以对比的手法生动地描写了集体合群的天鹅栖息的地方，歌颂了集体力量和合作的好处，批判了单干的坏处，积极配合合作化运动进行宣传。实践证明，诗人和民间艺人合作创作不仅使诗人从民间文学中吸取丰富的养料，而且他使民间艺人在文化上和艺术上得到提高。这是值得我们提倡的。

在这时期，纳·赛利用"好来宝"形式写了《北京颂》等新颂词。在这篇作品里，诗人通过对祖国首都北京的颂扬，进而歌颂了祖国建设，歌颂了社会主义制度下的民主生活和人民群众建设祖国的高涨的热情。

在这里应当指出,纳·赛的颂词《北京颂》是诗人学习蒙古族民间文学传统所取得的成果。诗人在这篇颂词中熟练地运用连串排比、反复咏叹的传统手法,采用许多蒙古族民间文学中常用的比喻和生动、精练、形象的语汇,使颂词具有强烈的民族特色和浓厚的民族气息。正如他自己所说的:"民间文学用它的营养和水分不断地滋养了我的诗作。我歌颂我们祖国的心脏——首都北京的时候,就是用蒙古族民间文学的形式之一的'好来宝'来写的。它不仅对我的诗作的形式和风格起作用。而且使作品更能与人民群众的思想感情吻合,从而吸引广大读者,使作品具有生命力……我的《蓝色软缎的'特尔力克'》就是唱着《在峥嵘的危岩上,薄薄的轻雾缭绕》这首民歌而写成的"。

"吃水不忘打井人,翻身不忘共产党"。在社会主义革命和社会主义建设的高潮中,我们的诗人们以无比的热情歌唱领袖、歌唱党。纳·赛在他的诗《我握着毛主席的手》里写道:

我紧紧地握着毛主席的手,

心里如同被太阳的光芒照亮。

这只手曾经鼓舞人民去斗争,

它擦干了千万个受苦人的眼泪,

把各族人民从苦难中拯救出来,

引导人民走向光明幸福的路程。

毛主席的手指向社会主义,

六亿人团结得象一个紧握的拳头,

如同火花迸溅的钢铁的洪流,

向着美好的生活汹涌前进。

它表达出草原人民对领袖的崇敬与热爱,歌唱了毛主席指引各族人民向着共产主义目标胜利进军。

在社会主义革命和社会主义建设高潮中,诗人写了很多诗歌,在艺术表现上吸取了蒙古族文学的艺术特色,能恰如其分地用来表现蒙古族人民的心理状态、风俗习惯和生活面貌,并保留着蒙古族人民民间诗歌明快铿锵的节奏,具有鲜明的蒙古族独特民族风格。

四

一九五八年是我国进入第二个五年计划的头一年。我国已经取得了经济战线、政治战线和思想战线上的社会主义革命的决定性胜利。当时，毛主席及时地提出了"鼓足干劲，力争上游，多快好省地建设社会主义"的总路线。从此，我国进入了一个以技术革命和文化革命为中心的社会主义建设的新时期。

在这新的形势下，文学艺术工作出现了前所未有的进展。在一九五八年所形成的声势浩大的群众性创作运动中，新民歌运动占极其重要的地位。与此同时，党也要求各地大力提倡与发动老干部撰写革命回忆录和工农群众编写工厂史、公社史。

这时期，纳·赛正在牧区深入生活。他也积极投入了这些运动，写了许多热情洋溢的诗篇。他在诗中歌唱牧区面貌的变化和矿区的工业建设。他把党的总路线比作照耀一切工作的"灯塔"，把人民公社比作通向共产主义的"金桥"：

> 是在蕴藏着无穷盐晶的地方，
> 是在饱孕着无数珍宝的地方，
> 就是在这额吉淖尔富饶的土地上，
> 我们建设着共产主义的金桥。
> ·················
> 走向灿烂辉煌的共产主义，
> 由我们人民公社来带领！
> 创建万年的幸福生活，
> 由我们集体力量来保证！

纳·赛在《金桥》一诗中，运用了蒙古族人民所熟悉、所喜爱的事物打比喻，加强了诗歌的鲜明的生活色彩和民族风格。

为纪念国庆十周年,诗人写了抒情长诗《狂欢之歌》。他以嘹亮的声音和雄壮的气势,歌唱了祖国光辉的十年,歌唱了党和毛主席的英明领导,歌唱了草原的巨大变化,歌唱了边疆蒙汉各族人民坚如磐石的团结:

过去长满蒿草

弥漫风砂的

荒野里,

成群的野狼

流着觅食的垂涎

出没其间。

如今在那里

楼房矗立

绿树掩映,

高大的烟囱

直入云端

喷射着浓烟。

让我们各族人民

云集一起

欢快的歌颂!

歌颂用繁荣

点缀了我们故乡的

建国十周年!

诗人用鲜明的对照,强烈的对比,讴歌建国十年的伟大成就,进而感染读者。他在诗歌里揭示了这样一条真理:团结就是力量,蒙汉人民的团结是我们事业胜利的保障。我们应当珍惜这个团结。

在黑暗的社会里

我们一起

受尽了苦难,

在自由的国土上

我们共同

创造着幸福，

谁能掰开我们

钢铁般紧握的

十个手指？……

谁能分离我们的

亲如手足的

兄弟民族？

要象维护自己的

眼珠一样

我们来维护它，

让全世界都来

赞美我们的

友谊和团结！

接着，他在诗中以无比激动的心情，这样唱道：

幸福的生活在

可爱的祖国

是为了什么？

我们要用肥美的羊肉

醇香的奶油

摆满桌上！

我们要用劳动的

丰美的硕果

热烈的欢庆！

欢庆给蒙古包

带来幸福的

建国十周年!

感情真挚,脍炙人口。这首诗能做到这一点,除了诗人的思想水平较高之外,一个重要的原因就在于它深深地根植在现实生活的基础上的。

我们知道,文学作品的战斗性,除了政治内容以外,主要体现在艺术的感人力量。高尔基曾经指出:"在诗歌作品中,即使在一首短诗中,第一位重要的是形象,是寓于形象之中的思想。"(《高尔基文献汇编》,《致瓦·阿·斯米尔诺夫的信》)可见,文学是用形象来揭示生活的。从这个意义上讲,没有形象便没有文学。作为文学的一种体裁的诗歌当然不能例外。即使是一首短小的抒情诗,也必须把握具有本质特征的事物性态,方能体现抒发主人公的胸怀。当然,以精练的语言和跳动性的结构为特点的诗歌,不能象小说那样细致地描绘事物的形象,但可以而且必须在诗歌中描绘出可视、可听、可感的具体形象,描绘出生动活泼的画面,才能在跳动性的结构中留下具体的空间,达到唤起读者以由此及彼的联想和想象的效果。诗人纳·赛真正做到了这一点。他是一位善于运用比、兴手法,描绘形象,构造情节,通过生动的画面显示生活含量的优秀诗人。他那善于用形象思维揭示生活的方法,在我们这代诗歌领域里显得光彩夺目,有着极大的美学价值和学习意义。

总之,在诗人的笔下,社会主义祖国展开了她的多姿多娇的美丽面容。各项事业的伟大成就化做千百个音符缀写成一首首深情的颂歌。新中国成立的隆隆礼炮,祖国建设的冲天鼓角,英雄人物的不朽形象,城镇乡村的巨大变化,都在纳·赛的诗中留下了震撼心灵的声响。从祖国首都北京到山南海北,从国内的社会主义建设到亚非拉人民的革命斗争,无不在他的诗中得到歌颂和表现。革命斗争和建设事业的每一个巨大的成就乃至每一个细小的变化,每一件特大的喜讯乃至一点细微的感受,都成为诗人创作的有意义的内容。

纳·赛从事写作三十多年来,为革命文艺园地创造了大量的财富,留下了宝贵的经验。正当我们期待着能诵读他更多、更好的诗篇的时候,他竟因深受林彪、"四人帮"的迫害而含冤死去,与我们永别了。这是我国文艺界的一大损失，也是革命诗坛的不可弥补的损失。他的名字，将永远留在我们的心中。他的火热的诗篇，将在各族人民跟随华国锋同志为首的党中央，进行新长征中发出不朽的回声，激励人们奋发前进！

澎湃的激情　清新的风格

——读巴·布林贝赫的诗集《星群》

陶立璠

史料解读

　　史料原载《中央民族学院学报》1979 年 Z1 期。该文从多个角度评论了巴·布林贝赫的新诗集《星群》。作者指出,在"四人帮"推行法西斯文化专制主义时期,诗人并不屈服于这样的文化环境,宁愿不创作诗,也绝不想写具有僵死模式的诗来。随着拨乱反正,诗人的创作激情才又被点燃。于是,为了等待和渴望他作品已久的广大读者,诗人再次发挥他独特的创作风格,即民族艺术特色融合古典诗歌之韵味,创作出了这部令人拍案叫绝的诗集《星群》。巴·布林贝赫不仅是一位伟大的诗人,还是一位在草原上播种文学之种的教育家。诗人沉稳而又热情,热情却不张扬。诗集《星群》清新自然、激情澎湃,书写着民族真情。巴·布林贝赫的诗里不仅有着大漠胸襟,还有明净芬芳、令人神往的草原。诗风豪迈奔放、清新细腻,体现出行云流水般的诗歌美学特质。

原文

　　巴·布林贝赫是大家所熟悉的我国蒙古族很有才华的诗人。解放以来,他曾先后用蒙文写作、出版过《你好,春天》、《黄金季节》、《生命的礼花》、《凤凰》、

《喷泉》等诗集。其中《生命的礼花》用汉文翻译出版。这些诗集，以它浓郁的民族生活色彩，绚丽的草原风光和浪漫抒情的笔调，博得我国各族人民的深深喜爱。但在"四人帮"推行法西斯文化专制主义的时候，巴·布林贝赫却很少有诗作发表。这是因为诗人对"四人帮"大肆鼓吹的所谓"三突出"等创作谬论极端鄙视，宁可无诗，也绝不就范于那些僵死的模式。打倒"四人帮"，文艺大解放。诗人的革命激情才又一次象喷泉一样进涌出来。在短短的时间里，他将自己的新诗与旧作汇集成灿烂的《星群》，奉献给熟悉他和久已渴望读到他的作品的广大读者。

《星群》诗集共收入短诗（抒情诗）二十二首和长歌（叙事诗）二首。在这些诗歌中，作者发挥他那独特的民族艺术风格，努力运用革命现实主义与革命浪漫主义相结合的创作方法，真实而生动地反映了我国内蒙古各族人民社会主义革命和建设的斗争生活。

巴·布林贝赫在诗歌创作中坚持运用阶级的、民族的眼光观察生活，抒写生活，强调诗歌必须表达炽热的思想和澎湃的激情。他曾说过："如果说诗是阶级的心声，那么，作者首先不具有这种阶级的赤心，就呼喊不出这个阶级的心声；如果说诗是战斗的号角，那么，首先不成为号兵，就吹不出这个号角；如果说诗是时代的脚步声，那么，首先不随着时代的脚步声，你脚下就响不出时代的声音"。读巴·布林贝赫的诗，我们随处感受到的，正是这种阶级的赤诚的心声，激荡的战斗号角声和前进的时代步伐声。

冠于《星群》之首的《胜利的十月》，写在粉碎"四人帮"的大喜日子里。它是一首盛大节日的颂歌，是发自诗人内心的歌，也是发自蒙古族人民心中的歌。在四害横行之时，内蒙古草原乌云弥漫，沉渣泛滥，广大干部和牧民惨遭迫害和打击。"四人帮"企图"让工厂的烟囱里乌鸦筑巢，让公社的麦田长满野草，让学校的黑板成为生火的木料"，在这种严酷的事实面前，诗人在为祖国的前途、命运担忧。如今打倒"四人帮"，祖国大地东风劲吹，阳光灿烂，草原充满春天的气息，广大牧民心田里盛开着夏天的百花，内蒙古人民第二次获得新生和解放，欣喜之情溢于言表，胜利点燃了诗人的激情，使他：

　　唱起歌来歌声嘹亮，

　　写起诗来音调铿锵，

　　干起活来有无穷的力量，

　　展望未来，充满希望。

　　当巴·布林贝赫踏上革命道路，从事诗歌创作时，就受到来自延安的革命文艺传统的巨大影响。他始终把诗歌作为教育人民，团结人民，打击敌人，消灭敌人的战斗武器。巴·布林贝赫的诗题材是多种多样的，但无论取材于何种生活，都能揭示出鲜明的主题：歌颂党、歌颂毛主席，歌颂蒙汉民族的团结和友谊。歌颂内蒙古草原"新的人物，新的世界"。凡是读过他的《生命的礼花》和其他诗集的读者，无不为诗人那种强烈的革命激情和浓郁的奶茶香所感动。今天当我们在《星群》中读到诗人《怀念敬爱的周总理》等诗篇时，同样觉得是那样的真挚感人。正是周总理的教育和关怀，使诗人的心里永远奔腾着一股热流，所以当总理那博大的心脏停止跳动时，诗人陷入极度的悲痛之中。在这首诗中，诗人用沉郁的笔调，铿锵的诗句，赞颂周总理的丰功伟绩，表达内蒙古各族人民对总理的深切怀念之情。

　　思想（抒情）是诗歌创作的灵魂。巴·布林贝赫的诗之所以感人，还因为他的诗深深扎根于民族生活的土壤之中。在长期的创作实践中，诗人完全懂得，要保持诗的生命，必须在革命生活中开掘题材，捕捉诗意，让生活去点燃诗情。巴·布林贝赫的许多诗，就写在沸腾的斗争生活之中，所以他的诗又总是带有草原泥土的芳香和牧歌式的浪漫特色。《夏营地之夜》是一首优美、和谐、动人的抒情诗。在这首诗中，诗人展示了草原牧区特有的生活画面。在诗人细致入微的吟唱中，处处给人美的享受。请看诗人对夏营地之夜迷人景色的描写吧：

　　这是一个明静的夜：

　　明月的银色的光耀，

　　柳树的淡青薄雾，

　　草滩上明镜般的水泓，

　　嫩叶间水晶般的露珠。

明净的夜呵发光的夜，

……

这是一个寂静的夜：

百灵鸟停止了鸣叫，

千里马顿住了四蹄，

快腿的牛犊吮吸着乳牛的奶汁，

淘气的孩子享受着母怀的甜蜜。

平静的夜呵恬谧的夜，

……

这是一个芬芳的夜：

泥土的潮气，

牧草的鲜味，

奶汁的醇香，

野花的芬芳。

芬芳的夜呵沁心的夜，

……

作者笔下的草原生活明净芬芳，花香四溢，沁人心脾，令人神往。没有亲身的生活经历和深入观察是写不出来的。接着，诗人通过对老阿爸、老阿妈和女儿阿力玛姑娘在夏营地之夜巡岗放哨的描写，用鲜明逼真的艺术形象告诉人们：在幸福的日子里，绝不能放松阶级警惕。要看一看，听一听，嗅一嗅，千万别让"白云投下的黑影深处"隐伏的豺狼用血腥把草原的香味混淆。

《打猎》描写水草肥美、牲畜抓膘季节牧民出猎的壮丽图景。在广漠的草原上，当七色的骏马出猎的时刻，"地皮剥去了半尺，马蹄磨去了一指"，就连茫茫大地似乎也显得太薄，"好象经不起马蹄的敲击"。诗人在强烈的抒情中巧妙地穿插进老猎人父子三人射猎的动人情节。诗人写他们出猎：

骑白马的三位猎人，

从远方飞来的时候，

大地仿佛裂开了一道长缝，

浩荡的河水闪开一道银沟。

诗人写他们高超的射猎技艺：

兴奋的猎人跑去一看，

只有一个射中的枪眼。

老头点起旱烟，不慌不忙的察看，

狼肚里取出三颗子弹。

全诗用大胆的艺术夸张，不失真实地展现波澜壮阔的生活画面，同时通过速度和力量的描写，用粗线条的勾勒，塑造出草原牧民的英雄性格。

作为一个少数民族歌手，巴·布林贝赫十分注意继承和发扬蒙古族文学的优良传统，并坚持为诗歌的民族化、群众化而努力。在创作风格上力求达到豪迈、奔放与清新、细腻相结合。

内蒙古地区素有"歌海"之称。它有异常发达的诗歌体裁和多种多样的艺术表现形式。巴·布林贝赫出身于一个奴隶家庭。解放前，他家三代是王公协理的家奴，这就使他和草原劳动牧民有着血肉联系；他的母亲又是当地有名的歌手，所以他从小就受到蒙古族民间文学的熏陶。如蒙古族人民喜闻乐见的说唱文学好力宝、蒙古说书，丰富多采的民间故事，粗犷奔放的民间歌谣和叙事诗歌，对诗人的创作都产生过直接的影响。

蒙古族诗歌显著的特点是格调粗犷，节奏明快。往往通过反复咏叹，造成强烈的抒情气氛。比如蒙古族传统诗歌《骏马赞》等，就具有这种艺术特色。巴·布林贝赫在自己的诗歌创作中继承和发扬了这风格。如抒情短诗《故乡的风》，全诗虽然只有三节，但由于诗人着力于对"风"的多侧面的描写和反复咏唱，表现内蒙古草原今昔生活的巨大变化，感人至深。大家知道，风沙和干旱曾是内蒙古草原的两大天敌，过去它给蒙古族人民带来无穷灾难。历代文人也曾以它为题材，写过许多悲壮凄凉的诗。然而，今天一切都变了，过去干旱的沙漠，现在到处是摇曳的垂柳、清澈的水库和新建的城镇。这些变化是怎样出现的，诗人并没有正面描写，而是通过普通人、说唱艺人和行路人对"风"的不同感受咏唱出来。过去"黄色的"、"干旱的"、"苦涩的"风不知那里去了，如今轻轻吹来的是"绿色的"、"湿淋淋的"、"芬芳的"风。诗中"风"的形象是鲜明的，而这又恰恰是通过诗人反复的咏叹造成的。《星群》中其他一些抒情诗大都具有这一特色。

巴·布林贝赫诗歌创作的另一特色是想象丰富，比喻精妙，用强烈鲜明的艺术形象，生动地反映现实生活。他决不将空洞无味的东西塞进诗里去，而是用形象思维反映生产斗争和阶级斗争。他认为讲道理，喊口号，贴标签不是诗人的事，诗所表达的思想要通过所塑造的艺术形象自然地流露出来。描写牧区水电站的诗《星群》，构思异常巧妙。全诗用丰富的联想，奇特的比喻和拟人写法，精心地编织成一幅神奇的图画。天上的星斗与地上的灯光交相辉映："座座星斗，象羊群撒在草原上，颗颗珍珠，象金果结在包顶上"；"牧马能手的套马杆，套住了座座星斗，挤奶姑娘的装奶桶，盛进了颗颗珍珠"。大办水电事业给草原牧区和牧民带来的兴旺景象，生动逼真，跃然纸上。

《干旱的土地，湿润的土地》一诗中，形象的对比更加鲜明。过去在干旱的土地上，人们"嘴唇沾不上一滴水，鞋底踩不着一颗露珠"，就连"喜鹊在这里筑巢，怕把翅膀晒蔫，黄鼠在这里打洞，怕把爪子烫伤，骏马在这里奔跑，怕把汗水撒光，行人在这里经过，怕把唾液咽光"。如今草原上修起水库，又是另一番迷人景象：

> 仙鹤在云间飞翔的时候，
>
> 翅膀扇下银淋淋的水露；
>
> 骏马在草原上奔驰的时候，
>
> 尾巴甩起蓝蒙蒙的湿雾。

这种丰富的联想和比喻，在《星群》中比比皆是，但又互不雷同，各出新意。从这里我们也可看出，诗人在结构他的每一首抒情短诗时，是颇费匠心的。

最后我们再看看巴·布林贝赫在叙事诗的创作中，如何做到叙事和抒情的巧妙结合。叙事诗歌最忌编故事，重叙事而不抒情。诗要靠感情（抒情）。感情在文学作品中，尤其是在诗歌创作中占有它特殊的地位。离开炽热的感情，诗就不成其为诗。所以说感情是思想的翅膀,是诗的特质。巴·布林贝赫在叙事诗的创作中,总是以炽热的感情带动诗歌情节的发展。收在《星群》中的两首长歌(叙事诗)《乌日杆之歌》、《阳光下的孩子》都是通过抒情的手法交代故事和塑造人物形象,所以具有强烈的感染力。

《阳光下的孩子》取材于草原英雄小姐妹龙梅、玉荣的故事。这首诗充满了热烈而炙人的感情。作者通过抒情、叙事、议论等多种表现手法,展现草原英雄小姐妹崇高的精神世界。全诗包括"序诗"共有六节。在"序诗"中,作者采用了蒙古族民间谚语,使诗歌富有很强的哲理性。如诗人通过"松合小鸟"(蒙古族民间认为最勇敢的鸟)和"胡兰马"的描写,向人们提出了一个十分严峻的如何培养革命接班人的问题:

　　教他们变成柔弱的白鸽,

　　只会在碧空中飞行,

　　还是变成勇猛的海燕,

　　敢在暴风雨里远征?

　　教他们变成娇嫩的花朵,

　　只能在玻璃房里繁荣;

　　还是变成苍劲的松林,

　　敢在冰雪崖上常青?

　　在他们的双手上,

　　传递昭示战斗的红旗;

　　还是在他们的双脚下,

　　铺开走向花丛的彩毡?

这也就是《阳光下的孩子》所要揭示的主题。诗人在创作中并没有忙于向读者交代故事,更没有跟着故事跑;而是提炼,选择那些最有典型意义的情节,赋予它深刻的思想。如第一节"在医院里",作者写到英雄小姐妹在病床上苏醒后说的第一句话:"我的羊群在那里,羊群呢? 我的羊群"时,诗人这样写道:

　　假如这句话落进深井里,

将会掀起惊天的波浪；

假如这句话落在山崖上，

将会引起动地的轰响。

假如这句话落在枯枝上，

将会长出生命的绿叶；

假如这句话落在枯花上，

将会开出万紫千红的花瓣。

我们看到的英雄小姐妹的形象是高大的，是千百万少年儿童学习的榜样。诗人正是选择那些凝炼、力透纸背的语言，造成浓烈的诗的境意，将小英雄高大的形象烘托起来。

我们希望，在为四个现代化进军的长征途中，巴·布林贝赫能有更多的新作问世，常常听到诗人笔下轰鸣的时代脚步声。

第三辑

藏族诗歌

本辑概述

　　本辑共收录了白桦、谢冕、尹一之、蓝华增、苍鹰、闻山、于辛田的评论7篇。这些文献分别发表在《解放军文艺》《诗刊》《语言日本》《甘肃文艺》等报刊上。虽然藏族诗歌有着悠久的传统，但从新中国成立至20世纪50年代，很少有用汉文创作的藏族诗人。白桦在《介绍藏族战士饶阶巴桑的诗》一文中表示在1955年5月的各民族文学座谈会上，藏族诗人代表的缺席是一个重大遗憾。令人惊喜的是，20世纪50年代中期出现了饶阶巴桑和丹正公布两位藏族诗人，他们创作了很多优秀的诗歌。作为一名战士，饶阶巴桑创作的军旅诗歌引人注目。白桦在文中评论饶阶巴桑的诗反映了人民军队全体士兵的高度阶级觉悟。他的诗歌风格清新又含蓄，优美而有力，具有独特的藏族民歌传统格调，又结合汉族诗歌的艺术手法，形成了诗人自己独特的艺术风格。谢冕认为《步步向太阳》是诗人的创作走向成熟的标志。苍鹰在《感情·想象·独创性——漫谈饶阶巴桑的诗的艺术特色》一文里对诗人进行了中肯的评价，认为饶阶巴桑的创作离完美和成熟都还有距离，但诗人的藏族特色十分鲜明，诗人给藏族文学研究提供的价值也是无可替代的。

　　丹正公布是甘肃地区为数不多的藏族优秀青年诗人。于辛田对诗人的作品《拉伊勒和隆木措》做了详细评析。他在《一首动人的诗篇——读〈拉伊勒和隆木措〉》一文中评论道，丹正公布的诗歌虽短但语言精练、结构紧凑。从诗中，可以看到诗人把最真挚的感情写进了诗里，展现给读者。但诗中拉伊勒的人物形象略显黯淡，读者的共鸣也随着人物形象的弱化而减少。作者在文中指出的诗歌《拉伊勒和隆木措》的不足之处颇有启发，起到了勉励诗人继续创造出更好的作品的作用。从中国文学整体性的高度，饶阶巴桑和丹正公布两位诗人对于藏族诗坛和中国多民族文学都做出了巨大的贡献。本时期，藏族母语诗歌创作也不景气，这一现象值得研究。

一首优美动人的诗篇

——读《拉伊勒和隆木措》

于辛田

史料解读

史料原载《甘肃文艺》1956 年第 4 期。甘肃是一个多民族地区，但是该文发表的同时期反映少数民族生活的作品，出现的并不多；尤其是由少数民族作者创作的作品，更是少见。《拉伊勒和隆木措》是藏族青年作者丹正公布根据藏族人民生活中广泛流传的传说写成的。作为丹正公布的处女作，它充分表现了善良与残暴、美好与丑恶的斗争，深刻地反映了广大藏族人民追求自由幸福的愿望。作者以精练的语言和紧凑的结构，叙述了一个完整的动人的故事，塑造出一对为了追求自由幸福而斗争的青年夫妇的艺术形象。虽然诗中拉伊勒性格的晦涩模糊与隆木措美丽、勤劳、坚强、可爱的形象形成强烈反差。该诗语言质朴、明朗，有鲜明的民族特色。

原文

甘肃是一个多民族地区，但是反映少数民族生活的作品，出现的却很不多；尤其是由少数民族作者写出来的作品，更是少见。《拉伊勒和隆木措》（载甘肃文艺一九五五年第四本），是藏族青年作者丹正公布根据藏族人民生活中间广泛流传的传说写成的。在本省来说，这是继话剧《在康布尔草原上》之后，出现的又一篇值得人们注意的反映少数民族生活的作品。

《拉伊勒和隆木措》虽然仅有 266 行,但是作者以他精炼的语言和紧凑的结构,不但叙述了一个完整的动人的故事,而且刻划塑造出一对为了追求自由幸福而斗争的青年夫妇的艺术形象。隆木措是多么叫人喜爱的一个藏族姑娘啊!她漂亮、勤劳、能干。作者用了最大的热情,选择了最活泼生动的语言,赞美了她:

　　草原上奇花异草数不尽,

　　顶美丽的要算赛尔钦花;

　　漂亮的姑娘数不尽,

　　谁也赛不过这帐圈里的隆木措。

　　……

　　姑娘们说:牛也爱上了隆木措,

　　她挤牛乳就像溪水淌;

　　她又是放羊的能手,

　　羊群兴旺羔儿壮。

这给人们的最初印象,充分说明了为什么年轻的小伙子都想娶她作老婆。当然,这个人物所以能感动人,不仅是她外形的美,更主要的还是她那为了获得自由幸福不向恶势力妥协的崇高品质。随着故事的发展,隆木措的坚强性格,是越来越鲜明突出了。

隆木措看上了拉伊勒,"他们日夜盼望着圆满的爱情。"但隆木措的舅母娘却是一个贪财爱富的人,她梦想在外甥女身上发一笔大财;她不愿隆木措嫁给拉伊勒,而一心一意想把自己的外甥女嫁给"牛马满山坡,羊群盖草原"的豪门独子阿布加。但坚强的隆木措却毅然决然拒绝了:

　　"我和他(按指拉伊勒)情投意合,

　　山盟海誓我一心许了他,

　　苦难同当幸福同享,

　　要我嫁别人除非冰上开花。"

好一个"要我嫁别人除非冰上开花"！说到这里，谁又能不为她那钢铁般的坚贞爱情而感到振奋呢！由于她对自己的美好理想怀着强烈的愿望，因而，当拉伊勒因刺伤了阿布加，阿布加以逼着拉伊勒赔偿白银二百两的养伤费用的鬼计，妄想夺走隆木措，在斗争达到了最尖锐最紧张的时候，她丝毫没有屈服。自由幸福的美景在深深地鼓舞着他们。

他们坚决地走上了一条织着五彩霞光的大道，去"另砌炉灶另烧茶"。但恶人并没有就此罢休，反而变本加厉阴谋拆散他俩的爱情。恶人把他们帐篷的绳索割断了，把他们的炉灶挖翻了。恶人更狠毒地在一个早上，乘着拉伊勒病倒在床上，隆木措为了替拉伊勒去寻找丢失了的东家的羊只外出的时候，塞住了拉伊勒的嘴，剖开了拉伊勒的肚肠。阿布加害死了拉伊勒，把隆木措抢了回去。拉伊勒虽然死了，但是他们的爱情并没有幻灭，诚如作者所咏赞的：

他们的爱情似海水，

烈火那能烧得着。

正当拉伊勒火葬要开始的时候。隆木措赶来了，在"大火熊熊燃烧"，"雷声震耳火焰万丈高"的时候，隆木措身投烈火，与"心爱的丈夫走在一道"。

我们不要把这个民间传说，仅仅看成是一个单纯的爱情故事。要是这样，这个民间传说也就失去了它那灿烂的光彩。我们认为这一传说所以会受到藏族人民的喜爱欢迎，是由于它充分地表现了善良的与残暴的，美好的与丑恶的斗争，深刻地反映了广大藏族人民追求自由幸福的崇高愿望。而作者正是抓住了这传说中本质的一面。作者并不是对传说作简单的重复，而是通过了隆木措这一艺术形象的刻划，将这一主题思想，精采具体地表现了出来。正是隆木措那种敢于站出来与恶势力进行斗争的英勇姿态，那倔强火热的性格，深深地印进了人们的脑海，激动着人们的心灵。虽然最后隆木措是和自己心爱的丈夫一起身投烈火，是一个悲剧性的结局。但是它使人感到的并不是一种低沉悲哀的调子，而是象一支热烈激昂的进行曲。它表示出人们对残暴丑恶的封建势力最大的愤怒。它的神话般的结尾，给人们留下了美丽的希望，鼓舞着人们向恶势力进行战斗的意志。这也正是这一作品成功的地方。

这篇诗作另一特色,就是语言质朴,明朗、准确。在很多诗句里,我们不但可以感触到作者真挚深厚的感情在燃烧;更可以看出作者爱憎分明的严正立场。上面已经谈到,作者用了最活泼最生动的语言赞美了隆木措。在那些词句里,没有一点浮夸,但又会使人亲切地感到她的可爱。而对封建势力的代表人物,作者用"吃饱了肚子就会晒太阳"来形容隆木措的舅母娘,把"恶雕"加在"豪门独子阿布加"头上,这都是十分恰当十分准确的。从作者语言的运用上。作者热爱的是谁,憎恨的是谁,是非常显明的。由于这些语言是明朗的、浅显的,所以也最能引起人们的共鸣;由于作者在语言中赋予了真挚深厚的情感,所以这也是最耐人回味的。同时在作者的诗句中,抒情的色彩也极浓厚。如隆木措替拉伊勒去寻羊没有找见回家转时的心情:

她去时花儿正在开放,

回来时花瓣都已落光。

她不禁感到惊奇,

忙问花儿这是为什么?

花儿说:

"羊儿丢了不要紧,

丢一个还会下一个。

放羊的人只有一个,

寻遍天下找不到第二个。

……

作者在这里大胆的运用了洋溢着丰富想象的抒情式的诗句,不但没有破坏了整个诗篇的风格,而是多么深入生动地把隆木措对拉伊勒关怀而焦灼的心情,刻划了出来!隆木措的心中已经产生了不幸的预感,这并不是突然的,而是与他们帐篷的扯绳被割断,炉灶被挖翻,以及把有病的拉伊勒一个人丢在帐篷里形成了有机的联系。这完全是使人可以理解的。在这里,作者并没有陷进公式化、概念化的泥淖,从而加深了人们的感受。在诗篇的结尾的四句,表达了人们对这一对有着坚贞爱情的青年夫妇的崇敬,也是作者深厚情感的表现。

读过这首诗之后，使人感到不足的，就是和隆木措这一鲜明光辉的艺术形象比起来，拉伊勒是显得暗淡了些。他的性格是晦涩的，人们很难看出他的外表，又难看到他的内心。由于作者在这一方面的省略，便削弱了隆木措和拉伊勒相爱的基础。这是应该向作者提出的。

《拉伊勒和隆木措》是作者的处女作，虽然存在着上述的缺点，但它还是一首应该向读者推荐的好诗。同时在前进的道路上，我们相信作者是会积极提高自己的创作水平，使现存的缺点，不再在新的作品中出现的。

介绍藏族战士饶阶巴桑的诗

白 桦

史料解读

史料原载《解放军文艺》1956 年第 56 期。文中指出，藏族军旅诗人饶介巴桑以抒情的笔调描写士兵的日常生活和重大政治事件，展现了战士们保卫祖国、捍卫和平的责任感和使命感。诗歌葆有藏族民歌的鲜明特色，淳朴热情又优美有力。

原文

藏族是一个诗歌的民族，他们的诗歌有着悠久的传统。我曾在滇康边境认识了许多藏族青年朋友，我喜欢他们那纯朴热情的性格，和充满在他们生活中的优美歌声。他们每到节日集会，青年们在一起都不是用普通的语言来交谈，而是用歌或用带韵脚的诵诗。我参加过他们的许多次茶会（扎唐）、舞会（向场），每一次茶会和舞会都是一幕完好的歌剧：有合唱、重唱、对唱和独唱，而这些歌又是那么真挚美丽！但是，藏族人民中拿起笔来写诗的诗人还很少见。一九五五年五月中国作家协会召开过一次各民族文学座谈会，在这个会议上大家感到一个重大的遗憾，就是没有这个诗歌民族的代表来参加。

最近，我狂喜地读到了一个藏族诗人饶阶巴桑的一些诗——一些优美有力的诗！饶阶巴桑是中国人民解放军云南边防部队某工兵连的一个年青的列兵，正如藏族民歌中描写的那样，他"还没有走进他生命的夏天"。他刚刚开始写诗，但已经显出了写诗的才能，他写了许多士兵抒情歌，也描写了许多诗人认为没有诗意的士兵日常生活，他也描写重大的政治事件。而且他的诗保持着藏族传统的特色。请看他是怎样对待自己的职责的，他写道：

在每一个黑夜和白天，

你要看得更远；

在河的对岸，

密布着的不是野兽的蹄迹；

在对面山的顶端，

升起的不是猎人烧的蓝烟⋯⋯

　　　　　　　　　　　　　　　——《士兵，你要看得更远》

他又是这样来描述自己热爱边疆岗位的心情，他写道：

我爱边疆的森林，河川和山峰，

更爱坡地、茶园和山村，

像蜜蜂迷恋于花丛。

我在边疆的巉岩峻岭间前进，

在丛林沟谷里奔驰，

像大雁在万里长征。

　　　　　　　　　　　　　　　　　　——《托蜜蜂捎句话》

他在遥远的草原上，用诗向北京致敬，他写道：

我带上全副武装，

走在十月的牧场，

我在翘足远望：

立正——

向东方——北京，

行早晨的第一个礼，

敬祝毛主席安康。

他的诗反映了人民军队全体士兵的高度阶级觉悟，士兵明确地知道自己的职

责——保卫和平,保卫祖国。他在那首描写水上战斗演习的诗《抢渡河川》中写道:

晨曦渐渐洒到江面,

战士们惋惜着过去的时间,

因为我们知道:

现代化战斗不光是白天。

收操号在耳边响,

战士们留恋着金沙江,

因为我们理解:

现代化战斗不光是在陆上。

他的一些抒情诗,如颂扬号兵的诗《和平的声音》,显示了战士雄心的诗《永远在前列》等,都是清新的朝霞般的歌! 他也尝试着写故事诗。由于文化程度的限制,他的文字还不足以表达他瀑布般的热情,但他已经懂得了怎样写诗。他是一个很好的士兵,我相信他也会努力把诗写得更好,就像他骑马、牧羊、打猎一样:

草原那么宽广,

我没有留下倒退的马蹄印,

牧场那么宽广,

我没有遗失过一只羔羊。

在万重山峰上追击猎物,

我没有迷失过方向;

当猎物飞进我的眼眶,

我没有叫我的火枪空响。

——《永远在前列》

让我也用四句诗来表达对我的战友的希望吧:

边疆是那么遥远,

你的岗位在狂风呼啸的雪山;

比白雪更亮的是你手中的枪刺,

比狂风更响的是你的诗篇!

一个舞步，一朵鲜花

谢　冕

史料解读

史料原载《诗刊》1961 年第 2 期。1960 年，饶阶巴桑的第一本诗集《草原集》出版。同年秋天，诗人创作出了《步步向太阳》。《一个舞步，一朵鲜花》评价的是后者。该文指出从诗歌内容可以明显看出诗人的视野更加开阔，这首诗歌足以证明诗人的创作走向成熟。相对于以往的创作来说这首诗的思想分量变得更重。诗人以往的诗歌擅长利用想象和真情来打动读者，但《步步向太阳》之后，诗人的诗歌开始燃烧着战斗之魂。而且，诗歌的语言朴实无华，却句句是作者真情的流露。诗歌清新明快而又深沉的风格，也证明诗人的渐臻成熟。

原文

一个兄弟民族的诗人，进了北京城，跳着自己民族优美的舞蹈，一步一舞地，要在"路比云丝密"的北京街道上，寻找日思暮想的敬爱的毛主席。但毛主席"工厂、农村……哪儿都去，也说不定在边远的工地"，到哪儿才能找到他呢？于是，诗人便在北京"从每一条路上"，一步一舞地去追寻毛主席那对闪光的足迹。走啊！找啊！一步一朵鲜花，一步一番敬意。终于诗人发现：

水晶一样的路上，

落铺层层密密的足迹——

毛主席和群众一起……

最后,诗人由于"今天北京特别亮"的启示,而判断"毛主席一定在城里",终于在中南海见到了敬爱的领袖,迎到了"一轮太阳升起"!

这就是《步步向太阳》(载 1960 年 10 月号《人民文学》)这首短诗的梗概,它的作者是藏族青年诗人饶阶巴桑。

许多诗人都为领袖毛主席唱过热情的歌。但《步步向太阳》却以自己独特的构思和格调,给人留下了深刻的印象。

诗人渴望见到毛主席!焦急地到处去寻找毛主席,不是走也不是跑,而是跳着。舞蹈表示欢乐,表示幸福。在诗人美丽舞步所印下的足迹里,满含着对于毛主席的深情。这样,尽管诗人没有直接描写对于领袖是如何热爱,但却收到了非语言所能达到的强烈效果。诗人表现伟大领袖与人民群众亲密无间的关系,也不是关于这些画面的直接描绘。诗人没有让我们看到领袖走遍全国、生活在群众之中的情景,而只让我们看到领袖的闪光的足迹。我以为,含蓄正是此诗的鲜明特点。含蓄带来耐人寻味的东西,含蓄的力量是持久的。我们把这叫做构思的巧妙也可,但这绝非故弄玄虚,而是诗人对于"毛主席在群众中"这一真理的概括。

这首诗的语言,句句都平易无华,但句句又都是作者的真情流露,加以结构上多种句式和单字尾、双字尾的穿插安排,以及"舞步高、舞步低"的反复咏叹,形成艺术风格上另一清新的特色。清新得象诗人描绘自己心情时说的那样:"象欢跳的小溪"。

饶阶巴桑已经给我们唱出了不少具有强烈的国际主义爱国主义思想的诗篇。藏族民歌的传统格调——清新和含蓄,已成了他的诗作的基调。他又学习了汉族诗歌的某些艺术手法,而形成了他自己明快而又深沉的风格。《步步向太阳》说明他的创作是渐臻于成熟了。

谈饶阶巴桑的几首诗

尹一之

史料解读

　　史料原载《解放军文艺》1961 年第 5 期。文中通过《十月的草原》《步步向太阳》《母亲》等诗歌作品，从三个方面分析了饶阶巴桑的诗歌特点。首先，作为战士诗人，饶阶巴桑的诗歌以刚健的笔力、新颖的构思和丰富的想象形成独特风格，具有浓郁的生活气息和强烈的感染力，善于描写草原、边疆的自然风光，展现战士们丰富的情感和战斗生活。其次，饶阶巴桑诗歌风格的独创性源于生活和积极乐观的情感，深受藏族民歌的影响。最后，诗人还表达了藏族人民对党和祖国的热爱之情。

原文

　　饶阶巴桑是早为大家所熟悉的战士诗人。他的诗，一开始就以刚健的笔力，新颖的构思，丰富的想象，形成了自己独特的艺术风格。近两年他发表的作品不多，最近在《诗刊》和《人民文学》上连续读到他的诗，看得出诗人很稳健地向前迈着坚实的步伐，他的诗显得更加雄浑、深厚和有力了。由于饶阶巴桑同志是一个藏族青年战士，肩负着保卫祖国的神圣职责，战斗在边防的"山、林、江、雨"之中，因此，他的诗具有浓郁的生活气息，它是来自生活深处的。发表在八月号《诗刊》上的组诗《山、林、江、雨》、九月号上的《战斗生活散歌》和十月号《人民文学》上的《步步向太阳》，都以鲜明的生活形象，刚强的战士情感，强烈地感染了读者。我们读过他的诗,仿佛跟着他潜伏在苍劲、险峭的高山之巅,搜索在茂密、深邃的大森林里,泅渡在浪涛滚滚的大江之上,追击在凶猛的暴雨之中。他以极其鲜明的形象,以具体的生活细节构成的艺术境界,引起读者感情上的共鸣。在他写的《山》这首诗里,只用了很少的笔墨,就渲染出一幅气氛很浓的战斗图景:

> 士兵潜伏的石壁,
>
> 像刺刀巍峨入云,
>
> 当火力猛然一开,
>
> 敌人直觉得山在愤怒。

头两句描写高山的巍峨险峻,主要是通过形象表达了战士的感情,把那种强大无畏的力量反映出来,仿佛所有山石后面都潜伏着我们的士兵。后两句是描写战斗打响后的情景,虽只短短两句,就把我军强大的攻势,敌人的惊恐和失败描写出来了,诗里充满着胜利的信心。在另一首诗《鹰》里,是通过对鹰的描写,对那险峭的山峰的描写,集中表现了战士的英雄气概,反映了边防部队的战斗生活。战士们登上了很高的山峰,选择了一串鹰的岩洞隐蔽,鹰把他们当成是飞来的几团凝云,诗里选择了这样鲜明的形象,概括出战士们那种机敏、神速、顽强、统一的行动。他们为了伏击敌人,竟让鹰栖歇在身上洗刷羽翎,诗中不仅描写了战士,也衬托出敌人的狡猾、顽固。通过这一些形象的描写,使读者得到具体感受,仿佛身临其境。

在《林》这首诗里,写战士们在森林里搜索敌人,黑暗的森林里,一步一棵树,棵棵相靠,步步相连,不知道会在那棵树后碰到敌人。一开始就以生动的形象,把读者引进了战斗的境地,并和战士们一起提高警惕。然后诗人把摸着的树干,想象为许多战友的手腕,这些手腕协同战士们一起搜索敌人。由于前面已经有了一些具体描写,这里就很自然地把读者带进诗的想象里,那种勇往直前的战斗精神就鼓舞了读者。在《江》里,当战士们追击到波涛滚滚的江边时,时间万分紧急,战士们直想飞腾过去,这时候诗人发挥了他的想象:

> 谁能弯下石峰,

当桥搭在江上?!

谁能推来森林，

当船压平波浪?!

这样气势磅礴的想象，充分表现了战士们当时急不可耐的心情，一定要克服困难，冲上前去! 这都是一个战士的亲身经历，绝不是脱离生活的空想所能写出的。

饶阶巴桑的诗，一开始就有自己的风格，具有独创性，主要是作为一个战士，他有着丰富的战斗生活，有着积极、乐观的情感；同时藏族是一个能歌善舞的民族，那些丰富的、表现力极强的民歌，影响了他的创作，这一些才形成了他独特的艺术风格。他的《步步向太阳》，就带着较明显的民歌特色，也带着浓郁的泥土气息，这首诗，以丰富的想象，充沛的情感，表现了对领袖的无比崇敬和热爱。北京，是毛主席居住的地方，诗人到了北京的街上，想跳个弦子，舞步高、舞步低地去寻找毛主席的足迹，但街上落满密密层层的足迹，毛主席和群众在一起。诗人就通过这一细节，概括出了全诗的高度思想意义。

一个诗人的独创性，总是离不开生活和传统的，饶阶巴桑的诗，主要是深深扎根在生活的土壤里，有着丰富、生动的生活形象，善于通过具体细节的描写概括出诗的思想内容。他是一个很有特色的诗人，正在创作的道路上大踏步地前进着，今后一定会读到他更多更好的作品。

谈饶阶巴桑的诗

蓝华增

史料原载《解放军文艺》1961 年第 5 期。该文通过对具体诗篇的分析，评介了藏族青年诗人饶阶巴桑的诗歌创作。饶阶巴桑是一个在党的培养教育下逐渐成长起来的青年诗作者。从他的诗中可以感受到他对党和祖国、对藏族人民真挚的爱，以及作为一个边防战士的神圣的责任感和自豪感。该文通过对《母亲》和《步步向太阳》《牧人的幻想》《高山上》《鹰》等诗作的分析，指出诗人通过大胆的联想和想象倾泻出了对党和祖国火热的深情，表达了千千万万藏族人民与党和祖国不可须史分离的崇高信念和坚强意志。他笔下的草原是一个色彩明丽、如诗如画的世界。诗人善于通过对比衬托表现主题。饶阶巴桑的一些诗，在风格上表现了对藏族民族歌谣传统的继承，充满了藏族民歌粗狂洪亮、优美含蓄的调子。同时该文也指出了饶阶巴桑诗歌创作存在的一些不足。

原文

在我们的青年诗人中，在我们正在成长的兄弟民族诗人队伍中，饶阶巴桑是一个渐渐被人们所熟悉的战士诗作者。从 1954 年写第一首《绿色的故乡》起，到 1960 年的《步步向太阳》（《人民文学》1960 年 10 月号），六、七年间，他的诗渐渐地形成了自己的特色。

饶阶巴桑是一个在党的培养教育下逐渐成长起来的青年诗作者。从他写第一首诗的那一天起，党就及时地发现并浇灌了这株幼苗，在思想上和创作上给了他以具体的帮助，在他的创作发生停滞乃至走上歧途的时候，党又耐心地把他引导到正确的道路上来。

饶阶巴桑是藏族人，生于康藏草原，比较熟悉藏族劳动人民的生活。他成长于革命部队，因而对人民解放军的生活也比较熟悉。从他的诗中你可以感觉到他对党和祖国、对藏族人民真挚的爱，以及一个边防战士神圣的责任感和自豪感。他的诗具有较强烈深挚的感情，丰富的想象，含蓄而引人深思的语言，和较为明朗的调子。他善于从精细的描写中发掘出生活的本质意义。正是由于这种艺术特色，才使他的诗博得了读者的喜爱。

当饶阶巴桑参军以后作为一个边防战士而战斗的时候，他就在十月一日的早晨，"全副武装""走在十月的牧场"，翘首遥望着天安门，"行早晨的第一个礼，敬祝毛主席安康"（《十月的草原》）。当时，他的诗朴实地表达了少数民族战士矢忠于祖国、热爱党和毛主席的崇高信念，表达了藏族同胞和强大祖国不可分离的情感。爱国主义思想，是饶阶巴桑创作坚实的思想基础。

他两度到过内地和北京，这幸福的旅行使他激动。对党和祖国火热的爱，使这位战士写出了两首思想性和艺术性都比较高的诗，这两首诗真实地记录了他的生活感受和激情。

第一次，1956年，他从云南边疆到了北京，出席了全国青年文学工作者代表会议。当时他唱出了一支对祖国深情的歌——《母亲》：

我吸吮着母亲的奶头，

还不曾想过捏泥娃娃和捉迷藏，

还不曾想过天空和陆地，

可是心里却有一个模糊的印象：

"世间再也没有什么

比母亲的胸脯还宽广！"

我从遥远遥远的边疆，

渡过了长江和黄河，

虽然我还没有走到长白山，

但是我在心底轻声地说：

"世间再也没有什么

比祖国的胸脯更宽广！"

他把祖国喻作母亲。作者的爱国主义思想是围绕着"'母亲——祖国'的胸脯"这一意象来表现的；通过对母亲的爱的抒发来衬托出他对幅员辽阔的祖国的挚爱。因为作者在前一节诗中所抒发的对母亲的爱，抓住了婴儿天真的感受，所以前一节的结语："世间再也没有什么比母亲的胸脯还宽广！"就显得真挚亲切。在后一节里，作者按既定的主题意图，从自己的感受出发，抓住了祖国幅员辽阔具有特征性和概括性的山河，从纵（云南边疆——长白山）横（长江和黄河）两方面勾勒出了祖国的版图，暗示了"宽广的胸脯"这一意象，因此后一节的结语："世间再也没有什么比祖国的胸脯更宽广！"也显得自然，而与前一节的结语形成意味深长的有力对照，既显得和谐，也耐人咀嚼。

1960 年，他到北京参加了第三次文代会。在这里，他又唱出了对领袖热情洋溢的歌。在文代会的一次晚会上，他一边跳着藏族弦子，一边唱着《深深感谢领路人》（见《诗刊》1960 年 9 月号诗讯《诗人、歌手聚一堂》）。不久，他又根据他的感情体验进一步写出了动人的《步步向太阳》。在这首诗里，作者倾注了自己对毛主席爱戴的全部感情，以高亢激越的声音颂赞了伟大辛劳的毛主席，巧妙地烘托出了领袖金光闪闪的形象和崇高的人格。

到了北京城里，

我想玩个弦子，

舞步高，舞步低，

步步向太阳，

转向毛主席。

在诗的开头，作者就抒写了他沿着毛主席的足迹，载歌载舞地去寻找毛主席的感情体验：

> 足迹多,足迹密,
>
> 领袖就在群众里,
>
> 商量工作和学习;
>
> 我问每一个过路人,
>
> 今天毛主席在哪里?
>
> 过路人都说:"毛主席
>
> 工厂、农村……哪儿都去,
>
> 也说不定在边远的工地……"

这些描写揭示了领袖为国辛劳、领导全国人民进行社会主义建设的崇高人格。作者的确善于从一个细节发掘出它的内在意义。作者沿着足迹去寻找领袖的过程中,他对领袖的热爱是通过联翩的想象表现出来的。开始,他迷惘于"比云丝还密"的无数条大街广路,继而,他想象"天上的星星"看得见领袖的行踪,并且"愿变成星星",去"找到敬爱的毛主席"。这就流露出了作者对毛主席的渴念与寻找时迫不及待的心情。

在后一部分里,作者着重抓住太阳这一抒情线索,展开想象:

> 噫,今天北京特别亮,
>
> 毛主席一定在城里;
>
> 舞步高,舞步低,
>
> 步步向太阳,
>
> 去找毛主席。

太阳彻照着整个北京,也照亮了作者自己。于是,对领袖思念急切的作者又连绵展开了想象:他化为"欢跳的小溪",从市街一直流进中南海。阳光照亮了这条"小溪",照出了作者"心里的欢喜"。最后,太阳喷薄而出,在他"心里照出了共产主义!"

> 啊! 一轮太阳升起,
>
> 我看见了毛主席!

弦子响,歌声起,

我高呼"万岁"一万次,

只为了一个幸福:

周身发光的毛主席,

在我心里照出了共产主义!

这是全诗色彩瑰丽、感情激昂的最高峰。这是多么真实的情景！当作者对领袖"高呼'万岁'一万次"的时候,我们也禁不住要"高呼'万岁'一万次"！

《母亲》和《步步向太阳》的思想艺术价值在于它们通过大胆的联想和想象倾泻出了对党和祖国火热的深情,表达了千千万万藏族人民与党和祖国不可须臾分离的崇高信念和坚强意志。作者用他诚挚的诗篇回击了妄想分割藏族人民与祖国血肉联系的帝国主义者与外国扩张主义分子。这两首诗的重大政治意义就在这里。

饶阶巴桑的诗也常常通过对草原、边疆的自然景物和战斗生活的描绘,抒发他对新生活的真切感受和保卫这新生活的战士的庄严意志。作者笔下的草原,是一个色彩明丽、繁音交错、如诗如画的世界。他善于把读者带到美丽的草原或边山边水,把崇高的革命感情通过对自然景物的爱注入你的心扉。在《牧人的幻想》《高山上》《鹰》等表现藏族牧人对新生活的喜悦和欢欣的一组诗中,以《牧人的幻想》最有特色。这首诗与《母亲》有一个共同的特点,那就是通过鲜明的对比衬托来表现主题。《牧人的幻想》第一节所描写的是藏族老牧人在苦难岁月中的幻想:

云儿变成低头饮水的牦牛;

云儿变成拥挤成堆的绵羊;

云儿变成纵蹄横飞的白马……

天空哟,才是真正的牧场!

它们游荡在高空,

它们低飞到草棚,

它们舐抚着篷帐,

它们蜷伏在羊群中。

天上的图景是美的，但却是虚幻而渺茫的。这就反衬出了老牧人在万般贫困的生活中无限凄清愁闷的心境。只有社会主义草原的现实才是真正幸福的生活图景：

我的牛羊盖遍了草原！

我的骡马赛过了飞箭！

白云哟！ 你为什么

还是和过去一样？

我们草原上有铁马奔跑！

我们土地上有铁牛奔跑！

白云哟！ 你为什么

还是和过去一样？

我们草原上有幢幢楼房！

也有暴风吹不熄的灯光！

天空哟！ 你为什么

没有这两样？

虚幻的幸福与现实的幸福形成了一个鲜明的对比，诗的结构亦比较和谐、完整。这首诗也洋溢着革命浪漫主义的激情，表现了党的民族政策的伟大胜利。

在《山、林、江、雨》《战斗生活散歌》和他早期反映战士守卫生活的一些诗篇中，作者对祖国人民的爱与对敌人的刻骨仇恨是强烈而分明的。在他的枪刺和子弹下，祖国、人民、山川土地乃至一切美好的景物都必须得到卫护，而敌人，则必定遭到毁灭。

他的这一类诗中，有的还具有巧妙的构思。比如《鹰》（《诗刊》1957 年 3 月号）描写一个枪法熟练的藏族老牧人，对着一只歇在牧场电线上的鹰，虽然激怒却不加射杀，因为他"惟恐打断电线"，"无法听见""北京的声音"。又如另一首《鹰》（见《战斗生活散歌》），描写一只山鹰把潜伏在高山之巅的伏击兵误认作白云，"它栖歇在士兵身上，一再洗刷自己的羽翎，只等密云一散，就向遥远的村庄启程"。这两首诗在构思上都有不同寻常的地方。

饶阶巴桑的一些诗,在风格上表现了他对藏族民间歌谣传统的继承。他学习了藏族民歌的一些表现方法,他的不少诗篇充满了藏族民歌粗犷洪亮、优美含蓄的调子。藏族民歌较常见的是二节体和三节体(当然也有其它变体),大多只在最后一个诗节正面表现主题,前一二节都是围绕主题的比喻衬托。《母亲》与《牧人的幻想》就具有这种结构形式和表现方法的特点,在想象上也比较丰富和深刻。《步步向太阳》那种把舞蹈的节奏、音乐的旋律和诗的情绪结合在一起的反复回旋的歌唱结构,那天马行空般奔放无羁的想象,以及日月云溪等自然景物的运用,都显示了藏族民歌的特色。这些诗是藏族的,但又不纯粹是藏族的,因为它们在语言、建行等方面又含有新诗的成分,《步步向太阳》还融合了汉族民歌的语言特点,这样,就使他的诗能够突破藏族古老民歌形式的某些局限,适宜于表现作者新的思想感情。当然,并不是说他所有的诗已经获得了这样成熟的风格。不是的,他有的诗表现出生硬摹拟藏族民歌的痕迹(例如《金花与牡丹》),有的诗表现出他学习汉族民歌还未能消化,例如《枪声已经停息……》就是摹拟信天游而不算成功的作品。但作者这种继承传统、多面吸收、革新创造的尝试无疑是好的,这种认真探索的精神是值得赞扬的。周扬同志说:"革命文艺如果不具有民族特点,不在自己民族传统的基础上创造同新内容相适应的新的民族形式,就不容易在广大群众中生根开花"(《我国社会主义文学艺术的道路》)。这里,重要的还是在于融汇消化,使之成为自己民族的东西。饶阶巴桑的一些诗之所以显得清新独创,令人喜爱,重要的原因就是它们在新的思想基础上,学习了藏族民歌的传统风格,并进行了革新创造。

毛主席教导说,文艺工作者"一定要把立足点移过来,一定要在深入工农兵群众、深入实际斗争的过程中,在学习马克思主义和学习社会的过程中,逐渐地移过来,移到工农兵这方面来,移到无产阶级这方面来。只有这样,我们才能有真正为工农兵的文艺,真正无产阶级的文艺。"(《毛泽东论文艺》61—62页)饶阶巴桑短短六、七年的创作道路再次证明了这一无可辩驳的真理。当作者能够认真地接受党的教育,深入现实斗争,用饱满的革命热情去观察生活表现生活时,他的诗就能比较充分地反映出了劳动人民和革命战士的思想感情。但当作者放松了自己的思想改造的时候，他的创作就步入了不健康的道路。当他的家乡反动的农奴主发动武装叛乱，党领导广大劳动人民展开平叛、民主斗争的时候，饶阶巴桑的一些作品一方面同情苦难深重的劳动人民，歌颂藏族人民的解放者——党和人民解放军；但另一方面，有的诗却未能正确地表达藏族劳动人民的阶级仇恨；还有的诗未能正确表达革命战士对正义战争积极乐观的信念。

另外，在风格上，他也会追求欧化的表现方法，抛开思想内容，去雕琢语言，以致使诗的意境晦涩朦胧，如：

> 夜在旋转，旋转，
>
> 好象正和江里的金鱼谈情的水碾，
>
> 它低声，低声地絮语，
>
> 这声音灌进了我的弹仓，
>
> 邀约我甜甜地入眠。

——《夜》

这绝不是守卫在战斗岗位上的具有坚强责任感和高度警惕性的革命士兵的形象和感情。这种情况，在《假若一声枪响》《军人》以及那一组反映藏族农奴解放的诗中都程度不同地存在着。

经过党的耐心帮助和热情教育，作者又回到了健康的道路上来。1960 年 7 月以后，他相继在《人民文学》《解放军文艺》《诗刊》《边疆文艺》上发表的一批歌颂领袖、反映平叛战斗生活和国际题材的诗，反映了作者自己的思想变化。尽管《平叛诗抄》和《把美帝赶出亚洲》在艺术上还有不足之处，但政治热情是饱满的，感情是健康的。特别是《步步向太阳》，说明作者在诗创作上又迈出了新的一步。我们希望作者把这当作一个新的起点，吸取过去的教训，认真学习毛主席的著作，深入沸腾的现实生活，努力改造思想，真正树立起无产阶级的世界观，并进一步创造性地继承藏族民歌传统，写出更多更好的诗篇来。

感情·想象·独创性

——漫谈饶阶巴桑的诗的艺术特色

苍　鹰

史料解读

　　史料原载《边疆文艺》1961 年第 12 期。该文从感情、想象、独创性三个方面,分析饶阶巴桑的诗歌艺术特色。藏族青年诗人饶阶巴桑结合自己驻守在祖国边防的战斗经历,通过诗歌创作,充分反映了边防军的战斗生活,生动表现了革命战士们的优秀品质和精神风貌。在创作过程中,饶阶巴桑逐渐形成了独特、鲜明的诗歌特色。他通过比较典型的形象、情节、细节和意境,抒发着边防战士对祖国、对人民、对党和领袖特有的情感,显示着他们对敌人的强烈仇恨。他的诗,具有边疆生活的声音、色彩和战斗气息。这不仅因为他描绘了一幅幅色调鲜明的风景画和风俗画,更重要的是他表现了边防部队和边境各族人民的生活、战争、劳动、爱情和他们纯朴美丽的心灵。此外,丰富的想象和巧妙的联想以及强烈的民族色彩和民族化、群众化风格,赋予了饶阶巴桑的诗歌丰富的诗意、浓郁的情感和独特的艺术感染力,这些都是其诗歌获得读者喜爱的原因。

原文

　　每一位新的引人注意的青年诗作者,都会带着他自己的贡献和艺术特色,加入到诗歌队伍中来。藏族青年诗人饶阶巴桑，在时间不算很长的创作过程中，渐渐建立起自己诗的艺术风格，因而越来越引起大家的注意。最近我读了他的《草原集》及其他诗篇，也有一些感想。

饶阶巴桑的诗，一篇有一篇的思想光彩和艺术光彩。特别是近年来发表的几篇诗作，如《步步向太阳》、《太阳》、《采茶献给毛主席》、《二月江水向远方》等篇，表明了诗人创作上的新进展——这是思想上的进步，也是艺术上的成长。虽然，这不是说，饶阶巴桑所有的作品都是成功之作，白璧之中毫无瑕疵。不，无论从那一方面看，他的创作离完美和成熟都还有距离，甚至是不小的距离。但他的诗所表露出来的鲜明特色和风格特点，则是别的作者所未曾提供的或未充分提供的，值得我们分外珍视。

作为祖国建设和人民生活保卫者的一员，饶阶巴桑在他的创作中比较充分地反映了边防军的战斗生活，生动地表现了革命战士们的优秀品质和精神风貌。十年来，诗人一直和战士们一起，驻守在祖国边防的战斗岗位上。他和战士们一同生活、学习、训练、战斗，还参加当地群众工作，与西南各族人民的生活保持着一定的联系。这是他创作的基础，也是他的诗的力量、色彩、光泽的源泉。他通过比较典型的形象、情节、细节和意境，抒发着边防战士对祖国、对人民、对党和领袖特有的情感，显示着他们对敌人的强烈仇恨。他的诗，具有边疆生活的声音、色彩和战斗气息。这不仅因为他涂抹了一幅又一幅色调鲜明的风景画和风俗画，更重要的是他表现了边防部队和边境各族人民的生活、战争、劳动、爱情和他们纯朴美丽的心灵。我们读着他的诗的时候，像进入了边防战士的营地、操场和哨所，仿佛和他们一起踏着晨霜操练，一起跨岗越野演习，一起攀岩越岭，鞭马巡逻，一起泅渡江河，追搜潜匪。在这样美丽神奇的生活中，每天都有陌生的新鲜的事物向诗人迎面扑来，想走捷径的作者照实记下，也许亦能写出不无新意的诗，但饶阶巴桑没走这条路。诗人宁愿花费巨大的劳动在平凡又不平凡的生活中，提炼题材，捕捉形象，创设意境，结构诗篇。他善于只用简洁明了的几笔，勾勒出逼真的战斗场面和英勇无畏的战士形象。这是一首描写伏击兵的诗：

潜伏兵一动不动，

从早晨直到黄昏——

已经和时间约定：

敌人将踏着暮霭来临。

士兵潜伏的石壁，

像刺刀巍峨入云，

当火力猛然一开，

敌人直觉山在愤怒。

——《山、林、江、雨》（见《诗刊》60 年 8 月号）

没有正面状写伏击兵的英姿、动作，没有直接渲染袭敌火力的猛烈神威，只是用侧面衬托的手法，一句"敌人直觉山在愤怒"！就把这一切都明白净尽地告诉了读者。《草原集》中的大部分作品，就是通过类似的动人故事、巧妙手法来表现民族地区的迅速变化，边防部队生活的神奇可爱，来表达边防战士的爱国情感及他们的英雄气概。

读着饶阶巴桑的作品，很容易得到这样的印象，就是他的诗有强烈的政治感情，对人民、对敌人，爱憎分明。他非常热爱祖国、党、领袖和新生活中的积极美好的事物。诗人还善于细致观察生活，倾力搜寻那些可以入诗的情节和形象。所以他的诗有别于那些直着嗓子空喊的抒情诗，他的诗有充沛的感情、新颖的意境和精心描绘的形象，读过《母亲》这首诗的读者，几乎没有不为它强烈真挚的感情所打动的。把诗人的思想和感情传送到读者心中的，不是口号，而是具体形象。诗人一开始就说："我吸吮着母亲的奶头，""还不曾想过天空和陆地，可是心里却有一个模糊的印象：'世间再也没有什么比母亲的胸脯还宽广！'"怀着更为强烈的情感，诗人进一步赞唱伟大的祖国：

我从遥远遥远的边疆，

渡过了长江和黄河，

虽然我还没有走到长白山，

但是我在心底轻声地说：

"世间再也没有什么

比祖国的胸脯更宽广！"

通过独特的表现方式，把一腔军人特有的强烈的爱国主义情感，倾注到朴实的有鲜明节奏感的语言之中。就是那些不以政治事件为内容的作品，诗人的激情也还是充沛地渗透其中的。读一读《草原集》中的《牧人的幻想》《热巴的歌》《我和马儿走千里》《流浪者之歌》等篇吧！你就会感到这一点了，它们都是叙事作品，但其中不少的片段，却不失为动人的抒情短章！他的诗，不论旨在抒情抑或意在叙事，抒情和叙事两个因素，常常得到比较和谐的结合。感情是构成诗篇的重要因素，没有感情就没有诗，没有强烈的感情也难于写出好的诗来。饶阶巴桑从来没有"冷静地"，孤立地叙写事件，描绘人物，他总是或明或隐，或直接或间接地把自己的内心激情，主观意识，渗透在诗的形象之中，所以他所叙之事，所写之景和所描绘的形象，无不涂上一层鲜明的感情色彩。古人说："诗者志之所之也，在心为志，发言为诗，情动于中而形于言"（《毛诗序》），饶阶巴桑的诗，客观上符合这个创作规律，他的诗真正来自生活实感，发自内心深处的激动，是真正在沸腾奔涌、美丽神奇的生活的刺激、启发下，"情动于中而形于言"，才写出诗来，不是简单地从一些政治概念和标语口号中寻求诗句"加工"成篇。如果诗人在生活中感受不深，情动不强烈，他就不可能创造出丰富感人的形象来。

饶阶巴桑诗的另一个特色，是丰富的想象和巧妙的联想。这是和强烈深挚的感情这个特点联系着的。想象是诗人感情的翅膀；感情依靠想象，才能飞腾。让我们来看《牧人的幻想》这篇诗吧，这是一首写民族地区经历着巨大变化的诗，但第一节，写的都是一位藏族老牧人在苦难岁月中萌生的幻想："云儿变成低头饮水的牦牛；云儿变成拥挤成堆的绵羊；云儿变成纵蹄飞奔的白马……天空哟，……是真正的牧场！"但在当时反动统治的条件下，这种善良的愿望当然是不可能实现的，幻想还是幻想，苦难仍然是苦难。只有解放后，毛泽东真理的阳光溢满了草原，千百万牧人的多年愿望，才能变为现实。农牧地区合作化以后，老牧人终于盼来了他所幻想的一切。从此，他放牧着"上万的合作社牛羊"。

诗人的想象又展翅翱翔了,他通过老人的嗓子,"对天空傲慢地歌唱":

我的牛羊盖遍了草原!

我的骡马赛过了飞箭!

白云哟! 你为什么

还是和过去一样?

我们草原上有铁马奔跑!

我们土地上有铁牛奔跑!

白云哟! 你为什么

还是和过去一样?

我们草原上有幢幢楼房!

也有暴风吹不熄的灯光!

天空哟! 你为什么

没有这两样?

通过海阔天空的联想和美妙奇特的想象,诗人在幻想的幸福图和生活的美景放在一起,相映成趣,鲜明地表现新旧不同的两个时代这一主题思想,以及诗人的情感。《文心雕龙》的《神思篇》中说:"文之思也,其神远矣。故寂然凝虑,思接千载;悄然动容,视通万里。"饶阶巴桑的诗,我看也有这样的味道。这是形成他的诗的感染力量,能够扣人心弦的一个原因。

一篇好的诗,应该有独创的构思,独特的表达方式,独具的诗的语言和句式。饶阶巴桑的诗,虽然还不完全达到这个高度,但诗人是志在此道的,成就也引起我们注意。这不只是由于诗人描绘了富于传奇色彩的边防军生活,表现了民族地区五光十色的生活现象而且还在于他的诗从命题、立意、结构细节到语言运用等方面都有一定的独创性。在诗的构思方面,尤感出色。一般地说,构思是创作过程中一个极其重要的环节,它的好坏关系着整首诗的成败,在诗的创作中,我们看到过不少这样的事例:作者有了一定的生活积累(这是诗篇构思的基础),他对所写的主题和题材也有强烈的激动,但是写出来的作品就是不感动人,就是没有特色。原因在哪? 我看主要在于作者不善于构思——结构材料,表达主题。如果构思平庸一般化,那么作品也就黯然无光,失去感染力了。饶阶巴桑力避这种毛病。他写每一首诗,都力图构思精巧、着想不俗,独辟蹊径,使诗有些新东西。因此,读来使人有"命意新奇,别开生面"(《红楼梦》)之感。他有一首诗叫《鹰》,(《诗刊》1960 年 9 月号《战斗生活散歌》三首)写"一队轻装的伏击兵"的英勇机智。诗人没有作什么渲染,也没有说一句空泛赞誉的话,但却传神地衬托出战士们的风貌神态。全诗在字面上着重写自然的鹰。你看,它"曾飞遍天下",才选择了这个又高又陡,只有月光和云团光临的岩巅作窝巢。当它从天外飞回来的时候,以为这里是有几团疑云呢,原来却是"一队轻装的伏击兵"。"它栖歇在士兵的身上,一再洗刷自己的羽翎,只等那密云一散,就向遥远的村庄启程"。这种侧面衬托的手法真是很妙的,后面那两句,我们不知道写的是哪一种"鹰",——是真的鹰还是士兵。诗篇出色地描绘出了伏击兵的沉着,镇定和忠于职守的宝贵品质和英勇神态。诗的描写手法是现实主义的,有精确的细节描写;但在整个构思上却很有浪漫主义,情节既富于传奇色彩,想象大胆绮丽,给人以真实具体的感受。他的诗在构思上的另一特点是多变和多样,《步步向太阳》等四篇颂歌,就是很好的例子。

歌颂毛主席的诗,发表的已为数不少了,其中不乏众口交赞的名篇。但饶阶巴桑的诗却有他自己的新意。《步步向太阳》的构思很精巧。一位藏族歌手,来到了北京的街上,强烈的愿望,内心的激动,使他跳起了"弦子"。一步高,一步低,向着"太阳"走去。——他要追寻领袖的足迹。他热情地询问着街上每个行人,"今天毛主席在哪里?"过路人都这样告诉他:"毛主席工厂、农村……哪儿都去,也说不定在边远的工地,天上的星星会看得见他在哪里!"于是歌手愿意变成星星,"要在人群广众里,找到敬爱的毛主席。"诗人通过他所构思的艺术形象,具体地说明了领袖和广大群众的紧密联系,这是诗篇的最可贵处,也是它最打动人心的地方。围绕这一富有典型意义的细节,以十分巧妙的联想,诗人倾吐了他内心蕴蓄已久的感情,表达了整个民族的愿望,这是一篇出色的领袖颂歌。《太阳》一诗的构思,另有特点,说是"给农奴出身的歌手",但作者却没有原原本本地、追述她身受的苦难,也没有淋漓尽致暴露那个制度的黑暗,——一般作者在这个题目下最易这样来构思。只用精练的几行诗,就把这一切交代过了。"天空也不敢负担的苦,唉,我一直背着它。"然后诗人着意地抒写这位翻身歌手今天的欢乐,内心的激动和他寻找"太阳"的故事。《采茶献给毛主席》保持了前二首的欢乐调子和明快气氛,但在内容、结构、语言上和它们完全不同,诗人没有再凭借"步步向太阳"寻找"太阳的住所"这类看来本很不错的细节和比喻。而是把他明确的思想,奔放的感情,和胸怀的喜悦,一齐投注到采茶姑娘和放牧小伙子们饶有风趣的激情对唱中。通过他们对丰硕收获、劳动成果的猜问,表达了对恩人毛主席的深深感激。《二月江水向远方》的构思也别具一格,诗人从二月的江水涨、四月的布谷鸟声、六月的星星闪烁、八月的天空明净和十月云朵出草原,这些不同节气的奇情异景起兴,把一颗激荡的战士的心寄到北京,敬祝领袖身体健壮,万寿无疆。这些作品,虽则它们同表一个主题,又同出一人之手,但丝毫没有"似曾相识"之感、雷同啰嗦之嫌。这除了说明作者具有敏锐的感受能力外,还显示了他对生活,对歌颂对象有真正的激动。独创性的构思只能来自生活,来自诗人先进的思想感情,来自他对生活的独具感受和来自他深厚的艺术修养,苏联名诗人伊萨柯夫斯基把这称之为诗的"秘密"。虽然还不能说饶阶巴桑已深入其里地窥见这个"秘密"了,但至少可以说他开始跨进这个"门槛"了吧!

饶阶巴桑的诗还有一个特色,就是强烈的民族色彩和形式上的民族化群众化风格。一个少数民族诗人,对自己的民族新生活的热爱,强烈的幸福感和对党对领袖的衷心感激,表现得这样深刻、这样细致、这样丰富多彩,而又具有自己民族的历史特征和色彩。那是十分可贵的。这个特色的来源,一方面是因为诗人从小就深受本民族诗歌传统的哺育(在他参军前,少年时代的饶阶巴桑曾和赶马人、"热巴"有过一段时间的接触,他会唱会背一些藏族民歌),更重要的是他十分注意用民族的耳朵、眼睛和心灵,来听来看来思考生活中的种种现象、问题。在生活中,在写作时,他时刻注意到民族生活的表征,民族心理的特点,及变化中的形式、状态,还注意按照本民族表情达意的方式来写作,并尽量采用民族地区群众熟悉、喜爱的事物写入诗中,这样,他的诗就必然能够具有强烈的民族色彩和民族风格。这种色彩和风格,既包含着民族艺术传统的精华,又渗透着作者个人的心血。在藏族人民的生活和民歌中,鹰占着一个特殊重要的地位,它甚至是一切崇高、美好和神圣事物的象征,藏族民歌中常常写鹰。饶阶巴桑的诗也这样。他不但好几次写到鹰,而且有几篇诗就以鹰为题。这显然和藏族地区的社会生活和民族心理特点有关系。当然,诗人是怀着不同的思想感情,从不同的角度来写鹰的,和藏族民歌中的鹰的形象、作用,很有区别。饶阶巴桑写鹰不是对鹰本身的崇拜赞美,而是为了更好地突出和衬托战士的英勇,为了表达他对北京的渴念和热爱(见《草原集》中《鹰》一诗)。从这也可看出诗人对生活、对艺术采取的是一种崭新的观点。《檀香树》这首诗,我以为在这方面比较出色。诗人用藏族人民心目中熟悉和感到亲切的事物——檀香树来喻比边防战士对祖国的忠诚。诗的第一节是这样的:

一棵茂盛的檀香树,

长在遥远的地方。

它在风雨雷电里挺立着,

早晨它颤动着迎接初升的太阳。

接着诗人写“一个年轻的战士,守望在檀香树旁”,他从这株树更换几次“新衣裳”看到祖国的日益可爱、成长!从对檀香树的赞美里,我们感受到了诗人对边防战士的热烈歌颂!从诗人对诗的意境的创设,表情达意的方式和语言、比喻的运用上,我们是可以看到它强烈的民族色彩的。有的诗简直就是一幅幅色调鲜明的民族生活风俗画和边疆地区风景画。

饶阶巴桑诗的民族特点的一个重要表现,就是那诗的语言的鲜明的旋律,富于节奏感和音乐美。而且这些都符合藏族人民的劳动节奏和诗歌传统。当诗的主题和题材强烈地打动了诗人心弦的时候,当他感到有许多话、许多想法和情感需要倾诉的时候,他平时接受和消化了的藏族民歌的旋律,节奏,就催动、制约着他的语言,形诸纸上。而且深深地引起你的内心共鸣。像这样的片段:

放牧哥哟,你说说,

细心想哟是哪个？

要是真的不知道，

你就变成雄鹰飞，

每家门上落一落，

听听草原藏家怎么说，

他们翻身歌里感谢哪一个。

读起来是顺畅而有节奏感的，很符合藏族姑娘说话的特点。诗人为了更好地表现青年男女的欢乐盘歌场面，他吸收了藏族民歌的节奏特点，和西南地区各族山歌对唱的特色，构成了他的诗的轻快清新的风格。

记得一位作家曾经说过这样的话："有创造性的作家，从来不在形式面前束手无策，从来是形式的创造者，而不是形式的奴隶"（见刘白羽：《文学杂记》157页）。用它来评价饶阶巴桑的诗的形式，基本上也是可以的，饶阶巴桑的作品，形式多变多样，且有一定的创造性。这是和他的诗的构思、题材的多样化联系着的，他努力用多种多样的句法和语言来表现新颖的构思，丰富的题材。我们在他的诗中几乎没有看到过重复的句子，没有看到类似的章节和句法。为了更恰当的表述内容，诗人采用了高低不同，强、弱各异，多种多样的调子。从形式结构上看，他的诗基本上四句为一节，但随着题材内容、感情高低的不同，也不局限于此。但不管如何多样多变，它们的共同特点是，形式和内容比较和谐的统一，其所以有变化，主要是为了更恰切更艺术地表达内容，使题材、思想更好更别致地传递给读者。他的诗的形式绝大部分是从本民族的传统形式来的，但也有个人的创造，也有外国的和新诗的形式的因素在里面。从纵的方面看起来，他的诗的形式的变化，经历了这样几个阶段，早先用的多半是明白如话的民歌形式，后来（一九五七年前后）写的诗则主要采取自由体和半自由体相掺和的形式，最近一、两年又倾向于把半自由体（押韵）和（藏族）民歌体结合起来。总的方向是朝着党提出的民族化群众化的方面演进。他的诗，语言上的一个突出特点是多用对话。不仅他的叙事小诗如此，抒情短诗亦然，这恐怕和受到西南各兄弟民族歌谣中盘歌对唱的形式的影响有关系。饶阶巴桑学习和采用群众喜闻乐见的歌谣形式，是经过一番劳动的，他既不生搬硬套，也不是单纯地用旧瓶装新酒，而是在深入学习，具体消化的基础上加以运用进行探索。从《灌满了，灌满了……》到《采茶献给毛主席》，可以看出诗人在运用盘歌形式上很有进步。

作为一个诗歌爱好者，我是喜欢饶阶巴桑的诗的。我觉得饶阶巴桑是一位可以期待的青年诗人，如果他今后更加刻苦地深入斗争生活中，在思想锻炼和艺术修养上都能不断提高的话，一定会写出更多更好的作品来。

读饶阶巴桑的诗

闻　山

史料解读

　　史料原载《语言日本》1962 年第 2 期,是一篇评论。该文从浪漫主义和民族风格、思想主题三个方面,分析藏族青年诗人饶阶巴桑的作品,认为他的诗因饱含对祖国、对人民的热情,对大自然之美的高超的表现力以及新颖脱俗的构思而吸引着读者。特别是藏族民歌所富有的浪漫主义的想象,使饶阶巴桑的诗振翅飞翔。饶阶巴桑的浪漫主义表现手法不同于其他诗人,他有自己浓厚的民族色彩,有他自己的创造。诗歌《步步向太阳》、《鹰》、《母亲》和《太阳》中都洋溢着浪漫主义色彩。诗人践行革命的现实主义与革命的浪漫主义相结合的艺术方法,植根于丰富的生活,使他那些优秀的诗歌如初放鲜花,迎风带露。

原文

　　陆游说:"文章最忌百家衣。"饶阶巴桑的诗不是用百家衣装扮起来的。尽管你觉得它还有一些弱点,可是,它有作者在生活中发现的新东西,有自己独特的构思、与别人迥然不同的情调。

　　你读着他的诗,会感到,的确是那许多生活中动人的事物,燃起了他的战士的激情,于是在辛劳的工作和艰苦的战斗之后,握枪的手才提起了笔。你觉得,他是那么珍重、那么热爱他所讴歌的对象。对祖国,对像太阳一样的党和领袖,对新的生活，或者对纯洁的爱情、鹰一样的士兵、赶马帮的货郎，他都怀着满腔热爱。他常常不是直着嗓子喊，而是让你从他精心描绘的形象中去感受，透过那些美丽的形象，你感触得到他那颗诚挚炽热的心。

他写边防战士，写那漆黑的夜在高岩谷底的巡逻，从东山冒出的月亮照着路上的兽蹄人迹；他写窗子里欢迎解放军的盈盈笑脸，不懂汉话的姑娘们的笑声；你看见"一棵茂盛的檀香树，长在遥远的地方，它在风雨雷电里挺立着，早晨它颤动着迎接初升的太阳"。这是饶阶巴桑用藏族人民心中高贵的檀香树为毛主席忠勇的战士塑造的形象。

他写正在飞速建设的边疆，写祖国美丽的山河，写探矿的骑者夜过草原，月光中下降的浓雾，牛群中传来的反刍声；你闻得到那雨后的湿气和牛粪味，牛犊口中呼出的奶气，听到殷勤留客的主人的语声。你听那个"我到处烧起了炊烟，到处有我的马铃响"的赶马人的歌，是多么欢乐！当你和那"马儿走千里"的战士，走上那"像一条金龙在飞腾"的"绵绵千里运输路"，和太阳一齐起程，和山风一起前进，你看看这沿路的景色有多少美丽！"它绕在高高的峭峰上，高峰呀，半截岩石半截冰。它盘在重重的青山上，青山呀，半层绿林半层云。它铺在宽宽的草原上，草原呀，半边牧村半边城。"这可不是平庸的画匠画得出来的风景呵，你看这"半"字用得多妙！饶阶巴桑用明丽的色彩，用战士的乐观主义的歌声所描画的祖国河山，的确有其特别动人之处。

我曾经一再地想过，在饶阶巴桑的诗中最吸引人的特色是什么呢？它用什么来证明自己的特殊的存在呢？是的，在他那些优秀的作品中，你可以明显地感到他作为一个诗人所具有的优点：他对祖国对人民的热情，真诚而纯朴；他对大自然的美有特殊的敏感和表现的能力；他的构思新颖脱俗，还有，他的作品很多是名副其实的诗歌。又是诗，又是歌。有些歌，悠扬如草原牧笛（如《湖水清悠悠，雪山金溜溜》）；有些歌，幽咽如谷底流泉（如《十月的山谷》），但是，这都只是他的作品的部分特色，还不能总其全。于是，我一再阅读、尝味藏族民族，那单纯的美和奇丽的幻想使我为之心折，终于，我觉得我找到了，正是以上这些因素，特别是那藏族民歌所富有的浪漫主义的想象，使饶阶巴桑的诗振翅飞翔。

我想，用不着多加说明，饶阶巴桑的浪漫主义不是那种没落阶级的衰草落叶，这是从我们光明灿烂的生活、从我们力可拔山的人民群众中产生的时代精神的高扬。饶阶巴桑的浪漫主义的表现手法也不同于我们其他诗人，他有自己浓厚的民族色彩，有他自己的创造。

例如，他那篇已经有不少同志赞赏过的《步步向太阳》，就是一个很好的例子。这首歌颂人民伟大领袖的诗的其他好处，我不必多啰嗦了。我只想提到一点，如果饶阶巴桑只是一般地将毛主席比作太阳，而不是站在较高的思想水平来体会革命领袖与群众的关系，而且用热情的歌声、真挚的感情、浪漫主义的美丽的想象来表现，那诗就会流于平庸。我们重视这首诗的创造性，喜欢诗人为"我"描画的热情的形象：他跳着弦子，像"欢跳的小溪"，舞步高，舞步低，流过北京的市街，在那水晶一样的路上，在那密密层层的足迹里，找寻那双闪光的足迹。他借用路人的回答，说毛主席无处不在，来表现领袖和群众的关系。这里纯然是浪漫主义的想象。现实生活中，北京的柏油马路倒是光溜溜的，可那里看得到一双足迹？也没人会在街上跳弦子，毛主席更没空在大街上走来走去。可是，这都无碍于诗人的创造。这支歌的初稿，是他在一个热情的聚会上一边拉着弦子一边跳着锅庄唱出来的。这且歌且舞、又拉又唱的表演本身，就富于浪漫主义色彩，是藏族人民生活中顶美丽的东西。

我读饶阶巴桑的诗的时候，老记起那些藏族美丽的民歌。有一首歌是这样的："大鹰飞来了，高峻的雪山退后一点吧！因为它的翅膀展不开。年轻人跳舞了，稠密的村庄退后一点吧！因为他的步子踏不开。"这奇丽的形象，强烈的浪漫主义色彩，实在使人惊异。鹰，在藏族人民心目中，是神圣高贵的象征，正如汉族人民把鹰看做只有旭日、苍松、大海能配搭得起的英雄。金沙江两岸有一首民歌，其中有"毛主席伟大崇高如雨后彩虹；解放军勇敢高贵如云际神鹰"；曲水一带有一支民歌这样唱："毛主席的军队呀，像无数只从天下降的神鹰，金翅扇散愁云，把人民的灾难祛尽。"许多藏族民歌，都是把鹰和英勇的、亲爱的人联结在一起的。饶阶巴桑有一首诗，写战斗在边疆的伏击兵。他是怎样表现他们的英勇机智的呢？这里面几乎没有形容词，也没有写战士的外表动作，他描写得顶多的是鹰，鹰的动作，鹰的高巢，题目也就叫做《鹰》。鹰从外面飞回来了，飞回到它那最安静最高的窝巢。在这个只有云和月光登临的岩洞里，鹰把伏击兵当作刚飞来的几团凝云，它栖息在士兵身上，一再洗刷自己的羽翎，……最后两句是："只等那密云一散，就向遥远的村庄起程。"在这里，你很难分清他说的是哪一种"鹰"。

这首诗，引你进入一个奇特的意境，用清晰的形象，鹰和云，高无人迹的岩穴，给你以逼真的感觉，但是，如果不用看诗的眼光来看，你也可以说这是奇谈。普天下最锐利的眼睛是鹰的眼睛，鹰还会栖息在士兵身上刷羽毛？尽管你硬说你的伏击兵就是能爬得那么高，可老鹰也没能把他们当成几团凝云呀！这还行？但是，我欣赏的也正是这样的大胆。这也就是"大鹰飞来了，高峻的雪山退后一点吧！"同样的浪漫主义的联想。我们需要这样大胆的联想！

再如《母亲》这首诗，它是作者从云南北上到长春之后写的。你看他怎样表达对祖国的感情：前一节，他说，当他还在母亲怀里吃奶的时候，觉得"世间再也没有什么比母亲的胸脯还宽广！"第二节，他从遥远的边疆渡过长江黄河，虽然还没有走到长白山，他却在心里轻声地说："世间再也没有什么比祖国的胸脯更宽广！"这样的比拟是多么亲切，多么诚挚！正是这份深情，产生了洋溢着浪漫主义色彩的联想，这比一百行罗列现象的一般化"颂词"要有力量，更能打动人心。

在他的《太阳》里面，也有那么几句，显示了联想的力量：

农奴在阳光下复活，

像走动的大山万座，

踏碎特权和枷锁，

从四面八方向太阳唱歌。

"复活"两个字，包含了历史的悲痛和无限的感激，但更使人动心的是作者赋予解放后的奴隶的巨大形象。在诗人眼中，奴隶，再不是石下残草，而是万座大山，并且是行动着的大山。它恢复了创造世界的劳动人民的本来面目，显示了人民是任何敌人无法摧毁的力量。试展开想象的翅膀，从高空中眺望这动人心魄的、革命浪漫主义的宏伟景象：光芒四射的一轮红日，升起在茫茫大地之上，四面八方流动着山的波涛，复活的奴隶——巨大的群山——抬起头来，向太阳歌唱，歌声震动天地……便觉得，神圣的解放事业，就是需要用这样巨大的形象去歌颂，才相称。

我觉得，诗歌创作中，叙事诗之病，多在平铺直叙；抒情诗，则患在浮浅，只就一点平平之景抒一点浅浅之情；既缺乏深厚的意境，也罕有独创的形象。因此，诗就显得平庸，实际上不大像诗。

古语云："涉浅水者见虾，其颇深者见鱼鳖，其尤甚者观蛟龙。"这几句话实在说得好，说得真切。它能给人许多启发。从这几句想到诗歌创作，就觉得，诗之所以有深有浅，有的一览无余，有的绕梁三日，正是因为作者涉"水"的深度不同。因此，你或者只见"虾"，或者见"鱼鳖"，其甚深者，才让你看到极富于独创性的形象与意境的"蛟龙"。这"水"的深度，也就是生活的深度，思想感情的深度，和艺术的深度。这三者互为因果，不可缺一。龙藏深渊而腾于九霄。瑰丽独创的形象，都来自深厚的生活。正因为饶阶巴桑从自己的生活中深深体会到伏击兵的英勇往往表现在敌前稳如泰山的潜伏，他写的是滇藏边疆密林深谷中的战斗，要表现我们战士的英勇机智，就需要表现那样特殊的环境。于是，诗人将生活中的体会加以提炼，强调那需要加以突出的极度的宁静，于是，诗的浪漫主义的想象展开了翅膀，一种"神鹰"式的英勇，"泰山崩于前而色不变"的英勇，借鹰的形象表现出来了。这是神形俱似的艺术家的笔墨。因为它原就来自生活，所以"酌奇而不失其真"。从这诗里可以看到，运用浪漫主义手法，不是为了生造奇特的形象，正是为了最好地表现边疆的伏击兵，表现他们的革命英雄气概和革命浪漫主义精神。

还有那北京城里水晶般的道路，在这路上那闪光的足迹，以及诗人边舞边寻的欢乐的形象，都是为了表现诗的主题思想以及对领袖的强烈的爱的浪漫手法。这种丰富的想象的艺术效果，几乎是无法代替的。你不能不承认它概括生活的深度。有一首解放前的藏族民歌，写外出为奴隶主支差的奴隶的苦楚："茶树山雪花漫飞，青杠树叶一片片飘落下来。一年啦，仍然无家可归，乌拉牛淌下眼泪。"乌拉牛尽管不会因为无家可归而淌下眼泪，可是这样就把农奴的苦难形容到了极致。饶阶巴桑还有"醒着的却是我的子弹"的诗句。他有一首诗，题目叫做《脚》，说没有旅店主和路标的指引，战士的脚也能走向目标，走向胜利。他通过那布满平原的大路、山间的驿道、无路的深谷、无兽的高山的脚印，来歌颂边防军战士。子弹当然不会醒着，脚当然不会自己走向胜利，这都是作者采用的浪漫主义手法。

我们需要浪漫主义的手法，来表现充满浪漫主义精神的时代，但是，革命的浪漫主义的形象，不是坐在房子里可以凭空想出来的。实际上，愈是独特的构思，愈需要深厚的现实生活的土壤。我很不赞同那种表面看来好像很"壮丽"但内容却十分空虚的诗。我觉得，用虚假的"形象"生硬地拼凑成的作品，只是低劣的纸花、空虚无物的肥皂泡；那些奇怪荒诞的比喻，只能将生活变成哈哈镜中尽失原形的怪相。这根本不是艺术地提炼生活，更不是革命浪漫主义的想象，而是主观主义的创作构思和玩弄字句的形式主义手法的混合物，也就是吴乔所说的"作玄妙恍惚语"。

看到这种"玄妙恍惚"的作品，我就愈加痛切地感觉到，为什么毛主席要提倡革命的现实主义与革命的浪漫主义相结合的艺术方法，为什么毛主席指导文艺工作者要和群众同甘苦、共呼吸，认真学习劳动人民的语言。我们今天的诗，特别是抒情诗，需要有强烈的革命浪漫主义精神，我们深盼有志气的诗人，不要满足于表面地描画一点生活的欢乐气氛，或者浮光掠影地赞叹几句大自然的风光。伟大的时代要求诗人以现实生活为基础，高瞻远瞩，总观历史和世界阶级斗争的波澜，概括时代。归根结底，诗人必须是亿万群众的喉舌，而不能对生活采取冷眼旁观的态度。

饶阶巴桑从小就接近群众，受到民歌的熏陶，他为奴隶主赶过马帮，参军后直到现在，都在边防军里生活和做群众工作。他确实有权利说："这里的每棵树，都沾着我的汗渍，这里的每间木板屋，都是我的家乡。"我觉得，正因为诗人汲取的是这样的泉水，他酿造的酒才这样清醇；正是因为和人民骨肉相连，他的诗才这样富有生机。尽管他写的不一定就是他日常的工作，正像土壤本身也并没有玫瑰的色香,可是,只有植根于丰富的生活,才能使他那一些优秀的诗歌,如初放鲜花,迎风带露。

生活、思想、艺术的深度永无止境,饶阶巴桑的创作还处在青年时代,还有不少弱点,有些诗,有佳句而未成佳篇,例如《太阳》;有些诗,描写生活还比较表面,思想深度不足。因此我觉得,有的同志说饶阶巴桑已经成熟,似乎还言之过早。大雪山的顶峰还高着哩,我衷心期望我们的藏族青年诗人饶阶巴桑同志,有坚韧不拔、不畏艰辛的脚力。

一九六一年九月,北京

（本文有删节）

第四辑

维吾尔族、
哈萨克族诗歌

本辑概述

　　本辑共收录了 8 篇史料。其中，收录卜林扉、唐棣、王仲明的 3 篇评论，张奇、亚生吾守尔的 2 篇读后感，韩劲风、德府的 2 篇介绍性文章，曹建勋的 1 篇文艺杂谈。分别发表在《新疆文学》《光明日报》《新疆日报》《文艺报》《中国民族》等报刊上。

　　新中国成立前，新疆笼罩在黑暗之中。新疆人民热切地期盼天上的乌云消散，朝霞能够照亮人们的内心。新中国成立后，黎明真正来临，祖国屹立于世界东方。各个民族在党的引领和培养下，涌现了许多优秀的诗人，开放了许多散发浓郁馨香的文学鲜花。新生活让新疆的诗人们心潮翻滚、热情高涨。他们赋予了诗歌高亢、欢快、激昂的曲调。

　　韩劲风在《记维族青年诗人铁依甫江》一文中评论道，这些诗人继承、发扬了古代行吟诗人优秀的现实主义传统，用社会主义现实主义诗歌这一武器摧毁旧社会及其残余影响，迎接和歌颂新的时代。这些优秀的诗人分别用自己的诗篇描述新疆人民的幸福生活，尽情地表达对党和祖国的热爱。

　　尼米希依提（1906—1972）是维吾尔族极负盛名的诗人之一。从 20 世纪 30 年代初就开始写诗。诗人一生中创作了大量诗歌。他的诗歌明亮灿烂，耀眼夺目，在中国少数民族文学中占据着重要的地位。尼米希依提曾表示他创作是为了用笔来歌颂祖国和人民。对于他来说，诗句贵于一切。他把生命的春光都献给了他的家乡——新疆，献给了祖国。唐棣在《两首献给祖国的好诗》一文中认为诗人清楚地认识到党、领袖、人民与祖国之间不可分割的关系，所以诗人的诗歌深沉感人，动情至深。

　　而另一位年轻的维吾尔族诗人铁依甫江·艾里耶夫也在用自己的创作

歌颂家乡和祖国。韩劲风在《记维族青年诗人铁衣甫江》一文中写到,铁依甫江看到了解放后兄弟民族之间的团结,为此诗人更加努力创作,来歌颂伟大的新时代。

曹建勋通过评析《新疆文学》中的两首诗歌来表达对于新疆少数民族诗歌创作的看法。他认为作为诗人,对现实斗争应具有政治敏感,对社会生活要有深刻的认识。他还对《柔巴依》进行了评析,认为其短小精练、思想深刻、引人深思。

亚生吾守尔从维吾尔族人的角度对本民族诗人赛福鼎的作品《风暴之歌》进行了评析。亚生吾守尔认为少数民族诗歌和汉族诗歌一样,要发挥战斗作用,做到革命的政治内容和尽可能完美的艺术形式的统一。王仲明则评论了《风暴之歌》的重大革命斗争题材,认为该诗主题深刻,具有动人的艺术感染力和鼓舞人心的力量。

库尔班·阿里是哈萨克族一位代表性的诗人。他出生于新疆伊犁尼勒克草原的一个贫牧家庭。少年时期,就能背诵大量民间长诗。在民间文学的熏陶下,1943年诗人开启了诗歌创作之路。诗人立足于劳动生活土壤,和劳动人民一起经历着苦难和斗争。他的诗激情澎湃、韵味醇厚,表达了哈萨克族人民的心声,表达了诗人以及哈萨克族人民对祖国真挚的感情。德府在《从小毡房走向全世界——读哈萨克族诗人库尔班·阿里的诗》一文中,张奇在《天山草原的新牧歌——读诗集〈从小毡房走向全世界〉》一文中对此也有具体评析。

记维族青年诗人铁依甫江

韩劲风

史料解读

史料原载 1956 年 3 月 31 日《光明日报》。该文总结了铁依甫江的生活和创作道路，分析了诗歌创作风格。维吾尔族青年诗人铁依甫江在 20 世纪 50 年代初接受了深刻的阶级教育，明确了文艺为工农兵服务的方向。另一方面，铁依甫江在参与新疆民间文学、艺术宝藏调查工作时，受到民间艺人、民间说唱诗人的影响非常深，这使得铁依甫江在诗歌创作中继承、发扬了古代行吟诗人优秀的现实主义传统，以农民和牧民们喜闻乐见的民歌形式创作了大量社会主义现实主义诗歌，在社会产生了广泛影响。

原文

维吾尔族青年诗人铁依甫江·艾里尤夫，在全国青年文学创作者和老作家们见面的联欢会上，曾弹着他的都达尔琴（两弦琴）演唱了一段长诗，令人联想到青年时期的苏联诗人江布尔。实际上，他和新疆维吾尔自治区的许多青年诗人，正像江布尔一般，继承、发扬了古代行吟诗人优秀的现实主义传统，用社会主义现实主义诗歌这一武器来摧毁旧社会及其残余影响，迎接和歌颂新的时代。

铁依甫江今年二十六岁，个儿高高的，红润的面庞，看起来比实际年龄大一些。因为尽管他这么年青，也和他的伙伴们一般，经历过艰巨的战斗的道路。他出生在我国和伟大的苏联接壤边境的霍城县,家庭出身是贫农,父亲兼作宗教职业。十四岁的那年,因为亲友的怂恿和父亲的命令,要他继承父业,进了宗教学校。这期间,受到进步亲友的影响,特别是从苏联留学回来的哥哥的影响,暗中读了许多苏联书刊,逐渐不满意每天十二个小时的读经生活了。他痛苦地回忆着说:"是在1946年的一天,我读高尔基的《母亲》,快读完了,因为一心浸沉在主人公伯惠尔的斗争经历里,一时大意,出门的时候没把书藏起来,被老师发现,经书上摊开一本《母亲》,就狠狠地揍了我一顿。我想:为什么这样好的书却不准读呢?"他的思想上起了很大的变化,过了几天,就离开学校,逃到当时已经解放了两年的解放区伊犁去了。

不久,他被老师把他从伊犁弄回去。可是,他从此开始拿起战斗的笔来写诗。由于作家哈特的帮助,他再度离开家乡,到伊犁去,进《前进日报》社当编辑。第二年,全新疆解放了,调任《新疆日报》编辑。从1951年起,就到省文化处艺术科工作,兼任新疆文艺社副主编。现在的职务是自治区文教处副处长。

铁依甫江第一首公开发表的诗,是十六岁那年登在《伊犁日报》上的歌颂中苏友好的抒情诗《我们和你一道》。他说:"我在政治和写作的各方面,都是在党的培养下成长起来的。同志们一直鼓励我,帮助我。从前进日报的时期起,社长——当时的区党委书记赛福鼎同志就特别关心我。在写作方面,过去限于思想水平,表达感情也不深刻。1949年以后,通过一系列的政治学习,特别是学习了毛主席《在延安文艺座谈会上的讲话》以后,明确了文艺为工农兵服务的方针,才有了较大的进步。"从1951年秋到次年春天,他参加土地改革运动,受到更深刻的阶级教育,开始接受民间文学的遗产,学习了民歌的形式和风格,写下不少诗篇,经常在群众面前公开朗诵,因为他用农民和牧民们喜见乐闻的形式,说出他们心里的话,为他们诉苦,常常使群众听得流泪。

后来,在参加第三次赴朝慰问工作中,他被英雄的朝鲜人民的伟大精神所感动,写下了《当我看见山》等有名的诗篇。回国后,更认识到祖国的伟大,对祖国的热爱更强烈了。"只消举民族团结的情况来说,就是几千年来历史上所没有的。"铁依甫江笑着说道,"过去少数民族受压迫的惨痛历史,是谈不完的。有人敢于站出来讲几句话，立刻就失踪——被反动派绑走杀害了。解放后，一切不合理的现象骤然改变，兄弟民族间的一切仇恨都消解了，好像从来没有过仇恨一般。对汉族，一致热爱，称做老大哥，来表达内心的感激。只要到新疆看看，就会了解到的。全自治区，不论在政治、经济各方面，都和全国一样起了空前的变化。生长在伟大的毛泽东时代，使我不能不弹起都达尔来歌颂，不能不努力创作！"

遵照党的指示，1952年新疆就开始了发掘民间文学、艺术宝藏的工作，他参加了民间文学调查小组。到喀什、库车、和阗、阿克苏等地区采访，搜集到三千首民歌和百篇故事、传说。他在深入生活的过程中，向许多民间艺人，民间说唱诗人学习，接受了无限丰富的遗产。谈到这儿，铁依甫江应我们的请求，打开琴盒，取出了他的都达尔来弹唱了几段。从弹唱里，使人感到，富于音乐性的维吾尔语，音调铿锵，节奏异常优美。

解放后，他已出版诗集有《和平之歌》和《东方之歌》。铁依甫江很谦虚，说自己还不够称为诗人，只是个诗歌的爱好者。他说因为他自己的诗还没有定型。

诗人铁依甫江和他的伙伴们——全自治区几年来涌现的青年作家和诗人，在创作上非常努力。解放前，全疆知名的青年作家不过十几人，现在经常在报刊发表作品的青年作者已经有六十多位。有哈萨克族青年作家《在幸福的道路上》（中篇小说）的作者哈吉胡麻尔、《哈森与加米拉》作者之一的布哈拉和维吾尔族青年作家买买提江·沙迪科夫、乌买尔·伊明等人。已有十五年写作经验的土尔贡·阿尔玛士，解放后进步最快，他写了许多歌颂和平、歌颂人民解放军的诗篇。他们的作品，和老诗人赛福鼎、鲍尔汉的作品，在苏联都有俄文译本选集，并大量地用哈萨克文出版。现在，由克里木参加，从维文诗选集《战斗之歌》选译的汉译新疆诗选，已交给中国青年出版社，不久，我们就可以读到了。

诗艺杂感

曹建勋

史料解读

史料原载《新疆文学》1963 年第 10 期,是一篇文艺杂谈。作者在该文的第二部分用"带刺含蜜的小身体"评价铁依甫江的诗歌,指出铁依甫江运用维吾尔古典诗歌"柔巴依"体裁的诗歌反映现实生活,篇幅短小精练,批判与赞颂观点都十分鲜明,抒发了诗人爱祖国、爱真理、爱人民和仇恨敌人、蔑视个人主义等爱憎分明的时代感情。"柔巴依"这种四句一首的传统抒情诗形式,最大程度地展现了诗人诗歌语言简洁凝练的艺术魅力。

原文

"诗人"就是"反响"

谈到诗人同生活、时代的关系的时候,我就想起高尔基给一位青年诗人的信中所说的一段话:"……所谓'诗人'就是'反响'。诗人必须响应一切的呼声,一切生活底叫喊。对于生活的兴趣,需要加强起来。"(见高尔基:《给青年作者》,33 页)这话是在 1915 年初写下的,那时正处在俄国十月社会主义革命的前夕,时间虽然逝去了四十多个寒暑,但它对今天的诗歌作者,仍然有着深邃的现实意义。这段话里面,我觉得包含着三层意思:其一,所谓"反响",是强调诗人对时代和社会生活应该具有高度的政治敏感性。其二,两个"一切"在于说明,诗歌作者要有"视通万里"的宽旷视野，要有"思接千载"的广阔胸怀，能够如此高瞻远瞩，才可以在"吟咏之间，吐纳珠玉之声"；才可以在"眉睫之前，卷舒风云之色"（均见刘勰《文心雕龙·神思》）；这样，就能够更好地讴歌我们的时代，更热情洋溢地表现我们的时代精神。其三，要做到上述两个方面，头等重要的是，要求我们的诗歌作者应当具有高度的革命责任感，去关心和热爱国外革命人民的斗争生活。

社会主义文学奠基人高尔基所提倡的如上所述的战斗精神，看来是在不同程度地影响着我们时代的诗歌作者。有些同志，在艺术实践中，显然地把反映时代精神看作是自己努力的方向。翻开一九六三年的《新疆文学》，读了《迎朝阳》（载于一月号，洋雨作）、《委内瑞拉的烽火》（载于六月号，詹政才作）等反映国内外现实生活的政治诗，加深了我的这种感觉。

这些诗的作者，他们都以饱满的政治热情，或讴歌我们伟大的党，或声援争取民族解放的正义斗争，或抒发了痛击帝国主义的感情。例如：

千万只信鸽同时从朝霞中飞来，

千万张报纸同时展开在人们手掌，

……

每个字都是春的种籽，

一下撒进了人们的心房！

（洋雨：《迎朝阳》）

这与其说是作者在欢呼《中国共产党八届十中全会公报》，不如说是他"响应"了我们的人民对我们伟大的党历史性文件的欢呼声。如果作者对我们的人民在党的领导下，粉碎"旱魔水怪的围攻"，折断"U－2乌鸦的翅膀"等一系列的斗争生活，不抱着无比的激情，对"想用恶毒的唾液涂黑太阳"的鸱鸮，没有发自心底的仇恨，对领导着我们"夺得一个比一个更美好的春光"的中国共产党，不怀着深厚的爱，那么，作者对我们时代的政治生活，就不可能有这样迅速的"反响"，对党的公报，就不会产生这种"在银白的大道上""迎着朝阳"的真情实感。

再如詹政才同志，倘若他不是对亚、非、拉丁美洲的民族民主解放运动寄以密切的注意,同样不可能写出象《委内瑞拉的烽火》这样具有一定的战斗性的诗篇。当他听到委内瑞拉六名反抗反动政府的武装人员冲进加拉加斯的"时事广播电台"广播了十分钟的消息时,作者即饱蘸自己的激情,展卷纪录下了这"革命的声波"。诗在最后一段,一连用四个排句情不自禁地表现了作者心灵深处的喜悦:

> 十分钟,你们把黑夜划破!
>
> 十分钟,你们把光明远播!
>
> 十分钟,你们把胜利传给全球!
>
> 十分钟,你们把希望撒遍祖国!
>
> 这是永不消逝的十分钟呵,
>
> 这是革命烽火的序幕!

撇开语言明快、音调铿锵这些属于艺术性方面的优点不谈,就从它以高昂的调子反映国际政治斗争的思想内容看,难道不可以说,如此洋洋洒洒的诗情,不正是诗作者"响应"了殖民地人民的"生活底叫喊"!

我在谈诗人和时代的关系这一问题的时候,举了上面两首诗作例子,只是想说明,我们有些诗歌作者正朝着迅速反映国内外阶级斗争的正确方向努力,这是非常可喜的现象。至于它们在反映现实斗争生活的深度方面,则还是远远不够的,还需要付出更多的努力。

或对当前的火热斗争反应迟钝,或有所反映而又写得不深,这是当前某些诗歌创作中比较普遍存在的缺点。它的由来,恐怕同作者对现实斗争缺乏应有的政治敏感,对社会生活还认识得不够深刻有关。而当前国际范围内的阶级斗争正在激烈进行,社会主义国家向共产主义过渡的整个历史时期,阶级斗争将长期存在。这就要求我们的诗歌作者,真正是我们伟大时代的"反响",迅速地、有力地"响应"全世界人民"一切的呼声"和"一切生活底叫喊"。要做到这一点,如果没有"天下为己任"的革命精神,不百倍地热爱全世界人民的革命斗争生活,自然是不行的。

带刺含蜜的小身体

　　读了铁依甫江·艾里耶夫同志的《柔巴依》（载于《人民文学》一九六三年一月号），我联想到一位古代罗马诗人曾给一种短小的诗体作过这样的解说："诗铭象蜜蜂，应具三件事，一是刺，二是蜜，三是小身体。"（转引自《陕北民歌选·论民歌（代序）》，33 页）这一"刺"、二"蜜"、三"小"，照我的理解，实际上是两个问题：前两个说的是诗歌的内容，即给敌人以投枪、匕首，给自己人以歌颂；后一点指的是诗歌语言形式，就是说，诗歌应力求精练。

　　维吾尔古典诗歌"柔巴依"这种体裁，同古罗马的诗铭的确颇有类似之处。铁依甫江同志在运用这种样式反映现实生活的时候，很好地发挥了它的"刺"、"蜜"、"小"的优点。比如诗人在《柔巴依》里淋漓尽致地抒发了自己爱憎分明的时代感情；而这种爱祖国、爱真理、爱人民革命传统和仇恨敌人、蔑视个人主义等深厚的思想感情，的确是分别蕴藏在这组每四行一首的"小身体"上。这些小身体，真正是常常有蜜又有刺。比如第二首：

　　水滴汇聚成波澜壮阔的海洋，

　　没有大海，生活的帆船就无法远航。

　　倘若为了你那涓滴沾沾自喜，

　　不妨试试，一滴水珠能将什么浮起！

　　一开头，诗人就把个人和集体之间的关系，简洁、明快、而又形象地表现出来了。紧接着对那些不明确个人在历史上究竟会有多大作用，而为自己那大海一滴的成就而沾沾自喜的人们，提出了诗的劝告："不妨试试，一滴水珠能将什么浮起！"这是警句。看它何等的概括而有力！何等的发人深思！真有"言有尽而意无穷"、"余音绕梁三日"之妙。

　　如果说，精练是一切文学的要求、特别是诗歌形式上的很重要的特点之一，那么象"柔巴依"这一维吾尔文学的传统诗体，是颇值得我们在新疆工作的年轻的汉族诗歌作者注意的。我们常常读到这样的诗作，它虽然也反映了一定的生活内容，但由于实在写得冗长乏味，以致把一些较好的、能引人深思的生活内容,也全给淹没了。这并不是说,我们只能写"柔巴依"那样四句一首的小抒情诗,相反地,为了表现丰富多彩、波澜壮阔的社会主义生活,我们除了需要能够迅速反映现实斗争的短诗外,还欢迎巨幅的画卷。但诗不论长短,一个共同的要求是必须把它所反映的生活内容,压缩在最精练的语言里。

但须看到,语言精练毕竟是一个形式问题,一个作品,它的较好的形式,只有当它首先表现了深厚的革命生活内容,方能闪射出光彩,才能产生打动人心的力量。它们如何才能结合的好呢? 我觉得最重要的须在创作认识上明确两个问题:一是"刺"、"蜜"、"小"的主次问题,前面说过,"刺"和"蜜"是属于内容方面的东西,它们是属于第一位的,"小"是形式问题,它是属于第二位的;二是,从它们的相互关系说,我们则希望"刺"、"蜜"、"小"三者能够尽量做到完美的结合,就象蜜蜂那样结成一个有生命的整体。有了正确的创作认识,才能产生正确的创作实践。希望读到更多的、比《柔巴依》更好的、既精练而又有深厚的革命内容的诗篇。

1963 年 9 月 3 日夜,于乌鲁木齐

从小毡房走向全世界

——读哈萨克族诗人库尔班·阿里的诗

德　府

史料解读

　　史料原载《文艺报》1960 年第 9 期。该文以诗人诗作名称命名，并以此为聚焦点，全面介绍了诗人的创作道路，对诗歌的主题、内容和艺术特征进行了分析评价。库尔班·阿里是哈萨克族诗人，他原只是伊犁河畔的牧羊人，他的发展道路正像他的一个组诗的题名一样，是"从小毡房走向全世界"。解放前，他立足劳动生活土壤，诗歌中表现出人民所受的压迫、反抗和对自由的渴望。解放后，他的创作有了更为鲜明的特色，取得了更大的成就。这些作品描绘出新疆地区在解放以后从人与人到人与自然关系的翻天覆地的变化。新生活开始，新制度确立，广大人民得到解放，精神面貌发生了深刻变化。他以充沛的感情、优美的比喻热情地歌颂着自然与社会的美好。库尔班·阿里的诗，让我们看到毛泽东思想照耀下的草原发生的历史性变化，鼓舞人们去建设、去战斗，让整个民族从传统的小毡房，走向新时代、新世界。库尔班·阿里，是最早让全国读者熟悉的哈萨克族诗人。

原文

　　《天山》1959 年第 9 期，发表了哈萨克族诗人库尔班·阿里的十四首抒情诗,题名是《从小毡房走向全世界》。这以后,《天山》上又不断发表了作者一些诗作。

库尔班·阿里早在十七、八年前,就开始写诗,他原来是生长在新疆伊犁河畔的尼勒克草原上的牧羊人,现在是伊犁哈萨克自治州的州长。他的生活道路和创作的发展,正像他的一个组诗的题名一样,是"从小毡房走向全世界"。解放前诗人虽然没有直接参加中国共产党领导的革命活动,但由于他立足在劳动生活的土壤上,和劳动人民一起经历着苦难和斗争,所以他早年写下的诗,也充满着人民的悲愤、反抗的情绪和对自由解放的渴求。当他参加了反对国民党反动统治的三区革命暴动后,就写出了《英雄地走向战场》等很有战斗性的诗篇。解放以后,随着新疆地区工、农、牧各业的巨大发展和人民生活的不断改善,诗人的创作,有了更为鲜明、崭新的特色,取得了更大的成就。他的诗,抒发着诗人对过去黑暗统治的仇恨,对党、对革命的激情,描绘了新疆草原上各兄弟民族在这伟大时代所发生的变化;从人与人关系的改变,到人们改造自然,作者都怀着强烈的阶级感情,写出了自己真切的感受。它不但让我们看到新疆这个芳草和金花铺成的太阳的床铺,那儿月亮和星星畅谈,飞鸟扇着翅膀,牛羊出没,更重要的是让我们看到,在这美丽的自然环境中,新的生活、新的政治制度在这里建立,广大劳动人民得到解放,以及人的精神面貌的深刻变化。

作者在《毛泽东给我们权利》这篇诗中,形象地歌唱过自己的身世:

沉重的乌云笼罩着黑夜,

到处都是悲痛的歌声,

在统治者的笼子里,

我象被打坏翅膀的苍鹰。

我是贫穷牧羊人的儿子,

饱受歧视到处流浪。

只有在新疆地区得到了解放,当毛泽东的光芒照耀到草原,照亮了草原上的毡房时,牧羊人才插上了翅膀,才能够"围着月亮,吻着阳光,和星星畅谈,在天岭自由地歌唱"。作者看到了在革命政权下面,在新的生活中出现了新的民族关系,他怀着感激之情,歌唱各民族间兄弟姊妹般的情谊:"共同生在一个地方,象花园里的玫瑰一样。我的双生妹妹,共同沐浴着太阳的光芒"。(《我的双生妹妹》)这个花园,就是我们伟大的祖国;这双生妹妹,就是我们各兄弟民族,而那太阳的光芒,就是光辉的毛泽东思想和伟大的党的民族政策。生活中的新事物新气象不断向诗人迎面扑来,而诗人的"灵感"的清泉,也不断地奔涌喷射。诗人的胸中,像燃烧着一团火似的,他激情地歌唱着新疆各族人民新的劳动生活;歌唱着从无到有、从小到大的工业建设;歌唱着草原上升起的太阳——人民公社。而日益昌盛富强的祖国,各族人民敬爱拥戴的领袖毛泽东,世界无产阶级革命的导师列宁和万古长青的中苏人民的友谊,以及保卫世界和平这些方面,更成了诗人作品中的重要主题。在《我的快乐》(刊于《天山》1960年4月号)这首诗中,诗人放开了嗓子,以时代的强音,为全世界瞩目的人民公社唱出了"壮丽的颂歌"。这支歌有着生动结实的内容和真挚丰富的情感。使诗人激动的,是故乡的新面貌,他"骑着五岁走马,黎明时分走近她(故乡——引者)的身旁"。于是美丽的诗产生了:

> 我借着黎明的光亮,
>
> 凝视着平原的牧场;
>
> 原是寸草不生的荒滩,
>
> 小麦的海翻着金浪。
>
> 我们年轻的姑娘,
>
> 象玫瑰花开满了山岗;
>
> 她们的歌声响彻山野,
>
> 她们走上丰收的战场。
>
> 象夏日清澈的湖潭,
>
> 白色的天鹅湖中荡漾;
>
> 康拜因徐徐向前游荡,
>
> 麦浪在它的面前舞蹈。

这不是大自然的盲目崇拜者的颂歌,大自然是因为劳动者有了自由才如此美丽。诗人说："多么美丽的原野呵,对它的爱激动着我的心房;我的心里洋溢着欢乐,象沸腾着欢乐的草原一样。"树有根,水有源,这样欢乐的情景,这样美好的生活,"是什么使它变成这样?"诗人爽朗而激动地回答:"就是集体力量——人民公社"!

库尔班·阿里的诗,不但思想比较宽阔,感情真挚充沛,而且意境深远,比喻优美。下面这些片段是能够使我们看到作者的表现才能的:

牧人就像从曙光中出现的一样,

天刚发亮我就起床,

草原像那美丽的圆眼睛,

它召唤我就像召唤情人一样。

⋯⋯⋯⋯⋯

像美丽的花瓣上落着蜜蜂一样,

我的羊游动在那碧绿的草地上,

我赶着羊在山上静静地走,

就像那白天鹅渡过了辽阔的海洋。

把牧羊人的生活和草原写得这样美,这样明晰如画,这样动人,首先是由于诗人对新社会的热爱,由于他对自己的故乡,特别是解放后的故乡的热爱和眷恋。在他的诗中,有不少的比喻和想像,是十分优美的,诗人把牛奶的巨量生产比做牛奶流成白色的湖,把满山的牛羊比做盘在山上的项链(《在公社化的阿吾勒里》);把五月的黎明比做纱帐(《五月的歌》);把西伯利亚姑娘们在雪地上筑铁路比做绣衬衣的花边(《西伯利亚》);把双手翻着列宁的书页,比做抚摸英雄的翅膀(《知识的高峰是最高峰》)等等,这些新鲜的形象,都可以丰富和启发读者的遐想。库尔班·阿里的诗,让我们看到毛泽东思想照耀下的草原所起的变化,鼓舞人们去建设、去战斗。

天山草原的新牧歌

——读诗集《从小毡房走向全世界》

张 奇

史料解读

史料原载《新疆文学》1962 年第 8 期。该文评析了哈萨克族诗人库尔班·阿里的诗集《从小毡房走向全世界》。文中指出，饱满的政治热情，明快的民歌格调，鲜明的民族特色，构成了库尔班·阿里诗歌的风格。诗人以火热诚挚的心和政治激情歌颂党和毛主席，诗歌创作总是和本民族的生活紧密地联结在一起，因此他的作品能够打动读者的心。库尔班·阿里，在诗歌意象、表现手法上继承、发展了哈萨克族民歌，明朗而奔放的风格也和哈萨克族民歌风格一脉相承。他的诗，丰富了祖国的文学宝库。文中同时指出了库尔班·阿里诗歌的不足，如一些较长的诗节奏拖沓、语言锤炼不够等。

原文

我虽没有到过天山草原，却多次听到过来自草原的歌声；歌声是那么优美而嘹亮，象是长了翅膀的骏马，在祖国的大地上飞翔，歌声为我们勾画出牧场的迷人景色，描述着牧人们解放后的幸福生活。我没有和哈萨克人民共同生活过，我是从他们的诗歌里认识这个民族的。"歌和马是哈萨克的两只翅膀，""会说话的孩子就会唱歌，""客人来记我们的歌，请您看看那青草坡，嫩绿的青草数不尽啊，一棵青草一支歌，"……这些民谚和歌谣，如同自画的肖象一样，多么生动地刻划了这个"诗歌的民族"的形象啊！

最近，我又一次听到了来自天山脚下的歌声，这是库尔班阿里同志的诗集《从小毡房走向全世界》（一九六二年作家出版社出版）给我带来的。这些动人的诗篇把我带进天山牧场，使我仿佛看到"从曙光中出现"的牧人，走出了毡房，一边弹着东不拉，一边唱着新的牧歌，一边赶着羊群，走向牧场。琴弦象流水一样，歌声在草原上飘荡。它赞美着草原"象一条铺开的蓝毯"，"幽静如湛蓝的海洋"，牧人自己则是"象白天鹅在蓝色的湖上飞翔"，肥壮的牛羊"象春天的花苞"，远处的群山"象串起来的项链"，年轻的姑娘"象玫瑰花开满了山岗"，而新的家乡——公社化的阿吾勒，已进入"生活的春天"。他在讴歌新生的、欢乐的草原时，还时而调拨琴弦，变换曲调，用悲愤的声音唱着哈萨克人民在旧时代的痛苦：《在祖母家里》是一篇哈萨克妇女对旧社会的血泪控诉书；《老人的心》和《他如今在哪里》叙述了哈萨克牧民以往的悲惨遭遇。然而他回述过去的歌声，却没有使你仅仅沉湎于痛苦的历史回忆中，因为他善于急转琴弦，提高声调，很快地又把你从过去带进眼前的现实世界，以欢快之音作为尾声。这样便很自然地形成了新旧生活的鲜明对比。正如一幅色调分明的画面一样，阴暗的底衬，正是为了更有力地托出光明的所在。从乌云中透露出来的一道阳光是更为明丽夺目的。在忆述了哈萨克过去的生活之后，他又以急促之声把我们引进暴风雨的战斗年代，《列宁——毛泽东》、《战士的话》和《生活里永远没有陌生》这些诗篇，虽则是片段地反映了哈萨克人民的斗争生活，却是简洁有力的，歌声里仿佛夹带着子弹的呼啸，从我们耳边飞嘶而过，同时，这些诗歌也塑造了诗人自己作为忠贞战士的形象。

歌声不停，琴声不断，时而抒情，时而叙事，一曲接着一曲。歌声象草原上的曙光一样，随着太阳的步步高升，它描绘的生活图景，也越来越为阔大，它抒情地唱完了《牧人的歌》、《我的快乐》、《五月的歌》，又用昂奋的音调，唱起《我们一天的里程相当二十年》和急进的《时代的歌声》，其势如竞涌的江水，其声如万马驰过无边的草原。要问牧人为何这样欢乐？因为"在我们的首都北京，伟大的领袖在关怀地望着我，我在这里看守社里的羊，他在那里微笑地望着我，"（见《从小毡房走向全世界》第 18 页。）这是多么自然而纯朴的诗句啊！这是牧民们的心声，它包含着多少纯真而热烈的情感！要问我们力量的源泉在哪里？我们一天的里程为何相当二十年？"因为共产党为我们领先"，歌颂党、歌颂我们伟大的领袖毛主席，是我国诗人们永远唱不完的新鲜主题，而库尔班阿里同志歌颂党和毛主席的诗篇，总是和本民族的生活紧密地联结在一起的，所以显得别具特色，读来倍感亲切。此外，象他歌颂祖国、赞美北京、民族团结和社会主义各国人民之间友情的作品，都同样具有上述的特点。

库尔班阿里是这样热爱他所讴歌的对象，读着他的诗几乎可以感触到他那颗火热、诚挚的心和如潮似浪的政治激情。这是他的作品能够打动读者的心，赢得读者喜爱的根本原因，也是他诗歌的灵魂所在。

读完了这部诗集之后，我怀着激动不已的心情，掩卷沉思，余音萦绕耳际，久久不去。我恍若在什么地方听到过这样熟悉的歌声，然而又不同于它们。于是，我追根溯源，翻阅了以往读过的诗集和民歌，终于在哈萨克民歌选集中找到了和库尔班阿里的诗歌基调近似而曲词不同的乐音。哈萨克这个爱马的民族总是喜欢用骏马来比喻，歌颂他们心爱的前进事物。例如在一首哈萨克民歌中曾这样写道："我们的家乡在跃进呵，四十匹骏马也赶不上！"在库尔班阿里的诗歌中，不止一次地借用骏马的飞奔来形容我们飞跃的时代。白天鹅在哈萨克人民的心目中是纯洁、自由的象征："自由的天鹅，把翅膀借给我吧，让我也能象你一样任意的飞。"（见哈萨克民歌选集《我的东不拉》第 69 页。）在库尔班阿里的诗歌中，也曾多次以白天鹅做为比喻："我赶着羊群在山坡上静静地走，就象洁白的天鹅游过辽阔的海洋。"（见《从小毡房走向全世界》第 17 页。）而在表现手法上，库尔班阿里也显然受到了哈萨克族民歌的直接影响，从中吸取了不少艺术技巧。他诗歌中表现出来的明朗而奔放的风格，也和哈萨克的民歌风格近似。作者在《致汉族读者》中曾经写道："我是在草原上长大的，什么时候我也不会忘记在幼年和青年时期，在阿肯（游唱诗人）身边听歌时的情景。那时候，阿肯们那饱含悲愤的诅咒旧社会的歌，曾在我心里留下了深刻的印象。那时候，我也常常参加一些婚礼对唱。最初只是满怀兴趣地听,后来便经常和别人赛起歌来了。……如果要问,我写诗的老师是谁？我会回答：是阿肯,是人民……"这段文字说明了他是如何走上诗歌创作的道路的,同时为他作品中的鲜明的民歌色调也做了最好的注释。从民歌中吸取养分,有继承,有发展,我感到诗人库尔班阿里正是沿着这条大道在前进。

诗歌是最精练的语言艺术,翻译诗歌远比翻译其他文章更为困难。因为每一种语言都有它自己的特征,在这一种语言中最富表现性、形象性的字句比喻或典故,在另一种语言中往往不易找到完全相同的东西。而原诗歌中的节奏、韵律、音乐性等等,经过翻译往往很难完全保留下来,看来,这是诗歌翻译者共同遇到的"难关"。我是不懂哈文的,所以上面只就比喻和基调方面,略略谈了谈库尔班阿里的诗作和哈萨克民歌的渊源关系,至于他的诗歌创作在其他方面继承和发扬了民歌中哪些东西,仅从译文是很难谈得透彻的。然而,他诗歌中的民族色彩即使通过译文也能看到的,因为民族色彩不只是通过形式来表现,而最主要的是由作品反映的生活内容决定的。例如《我们的面貌象夏天一样》这首诗,它带有浓厚的哈萨克民族生活特色,也给读者留下了宽阔的想象余地：

> 大地和天空分外明亮,
>
> 人们的脸上没有一丝忧伤,
>
> 到处是一片繁茂的景色,
>
> 啊,我们的面貌象夏天一样。

用明朗的夏天形容"我们的面貌",有多么新鲜而生动！但这些诗句并不是凭空想出来的,而是和哈萨克牧民的生活有密切联系的。牧人们是多么喜爱明朗的晴空下的夏季草原啊！它不仅反映了牧民们的精神面貌,也是诗人心目中的祖国面貌。每个读者都可以追寻着诗人创造的意境,去想象水草丰美、畜群如烟的牧场景色,去分享牧人们无边的欢乐,去想象人们的精神世界……。在作者的笔下,那失去了孙女儿的贝坎老伯,也"象失羔的母驼一样悲伤",甚至连他在西伯利亚看到的姑娘也是长着小骆驼般的眼睛,那欢腾的清澈激流,也"象姑娘们辫子上的银圆,铮锵作声,银光闪闪"。失羔的母驼,姑娘们辫子上的银圆……都是哈萨克民族生活中所特有的或是感受特深的。至于"草原象美丽的圆眼睛，它召唤我象召唤情人一样"，更是逼真地写出了牧人热爱草原的心情。这些富有民族特色的比喻和形象，来自诗人对生活的感受和丰富的联想，它使本民族的读者感到亲切，使兄弟民族的读者感到新鲜。愈是富有民族色彩的作品，愈是能够丰富祖国的文学宝库。在这一方面，库尔班阿里的诗歌是有其一定贡献的。

饱满的政治热情，明快的民歌格调，鲜明的民族特色，构成了库尔班阿里诗歌的风格。当然，这不是说他的每篇作品都是成熟的，例如《在祖母家里》、《老人的心》这两首较长的诗，都写得拖沓，锤炼不足，艺术上显得粗糙些。还有个别的诗篇，写得不够完整。然而，就他收集在这里的全部作品看来，他是在逐渐向成熟阶段发展的。我相信，随着新生活的进展，诗人库尔班阿里会不断地唱出更多更动人更有力的歌来。作为一个忠实的读者，我在热切地期待着。

《从小毡房走向全世界》漫评

卜林扉

史料解读

该文是对哈萨克族诗人库尔班·阿里的诗集《从小毡房走向全世界》的评论,载于《中国民族》1963 年第 2—3 期。卜林扉对库尔班·阿里的诗歌进行了较为全面的分析,指出诗人善于运用优美和巧妙的比喻来歌唱丰富多彩的生活。短诗构思巧妙,抒情长诗结构有层次,气势比较阔大,显示了诗人的才能。卜林扉认为这是因为诗人熟悉生活,了解生活,对生活有灼热的感情,有一种赞颂它的责任感。该文是 20 世纪 60 年代对库尔班·阿里诗歌的评论中较有代表性的一篇。

原文

一

哈萨克族诗人库尔班阿里这本诗集的名字——《从小毡房走向全世界》[①],就是很富有诗意的。从小毡房走向全世界,这说明了多么巨大的变化,说明了多少有意义的事情。

哈萨克是我国境内人口较少的一个民族。在解放前的黑暗岁月中,哈萨克

---

① 《从小毡房走向全世界》,作家出版社 1962 年出版。

族人民跟其他兄弟民族一样,遭受到反动统治阶级的残酷剥削和压迫。只有在共产党领导的新中国,在我们这个自由平等的民族大家庭中,哈萨克族人民才开始过着幸福的生活。作为哈萨克族人民的代表,库尔班阿里在祖国辽阔的土地上高昂阔步地走着,在祖国的天空中自由飞翔,他来到了太阳的家乡,来到了党中央和毛主席居住的北京。作为伟大的中国人民的代表,他还越过数不清的山脉,跨过数不清的河流,踏上了欧洲的土地,这使他认识了广阔的世界,也使他深深意识到生活的意义,于是他激昂地歌唱起来:

围着月亮,吻着阳光,

和星星畅谈,

在天空自由地歌唱。

在亚洲和欧洲,

我自由地飞翔,

我认识到比生命更宝贵的

是希望和理想,

是劳动人民的解放。

他在世界和平理事会上,和从各国来的代表在一起商量世界大事。

库尔班阿里从祖国西北边陲的"小毡房"出发,走向了全世界,他在这条神话般的道路上,一边走着,一边唱着欢乐的歌,他歌唱自己的民族,歌唱自己的祖国,歌唱整个世界。库尔班阿里这些热情洋溢的诗篇,受到了我国诗歌界的注意,受到了广大读者的注意,作家出版社又将他写的一部分诗结集出版。这样的事情,是只有在共产党领导的新中国,只有在光辉灿烂的社会主义国家里才会出现的。

从一颗晶莹的露珠,可以反射出太阳的光芒;从库尔班阿里的生活道路和诗歌创作,可以看出我们的时代是多么幸福,多么值得自豪,多么值得用我们的生命来捍卫它,建设它,为它终生不倦地斗争。

二

《从小毡房走向全世界》这本诗集,选译了诗人的三十二首诗。

库尔班阿里这本诗集中的大部分诗篇,都是歌颂自己民族欣欣向荣的新生活,是劳动和建设的赞歌。诗人歌唱着象替大地绣花似的劳动,歌唱汗水的海洋、庄稼的海洋,歌唱着日夜忙碌的劳动者,歌唱着劳动者美好的心灵。《把我派到最艰苦的地方》这首诗,表达了哈萨克族劳动人民建设社会主义的伟大理想。只有辛勤勇敢的劳动,才能够改变自然面貌,才能够使生活变得更美好。

高山和平原披上绣花绿毯,

我要用歌声迎接夏天,

让小麦的森林迎风舞蹈,

清清的渠水作它伴奏的琴弦。

库尔班阿里的这些劳动和建设的诗篇都写得很美丽,象一幅幅出色的图画,勾勒了哈萨克民族崭新的生活风貌。哈萨克民族是个热爱诗歌的民族,在哈萨克民族聚居的地区,又有着迷人的景色,我们在很多哈萨克族的民歌中,已经领会了这种壮丽的自然风光,但是在那些古老的民歌中,自然环境是作为人们悲惨生活的背景出现的。在库尔班阿里描写新生活的诗篇中,无论在高高的天山脚下,在青色的大草原上,都弥漫着欢乐的气息,人们在辛勤地劳动,人们在愉快地生活,美丽的大自然衬托着欢乐的生活,使生活带上了诗情画意,更具有一种迷人的色彩,人们美满的生活也反过来使大自然显得更为可爱。幸福的社会生活和美丽的自然环境,融合成一个完整的境界,在库尔班阿里这支诗歌的魔笛中吹奏了出来。

库尔班阿里深深懂得,人民幸福生活的源泉,是共产党,是毛主席,是人民公社,他在许多诗篇中都尽情地歌唱着党和毛主席,歌唱着人民公社。在《牧人的歌》中,诗人用牧羊人的口吻,真挚地唱道:

在我们的首都北京,

伟大的领袖在关怀地望着我,

我在这里看守社里的羊,

他在那里微笑地望着我。

劳动人民的心灵,就是这样紧密地跟自己伟大领袖联系在一起。

在《公社是生活的春天》中，诗人这样歌唱着：

公社是生活的春天，

花园里黄莺在歌唱；

春天里万物的生命多么旺盛，

春天的太阳是伟大的党。

人民公社的诞生，使人民的生活过得更幸福和欢乐，使人民的生活永远象阳光普照的春天。如果说人民公社是人们永恒的春天，那末党就是春天里的太阳，诗人很生动、很形象地将这个生活的哲理抒写了出来。

库尔班阿里歌唱世界的那些诗篇，范围也很广阔，诗人表达了对伟大革命导师列宁同志的敬意，歌唱了中苏两国劳动人民的友谊。诗人对美帝国主义强盗，又是发出了那样愤怒的吼声。

当刚果人民受到美帝国主义强盗迫害和奴役的时候，他写出了这样的诗句：

握紧你那把钢刀，

让它发射出逼人的寒光，

别听信那调和的谬论，

敌人不灭，钢刀不能入鞘上墙。

握紧你那战斗的钢刀，

指向敌人，奔向战场吧！

空话替代不了独立和自由，

只能用战斗来夺取它！

是的，只有不屈不挠的斗争，才能够做生活的主人，屈膝投降，就免不掉做奴隶的命运。库尔班阿里这些充满力量的诗句，在今天读起来，依旧是很有现实意义的。

三

库尔班阿里善于运用优美和巧妙的出喻，来歌唱丰富多彩的生活，显示了诗人的才能。

在《我的快乐》中，诗人用开遍了山岗的玫瑰花，来比喻年轻的姑娘，表现出姑娘们青春的气息；用在水上游泳的白色天鹅，来比喻正在操作的康拜因，表现出人们对机械化的喜悦的心情；用冲破海浪的雄劲的船舶，来比喻割麦的老年人，又表现出老一辈人们干劲冲天的英雄气概。

在《抄自农业日记》中，将打麦场上的劳动，也作了很美丽的比喻：

我们下马来到金色的麦场，

很多活泼美丽的姑娘，

正在麦场上泼散着珍珠……。

木铣迎着金色的太阳，

轻快地张开翅膀，

人们的心和它一起跳跃，

银色的汗水在流淌。

《牧人的歌》中的比喻，运用得更是贴切，大大增添了作品的诗意。在诗人的笔下：

草原象美丽的圆眼睛，

它召唤我象召唤情人一样。

这就把牧人热爱草原、时刻惦记着草原的心情，把牧人爱恋着工作的心情，很细致、很巧妙地传达出来了。这个牧人是多么热爱自己的工作啊，他在自己的工作中发现了无穷的诗意！

库尔班阿里能够敏锐地感觉到生活中美好的事物，从中捕捉鲜明的形象，组成一串象珍珠那样闪闪发亮的诗句。诗歌是需要有美丽的、富于形象的语言来表达生活的，这样才能够给读者留下鲜明的印象，使读者受到它的感染，更好地认识和热爱生活。

能够写出这样美妙动人的诗歌，这固然需要创作技巧和才能，不过更重要的是必须深深了解生活，对生活怀着一种灼热的感情，一种赞颂它的强烈的责任感，否则就会象无源之水，无本之木，除了一些苍白的、雕琢的文句之外，再也唱不出动人心弦的诗歌来。只有真正懂得生活、熟悉生活、热爱生活的诗人，才能够写出优秀的作品。

四

库尔班阿里的一些短诗，构思也是很巧妙的。象《为什么你的眼睛不疲倦》这首诗，通过一对情人依依惜别的场面，写出了日新月异的幸福生活。诗人很巧妙地从一对情人的对话，写到作品中的"我"对爱人古丽贾玛勒的体贴，担心她晚上绣花手帕的时候，眼睛会睁得太疲倦，从这里引出古丽贾玛勒的回答，告诉他家乡已经装上了电灯。这短短的几句对白，既符合一对情人亲密相爱的心理，又很自然地点出了生活的迅速改变，丝毫也不着人工的痕迹，很好地起到了"一石两鸟"的作用。于是，在这首情意绵绵的爱情诗中，融入了一种新的意境，产生了更丰富的涵义，增加了诗歌的容量，经得住读者的吟咏和体会。

库尔班阿里的几首抒情长诗，却又结构得很有层次，气势也比较阔大。《在祖母家里》就是这样的一篇作品。诗人一开始描写好多幸福的年轻人，欢乐地团聚在一起，听老祖母回忆悲惨的往日，这样就造成了今昔对比的气氛。老祖母讲起的那个贾玛勒汗，一诞生便当了买卖婚姻的牺牲品，故事紧紧扣住了妇女在旧社会里的痛苦命运。老祖母并不是平静地叙述故事，而是带着一种强烈的感情，沉痛地控诉着吃人的旧社会，老祖母在控诉中穿插了一些抒情的话语，叙述那个妇女在痛苦挣扎的时候，天空里下起了大雨，那个妇女随着风暴不住地呜咽；叙述那个妇女伫立在青草地上，默默地凝望着草原。类似这样的渲染和烘托，就增添了作品的气势，加强了作品动人的效果。作品到这里突然来了一个转折，进一步叙述比贾玛勒汗更痛苦的妇女，她的姐姐被虐待，被折磨，只因为一头小山羊被牛顶跑，就遭到牧主狠狠地撕打，终于被迫自杀。作品接着又来了一个巨大的转折，描写解放后的幸福生活，满天乌云顿时消失，天空又变得豁然开朗。在幸福的节日里，回忆苦难的生活，然后又回到光明灿烂的今天，赞颂着幸福的、美丽的日子，经过这几个大大小小的曲折对比，人们当然要从心底里喊出来了：

"粉碎旧世界！

生长吧！新的祖国！"

这样幸福的生活，是共产党和毛主席领导着全国人民创造出来的，所以归根结底想到了各民族的伟大领袖毛主席，是老祖母说出了大家心里的话：

啊！孩子们！你们谁要爱惜生活，

就要象爱自己的心一样爱毛主席吧！

不要说青年，就连我这七十多岁的老太太，

想起了毛主席，还想再活七十年。

曲折的对比，清晰的层次，诗人在中间又倾注了满腔的热情，抒情和叙事相当巧妙地结合在一起，将作品衬托和渲染得很有气势，最后象百川汇海似的，涌向一个欢乐的高潮，涌向对毛主席的衷心歌颂，就使这首诗在艺术上显得相当完整，思想意义也来得相当深厚。

有的诗短小新颖，象一颗颗可爱的珠子；有的诗一泻千里，象滚滚奔放的江河。这就使库尔班阿里的诗显得丰富多彩，而在这些不同色彩的诗篇中，水平当然也会参差不齐。譬如说有的诗没有将生活更深入地发掘下去，显得比较一般化了些，《时代的歌声》就是一个例子。这首诗也赞颂了新的时代，但是没有进一步写出客观的生活和诗人自己的内心，形象还不够鲜明，感情还不够浓郁，减弱了动人的力量。还有的诗构思有些重复，象《老人的心》这首诗，在情节的安排上，跟《在祖母家里》大致相似，没有能另辟蹊径，重新创造出一个独特的诗的境界来，又不如《在祖母家里》那样写得深入细致，因此给读者的印象就远不及它那样深刻。

在继续创造和探索的过程中，希望诗人能够总结自己创作的经验，发扬已有的长处，写出更成功的作品来。

五

诗人库尔班阿里是伊犁哈萨克族自治州州长。革命的实际工作，使他的思想有可能跟广大群众结合在一起，使他同劳动人民的命运息息相关，并且使他跟群众的生活能够保持密切的联系。这样,他诗歌创作的源泉是丰富的,会象喷泉一样灌溉着他的心灵,正如诗人在诗集卷首的《致汉族读者》中所说的:"面对着这些美好的景象,我的心怎能不激动! 我要歌唱,歌唱把哈萨克人民引上幸福道路的共产党;我要歌唱哈萨克族和各族人民心中的太阳——毛主席;我要歌唱亲爱的祖国……。"

诗歌,这是战斗者的号角,建设者的旗帜,库尔班阿里一定会永远高举着旗帜,吹起了号角,在朝气蓬勃的生活中,在热火朝天的斗争中,"坚定不移地沿着毛主席所指出的文艺方向,永远、永远地向前进!"(《致汉族读者》)永远、永远地放声歌唱,赞颂我们伟大的党,赞颂我们伟大的时代。

1962.12.9 于北京

两首献给祖国的好诗

唐　棣

史料解读

史料原载《新疆文学》1964 年第 4 期。该文评论了尼木（米）希依提的《怀念你，我的祖国》和铁依甫江的《祖国，我生命的土壤》两首诗。维吾尔族老诗人尼木希依提的《怀念你，我的祖国》抒发了"朝罕"的旅途上的思国之情，在中西文化、社会制度对比中深深感受到身为中国人的由衷自豪，由此抒发了对祖国的深沉的爱。维吾尔族青年诗人铁依甫江·艾里耶夫的《祖国，我生命的土壤》则以生命的土壤比喻自己和祖国关系，以鲜明的爱憎表达对祖国毫无保留的热爱，对敌人毫不留情的憎恶打击。两位维吾尔族诗人从不同角度歌唱祖国，怀念与深恋，深沉与激昂，两首诗中都蕴藏着对祖国浓重深沉的真情，具有动人的情感力量。

原文

解放以来，各个民族的诗人们献给祖国的诗篇是纷如花海的，这里面有不少的奇葩异朵散发着醉人的馨香。其中维吾尔族的老诗人尼木希依提的《怀念你，我的祖国》（载《诗世》1962 年第Ⅰ期）和维吾尔族青年诗人铁依甫江·艾里耶夫的《祖国，我生命的土壤》（载《新疆文学》1962 年 10 月号），就是最近在祖国的诗园里开放的两丛绚丽的香花。

《怀念你，我的祖国》写于 1956 年 8 月。那时五十五岁的老诗人尼木希依提已和中国伊斯兰教代表团的其他成员结束了在吉达的"朝罕"，到了归国途中的西奈半岛。老诗人再也抑制不住自己的思国之情了，他一任这怀念的泉水纵横奔流，在体内，在心上，在笔端，里面和着多少热泪、苦泪、诚挚的泪、相思的泪。这泉水流注在纸上，便成了一行行感人的诗句。

> 怀念！怀念！无底的喷泉，
>
> 洒在我圣洁虔诚的心田……
>
> 祖国啊，生育我的母亲哟，
>
> 你的光辉时刻照着儿子！我怀念！
>
> 即便离开一时我也恋情万千，
>
> 你巨大的身躯是那么庄严温暖。
>
> 黎明，我总要打开旅行地图，
>
> 望着你初升的旭日，我怀念！

这深沉的恋情、真诚的语言足以使人感动得落下泪来。诗的第一句就满含着诗人对祖国的浓重的爱，这一行犹如一条湍急的河水，波起波伏处无不是相思，浪翻浪滚中无不是怀念。后两句诗人的形象又多么感人！我仿佛看见老人每到黎明时分总要打开旅行地图用颤抖的手指急急地寻找着祖国的位置，辨别他所在的方向，当他翘首望见朝阳正从赤县冉冉初升起的时候，他的心啊又飞回了祖国的怀抱中：

> 我的心时刻地贴着祖国跳荡，
>
> 英雄儿女们在祖国面前宣誓举拳。
>
> 党和毛主席给祖国开拓英雄的纪元，
>
> 江山多娇的祖国站了起来，我怀念！

诗人所怀念的祖国不是一个抽象的名词，他所怀念的是有着伟大的党、敬爱的领袖、英雄的六亿五千万人民的幸福的祖国。诗人清清楚楚地认识了党、领袖、人民与祖国之间的不可分割的关系，认识了他们是一个整体。诗人对于这样一个欣欣向荣、蒸蒸日上的社会主义国家是寸步难离的；而今竟离开了，怎能不叫他每夜"梦绕神州路"（张元干语）呢？又怎能不叫他"尽日倚栏思"（黄遵宪语）啊！

诗人在吉达目睹了资本主义制度下人民的惨痛生活,更加深刻地认识了我们社会主义制度的无比优越。在伟大的祖国的怀抱里,见不到"乞怜在街头的流浪汉";见不到教徒们为饥饿、贫穷所虐杀的惨象;"金钱比生命还贵重"的时代在这儿已经一去不复返了,这里再也看不到"无数白种人挺着坟墓般的肚腹"到处横行的丑态;这里已没有了民族仇恨和种族歧视。在祖国,劳动是最光荣的事,每个公民都不愁吃穿;在祖国,各民族一律平等,人民有宗教信仰自由;祖国确实是一座"友谊的大花园"。这怎能不值得我们骄傲呢?怎能不叫诗人在迢迢万里之外向祖国寄以浓重的相思呢?因此,诗人在将要告别吉达回国的时候,他那颗热爱祖国的心便更急剧地跳荡起来了,真是"归思恰如重酝酒"(陆游语)一般醇厚啊!他写道:

在要离开这古老的朝罕圣地之际,

我的心啊,飞腾着怀念祖国的诗篇。

儿女归心似箭,祖国山高水也甜,

我的自由的阔野沃土啊,我怀念!

他用巧妙而纯朴的语言向祖国表白了他的衷情:

经过严冬的黄莺儿更知新寻的温暖,

朝罕旅途见闻使我更感到祖国的可爱与尊严。

尼木希依提,一个伊斯兰教徒,

永远热爱我的母亲般的祖国永恒的春天!

老诗人这里郑重地表达了他对祖国的一片冰心。这誓词般的语言发自肺腑,是儿子对母亲的倾诉。尼木希依提高尚的爱国情操是令人尊敬的,足以使爱国者深深感动,使地方民族主义者羞愧得无地自容。我们为自己有这样一位忠心耿耿的爱国的老诗人而高兴。

铁依甫江·艾里耶夫的《祖国,我生命的土壤》写于今年六月。无论从思想性上看来,或者从艺术性上来看,这首诗都比诗人以前的作品更高一筹。诗中燃烧着诗人对祖国的热爱,字字如火,处处有炬。这首诗标志着这一位年轻的维吾尔族诗人在思想修养和艺术风格方面正日趋成熟。

你看，诗的开头四句多么激人心弦：

祖国——我生命的土壤，是你抚养了我，我是你的子孙，

在你的心弦上紧系着我整个的爱，整个的灵魂。

党是我们的灯塔，我们的引路人，我们的舵手，

策马驰骋吧，只要党带头在哪儿战斗，哪儿便是凯旋之门。

这是对母亲——祖国的无限热爱，这是对光荣、伟大、正确的中国共产党的无比信任。这爱，是全心全意的，而不是三心二意的；这信任，是坚信不疑的，而不是半信半疑的。诗人为自己有如此伟大的祖国和党而感到自豪。

离开这个爱，离开这自豪，离开这灯塔度过的一刹那，

即使生活在"天堂"，我们也觉得象在地狱里生存。

诗人传出了一切热爱祖国，热爱党的中国公民的心声！是的，我们不羡慕"天堂"，不管它是"上帝"所预示的那样，是但丁所幻游的那样，还是海涅所梦想的那样，都不足以引起我们的向往。别的国土，即便它是"伊甸乐园"也无法夺走我们对自己祖国的挚爱。其实世界上本来就没有什么"天堂"；如果说有，那就是自己的祖国，是她的今天和明天。离开了母亲——祖国，离开了母亲的心——党；无论到什么地方去生活，"我们也觉得象在地狱里生存"一样！作为一个中国人，脱离了自己的有着灿烂历史文化的祖国，到别的地方去苟且偷安，那无疑是极端可耻的作为。诗人说：

在我的一生中，不能失掉继承这伟大历史的时机，

与其做愧心于它的活人，不如为它死去叫我甘心。

这是何等圣洁的心地、灵魂！诗人不以为自己仅仅是一个三十多岁的青年，而意识到自己的生命就是有着五千年光荣历史的祖国的生命的一部分。"中国各民族共同地创造了我国的历史和文化"（刘少奇语），一个中国人，抛掉这五千年的"履历"，而到别的地方在羞辱与嗤笑之中做一个"新公民"，委实是人世间最可痛惜的事。不论是哪一国的人，都应当爱死自己的祖国。匈牙利爱国诗人斐多菲写道："纵使世界给我珍宝和荣誉，我也不愿离开我的祖国。"（《我

是匈牙利人》）苏联诗人马雅可夫斯基也认为在别的国家生存无异于自戕，他说："为什么我要在异国的风雨中使自己淋透，使自己腐烂、生锈？"（《回国！》）同样，我们的诗人铁依甫江·艾里耶夫也不愿逃避开自己的国土去寄在别国之篱下；诗人以为哪怕是在荒塞、"穷""白"中劳动、斗争，也比在异国坐享其成要舒服万倍：

祖国的每一粒沙土，对于我是何等珍贵啊，

即使跋涉在戈壁滩上，仍会感到遍地是清香的花丛。

………

在异国穿着绸缎绫罗，我会感到局促不安。

在祖国即使是衣衫褴褛，我也感到快乐无穷。

毛主席说："我们中国人是有骨气的。"（《别了，司徒雷登》）这几行诗，就正表现了中国人的骨气。诗人的骨气是和祖国的爱憎相连、休戚与共的：

祖国之恨，就是我的恨，祖国之爱，就是我的爱，

她有任何的烦闷，我也会有同样的烦闷。

对祖国的敌人，我愿作一把穿进他胸膛的匕首，

对祖国的友人，我愿作一座交流友情的桥梁。

诗人把自己的一切都献给了祖国，不许任何魔怪来伤害她。这是他"横眉冷对千夫指"的一面；同时，对于祖国的朋友来说，诗人又甘愿弯腰弓背作一座桥梁，以有益于友情的交流。这又是他"俯首甘为孺子牛"的一面。诗人不是狭隘的爱国主义者，他的诗充分地表现了他的国际主义的精神。诗人的爱憎是极为分明的。他的爱憎正代表了六亿五千万中国人的爱憎：对于祖国的敌人、马克思列宁主义的敌人、世界共产主义运动的敌人，没有什么情面可留，不管是过去、现在和将来，我们都永远不会同他们拥抱和亲吻，而对于祖国的朋友，我们则披心沥胆、推襟送袍，全抛一片诚意，愿同生死、共甘苦，愿定"割臂盟"，愿为"刎颈交"。我们从来不背信弃义破坏宝贵的友情——这都是全世界有目共睹的。

作为人民的诗人，就应该有广阔的政治视野，要能够高瞻远瞩，看清未来。

诗人铁依甫江不但看清了祖国的今天，也看清了祖国的明天：

> 祖国的今天在嫣然微笑，她的明天将更为美妙，
>
> 是她给了我眼睛，我怎能看不到她的远景？
>
> 我好象拥抱我的情人那样，拥抱我的明天，
>
> 因为，我曾用胸膛抵抗过进攻她的寒冷。

诗人厌恶那些看不见祖国光明的前途而背叛祖国的可怜虫，并向他们投去以极大的轻蔑和难遏的愤怒：

> 在任何时刻，我不能对祖国的叛徒视而不睹，
>
> 我要当面揭穿他的诽谤，看他如何回答我的质问！

在历史上有多少背叛祖国的贱狗，也许他们活着的时候尚能显赫一时，但死后总要遭人民的千年唾骂。相反地，忠实于祖国民族的英雄，也许生前历尽了艰险，受够了磨难，尝遍了辛酸，但他们死后，定会流芳百世。日月运转，春秋代序，他们的姓名会牢牢地铭刻在人们的心上。诗人所选择的，正是坦荡的爱国的道路。他写道：

> 你们别说我死了，即使我闭着双目断了气，
>
> 在祖国的怀抱里，永远会躺着我的坟。

这是多么感人的语言！这两句会引起我们对诗人人格的无限崇敬，同时也足以使那些见风转舵的投机者羞愧得无地自容。此时，我不禁想起了古巴爱国诗人何塞·马蒂（1863—1896）所写的一首诗，

> 我愿意平平常常地死去，
>
> 象那些花儿死在田野间，
>
> 不是蜡烛，是繁星在头顶闪耀，
>
> 大地就是灵床让我安眠。
>
> 让人们把出卖祖国的叛徒，
>
> 藏在阴暗的屋子里不见日光。
>
> 我的正直的一生得到了报酬：
>
> 死去时面对着上升的太阳。

诗人虽然在写成此诗后不几年就在战场上英勇牺牲了,但是灿烂的阳光永远伴着诗人。诗人的名字和他的诗已经在全世界传扬。

我们的诗人铁依甫江代表了中国人民的意志,唱出了各族兄弟对祖国母亲心中所要唱的歌:

　　母亲啊,把重担驮在我肩上吧,我是你备好的千里驹,

　　我甘愿为你驮走,哪怕它是一座座高大的山群。

　　祖国! 有你才有我,没有你我怎能出生、成长,

　　因为,我同你伟大的祖国,共有一条命,共有一个身!

这是诗人的誓愿,也是我们的誓愿。我们要象诗人一样,把自己的一切献给伟大的祖国。

这维吾尔族的两位诗人,在两种不同的环境下唱出了对祖国的赞歌,畅抒了自己的衷怀。尼木希依提写的是在"朝罕"的旅途上的思国之情;铁依甫江·艾里耶夫写的是在"自己的岗位上"对祖国的热爱。一个是国外的怀念,一个是国内的深恋,一个是深沉,一个是激昂。但两首诗中都蕴藏着极为浓重深沉的挚情,象填不平的海,象扑不灭的火,象推不动的山。前者用了十多个"我怀念"反复咏叹,表达了浓烈的相思之情;后者善用排句加强自己爱憎感情和语言的气势。前者是四行一节,层层深化,音韵铿锵和谐;后者则如喷吐不息的火焰,一气到底。两首诗都以它们强韧绮丽的经丝纬线织成了一张爱国的恢恢情网,具有感人至深的力量。

促进社会主义诗歌创作的新繁荣

——《风暴之歌》读后感

亚生吾守尔(维吾尔族)

史料解读

　　史料原载 1975 年 12 月 11 日《新疆日报》。新疆人民出版社用维吾尔语、汉语两种文字，出版了赛福鼎同志的诗文集《风暴之歌》。这本诗集尽情歌颂了毛主席的无产阶级革命路线，抒发了对伟大领袖毛主席的热爱，充满了无产阶级革命战士的战斗豪情。同时，在艺术上也为新疆少数民族的诗歌创作做了一些新的探索，使诗歌艺术成为无产阶级推翻资产阶级及一切剥削阶级、解放全人类的战斗工具。诗人们应该在毛主席指出的为工农兵服务的方向下，发挥诗歌创作的艺术形式和风格的多样性，促进社会主义诗歌创作的新繁荣。在这方面，赛福鼎同志的《风暴之歌》做了有益的尝试，提供了典范。该文呈现了文艺工具论在少数民族文学界的影响。

原文

　　最近，新疆人民出版社用维、汉两种文字出版了赛福鼎同志的诗文集《风暴之歌》。书中的作品，气势豪迈，激情洋溢，形象鲜明，比拟新颖，尽情歌颂了毛主席的无产阶级革命路线，抒发了对伟大领袖毛主席的热爱，充满了无产阶级革命战士的战斗豪情。同时，在艺术上也为新疆少数民族的诗歌创作作了一些新的探索。

诗歌，是文学史上最早出现的文学形式，也是为我国各族人民所喜闻乐见的一种文学体裁。新疆少数民族的诗歌有悠久的历史和丰富的遗产，我们应该批判地继承，推陈出新，使其为无产阶级政治服务。《风暴之歌》在这方面给我们提供了范例。这本集子中的每一首诗，都是政治抒情诗，抒发的是无产阶级革命战士对伟大领袖毛主席、对伟大的中国共产党、对伟大的社会主义祖国的热爱；抒发的是革命战士誓死捍卫毛主席无产阶级革命路线的战斗决心。"诗言志"。诗歌作者就是应该站在无产阶级立场上，抒无产阶级之情，言无产阶级之志，使诗歌艺术为无产阶级统治服务，成为无产阶级推翻资产阶级及一切剥削阶级，解放全人类的战斗工具。

请看这样的诗句：

啊，可爱的中华——我的祖国，您哺育我成长，

作为您的儿子，我感到无比幸福和自豪。

在斗争的大风大浪里，您使我千锤百炼，

用生命保卫您，是我至高的光荣和骄傲。

（《祖国颂》）

敬爱的导师啊，各族人民把您歌唱，

心里的歌儿伴和着木卡姆的乐章，

让这幸福的歌声在天地间荡漾，

敬祝您，伟大领袖万寿无疆！

（《敬爱的导师》）

倘如你一心要达到那美好壮丽的境地，

就要沿着毛主席指引的道路阔步向前。

前途无限光明，然而万里征途上还有艰险，

要战胜那风雪严寒，翻越座座险峰冰山。

英雄的队伍翻一座高山经受一次锻炼，

要把那胜利的鲜花向赤胆忠心者敬献。

（《阔步前进》）

　　这些诗，都是意境深远、感情充沛、音韵优美的政治抒情诗，读来很富有感染力，的确达到了作者在本书前言中所说的"团结、统一、继续革命——前进（也包括我自己）！"的战斗目的。

　　社会主义的诗歌要发挥战斗作用，就必须做到革命的政治内容和尽可能完美的艺术形式的统一。我们少数民族诗歌和汉族诗歌一样，都有着悠久的历史传统，我们应该很好地学习和批判地继承这些传统，在民歌的基础上发展和创造崭新的、适合无产阶级政治需要又富于民族特色的诗歌形式。鲁迅先生说："新诗先要有节调，押大致相近的韵，给大家容易记，又顺口，唱得出来。"即要求诗歌顺口、有韵、易记、能唱。看来这是形式问题，实际上也是怎样为革命的政治内容服务的问题。我们应在毛主席指出的为工农兵服务的方向下，发挥诗歌创作的艺术形式和风格的多样性，促进社会主义诗歌创作的新繁荣。在这方面，赛福鼎同志的《风暴之歌》作了有益的尝试。书中的许多篇章是极富于民族风格的新诗。例如《阔步前进》就是用维吾尔古典诗歌"格孜勒"的形式写的，是古为今用的尝试。还有《唱吧，百灵鸟》、《亲爱的祖国》、《向你致敬，帕哈太克里》等，都是有节调，有韵，顺口，容易记，唱得出的优秀作品。

革命的风暴　嘹亮的凯歌

——读《风暴之歌》

王仲明

史料解读

史料原载 1975 年 12 月 11 日《新疆日报》。文中深入评析了赛福鼎的诗文集《风暴之歌》，认为作品选取了重大的革命斗争题材，反映了深刻的主题，具有思想深度和历史深度，而且注意塑造无产阶级战士的英雄形象，使作品具有动人的艺术感染力和鼓舞人心的力量。寓言诗《红隼》精心塑造了"英雄之鸟"的形象，它是保卫祖国神圣领土和领空的战士的英雄形象。《风暴之歌》在艺术形式上也可圈可点，有散文诗、律诗、自由体诗、寓言诗等形式，还借鉴了维吾尔族古典诗歌的"格孜勒"形式，这些作品都具有诗歌的音韵美，汉文译文也比较完美。

原文

最近，我们欣喜地读到了赛福鼎同志的诗文集《风暴之歌》（新疆人民出版社出版）。它以重大的题材，深刻的主题，鼓舞人心的形象和富有民族特色的艺术形式，为社会主义文苑增添了一朵鲜艳的花朵。

············

二

《风暴之歌》不仅注意选取重大的革命斗争题材，反映深刻的主题，而且注意塑造无产阶级战士的英雄形象，使作品具有动人的艺术感染力和鼓舞人心的力量。

作者在寓言诗《红隼》中，精心塑造了"经过六十年代暴风骤雨的锻炼而成长起来"，"在七十年代更加英姿勃勃，飞得更高、更远"的"英雄之鸟"的形象，亦即在反修斗争前哨战斗得更英勇顽强的无产阶级战士的形象。这只英雄之鸟，"它不仅捍卫着昭苏的草原，而且捍卫着整个伊犁的天空和大地，使之免受异方乌鸦的侵犯。"它是保卫祖国神圣领土和领空的反修战士的英雄形象。它勇猛、顽强、机灵、敏捷，目光锐利，勇于斗争，善于斗争。它既能勇猛击落"从云雾中翻山窜来"的一只只乌鸦，又能依靠大力士山鹰共同捕杀"来自异方的狡猾的"狐狸，也能惩罚"用肮脏的爪子占据山头"，"害怕阳光"，"诅咒太阳"的猫头鹰。作者写了它与敌人英勇搏斗的壮举，同时也写了它不断取得斗争胜利的力量的源泉。它时刻仰望着太阳，"尽情地沐浴着太阳的光辉"；同时，在红隼身后，有着一大群各种各样的鸟儿和它共同"在山峰上空鼓翅飞旋"。这样，就使红隼有着无穷的战斗的力量，可以战胜任何来犯的凶恶敌人。红隼形象的塑造，是作者文艺创作中的重要收获，对于鼓舞我们开展反修斗争具有重要的意义。

有的作品中，作者以一个反修斗争的革命战士的形象出现。在《亲爱的祖国》一诗中，诗人写道：

> 然而，我任何时候绝不忘记，
>
> 警惕地紧握手中的武器；
>
> 勇敢、顽强、不怕牺牲，
>
> 誓死保卫祖国神圣的土地。

在《祖国颂》一诗中,诗人又写道:

啊,祖国!毛主席的革命路线是您胜利的保证,

您优秀的儿女用胸膛筑起了钢铁防线,

我的幸福就是把自己的一切向您贡献,

就是粉身碎骨,也心甘情愿。

正是由于作者具有为了捍卫祖国的统一和领土完整,不怕粉身碎骨,英勇反击社会帝国主义的侵犯的斗争精神,才有可能成功地塑造红隼的英雄形象。

三

毛主席指出:"我们的要求则是政治和艺术的统一,内容和形式的统一,革命的政治内容和尽可能完美的艺术形式的统一。"《风暴之歌》在艺术形式上也作了多方面的尝试,并且取得了一定的成绩。如《在领袖像前》、《含鄱口》、《庐山》等是散文诗形式,而《在领袖像前》中根据内容的需要也有整齐的律诗,并且巧妙地把毛主席的有关诗句引入诗中,作为诗眼。在散文诗部分,又常把毛主席的一些警句引进,增强作品的思想性和战斗力。《红隼》是寓言诗形式。《敬爱的导师》、《向你致敬,帕哈太克里》等是自由体。《阔步前进》则是按维吾尔古典诗歌"格孜勒"形式写成,这是在毛主席的"百花齐放,推陈出新"文艺方针指导下,在艺术风格和表现形式上的多方面尝试。这些作品都具有诗歌的音韵美,即使是几首散文诗,也同样具有韵律。由于翻译工作者的努力,汉文译文也是比较完美的。

赛福鼎同志以高度的革命责任感,关心党的文艺工作,精心写作,热情歌颂毛主席和毛主席的无产阶级革命路线,热情歌颂社会主义新生事物,塑造鼓舞人心的无产阶级战士的艺术形象,用文艺为工农兵服务,为社会主义服务,为无产阶级政治服务,为反修防修斗争服务。这种革命精神,值得我们每个文艺工

作者学习。让我们共同努力，为繁荣和发展自治区的社会主义文艺事业作出新的贡献，让社会主义文艺之花开遍天山南北！

（本文有删节）

第五辑

壮族诗歌

本辑概述

　　本辑共收录了 7 篇史料。其中，收录陶阳、李冰、贾芝等人的 6 篇评论，韦其麟的 1 篇创作谈。这些文献分别发表在《民间文学》《长江文艺》《文艺报》《语文教学》《广西民族学院学报（社会科学版）》等报刊上。《百鸟衣》是壮族诗人韦其麟根据壮族民间故事所加工创作的叙事长诗。这部作品是新中国成立以后壮族诗歌创作水平和形式的重要代表，它不仅影响了 20 世纪 50 年代至 70 年代的中国少数民族民间文学的当代转换，也直接影响了广西少数民族诗人的创作。诗人在年少时就听老一辈的人讲述《百鸟衣》这个壮族民间故事，被故事里的情节所打动。在武汉大学中文系就读时，20 岁的韦其麟创作出了这首独树一帜的诗歌《百鸟衣》。对这部作品人们评价不一，有人把这首长诗归为诗人整理的作品，也有人认为《百鸟衣》确为诗人独创。莫奇在《重读〈百鸟衣〉》一文中提到，像这样年代久远的传说，应该按照当下的政治和艺术规范，遵循历史唯物主义观和时代的先进思想去进行改编。而韦其麟正是做到了这些才令人肃然起敬。

　　陶阳在《读长诗〈百鸟衣〉》一文中对这部作品进行了仔细评析，认为这部作品在一定程度上受到了《阿诗玛》的影响，但又有自己的独特性。诗作不仅赞美了壮族英雄和壮族人民的智慧，还描写了壮族的风俗习惯与思想感情。

　　李冰认为《百鸟衣》之所以具有强大的吸引力，是因为诗人的创作植根于劳动群众现实生活的土壤，真实地反映了壮族的社会生活，具有强烈的生活气息和抒情色彩。贾芝在《诗篇〈百鸟衣〉》一文中对此也有所评价。沙鸥将角度切换到作品的浪漫主义色彩上,认为诗人在创造人物时,将人物形象刻画得极其美好,将诗人自己所渴望的自由、幸福、期盼都灌注进作品里,投射在人物形象上。即便是民间故事里原本具有缺陷的人物也变成了人们理想的化身。在诗人的创作谈《写〈百鸟衣〉的一些感受和体会》中也提到,创作《百鸟衣》时,诗人尽可能地把人物的性格刻画得更加突出、明朗和丰富,使人物的形象更趋于完美、鲜明。

韦其麟和同期的其他广西诗人不仅构建了广西少数民族诗歌的格局,更推动了壮族民间诗歌向现代诗歌转变。如今,韦其麟和他的作品依旧具有很大的研究意义,《百鸟衣》成为公认的少数民族诗歌经典,但关于该诗是改编还是原创的讨论一直存在和延续。

读长诗《百鸟衣》

陶　阳

　　史料原载《民间文学》1955 年第 4 期。该文对《百鸟衣》进行了较为全面的介绍和评析。韦其麟的《百鸟衣》是根据民间传说故事所改编的长篇叙事诗。韦其麟通过描写壮族英雄人物古卡、依娌、恶霸土司，概括地反映了壮族人民的生活，暴露了封建恶霸的罪恶，嘲笑了他们的愚蠢，歌颂了壮族人民英雄，也赞美了壮族人民的聪明、智慧、英勇以及精神世界的崇高和美丽。诗篇具有浓厚的生活气息，并运用壮族民间文学的反复、对比、夸张等表现手法，出色地塑造了人物形象。同时，韦其麟描绘了本族人民的生活、风俗、习惯、思想和感情，既丰富了原来的故事，又保持了民间文学的本色。这部长诗，不仅主题思想富有积极意义，而且在艺术性方面也相当成功。

原文

　　读了《长江文艺》六月号发表的韦其麟同志的长篇叙事诗《百鸟衣》，我认为这是根据民间传说所创作的一部成功的优美的诗篇。

　　《百鸟衣》的两个主要人物，是僮族①的一对青年男女：英雄古卡和他的聪明、漂亮的爱人依娌。在民间传说里，人民按照自己的理想创造出了一对反抗

———————————

① 　编者注："僮族"应为"壮族"，后同。

封建统治的英雄人物，人们赞美了他们纯真的爱情和爱自由的倔强的性格。这个故事，经过作者的加工、创造，就使得这两个艺术形象更加丰富和美丽了。

英雄古卡，和劳动人民一样过着穷苦的生活，"爹给土司作苦工累死"了，"像岩石上的树，巴着石缝里的泥沙生长"，"古卡凭着娘的抚养成长"。古卡是多么聪明可爱呵，当他知道爹死了，生活更贫困的时候，他说："娘不要哭了，我不要书读了，我明天打柴去，帮娘做点活。"善良的古卡，日长夜大了，也越来越变得勤劳勇敢了：他种的包粟，"比别人高一半"；二十岁的时候，他"打死过五只老虎，射死过十只豹子"；而且，这英俊的少年唱起歌来，歌声还能"响过十八层高山"。

依娌具有劳动人民的宝贵品格，因而，这个人物就有了强固的现实基础。依娌是善良的，她给古卡家的生活，添上了欢乐和幸福的色彩。她长得漂亮，"像天上的仙女一样"；她聪明，唱的歌"比吃菠萝还甜"；她的手巧，绣的蝴蝶，"差一点儿就飞起来"，绣的花朵，"连蜜蜂也停在上面"。不仅如此，她还有着热爱劳动的崇高美德，犁田、耙田是男人干的，"依娌也一样干了"，而且干得十分令人钦佩：

"古卡在前面犁，

依娌在后面耙，

依娌在前面犁，

古卡在后面耙。

古卡在前面撒粪，

依娌在后面插秧。

……………

木匠拉的墨线，

算最直了，

依娌插的秧，像墨线一样直。"

这一段富有生活气息的描写，使我们觉得她完全是一个现实生活里的可亲可爱的僮族劳动妇女。

　　古卡和依娌为了争取婚姻自由和生活权利，和蛮横的封建统治者土司作了一场坚贞不屈的富有机智的斗争。在这场斗争中合情合理的发展了这两个人物的性格，完成了这两个英雄形象。

　　古卡和依娌的爱情是纯洁的、忠贞的，当恶霸土司要无理抢走依娌的时候，古卡"心起火"了，英雄反抗了，他"举弓箭呼呼，箭箭中狼虎"，在这里使我们感到古卡的行为就像撒尼族①的英雄"阿黑"的射虎一样英勇和豪迈。当依娌被土司抢走，古卡为了缝一件"百鸟衣"去救依娌，不管是台风、下雨，"日日不停歇"的翻过了九十九座高山去射鸟。

　　而依娌在和土司的第一次斗争中，就显现出了她的聪明、机智，她能用清水把掺在一起的两箩黑芝麻和白芝麻"一天就分清"。当她陷入"狼巢"这个罪恶环境的时候，依然日夜想念古卡，她不慕权贵，也不向恶势力低头。当土司把"最好的衣裳"给她穿的时候，她"撕成碎片片"说："不干净的衣服，穿了身发肿，冻死也不穿！"当土司把"最好的菜肴"给她吃的时候，她摔坏了盆碟说："不干净的东西，吃了肚会痛，饿死也不吃！"勇敢的依娌，甚至夺了土司的剑，要杀死这个"老马骝"。她这种坚决反抗恶势力的斗争精神，充分显示了僮族劳动人民的阶级仇恨和反抗暴虐的英勇斗志。

　　与此相反，对于敌人——恶霸土司，作者则以憎恶的感情给予了尖刻的讽刺和嘲笑。土司的衙门是"野兽的巢"，"这个地方呀，石榴花不红，桂花不香。"土司和一切剥削者、压迫者一样，是贪得无厌的、卑鄙无耻的。统治者一向不劳而食，他们不但掠夺劳动人民的物质财富和精神财富，而且穷凶极恶地掠夺糟践劳动人民一切美好的东西，甚至于人民美好的人材，都被这些强盗掠夺去当作享乐品。土司抢去了聪明、美丽、坚强的依娌，然而，是愚蠢的、懦怯的，他们连引人发笑的本领都没有了。因而终于被英勇机智的古卡和依娌设计把这个无耻的野兽杀死了。

　　这部长诗，不仅主题思想富有积极意义，而且在艺术性方面也相当成功。

---

①　编者注："撒尼族"应为"撒尼人"，后同。

最宝贵的是诗篇里洋溢着浓厚的生活气息,诗篇所描绘的人物、爱好、风俗、习惯和自然风景等等,都是僮族人民自己生活中的东西,因而,使人物、事件都具有着亲切的生活实感。也正因为这样,这部长诗,才富有鲜明的民族色彩。

诗一开头,我们就让美丽的自然环境吸引住了:

"山坡好地方,

树林密麻麻,

鹧鸪在这儿住下,

斑鸠在这儿安家。

溪水清莹莹,

饮着甜又香,

鹧鸪在这儿饮水,

斑鸠在这儿喝茶。

春天的时候,

满山的野花开了,

浓浓的花香呀,

闻着就醉了。

夏天的时候,

满山的野果熟了,

甜甜的果子呀,

见着口水就流了。"

这是多么生动、亲切的描写,好像我们已被引入了这美丽的地方,看见了山、水,斑鸠鸟和果子树,闻见了浓烈的花香。特别是古卡成长过程的描写,更能够打动人心:

"爹用的柴刀,

十年不用了,

娘把它拿出来

重新磨利。

爹用的扁担，

虫蛀朽了，

娘砍一支竹，

重新做一条。

爹用的脚绑，

太长太大了，

娘把它剪断，

做成两条。

爹穿的草鞋，

早就坏了，

娘编起稻草，

做了几双。

…………

娘包好了宴①，

放在古卡袋里头，

古卡上山了，

娘在门口眼泪流。

眼泪蒙了眼，

娘眼里看不见，

十岁的古卡

走进山林里去了。"

这部长诗之所以有强烈的感染力，能吸引人，是由作者熟悉生活，感情饱满和真挚所决定的，同时也是和生动、清新、朴实而优美的语言分不开的。它没有雕琢也不粉饰，而是生活中的活的语言。它精练、确切、色彩鲜明，这是我们随处都感觉到的。

---

① 包宴（桂西南的习惯，出门干活，为节省时间，连午饭用荷叶包好带去）

为了概括的反映事物的本质、加重感情和突出形象,诗篇里用了民间文学的反复、对比、夸张的表现手法。在塑造人物形象上,显得特别出色。例如:"露珠最晶莹了,和依娌一起就干了。星星最玲珑了,和依娌一起就暗了。""孔雀的尾巴最好看了,和依娌一比就收敛了。"这种富有诗的节奏性的反复和恰当的对比,十分自然、真切。在描写古卡的英勇时说:"三百斤的大石滚,十个人才抬得动,古卡双手一掀,轻轻地举起像把草"。仅只几笔就把英雄的轮廓刻划出来了。这种夸张和突出的刻划,就使英雄人物的典型性更加鲜明起来。

当依娌在土司衙门里受难时,作者用饱满的热情,以优美的抒情诗的笔调,成功的描写了依娌想念爱人古卡的心理:

"白云在天空里飘,

白云呵!

飘落到衙门来,

搭救不自由的依娌。

大雁排着字儿飞,

大雁呵!

降落到衙门来,

搭救不自由的依娌。

日里想着古卡,

夜里想着古卡,

醒时想着古卡,

睡时梦着古卡。

不吃饭肚不饥,

想着古卡就饱了。

不饮茶口不枯,

想着古卡就不渴了。"

这样,让我们看见依娌在黑暗的牢狱里怀念她的爱人的动人情景,看见了她的感情的丰富和崇高;依娌对于爱情的忠贞和内心的痛苦,在我们的感情上唤起了共鸣。

读完了这部长诗，我们会感觉到它在某些方面受了《阿诗玛》的影响，然而，这绝不是单纯的模仿，它有它自己的风格和独创性。这部长诗，虽然也不是完美无缺的，但它基本上是成功的作品。它概括地反映了僮族人民的生活，暴露了封建恶霸的罪恶和嘲笑了他们的愚蠢，歌颂了僮族人民的英雄，也赞美了僮族人民的聪明、智慧、英勇以及精神世界的崇高和美丽。同时，作者根据民间的传说故事，用人民的语言和民间文学的表现手法，描绘了本族人民的生活、风俗、习惯、思想和感情，既丰富了原来的故事，又保持了民间文学的风格；自然，整个诗篇就具有显明的民族特色。因此，《百鸟衣》是富有人民性和美学价值的诗篇。

谈《百鸟衣》

李　冰

史料解读

史料原载《长江文艺》1955 年第 10 期。该文对《百鸟衣》的思想和艺术特征进行了非常细致的分析和评价。该文认为,《百鸟衣》是一首优美动人的叙事诗,是一篇值得重视的成功作品。《百鸟衣》鲜明生动地反映了壮族人民的历史生活,反映了阶级矛盾。诗歌以充满诗意和幻想的艺术形象,反映了壮族人民的真实生活。韦其麟在民间故事传说的基础上,成功地塑造了两个在劳动生活中成长的壮族人民心爱的人物——古卡和依娌。依娌这个具有神话传说色彩的形象,在诗中变成了普普通通的农村姑娘。这首长诗之所以具有强烈的艺术感染力,与富有民族特色、朴素真实的生活情调、生动优美的生活语言分不开。该诗的语言朴素、美丽、生动、形象、清新、活泼。诗歌在形式上继承了壮族民间诗歌艺术传统,具有鲜明的民族风格。作者也指出了《百鸟衣》存在的缺点,如人物思想性格不够完整,浓厚的现实生活氛围与带有神话色彩的"公鸡变姑娘"的转换显得突然,语言风格需要进一步精炼等。该文是这一时期《百鸟衣》评价中的代表性成果之一。

原文

人所共知,在我们祖国的任何角落都蕴藏着宝贵的艺术财富,各兄弟民族

293

都有着丰富多彩的民间创作。有多少世代相传的人民口头创作（诗歌、故事、神话等），哺育了一代又一代人的成长，伴随着鼓舞着一代又一代人的劳动和斗争。但过去这些优秀的民间文学和它的创造者的命运一样，遭受到统治阶级的蔑视、仇视和摧残，不少宝贵的东西，被埋没甚至被消灭。在以往，我们尤其对边远的兄弟民族的民间创作难得知晓，也不熟识。只有在今天，各民族团聚的胜利的年代，在社会主义的祖国大家庭里，各兄弟民族的艺术宝藏才开始被发掘，被珍视。像出土的珍珠一样获得了新的生命。

继我们边远的兄弟民族——撒尼族的民间长诗《阿诗玛》出现之后，我们又欣喜地看到另一个兄弟民族——僮族的民间长诗《百鸟衣》。这是由僮族的年轻的诗人韦其麟根据在僮族流传久远的民间故事而加工创作的一首长诗，这是一首优美动人的叙事诗；这是一篇令人喜悦的值得重视的成功作品。

我们重视人民口头创作，民间诗歌，首要的是重视它在阶级和社会斗争中的积极作用，是因为它"具有巨大的社会教育意义，具有巨大的认识历史的意义和美学意义"。我们欢迎像《百鸟衣》这样的作品也因为它对我们发掘、整理和研究民间诗歌，对我们的诗歌创作都有着积极意义。

像很多优美的民间传说一样，《百鸟衣》的故事是美丽的，激动人心的，而且富有特色。它描写了一对善良、纯洁、勤劳而勇敢的僮族的青年男女——古卡和依娌。这一对可爱的年青夫妻是出色的劳动者、勇敢的猎手、聪明的歌手，他们彼此相爱，一起劳动，过着辛勤而幸福的生活。凶恶的封建统治者——土司残暴地破坏了他们的幸福，抢走了依娌。但他们并未屈服，绝望，而是决心"一定要再团圆"。于是，古卡按照聪明的依娌的嘱咐，历经艰难，射了一百只鸟，以鸟羽做成百鸟衣穿上，得以走入土司衙门。荒淫无耻又极其愚蠢的土司为了博得不屈的依娌的欢心，只好听从古卡的摆布，换穿百鸟衣，勇敢机智的古卡趁机杀死土司，救出依娌，两人跨马远奔。故事的结尾是："英勇的古卡啊，聪明的依娌啊，像一对凤凰，飞在天空里！"他们终于获得了自由与幸福。

《百鸟衣》的思想内容鲜明的反映了僮族人民的历史生活，反映了阶级矛盾。它不仅反映了僮族人民为时久远的生活的苦难，长久遭受着那些野蛮残暴的封建统治者任所欲为的迫害，欺凌；重要的是表现了僮族人民可贵的道德精神，不屈的民族性格。它不仅止是悲愤的控诉，而且表现了不可调和的毫不妥协的阶级仇恨；表现出敢于向统治阶级动刀，敢于大快人心地手刃压迫者的英雄气概。这一故事是这样富有民间的传奇色彩，却也是更富有诗意的表现了人民坚定的乐观主义精神，美好的愿望，歌颂了劳动人民的胜利。这使我们又一次记起高尔基对民间诗歌底伟大评价："民谣是与悲观主义完全绝缘的，虽然民谣底作者们生活得很艰苦，他们的苦痛的奴隶劳动曾经被剥削者夺去了意义，以及他们个人的生活是无权利和无保障的。但是不管这一切，这个集团可以说是特别意识到自己的不朽并深信他们能战胜一切仇视他们的力量的。"

在我们祖国民间文学的宝库里，有像《梁山伯与祝英台》等歌颂了不屈的人民精神的感人肺腑的悲剧，但也有像《百鸟衣》这样大胆地充满乐观自信战胜仇敌的人民的喜剧，歌颂劳动、歌颂生活、歌颂纯洁的爱情获得胜利的喜剧。这就仿佛那歌颂爱情战胜死亡的俄罗斯民间传说《少女与死神》，这样的乐观的鼓舞人心的更富有战争精神的喜剧，不是十分可贵吗？这样的思想内容不是更富有积极的社会教育意义吗？这对那腐朽反动的帝国主义的文化走卒胡风之流那种仇视民族遗产，污蔑民间文学是充满"封建糟粕"、"安命精神"、屈辱的"精神奴役创伤"等等反革命论调，又是一个响亮的耳光。只有人民的死敌，民族艺术的叛徒败类才会抹煞像这样的民间诗歌的永久的思想价值。

我们知道，优秀的民间创作从来是植根于劳动群众现实生活的土壤上的。其思想内容的人民性与现实主义的方法是血肉不可分割的，只不过它是通过民间创作所特有的艺术概括手法，以一种极富有诗意和幻想的异常丰富多采的形象来表现生活的真实。《百鸟衣》正是这样，它其所以具有强烈的吸引力，感人力量，就因为它以充满诗意和幻想的丰富的艺术形象反映了富有特色的僮族人民的真实生活。作者在传说的基础上出色地描写了两个人物——古卡和依娌。这是两个在劳动斗争中成长的僮族人民最心爱的人物的形象。

先看对古卡这个"爹给土司做工累死"，从小由孤苦的善良勤劳的母亲抚养大的农民儿子的成长的描绘吧：

在风风雨雨里，

青草长得壮又快；

在穷人家里，

生的儿子个个乖。

……

青草长在风雨里，

乖乖的古卡生在穷人家里；

红花开在阳光里，

英俊的古卡生在好心人家里。

苦莲子熟的时候。

叶已经落光了，

古卡在娘肚子里，

爹就死了。

饱饮母亲的奶汁和泪水的古卡长到十岁时，不能念书，便开始了艰难的劳动，自愿"帮娘做点活"：

爹用的柴刀，十年不用了，娘把它拿出来，重新磨利。

爹用的脚绑，太长太大了，娘把它剪断，做成两条。

爹用的扁担，虫蛀朽了，娘砍一枝竹，重新做一条。

爹穿的草鞋，早就坏了，娘拿起稻草，编起了几双。

就这样"娘给穿上了草鞋，娘给打上了脚绑，拿起了柴刀，扛起了扁担，古卡打柴去了"。"娘眼里流泪"看见古卡"挑回第一担柴"等等。这些充满真实的劳动生活气氛和饱含阶级感情的描写，是这样深切动人。

这个劳动人民心爱的子弟就是在这样苦难的劳动生活中长大的。继而"娘的头发渐渐白了，娘脸上的皱纹渐渐深了，古卡慢慢地大了，古卡慢慢地高了。"经历了苦难艰辛，终于把儿子抚养成人了：

长大了的古卡啊，善良的古卡啊，

像门前的大榕树——那样雄伟，那样繁茂；

像天空迎风的鹰——那样沉着，那样英勇；

像壮黑的水牛——那样勤劳，那么能干。

古卡在艰难的劳动中锻炼成为勤劳坚强的性格，成为一个挑担子"比别人重一倍"；"种的苞粟，比别人高一半"；"射的箭，最近的也看不见"，"铁做的靶也入一寸"；"打死过五只老虎""射死过十只豹子"这样一个勇敢的猎人和劳动者，继而在和封建统治者的斗争中，就成为那样一个敢于向残暴的统治者开弓射箭，走遍"没有人踏过的山顶"，吃遍"没有人尝过的野果"，做成百鸟衣，以惊人的勇敢杀死土司的英雄性格。这难道不是一个在劳动斗争中成长锻炼出来的真实的英雄人物的诗意的概括吗？

同样的，依娌这个美丽的姑娘虽然带有神话色彩，说她是公鸡变的，但诗里所描绘的却是一个现实生活里真实的劳动妇女的形象，是一个能犁田耙田，会绣花，善唱歌的聪明可爱的活生生的僮族姑娘的形象：

古卡在前边犁，依娌在后面耙；

依娌在前边犁，古卡在后面耙。

古卡在前边撒粪，依娌在后面插秧；

古卡在前边打坑，依娌在后面点瓜。

木匠拉的墨线，算得最直了，

依娌插的秧，像墨线一样直。

听她唱歌"比吃八角还香，比菠萝还甜"，她"绣的蝴蝶，差点就飞起来了"；星星和她"一比就暗了"，木棉花和她"一比就失色了"。她是这样具有高贵的劳动品质，这样亲切、可爱，美丽又是那么聪明机智，能够很快地分清混在一起的绿豆和芝麻、白芝麻和黑芝麻，斗赢了土司。当土司来抢她的时候又是那样充满信心，相信能和古卡团圆，并机智地嘱咐古卡去射一百只鸟来找她。她面对那凶恶的敌人是那样坚贞不屈，撕碎土司那些"不干净的衣服"；不吃那些"不干净的""山珍海味"。勇敢地"夺了土司的剑"几乎砍杀他。任什么也不能摧毁她的意志，不能夺去她那纯洁的爱情。被囚在衙门里是那样真挚动人地怀念着古卡，并相信他会来救她：

美丽的依娌，

离开古卡就憔悴了；

爱唱的依娌，

离开古卡就不唱了。

……

不吃饭肚不饥，

想着古卡就饱了；

不饮茶口不枯，

想着古卡就不渴了。

……

春天插的秧，

秋天就接穗；

英勇的古卡，

一定会来。

秋天飞去的燕子，

立春就飞来；

英勇的古卡，

一定会来。

古卡终于来了，善良纯洁的灵魂，渴望自由幸福的不屈意志，终于战胜了仇敌，获得了自由和幸福。

古卡和依娌这两个人物形象，无疑地是僮族人民那种热爱劳动、热爱生活的高贵的道德品质诗意的形象的概括；是人民所理想的最喜爱的民族性格，是鼓舞人民斗志的英雄形象。他们是这样富有吸引力，感染力，令人喜爱，使人难以忘记。

此外，这首长诗的成功，它之所以具有深厚的艺术感染力，和那富有民族特色的朴素真实的生活情调，生动优美的生活语言需要分不开。这不仅从前面所引的诗句可以看到，还可以举例简略地谈谈：

山坡好地方,树林密麻麻,

鹧鸪在这儿住下,斑鸠在这儿安家。

溪水清莹莹,饮着甜又香,

鹧鸪在这儿饮水,斑鸠在这儿喝茶。

春天的时候,满山的野花开了,浓浓的花香呀,闻着就醉了。

夏天的时候,满山的野果熟了,甜甜的果子呀,见着口水就流了。

也只有这种朴素、美丽、生动、形象的诗的语言,才描绘出那如锦似书的秀丽山水,劳动者的家乡;抒发出这种富有诗意的健康乐观热爱生活的劳动情感。同样的,这首叙事诗里在描写人物的地方也有着不少独特的出色的语言。比如描写依娌:

依娌种的苦瓜,

吃起来是甜的,

依娌种的甜瓜,

一百里外就闻到瓜香了。

……

依娌绣的蝴蝶,

差点就飞起来,

依娌绣的花朵,

连蜜蜂也停在上面。

这种饱含诗的想像富有艺术魅力的优美语言,是如此生动,独特。是这样意境深远地描画出劳动的美,生活的美,人的心灵的美。

正因为诗的语言格调富有民族色彩,故而这首长诗的形式风格是清新活泼的,富有民族特色的。它保存了吸取了民间诗歌形式的优点,(比如那丰富的兴比,夸张地想像,语句的重叠等等。)也很少有生硬的人为的雕琢,没有僵硬的局限,其节奏、音韵基本上是自然和谐的。这又一次使我们感到我们的诗的民族形式,民族风格是丰富多样的,它不是一种"格式",也不是无可依据,毫无标准。

当然,这不是说这首长诗已经完美无缺,比如,人物的思想性格还可以更完整,以及全篇是浓厚的现实生活氛围,而带有神话色彩的公鸡变姑娘毕竟显得突然;还有语言风格也不是不可以更加精炼完美等。但整个看来这并不影响它的基本的成功。

应该提出这首长诗的成功,作者是经过很大的努力的。作者韦其麟同志熟悉自己民族的生活,从小就熟悉和喜爱民间传说,民间诗歌。更重要的是在党的文艺方针的指引下,才得以正确的珍视这样的民间口头创作,并在此基础上进行了成功的加工创作。作者是新出现的僮族的年轻的诗人,这是可喜的,值得重视的。这又一次说明今天在我们伟大的祖国,在我们各民族团聚的大家庭里,在我们伟大的党的文艺方针的照耀下,各兄弟民族的文学开始繁荣。尤其是一些边远的兄弟民族开始出现了新的年轻的诗人。愿我们各兄弟民族出现更多富有爱国主义和民族特性的新的诗人,愿我们各兄弟民族的诗歌更加繁荣。

一九五五年九月武汉

写《百鸟衣》的一些感受和体会

韦其麟

史料解读

　　史料原载《长江文艺》1955 年第 56 期。该文是韦其麟关于《百鸟衣》的创作谈。首先,诗人谈到了童年生活对其创作的影响,特别是童年听到的民间故事传说,对他创作《百鸟衣》产生了重要影响。其次,诗人谈到了对民间传说的整理和艺术加工。《百鸟衣》的传说在流传过程中存在情节繁杂、结构松散等问题,他删减了无关紧要的情节,补充和丰富了主要人物的性格和成长过程,使故事更加紧凑和生动。再次,在人物形象塑造方面,诗人努力保留民间传说的神话色彩,同时赋予人物以劳动人民朴实和勇敢的特质。他认为,依妲是一个美丽、勤劳、聪明、善良、纯洁的劳动姑娘,这样处理更符合故事的发展和人物的性格。最后,诗人认为在整理民间故事和传说时,必须有强烈的阶级感情,他自己在写作时非常注意这一点,通过故事和人物表达对统治者的讽刺和对人民的歌颂。除此之外,诗人认为,为了使作品保持朴实、生动、活泼的风格,需要从群众语言和民歌中吸取营养。他通过提炼群众语言和借鉴民歌夸张、比喻、起兴等特点,丰富作品的表现力,同时注重了保留地方色彩和民族特色。当然,韦其麟也承认自己的水平和认识有限,并强调学习提高的重要性。该文使我们了解了《百鸟衣》的创作过程和诗人的创作理念,这是其史料价值。

　　我生长在南方的一个偏僻的山村中，在故乡度过了整个童年时代，使自己能和纯朴的农民接触，有机会了解和熟悉他们。

　　夏夜，山村是美极了，人们经过一天辛勤的劳动，在打禾场或大榕树下面乘凉休息，一群群地在谈笑，聊天，讲故事。这时，孩子们最高兴了：捉迷藏，追逐萤火虫……而最使人沉醉的是围着大人们听那些美丽动人的故事时；高兴了，纵情地笑，听着悲凉的故事时，默默地流起泪来……。冬天，围在炉灶旁边，又是听着老人们讲着那古远的永也讲不完的故事。这些故事，吸引着我童年时代整个的心灵。

　　我也曾和伙伴们一起在深山野营里放牧过，一同天真地唱过那"看牛难……日日骑牛过高山……"的山歌，一起攀登过山崖上的树木和爬进荆棘丛中采摘那些可口的各种各色的野果，也曾一起浸在那山麓中清澈的溪水中……。

　　这些有趣的童年生活，帮助了我写《百鸟衣》。当我要向读者介绍古卡的家时，一闭上眼睛，那些幽美的情景就呈现在眼前了，山坡呀，溪流呀，鸟呀，果子呀。甚至也听到了那回响在深山中的优美的山歌声；这使我很顺利地把南方山村的色彩描写了出来。

　　假如没有童年的生活，那些山村劳动生活气息和风土人情，我是写不出来的。

　　我觉得，熟悉生活对学习写作的人是多么需要呵。

　　下面，我想谈一谈写作中碰到的一些具体的实际的问题。

　　"百鸟衣"的传说是童年时听到的，后来据我了解，它流传得很广，故事情节虽各有出入，但基本上还是一致的。"百鸟衣"故事的主题虽然基本上是积极的，人物也基本上是正面的、典型的，但是，因为种种原因（如封建统治阶级思想意识对人民群众的侵蚀），尽管民间故事传说是人民群众所创作而借以表现他们的爱憎和愿望的，也总免不了掺杂着一些非人民性的糟粕。所以为了把主题更加明朗起来，赋予它更积极的社会意义；为了把人物的性格更加突出、明朗和丰富，使人物的形象更趋于完美、鲜明，就不能单纯把原来故事不加选择原原本本地记录下来，而必须经过一番整理，在原故事的基础上进行艺术加工。

首先，古卡成长过程的叙述，原来是很繁杂的：打柴，做小贩，几次受别人欺侮，没办法，哭，遇仙人的援助等等；这些情节有些是可有可无的，有些是不够合理的。结构是松散的，不集中的，人物性格虽基本上合乎被压迫人民生活的真实，但却显得软弱，单薄，作为一个后来成为英雄人物的基础是不够的。

为了情节更加集中，结构更加紧凑，必须把古卡的成长过程通过比较简练的手法概括出来。我经过了很久的思考，决定把原传说中关于古卡成长的情节大部分抛弃，而根据自己对生活的理解加以补充，最后写成《绿绿山坡下》那一章。在这一章里，是这样来描写古卡的成长的：还在娘肚子里，爹就给土司做苦工累死了。——这是那个时代所有受压迫受剥削受侮辱的人们必然的遭遇。古卡出世了，在娘的乳汁和眼泪抚养下天真烂漫地长大，是那么可爱地在称赞他的人面前挺起胸脯说："我自己长大的！"当别人提起爹时，小古卡自然而然地要问起娘来："我为什么没有爹呀？"然而娘不愿幼小的心灵过早地受到打击和创伤，忍心骗了古卡："爹出远门去了，为古卡找宝贝去了。"——这是孤苦伶仃的，善良的母亲对自己的骨肉怀着无限的抚爱和希望、安慰的表现。古卡十岁了，要读书，娘才不得不告诉他，爹已离开人世。懂事的古卡开始打柴干活了，拿起了爹的柴刀，束起了爹的脚绑，这幼小的一代又开始继续步着老一代的脚步走向艰辛的生活的道路——这也就是那个时代千千万万受压迫的人们世世代代所经过的道路。就这样，通过上述这两三个主要情节的描写，概括了古卡的全部成长过程。我认为这样是真实的，人物的性格也是合情合理的，就没有必要再去重复传说中原来那些不关痛痒的琐碎的情节了。

其次，关于依妲这个人物。在原传说里也是由公鸡变的。但变成人后，她不是一个淳朴的劳动姑娘，而是一个善良的万能的漂亮的神仙，能要什么就有什么，能"点土成金"，于是古卡就变成了一个大富翁。后来土司的各种阴谋刁难,都被她易如反掌地对付了。最后土司要一百个依姆,没法对付而被土司劫去。

我认为,这些情节的思想基础是不健康的,也是不合乎传说本身发展的逻辑的。并且在极大程度上损害了这两个善良的劳动人民的纯朴的形象,因此,需要作适当的删改补充。

为了保持民间传说的神话色彩,仍然保留了依姆是由公鸡变成的这一个情节,我把她描写成为一个美丽的、勤劳的、聪明的、善良纯洁而又能吃苦耐劳的姑娘。她给古卡家带来不少的欢乐,她对生活有着无限美好的希望和追求,对爱情是那样纯真和坚贞。

这样的处理是由整个故事的发展和人物的性格所决定的:首先,如果依姆是一个万能的神仙,那么她就不会被土司难倒,更不会给吐司抢去,故事就完全可以以土司的失败,依姆仍然是万能的神仙,古卡仍是富人来终结了。而后来古卡和依姆为自由幸福跟土司作的斗争就不可能产生了,即使硬凑上去,也是使人不可理解的。另外,把依姆描写成一个劳动姑娘,表现出她和土司斗争中的那种机智和勇敢,就会使这个人物形象更加鲜明可爱。只有这样描写,故事才有可能发展下去:因为土司的目的是要人,不管依姆和古卡如何运用他们的聪明对付了土司,最后还是免不了土司的毒手,这样,故事不但不终止,而更加激动人心地向前发展,故事的发展就成为合理的必然的了。其次,在人物的性格上,假如说,依姆是万能的,古卡又已成为富人,那么,古卡和依姆当然是过着饱食终日,无所事事的生活了,这样他们就脱离了劳动人民的队伍,他们的思想,感情和性格也必然跟着物质生活的改变而改变,后来对土司进行斗争那种坚决的态度和英雄气概,就不会也不可能在他们身上产生了。所以,古卡和依姆应该是对生活有着深沉的热爱和美好的愿望的纯朴善良的劳动人民。只有这样,在后来的斗争中,古卡经历了许多困难,去到衙门杀死土司救出依姆,才成为可能,才使人相信。同样,依姆在衙门里,充满着信心坚定地相信和等待古卡的到来,最后终于和古卡"像一对凤凰,飞在天空里"的情节才不会使人奇怪,她那勇敢的坚贞不屈的精神才会被人承认。

为什么人民群众把古卡描写成为因依娌是万能的神仙而致富呢？我觉得——这只是我自己的看法——这是广大人民的贫困的生活境遇所引起的，他们长期地生活在贫困和痛苦里，他们不甘忍受这样的生活，但又不能摆脱这种生活，他们不断地斗争，不断地希望——也就是这种摆脱痛苦生活的希望，使得他们把古卡描写为因神仙变成为富人的原因。劳动人民把希望寄托在他们创作的故事和人物身上，这点，我们是可以理解的。

再次，第四章《两颗星星一齐闪》，在传说中原是极简单的，只有古卡穿百鸟衣进衙门去杀土司救出依娌这一个情节，这就使人感到粗糙，单薄。为了求得全诗更充实和完美一些，我作了一些补充，加工和润饰，结果写成了那么八段。这样的补充和润饰，是为了使人物性格得到更充分的刻划，为了表露人物的内心世界和精神状态的高尚，光明，美好和灿烂，也是为了给读者更深的印象。这样作的时候，我尽量注意不使原来传说的精神和优秀部分受到损伤。

此外，民间故事和传说是人民群众所创作，里面非常鲜明地体现着他们深刻的爱憎，通过他们所创造的故事和人物，给统治者以辛辣的讽刺和打击；而怀着深厚的感情对他们心目中的英雄热烈的歌颂和赞美，把他们自己不可能在那个社会中实现的希望，寄托在英雄人物的身上。所以，整理民间故事和传说，或在这基础上进行创作，绝不能以非常冷淡的态度去进行，应该有强烈的阶级感情。在写的时候，我是非常注意这一点的。

另外，写的时候，我是注意使诗能从头到尾贯穿民歌的情调，使诗保持着朴实，生动，活泼的风格。为了达到这一点，我主要从两方面下手：

运用群众语言。由于群众的斗争经历丰富，接触事物广泛，因此他们的语言是极其丰富多采的，同时又是惊人的准确和形象。当然，我自己对群众语言的提炼和运用还是很无知的。但由于自小生长在农村，对群众的语言还不太生疏，这一点，在写作时对我的帮助很大。例如：在农村人们称赞一个人能干时，并不多加形容，往往简单说一句就够了："嘿！新扁担都挑断了，"或："连石碌也掀得起！"于是我就根据这来描写古卡："别人的扁担，十年换一条，古卡的扁担，一年换十条。""三百斤的大石碌，十个人才抬得动，古卡双手一掀，轻轻地举起像把草。"我们家乡对妇女插田的技术很重视，一个人插田插得直的话，周围的乡村都传扬的，于是我描写依娌时写了这么一段："木匠拉的墨线，算得最直了，依娌插的秧，比墨线还直，"这不但描写了人物，并且也染上了一层地方色彩。

其次，从民歌的土壤中吸取营养。家乡的山歌我会唱，以前也背得很多。这给我很大的方便。在民歌里，那大胆的带有浪漫色彩的夸张，和那丰富的比喻、起兴、重复，是那样形象、精确、具体、生动和恰到好处，给人的印象是那样强烈、新鲜，明朗。那重叠的章句在反复吟咏时是那样深深地引起读者内心的共鸣。但是，在运用这些特点时，不能硬搬和呆板的摹仿。比如民歌中的比兴、夸张，都是以民间常见的东西来比，来夸张的。比如，为了加深地方色彩和民族的特色，当然是以本地区本民族的风俗习惯和自然环境去比，去夸张。在写《百鸟衣》时，我用了八角、菠萝、木棉花……等等，那是桂西南都熟悉的；假如用北方的积雪呵，风沙呵或其他北方的事物去比、去夸张，那就牛头不对马嘴了。

当然，单是熟悉生活，熟悉故事，如果不努力学习，提高自己的理论水平和认识、分析生活的能力，提高自己的文艺修养，也还是不能写出好东西来的。我自己各方面水平都还很低，现在也正在学习，提高自己。

《百鸟衣》应该说是群众的集体创作，我只不过是其中一个而已，由于自己的水平很低，以上这些认识也许会有错误，希望得到指正。

诗篇《百鸟衣》

贾 芝

史料解读

史料原载《文艺报》1956 年第 5—6 期。该文从民间文学改编的角度,从形象塑造、抒情性、语言、民间文学传统的继承等方面,对诗歌进行评价。韦其麟创作叙事长诗《百鸟衣》时,在原来的民间传说原型的基础上进行认真的研究,提炼传说的基本精神,丰富和发展了民间传说的人物形象,塑造了劳动人民中的英雄人物,深刻动人地传达了劳动人民反抗恶势力的精神。诗人吸取了群众日常生活中形象化的语言和民歌的风格特点(比喻、起兴、重复、浪漫、夸张等),创作《百鸟衣》实现了对民间文学传统的反哺和重构。

原文

《百鸟衣》的发表,引起了人们的广泛注意。这是当前诗歌创作方面的一个很可喜的收获;大家从这个诗篇里,同时也会感到民间故事的含义的深刻性,和它的激动人心的魅惑力。僮族年青诗人韦其麟,在他这首初作里显露了他的写诗的才能;他让我们听到了他的家乡的一个美丽传说。

类似"百鸟衣"的传说,在汉族和其他兄弟民族中也有不少;最常见的有各种龙王三女儿的故事;还有画眉姑娘、田螺姑娘,等等。在这些故事中,有的是青年冷不防冲进门去,抱住了姑娘,哀求她不许再复原形,做他的妻子;女方当然是十分情愿的;于是故事也就圆满收场。但更多的情况是:好梦不长,穷凶极恶的统治者如县太爷、地主、土司或国王之流，知道了穷人家有这样一个漂亮媳妇，非要抢到手不可。淳朴的劳动青年，就依靠这位聪明能干、会施魔法的妻子，终于战胜了封建统治者，让他们最后落个各种悲惨可耻的下场。《百鸟衣》就是这种好梦不长的故事当中的一个。诗作者在原故事的基础上进行了创作加工。根据自己的体会和对于生活的了解，塑造了一对为自由幸福而斗争的年青夫妇的艺术形象，让这个流传久远的普通故事更加丰富地显示出它原有的优美和它的深刻的人民性。

在封建统治阶级的残酷剥削下，穷人（雇农、贫农、手工业者）要娶个媳妇是很不容易的；类似"百鸟衣"的传说，不过是劳动人民在极端困苦的生活条件下渴望得到爱情、得到劳动帮手的一个朝思暮想的美丽幻想而已。你看，依娌一在古卡家做了媳妇，她就是那么勤劳、贤惠、善良、能干，完全像个机灵出众的乡村姑娘一样。贫寒冷落的家庭，突然间热闹幸福起来；也就出现了古卡和依娌一前一后，你撒粪我插秧，你掘坑我点瓜那样一幅美满甜蜜的劳动生活的图画。这正是封建时代农民所仅能梦想的自给自足的理想生活。这种建筑在个体经济的基础上的幸福理想，在和我们今天建设社会主义生活的伟大图景对照之下，其幸福的程度自然是有限的，然而在那个时候它也很难实现。残酷的封建剥削和压迫，使农民处于永远贫困和朝不保夕的地位。因此，幻想得到仙女而仙女终又遭劫，引起和统治阶级的斗争，是民间的幻想的杰作，也正是一幅反映现实的图画；而希望依靠仙女所能有的智慧和本领战胜统治阶级，更表现了劳动人民推翻剥削阶级的根本愿望，也是相信自己有力量战胜反动统治的信念的反映。

在爱情问题上反映和封建统治作斗争的民间传说，我们一般都看到有两种结局：一种是悲剧的结局。但是推动历史前进的劳动人民却并不因而悲观失望，而是和统治阶级坚持进行宁死不屈的斗争，并且相信自己一定能够胜利。梁山伯和祝英台最后变为双双飞舞的蝴蝶，《阿诗玛》最后以美丽的回声收尾，就是这种美好愿望和胜利信念的表示。另一种是斗争胜利的结局。但这种胜利结局并不是现实斗争的摹写，而也仍然完全是劳动人民的美好愿望和胜利的信念的表示，不过表示得更加勇猛一些；不是宁死不屈，不是表示一种信心和愿望,而是幻想出一幅直接推翻统治者的生动图画。《百鸟衣》和它的同类故事,就是这样的结局。古卡和依娌,终以"百鸟衣"的计谋杀死了土司,两人双双骑马逃走,"像一对凤凰,飞在天空里"。这就是说,他们战胜了统治阶级;他们的幸福是没有谁能够破坏的。

在《百鸟衣》里,整个故事描写了劳动人民和封建统治的尖锐矛盾。一面是在被压迫和被剥削下过着贫苦生活的古卡的小家庭,他们是勤劳的、善良的,有着自己的欢乐世界和美好理想,而这欢乐世界和美好理想遭到统治阶级的威胁和破坏;另一面是封建土司,过着豪华腐朽的生活,是凶暴的、丑恶的、愚蠢的。在这两种力量之间,人们看到:不把封建土司铲除掉,古卡的小家庭就无法安生,幸福也就保不住;在和封建土司的斗争中,古卡和依娌,作为劳动人民的优秀代表,表现了英勇不屈的性格,无限的智慧和聪明,以及推翻封建统治的胜利信心。劳动人民英勇反抗残暴腐朽的封建统治而热烈追求自己的幸福,就是故事的中心思想。

作者在塑造传说中一对年青夫妇的艺术形象上,做了出色的工作。他特别注意去表露"人物的内心世界和精神状态的高尚,光明,美好和灿烂"[①];首先让这一对为了自由幸福而斗争的年青夫妇,生龙活虎般地,饱含着无限热情和理想地呈现在我们面前。

古卡是英勇有为的,在他身上表现了劳动人民战胜一切的力量。他从小就显示了依靠自己双手劳动、独立生活的高贵精神。种田、打猎、唱山歌,他样样都会,样样都好;他种的苞谷比别人种的高一倍,挑担也比别人多挑一倍,搬三百斤重的大石碓就像举一把草,射箭能入铁一寸……他的武术的高强和歌手的本领,这样吸引人赞美:

古卡耍起武术,

看的人忘记吃饭;

古卡唱起歌来,

歌声响过十八层高山。

他具有一股无坚不摧的毅力。为了照依娌的嘱咐,打一百只鸟,缝一件百鸟衣到土司衙门里去救依娌，他穿过许多人迹不到的深山大岭：

> 古卡背着弓，
>
> 古卡带着箭，
>
> 穿过了九十九个深谷，
>
> 翻过了九十九座高山。

他到底打到了第一百只雉鸡，缝成一件羽光闪闪的百鸟衣，走进土司的衙门，在土司以龙袍换穿他的百鸟衣的当儿，杀死了这个残暴丑恶的凶神。诗里保持了浓厚的传说色彩。古卡是个有着农民本色而又能力过人的传奇式的英雄人物。

在原来的传说中，古卡有另外一套遭遇[②]：打柴，做小贩，几次受别人欺负，没办法，哭，遇仙人的援助等等；劳动人民是把他作为身受过重重苦难而和封建势力作不调和的斗争的理想人物来加以描绘和赞美的。作者根据自己的理解，对古卡作了大胆的修改和补充；剔除了他认为显得比较软弱的部分，而使他的英雄性格的成长过程更加鲜明、健康和紧凑，像现在在《绿绿的山坡下》一章里所描写的那样。对于原来传说中的古卡评价如何，这里不加讨论；作者对古卡的塑造，却是很成功的。

至于依娌，则是劳动人民中的聪明智慧的典型。她像同类故事中的仙女或有些民间故事中的巧媳妇一样，几乎什么难题也不容易把她难倒。在她身上，人们看到劳动人民的无穷无尽的智慧和本领；她很快地分清了搅在一起的绿豆和芝麻，又分清了白芝麻和黑芝麻，最后以古卡生孩子的理由驳斥了土司问古卡要一百个公鸡蛋的刁难。作者有意识地削弱了原故事的神话色彩，改掉了依娌的要什么能变出什么来的本领。这一点因为牵扯到比较复杂的问题，只有另作讨论；但我这里想说明：作者加强了依娌的聪明能干的一面，这样描写是符合于传说人物的精神的；作者对于依娌的各方面的描写也都是成功的。就是依靠依娌的这种无穷的智慧和本领，以及古卡的那样的力量和信心，劳动人民克服种种困难（首先是反抗剥削阶级），创造着自己的幸福生活。作者让她"给古卡家带来不少的欢乐"[③]，也完全符合于劳动人民创造这个理想人物的初愿。依娌的聪明和美丽,受到了历来传说着这个故事的人和诗作者的高度赞美。她不仅是古卡和他的母亲所热爱的,也是劳动群众所欢迎的;她到山上采茶或到田里去参加割稻时,站在后生们中间确是一个仙女般的最好的劳动姑娘:

> 唱歌的后生不知数,
>
> 个个没依娌那么多的歌,
>
> 古卡闻声唱一支,
>
> 依娌回头笑得像朵花。

这真是劳动和快乐的女神!她是那么会唱歌:

> 八角算最香,菠萝算最甜,
>
> 听着依娌的歌呀,
>
> 比吃八角还香,
>
> 比吃菠萝还甜。

她是那么会绣花:

> 依娌绣的蝴蝶,
>
> 差点儿就飞起来了,
>
> 依娌绣的花朵,
>
> 连蜜蜂也停在上面。

她又是那么漂亮,晶莹的露珠在她面前就干了,玲珑的星星在她面前就暗了,木棉花和她在一起就失了色,孔雀和她在一起也要把它的美丽的尾巴收敛起来;总之,无论什么都赶不上依娌的漂亮。

特别吸引人的章节,是作者对古卡和依娌在分离以后彼此朝夕怀恋的内心世界的描画。对依娌的刻画,尤为动人。我们看见依娌在没有阳光的土司衙门里日夜想念古卡,她是多么神魂不安和憔悴,除了古卡,世界上她什么也不思,什么也不想。我们看见依娌对土司的物质诱惑那样表示反感和愤怒;无论什么也不能讨得她的丝毫欢心;她一刻也不能容忍,恨不得插翅飞走,离开这卑鄙的黑暗世界,而到古卡和劳动人民的那个欢乐善良的世界里去;她决不妥协。我们看见依娌在月圆风清的夜里,一个人

> 看见星星想起古卡，
>
> 看见月亮想起古卡，
>
> 听见风声想起古卡，
>
> 听见鸟啼想起古卡。

她不知她的古卡如今在哪一方，她听见杜鹃在凄凉地啼叫，感到夜风很凉，她是那么孤独——

> 依娌的心呀，
>
> 是多么忧伤。

我们看见了依娌的这一切；不仅看见她的焦急的愁容，也看见了她的坚持不向黑暗势力低头的倔强性格，和一颗怀念古卡的火热而忧伤的心。这就是诗作者的成功。

古卡的母亲，也是一个出色的形象。关于这个人物的一些动人情节，完全是作者根据自己对于生活的理解加以补充的。只举一个例子：

古卡的母亲，为怕过早地刺伤了孩子的纯洁感情，隐瞒了古卡父亲为土司做苦工累死的事，不肯告诉古卡，而多方设法哄骗，在这些甜言蜜语的背后，埋藏着做母亲的深深的隐痛。可是小古卡是很难满意母亲的回答的，母亲只好说：爹不愿跟娘在一起，找着，爹也不回来了。天真的小古卡又问：

> "爹为什么不爱我？
>
> 爹为什么不跟娘一起？"

于是，那隐藏着多年的悲痛的感情像水闸里的水猛然被打开一样地倾泻出来：

> 娘的心碎了，
>
> 娘的泪落了，
>
> 娘搂着古卡，
>
> 泪滴在古卡的脸上。

做母亲的心，于此可见。古卡母亲在孤苦伶仃中内心的无限辛酸和痛苦，也于此可见。这样描写一个在封建统治压迫下除了把希望放在儿子身上别无出路的崇高的母性,既符合于生活的真实情况,艺术性也是很高的。

我们看到了古卡母亲在天真的孩子面前的灵魂的颤动。这是诗作者的成功。

这首诗的另一特色,是它的浓厚的抒情色彩。我们所感到的诗里所散发的清新气氛,和它的强烈的生活气息分不开,也和它的浓厚的抒情色彩分不开。我们很难设想一首好的叙事诗而没有抒情的成分;原因很简单,只因为它是诗,而不只仅是叙事而已。诗人的感情的升华,丰富的想像,和强烈地表示个人的爱憎,在叙事诗里同样是不可缺少的;在《百鸟衣》里就可看出:作者直接倾吐胸怀或抒情式的叙述与客观描绘交织在一起;而在那些客观描绘里,在对于人物精神状态和内心活动的勾画里,也渲染着浓厚、强烈的抒情色彩。

在古卡出生以前,作者歌颂了古卡的故乡的四季如春的自然风光以后,接着说:

> 四周的小鸟儿,
>
> 都飞到这里,
>
> 早晨唱着歌,
>
> 黄昏唱着歌。
>
> 小鸟为什么飞来?
>
> 小鸟为什么歌唱?
>
> 因为这儿太好了,
>
> 因为这儿太可爱了。

这两节轻松愉快的写景又抒情的小诗,是多么朴素地描绘出这块"树林密麻麻"、"溪水清莹莹"的地方的明媚可爱。似乎小鸟的内心活动,又是诗人的内心活动。这里流露了作者对于自己乡土的热爱,也是为未出世的古卡唱着赞歌。

像对依娌在土司衙门里期待古卡的情景的描写,她的全部的内心活动和她的憔悴的愁容,都是由作者的抒情式的叙述和由依娌直接表白心境来表现的。依娌是这样望眼欲穿地等待着古卡:

花儿谢了，

明年会再开，

英勇的古卡呀，

你哪日来？

太阳落山了，

明日还会爬上来，

英勇的古卡呀，

你哪时来？

这让我们想起郭沫若的有名的《湘累》里娥皇、女英在洞庭湖边的岩石上所唱的期待爱人回来的那些最热情的浪漫主义的诗句。

我们还应当谈到这首长诗的语言。因为无论是生活的气氛，人物的勾画，诗人的抒情，一切都依靠语言的生动运用；因为诗是语言的艺术，它在这方面比别的文学体裁要求得更要高些，不这样就不能在描写事物和抒写作者的思想情感中进行高度的概括，并且使作品富于优美的形象和诗意。而且，要写出为群众所传诵的诗歌，不仅是诗人们思想情感需要与人民大众的思想情感取得一致，还不能不注意学习和吸取群众的语言。

《百鸟衣》的完成，就是从学习运用群众的语言开始的。作者一方面吸取了群众日常生活中富于形象的语言，作为描画他的人物的材料，一方面又吸取了民歌的语言，民歌的风格（比喻、起兴、重复、浪漫色彩的夸张等等）。因为作者熟悉他的家乡的群众语言，他可以在他的记忆的宝库里寻找最能表现他的人物的某些特点的话，提炼为诗句；或从中受到启发，获得一个形象。作者在回想自己在这方面的经验时说：在农村人们称赞一个人能干时，往往说："嘿，新扁担都挑断了。"他于是就描写古卡："别人的扁担，十年换一条；古卡的扁担，一年换十条。"他的家乡对于一个妇女插秧插得直，常常远近称赞，于是就这样描写了依娌："木匠拉的墨线，算得最直了；依娌插的秧，比墨线还直。"[①]作者还能背诵许多家乡的山歌，这就使他的诗具有显著的民歌的色彩。运用民歌的风格，就会使诗具有优美的情调，富于形象，色彩鲜明；也易于为群众所喜闻乐见。民歌和群众语言的接近,就像姊妹一般。比方爱用比喻是民歌的特色之一,这与劳动人民说话中常常用比喻的习惯本相一致,不过在民歌里更加突出地运用了这种表现方法;而诗歌里恰当地用比喻,就会使某一事物立刻鲜明地呈现在人们眼前,使感情表现得更加猛烈,也使诗歌更富于想像和形象的美。高尔基劝作家学习民歌的语言:

你在这里可以看见惊人的丰富的形象,比拟的确切,有迷人力量的朴素和形容动人的美。

《百鸟衣》的作者在自己的创作过程中深切地体会到这话里面的真理,并且已经从民歌里得到了好处。

学习群众的言语,又向民歌学习,这就是《百鸟衣》的作者在他的诗的语言上所走的道路。作者自己说,他因为熟悉群众的言语,又熟悉民歌,在创作《百鸟衣》当中给了他极大的方便。当然,这首诗的语言还并不是完美无缺的,有些地方还不够精炼,不够单纯和和谐;还可以修改得更好,以便容易为群众所传诵。但总的说来,语言是清新、活泼、优美的。作者在使用他的语言的时候,无论是吸取群众的言语,无论是运用民歌的表现方法,都是为了把古卡和依娌以及其他人物的形象鲜明活跃地刻画出来,为了用自己所发现的真正诗的东西掀动读者的心坎;他没有走形式主义者的道路:堆砌词藻或者机械地模仿民歌。学习群众的言语,向民歌学习,是今天许多诗人在党的文艺方针的指导下都正在走的道路;《百鸟衣》的作者是幸福的,他一开始就踏上了正确的道路。

虽然上面已经提到,作者对于原传说的修改(特别是对于神话色彩的修改),还不是没有需要讨论的地方,但是作者按照自己的理解和意图,创作了一个美丽的诗篇。这个诗篇不仅丰富了民间传说的人物,并且深刻动人地传达了劳动人民反抗恶势力的精神。而这就又和作者对民间传说作了认真的研究、理解了传说的基本精神是分不开的。他并不是漫不经心地在讲述一个古老的故事,而是作为参加集体创作的一员,放进自己的心血来塑造劳动人民中的英雄人物;在诗里再现一个比较完美的故事,让人物、禽兽、山水和花卉都活起来,借以努力传达原传说的精神,把自己作为劳动人民的代言人。同时,我们从这首长诗的许多地方，都感到一些真正诗的东西，一些触动了作者的心弦又触动读者的心弦的东西。这说明作者经过对于传说的研究，对于生活的思考，有所发现，有他反复感觉到东西需要带着激动的心情来告诉人。例如写小鸟飞来是由于热爱古卡出生的那个风景明媚的山村；例如依娌在土司衙门里日夜怀念古卡的心境。他仿佛发现了不少秘密。因为看到了人物的内心世界和事物的内在意义，他就有可能像伊萨可夫斯基所讲的，使诗句具有"从内部照亮所描写的现象的光芒"。最后，还应当指出熟悉生活对于改写民间故事的重要性。作者深刻理解他的家乡的民间传说，和他熟悉僮族人民的生活是分不开的；由于熟悉生活（包括阶级关系，风土人情，自然风光），拥有丰富的生活形象，他才有可能打开生活的宝库，按照自己的意图对传说加以修改、补充和润饰。作者说，他一闭上眼睛，他的家乡所在的那个山村的山坡呀，溪流呀，鸟呀，果子呀，都呈现在他的眼前，甚至也听到那回响在深山中的山歌声；⑤那么，我们就很容易理解《百鸟衣》为什么那样富于生活气息了。

一九五六年一月五日夜

①至⑤，均见一九五五年十二月号《长江文艺》韦其麟《写〈百鸟衣〉的一些感受和体会》。

试谈《百鸟衣》的浪漫主义特色

沙　鸥

史料解读

　　史料原载《长江文艺》1956 年第 87 期。该文从浪漫主义角度评论了《百鸟衣》的艺术成就。壮族是一个富有想象力的古老民族。韦其麟身为壮族诗人，将这种民族特质带入了他的创作中。《百鸟衣》是诗人最具有浪漫幻想的作品之一。正如马克思所说："专事模仿的诗人们除了形式上的光泽，就没有别的什么了。"《百鸟衣》虽然是诗人根据壮族流传已久的民间故事加工创作的，但诗人并没有照搬故事里的人物形象，而是大胆地倾注自己的想象，塑造了更美好的形象。诗人将男主人公古卡刻画成英俊、勤劳、孝顺的壮族青年，将依娌塑造成美丽、善良、勤劳的姑娘。这样近于完美的人物形象，不仅从侧面反映诗人自己的理想，也符合人们对叙事诗里主人公形象的期待。虽然诗人把女主人公从能点土成金、拥有仙法的奇幻形象改编成吃苦耐劳、更贴近于现实的形象，但诗歌的故事情节构思仍然带有神话色彩。如女主人公依娌所绣的花朵栩栩如生，连蜜蜂都为此停留。人物特点和情节让整首长诗充满了浓烈的浪漫主义色彩，而这也恰好是这部作品的迷人之处。

原文

在我们的诗歌评论中，很少接触到浪漫主义的问题，而这个问题是十分值得探讨的，比如《百鸟衣》，应该说是一部带有浓厚的浪漫主义色彩的长诗，但这种色彩是怎样表现的呢？

我想在这篇文章中谈一点我的看法。这是为了学习，如果说错了，愿同志们帮助我。

我认为《百鸟衣》是一部现实主义的作品，而这部长诗又带着浓厚的浪漫主义色彩。长诗的成功的一点是现实主义与浪漫主义得到十分巧妙的结合。

长诗的浪漫主义色彩是鲜明地表现在这些方面：

第一，是表现在诗人对他在长诗中肯定的人物倾注了火焰似的激情，诗人深入了他的人物心灵，通过诗人所肯定的人物写出了诗人自己的理想与愿望，提高了和丰富了他所肯定的人物，并迫使读者不能不喜爱诗人所肯定的人物，与他们同呼吸、共命运。

这就是长诗《百鸟衣》中的古卡与依娌。

诗人韦其麟是用最高昂的调子在歌颂这一对情人，用最鲜明的色彩描绘这一对情人，诗人用那么滚沸的热情呼唤着关怀着这一对情人。

韦其麟在人民创作中汲取这一对英雄形象，但并没有像摄影师似的按原样子照了下来，而是大胆地重新作了创造。他在创造这两个人物时，极力美化他们，极力把自己渴望自由、渴望幸福的激情渗透进去，灌注进去，这就使原来传说中还有些缺陷的人物成了光辉灿烂的可爱的形象，成了人民理想的化身。正是在这里，韦其麟是加浓了传说中的古卡与依娌的浪漫主义色彩。

先来谈谈古卡吧。

古卡在原来的传说中是被叙述得比较啰嗦的，特别是关于他的成长过程，例如，他做过小贩，几次受人欺侮，没办法，好哭，得到仙人的帮助等等。更要紧的地方还在于他遇到依娌之后，由于依娌的魔法，使他变成了一个大富翁。原来的传说中的这种描写,也真实的反映了穷苦的人民的愿望,但对于古卡这个形象说来,就顾得不完全了,正如韦其麟所说,古卡在性格上是"显得软弱、单薄",特别是"古卡又成了富人,那么,古卡与依娌当然是过着饱食终日,无所事事的生活了……他们的思想、感情和性格也必然跟着物质生活的改变而改变,后来对土司进行斗争那种坚决态度和英雄气概,就不会也不可能在他们身上产生了。"(《写〈百鸟衣〉的一些感受和体会》)

根据原来传说中的古卡来重新创造,就成为必须的了。

韦其麟在创造古卡这个形象时,一方面是注意到了古卡在现实生活中应该是怎样的生活着,这就给这个形象打下了现实主义的基础;另一方面又注意了,而且渲染了古卡愿意怎样生活着,这就给这个形象带来了浓厚的浪漫主义色彩。

在《百鸟衣》的第一章《绿绿山坡下》中,诗人是按照生活的本来面目,精练地对古卡的成长作了概括;第二章《美丽的公鸡》中,除了公鸡变姑娘这几段之外,在写到他与依娌成为夫妇后,还是按照生活的本来面目描写了他们快乐的劳动;第三章《溪水呀,流得不响了》中,土司派人来刁难他们,来拆散他们,依娌被劫,古卡逃走等,古卡也并没有在例外的或异常的环境中出现;苦难的现实生活是这一章诗的背景;最后一章《两颗星星一起闪》,描写古卡翻山越岭去射鸟,做成了百鸟衣去救依娌,杀死了土司,就人物活动的环境来说,是比较远离了现实生活。可见,诗人在创造古卡这个形象时,基本上是以现实生活为基础的。当诗人在描写现实生活时,着力地表现了古卡应该怎样生活着,并从多方面来美化这个人物。

当古卡二十岁了,诗人这样描写他:

古卡种的包粟,

比别人高一半。

三百斤的大石磙,

十个人才抬得动,

　　古卡双手一掀，

　　轻轻地举起像把草。

　　别人射箭，

　　石头射不进，

　　古卡射箭，

　　铁做的靶也入一寸。

　　古卡唱起歌来，

　　歌声响过十八层高山。

　　在诗人笔下，古卡是一个多么理想的人物，他体贴妈妈，爱劳动，武艺非凡……可以看得出来，诗人虽然把古卡放在现实生活中，但是，诗人是把他的人物提高了，古卡成了那样可爱，那样完美无缺的人物。诗人不但集中劳动人民所有美好的品质于古卡身上，而且，用生动的描写来迫使读者跟着诗人去爱这个人物。这里，诗人显然是通过一个人物，体现了诗人自己对生活的看法，体现了诗人自己的理想。这特别表现在古卡对依娌的无限热爱与对土司的势不两立的斗争上。在旧社会里，对于古卡说来，爱情与幸福都是不可能得到的，诗人韦其麟采用了幻想的方法，使他得到了爱情与幸福，杀死了压迫人民的土司，由于人物的活动是在这样的环境中，人物性格也就得到了格外有力的强调。这不仅大大地鼓舞了读者，而且，由于人物性格得到了充分的显示，我们就感觉不出这是不现实的。这就说明了现实主义与浪漫主义是结合得很好。如像古卡为了做百鸟衣去救依娌的一段描写：

　　脚底起泡了，

　　一想依娌就不痛了。

　　腿赶得酸了，

　　一想依娌就有力了。

　　诗人就是这样细致地体会了古卡的感情，这样积极地浸入了古卡的精神世界，仿佛是诗人自己为了救依娌，为了赢得爱情与幸福在爬山过河似的。

　　不脱离现实又高于现实，正是诗人在创造他的正面人物时的一个特点。

不能设想,像作化学分析那样去鉴别哪一段诗是现实主义,哪几行诗是浪漫主义。不用说这是教条主义的分析方法。从古卡这个人物可以了解,诗人就是按照生活的本来面目描写时,也给他的人物带来了浪漫主义的浓厚的色彩。

关于女主人公依娌也是如此。

原来传中的依娌,是由公鸡变成的万能的漂亮的神仙,她能点土成金,能施魔法,不是一个纯朴的劳动姑娘。苦难的人民在口头中创造了这样一个人物,是容易理解的:如果能碰上一个能点土成金的仙女,就会摆脱贫困。这样一个人物,不但会影响古卡的性格,而且使故事的发展受到很大限制,因为依娌既然万能,土司只有失败,斗争也就没有了。

韦其麟在创造这个形象时,只是把依娌"写成为一个美丽的、勤劳的、聪明的,善良纯洁而又能吃苦耐劳的姑娘。"这显然是正确的。重要的地方不仅在于诗人的这种描写,还在于诗人是那么深沉地爱着这个人物,看诗人关于歌颂依娌劳动的几段最出色的描写:

木匠拉的墨线,

算得最直了,

依娌插的秧,

像墨线一样直。

依娌种的苦瓜,

吃起来是甜的。

依娌种的甜瓜,

一百里外就闻到瓜香了。

依娌绣的蝴蝶,

差点儿就飞起来,

依娌绣的花朵,

连蜜蜂也停在上面。

依娌又是这样美丽的:

露珠最晶莹了,

和依姇一起就干了。

重要的还在于这些诗行传达出来的是一个在囚牢中的姑娘，自由的翅膀被土司折断后的生活的气氛，这种气氛立刻感染着读者，使读者不仅想到依姇是如何的寂寞、痛苦，更使人燃起对自由，对幸福的渴望。

其诗是自始至终地在一种浓烈的、各种情调的气氛中展开的。有欢乐，有愁苦，有殷切的想念，有团聚的幸福。由于诗人在长诗的气氛上着力地渲染，就使人感到诗的情绪是饱和的，人物的面貌就更清楚了，诗人的激情与思想也得到了更好的表现。这也正是长诗的浪漫主义色彩的一个不可缺少的组成部分。

最后，我认为《百鸟衣》的浪漫主义色彩还表现在诗人丰富的想像上，以及准确的夸张的手法上。

没有想像，就没有诗，也没有什么浪漫主义了。当然，有了想像，也不一定有好诗，也不一定就是浪漫主义。这就要看是什么样的想像。

在《百鸟衣》中，诗人的想像是十分丰富的，这种想像是在原来传说的基础上发展的，提高的。这特别表现在第一章的精练和第四章的补充上。这两章中所表现出来的诗人的想像又是牢牢地扎根在生活的土壤中。

当诗人写到古卡出生的土地时，诗人这样写道：

小鸟儿为什么飞来？

小鸟儿为什么歌唱？

因为这儿太好了，

因为这儿太可爱了。

诗人就是通过这样的丰富的想像，把他的人物放进这样的环境中。当然，这不过是指的一些细节，一个例子。我说的诗人的想像，主要是指诗人对古卡与依姇这两个人物的创造及神奇的故事的安排上。

像依姇、古卡这两个可爱的人物，在原来的传说中就是相当可爱的，诗人丰富了他们，更确定了他们，这里，没有丰富的想像是不可能的。故事的安排也如此，第四章在原来的传说中是很简单的，诗人通过想像，又以生活为基础，大大地展开了，并浸入了人物的心灵。

　　诗人在表现他想像中的人物时，值得强调提出的，是诗人非常准确地用了夸张的手法。

　　不是任何夸张都是好的和必须的。如果把浪漫主义与夸张简单的划一个等号，那是错误的；虽然，对于浪漫主义说来，夸张是一个重要的手段。因为既要充分确定现实生活中还少见，或者是充分确定现实生活中今天还没有，而明天一定会有的东西，夸张就成为必不可少了。这对于人物的性格，精神面貌，以及人物活动的环境、情节都如此。

　　在《百鸟衣》中，不论是在叙述上，对人物的描绘上，对景物的描写上，和对气氛的安排上，诗人都出色地运用了夸张的手法。我在前面关于古卡和依娌的引诗中，已可充分看出来，不在这里重复引证了。

　　由于夸张的结果，就更鲜明地显示了人物的性格和精神世界。像古卡的母亲因丈夫被土司折磨死了，诗人说她"眼泪流了十海碗"，这种夸张，就使人能更深的了解那位孤苦的母亲的悲痛。这种夸张特别集中地表现在对古卡与依娌的描写上。诗人对这两个人物，每一个可爱的方面，都作了夸张的。

　　可见，只有夸张用到能更充分地突出人物，能更充分地表现诗人积极的思想，能更充分地表现诗人对明天的追求与渴望，能更肯定生活中的正面成分，使整个诗的调子更强，更高，色彩更鲜艳时，才是有积极意义的，才是为浪漫主义所要求的，所需要的。

　　韦其麟在《百鸟衣》中所用的夸张正是这样。

　　从以上的叙述中，我感到《百鸟衣》是一首带有浓厚的浪漫主义色彩的长诗。

　　对自由与幸福的渴望，对主人公倾注了那么深厚的激情，故事的神奇性，浓烈的迷人的气氛，诗人所表现的丰富的想像及出色的夸张手法，就是《百鸟衣》的浪漫主义的特色所在。

1956,9,13。

诗章《百鸟衣》

刘元树

史料解读

　　史料原载《语文教学》1957 年第 13 期。该文对《百鸟衣》中的主要人物形象以及诗人塑造形象的手法进行了详细的评析。《百鸟衣》塑造的人物形象主要是古卡和依娌。男主人公古卡是勤劳、勇敢的英雄形象，古卡在年幼时就懂得为家里分担沉重的担子。这并非只是家庭贫困所致，还因为那个黑暗的时代让这样幼小的孩子不得不经历困苦的童年。依娌被抢走后，古卡为了救出心爱的人，坚持不懈地进山捕鸟。可见古卡对待爱情忠贞、坚强。女主人公依娌聪明、美丽、善良。她温柔待人，不慕权贵。两人被迫分开以后，依娌没有伤心流泪，反而冷静地想出了应对办法，甚至敢于反抗恶势力。从这个角度来看，依娌这个女性形象也具有英雄色彩。在他们的奇幻爱情故事中，出现了一个重要的反派人物——土司。土司残暴无情，强取豪夺且愚蠢至极。在该文作者看来，诗人塑造的土司形象并不是为了单纯为这一段纯洁美好的爱情安排一些曲折。土司的形象也不是空穴来风，在统治时期，壮族人民在封建统治阶级的压迫下，民不聊生。然而广大壮族人民像诗歌里的古卡和依娌一样，并不屈服于这样的压迫，敢于抗暴除恶，最终获得了胜利。整首长诗将现实与浪漫结合，赞美了壮族人民的智慧、勇敢、善良，抨击了统治阶级的黑暗。作者认为其故事情节虽简单，却具有极高的思想性和艺术性。

原文

这个传说的两个主人公,是勤劳、勇敢的古卡和聪明美丽的依娌。他们有着真挚纯洁的爱情和坚强反抗的性格。在他们的身上,寄托着广大人民的愿望和理想。

英雄的古卡,生长在"绿绿山坡下"、"溪水清莹莹"的风光明媚的山区。他遭受着那个时代劳动人民儿女们的天然的不幸:还在娘肚子里,爹就给土司做苦工累死了。慈爱的母亲埋藏着深深的隐痛,怀着有苦难言的忧伤,用乳汁和眼泪抚养着古卡,把希望寄托在孩子的身上。聪明的古卡,没有使母亲失望,在十岁的时候,就这么懂事。当他知道爹爹的死难和生活的穷困后,没有眼泪,也没有悲伤,反而安慰母亲说:"娘不要哭了,我不要书读了,我明天打柴去,帮娘做点活。"就这样,这幼小的一代就开始踏着老一代的脚步走向艰辛的生活——这是那个时代成千上万被压迫者世世代代生活过来的道路。我们的古卡,日夜成长着,到二十岁的时候,他已经成为一个顶天立地的男子。二十岁的青年男女,应该是成家立业的时候,可是古卡家穷,谁肯嫁给他受罪! 但人民热爱英雄的古卡,偏要给他配上一个能干的媳妇。于是公鸡变成了依娌,依娌就成了古卡的妻。

美丽的依娌,真是世上无双的姑娘。她有灵巧的双手和熟练的劳动技能,也是孝顺婆婆、体贴丈夫的贤惠的女子。诗人巧妙地运用着民间文学中的夸张、对比、譬喻、重复的手法,用最激昂的调子来歌颂这对情人,用最鲜艳的色彩来描绘这对情人。诗人几乎把生活中一切最美好的东西,在合乎人物性格的前提下,都分别集中在古卡和依娌的身上。

青年古卡和少女依娌的结合,真是天生出的一对奇异的鸳鸯。贫穷冷落的古卡的家庭,骤然间热闹幸福起来。我们不去多说依娌对婆婆的孝顺或古卡对依娌的爱情,只看看他们那一幅美满甜蜜的劳动生活的图画:

古卡在前面犁,

> 依娌在后面耙，
>
> 依娌在前边犁，
>
> 古卡在后边耙。
>
> 古卡在前面撒粪，
>
> 依娌在后面插秧。
>
> 古卡在前边打坑，
>
> 依娌在后面点瓜。

可是这样的美满生活却不能长久，曾几何时，他们的生活、劳动和爱情，就遭到了土司的破坏。

英雄的古卡反抗了，聪明的依娌斗争了，他们联合起来，向统治者作有力的回击。在反抗和斗争中，这两个人物优美的性格得到更进一步的显示，他们的爱情向更忠贞、更纯洁、更崇高的阶段发展。

如果说，在事件没有发生之前的依娌，还不太显得出她的聪明和智慧的话，那么，在压迫来临之后，她的聪明和智慧就充分地表现出来了。她化两天的功夫，就分清了搅在一起的绿豆和芝麻，只用一天的时间，又分清了白芝麻和黑芝麻，最后以古卡生孩子的理由驳斥了土司向古卡要一百个公鸡蛋的无理刁难。但手无寸铁的人民，在没有掌握政权之前，聪明和才智又有什么大用？古卡虽然"箭箭不落空，箭箭中狼虎"，可是个人的反抗是没有多大力量的。依娌终于被抢去了，古卡终于被赶走了，这一对美满的夫妻就这样被统治者拆散，年老的母亲也活活的被气死了。

在那时的现实社会中，象这样不幸的遭遇，每每是以悲惨的局面结束的。但是，推动历史前进的劳动人民，却并不因此就悲观失望，在精神上，他们继续向统治者进行不屈不挠的反抗。所以表现在民间文学作品里边，就每每都是胜利的结局——有的象"梁山伯与祝英台"那样最后变成双双飞舞的蝴蝶，有的却像"百鸟衣"这样直接推翻统治者得到胜利的团聚。

原来他们在分离之时，谁的眼泪也没有流，聪明的依娌，却已布置好了计划。她叫古卡射死一百只鸟做成衣，等一百天到土司的衙门里去救她。忠实的古卡,照依娌的吩咐,不管刮风和下雨,从天明直到黑夜,历尽人迹罕至的高山和深谷,到处找寻雉鸡,为了救依娌,他愿尝尽人间的辛苦。过了一百天,射死一百只鸟,缝成百鸟衣,古卡救依娌去了。这漫长的百日呀,古卡为着依娌的苦难是多么着急,等到缝成百鸟衣之后,他恨不能一翅飞到狼巢里边去搭救不自由的依娌。

如果说,无家可归的古卡,在遭到大难之后,是向残酷凶暴的大自然作斗争,那么,被拖进狼巢的依娌,就经历着更加痛苦的生活,面对着强大的压迫者,进行你死我活的斗争。依娌不慕富贵,不向恶势力低头。当土司把金丝衣给她穿的时候,她拿过衣裳来"撕成碎片片";当土司摆着山珍海味请她吃的时候,她两手一摆"碟盆摔个坏";她甚至夺去土司的剑,要杀死这个"老马骝"。这种勇敢刚毅、坚强不屈的战斗精神,表明了依娌不仅是一个聪明、贤惠的女子,而且也是一个具有英雄色彩的人物。在这里又充分显示出了劳动人民的阶级仇恨和反抗强暴的斗争意志。

在那"石榴花不红,桂花也不香"的衙门里,我们的依娌呀,是多么忧伤。世界上最美好的东西都不能引起她丝毫的欢乐,除了古卡之外,她什么也不思,什么也不想,只恨不得冲出这牢笼,飞到自由的乐土中,和古卡欢聚。这些时候,她变得神魂不安,形容枯槁,唯有古卡温暖着她的心。诗人说:

美丽的依娌,

离开古卡就憔悴了。

爱唱歌的依娌,

离开古卡就不唱了。

不吃饭肚不饥,

想着古卡就饱了。

不饮茶口不枯,

想着古卡就不渴了。

衙门里没有阳光,

古卡照亮依娌的心。

衙门里一片冰冻，

古卡温暖着依娌的心。

在描写这些时，诗人并没有站在第三者的立场，用冷冰冰的言语来叙述古老的事情，而是深入了这一对青年男女的心灵，用最滚沸的热情来倾吐彼此的心愿——既好象自己是古卡在搭救依娌，也好象自己是依娌在怀念古卡似的。诗人大胆地、正确地使用着夸张、对比、譬喻、重复的手法，施展着他现实主义与浪漫主义方法巧妙结合的才能。

纯真、崇高的爱情，有这样大的力量，它可以战胜死亡，打败强暴。古卡穿上百鸟衣，闯进衙门，杀死了土司，夺回了依娌。

在现实社会中，象依娌所预先布置好的，用百鸟衣的计谋来战胜统治者的方式，分明是不可能有的；但这是人民美好的愿望和胜利的信念的反映，表现着他们追求自由和幸福的理想。当我们读到那样的回肠荡气的结尾的时候，怎能不带着欢欣鼓舞的心情，为古卡和依娌的远走高飞庆幸，为劳动人民的胜利庆幸呢！

生活，永远是诗歌的土壤。韦其麟同志，由于拥有丰富的生活经验，才能打开生活的宝库，对传说进行润饰、修正和补充。不能设想，一个游离生活的人，会创造出那样栩栩如生的人物，那样娓娓动听的故事，那样洋溢着浓厚的生活气息的诗篇来的。他自己说："当我要向读者介绍古卡的家时，一闭上眼睛，那些幽美的情景就呈现在眼前了，山坡呀，溪流呀，鸟呀，果子呀。甚至也听到了那回响在深山中的优美的山歌声。"① 因为这样，他才能够逼真地描绘出山村劳动的生活气息和风土人情，才能使这部长诗富有鲜明的民族色彩。

比如，为了介绍古卡这个可爱的人物给读者，为了使读者对这个主人公的命运格外的关怀，诗人在长诗的开头，便尽力渲染古卡出身的地方的美丽。这个美妙的地方啊，它一下子就抓着了读者的心灵。

山坡好地方，

树林密麻麻，

鹧鸪在这儿住下，

斑鸠在这儿安家。

春天的时候，

满山的野花开了，

浓浓的花香呀，

闻着就醉了。

在这里，鹧鸪、斑鸠的内心活动，也似乎被诗人掌握着了。试问，缺乏丰富的生活经验的人，能够写得出这种真正的诗章来么？

光有生活，还不能写出好诗；重要的还在于用什么样的观点去认识生活，站在什么样的立场去描绘生活。《百鸟衣》的作者开始创作就注意了这个重要的问题，踏上了正确的道路。他认识到："整理民间故事和传说，或在这基础上进行创作，决不能以非常冷淡的态度去进行，必须有强烈的阶级感情。在写的时候，我是非常注意这一点的。"的确，在整个的诗篇里；洋溢着作者的鲜明的无产阶级感情。他决没有站在旁观者的立场，用嬉皮笑脸的态度，漫不经心地叙述着一个古老的故事，而是用最滚沸的热情和最激昂的调子赞美着这对情人的劳动、爱情和斗争，用最强烈的憎恨揭露出土司及其走狗们的卑鄙、阴险的脸嘴。

文学是语言的艺术。特别是诗，对语言比别的文学体裁要求得更高些；否则就不能使作品富有优美的形象和强烈的诗意，以便为广大读者所理解、所传颂。《百鸟衣》的语言，是很成功的。它象水晶石般的晶莹而透明，没有瑕疵或雕琢的痕迹。这是由于作者熟悉生活，从生活中提炼出来的活生生的东西。在整个的诗篇中，我们随处都可以找到朴素、准确、生动、凝练的优美诗句来。孤立看来的一些普通的词汇，由于作者使它们为刻划人物或渲染气氛服务，故仍能放出奇异的光彩。比如，在描写十岁的古卡拿起爹用的柴刀，扛上娘做的扁担，上山去打回第一担柴之后，诗人这样写着：

娘的心里欢喜，

娘的心里悲伤；

娘脸上笑着，

娘眼里流泪。

诗人完全进入了这位孤苦零仃的慈母的心灵,深深理解她这时悲喜交集的矛盾的心情。十岁的孩子就这么能干,怎能不使做母亲的欢喜,但这么幼小就肩负着沉重的担子,做母亲的又怎能不悲伤;丈夫死去了,孩子这样懂事,母亲怎么不高兴,但想到丈夫的惨死,又怎能不流泪……。"欢喜"、"悲伤"、"笑着"、"流泪",这些平常的字眼,在作者的笔下,都发出神奇的光芒。

在民间文学中,现实主义和积极的浪漫主义常常结合在一起。这是十分自然的事,因为从文学与现实的关系说来,这两种创作方法的共同之点,都是真实地艺术地反映现实,所不同者,前者不过用生活本身的样式来描写现实,而后者采用夸张、幻想的方式来描写理想罢了;而人民生活在现实之中,决不会回避面临的阶级斗争,他们又与悲观主义绝缘,永远有自己远大的理想。因此,表现在文学作品里边,就每每把忠实的现实的描写和高昂的理想的抒发结合在一起。在《百鸟衣》中,我们看到这两种创作方法巧妙的结合。当然,要用化学分析方法,象把水分解为氢和氧那样,硬说这几行是现实主义而那几行是浪漫主义,显然是教条主义的。但是,象对古卡的成长和他与依娌的性格及其劳动生活的描绘,无疑的是现实主义的;而依娌由公鸡变来和她与古卡的奇特的斗争生活的描写,就带有浓厚的浪漫主义色彩。即使按照生活本来的面目来描写这两个人物的性格时,诗人倾注饱满热情的竭力夸张的描写,分明又是浪漫主义的表现;而对这一对情人的对自然和社会的斗争生活的描绘,却仍然包含着不少的现实主义因素。此外,象诗中到处碰见的来源于现实但又高于现实的夸张的描写,和诗人丰富的在现实基础上的想象,以及用高昂的调子来塑造人物和渲染长诗的气氛等等,都是这两种创作方法巧妙结合的具体表现。

这一部杰出的长诗,塑造了勇敢的青年古卡和聪明的少女依娌的鲜明形象。他们有着纯贞而崇高的爱情,有着善良淳朴、热情劳动、聪明智慧、勇敢刚毅的品质。在他们的身上,体现出僮族人民的优美性格和美好的愿望和理想。长诗的故事情节很简单,写的是他们的爱情遭到土司的破坏,土司抢走了依娌,把古卡赶进深山,古卡历尽艰险,射死一百只鸟,做成"百鸟衣",巧妙地闯进了衙门,杀死了土司,救出了依娌。这简单的故事却有着不平凡的艺术的内容,有着激动人心的真正的诗的东西。诗人代表着广大的人民,饱和着无产阶级的激情,用透明的水晶石般的语言,采用现实主义和浪漫主义相结合的方法,赞美着他们的生活、劳动、爱情和斗争,写出那欢乐、悲愁、殷切的盼望和幸福的团聚。从这对情人的独特的生活中,概括地反映着僮族人民的生活、风俗、习惯,暴露了统治阶级的残暴和嘲笑了他们的愚蠢。整个的诗篇自始至终有着浓烈的生活气息和鲜明的民族色彩。这是一部高度的思想性和艺术性巧妙结合的作品。

①②均见《我是怎样学习创作的》一书中韦其麟的《写〈百鸟衣〉的一些感受和体会》。

重读《百鸟衣》

莫　奇

史料解读

　　史料原载《广西民族学院学报（社会科学版）》1979 年第 3 期。该文着重从三个角度对《百鸟衣》进行了"重读"。首先，作者莫奇阐述了《百鸟衣》中古卡和依娌两位英雄形象的特点及其斗争精神。在阶级斗争和生产斗争中，古卡和依娌展现了勤劳、勇敢、智慧的本质，表现了摆脱困苦、追求幸福生活的理想。他们通过智慧与勇气，成功战胜了土司，实现了幸福生活的理想。古卡的成长历程和他与依娌的爱情故事，充满了对美好生活的向往和对邪恶势力的抗争，展现了劳动人民对理想生活的无畏追求。依娌的美丽、聪明和坚贞品质，也使其英雄形象更加深入人心。其次，作者讨论了《百鸟衣》的创作过程及民间故事改编问题。作者认为，对原民间故事和传说的修改和再创作是必要的，但要审慎地按历史唯物主义的观点，剔除反人民的成分，突出人民性的成分，创造出本质上真实反映当时历史生活的艺术作品。作者成功地将传说的神话色彩进行了创造性继承和转化，注重真实的生活气氛营造，使英雄人物更为亲切感人，诗歌结构更为严谨。同时，作者在民族形式上也进行了积极的探索，整首诗充满了浪漫主义的色彩。再次，作者分析了《百鸟衣》的语言特点与描写艺术，认为诗人大量吸收、提炼了壮族人民生动丰富的语言智慧，深入领会壮族人民的民族意识、民族习俗，使简洁的诗句具有深邃的思想内涵和丰富的艺术情趣。诗篇具有画面美和音乐美，生活画面具有民族风俗特点，给人以新鲜美好的感受，留下了深刻难忘的记忆。该文具有向新时期转型的倾向和特征。

原文

韦其麟同志根据壮族民间传说创作的长篇叙事诗《百鸟衣》，以其故事的深刻、生动和叙述的优美情调，不知感动、激励过国内外多少读者。二十年过去了，文艺园地正当花树争荣。我们捧读《百鸟衣》，依然是那番浓烈的兴味，掩卷不能平静，其间包含着多么宝贵的启示。

（一）

在过去长期的对抗性的阶级社会里，劳动人民在阶级斗争和生产斗争中显示的勤劳、勇敢、智慧的本质特点，他们摆脱困苦的要求和幸福生活的理想，以及为之奋斗的不屈不挠的精神，在我国灿若银河的人民文学和浩如烟海的民间文学中，都已经表现到极为深刻、生动的境界。单诵唱凭才智或施魔法斗苦、斗败了土司甚至国王的勤劳勇敢的男女青年形象，就镶织成千姿百态、异彩缤纷的艺术画廊。别林斯斯认为"叙事诗……要求创造个性和它特有的一种戏剧的安排。"（见平明出版社出版的《普希金抒情诗集》附录 360）《百鸟衣》里的古卡和依娌这一对性格鲜明的英雄形象，就是以他们独放的异彩闪耀在读者的心田上的。

在鸟语花香的"绿绿山坡下"——这片被压迫、被残害的古代劳动人民所憧憬，所酷爱的美好境地，孕育了童年古卡淳朴的心灵，以至他长到五岁的时候："大家赞美古卡：'天保佑他长呵！'古卡挺起胸哺：'是我自己长的'。"他纯洁，天真无邪，初步形成崇尚劳动，热爱生活的性格。当他长到十岁，象拔节的青竹渴求雨露一样急切要求读书，因为没有钱，娘才不得不饮泪揭破爹"给古卡找宝贝去了，给古卡找珍珠去了"的谜，原来爹在古卡还在娘肚子里的时候就不在世了："不是爹不爱你，不是爹不愿和娘在一起；是土司拉爹到衙门里，爹做苦工累死了。"古卡惊醒了，阶级压迫象一条毒鞭在他幼小的心灵上烙下了深深的伤痕。他带着对生活的沉思在苦难的劳动中磨炼意志，增长才智，不仅使贫寒冷落的家庭有了用的，"娘尝到肉味"，"猩皮挂满门口。"……而且炼就了射箭"最近的也看不见"的技巧和"打死过五只老虎，射死过十只豹子"的勇悍。包含着摆脱阶级压迫境遇的深刻的阶级意识，和度过幸福生活的理想观念，古卡勤劳、英勇不屈的这个劳动人民的本质特点充分发挥出来了。古卡赢得了美丽的妻子和甜蜜的爱情，建立了自给自足的美好生活。自然，我们不会以今天劳动人民在社会主义祖国里生活的灿烂图景和为共产主义事业共同奋斗的崇高爱情去和他们比较，我们在感触到那个充满了丑恶、凶暴，统治阶级骑在劳动人民头上荒淫、腐朽的灾难时，已经为古卡和依娌能在个体经济基础上实现这样的理想感到难能可贵。在那段古卡成亲的牧歌式的生活的描写中，我们亲切地体验到：古卡心底潜藏的幸福是什么呢？是种稻采茶，收获辛勤的汗水浇灌的果实。他为之陶醉的甜蜜是夫妻并肩劳动，我唱你和的纯贞爱情。当祸从天降，豺狼般的土司抢走了相依为命的妻子，从古卡的心头进出的是："依娌呵依娌，一定要团圆！"这其间，流荡着多么强烈的憎和爱。至此，古卡这个饱含着崇高理想，流动着神奇色彩的英雄形象已经活现在我们面前。

在抢救依娌的那场显示着高尚勇智的人民力量和狠毒的统治阶级势力的严重搏斗中，古卡的性格得到了发展；"好马不吃回头草，古卡抬头往前走！照依娌吩咐，修好弓箭去射鸟。"他历尽千辛万苦，"九十九座山的雉鸡射完了，最后一只雉鸡射落了。"他把雉鸡皮缝成神衣穿在身上就进了衙门，依娌心同谋合，机智地逼使土司相信并请求用龙袍换百鸟衣穿以换取依娌的悦色，"古卡给土司穿神衣，突然尖刀亮闪闪，尖刀白落红的起，土司一命归西天！"令人叫绝！只有高度的凝聚着刻骨的痛恨和蔑视统治者的反抗意识，以及为美好理想而奋斗所发挥的无限智慧，古卡在从虎口抢救出依娌的搏斗中才能显示出他特具的深沉力量。

古卡内心深邃。娘说："买书要用钱，我家连吃也不够。"他才从"怯怯跳"的心里倾吐了一连串心思，直问到"爹为什么不爱我？爹为什么不跟娘一起？"这不禁使我们捉摸古卡那颗幼小的心已经多少次沉思过这个家庭孤苦冷落的根源，他分担着娘心里无穷无尽的痛苦，为了使娘得到一丝一毫的安慰，他看屋、洗茶、穿针、煮饭，让娘萌生了生存的希望，高兴得睡不着觉，而使一个个"为什么"旋转在自己的心坎上。当娘告诉他"爹做苦工死了"，他就不再问爹了，把仇恨埋在心底,不哭泣,不气馁,去顽强地生活。当"娘气死了,依娌被抢走了","古卡不流泪,撕下片手巾,咬破指头染红它,扎在纽扣给娘带个孝。"让对娘的怀念,对依娌的情感,以及对土司的仇恨燃烧在心间,去进行艰难险恶的斗争。我们在惊叹古卡的行为时,深深地感动于他的丰富感情,他有力地显示:劳动人民具有熔化一切苦痛、艰危的能耐和潜藏着为美好理想奋斗的那种不可战胜的力量。

依娌的性格更为奔放,她是化身美丽的公鸡出现在统治阶级欺压下为穷困、孤独所伤心的古卡身边的,这里借助于劳动人民那横空而来的新美想象,跟其它神话故事一样充满浪漫色彩又包含真实的情趣。在阶级对立、贫困悬殊的黑暗社会,她投身古卡这样的家庭,把心血、智慧熔化在创造幸福的劳动和斗争中,这深切地表现了劳动人民衷心的愿望:最美好的爱情和幸福应该属于勤劳勇敢、高尚纯洁的人。如果说古卡的性格,我们更易于以实际生活经验去感受他的环境和事件而愈觉鲜明,那么依娌的性格,我们是借助于想象去神会她的出现和行为而愈觉清晰。虽然直到最后,在逃出衙门那段最困难、最惊险的斗争也是长诗的高潮中,她的力量和智慧的集中表现——神计只起重要的还不是决定的作用。可是掩卷后,我们正在抑制不住激动的回忆和遐想中,依娌和古卡却一样生龙活虎地、饱含着无限热情和理想的出现在我们的脑海里。

人们喜爱依娌的美丽和聪明灵巧,更赞美她洋溢着幸福的激情和古卡进行艰苦忙碌的劳动。对土司向他们的爱情及整个生活的种种刁难和欺压,她机智地一一应付,用机锋的语言给予回敬。她被抢后坚决戳破土司的诡计,斥责衙门:"这是野兽的巢,住的是豺狼一窝,好人不进去,进去活不了。"撕烂金丝衣:"不干净的衣服,穿了身发肿,冻死也不穿!"摔碎装着山珍海味的碟盆:"不干净的东西,吃了肚会痛,饿死也不吃!"土司嬉皮笑脸向她扑来,她顺势夺了土司的剑:"老马骝你不知羞,老马骝你面皮厚,你逼死我娘身带孝,一年里你近我不是死来就是走!"对土司的痛恨,对古卡的酷爱,精神上的痛苦折磨象一首悲壮的歌,唱出了依娌崇高坚贞的品质。依娌终于被古卡救出,重新获得了自由。她的性格生动地表明,劳动人民蕴藏着最贞洁的爱情和享有真正的幸福。统治阶级的奢望和恶行是玷污不了劳动人民美好的心灵的。

　　古卡和依娌的性格是这样鲜明、可爱，他们为争取自由、爱情和幸福，向恶势力进行了勇敢、坚决而又机智的斗争，这一切深深地吸引着我们，使我们去体验，去思索，去回忆，为之越来越深的激动和受到巨大的鼓舞。高尔基认为：作家对于其所观察到的一定社会集团的人们的任何品质可以"深化，扩大……使之尖锐与鲜明"。（见高尔基《论文学》。转引自雷伐金《论文学中的典型问题》40 页，新文艺出版社 1952 年版。）当然，这对各种体裁的作品有不同的要求。《百鸟衣》是根据传说故事创作的具有浓厚的浪漫主义色彩的诗篇，要在有限的叙述描写的诗句中勾勒人物比较明晰的面貌和行动，点明性格发展的层次和照应，让人物的性格在读者的联想中鲜明起来。不流于一般作品里的那种人物性格，或淹没于失去联系的琐碎描写中，或消失于叙述离奇惊险的故事之后，或迷离于感情空洞不真实的咏叹里。作者说他是在注意去表露"人物的内心世界和精神状态的高尚、光明、美好和灿烂。"他正是在这种努力中显示出了表现人物性格的力量。

（二）

　　关于《百鸟衣》对原传，特别是对神话色彩的修改是可以讨论的。不是整理而是创作，对繁杂的零碎的或者已经较为成熟的、完整的素材，如果没有深入的分析，准确的取舍、增补或发挥，进行独创性的组织，就不可能写成好作品。特别是今天对待象《百鸟衣》这样产生于久远年代的传说，就不存在能不能改的问题，而主要是简单的按今天的政治、艺术要求去取舍原传，移花接木，写成非古非今的东西，还是审慎的按历史唯物主义的观点，以其时代的先进思想为准绳，剔除反人民的成分，突出人民性的成分，创造本质的真实的反映当时历史的艺术的问题。长诗《百鸟衣》在我们面前展现的是逼真的古代壮族农村生活图景，蕴藏在朴实的古代壮族人民内心的精神还使我们肃然起敬。达到这样的艺术境界，主要因为作者是作为人民创作的"普通一员"，尽管有了可用笔杆子写下来的优越条件，但没有轻易另起炉灶，而是在原传精神、结构上深化、圆满它（形式上由故事变成诗）。由于主要的功夫就是对这个壮族传说故事的主题和形式的深化和改变,所以这个创作实践也是探讨民族形式的实践。

形式为内容所决定。《百鸟衣》成功地使传说的某些神话色彩加以净化,渲染更浓重的真实生活气氛,使英雄人物的形象更为亲切感人,结构也更为严谨。这个形式上的改变和大提高是和深化主题同时进行的。众多的原《百鸟衣》传说的主要情节是:古卡自幼艰难,打柴,当小贩,得与由公鸡变成美丽仙女的依娌成亲。依娌良善万能,点土成金,古卡变成大富翁。土司最后通过阴谋诡计难倒了古卡和依娌的富有与神力,夺去了依娌。最后是古卡穿起百鸟衣杀了土司,把她救出。这里,古代壮族人民苦于被统治阶级的压榨、掠夺、残害,而以强烈的憎爱和美好的理想,塑造了古卡和依娌这种万能的神人,赞美他们夺得的那个美好生活。主题基本上是积极的,人物已经站立起来。但我们也看到:这个民间传说也被统治阶级腐朽的意志浸蚀了。古卡变成大富翁,神力——这个象征着劳动人民超绝才智、希望和意志的力量表现在古卡和依娌身上,就没有闪射出最灿烂的光彩,杀死土司的深刻意义就被削弱。故事的结构也因不统一、不协调而松脱了。作者根据壮族人民的生活经验,突出古卡成长中阶级仇恨的陶冶和艰难劳动的磨炼,深刻地展示后来变成英雄的古卡的坚实思想基础;突出依娌的勤劳和聪明,使她和古卡建立在同一思想基础上的爱情具有深刻的意义。他们和土司的阶级对立就更分明,矛盾就尖锐了。因此,抢依娌,救依娌这些决定着整个传说思想意义的情节就更合理,更带必然性、深刻的力量。自然,古卡成长中次要的在古代壮族人民生活中不够典型的细节被摒弃了。依娌"点土成金"的神力更多的被具体化到劳动和生活的聪明灵巧上。他们淳朴善良、勤劳聪明这本质特征鲜明地显露出来,传说中比较虚幻的色彩就减少了,我们读诗时兴味淋漓,人物内心的英雄气概和作者的激情是这样沸腾在一起,壮族人民共通的风习情趣,山水禽兽随处可触,整幅图景都充满浪漫主义的色彩。我们惊叹诗的尾声"英勇的古卡呵,聪明的依娌呵,像一对凤凰,飞在天空里……像天上两颗星星,永远在一起闪耀。……"这是我们在对古卡和依娌幸福美好的爱情和生活遭难亲切的惋惜、悲愤、担忧和期望之后,突然看到他们夺回幸福而爆发的庆幸之情,还因为我们一直是沉浸在艺术变化的美感中突然获得一种美妙的完备的东西而兴奋。如果不是这样对原传的内容删增来深化主题，改变提高结构形式，古卡和依娌最后"象天上两颗星星永远在一起闪耀"这片古代壮族人民精神里最绚丽的东西，就不可能得到这样真实完美的再现。

具体地说，《百鸟衣》在民族形式上积极的探讨，主要表现在使用壮族人民诗的语言和结构上为创造个性而组织"特有的一种戏剧的安排"。在那些象著名的长篇乐府诗《木兰辞》，《孔雀东南飞》，白居易的长诗《长恨歌》、《琵琶行》这些古典诗歌名作里，凝结阔大的内容的跳跃性描写，如《孔雀东南飞》写兰芝的成长："十三能织素，十四学裁衣，十五弹箜篌，十六诵诗书，十七为君妇"；交织着矛盾发展中两种不同人物心情，使某种感情得到更有力的表现的叙述，如《琵琶行》写妇人自述："……弟走从军阿姨死，暮去朝来颜色故。门前冷落鞍马稀，老大嫁作商人妇。……"接着伤叹作者自己"……同是天涯沦落人，相逢何必曾相识？我从去年辞帝京，谪居卧病浔阳城。……"这种凝缩、对照等艺术手段早为以口头或以文字创作的艺术家们用得娴熟。在壮族民间文学中，如"盘歌"，你问我答、对唱知识、爱情，比赛或表现智慧，试探感情，又是以巧妙的盘问，挑逗引人的。从这些我们可以得到这样的启示：叙事诗叙述、抒情在安排上如果缺乏"特有的一种戏剧"性，就难免兴味索然。《百鸟衣》中古卡和依娌的出现，非常引人。为什么古卡生长的地方这么美好，娘却流泪浇愁？古卡这么聪明纯洁，视他为自己的生命和希望的娘却不能不在他幼小的心灵里刻下深深的阶级压迫的印迹！一个"包袱"的巧妙解脱，在阶级压迫的苦水里成长，这个在艺术作品里出现过千百次的情节，却表现得这样新奇动人，留给读者这样深远的思索余地。我们在对古卡的艰难和孤苦的同情中，仙女依娌带着无限的喜趣出现了，她是这样投合我们的心理：惊人的美丽聪明、勤劳勇敢。正当我们为古卡和依娌的爱情燃烧起无限热爱和希望的感情，土司抢走依娌，把古卡赶进深山的暴行如晴天霹雳，在我们心中激起最大的不平和布下难以忍耐的忧患。第四章《两颗星星一起闪耀》，是交错着古卡和依娌被迫分离后的情形、心理描述的。古卡在阔大而显得更为空洞的山野苦痛地思念和担忧落入衙门里的依娌，我们被一种变幻莫测的紧张气氛所激动；依娌在充满险恶的衙门里热切地眷恋和盼望古卡,我们又被一种急迫的气氛所激动。我们正是以这样激动的感情领略、赞叹古卡和依娌所显示出来的崇高精神境界的。这确乎古代诗学中"善述事者,举一端而众端可以包括"的道理。作者就是这样把持依娌的命运——这个关系她和古卡的整个爱情、整个生活的线索来叙述,缓急相济,回旋照应,使读者情绪时而如溪流婉转般轻松欢愉,时而如波涛相逐般激动不已。正是作者在艺术结构上匠心独运,才使这个民间流传的故事在诗歌园地里也获得这样强的艺术生命。

(三)

"不可忘记:除风景画之外,还有风俗画。"高尔基这样强调过,在艺术作品里,生活图景当然也包括语言的地方、民族和时代的特点。《百鸟衣》的语言显现出普希金所曾称为那种与"真正的人民口才底火焰"的。看这幅古朴的风景:

春天的时候,

满山的野花开了。

浓浓的花香呀,

闻着就醉了。

……

四周的小鸟儿,

都飞到这里,

早晨唱着歌,

黄昏唱着歌。

人眷恋、赞美家乡的感情寄托于盎然的春景,多么淳美,为古代壮族地区所特有。

长大了的古卡呵,

善良的古卡呵!

像门前的大榕树——

那样雄壮,那样繁茂。

象天空迎风的鹰——

那样沉着，那样英勇。

像壮黑的水牛——

那么勤劳，那么能干。

这个含蓄的借喻在我们面前影现出一幅古卡形象的淡画，他是多么令人钦佩的高大和有力。也鲜明地表现出古代壮族人民朴素的人格：坚定、勇悍、勤劳。

唱歌的后生不知数，

个个没依娌那么多歌，

古卡闻声唱一支，

依娌回头笑得像朵花。

绘声绘色地描述出一幅情趣横生的画面，从这呼之欲出的人物身上，我们看到了唱歌——这幅壮族人民感情横溢的生动面貌，和他们精神生活传统的渊源和独特。

难以区别诗句里抒情和叙事的成分，也不容易划分什么地方特别注重兴比赋的艺术效果。作者是饱和着对人物事件的感动和钦佩的情感，用自然朴素的口头语叙述生活的，可以探讨诗句本身的结构艺术，更应该体会诗句怎样去注重更大限度地、深刻而鲜明地表现生活，表现人的精神和自然景物最动人的东西，这也许是语言首先能够这样简洁而又动人的一个原因。再如：

屋边的溪水，

清了又清，浊了又清，

数不清清了多少次，

记不清浊了多少次。

山坡上的枫叶，

青了又红，红了又青，

娘记得枫叶青了廿次，

娘记得枫叶红了廿次。

时间转逝本来非常抽象，这里却能影现出它的足迹！溪水、枫叶都是古卡生长地方的景物,它是这样有生命的变化,我们自然会想到古卡和他的整个生活定然会充满幸福或苦痛,欢乐或孤寂的变化。这里多深沉的转达出对主人公命运关切的丰富感情。

> 木匠拉的墨线,
>
> 算得最直了,
>
> 依娌插的秧,
>
> 像墨线一样直。
>
> ……
>
> 依娌绣的蝴蝶,
>
> 差点儿就飞起来,
>
> 依娌绣的花朵,
>
> 连蜜蜂也停在上面。

谁愿意去冷酷无情地推算这不可能呢?我们心神意会古卡和依娌超人的聪明和灵巧,并且深信这样才是真实的!

作者大量地吸收、提炼壮族人民夸张、比喻都非常生动的语言,他深入领会壮族人民阶级的、民族的意识,地方的传统爱好,熔铸进他们那种俯视整个历史,以一些事物变化影现时间渐进、谙熟多种技艺,以木匠的墨绳比喻秧行直整,以蜜蜂误停在绣花上来形容花绣得逼真这样的智慧和自己丰富的生活经验,才能使简洁的诗句具有深邃的思想内涵和丰富的艺术情趣,使一幅幅生活图景具有非常鲜明的民族风俗特点,给人以新鲜美好的感受,给人以深刻难忘的记忆。这是诗篇《百鸟衣》描绘生活画面特别成功的地方。

《百鸟衣》不但给予我们美术方面美的感受,而且给予我们音乐方面美的感受。我们诵读诗篇,感触到一种掀动心灵的生活节奏。如古卡问娘:"我为什么没有爹呀?"

> 娘的心一痛,
>
> 眼泪就滚下,
>
> 抱起小古卡,

忍心骗了他：

"爹出远门去了，

给古卡找宝贝去了，

给古卡找珍珠去了，

爹就要回来了。"

古卡这一问真如一扇巨石撞翻了娘心底里那一池哀伤的苦水，它的浪花虽然跌落了，消失了，可是那撞击着的暗流却越来越迅猛，令人闻之颤动。又如欢快的劳动情调：

古卡在前面犁，

依娌在后面耙，

依娌在前边犁，

古卡在后边耙。

古卡在前面撒粪，

依娌在后面插秧。

古卡在前边打坑，

依娌在后面点瓜。

似乎不是一幅幅迷人的劳动场景在我们眼前交替，而是一曲曲动人的劳动歌声在我们心际回荡。这些重叠、反复的诗句适如琴弦上回旋的乐曲一阵阵加剧了我们为之激动的心情。

含蓄地重复描写某种同质的言行，逐步升华某种感情，使读者在随着人物的喜怒哀乐中享受一种音韵回环、诗意回环的美，以达到浓化情绪、深化感情的作用。这反倒使人觉得，如果《百鸟衣》划一的用五言或七言、压一般民歌尾韵或壮族勒脚歌的腰韵，反而会使诗句的音韵与变化的生活节奏失调。

作者在《写〈百鸟衣〉的一些感受和体会》（见《长江文艺》1955 年 12 月号）一文里写到自己由于客观上的原因和主观上努力，熟悉原传并领会它的精神，以及当地壮族的社会历史条件、自然环境、风俗习惯、心理素质、艺术传统对写成长诗的重要意义。这确是一番难能可贵的苦功。

第六辑

彝族诗歌

本辑概述

本辑共收录了 3 篇史料。其中，收录陈朝红、王映川的评论 2 篇，李明的介绍性文章 1 篇。这些文献分别发表于《西南民族学院学报》《读书》《星星》等报刊上。

彝族是生活在中国西南地区的古老民族。彝族拥有古老的诗歌传统和完备的史诗体系，彝族当代诗歌也在中国当代诗坛上占有一席之地。彝族诗歌具有现实主义特点，远古时期的古歌和史诗都表现了这一特点。《梅葛》《阿细的先支》《查姆》等都是代表性作品。

彝族也有发达的书面文学——毕摩文学，阿买妮的《彝语诗律论》、实乍苦木的《彝诗九体论》、布麦阿钮的《论彝诗体例》都证明了彝族诗歌的历史辉煌。

但是，在新中国成立的最初十几年中，彝族真正有影响力的诗人诗作并不多，1956 年开始发表作品的吴琪拉达是其中的佼佼者。吴琪拉达先后创作了长诗《孤儿的歌》、《阿支岭扎》和《奴隶解放之歌》《金沙江发生了什么事情》等优秀诗歌作品。奴隶反抗与解放是他诗歌的母题。1959 年出版的彝族当代文学史上第一部彝族汉文诗集《奴隶解放之歌》非常清楚地证明了这一点。即便是歌颂党的领导和社会的诗歌作品，也都以奴隶解放为切入点，展现彝族奴隶们的新生。他的诗作先后入选《少数民族诗歌选》《中国少数民族文学经典文库·诗歌卷》等。本辑的前两篇史料都围绕吴琪拉达的诗作展开论述。

王映川的《奴隶解放的战歌——读叙事诗〈阿支岭扎〉》将吴琪拉达展现

奴隶们的苦难生活和翻身解放的诗歌称为"战歌",是因为《阿支岭扎》等诗歌,既正面反映了在彝族地区民主改革中,几十万彝族兄弟挣断奴隶枷锁的斗争,也反映了勤劳、勇敢、智慧的彝族人民结束他们落后的社会制度,走向新生活的斗争。陈朝红的《凉山颂歌——〈奴隶解放之歌〉》,同样评述吴琪拉达用朴素的、饱蘸感情的诗笔,描绘了凉山地区奴隶解放和新旧时代的不同面貌,记叙了彝族人民生活的巨大变化和凉山社会伟大的历史变革。而李明的《绚丽多采的彝族诗歌》则是一篇对彝族民间诗歌、彝族史诗进行介绍评价的文章。该文与"民间文学综合卷"中的《凉山彝族民间文学》一文异曲同工。但之所以将该文编排在本辑,是因为李明的文章特别强调了彝族民间文学中奴隶的反抗精神,这与吴琪拉达的"奴隶"写作有着内在联系。如果说奴隶反抗是彝族思想史的一条红线,那么,这条红线从千百年来彝族民间集体思想的诗性表达,延伸到了新中国吴琪拉达有意识的文字书写。它既解释了为什么奴隶反抗成为吴琪拉达的母题,也展现了在共产党的领导下,彝族从奴隶社会直接进入社会主义社会后产生的翻天覆地的变化。故此,只有将这三篇史料进行整体解读,才能理解为什么奴隶问题成为诗人吴琪拉达最关注的问题,这也是史料的释放意义再生产带给我们的启示。

奴隶解放的战歌

——读叙事诗《阿支岭扎》

王映川

史料原载《星星》1959 年第 9 期。叙事诗《阿支岭扎》是并不多见的一部正面反映彝族地区民主改革中激烈的阶级斗争的作品。阿支及广大勤劳、勇敢、智慧的彝族人民挣断奴隶枷锁，经历艰难的斗争最终走向新生活。该文特别强调了诗作奴隶解放这一主题。叙事诗采用了民歌和自由诗体相结合的手法，深受口头创作的影响，大量使用了反复、排比、陪衬、象征的手法，具有浓郁的民族特色。

原文

作家老舍在中国作协一次理事会中，作有关兄弟民族文学的报告时说："特别值得我们兴奋的是：有文字的民族……已经有了新时代的现实主义文学。没有文字的民族也产生了用汉文写作的作家。……各民族既有那么丰富的文学遗产，又有了新兴的现实主义创作，这使我们多么欢喜呵！多民族的文艺已不是一句空话了！"读了叙事诗《阿支岭扎》（《星星》四月号），感到确如这报告所说，使人兴奋和喜欢。因为这是彝族本民族作者的作品，并且是反映了彝族当前的最尖锐的阶级斗争的新现实主义作品。通过这作品还反映出短短几年中，党和毛主席的民族政策与文艺方针的光辉已普照凉山，并奏出了胜利的凯歌。

比较难得的是这诗正面反映了彝族地区在民主改革中那一场激烈的阶级斗争。这是几十万彝族兄弟挣断奴隶枷锁的斗争；也是勤劳、勇敢、智慧的彝族人民结束他们那黑暗、残忍、落后的社会制度，走向新的生活的斗争。目前这方面的作品还不多见，这也就是这首长诗特别值得我们注意的原因。

作者表现这个题材，适当地依据了各个斗争阶段的历史真实。民族地区的阶级斗争是特别艰巨复杂的。由于各个地区历史、社会发展情况的不同，党领导斗争的政策，要依靠群众的觉醒，还要等待民族各阶层对政策的理解。这必须要进行大量的启发教育和耐心的说服帮助，工作是十分细致曲折的。就在这样的教育启发下，千百万奴隶们觉悟提高了，他们大量的向工作队和人民政府逃来，这是凉山地区当时的实况。作者以阿支逃向工作队，来概括反映出奴隶们对党的信赖和强烈的解放愿望。

诗中展开的斗争，一边是奴隶们在党领导下的救身斗争，一边是反动奴隶主的阴谋活动。奴隶主不敢公开压迫奴隶了，于是偷偷转卖奴隶来分散他们的反抗力量；用欺骗、利诱手段来模糊奴隶们的阶级觉悟。当这一切阴谋诡计都完全无效时，反动的奴隶主们就完全撕下了伪善的面具，发动了血腥的武装叛乱。斗争的尖锐复杂，体现出了党的领导的伟大正确，也体现出了经受这种考验的翻身奴隶们的顽强战斗意志。阿支姑娘就是这种意志的概括集中的表现。

阿支是一个颠连无告的小女奴隶。工作队到了凉山，她才初次找到了亲人。由于残酷的剥削压迫使她有着本能的阶级仇恨，因此在党的教育培养和斗争的锻炼中，她成了彝族奴隶解放斗争中的最先进人物——共产党员。作者刻划得比较突出的是她那坚强的斗争意志和她自始至终对党与毛主席的信赖和热爱。正因为党的教育使她有了阶级觉悟，认清了奴隶的命运和斗争的前途，才产生出了无穷无尽的战斗力量。她身负重伤以后还独自一人在老林深雪中挣扎了十三天，坚强的斗争信念又使她绝处逢生，找到了自己的队伍。这里作者写得很动人：

"阿支的心在跳，

手里拿着毛主席的象片。

三滴热泪，

滴在象上。

'毛主席哟，

祝你万寿无疆！

是你给我生命，

是你领导我们斗争。

呵，为了奴隶的解放，

我愿把生命献给斗争。

阿支用颤抖的手，

把象片放在心上。"

阿支在死亡中挣扎时，毛主席给了她勇气和力量。她在这血的洗礼中，深切的体会到党和毛主席领导的斗争事业，才能给她生命和美好的未来，因此更坚定了她献身于革命斗争的决心。这个在残酷的阶级斗争中成长起来的小女奴隶，已经在心的深处把党的事业和彝族奴隶解放的事业紧紧地联系在一起了。这个彝族新妇女形象的塑造，社会意义是极为深刻的。因为过去彝族社会的妇女，只是牛马一样的可以用银子买卖的奴隶，而今天在党的领导教育下，通过自觉的斗争，不但成了自己命运的主人，而且还成了建设社会主义的先进人物、深受群众爱戴的共产党员。这说明了彝族人民只有在共产党的领导下进行斗争，才能创造出这种跨越历史的奇迹，从最黑暗、残忍、落后的奴隶社会，一步跨入自由幸福的社会主义社会。因此阿支的形象不但概括集中地反映出了彝族奴隶自觉求解放的坚强斗争意志，并且还反映出了彝族奴隶解放的历史道路，形象有力地体现出了"党是各民族人民的大救星"这个真理。

作者一方面鲜明突出地刻划了阿支姑娘，一方面也表现出了群众普遍的觉悟和斗争。他们要求民主改革的愿望十分强烈，一字一滴血泪地愤怒控诉奴隶主的罪恶，阶级仇恨燃烧着他们的心，当反动奴隶主发动阴谋叛乱时，他们"庄严的宣誓，响彻山谷"，六十岁的老莫苏也背上了枪杆去追击敌人。……《阿支岭扎》这首长诗,不是歌唱阿支姑娘的一支独唱曲,而是歌唱凉山八十万翻身奴隶的一首雄壮的大合唱,所以才能歌唱出彝族奴隶翻身这样具有全民意义的伟大历史事件。阿支姑娘只是这大合唱中给人印象最鲜明突出的一个主调旋律。这样把英雄人物放在群众斗争中来表现,是符合我们的斗争规律的。因为阶级斗争必须依靠群众普遍的觉悟和斗争,不是任何英雄人物孤军作战可以解决问题的。这里感到不够的是诗中还是把群众的斗争作为刻划主人翁的背景和陪衬,感到主人翁在斗争中还和群众结合得不够紧密,因此不能充分表现出群众斗争的伟大力量。

作者刻划阿支姑娘,也还有不够的地方。工作队初到凉山,她就死也不回去,要去找毛主席。以后几次:她听见奴隶主造谣破坏、她冲过叛匪的枪尖、以及最后一次她受伤倒在雪地里,也都是同样坚决的找寻共产党、毛主席。奴隶们认识到党是他们翻身的大救星以后,这样在斗争中生生死死地找寻党、依靠党,本来是极其自然的。但阿支一开始就是那样坚决,她的思想认识在还是一个小女孩时就已相当定型化了,这样反而在一定程度上掩盖了以后她在党的教育下、在一系列尖锐复杂斗争中思想认识的发展和觉悟程度的提高,使这个人物的精神面貌不能很充分的展示出来,成为富有生命力的有血有肉的真实人物;并且使她十六岁就能够成为民兵队长,带着队伍在深山老林中追击叛匪,也显得有些缺乏富有说服性的坚实基础。

在表现手法上,为了适应这比较广阔的题材,作者采用了民歌和自由诗体相结合的手法。在序歌中,由所见所闻的新景象、新气氛,引起歌唱新生活、新人物的强烈愿望写起。这种信笔写来的即兴作法,是脱胎于口头创作。诗中大量使用的反复、排比、陪衬、象征的手法,也有着浓厚的民歌特色。只是在形式和韵律上摆脱了民歌节奏均匀的停顿和韵脚,有着自由诗体无拘无束、自由倾泻的特点,但也有着内在的旋律。全诗结构严密,层次清楚,诗虽长但不散乱,情节虽曲折也不觉得繁琐。可以说是把民歌和自由诗体结合运用得比较成功,在表现形式上是有一定创造性的。

诗的语言接近口语。虽然有些语言还不够精练,但是有着浓厚的民族风格,有相当的感染力。许多土香土色的彝族习惯语汇和语法,一下子就把我们带进彝族人民的生活情调和环境氛围中去了。凉山八百里山川的斗争图景历历如画,八十万翻身奴隶们自由驰骋在崇山峻岭之中,站在他们自己是主人的高高的大凉山上,用他们富有民族特色的乐器和歌声,歌唱他们的胜利,赞美他们的新生活,这情景是多么的豪壮和激动人心!

诗中有不少形象化的语言,能够简练有力地概括复杂的感情,如写阿支从民干校回到故乡:

"走下山去就是故乡,

不,她没有故乡。

她被卖了九个地方,

九个地方是她的故乡。

……

踏过流过血的地方,

沟水格外清香。

……

阿支的眼前,

故乡九倍漂亮。

想的有山高,

高山比不上。

想的有水长,

长长流水比不上。

用什么来比喻阿支的心呦,

她激动得只是歌唱。"

这不多几句,把阿支重见故乡,引起对过去奴隶生活的痛苦回忆,再看见眼前故乡的新变化,思前想后,更激发了她对未来的伟大理想、产生了无限的兴奋和激动等等复杂的思想感情,都深刻地表现出来了。而用山的高和流水的长来比喻她理想的崇高和远大,这也是很简练有力的。

再如奴隶主甜言蜜语哄骗阿支说：

"靠水靠不住，

水有干的时候。

靠黑呷靠不住

他们有走的时候。

你没听人讲，

黑呷的心有九个。

九个心的人不好，

九十天就坏了。"

这里作者使用了彝族古老的"尔别（谚语诗）"，这是奴隶主惯用来表现他们的法权思想的格言谚语，一引用"尔别"，仿佛所说的就是天经地义。奴隶主竭力想借它来说服阿支，动摇她对工作队的信心，充分暴露出了奴隶主用心的奸险。这种特殊的形象语言，效果是很强烈的。

诗中速写式的手法，也给全诗带来了一种特色，显得十分鲜明生动，如象绘画中的大写水墨画一样，跳跃式的，着墨不多，但却把由现实生活概括而来的事物本质点了出来。如：

"一张张民主改革的布告，

贴满九十个寨堡。

岩上贴着布告，

奴隶的心上贴着布告。

瞎眼的奴隶，

摸着布告流眼泪。

跛脚的奴隶，

拄着手杖念彝文。"

简单几笔，就把瞎眼、跛脚奴隶的形象，以及他们所受残害之深和对民主改革的激动，都钩画出来了。

此外，当诗的旋律发展到一定的阶段，作者充沛的感情不能遏止时，往往插

入表现作者一种迸发感情的诗句,这也有很强的效果。如:

"队长呦队长,

你为谁高兴为谁唱?"

"祝福哟,

党又添了个好儿女。"

这种喜悦的激情,有一种感人的力量,这感情已经不是作者一人的感情,而是许多读者的共同感情了。

总之从这首长诗中看得出来:作者曾经长期浸润在本民族优美的民歌传统里,继承了生动多彩的民族遗产,又创造性地吸收了外来的表现形式,来丰富了自己的创作。这首诗不但有着独特的民族风格,并且还具备着饱满的政治热情,能够站在一定的水平上来分析概括当前的现实斗争,创造出阿支这样一个有共产主义觉悟的新人物,为彝族新时代的现实主义文学作了初步的贡献。希望作者能够沿着这条道路继续前进,随着彝族新社会的飞跃发展,加深自己对伟大现实的认识,多多写出反映新生活、新现实的作品,贡献于祖国的多民族文艺!

1959.8.12 成都

凉山颂歌——《奴隶解放之歌》

陈朝红

史料解读

　　史料原载《读书》1960 年第 2 期。该文是对吴琪拉达诗集《奴隶解放之歌》的评论。吴琪拉达将自己的诗集命名为《奴隶解放之歌》，是因为"奴隶反抗"和"奴隶解放"是其创作的母题。正如该文作者陈朝红所言："这是几十万彝族兄弟挣断奴隶枷锁的斗争；也是勤劳、勇敢、智慧的彝族人民结束他们那黑暗、残忍、落后的社会制度，走向新的生活的斗争。目前这方面的作品还不多见。"因此，本文特别对吴琪拉达在描写奴隶苦难时流露出的深切同情，对奴隶主统治的强烈诅咒和憎恨，用坚定的声音歌颂民主改革斗争中奴隶的斗争精神和坚贞气节表示高度赞赏。事实上，也正是这一母题，奠定了吴琪拉达在彝族诗歌史、思想史上的地位。此外，该文还对吴琪拉达在诗歌中运用了彝族民歌丰富生动的表现手法和简洁、朴素、自然的语言进行了肯定。

原文

　　最近作家出版社出版了彝族青年诗人吴琪拉达的第一本诗集《奴隶解放之歌》，收集了作者几年来所写的主要的短诗和一首长诗。作者用一支朴素的，饱蘸感情的诗笔，描绘了凉山地区新旧时代的不同面貌和彝族人民生活的变化，在我们面前展开了凉山伟大的历史变革的真实图景。

我们首先听到的是一曲古老的沉重的悲歌——《孤儿的歌》。这支歌通过一个孤儿悲惨的命运，反映了奴隶社会里奴隶的痛苦生活，也反映了奴隶们追求自由、幸福的美好的理想，以及蕴藏在他们心中的阶级仇恨的怒火。这一支歌情调凄惨、悲愤，声声道着血泪，读后使人沉痛，使人愤慨。但是，在这本诗集中更多的却是音调高亢，振奋人心的新时代的歌。这就是奴隶解放的阶级斗争的战歌，是献给各族人民的领袖毛主席的真挚颂歌。

在《奴隶解放之歌》里，作者正面反映了凉山彝族地区解放奴隶的民主改革斗争。这场斗争是彝族人民推翻反动、黑暗的奴隶制度的阶级斗争。不法的奴隶主抗拒民主改革，而广大彝族人民却坚定地跟着党走，他们拿起枪，保护刚分得的土地和自由，向敌人斗争。这样，残酷的、复杂的阶级斗争展开了。作者的笔，还未能比较深刻地勾画出这场斗争的全貌，他只在某些侧面和个别事物上，摄取了一些点滴的斗争图景。但通过这些，却让我们看见了彝族人民的新生，他们经历了怎样艰巨而光辉的历程。贯穿在这些诗里的，有一种鲜明的激励人心的东西：就是奴隶的不屈的意志，彝族人民团结一致和保卫胜利的斗争精神。那不给土匪荞粑吃，被打死的老妈妈；那做了五十年奴隶，持枪在山头守夜的老人；那天天给工作队报告消息的七十岁的老巫师；还有那在漆黑的夜晚，默默地细心地护送工作队长回驻地的四个奴隶……在他们的身上，都闪耀着这种革命意志的光芒。虽然作者并没有在他们的形象上浓浓着色，但简单的行动本身，就表明了他们善良而坚贞的心。他们渴望解放，热爱和保卫新生活；对敌人只有憎恨和蔑视。

彝族人民正是怀着这样坚定的信念，永远跟着党走。他们在取得了民主改革的伟大胜利后，又以英雄的姿态，在党领导下向社会主义飞跃。洋溢在这些诗里的，也仍然是彝族人民在你死我活的阶级斗争中表现出的那种坚贞气概和勇敢精神。你看，党支书开会回来，"人们都走出了门"，"江边挤满了迎接的人群"，"手臂的森林，炸雷的掌声"。人们都兴奋地在心上描绘金沙江明天的美景。"山顶上又吹响了牛角"一诗,画出了一幅出征夜战的多么鲜明、壮丽的图画:"山顶上又吹响了牛角,乡长站在高山坡,夕阳照红他的脸,他双脚站在云上面。山谷传送牛角声,彝家男女走出了门,这时山顶上亮起了一支火把,蓝天上闪现了一颗星星。彝家男女踏着角声前进,满山满岭都是脚步声,千万支火把照亮了山谷,乡长的影子投落在山谷里。"

在诗人的作品里亲切地流露着他对自己的故乡、对自己民族的人民一片赤诚的、深厚的爱情。他在描写奴隶往昔的苦难时,流露出深切的同情和对奴隶主统治的强烈诅咒和憎恨;他也用坚定的声音,歌颂民主改革斗争中奴隶的斗争精神和坚贞气节。诗人这样赞美奴隶威武的形象:"在山峰上吹响奴隶解放号角的时候,你昂首站在这里,用你那双赤脚板,追击反抗的奴隶主。你是最苦的奴隶,苦毫比不上你;你胸中燃烧着的烈火,九匹山上的大火比不上你……"当奴隶选择挣断了锁链,获得解放时,诗人从心里感到喜悦,为奴隶的幸福生活深深祝福。他热烈地赞美自己的民族从奴隶社会向社会主义社会飞跃的英雄气概,描绘凉山壮丽的社会主义美景。

作者的诗,就是充满着这种鲜明的阶级感情和革命热情,他的脉搏的跳动,是和时代的旋律合拍的,他唱出的歌声,是凉山的声音,是彝族人民的声音!作者深切地理解到:凉山地区两次翻天覆地的历史变革的胜利,奴隶的解放,彝族人民的幸福生活,这一切的由来,最根本的原因是有了党和毛主席的英明领导。所以,作者更以饱满的、欢畅的情绪,以高昂的音响来歌颂党和毛主席。《山歌唱给毛主席》是一组真挚感人的颂歌。这一组山歌共有十八首,作者唱了又唱,反反复复,激情如河水奔流,一泻不止。作者用彝族民歌丰富、优美的表现形式和淳朴的语言,尽情地、淋漓尽致地表达了彝族人民对毛主席深挚的感激和爱戴,表达了彝族人民永远跟着党和毛主席走的坚定不移的决心。

吴琪拉达的诗有着饱满的思想内容,这种思想内容是通过清新、朴素的艺术形式表现出来的。他的诗有着彝族民歌亲切的情调,也吸收了汉族新诗的某些特点，它们具有自由诗的音韵和旋律，也有彝族民歌丰富生动的表现手法和简洁、朴素、自然的语言，这些因素汇合起来，就使他的诗独具一种清新、自然、娓娓动人的情调，读来使人感到亲切、朴素。

（本文有删节）

绚丽多采的彝族诗歌

李　明

史料解读

　　史料原载《西南民族学院学报》1979 年第 2 期。该文从"朴素的唯物主义观点""强烈的反抗精神""细腻的内在美和外在美的描写"三个方面，对彝族诗歌进行了全面评析。诗人从彝族大量民间诗歌、谚语中提炼出共同主题，传达了千千万万奴隶的心声，控诉了奴隶主的罪恶，揭露了奴隶制的实质。尽管奴隶主处于强势地位，但奴隶们的反抗精神是压抑不住的，奴隶们的反抗力量是巨大无穷的。彝族诗歌唱出了人间的不平，唤起了奴隶的觉醒，这一点在吴琪拉达的诗歌创作中得到延续和发展。

原文

　　彝族是一个历史悠久、勤劳勇敢、能歌善舞的民族。在漫长的岁月中，彝族人民劳动着、生活着、斗争着。而歌唱，就是他们斗争武器之一，也是他们在劳动、生活中不可缺少的一种精神活动。彝族人民有自己的歌唱传统，并在长期的阶级斗争和生产斗争中发展了这个传统。由于他们的社会情况、心理状态、风习、语言等诸方面与其他民族不同。因之，他们的诗歌也具有自己的独特的形式与风格。

一　朴素的唯物主义观点

　　当我们谈到彝族诗歌，总是怀着一种特别的感情，因为这颗祖国文化宝库中的灿烂明珠,炫耀夺目。给予这种评价我认为并不过分。

在彝族社会还没有产生阶级分化时,人们的主要矛盾是人与自然的矛盾。所以表现人和自然的斗争、认识自然与征服自然就成了当时文学艺术的重大题材。彝族史诗用瑰丽的场面,奇特的想象,简朴的歌唱形式,表现了人在"开天辟地"时的力量和意志,反映了人在"创世"过程中的支配作用,这种朴素的唯物主义思想,是值得珍视的。

如彝族史诗《勒俄特依》中,叙述开天辟地,众神遇到困难无法解决时,有人献计,请来工匠阿尔师傅。他——

用膝盖做砧磴,

口腔做风箱,

手指做火钳,

拳头当铁锤,

……

制成了众神开天辟地的工具。又造出九把铜铁扫帚,把天扫成蓝茵茵,把地扫成红艳艳。又制造九把铜铁斧,交给九位仙青年去平整地面,他们——

一锤打成山,

作为牧羊的地方;

一锤打成坝,

作为放牛的地方;

一锤打成平原,

作为栽秧的地方;

一锤打成坡,

作为种荞的地方;

一锤打成垭口,

作为打仗的地方;

一锤打成沟溪,

作为流水的地方;

一锤打成山坳，

作为住家的地方。

在改造人们滋养生息的大地的过程中，强调了支配自然的是人，创世造物的也是人，是人的劳动，是人的智慧，而不是任何别的什么。

同诗，描写支格阿龙（人名）"射日月"和"驯野兽"时，这种朴素的唯物主义思想表现得更为强烈。诗中叙述当时——

下面大地上，

日出六太阳，

夜出七月亮，

树木全晒枯，

……

庄稼全晒干，

……

家畜被晒死，

……

在人们生活极度困难的情况下，支格阿龙射落了五个太阳、六个月亮，并把它们"压在黄石板下"。这是远古时期人类祖先与大自然作斗争中所产生的幻想。然而，当他们与大自然作斗争遇到重重困难的时候，并未回避，也未屈服，更不曾去祈求怜悯。相反，他们幻想着——制造各种工具去征服大自然，这种幻想具有朴素的唯物主义因素，因之，它是可贵的。这种思想在同诗描写支格阿龙与野兽作斗中也有所反映——

下面大地上，

毒蛇地坎一样粗，

蛤蟆米囤一样大，

蚊蝇斑鸠一样大，

蚂蚁兔子一样大，

蚱蜢膳牛一样大。

这些野兽，严重威胁着人们。于是，支格阿龙便向它们展开了进攻。

一天去打蛇，

打成手指一样粗，

打得它藏在地坎下；

一天打蛤蟆，

打成手掌一样大，

打得它躲在地坎上；

……

在彝族另一部史诗《梅葛》中的盘古、格子若和许多形象生动的"神"，都分别管理着陆地、海洋、江河、方位、草木、鸟兽以及太阳、月亮和星宿。正如高尔基说的："因为人民塑造了史诗的人物，就把集体精神的一切能力，都赋予这个人物，使它能够与神对抗，甚至把它们看作与神同等"。(《个性的毁灭》)彝族史诗中塑造的支格阿龙、阿尔、盘古、格子若等等开天辟地的英雄们，创造万物的"神"们，是劳动人民集体智慧、集体力量的化身。他们有创造日月山川的气概，有改造自然的能力，有役使万物的本领。在彝族的童年所创作的史诗中，这种万物不由神造，不受神的意志的支配、而把人放在创世造物的支配地位的朴素的唯物主义思想，是难能可贵的。

二　强烈的反抗精神

随着原始氏族社会的崩溃，出现阶级分化。私有制的确立和巩固，阶级压迫与阶级剥削逐渐产生，各种社会矛盾逐渐暴露出来了。这个时期的彝族文学，除了反映与自然的矛盾斗争外，更主要的是反映阶级剥削和阶级压迫，反映阶级斗争。劳动人民用口头创作，集中地表现了他们的生活、思想、感情和愿望，揭露和抨击剥削阶级的种种丑恶，倾吐积压在他们心头的激愤和不平。正如梭柯洛夫所说的："口头文学反映出劳动群众对一切压迫和无权地位强烈反抗，反映阶级意识的成长，还反映出他们对压迫者(不管是地主、神甫、商人、富农还是工厂主)的不可扑灭的憎恨。"(《什么是口头文学》)血淋淋的现实是这样的,他们对统治阶级怎能不憎恨呢?

从小就是奴隶主的锅庄娃①,

过的生活就象锅底一样。

病了,只有睡在山坡上,

饿了,只有拿苦草②当食粮,

那怕是最冷的冬天,

也只有把狗抱在身上。

……

当疾病、饥饿、寒冷一起向他们袭来的时候,奴隶主依旧要挥舞着皮鞭,驱使他们劳动、劳动、无休止的劳动……

生下来是奴隶,

长大是奴隶。

一岁在院坝里,

同狗做伙计。

三岁在屋后面,

石头当母亲。

五岁在羊后面,

羊群当兄弟。

七岁打柴进山林,

鞭子响在耳里。

九岁下地做活,

镣铐锁住颈子。

奴隶主把他们当作"会说话的工具"、与牛马同等。他们世世代代用汗水和泪水为奴隶主浇灌庄稼,但仅有的只是项上的锁链,心头迸发出来的歌声——

遍山的羊群是奴隶主的,

软软的牧鞭是奴隶主的,

牧羊姑娘是奴隶主的,

牧场响起了悲歌，

唯有歌声才是自己的。

这支短歌，代表了千千万万奴隶的心声，控诉了奴隶主阶级的罪恶，揭露了奴隶制社会生产关系的实质。尽管奴隶主有权势剥夺他们的一切权利，但控诉奴隶制度的歌声，却是压抑不住的。它唱出了人间的不平，唤起了奴隶群众的觉醒。从而，他们站在奴隶主面前，理直气壮地唱出另一首谚语歌：

老牛耕地，

猫儿吃炒面。

弯刀砍柴，

三个锅庄石烤火。

镰刀割草，

羊儿睡垫草。

白彝丫头推荞子，

黑彝主妇吃荞粑。

白彝娃子牵马，

黑彝主子骑跑马。

他们在劳动中成长，在斗争中得到智慧，非人的生活，使他们对奴隶主阶级有了本质的认识。

老鹰看见小鸡，

没有不抓的；

黑狼看见小羊，

没有不咬的；

主子的黑心肠，

永远不会变的。

江山可改，阶级性难移。彝族人民不再对奴隶主阶级存什么幻想。但，生活已经告诉了他们——

太阳出来，

乌云来遮盖。

娃子要自由，

主子来阻挡。

先辈为争取自由而斗争的战旗倒了，但仇恨却堆在他们心头，流血的斗争激励着他们勇敢的斗争：

怕锁链的娃子，

得不到自由；

怕枪弹的小伙子，

成不了"咱壳"③。

简洁的诗句，唱出了奴隶们豪迈的誓言，描绘出英雄的形象。他们对当时统治阶级所抱的势不两立的态度，在许多诗歌里都得到了反映：

你的衙门大，

我永远不下坝。

假若你要开兵来，

我有大石岩。

你的子弹比我多，

我有乱石颗！

一九三五年，伟大的中国工农红军长征路过彝族地区，她象黑夜中出现的一支火炬，点燃了彝族人民反抗旧制度的怒火，激励着他们向反动统治阶级发起猛烈的冲击。解放战争时期，建立了革命游击队。彝汉各族人民在如火如荼的并肩战斗中，云南彝族人民创作了许多歌谣。弥勒西山的《西山处处闹革命》，激情满怀地歌颂了游击队的英勇事迹。圭山彝族人民创作了《圭山打响第一枪，撒尼姑娘送军粮》，表现了撒尼姑娘对游击队的关怀和支援。西山人民用最诚恳、最美好的感情，创作了《鲜艳的花朵就要满地开放》，它告诉人们，"共产党领导人民闹革命"，鸟语花香的春天就要到来。

"风出谣口，真诗只在民间"。从上述那些由"第一流的哲学家和诗人"创作的真诗，可以看出彝族过去社会的矛盾，也可以听到彝族劳苦大众，对黑暗社会的诅咒和反抗。

三　细腻的内在美和外在美的描写

在彝族民间口头文学中，数量最大、最突出的是情歌，而描写青年男女的内在美和外在美，是这些情歌的主要特色。

彝族撒尼人的民间叙事诗《阿诗玛》，一开始就这样描写阿黑和阿诗玛：

院子里的松树直挺挺，

生下儿子象青松；

场子里的桂花放清香，

生下的姑娘象花一样。

同诗又一节，把阿诗玛比作美丽的山茶：

千万朵山茶，

你是最美的一朵，

千万个撒尼姑娘，

你是最好的一个。

诗中把她写得很美，她戴上自己绣的绣花包头和围腰，"人人看她看花了眼"。

《我的幺表妹》中的幺表妹，在表哥眼中，也是在彝族劳动人民眼中，仍是那样美丽：

表妹的皮肤，

象丝绸一样光滑；

美妙的声音，

象月琴弹奏的曲调；

明晃晃的眼睛，

象晶莹的水珠；

黑黑的浓眉，

象弯弯的新月；

表妹周身亮堂堂，

象菜花一片金黄。

《牛牛①哟，你在哪里》一诗中，也赋予牛牛一种感人的美：

你象高山上白杨树那样漂亮，

你头上顶着紫红色的云块，

你身上的彩裙放着太阳的光，

你那又粗又黑的辫子象锦鸡的尾巴，

你那又白又细的颈子象温顺的羊毛，

你那又大又圆的眼睛闪闪发光。

彝族人民，用现实主义白描的手法，把朴素的民间口语，炼成生动形象的诗句，用日常生活中见惯不鲜的山茶、水珠、月亮、菜花……等普通事物，来形容诗中的主人公，不仅把她们美化了，而且首先把这些事物诗化了。彝族的大量情歌特别是叙事和抒情长诗，都着力刻划了诗中主人公的外在美。这不仅是对主人公外在美的赞颂，也是对生活美的赞颂。

当然，在着力刻划主人公的外在美的同时，更主要的、更突出地着意于她们内在美的描写。

《阿诗玛》通过充满感情的朴实的诗句，不仅描写了阿诗玛如何劳动，而且还写了她劳动的意义，及其在她爹妈心上、在群众心上、特别是在小伙子们心上产生的反响。她心灵手巧，是劳动能手，人人都夸奖她：

你绣的花，

鲜艳赛山茶。

你赶的羊，

白得象秋天的浮云。

《我的幺表妹》中的幺表妹，同样是多才多艺，几乎什么都会干，而且做得很好：

表妹煮的饭，

象山顶的白雪；

> 表妹舀的水，
>
> 象蜂桶的蜜汁；
>
> 表妹做的荞饼，
>
> 比砂糖更甜；
>
> 表妹推的燕麦炒面，
>
> 比菜花还香；
>
> 表妹绣的花，
>
> 蝴蝶飞来采；

她们在劳动中成长，在劳动中得到智慧，劳动是阶级本质的根源，也是她们一切美好品质的根源。这些对姑娘们聪明能干的描写，其实是对劳动的歌颂、对劳动美的赞扬。

"洁白的荞花，象我俩纯真的爱情"。的确，生活是这样，彝族情歌所描写的爱情也是那样美，那样的纯洁，又是那样真切无邪。她们最爱劳动能手，这种爱情，正反映了劳动人民高贵的品质，也是她们那种纯朴的爱情可贵之处。

> 如果能结成伴侣，
>
> 三天不吃也不饿，
>
> 河沙可以充饥。
>
> 如果能结成伴侣，
>
> 三年不穿衣也不冷，
>
> 树叶可以御寒。

但是，包办婚姻、买卖婚姻制度，在她们之间掘了一条不可逾越的洪沟，使"相爱的人不得嫁"，但她们总是如痴如醉地沉浸在思念中：

> 没有你，
>
> 吃蜂糖也是苦的；
>
> 没有你，
>
> 吃好酒也不香；
>
> 没有你，

穿狐皮也冰冷；

没有你，

金子银子也没有光；

牛牛哟，

我日日夜夜把你想。

旧制度把一对对形影相依的情侣拆散，却拆不散他们之间纯真的爱情。她们往往在逼嫁之后，宁死不从，以死殉情，表示反抗。《我的幺表妹》中的幺表妹，就是这样与不合理的婚姻制度进行坚决反抗斗争的：

英雄岂怕枪弹！

骏马岂怕路长！

奴隶岂怕铁锁！

有志气的姑娘岂怕死亡！

九根麻秆粗的绳子，

套紧了表妹的双手；

九条牛一般大的土坑，

埋住了表妹的身子；

我苦命的幺表妹呵，

死也不嫁给有钱人。

同样阿诗玛被抢到热布巴拉家之后，阿支就急忙"捧出金银一大堆"，但"阿诗玛看也不看"，并极为蔑视地说：

你家金子堆成山，

我也不情愿。

你家金银马蹄大，

我也不稀罕。

她爱憎分明，恨的是财主，爱的是穷人。没有一点奴颜媚骨。尽管财主一再逼婚，用皮鞭抽打她，把她关进黑牢，她始终是那句话："不嫁就是不嫁，九十九个不嫁"。她对统治阶级敌人，没有一点幻想，从不妥协动摇，为了自由，宁死不屈，直至献出自己的生命。

人们离不开阿诗玛，她在人们幻想中变成了回声，从而获得了永恒的生命。

多少年来，彝族妇女对包办、买卖婚姻制度，进行了各种各样的斗争。她们或控诉、或诅咒、或逃婚、或以死殉情、或面对面地斗争。虽然，在黑暗势力异常强大的统治下，妇女的反抗往往得不到成功，她们始终逃不脱悲剧的结局。但确显示了她们威武不能屈、金银不能诱的劳动妇女的崇高品质。

无数彝族妇女用血泪洗炼而凝成的情歌，真实地反映了她们在旧社会的悲惨遭遇，表达了彝族青年男女追求自由幸福生活的强烈愿望。既写了主人公的内在美，也写了主人公的外在美，内在美和外在美和谐统一地塑造了聪明美丽、坚强勇敢、纯洁朴实的劳动妇女形象。她们是彝族妇女优秀品质的高度概括，她们集中了彝族妇女各种美的典型。正如高尔基所说，这些人民诗歌所塑造的形象，是"理想和直觉，思想和感情混合在一起而创造出来的""最深刻、最鲜明、在艺术上达到美的英雄典型。"

【注】

①锅庄娃：即奴隶。

②苦草：山上野生的一种草，味苦，有时奴隶用以充饥。

③咱壳：音译，是彝族对作战勇敢冲锋的人的别称，有"勇士"的意思。

④牛牛：音译，彝族对表妹称牛牛。

第七辑

傣族诗歌

本辑概述

本辑共收录8篇史料。其中，收录蒙树宏、陈贵培等人的评论5篇，陈贵培的介绍性文章2篇，《三个傣族歌手唱北京》前记1篇。分别发表在《读书》《中国民族》《边疆文艺》《文学评论》《诗刊》等报刊上。傣族人民由于很早就受到南传佛教的影响，为了便于抄写巴利语佛经，基于婆罗米文创制了自己的文字——傣文。所以，傣族诗歌呈现出口头和书写两种形式并行发展的特征。傣族的口头诗歌较为古老，起源于原始祭祀时的吟唱与呼唤。专职从事祭祀的人被称为"赞哈"。掌握文字和傣族传统知识的还俗僧人是文学的创作者和传播者，被傣族人民尊称为"康朗"。有一部分人既是"赞哈"也是"康朗"。他们不仅歌唱传统诗歌，也根据民间故事进行诗歌创作。他们所创作的诗歌受到民众的喜爱，被代代传承，不断影响着新一代傣族诗人的创作。傣族诗歌是中国多民族文学宝库中璀璨的宝石，其珍贵程度在陈贵培的文章中有所体现。

新中国成立以后，傣族诗人也用独属于自己的民族特色和创作风格，为党和人民、为祖国献上珍贵的礼物。其中，康朗甩、康朗英、波玉温等人的诗作最为经典。傣族著名老歌手、诗人康朗甩，原名岩甩。他7岁时进入佛寺为僧，习佛经，攻读傣文诗歌、故事。久而久之开始自编自唱。1932年21岁时还俗，一次歌唱比赛的胜利使他成为"赞哈"（歌手）。后因参加西双版纳最著名的赞哈大赛获胜，被誉为"赞哈勐"。

本辑中的多篇史料对康朗甩、康朗英等诗人及作品都有着独到的见解和评论。蒙树宏在《西双版纳的十年诗史》一文中写道，康朗甩因长期受到傣族古典文学的熏陶,在新中国成立后,创作出了一部献给祖国和党的诗篇《傣家人之歌》。这部作品动人心弦又具有傣族生活气息。紫晨在《一部动人心魄的好诗——赞〈傣家人之歌〉》一文中评论《傣家人之歌》时,认为这是一曲崭新的充满无限激情的社会主义颂歌。晓雪在《傣家人的新史诗——读三个傣族歌手的三部长诗》一文中评析了三位傣族经典的老歌手:康朗甩、康朗英和波玉温。这三位歌手歌唱新中国,赞美新生活,感情真挚,歌声优美。朱天在《喜读傣族歌手康朗英的〈流沙河之歌〉》一文中评析了康朗英及其作品,认为民间传统艺术的发掘和继承具有重要的意义,在传统的基础上进行创造和革新同样重要。

值得说明的是,康朗甩、康朗英、波玉温既可以纳入民间诗人的行列,又可纳入文学作家的行列,这也反映了民间口头文学与作家书面文学的交融,类似的情形也发生在蒙古族、哈萨克族等民族,是值得讨论和观察中国少数民族文学在特定时期特定样态的鲜活样本。

康朗甩及其创作

陈贵培

史料解读

史料原载《文学评论》1959 年第 6 期。该文从"康朗甩的过去和现在""康朗甩创作及其特点""康朗甩的创作过程"三个方面，对康朗甩的创作进行了全面介绍、分析和评价。"康朗甩的过去和现在"部分全面介绍了康朗甩的成长、生活和成为赞哈的过程，具有史料价值。在"康朗甩创作及其特点"部分，将康朗甩的创作分为两个阶段——解放前和解放后。解放前的作品有《开端》《砍大树》等六篇情歌，细腻描绘了傣族人民的风俗习惯，表现了他们善良、朴实的性格特点及对美满爱情的追求。这些作品至今仍为傣族人民传颂。解放后，康朗甩的创作热情被激发，创作了大量激情洋溢的诗篇，如《从森林眺望北京》《三年来的成就》等，描绘了傣族人民在党和人民政府领导下的幸福生活，表达了对党和毛主席的感激之情。在艺术上，他的诗歌不仅继承了民族传统的风格及特殊表现手法，还开始尝试用革命现实主义与革命浪漫主义相结合的创作方法，为诗作注入新的血液。康朗甩的诗歌特点鲜明，政治抒情诗气势磅礴，情歌含蓄缠绵。在"康朗甩的创作过程"部分，该文认为康朗甩之所以能够不断创作出优秀的诗篇，除了诗人注重学习、努力提高自己的思想水平外，深入生活，与劳动人民保持血肉联系也是一个关键因素。为了写出真实感人的诗篇，诗人经常深入生活吸取创作灵感，将自己的作品带到故事发生的地区去演唱，征求群众意见，请群众帮助修改,让作品在群众中流传、完善。但是,该文的学理性不够强,康朗甩是否理解和接受了革命现实主义与革命浪漫主义的结合创作方法,也有待考证。

原文

在祖国西南边疆西双版纳傣族自治州的森林里,每当夕阳下山,傣族人民带着劳动后的疲劳从田野里回到竹楼来的时候,他们习惯地围着自己民族的赞哈——歌手,聆听他们优美动人的歌声,这不仅已经成为了民族自己娱乐的一种方式,而且已经形成社会风习了。

傣族人民的赞哈分布在每一个村寨里,据调查有一千三百多人,他们生活在村寨里,以自己最熟悉的人民生活为歌唱的泉源,歌唱傣族人民的愿望和要求。所以傣族人民长久以来就很尊重他们;在傣族人民的歌手中,最受人民尊重的要算是满怀激情为社会主义祖国而歌唱的赞哈——康朗甩了。

自从傣族人民日夜所盼望的共产党来了之后,党的民族政策的光辉就照亮了奔腾的澜沧江,照亮了西双版纳茫茫的森林地带,照亮了边疆各族人民灿烂的前途。这些给康朗甩带来了极大的鼓舞。他吹着筚(傣族一种乐器),穿过参天的古树,涉过潺潺的溪流,把傣族人民的愿望和要求,把傣族人民对党和毛主席真诚的感激用歌声表达出来,他每到一个村寨,人们便围拢过来。当繁星在椰子树上眨眼的时候,他坐在团团圈坐着的人群中间,熊熊的篝火照红了那些熟悉的面孔,这时他热情奔放地唱着激动人心的诗篇,霎时人群中掀起了“水!水!水!”的欢呼声,他的这些诗篇真实地表达了傣族人民内心的感情,他的每一句对党和对毛主席表示感谢的诗行,是那样久久地铭刻在人民的心里,这就是人民热爱他的主要原因。

康朗甩的过去和现在

康朗甩原名岩甩,一九一九年生在风景如画的曼洒村里,他出生的那一天,夜像一块黑色的面巾蒙住了一幢尖顶方角的竹楼,就在这样的夜晚,年老的菱章（村寨里管理佛寺的执拂人）和邻居冒着风雨拿着洁白的棉线，带着一小块盐巴，来到这幢破旧的竹楼上，按照民族古风为这个初生的村民岩甩，取名和拴线祝福（拴线是傣族人民一种风习，用棉线在被祝福者手上拴着，然后献盐巴并念一些古老的祝词来祝福他的吉祥）。

岩甩的童年是在母亲的眼泪里过去的，但他有着强烈的求知欲望。在过去全民信奉佛教的西双版纳社会里，男孩长到七岁就送到"瓦"里（佛寺里）去做"怕"（和尚，实际就是学生）识字诵经，不做和尚的男孩在傣族社会称做"岩裂"（不会熟的果子），长大了在社会没有地位；贫苦的父母为了不使自己的孩子成为"岩裂"便卖掉了耕牛把岩甩送到佛寺里做和尚。幼年的岩甩，自从离开家庭跨进佛寺剃了头发披上黄布袈裟后，他白天在佛寺做繁劳的杂役工作，夜晚总是燃点着"罕典"（敬佛的一种细烛）从傣族佛经、民间故事、诗篇里贪婪地吸吮着乳汁。九岁上，他就通晓了自己民族文字，不久就参加了佛寺里刻经工作。从此，每天他迎着朝阳坐在寺院内的菩提树下，用一支铁笔，一笔一笔地在翠绿的棍树叶子上雕刻着用民间故事组成的经文，直到夕阳落山他才放下铁笔来。几年来，他就靠着这些刻好的棍叶经卖给村中的信士拿去赕佛（傣族对佛的一种呈献），就靠着这一点菲薄的收入来维持自己简单的生活。十三年的日子像风雨一样的在菩提树下飘过，岩甩的手上也留下了许多雕刀的疤痕，但傣族许多优美的民间故事却像岩泉一样的一滴滴的积聚在他的脑海里，直到今天他还能随时背诵出四十多部叙事长诗。由于他的刻苦钻研，在僧侣中便成为一个懂得经文最多的人了，不久他便升为"都玛拉嘎"（傣族佛教寺院僧人中的一种职位，当地的汉族称为二佛爷），每天带领着寺院里的小和尚抄经识字。

就在岩甩升为"都玛拉嘎"的那一年，他的父亲病逝了。贫困和饥饿像魔影一样的跟踪着他年迈的母亲与幼弱的弟妹。当糯拖朗岛在森林里啼叫的耕种的节令来临了，村里邻居都忙于播种撒秧；但岩甩家里连种子都吃完了，拿什么去播种呢。岩甩每次回到自己的竹楼下，听到母亲的哀叹，弟妹的啼哭，他再也没心思在这钟声悦耳、环境幽静的寺院里生活下去了。于是他按照自己的志愿，解下袈裟，还俗回家。还俗后的岩甩，由于他在寺院里获得"都玛拉嘎"的地位,人们便按习惯称他为康朗甩(康朗是一种学位,意思是懂得许多知识的人,在傣族,凡是做二佛爷的人还俗后都称康朗)。

康朗甩虽然还俗回家结了婚,但佛寺的许多经文故事却一直吸引着他。他常常根据自己对生活的感受,参照了民间传说编写了一些"感卡"(傣族的一种诗歌唱词),这些"感卡"很快的引起人们的赞赏,迅速的在村寨里唱开来了。从此,每当"好瓦撒"节日后(傣族古风,在好瓦撒节的开门节后,村寨才准谈情说爱串小姑娘),村里的姑娘抬着纺车围着篝火纺线的时候,康朗甩总是跟着村里的小伙子们围绕着姑娘们歌唱。就在这年他被推选为村里的"乃冒"(青年人的领袖)。从此,只要他参加村民盖新房子,结婚或宗教节日,康朗甩总是凭借着自己对本民族文学的一些素养,用特殊的方法唱出了激动人心的歌声,人们像发现"懦乐多"(傣族传说中一种夜间歌唱的鸟)一样围拢来听他的歌唱。于是康朗甩被曼洒村的居民公认为是自己村寨里的赞哈(傣族地区赞哈是群众公认的,公认后的赞哈可公开到外村演唱,不是群众公认的不能收取报酬)。他为自己的成功感到无限高兴,同时更加严格地要求自己,刻苦地钻研各种经典,认真地观察现实生活,不断研究自己民族的历史和礼俗,把自己对生活的理解和人们对未来幸福的向往一一地融化在自己的歌声里。这样就在他做赞哈后的第六年,在一次"召龙帕撒"(过去傣族社会中为封建领主掌管财政和文艺的大头人)召集的赞哈比赛会上,他的歌声战胜了许多具有声誉的老赞哈,获得了"赞哈勐"的光荣称号(赞哈勐是全勐最好的歌手,全勐赞哈都由他指挥)。

可是在过去西双版纳大地还是一片漆黑的年代里,蒋介石匪帮像凶恶的豹子在森林里到处纵火抢劫,封建领主也像蟒蛇一样盘踞各个村寨。在这些悲惨的日子里,大地上血迹斑斑,傣族人民眼泪像溪水一样流着。康朗甩常被叫到封建领主"召片林"(直译为土地的主子)豪华的宫廷里,甚至在"召片林"无耻寻欢作乐的夜晚,或是婚丧日子,跪在"召片林"的脚下忍着饥饿含着眼泪歌唱。但是康朗甩到底是一个为群众所热爱的赞哈,他常常被附近村寨,甚至几百里外的群众邀请到村里去为新婚的夫妇唱"树宽"(祝贺喜歌),或为村寨人们的喜庆大典和宗教节日而歌唱。他既用歌声诉说了百姓的疾苦和灾难,诉说百姓的愤懑,也用欢乐的抒情小调叙述着男女青年的爱情故事。在这些苦难的日子里,每一个深夜,康朗甩回到自己破旧竹楼里头的时候,他常常从破烂的屋顶洞里望着满天的星斗为自己民族的命运而悲伤叹息。但每当朝阳升起,他站在自己竹楼上望着身佩弩箭奔向森林的猎人时,内心又充满无限希望,他对着光明的大地放声歌唱。

黑夜总是要过去的。一九四九年,傣族人民盼望着的太阳,终于从祖国的"依高"(首都)升起来了! 温暖的阳光照耀着西双版纳大地。当时正被贫困折磨得躺在家里的康朗甩,突然被一群陌生的人群从梦中叫醒。当翻译同志告诉他,这是恩人毛主席派来的干部给康朗甩带来救济口粮和药品时,康朗甩被感动得流出眼泪,他紧紧握住了干部和翻译的手半天才说出"银丽"(衷心感谢)两个字。后来他还领到了农具、贷款和种子。他在政府的帮助下发展了生产。到一九五一年康朗甩的竹楼下已经拴着自己的耕牛了,他的生活一天天富裕起来了。

解放初期,在阶级斗争异常复杂的边疆,党正确的执行了民族政策,号召赞哈为人民歌唱,为无产阶级的政治服务。就在中央民族访问团第二分团抵达西双版纳时,当地党委组织赞哈前往勐海地区欢迎访问团,康朗甩参加了这次活动。他被访问团带给傣族人民的关切和问候深深的感动了! 在他欢迎中央访问团的唱词里这样唱道:

来自北京的亲人呵!

是你们带来了党和毛主席对各民族的问候,

使各族人民感到真正的平等!

是你们用双手,

为我们解开旧社会的疮痍,

使我们放下了互相仇杀的弩箭。

是你们揩干了我们脸上的泪痕,

鼓舞着我们亲密团结前进。

来自北京的恩人呀!

是你们温暖的双手，

在我们心上燃起一盏明灯，

使我们看到了灿烂的前程。

解放后，康朗甩的第一次歌唱立刻受到了广大人民热烈的欢迎。同时，党也给予他以最大的支持和无微不至的关怀。

党为了帮助康朗甩提高认识水平，给他许多学习和锻炼的机会，他曾经多次到地委所在地的思茅县和昆明参观、学习。几年来，由于他热情的歌唱傣族人民对党对毛主席真诚的感激，歌唱自己傣族人民幸福的新生活，他的创作真实地表达了广大傣族人民的愿望，所以在西双版纳傣族自治州第一次民族民间文艺体育会演大会上，他获得演唱创作一等奖。一九五七年被选为专区先进工作者，同年吸收为中国作家协会昆明分会会员。一九五八年他出席全国民间文艺工作者会议，会议期间毛主席曾在中南海接见全体会议代表；当他看到毛主席的时候，他情不自禁地放声歌唱：

恩人呀！毛主席！

我是勐巴纳西飞来的一只小鸟，

我带来了二十万双眼睛，

双双都想看到您！

恩人呀！毛主席！

我是澜沧江边飞来的一只小鸟，

我带来了二十万颗心，

颗颗心都等着献给您！

恩人呀！毛主席！

我的眼睛看到了您呵！

金子在我眼前不会再闪亮！

宝石在我眼前不会再发光！

恩人呀！毛主席！

我看到了您，

我会更年青更勇敢，

我的歌声呵，

像澜沧江水永远淌不完。

新的生活给予康朗甩对世界新的感受，歌唱着新的生命，他强烈地感受了今天的幸福。当他看到自己家乡随着祖国一日千里的飞跃前进，他的爱憎更加分明，他的创作欲更加旺盛，这些都强烈地反映在他诗歌中。

康朗甩对于自己民族的瑰丽的前景，对于劳动人民的共同利益，越来越清楚地有了认识。他提起了笔运用本民族悠久的传统形式，表现新的社会主义内容，歌唱着森林里的曙光。在党的教育培养下，他进一步吸收自己民族文学中最精华的部分，用来表现日益发展着的新内容。而新的内容又要求他不断突破民族形式中的一些空洞无聊的韵脚，促使他更巧妙地利用自己民族优美的语言写出了豪壮的诗篇。

康朗甩创作及其特点

康朗甩已经有了二十年的歌唱生活，在这不算短的二十年里，他写过不少诗篇。但在傣族人民土地上浸透血泪的年代里，康朗甩虽然写过不少的东西，而收藏起来或者还保留在各村寨人民口头上的属于解放前的创作目前仅有《开端》、《砍大树》、《河水不涨捉不到大鱼》、《桂花树》、《决心》、《贺喜》等六篇情歌（见中国青年出版社出版《从森林眺望北京》第二辑）。这六篇作品虽然是解放前的创作，但却细腻地描写了傣族人民过去的风习，作者通过这些缠绵的小调，低声细语的情话，深刻地把傣族人民的善良、朴实、和平的性格与对美满幸福的爱情生活传达给读者。在这些情歌中有激情倾泻的、有概括力很强的诗篇。作者一方面表现了青年男女豪放的气概，另一方面表现了青年人对爱情的缠绵，如在《河水不涨捉不到大鱼》这一首情歌里有这样一段对唱：

姑娘呀！姑娘！

你走起路来呀！

像一只开屏的孔雀，

奔驰的马儿也停住脚。

姑娘呀！姑娘！

你像熔炉里沸腾着的金水，

像歌婉花开在大树上，

我是一只不会爬树的麂子。

就只会在树下舐叶子。

小伙子呀！小伙子！

你是一只飞翔在高空的凤凰，

这里有葱绿的草地呀！

你怎么不飞落下来呀！

小伙子呀！小伙子！

你是高空的繁星，

只有澄清的湖水，

才能印得上你的影子。

　　从这些情歌里我们不难看到傣族人民的生活习惯和对爱情的追求，这些情歌里采用的比喻都是人们喜闻乐见的。因而至今还为傣族人们所传颂着。

　　更可喜的是解放后十年来，康朗甩在党和人民政府的培养和教育下，创作出了大量水平较高的诗篇。伟大祖国十年来的巨大变化的每一分钟都激动着歌手的创作热情，十年来他在各地报刊杂志上发表的诗大约不下一万行，这些诗篇里都充满着政治激情。当我们翻开他一九五七年出版的第一本诗集《从森林眺望北京》，我们常常被他的这种充满了热情的诗篇激动得久久不能平静。歌手在《从森林眺望北京》里这样写道：

我们正生活得欢乐的时候，

出现了蒋匪那群野猪，

它们拱倒我们竹楼，

它们烧毁我们经书。

傣族人正在苦难的时刻，

> 共产党毛主席为我们赶走了野兽，
>
> 我们勐巴纳西更富饶了，
>
> 感谢呀！毛主席！
>
> 这都是有了您的好福气。
>
> 毛主席呀！
>
> 你看吧：
>
> 澜沧江边盖上了新楼房，
>
> 竹楼下的葵花朵朵朝着北京开。
>
> 愿你的福气永不离开我们。
>
> 毛主席！有了你的福气呀——
>
> 山肚里淌出金，银，铜，铁，锡，
>
> 勐巴纳西呀四季是花香，
>
> 村落里的歌声从夜晚唱到天亮。
>
> 我们高举酒杯从森林眺望北京，
>
> 愿你呀恩人
>
> 永远健康！

这些出自肺腑的声音，是多么真诚而感人，这是千千万万傣族人民的声音。从这首诗里，我们可以看出傣族人民经历了漫长而辛酸的生活之后，一旦获得从来没有过的幸福生活，他们是多么高兴！在整个傣族人民心中，党和毛主席是他们民族幸福的化身，所以在康朗甩的诗句里，常常把党和毛主席比喻为太阳，比喻为慈祥的父亲，救命的恩人，这也是十分自然的。

自从祖国升起了不落的太阳以后，远离北京的西双版纳地区的傣族人民，也经历了千年未有的变化。来往的汽车，代替了原始的象队和马帮。大医院盖起来了，发电站在森林里撒下万颗繁星。生活在幸福里的傣族人民，是多么的渴望知道和向往着毛主席居住着的北京呀！不论是在赶街或宗教祭祀的日子，成千上万的傣族妇女老幼总是喜欢围着歌手康朗甩，请求他唱一首关于依高（首都）的诗篇，当时我们的歌手康朗甩虽然没有到过北京，但是他凭借自己向往首都的心情，就这样唱道：

会飞的鸟呀朝着树枝，

奔跳的金鹿恋着草地，

我们傣家人呀！向往着北京。

渡过澜沧江来的客人呀！

你是不是来自北京？

听吧，傣家人呀！

北京每一朵花，

香在我们的心上，

北京每一股流水，

滋润着我们的心坎，

即使燕子飞到这里，

冬天也不愿飞回南方。

依高啊！北京！

为了听到你不息的歌声，

我们傣家又兴奋地大睁着眼睛，

拿着弩箭日夜守卫在森林。

从诗人的这首诗里，我们不仅看到傣族人对首都——毛主席住的地方——的向往，而且也表达了傣族人的那种热爱祖国的思想感情。

当国庆三周年的时候，歌手看到自己故乡一日千里的变化，就用对比的手法，把获得幸福后的西双版纳的景象刻划出来，他在《三年来的成就》这首诗里写道：

过去蒋匪盘踞在这里，

它们象疯狗咬羊群般的追逐着我们，

那时候傣家人呀！

谁也无心盘庄稼。

在我们苦难的时候，

乌云里闪现一颗红太阳，

弥漫在坝子里的瘟疫像雾般消散，

搬出去的人又搬回来。

荒废的坝子里，

一幢幢的新房从森林伸出头来，

太阳照着屋顶亮闪闪，

欢乐的日子又来到傣家人的村庄。

缅寺里响起了钟声，

平日我们也穿上了新衣裳。

歌手描绘了这一幅真实美丽的图画，使我们看到了在党和人民政府领导下，傣族人民盖起一幢幢的新楼房、新工厂；像渔网一般细密的公路上，车辆不断地来往着。椰子林丛中的缅寺传出了清脆悦耳的钟声，这是多么幸福的乐土呀！

经历了漫长的苦难岁月后，获得了幸福生活的傣族人民，他们深深地感到共产党和毛主席比自己父母还关心他们。他们说：太阳只是白天照在他们土地上，月亮只是在夜晚发光，而毛主席的福气却白天黑夜照亮了傣家人的心坎。他们不但爱祖国，而且也关心世界上反殖民主义的斗争。当英、法帝国主义军队侵入尼罗河畔，屠杀埃及的母亲和孩子的时候，诗人康朗甩在《唱给尼罗河的歌》这首诗中写道："……尼罗河边有一个母亲坐着在啼哭，澜沧江边多少母亲为她难过……"这是多么崇高的国际主义精神呀！歌手用激昂的歌声来谴责英、法侵略者。在他的这首诗歌里，有这样一节：

被犬吠声惊醒的亚非人民，

紧紧地拉起手来吧，

守卫我们的香蕉园和椰子林，

我们从不采摘别人篱笆里的瓜，

我们恨透了那些把手伸进别人家园的人。

我们为别人的幸福生活祝福，

但绝不让别人把我们的幸福抢走。

从这些诗句里,我们不难看出傣族人民对帝国主义侵略者的刻骨的仇恨,他们把保卫幸福生活当做是自己神圣的职责。

一九五八年,社会主义生产的号角,传进了祖国边疆的森林里,傣族人民打破几千年来封建迷信的思想束缚,投入波澜壮阔的生产洪流里,这无疑的给傣族歌手们带来了更丰富的创作源泉。就在这沸腾的日子里,康朗甩背上行李,扛着锄头,串联了歌唱的朋友到各地水利工地上去,用激昂的歌声鼓舞了民工的斗志:

滚开!滚开!

深水里的鬼,

高山上的神,

过去傣家人爬着走路的年代,

你吞没我们村寨,

我们只好哭着走开,

今天有了恩人毛主席呀!

你家人已经站立起来。

由于祖国边疆各项建设,激动着康朗甩去描绘我们的时代面貌,去歌唱人们无穷无尽的理想和高昂的斗志,因此他的作品不论在思想性和艺术性方面都大大地提高了,如一九五八年第十二期《诗刊》发表的《依高北京》的诗篇就比《从森林眺望北京》里的《依高北京》等诗篇写得更加动人心弦了。如他在《天安门》这首诗里这样写道:

我久久的呆立在天安门上,万里的彩霞在我眼前旋转,

幸福的歌声在耳边交响,我立在恩人曾经站着检阅的地方。

通身感到温暖,

只有恩人毛主席,

才能使一个普通的赞哈,

唱出震动宇宙的歌声,

只有恩人毛主席，

才能使一个瞎子，

重新看到阳光。

生活在这些沸腾的日子里，歌手不但看到自己家乡建设在一日千里的飞跃前进，更重要的是看到了自己的民族沉睡千年，如今在共产党和毛主席的领导下，苏醒过来，站立了起来，成为大自然的主人。

康朗甩的诗歌首先给人们的感觉，是在他的诗篇里洋溢着强烈的政治激情，如在《傣族人看到了无限幸福的天堂》这首诗里开头一段，诗人就这样激情的歌唱道："恩人呀！毛主席共产党，像温暖的太阳，照在各族人们的心上，我们傣族人民正在前进的时候，恩人又把总路线的灯塔点亮，使我们飞跃的各族人民，看到了无限幸福的天堂。"这种对党、对毛主席、对社会主义的热情歌唱，是康朗甩创作的重要内容。

康朗甩诗歌中的第二个特点，是承继了民族传统的风格及特殊表现手法，如他在《人民公社颂》这章诗里写到人民公社通过计划的夜晚的情况时，他这样写道："夜晚星星眨着眼睛，椰子树伸长着耳朵，菩提树下的篝火像莲花一朵一朵，人群围着团团火塘静坐，像千瓣莲花在绿色的海洋里闪烁，人民公社今夜要把计划通过。"康朗甩诗歌里的民族风格不只局限在形式问题上，更重要的是表现在他的诗歌内容里，歌手习惯地把富有民族情调的新生活，通过不受任何约束的本民族的自由体裁恰如其分地表达出来。诗人用"会飞的鸟朝着树枝，奔跑的金鹿恋着草地"来比喻傣家向往着北京，用毒蛇和恶毒的豹子来比喻蒋匪帮给傣族人民带来的灾难，这些确切的比喻是和傣族人民现实生活中常见到的景物密切联系着的。歌手喜欢写澜沧江，因为澜沧江是西双版纳的土地上一条最大的河流，它灌溉着两岸肥沃的土地。傣族人民从远古就定居在澜沧江边，一千多年来人们像孩子生活在母亲身边一样的生活在这里，它和傣族人民有着深厚的情感，如印度的恒河一样成为自己民族神圣的溪流。歌手在不同的情况下，用不同的表现手法来描绘了澜沧江，使自己的作品增加了感人的力量。

康朗甩诗歌的第三个特点，是他的诗作已经开始用革命的现实主义与革命的浪漫主义相结合的创作方法。这种创作方法虽然用得不够成熟,但毫无疑问这给他的诗作注入了新的血液,如在他的《傣家人之歌》中对傣族人的第一炉钢就这样歌唱:

听吧! 傣家人呵!

昨夜森林怎么这样闪亮,

大地也惊震得摇晃,

澜沧江水也泼出两岸,

原来是傣族村寨里,

炼出第一炉钢。

又如诗人在描写公社缝衣组的劳动时,这样写道:

村边有一幢新盖的楼房,

十五部缝衣机在达、达、达的响,

一群年青心灵手巧的缝衣组员呵,

正为生产队员做衣裳,

摘下蓝天里的星星,

缝在丝绒的统裙上,

剪下天边的彩霞做成姑娘披毡。

让孔雀看了开屏,

让蜜蜂飞来做窝。

这里可以看出:歌手在创作中的理想与现实生活融为一体了。

康朗甩诗歌中的第四个特点,是写政治诗气势磅礴,写情歌时含蓄缠绵,这是他创作的两方面,也是他创作的特点。诗人有饱满的政治热情,能够把自己对现实生活的感受集中地表现出来,如在他写人民反击地富的诗章《澜沧江的怒潮》中,他就这样的写道:"汹涌奔腾的澜沧江,撞击着两岸,站立起来的傣家人呀! 扒开了群山,今天有共产党领导,今天有人民政府撑腰,大地在听从我们使唤,一切吃人的虎豹,一切肮脏的苍蝇,统统赶出森林。"另一方面歌手的情歌又是含蓄缠绵:

姑娘呀！姑娘！

你是全村心灵手巧的织女，

你绣的花朵呀！

蜜蜂也会飞来做窝，

你织的布匹呀！

像芭蕉叶子一样细柔，

白天呀！我想念你，

我恨自己没有翅膀，

夜晚我想念你呀！

我恨黑夜太长，

只要我看见你呀！

孔雀翎羽我也不再稀罕。

康朗甩的创作过程

几年来我们不断的听到歌手激昂动人的歌声，歌手能够不断写出像宝石一样闪着光芒的诗篇，除了歌手具有一定的创作才能以外，歌手的艰苦的创作过程也是不能忽略的。

首先，康朗甩的诗篇所以饱含着政治激情，这是由于歌手平时努力学习，提高自己思想水平的缘故，同时也不能否认，他在各项政治运动中得到实际的锻炼也有关系。他在土改时写的《玉燕诉苦记》，在互助合作时写的《波岩安的耕牛入社》以及反右斗争中的《傣家人永远跟着太阳》等作品对当时的群众都起了一定鼓舞作用。康朗甩能写出当时社会中的重大题材，主要是由于他在创作上明确文艺为政治为工农兵服务的方针，同时他选定了题材后也经常请求党的领导部门帮助他进行分析和研究，这样就使得他的诗作更能够直接地为政治服务、为工农兵服务。

其次，康朗甩能够深入生活。深入生活与劳动人民保持血肉的联系，这虽是傣族赞哈一直保持下来的优良传统，但康朗甩对于深入生活进行创作这一点上感受最深,正如他自己常说:"不深入到群众中去,就像蒙住了我们的眼睛,我怎么能说出你包头布的颜色呢?"所以康朗甩的诗篇大部分都是深入群众生活之后写成的。他为了写解放前傣族游击队斗争的诗篇,便背着行李步行二百多里去到勐罕地方在一个年老的游击队员家里住下,白天和这位老人在一起干活,夜间与这位老人围着火塘听取老人叙述过去的情况,虽然短短的几行诗,他却那样认真细致的到群众中去吸取乳汁,这就更使自己诗歌里充满了生活气息。

康朗甩也常常这样感到,祖国在一日千里的变化着,如果不深入到现实的斗争中去,就无法进行创作。他说:"自己虽然一生生活在群众中,但目前西双版纳地区出现了许多新的事物,这对他还是陌生的,必须下去熟悉了解。"如他在写《傣家人之歌》这一部长诗时,有一节是写托儿所的,但托儿所在傣族地区还是千百年第一次出现的新鲜事,对于写这样的题材,不论康朗甩或其他赞哈都是陌生的。康朗甩曾经写过八次,但都没有成功,他不满意,因为这些七八次所写的托儿所都是几条概括的东西,没有把托儿所真实面貌表现出来。后来康朗甩在党委的帮助下知道了曼洒村的托儿所比其他的村都突出,都办得好,他就背着行李亲自到这个托儿所里去生活,他参加保育员的工作,他随着那些孩子的母亲去开山地,他访问了村民对托儿所的意见。他经过了不断细致的观察后,他发现托儿所保育员玉坎大娘是那样的关心这些未来的小主人,终于写出了这篇诗来:

　　听吧!傣家人呀!
　　曼洒村有一座高大的瓦房,
　　过去京比迈的节日,
　　百姓含着眼泪在这里拜年,
　　五荒六月的日子,
　　地主在这里放高利贷,
　　去年合作社大丰收,
　　一群老鼠从这里把仓库咬开。
　　如今人民公社成立了,

老鼠已被赶开，

楼上挂起四十个摇篮来，

真正的主人正躺在这里吃奶。

就像丰硕的芒果，

在玉树上吊着。

看呀！玉坎大娘走上楼来，

她轻轻摇动着每一个篮，

心里填满了幸福，

虽然她唯一的女儿，

在饥荒那年饿死，

想不到今天自己有这么多女儿。

每一个孩子都是她心头一块肉，

白天她把孩子喂得白白胖，

夜晚摸着星星还要为孩子洗衣裳，

刮风下雨她脱自己衣裳，

使孩子更加温暖。

玉坎大娘呀！

你一个人操劳，

四十个孩子的母亲，

一夜挖平了一座高山，

虽然你没在高山种下一棵芭蕉，

但每片芭蕉叶子都在向你合掌，

你用善良的泉水，

灌溉着每株幼苗成长，

我们孩子长大，

一定会像你一模一样。

康朗甩在这一短小的诗篇里，能够把托儿所这一座大楼的过去和现在写出来,特别是在他诗句里写到真正的主人时道:"楼上挂着四十个摇篮,真正的主人正躺在这里吃奶。"这不但形象生动,而且深刻地描绘出这一个时代的变革。其次,由于他细致的观察,了解到玉坎这一位过去在饥荒年代饿死过自己女儿的母亲是那样慈祥地爱护今天这些小主人。因此,他能在短短几行诗里把玉坎大妈慈祥的形象刻划出来。另外,由于康朗甩参加过孩子的母亲们的开山、种植芭蕉果树的劳动,因而他能够用很少的几行诗就把母亲们由于孩子有人管理而都投入了生产,一夜挖平了一座高山的情景写出来。

这里我还想谈谈康朗甩在《傣家人之歌》中描写傣家人炼出第一炉钢的创作情况。当康朗甩来到炼钢的村寨里,他也像其他傣族人一样,对于这新事物茫然无知。在钢没炼出来的头三天,康朗甩每天来回在炉子边搬运矿石,深夜他走回工棚来,对着熊熊跳跃的火焰一夜一夜的沉思;但是一句诗也没有写出来,直到第一炉钢炼出来,各村各寨的人们像潮水一样涌来祝贺时,在这样惊心动魄的场面下,他情不自禁地加入沸腾的人群中击着象脚鼓舞起来了。由于这一种欢腾的场面,才可能在他的诗行里写出:"听吧!傣家人呵!昨夜森林怎么这样闪亮,大地也惊震得摇晃,澜沧江水也泼出两岸,原来是傣族村寨里炼出第一炉钢。"从康朗甩深入生活进行创作的这些例子中,我们深深的感到深入生活对于创作是多么重要啊!

第三,与群众结合这原是傣族赞哈进行创作的重要方法。无论过去和现在傣族社会由于印刷条件的限制,所以许多文学作品特别是诗歌大部分都是由口头传播的,因此作品在传播中不断得到修改、加工、提炼,逐渐达到完善。康朗甩的创作也是这样的。他首先将自己的作品带到故事发生的地区去进行演唱,然后征求群众的意见,请群众帮助修改,让它在群众中流传一个时期,最后根据各地不同的唱法收回来加以整理才算定稿。

康朗甩是有才能的歌手,上面的分析可以证明:只有在党的领导下,这种才能才得到发展。今后继续在党的教育培养下,加上作者自己的辛勤劳动,可以预期,将有更多更好的诗作产生出来。

一九五九年十月三日于昆明翠湖畔。

(本文有删节)

西双版纳的十年诗史

摘自蒙树宏：《读〈傣家人之歌〉》。载《边疆文艺》十月特大号

史料解读

史料原载《读书》1959 年第 23 期。该文摘自蒙树宏的《读〈傣家人之歌〉》。名为"十年诗史"，却以康朗甩的诗集《傣家人之歌》为切入点，谈新中国成立十年来傣族经济社会发展取得的成就，也就是说，《傣家人之歌》是这一成就诗化、形象化的展示。

原文

康朗甩是傣族老歌手。在最近几年来，由于党的领导和鼓励，他写了大量的诗行。

如今，他又完成了《傣家人之歌》的创作。这长诗包括七支歌：从黑夜唱到天明，从苦难的过去唱到欢乐的今天。作者立脚在火热的现实之上，同时又用理想之光去烛明光辉灿烂的未来。

长诗具有强烈的政治内容。它实际上是西双版纳十年来的诗史。

十年的日子又过去了。十年的日子并不很长，但是，家乡可大大地变了样。在密林深处，在虎狼出没的地方，如今矗立起工厂；在宽广的坝子上，谷穗重甸甸地低着头，是一片丰收的景象；代替神鸟飞翔的翅膀的是昆洛公路上奔驰的汽车；体现人们美丽理想的是人民公社的跃进规划。

十年来的成就是多么激动人心啊！在党的指引下，作者看到了家乡的明

天,看到了站起来的自己民族的高大的形象,这一切是如此鼓起了他的政治热情。

作者用饱满的激情唱了一支又一支的歌。他的歌声引导人们热爱生活,鼓起人们乐观主义的自豪的情绪。同时,他又对生活加以认真的思索,发掘出它的深刻的含义。

康朗甩曾受到傣族古典文学长久的熏陶,他创作《傣家人之歌》很自然地接受了这种影响。长诗中描写了万里的彩云、开屏的孔雀、奔跳的金鹿、茂密的大青树、奇丽的千瓣莲花等等,在读者的面前摊开了一幅十分动人的图画。长诗的色彩是丰富华丽的。这固然可以看作是康朗甩的语言文学的特点和风格,但是,也应该看到这些色彩是傣族生活所固有的。

长诗的特点还在于把优美的传说和光辉的现实揉和在一起。《傣家人之歌》的作者把谷子的故事和当前的特大的丰收连结在一起,把乳牛的故事和漫山遍野的橡胶林连结在一起,这样,就使得长诗更有启发性,使得长诗的民族特点更显著。

在党培养下成长起来的傣族诗人——康朗甩

陈贵培

史料解读

　　史料原载《诗刊》1960 年第 7 期。该文是对康朗甩生平和创作的全面介绍。康朗甩因家境穷苦，自小进入佛寺潜心学习。高超的演唱才能和渊博的学识使他成为一位受傣族人民尊敬的赞哈和康朗。无奈的现实迫使他还俗归家，却并没有阻碍他的赞哈生涯。他时常自己进行创作，编出一些令人称赞的唱词。这个时期的他唱爱情生活，也唱黑暗的社会。解放以后，康朗甩获得了新生命，在党的培养下，他的创作也得到了全面提升。这个时期他的作品不仅数量多，质量也达到了更高水平，思想内容也上升到了新层次。诗人康朗甩及其作品不仅是傣族人民的骄傲，也是全国民间诗人的骄傲。

原文

　　在祖国西南边疆西双版纳的森林里，每当傣族人民从田野里劳动回来，都习惯于围着赞哈——傣族人民的歌手，聆听他们歌唱优美的民间故事诗篇，或他们自己创作的动听的歌曲。

　　赞哈分布在每一个村寨，以人民的生活作为歌唱的源泉，不断地歌唱出人民的愿望和要求，因而长久以来受到傣族人民喜爱和尊重。在这上千个傣族人民的歌手中，人们最熟悉和喜爱的，要数满怀激情为社会主义而歌唱的民间诗人康朗甩了。

康朗甩原名岩甩,出身在傣族社会中最低贱的雇农阶层,他的祖祖辈辈都是凭着双手在村寨里帮零工度日,就象牛马一样,被封建领主和头人从这个村寨赶到另一个村寨。童年的康朗甩,几乎是在母亲的眼泪里长大的。

在信奉佛教的傣族社会里,贫苦的父母为了要向佛赎罪,同时也为了使孩子懂得本民族的文学和知识,把七岁的康朗甩送到缅寺里去做和尚。从此康朗甩便一面从事寺院里的各种繁重劳役,一面贪婪地从傣族佛经故事诗篇中吸取养料。他并且参加了佛寺里的刻经工作,把民间故事持刻在棋叶上,借此维持自己清苦的生活。十三年的日子象风一样从菩提树下飘过,在他手上留下不少雕刀的疤痕,而许多优美的民间故事,也象岩泉一样,一点一滴的注蓄在他的脑海里。

后来,他的父亲病逝了,家里更加贫困,他耳听着母亲的哀叹和弟妹的啼哭声,再也没有心思留在幽静的寺院里生活了;于是他按照古规和自己的志愿,解下袈裟还俗回家。由于他在佛寺里获得"都玛拉嘎"的学位,人们便按习惯称他康朗甩(康朗是一种学位,意思是懂得知识的人,甩是他的原名)。

康朗甩虽然还俗回家结了婚,寺院里的经文故事仍然吸引着他,他常常根据自己对生活的感受,参照民间传统编了一些唱词,很快得到人们赞赏,迅速在村寨传唱开来。从此每逢村民盖新房、结婚或宗教节日、集会的喜庆日子,康朗甩总是凭借自己对本民族的文学素养,用独特的方式唱出一些激动人心的歌声。人们寄与他很大的热情,公认他是曼洒村里的赞哈。

在旧社会里,从小过着奴隶生活的康朗甩,唱的是诅咒黑暗统治和向神祈福的悲歌,有时也唱一些反映青年男女爱情生活的歌,但音调总是那样低沉、悲切。

黑暗的日子总算过去了。傣族人民盼望的共产党来了。康朗甩获得了新的生命,他在欢迎中央民族访问团的时候,深切而真挚地唱道:

……

来自北京的亲人呵,

你带来党和毛主席对各族人民的问候,

使各族人民感到真正平等；

……

来自北京的恩人呀，

是你用温暖的双手，

在我们心上燃起一盏明灯，

使我们看到灿烂的前程。

解放后第一次歌唱，就受到广大群众的热烈欢迎。党对人民爱戴的歌手也更加关心，给与他最大的支持和无微不至的关怀，并且让他参加了西双版纳地区的各项政治斗争。在一次次的运动中，康朗甩受到很大的教育，他亲眼看到了西双版纳森林一日千里的变化，认识到党和毛主席是傣族人民的救星，因而从心灵深处涌出了许多感谢党和毛主席的诗篇：

恩人呵！毛主席共产党，

各族人民的太阳，

您请听！在我们西双版纳，

每一片叶子都刻着对党对毛主席的赞歌，

每一朵鲜花都在向党向毛主席祝贺，

是党！是毛主席

把我们民族从死难中救活，

荒凉的大地才处处开出花朵。

傣族人民在澜沧江边迎接着第一个生产高潮的到来，康朗甩背起行李和群众一道投入了兴修水利、向自然进军的行列，他亲眼看到傣族人民在党的领导下，用双手在过去人们称为神龙出没的地方，在魔鬼的河流上建筑了水坝，把泛滥为害的洪水阻拦，把过去人们认为不可触犯的山神巨石炸倒，但天并没有垮，地也没有垮，是劳动人民的伟大力量征服了自然，改变了自然的面貌。康朗甩激动的心情简直无法平静，于是用雄壮的歌声在工地上唱道：

滚开，滚开！

深水里的鬼，

高山上的神，

过去傣家人爬着走路的年代，

你吞没了我们的村寨，

我们只好哭着让开，

如今有了恩人毛主席呵！

傣家已经站立起来，

叫它伸手它不敢动脚，

山神也向我们跪下来，

土地从此不敢偷懒，

每亩一定要长出千斤粮食来！

看，我们傣家已经跨进了英雄年代！

从这些诗中可以明显地看到，在他的头脑里唯物主义思想对崇信神灵的唯心主义思想的斗争，已经取得了胜利。因此，康朗甩的许多诗篇，不论在思想性和艺术性方面都有很大的提高。

短短几年来，在云南省委宣传部和作协分会的具体帮助下，我们这位政治热情饱满的民间诗人，创作出了大量激动人心的诗篇，已发表的约有一万多行；其中如《依高啊，北京！》、《北京的诗篇》等组诗，已被选入 1957—1958 年全国诗选。诗集《从森林眺望北京》和《傣家人之歌》已被选入北京少数民族文化宫陈列。他的这些新作，反映出傣族人民高涨的热情，表达出傣族人民对祖国对社会主义的热爱。因此，他的诗篇是和祖国六亿人民的心弦紧密相连的。正如《1958 年诗选》序言所说的："许多少数民族的诗人也都已声誉越出了本民族的范围，成为全国著名的诗人"。这样的评价对我们的民间诗人康朗甩来说是并非过份的。由于康朗甩对人民作出了贡献，他出席了 1960 年六月的全国文教群英会。通过这次会议，他更加认识到，只有站稳无产阶级立场，彻底改造自己的世界观，才能对祖国和人民作出更大的贡献。

（本文有删节）

一部动人心魄的好诗

——赞《傣家人之歌》

紫　晨

史料解读

　　史料原载《诗刊》1960 年第 10 期。该文对《傣家人之歌》进行了肯定性评价。解放后的康朗甩作为在党的光辉下成长起来的诗人，在创作中将革命现实主义和革命浪漫主义相结合，在细腻朴实的作品中注入了新的血液。他献给祖国和党的长诗《傣家人之歌》，正是这种结合的优秀成果。诗里洋溢着欢乐、幸福和激情。多年来，诗人坚持生活在群众中，积极参加生产劳动。这使得他能够在这部作品里，代表傣族人民尽情地表达新生活的喜悦之情，表达对党的敬爱之心和对祖国的热爱之情。整首长诗充满了革命激情，还具有生活气息和民族风格，展现了诗人高超的表现技巧和驾驭语言文字的能力。

原文

　　《傣家人之歌》，这是一部灿烂夺目的诗篇。它是傣族歌手康朗甩献给伟大祖国和敬爱的党的一部动人心弦的长诗。

　　在思想方面，它是一曲崭新的充满无限激情的社会主义颂歌，作者以对党和祖国的无限深情为我们描绘了一幅金色的西双版纳翻天覆地的跃进图。在那激情不可遏止的诗章中唱出了苦难的傣家人怎样在党领导下，成了春天的主人，表达了铭刻在傣家人心上的对祖国、对党和毛主席的无限感激，无限的爱。在艺术上，它是一枝从民族文学深厚土壤里生长起来的别具色香的鲜花。

如同亿万首新民歌一样，《傣家人之歌》不仅生动地表现了伟大的时代精神，而且具有革命现实主义和革命浪漫主义相结合的特点。它溶汇了抒情短歌的优点，又以浩瀚的篇章，更加奔放的热情，创造了容量更加宏大、气氛更加浓郁、场面更加壮阔、形象更加丰美的绚烂诗篇。

傣家人，这是多么纯朴而又善良的民族；西双版纳，这又是多么美丽而又富饶的地方。然而一千多年来，象毒蛇一样盘踞在这里的封建制度，却给它种下了无穷的灾难。特别是"蒋匪象虎豹在森林里横行"的时代，这种灾难更深更重：整个大地血迹斑斑，傣家人的眼泪合着溪水日夜流淌……可是谁能想象，就在这苦难的黑夜，就在这战火漫延的废墟上，会升起闪闪发光的太阳，会建起社会主义的天堂。诗人首先抓取了这富有深刻典型意义的事件，展开了情感飞翔的翅膀。他举起那曾被苦难揉碎，现在又被春光洗涤而新生的赤心，尽情地歌唱，唱给傣家人，唱给云南人，唱给所有的人。

做为傣族人民的史诗，《傣家人之歌》不仅热情洋溢地写出了傣家森林的黎明，更重要的是它以无比热情描绘了大跃进的时代面貌，描绘了在这贫困、落后的村寨里发生的惊天动地的变化，歌颂了新时代出现的神话般的奇迹。长诗展现在我们眼前的不再是"田地被领主霸占去，水沟被领主封锁起，路要向领主买走，水要向领主买吃，人死了要买盖脸土"的苦难的岁月，而是完全崭新的人间。在长诗中，我们清楚地看到：世代作恶多端、敲骨吸髓的领主，早已躺在傣家人的脚下，多年被蹂躏的有气无力的奴隶已经成了我们国家的主人。长诗把我们引到一个迷人的世界。看吧！工厂象母鸡生蛋一样在傣家森林里诞生；电灯驱走了黑暗的魔鬼，公路象渔网一样，织在西双版纳；从来没见过钢铁的傣家，居然亲手炼出了钢铁；从来无力抗御自然灾害的傣家，居然修起了水库，让高山大河听从傣家人的命令。尤其令人兴奋的是，人民公社的红旗插上了万家竹楼，分散的傣家成了一个战无不胜的集体。儿童们在集体里成长，老人们在集体里度过晚年，妇女们在集体里制定跃进计划，英雄们在集体里创造社会主义和共产主义……。真正的艺术总是最充分地反映着时代精神的，《傣家人之歌》所反映的正是祖国的伟大时代精神。

《傣家人之歌》是一部又新又美的诗。它所以新，是因为它以崭新的社会主义、共产主义思想，无比真挚的情感，热烈地歌颂了党的领导。它所以美，是因为它不仅描绘了一个犹如旭日东升的金碧辉煌的现实世界，还因为它揭示出成长在傣家人身上的崇高的精神世界。

诗人对新生事物赋予了最崇高的情感，最美丽的诗句。长诗中所展现的每一事件都那样富有魅力，而党和毛主席的领导，在这中间又是那样不可须臾离。诗人的心紧紧向着党，把人民公社说成是澜沧江上的宝石："它象敦善树一样迎接着太阳，任起多大的风，吹不下它一片叶子，即使苍鹰飞来，也啄不下它一颗果子。"对于大炼钢铁运动，诗人热情洋溢地唱道："森林为什么闪着金光，大地也震惊得摇晃，澜沧江水泼出两岸，原来是傣家的村寨里，炼出了第一炉钢。"公社的缝纫工厂更是美妙多姿："一群心灵手巧的缝衣姑娘啊，正在为生产队员做衣裳。摘下蓝天里的星星，缝在丝绒的统裙上。剪下天边的彩霞，做成姑娘的披毯。让孔雀见了呀不敢开屏，让蜜蜂见了呀飞来采花。"在托儿所一段，诗人通过对玉坎大妈的生动描写，深刻地揭示了傣家妇女崭新的思想面貌。玉坎大妈是托儿所的保育员，她唯一的女儿，在解放前闹饥荒那年饿死了。可是她却把四十个未来的主人看成自己的骨肉，而且使四十个孩子的妈妈走上了生产战线。正如诗中所称赞的："玉坎大妈呀，你一个人的辛劳，使四十个孩子的母亲，一天挖平了一座高山。虽然你没有去高山上种一棵芭蕉，但每一片芭蕉叶都在向你合掌，孩子们长大也会在芭蕉林里把你歌唱。"

长诗就是这样发掘了生活中的美，就是这样赞美了新生的一切。

康朗甩是傣族有名的歌手，他是本民族艺术的继承者，又是本民族艺术的发扬者。他对本民族传统艺术的深厚修养充分反映在诗作中，构成了《傣家人之歌》的浓厚的民族特色。诗人以优美的民族诗歌的特有格调和语言，运用了生动确切的比喻、鲜明的对比，有力地表达了对生活的深刻感受。所以长诗丰姿奕奕,刚健清新,作者把傣族传统的民族艺术精华和崭新的社会主义生活完美地溶合在一起了。长诗在艺术上所达到的成就,生动地表明了民族民间文学对于诗人的重要意义。运用传统艺术,也只有在崭新的思想基础上才能充分地发挥它的光彩。

长诗言舒气畅,源远流长。其情之真,其意之切,无以言状,可以说每一诗章都充满奔腾的力量。在作者的笔下,不仅生活的激流不可阻挡,就是情感的波涛也一放而不可复收。全诗象一道滔滔不止的长河,波澜万状,激荡有声。音调越唱越响,感情越倾越浓。这是时代精神所使然,也是作者宽阔胸怀的表现。

长诗句式多变,手法多样,结构新奇,剪裁适度。全诗以七支歌组成,七支歌各有特色,又浑成一体。第一支歌《森林的黎明》与最后一支歌《赶摆》是全诗中感情最强,遥相呼应的两段欢乐的乐章。两者之间气氛又各有不同。第一支歌表现了解放初期的欢跃,但着重于今昔对比,因而调子有时比较松缓;而最后一支歌则是生活有了更充实的内容之后,对党和祖国的抒情讴歌;因而感情更加炽烈,色调更加鲜明,节奏更加跳跃。其他几支歌也都手法各异,有的着重叙述,有的着重渲染,此处精雕细刻,而彼处则淡笔勾勒。在结构上,每一支歌的开头都无例外的有一章概括全歌的叙述,然后再分别轻重,展开章节。这种结构,别开生面,眉目清楚,收到层层深入的效果。使人惊异的是,在这中间,不仅不感到重复,却是境界益深,新意常在。纵览全诗,真是气象万千,意趣横溢。这正表现了作者高超的表现技巧和驾驭语言的杰出艺术才能。

我读着《傣家人之歌》,十分兴奋,它在思想和艺术上给了我很多教育和启发。这篇短文,仅能把长诗的成就传达一二罢了;让我们祝贺诗人的成就,欢呼诗坛的新收获!我深信,在我们这个战无不胜的时代,象这样的好诗,是会出现得更多更多的!

1960 年 9 月 12 日晚

(本文有删节)

傣家人的新史诗

——读三个傣族歌手的三部长诗

晓　雪

史料解读

　　史料原载《边疆文艺》1960 年下半年刊。该文从四个方面综合评价了康朗甩、康朗英、波玉温的诗歌创作，认为他们的诗歌通过不同的情节故事和不同的独创性艺术结构，表现了我们伟大的时代精神，表现了傣族人民生活上的巨大变化，表现了傣家人精神上的深刻飞跃和新的民族风貌。他们创作的《从森林眺望北京》《金纳丽在飞翔》《亲爱的祖国啊》是傣族人民精神生活的新的花朵，是我国诗坛上光彩夺目的新的亮星，是傣家人的新史诗，是新时代的欢乐颂。该文认为，三位诗人植根于傣族人民现代生活的丰厚土壤，运用傣族民间叙事诗的传统形式反映当代重大题材，反映现实生活的新和美，从特定的角度显示了社会主义文艺的新和美，具有鲜明的民族化、群众化特色。同时，该文也指出三位诗人的共同缺点：他们的创作有互相影响的痕迹，有的诗句互相重复，有的比喻彼此相似，这说明歌手们还不是有意识地、十分刻苦地发挥个人的艺术独创性。但是，该文提出的三位诗人使用的革命现实主义和革命浪漫主义相结合的艺术方法，如前文一样有待考证。

原文

在我们的西双版纳，

每一片叶子都刻着对党的赞歌……

——波玉温

一

阳光灿烂，百花争艳。在我国社会主义的艺术园地里，各民族诗歌的花朵也正以各自不同的风姿和色调，竞放异彩。

东风万里，歌声荡漾。在我们众乐交响的社会主义大合唱中，兄弟民族的诗人和歌手也正在成批地参加进来，他们的歌声是那样响亮而优美，那样宏远而甜蜜，他们的歌声是那样独具风采而充满激情……

在这繁花似锦、一片欢歌中，我们认识了三位傣族歌手：康朗甩、康朗英和波玉温。

这三位老歌手都是贫苦农民出身，新中国成立前受尽了压榨剥削，新中国成立后，在党的阳光下，才像枯树发芽一样恢复了青春，真正开始了自己为人民歌唱的艺术生命。他们亲历了苦难的黑夜和欢乐的黎明，他们的命运就是傣族人民的共同命运。当他们看见祖国的北京升起了太阳，当他们沉浸在从未有过的喜悦之中，当他们看清了各民族人民的幸福的源泉的时候，他们就抑制不住地歌唱起来，歌唱共产党、毛主席和人民解放军，歌唱祖国边疆的伟大变化和各民族人民的幸福生活，歌唱自己的民族"怎样从地狱跨进天堂"，感情是那样朴实、深挚而强烈，歌声是那样嘹亮、优美和激动人心……

当西双版纳的密林中，传来《从森林眺望北京》（康朗甩）的歌声的时候，当我们高声朗读着《金纳丽在飞翔》（康朗英）和《亲爱的祖国啊》（波玉温）这样精彩的短诗的时候，我们已经是多么惊喜和兴奋！可是最使我们激动、也代表目前三个歌手最高成就的，还是他们的三部长诗：《流沙河之歌》（康朗英）、《傣家人之歌》（康朗甩）和《彩虹》（波玉温）。三部长诗通过不同的情节故事和不同的独创性艺术结构，表现了我们伟大的时代精神，表现了傣族人民生活上的伟大变化，表现了傣家人精神上的深刻飞跃和他们的新的民族思想风貌。这三部长诗，不但是三个歌手个人创作道路上的高峰，不但标志着傣族社会主义文学发展的新阶段，而且也给我国多民族的社会主义诗歌百花园带来了新的品色和新的光辉。这三部长诗，是傣族人民精神生活的新的花朵，是我国诗坛上光彩夺目的新的亮星，是傣家人的新史诗，是新时代的欢乐颂。

二

同样的土壤，同样的阳光，开出的花朵却是千红万紫、各具色香的。

三个傣族歌手的三部长诗，都是反映当代重大题材的，都是植根于傣族人民现代生活的丰厚土壤的，而且都是运用了傣族民间叙事诗的传统形式，具有鲜明的民族化、群众化特色。但同时，三部长诗又各有各的艺术独创性，各有各的独特的风格（虽然由于三部长诗都是歌手们以巨大篇幅反映现实的初次试作，在体现民族独创性和个人风格方面，还不是十分成熟和完美）。

我们知道，傣族民间诗歌形式的主要优点就是具有广泛的群众基础，从语言风格、艺术结构到表现手法都为群众所喜闻乐见，民族化、群众化的特色十分显著。民间歌手当然都是熟练地掌握了这种诗歌形式而为群众所公认的歌唱家，他们经常在群众中演唱，能运用这种富于变化的形式体裁把当时当地的新人新事或风物传说即时编成动人的诗章。但是这种"歌唱诗"也难免有缺点，那就是由于多系即兴编唱，所以在结构上不可能天衣无缝，在语言上不可能千锤百炼，在情节的提炼和安排以及艺术描写和抒情构思等等方面，也都难于像经过深思熟虑和反复推敲创作出来的艺术珍品那样精美和完整。《流沙河之歌》、《傣家人之歌》和《彩虹》，一方面继承了傣族民间长诗深深植根于人民生活中而在整个艺术形式和语言格调上也为人民所喜爱的优秀传统，另一方面又根据新的题材内容的需要，作了不同的革新和创造，而各自具有了崭新的形式和独创的风格，在艺术上比一般的傣族"歌唱诗"更加简练、丰富而完整。三部长诗在思想内容上开拓了傣族文学的新境界,在艺术形式上,在民族化、群众化的程度上,也是傣族诗歌的新发展。

《流沙河之歌》通过抒唱一条河的过去和现在,唱出了傣家人的"往日的苦难和今朝的欢乐"。老歌手康朗英用一种舒缓而宏远的音调和朴素而美丽的语言,唱着流沙河的神话、传说,唱着河两岸人民的斗争、理想,唱着傣家人今天在党领导下所创造的神话般的奇迹、他们的英勇豪迈的劳动和沸腾的生活。没有中心的人物,可是那朴实、浑厚而深情的歌声中仍然闪动着一些亲切的面影,那在旧社会中想造水车而不成的波玉万老人,那在劳动中带领群众赶走水鬼的小伙子岩温坎,那一群群像蝴蝶飞舞般在工地上劳动的傣族姑娘,古老的神话、历史上人们的斗争和幻想、今天的现实生活,都被融汇在壮丽生动的巨幅画卷中。朴素的叙事、深刻的抒情和别出心裁的艺术描写,也在独创性的艺术结构中得到了很好的结合。而构成长诗独特风格的,则主要是朴素、单纯、洗练的语言:

　　土地没有水,

　　苞谷长不高;

　　土地没有水,

　　谷粒不会饱;

　　干渴的坝子呵,

　　遍地是茅草。

这是写新中国成立前的。流沙河翻翻滚滚,"穿过宽广的坝子",却不能灌溉庄稼,反而经常泛滥,千百年来只给两岸人民带来苦难和灾害;只有在新中国成立后,它那拌和着傣家人血泪的苦涩而混浊的河水,才在阳光下走进一个美丽迷人的新水库,变成了蜜汁般闪亮闪亮的流泉,变成了金水银水幸福水……

　　毛主席的话,

　　像甘蔗一样甜!

　　我们照着做,

　　水库有了,

　　工厂有了,

粮食堆成山。

毛主席的话，

像百花一样清香！

我们照着做，

西双版纳一天比一天好，

如宝石闪闪发亮。

这些诗句朴素而又明丽，单纯而又丰富，洗练而又富于变化，简洁、自然却同样带有鲜明的地方民族色彩和诗人的感情色彩。丰厚的内容和深刻的感受被简简单单的语言表达得如此准确而生动，这是需要有很高的艺术修养和驾驭语言文字的能力的。我们再引几句：

姑娘呀，

田想水想得心焦，

水想田想得心跳；

我们要多出力，

让他们早日拴线。

这是小伙子和姑娘们在水库工地展开劳动竞赛时唱的，"拴线"是傣族举行婚礼的一种仪式，用"田想水想得心焦，水想田想得心跳"这样的比喻来互相鼓励"多出力"，好让田和水早日结合，实在是朴素、生动而又幽默、新奇、恰到好处，既自然而充分地表现出年轻人劳动时的欢乐情绪，又新鲜绝妙地表现出小伙子和姑娘们对唱时的一种甜蜜的语意双关的感情。这样的诗句，看起来朴朴素素，但歌手如果不是对自己民族的生活和劳动那么熟悉和热爱，是写不出来的。

"在艺术中有两种精美，恰恰像人的面孔有两种美一样。一种是立刻打动人心、意外的，也可以说是强迫的。另外一种美是逐渐地、不显著地深入心灵中并且掌握住心灵。第一种美的感染力是迅速的，但不持久；第二种美的感染力是缓慢的，但是持久的。第一种美依靠新颖、出乎意料之外、外部效果的炫惑以及花样翻新，第二种以自然和简朴引人入胜。"（别林斯基语）《流沙河之歌》就是

"以自然和简朴引人入胜"的一类作品。质朴,单纯,自然,洗练,语言形式像透明的溪水一样清新而活泼,感情内容又像平静的大江一样深沉而浑厚,这就是《流沙河之歌》不同于其他作品的独特风格。

作为第一部反映傣族人民新生活的长诗,《流沙河之歌》不但以其崭新的生活内容、深刻的主题思想和鲜明的民族色彩,同时也以其新巧的艺术结构和独特的诗歌风格,揭开了傣族社会主义文学创作的新的一页。

康朗甩在长诗创作方面作了不同的尝试。《傣家人之歌》不是采取从一个人表现一个时代的手法,也不是从一条河、一个村庄的变化来概括一个民族、整个社会的巨大飞跃,而是在更巨大的时代空间和更广阔的社会背景上,对傣族人民聚居的祖国边疆西双版纳地区作全面的歌颂。西双版纳十年来的变化,从最初在"森林的黎明"中迎接中央访问团和人民解放军,到最后傣家人和全国人民一起欢庆伟大的新中国成立十周年,每一个重大的政治革命运动以及傣家人生活上的每一个重要变化,都是歌手激情赞颂的对象。这样重大的主题、广泛的题材和丰富的内容,就要求歌手不但要充分吸取傣族传统诗歌中有用的成分,更要在诗歌形式和艺术结构等方面作勇敢的革新和大胆的创造,否则就必然陷入俗套和一般化的构思,而不能完成任务。《傣家人之歌》是十分出色地完成了它的主题任务的。全诗由七支歌组成,七支歌分别歌唱西双版纳十年变化的七个重要方面和重要阶段。每一支歌的开头都有一节概括全歌内容或引出全歌的抒情叙述,每一支歌又都或多或少联系到过去的生活,借以突出今天的变化,但我们不但不感到重复、啰唆或刻板、单调,反倒感到在形式结构上起伏万状、变化无穷,在思想艺术内容方面,也是境界益高益深,感情越来越奔放、丰富而深广。每一支歌似可单独成立,但七支歌又互相连贯、浑然一体,而且只有合在一起才更显出它们奔腾的气势、丰富的感情和绚烂的色彩。七支歌像七条沸腾奔湍的江河,连在一起又融汇成巨浪起伏、波涛汹涌的滔滔浩流。这是新奇而完美的独创性艺术结构。

境界开阔,感情奔放,气势磅礴;鲜明的色彩,高昂的调子,富丽的语言;大胆的夸张,奇巧的想象,新颖的构思,这些都是《傣家人之歌》的风格的主要特点。

愿我们的田地四季青青，

愿我们的天空飘满彩霞，

愿我们的老人和那些荒山，

一齐长出新的头发！

这是在描写新水库的时候，歌手的优美的抒情。

昨夜，

森林为什么闪着金光，

大地也震惊得摇晃，

澜沧江水泼出两岸，

原来是傣家人的村寨里，

炼出了第一炉钢。

这是歌手对傣家人炼出第一炉钢的欢腾心情的描绘，好像是写"景"，写江边炼钢夜战的"景"，但主要是抒情，而且是为了展开后面的更充分的抒情。

传说是星星跌落的夜晚，

大地上便可以把铁拾起，

如今恩人毛主席一句话呀，

使得傣家人聪明啦！

虽然没有星星降落，

傣家人也要找到铁和钢。

千百人打矿石，

千百人拉风箱，

森林里的炼钢炉啊，

像繁星一样闪闪发光。

像这样独特新巧的构思和奇丽迷人的抒情描写，在《傣家人之歌》中我们还可以举出许多。我们永远不会忘记诗中出现的那个农村托儿所，和把"四十个摇篮里"的孩子都当成她的儿女的那个保育员玉坎大妈，我们也不会忘记傣家人成为"土地的主人"后第一次获得丰收的情景：

　　割吧！割吧！

　　把田里最先成熟的谷子割下，

　　堆满牛车好运回家，

　　在阳光下翻晒又翻晒，

　　扬起风扇左扇右扇，

　　让谷子里没有一粒瘪谷，

　　也不让一粒沙子混进粮仓。

　　急促的节奏，朴素的叙述，语言像一条欢跳的小溪，表达出一种无限幸福快乐的情绪和"土地的主人"的自豪感。这样的艺术描写和表现手法又与前面的例子不同了。

　　一条长河总是有起有伏、波涛万状，同时也以它的河面这样那样地反映出天空、太阳、云彩和两岸的风光。任何一部长篇佳作，虽然有它的总的风格特色和完整而和谐的艺术结构，但同时又必然要采用各种各样的手法和技巧，必然要疏密相间，色彩有浓有淡，音调有高有低，节奏有强有弱，必然要在统一的结构中呈现出丰富多样的变化，在统一的基调中呈现出起伏跳跃的节奏和种种色彩。《傣家人之歌》就是这样的。总的看，长诗感情奔放，气势磅礴，音调高昂，但七支歌又各有各的特色，句式富于变化，手法多种多样，有的着重从富于色彩的叙述中作出深刻的概括，有的着重从情景交融的描绘中展开奔放的抒情，有时通过巧妙的构思打开又新又美的境界，有时通过奇丽的夸张和浪漫主义想象热情赞美新事物，而当歌手的激情和赞歌进入最高潮的时候，才又以最强的音符，动用全部铓锣和象脚鼓，唤起花鸟山河一齐放声歌唱……我们感到歌手的感情如高山飞瀑，如平原奔马，如雄鹰展翅，如大江滚滚，而他的诗歌语言和格调又是那样地富于民族色彩和地方色彩。

　　《傣家人之歌》就是这样一曲充满无限社会主义激情而又独具风格的长篇颂歌。长诗以其多方面的艺术独创性，丰富和发展了傣族诗歌的艺术形式和表现手法。这部长诗的思想艺术成就，使我们可以毫不夸张地这样说，康朗甩是我们时代才华洋溢的杰出歌手之一。

波玉温的长诗《彩虹》，进入了另一种新的艺术境界。长诗抒写傣家人的昨天和今天，是通过一个普通人家的命运来表现的。长诗把我们引进南卡河边一个傣族普通妇女的生活世界中去，展开了紧凑、完整的故事情节，刻画了性格鲜明的人物形象，以饱含阶级感情和富于民族色彩的抒情描写，精心雕塑了从旧社会到新时代这样一个历史时期中傣家人两代妇女的典型——老一辈的玉坎大妈和新一代的玉香姑娘。在残酷的封建土司制度下，生活把玉坎作为一个普通妇女的希望和理想剥夺得一干二净，她唯一的儿子被杀害，亲爱的丈夫被毒死，连未过门的善良温柔的儿媳妇玉香姑娘，也被迫远走他乡。在迷迷蒙蒙的忧云愁雾中，她变成了虔诚的佛教徒"八级信士"，把自己渺茫的希望——死后"升天堂"和丈夫、儿子团聚——寄托给佛祖，以求得精神上的解脱。新中国成立后，党和毛主席的阳光照亮了傣家人的村寨，解放军的班长刘春住到她家，耐心地热情诚恳地帮助她重新认识生活、认识自己、认识世界，她才慢慢地睁开了眼睛：

> 玉坎像从灰暗的地窖里，
>
> 第一次看到了阳光；
>
> 又像干涸了的河床，
>
> 溢满了清清的泉水。

可是，在接受了一系列的阶级教育后，玉坎大妈仍然认为"把穷人引向幸福生活的啊，是毛主席和共产党。但把魂魄引进天堂去的啊，是佛祖叭召古塔满"。到最后经过了土地改革的斗争，当她亲眼看见她刚刚虔诚地向他磕头合掌的波朗，却原来是披着宗教外衣的豺狼，正在拿着机枪妄想射死自己的恩人解放军的时候，她那从不伤害一只蚂蚁的双手才举起土锅向波朗砸去——"她像雄鹰飞过山冈，纵身扑到波朗身旁"。——一只雄鹰腾空而起，一个高大的形象在我们面前兀然屹立！长诗真实深刻地、令人信服地描绘了玉坎大妈从一个背负沉重的苦难跪倒在佛祖面前的普通劳动妇女，成长为可敬可爱的英雄形象的生动过程。如果我们想一想傣族曾经是全民信佛达四五百年之久的民族，我们就会进一步看出,玉坎大妈这一丰满、厚实而鲜明的叙事诗形象,是十分典型的,是包容着无限深广的社会内容和思想意义的。

玉坎大妈牺牲了,但她身上正在萌发的那种新的思想精神,却在下一代人的生活斗争中得到更光辉的发扬。如果我们从表现一个民族命运的角度来看,那玉香的形象可以说是作为玉坎大妈的补充和发展而出现的。玉香是一个明朗朗的、在思想精神上丝毫未蒙上暗影的社会主义新人形象。她朴实而勇敢,温柔而富于反抗性,刺杀仇人波朗未成就离开家乡去参加了游击队,当她回到南卡河边时,故乡已是一片阳光,她也是革命干部了。土改后,她被选为女乡长——傣家人的第一个女乡长。摆在她面前的,是一条无限宽广、无比灿烂的康庄大道,这条大道一直通向共产主义天堂。

《彩虹》是第一部塑造了当代典型人物形象的完整的傣族叙事长诗。长诗的思想内容如上所述,是崭新的,是过去任何傣族民间叙事诗所没有反映过的,但这新的思想内容是以民族形式、风格表现出来的,新的生活斗争是在一幅幅色彩鲜明的边疆风景画和民族风俗画的背景上展开的,诗中叙述和抒情的语言以及人物的对话,都是那样地具有民族的色彩,同时又显示出歌手个人的独特风格。《彩虹》比较全面地继承和发扬了傣族民间叙事诗的艺术特色和表现手法。

他俩像一对天鹅,
静静地在南卡河边饮水,
密密的芭蕉林里,
常常飘来他们的歌声。
日子悄悄地在欢乐中过去,
他俩便结婚树宽。
小燕子衔泥,
是为了筑窝;
番木瓜开花,
是为了结果。

过了一年，

玉坎生下了小勐邦，

他像一只活泼的小天鹅；

邻居天天来祝贺，

为他带来最甜的水果；

父母珍爱他，

眼泪不敢向他身上落。

这就是关于玉坎和岩勐邦恋爱、结婚到生下小勐邦的全部描写，多么质朴、简练！而民族生活的色彩又表现得多么鲜明！最后一句固然是为了强调描述年轻父母对小儿子的疼爱，却同时还巧妙地透露出那个时代的苦难的生活，"眼泪不敢向他身上落"，父母是多么疼爱儿子，同时又有着多少辛酸啊！我国古代的诗人曾经非常赞赏那种"质而实绮"的语言风格，长诗《彩虹》的语言自然、质朴而又色彩缤纷，是具有这样的风格特色的。当然，《彩虹》的"质"和"绮"，是表现新的时代生活内容，而为新的民族色彩所丰富了的。

民族化、群众化的问题，虽然首先应该是思想感情的问题，是生活内容的问题，但艺术形式和语言风格的意义也不能低估。内容必须通过形式来表现。我们有一些叙事诗在语言风格的民族化、群众化方面，是做得很差的，或者是叙述的语言有民族色彩，为群众所喜闻乐见，但抒情的诗行却又与群众格格不入；或者是抒情叙事都有民族特点，但人物的对话却又为一些枯燥无味的一般化的语言所代替，缺乏民族化和个性化的特点。这方面，《彩虹》的成就是值得注意的。

《彩虹》情节比较单纯，结构完整，全部语言都显示出民族化、群众化的和谐统一的风格特色。不光叙述的语言如此，抒情的诗行如此，人物的对话也如此。随便举两个例：

波朗射死了小勐邦后，叭罕去劝说玉香嫁给波朗，还无耻地骗她要为她报仇。玉香看出了豺狼的恶意，但心生一计，决定把波朗引来村边报仇，就对叭罕说："殷勤的叭罕呵，请告诉波朗，死神抢走了我的欢乐和希望，琴弦断了不会再响，如果波朗能为小勐邦复仇，他的包头会揩干我的泪行。"

玉坎大妈死后,玉香说:"英雄的阿妈呵,你的女儿决心效学你,决不像敬神的烛火摇摇摆摆,要像犀利的宝剑一样坚强。"

就连玉坎向工作组诉苦和群众斗争叭罕的时候,用的也是这样比喻丰富独特而富于民族色彩的语言。我们看出,由于歌手们的思想解放了,表现的又是崭新的生活内容,傣族诗歌的语言不但更丰富了,而且还闪耀着新的时代的光泽。形容一个人意志坚定,说"决不像敬神的烛火摇摇摆摆"——这对于"过去用最香的花去赊佛"的老歌手来说,不能不说是大胆的想象和勇敢的创造,而且也想得绝妙奇巧。语言的精美新巧,是诗人的才能的表现,同时也凝结着他的民族的智慧;语言的进一步丰富发展,是诗人的思想丰富的表现,当然也正是他的民族生活发展和思想丰富的反映。语言是思想的物质外壳。只有思想新,语言才新;只有思想丰富,语言才会丰富。它们之间是成正比例的。《彩虹》以及《流沙河之歌》、《傣家人之歌》等诗篇中,出现许多过去的傣族歌手们无法想象的又新又美的诗句和奇丽的比喻,从而丰富了傣族诗歌的语言,这是和新的时代、新的生活以及傣族人民在党的阳光下获得思想解放分不开的。

《彩虹》在塑造新人形象和表现更广阔丰富的生活、更复杂深刻的思想感情方面,还有一个特点,那就是出色地运用了傣族民间叙事长诗中传统的心理描写手法。只要读读长诗第六章写玉坎想念儿子、玉香和丈夫的那些片段,或者读读第八章玉坎"翻来覆去"地想着刘春和叭罕的话的那些段落,我们就会为歌手在叙事诗中充分运用细节描写和内心剖析的才能感到惊喜! 玉坎大妈的形象之所以如此生动和丰满、如此真实而深刻,使我们如见其人,如闻其声,正是和歌手充分运用和发展了这种叙事诗中的技巧手法有关。当然,这首先是和歌手的思想水平、他所表现的题材内容,以及他的创作个性、艺术才能直接有关。饱含诗意的丰富的细节描写和刻画入微的内心剖析,交织在质朴、自然而色彩缤纷的艺术画面中,这应该看做是长诗《彩虹》的独创的风格特色之一。

民族化、群众化的要求,并不排斥个人的艺术独创性和独特鲜明的个性风格,恰恰相反,它是个人的艺术独创和独特风格的基础和前提,它促使个人的艺术独创和独特风格更多种多样、更新鲜活泼,以保证更好地反映新的民族的生活面貌和新的群众的思想感情。所以反过来，个人的艺术独创又使得一个民族的文学艺术的民族独创性和民族化、群众化特色更高、更丰富、更成熟。文学艺术的民族化、群众化和作家诗人的独创风格的这种辩证关系，在三个傣族歌手的三部长诗中是得到了较好的体现的。三个傣族歌手是自己民族诗歌艺术的继承者，又是自己民族诗歌艺术的发扬者。"通则不凡"，"变则可久"（《文心雕龙》"通变"篇），既"通"又"变"，在"通"的前提下"变"，在批判继承的基础上革新和发展，三个傣族歌手正是这样，才创造了更适于表现我们的时代、能够和革命的政治内容较好结合的又新又美的民族艺术形式，同时也就加深和提高了傣族诗歌艺术民族化、群众化的程度。三部长诗在继承傣族诗歌的旧传统、创造傣族诗歌的新传统方面，应该说是共同作出了重要贡献的。

三

鲜美的花朵，总是带着春天的颜色，也反映着太阳的光辉。

三部长诗是三朵又新又美的花。三部长诗从不同的方面反映了我们伟大时代的现实生活的新和美，从特定的角度显示了我们的社会主义文艺的新和美。

而这些，我觉得，都是和三个歌手努力尝试着掌握和运用革命现实主义和革命浪漫主义相结合的艺术方法分不开的。

革命现实主义和革命浪漫主义相结合的艺术方法，给我国多民族的社会主义文学艺术开辟了无限广阔自由的天地，采用这个艺术方法，"更有利于表现我们今天的时代，有利于全面地吸取文学艺术遗产中的一切优良传统，有利于更好地发挥作家、艺术家不同的个性和风格"（周扬：《我国社会主义文学艺术的道路》）。三个傣族歌手的三部长诗所表现出来的强烈的时代精神、鲜明的民族色彩和独特的个人风格，正是不同程度地显示了革命现实主义和革命浪漫主义相结合的艺术方法的特色。

革命现实主义和革命浪漫主义相结合，应该是以革命现实主义为基础，以革命浪漫主义（其基本精神就是革命的理想主义）为主导。我们看一部作品是否体现了革命现实主义和革命浪漫主义相结合，是否在开始运用革命现实主义和革命浪漫主义相结合的艺术方法，首先应该从它的整体看，看它的全部思想内容和整体艺术形象是否体现出最清醒的革命现实主义和最富于理想的革命浪漫主义相结合的精神，是否体现出把深刻的现实和光辉的理想、把真实的感受和浪漫的想象、把优美动人的生活画面和宏伟豪迈的英雄气概、把朴素生动的景物描写和革命乐观主义的豪情壮志结合起来的精神……我以为，康朗英的《流沙河之歌》、康朗甩的《傣家人之歌》和波玉温的《彩虹》，都是不同程度地体现了这样的精神的；不同的是，三部长诗的风格、结构和表现手法都不尽相同，所以体现这种精神的方式也就不大一样。我们不应该夸大三部长诗的成就，但对于它们初步显示出来的革命现实主义和革命浪漫主义相结合的特色，却也必须通过具体分析给予最热情、最充分的肯定。

读着《流沙河之歌》、《傣家人之歌》或《彩虹》，我们都有这样一种共同的感觉：诗中出现的今天傣家人的生活以及他们的过去的历史和古老的传说，仿佛都被一道道从高处投射下来的新的思想的阳光所照亮，歌手们歌唱每一个人物、故事、传说，甚至一朵花、一只小鸟，都是从今天的一定的思想高度和感情要求出发的，回忆过去是为了更好地歌颂今天，写到过去的神话、传说是为了更突出地表现今天比一切神话、传说更美丽迷人的生活，揭露一切丑鬼坏人是为了更生动地赞美我们时代英雄的人民。古老的传说、久远的历史和今天的生活，被统一在一种赞歌的基调中，被浑然一体地融汇在一卷卷诗意盎然的艺术画卷中。

从今昔对比中充满激情地写出了今天幸福的由来和生活的动向，也就不同程度地展示出更加光辉灿烂的明天。三部长诗虽然题材不同、内容不同、人物故事和艺术结构都不同，但它们的赞歌的基调，渗透在整个作品中的那种"歌颂共产党、赞美新生活"的可贵激情，则是一样的。这种激情只有在歌手们不但十分熟悉自己民族的生活，而且对生活的来龙去脉已有比较正确的理解时才能产生。这种激情只有从对党、对毛主席和新生活充满无限热爱的心灵里才会迸发出来。这种激情来自深厚的生活基础和光辉的革命现实，同时也来自社会主义、共产主义的理想。这种激情，也就是革命现实主义和革命浪漫主义相结合的艺术方法的感情基础，是我们时代的社会主义诗歌在感情内容上的主要特点。

所谓现实和理想相结合，所谓革命现实主义和革命浪漫主义相结合，不是一样一半，不是简单拼凑。革命浪漫主义精神不是寄托在虚无缥缈的幻想中，不是表现在漫无边际的所谓"夸张"和"想象"中，而必须是植根于深厚的现实土壤中。革命浪漫主义精神，必须是通过对革命现实的深刻描绘和热情赞美表现出来。正是在这个意义上，我们说，不但带有更多抒情长歌的特点、充满浪漫主义想象的《傣家人之歌》体现了革命现实主义和革命浪漫主义相结合，而且只是比较朴素地写出流沙河的过去和现在的《流沙河之歌》，和初看起来总是在采用"现实主义手法"来刻画人物的《彩虹》，也都是在一定程度上体现了革命现实主义和革命浪漫主义相结合的艺术方法的主要特色的。

当然，思想精神必须通过艺术手法来表现。三部长诗不仅在总的精神上不同程度地体现出革命现实主义和革命浪漫主义的结合，而且在一些艺术手法方面也是带有了革命现实主义和革命浪漫主义相结合的特点的。下面，我们不妨来具体分析一下。

通过比较准确、生动、鲜明而又往往是十分夸张的形象性概括，来最充分地揭示事物的本质特点，来最淋漓尽致地表达自己的思想感情，这是三个歌手在三部长诗中都比较常用的艺术手法。

《流沙河之歌》写过去农民的苦难是这样写的："他们的眼泪掉在河里，跟着河水永远流不完；他们的痛苦放在船上，最大的船也要压沉；他们的灾难汇合在一起，可以堆成布朗山。"

《傣家人之歌》这样唱道："我们的汗水灌饱了田里的泥土，水沟里装满我们的泪珠。"

《彩虹》对农奴生活的概括同样是那么夸张而又准确生动："我们全家受的苦难啊，像满山落叶数不完。""我们用血汗灌溉田地，我们用泪水浇洒禾苗……"

对新中国成立后的新生活，歌手们的比喻和歌声就完全不同了：

"我们傣族人民,像椰子树一样站立起来了;我们边疆的生活,像甘蔗一样甜蜜起来了;我们的茶园、樟树林,一山一山发芽繁盛起来了。"(《流沙河之歌》)

"自从太阳照耀在澜沧江上,勐海的茶叶长得绿汪汪,景洪的菠萝比蜜甜,勐罕的椰子林连着云天,我们的西双版纳呵!谷子铺成黄金的地毯,棉田像远远的云山。""欢乐的村寨啊,欢乐的歌声到处飘扬。"(《傣家人之歌》)

"毛主席的洪福呵,像朝霞把菩提树环绕,傣家人像从梦中醒来……西双版纳呵,每一片叶子都在歌唱。"(《彩虹》)

这里的鲜明对比,这里的比喻、想象和夸张,都是以对新旧时代的生活有着深切感受和正确理解为基础的。每一个比喻、每一句歌都是歌手们的生活经验的艺术总结和新的思想感情的形象概括。这不单纯是一般的艺术技巧或语言修养的问题,而是歌手们在拥有深厚的生活基础、对现实作正确理解和批判地继承傣族民间诗歌传统(这里当然包括傣族民间优秀长诗中现实主义和积极浪漫主义相结合的传统)的前提下,所创造的一种革命现实主义和革命浪漫主义相结合的艺术手法。或者是借过去那些瑰丽奇巧、表达着历代人民的良好愿望而又不可能实现的神话、传说,来更突出地对比着表现今天我们革命现实的伟大神奇;或者是通过对旧社会穷人终年敬神赎佛、努力劳动而不得一饱的苦难生活的控诉,更充分地对比着表现今天傣家人建设社会主义的英雄气概和欢乐幸福;或者是通过植根于现实土壤的大胆的夸张、奇丽的想象和浪漫主义的构思,来充满激情地赞颂我们英雄的时代和我们时代的英雄——这些,都属于我们所说的这种新的艺术表现手法。

> 如今大地是我们的,
> 河水是遵从我们的命令,
> 天空是我们的,
> 不下雨就把石头捏出水来。
> 我们是天地的主宰,
> 不祭龙神不赎佛祖,
> 大地也得乖乖长出粮食来。

——《傣家人之歌》

天垮,伸出双手来撑住,

地裂,我们要用丝线来缝补,

英勇的傣家人,

要在曼菲龙造下一个金湖。

——《傣家人之歌》

充满革命英雄气概的豪言壮语,大胆的夸张和"上下数千寻,纵横几万里"的天马行空般的想象,在《傣家人之歌》中比较多,这是由歌手的创作个性、艺术才能和他那植根于现实土壤的奔放的激情所决定的,同时也为长诗以抒情为主,更多地融会了傣族抒情诗歌的长处这一点所决定。

康朗英歌颂流沙河水库的建成,就通过另一种浪漫主义的想象：

山顶上的金鹿、野熊、小兔,

它们忘记了寻找食物,

呆呆地望着水库,

它们在互相询问：

"过去这里到处是荆棘、茅草,

过去这里遍地是毛虫、蚂蚁,

哪里来的这绿蓝绿蓝的湖啊,

莫非是我们认错了地方……"

它们不相信自己的眼睛,

以为水库是白云落在大地上；

到了晚上,

它们悄悄来到湖旁,

喝到了清凉的水,

高兴得飞起四只小脚乱撞……

这样的想象和构思,巧妙,新奇,美丽,富于浪漫色彩和生活气息,也正是革命现实主义和革命浪漫主义相结合的千变万化的艺术手法之一。

三部长诗在艺术结构上,也显示出革命现实主义和革命浪漫主义相结合的艺术方法的一些特色。

三部长诗的不同的艺术结构,都毫不例外地,是与热情歌唱新时代,更好地更深刻地反映新生活和展示生活的必然规律这一要求相联系的。所以就连它们的"序歌"、每一章前面的序诗或歌手在抒情叙事中迫不及待地插入的议论和旁白,都带有了新的艺术方法的特点。例如,《傣家人之歌》第一支歌中的序诗,当歌手唱到"傣家人的眼泪合着溪水流淌"时,生怕听众和读者过分悲伤,就紧接着唱道:

请听吧,兄弟们,

黑夜总会过去,

请你不要伤心,

我的歌呵,

就要唱到森林的黎明。

这几句"承上启下"的诗句,巧妙地透露出歌手即将放声歌唱新生活的那种迫不及待的、火辣辣的激情——果然,动人心魄的欢乐颂歌就如汹涌奔腾的澜沧江滚滚而来:"我的歌呵,像江里掀起巨浪,把醒来的民族和醒来的土地一齐歌唱。"这是傣族诗歌的传统手法,却又有了新的发展,闪耀着新的思想艺术光辉了。

在刻画人物方面,傣族民间叙事诗的一些传统手法,也经过歌手们的创造性继承和发展,而带有了革命现实主义和革命浪漫主义相结合的新特色。这方面,《彩虹》的成就特别值得注意。

袁勃同志在《喜读长诗〈彩虹〉》一文中说,长诗《彩虹》"开拓了傣族民间文学的新境界"。这是很高的,但也是很中肯的评价。这"新境界",我想,除了指艺术形式上有新的发展创造外,还应该包括长诗在反映现实生活方面所达到的新的深度和广度,还应该包括长诗在塑造人物形象方面,由于初步运用了革命现实主义和革命浪漫主义相结合的艺术方法而达到的新的典型高度。

《彩虹》继承了傣族民间叙事诗以爱憎分明的感情态度来刻画各种正面人

物和反面人物的艺术手法，但由于老歌手的感情爱憎是以自觉的明确的阶级观点为思想灵魂，所以这种传统表现手法也就得到光辉的发展而带有了新的创作方法的特色。它使得老歌手能更好地运用大胆而又恰切的夸张和想象来深入揭示生活现象的本质特点，能更好地选择最典型的细节和特征来活画出艺术形象的生动面貌，能更好地创造最准确、鲜明的比喻来突出典型人物的美或丑。

对玉坎大妈的儿子——勤劳、勇敢、能耕善猎的小勐邦，歌手是这样来赞美他的：

> 寨子里的姑娘，
>
> 只要听到雀鸟歌唱，
>
> 就会把小勐邦思念，
>
> 只要听到马铃响，
>
> 就站在晒台上把他盼望；
>
> 谁要看见了小勐邦啊，
>
> 孔雀的羽翎再也不稀罕，
>
> 谁要看见小勐邦呵，
>
> 梦里笑声也会把竹楼震荡。

对"粉团花一样的玉香"，歌手也以最动人的诗句来称颂她的勤劳美丽和心灵手巧：

> 玉香织的布匹呵，
>
> 比芭蕉叶子还柔软；
>
> 玉香绣的花朵呵，
>
> 引得蜜蜂飞转；
>
> 玉香种的田地呵，
>
> 稻谷一年三次黄。

但写到领主、头人和他们的狗腿子，歌手的感情和语言就完全不同了，当那像"魔鬼"、"饿狼"和"毒蛇般"的波朗想强占玉香，而在勇敢坚贞的玉香面前碰了一鼻子灰回去后，歌手只用短短的几行诗就勾勒出了他周围那群头人、狗腿

子的奴才相:

> 一群头人像猎狗,
>
> 在他面前齐跪下:
>
> "我们的召呵,
>
> 什么魔鬼惹怒了你,
>
> 使你气歪了嘴巴?"
>
> 叭罕是只狡猾的狐狸,
>
> 谄笑着抬头说道:
>
> "我们的召呵,
>
> 平息你的怒火吧,
>
> 请相信我这只笨乌鸦,
>
> 能够解开你心上的疙瘩。"

这群奴颜婢膝的头人和自称为"笨乌鸦"向主人献媚的叭罕被勾画得多么活灵活现呵!这是一幅多么生动逼真的漫画!——这里起作用的,是对生活的敏锐观察,是对事物的深入理解,是高度的语言艺术修养,同时也正是一种新的艺术手法——一种可以帮助作者更好地提炼、概括和表现生活的艺术手法。《彩虹》中出现许多人物,有些人物作者着笔不多,有的甚至只在诗篇的开头出现一下后就死了(如小勐邦),但都不同程度地给我们留下比较生动难忘的印象,这是和作者较好地运用了这种艺术手法分不开的。

四

好花开放,需要阳光照耀,也需要园丁浇灌。

党是太阳,也是园丁。我们社会主义文艺园地里每一朵鲜美的花,都是在党的热情关怀和精心栽培下开放出来的。

老歌手波玉温在完成了长诗《彩虹》之后,十分激动地说:"没有党,就没有我,就没有我的一切,这话我说过许多遍,但今天还要说,将来还要说,要叫子孙万代都晓得这一点!"

　　康朗甩和康朗英也多次说过这样的话，每一次说都使人感到那么亲切、新鲜，那样诚挚和激动人心。这是歌手们的肺腑之言，也是事实。

　　党不但从各方面关心歌手们的生活、思想和创作，而且每当歌手们要写一部重要作品，党都给予最热情的鼓励、支持和具体帮助。不论是《流沙河之歌》、《傣家人之歌》或《彩虹》，都是在党的无微不至的关怀下经过多次修改才完成的。领导派专人帮助歌手，在充分尊重歌手的创作个性和艺术气质的前提下，在创作和修改过程中，不断给歌手们以思想上的启发和具体帮助，以毛泽东思想引导歌手们更深入地理解生活，引导歌手们努力尝试着运用革命现实主义和革命浪漫主义相结合的艺术方法来反映生活。三个傣族歌手的创作天才和艺术智慧，就是这样在毛泽东思想光辉的照耀下开始美丽地发挥出来的。

　　当然三个歌手还正在成长，在党和人民的要求面前，在伟大的时代任务面前，他们同样面临着如何进一步提高思想艺术水平的问题。而且这个问题的解决应该说还是比较迫切的。

　　就拿《流沙河之歌》、《傣家人之歌》和《彩虹》来看，尽管我们在前面充分肯定了它们的可喜成就，但三部长诗也还存在着这样那样的缺点。《流沙河之歌》如果通过人物形象的塑造来反映傣家人的过去和现在，当然就可能比现在更深刻动人、思想性更高、艺术力量更强大。《傣家人之歌》虽然以充沛的政治热情、别出心裁的艺术结构和丰富多彩的生活内容，获得了比较强烈迷人的思想艺术力量，但长诗的各个章节并不是同样地内容充实和意境新颖优美，写土地改革后的傣族农村生活还不是那样丰富和细致，未能站得更高、看得更深，热情有余而诗意不足的空泛的诗行还是可以找到。《彩虹》在塑造玉坎大妈这一形象上达到了值得注意的典型高度，但写新的生活不及写旧的生活那样动人；解放军班长刘春写得比较概念；玉香最初和读者见面时，是一个活泼、可爱、温柔多情而又有反抗性的傣族少女，歌手对她的生活和心灵是那么熟悉，写得那样活灵活现，但后来成为了"傣族第一个女乡长"的玉香，就远不够鲜明丰满，看得出老歌手对当代新人的成长及其生活思想风貌还不够熟悉和了解，因而写起来不是那样得心应手；在艺术上，有些诗行也还提炼和推敲得不够。这些，都不能不影响到作品的思想艺术质量，使得作品未能达到更巨大的思想深度和艺术高度。

另外，在语言上甚至某些艺术处理和构思上，三个歌手的创作也还有着互相影响的痕迹，有的诗句互相重复，有的比喻彼此相似，这种情况作为同一个民族的歌手也许是难免的，但也说明歌手们还不是那样经常有意识地、十分刻苦地努力发挥个人的艺术独创性。

怎样才能克服这些缺点，写得更新更美、更深更高呢？

"欲穷千里目，更上一层楼"，首先歌手们还是应当加强学习马克思列宁主义、毛泽东思想和党的政策。先要正确地理解了生活，才能出色地反映生活。先要站得高看得深，才能写得高写得深。文艺作品中反映出来的生活"应该比普通的实际生活更高，更强烈，更有集中性，更典型，更理想，因此就更带普遍性"。（毛泽东：《在延安文艺座谈会上的讲话》）这是革命现实主义和革命浪漫主义相结合的艺术方法的主要要求，也就是我们社会主义文学艺术的根本要求。要达到这个要求，要写出更高、更理想、更带普遍性的深刻典型，歌手们就必须进一步提高自己的艺术概括能力，而艺术概括能力的提高必需是以作家思想水平的提高和对生活的深刻理解为前提的。三部长诗所以达到较高的思想艺术水平，是和三个歌手在党的教育下逐渐克服了种种迷信落后的思想和某些非无产阶级意识，从而开始运用革命的观点、开始努力从党的政策思想高度来观察和表现生活分不开的。但另一方面，三部长诗的不足之处，也正好反映了歌手们的思想水平还不是很高，对生活的理解和概括还不是很深刻。

当然，努力学习毛泽东思想和党的政策不应该和进一步深入生活分开。只有在生活中，和生活实际联系起来，才能正确领会党的政策和毛泽东思想，反过来，也才能更好地深入生活，更好地体察、研究、理解和反映生活。毛主席教导我们：

中国的革命的文学家艺术家，有出息的文学家艺术家，必须到群众中去，必须长期地无条件地全心全意地到工农兵群众中去，到火热的斗争中去，到唯一的最广大最丰富的源泉中去，观察、体验、研究、分析一切人，一切阶级，一切群众，一切生动的生活形式和斗争形式，一切文学和艺术的原始材料，然后才有可能进入创作过程。

——《在延安文艺座谈会上的讲话》

这段话应该看做是革命现实主义和革命浪漫主义相结合的艺术方法的前提和基础。民间歌手们的最大优点是一直生活在群众中，和群众在一起，但在他们身上也同样存在着继续深入生活的问题，这不但由于生活是永远不停地前进和发展的，也因为在生活中不一定就能真正全面地熟悉生活，更不一定就能深刻地理解生活的来龙去脉及其全部丰富性、复杂性和多样性。三部长诗的主要不足之处，正好暴露了歌手们还不是那样全面地熟悉生活和深刻地懂得生活，特别是新的生活。所以我们说，三位歌手要进一步提高作品的质量，要更好地创造性地得心应手地运用新的艺术方法，首要的关键，还是进一步提高思想水平和进一步深入生活，进一步自觉地去"观察、体验、研究、分析一切人，一切阶级，一切群众，一切生动的生活形式和斗争形式"。

另外，艺术技巧的提高当然也十分重要，不能忽视。从三部长诗看，三个歌手在继承和发扬本民族诗歌艺术的优秀传统方面，成绩是显著的，但和千百年来流传下来的那些最优秀最成熟的傣族民间叙事长诗比较起来，三部长诗在语言的精练方面，还显得不够，在技巧和手法的多样方面，以及在各种人物形象的塑造方面都还不能说已经全面超过了过去的作品。这就是说，歌手们还必须进一步有意识地全面吸取自己民族文艺遗产中的一切好的部分。三个歌手对本民族的文艺遗产和诗歌传统是熟悉的，波玉温和康朗甩据说都能背诵数十部傣族古典的或民间的长诗，但更好地去认真研究学习自己民族的文学传统，从而有意识地全面地批判继承，吸取和发扬其中一切有益的成分，则还做得不够，还应该作更大的努力，付出更艰苦的劳动。

与此同时，歌手们还应当努力学习汉族和其他民族的东西，学习汉族以及其他民族的文学艺术的优秀传统，学习汉族和其他民族的作家诗人们怎样以无限多样的形式风格和技巧从多方面深刻反映我们的时代。当然，也还应注意向外国各民族的优秀的文学艺术作品学习。只有这样，才能更好地提高自己的艺术修养和表现技巧，才能进一步丰富自己民族的文学语言和充分发挥民族的艺术独创性,从而也才能在具备高度的思想水平和深厚的生活基础的前提下,创作出革命的政治内容和尽可能完美的民族艺术形式相结合的作品。

　　生活在前进,时代在召唤,我们期待着三位歌手获得更大的成就,唱出更多更好、更加动人心魄的颂歌来!

1961 年 6 月,昆明

喜读傣族歌手康朗英的《流沙河之歌》

朱　天

史料解读

　　史料原载《读书》1962 年第 2 期。该文是对《流沙河之歌》的评论文章。《流沙河之歌》是 1958 年康朗英参加建设流沙河水坝后所创作的作品。这部作品不仅具有浓厚的神话色彩，还向读者展示了傣族人民在新生活中的狂欢之景。虽然作品里某些部分的诗句艺术技巧还不够高超，但其思想内容十分可贵。这部作品出版以后，受到了傣族人民的强烈认可。很多村寨将《流沙河之歌》刻在"贝叶经"上保存起来，作品片段更是被选入西双版纳编的小学课本中，《中国当代文学史稿》等也将其视为本时期的优秀作品。该文还指出对民间文学既要继承，又要革新。

原文

　　傣族是能歌善舞的民族。傣族文学艺术有着自己的深厚的传统和丰富的遗产。老歌手康朗英，出身贫农，同时又是个还俗的佛爷；他熟悉傣族的文学传统，受到传统文学的熏陶和滋养；他爱唱《召树屯》和爱讲"喃朋班"之类的唱本和故事，也编唱优美的爱情之歌，同时又编过许多描写赕佛的豪华盛况的"沙拉帅"，还被迫在土司面前唱言不由衷的祝福之歌；贫困劳累的生活，使他对劳动和劳动人民怀着真切的爱，对国民党、封建领主有着深沉的恨，而十五年的佛寺生活，又使他受到佛教思想较深的影响。

　　康朗英参加了流沙河水坝的建设,新的社会,新的生活,新的思想情感,使康朗英创作了《流沙河之歌》,正如他在几句引诗中唱的:"我要唱流沙河的过去和现在,我要唱往日的苦难和今朝的欢乐。"(引诗没有分行,下同——作者)这就决定了这首长诗的新的内容和新的形式。它继承了傣族的文学传统,也突破和发展了傣族的文学传统;"是第一部用巨大的幅页,和高度的政治热情,表现了傣族人民现实生活的长诗。"(《康朗英和他的长诗〈流沙河之歌〉》)

　　长诗共九章。第一章用神话传统故事,叙述流沙河的由来,歌颂英雄召底米射杀魔鬼的斗争,可以看成是全诗的"序诗",有着象征的色彩。第二、三章描写流沙河的过去,控诉了水、旱、"召法"(掌管人民幸福的神)、领主、官家带给人民的灾难和压迫。第四至第八章歌唱流沙河水库的建设劳动。第九章是对比过去和现在的变化,从感激共产党毛主席的领导,展望幸福、更幸福的未来。这一部诗的内容,有着巨大的概括,而结构也是相当地完整的。尤其可贵的是作者热情洋溢地用优美的诗句歌颂社会主义建设劳动;崭新的、先进的思想情感,发出闪烁的光采。康朗英是个还俗的佛爷,然而在这部诗里他唱出了"过去,领主和魔鬼是一家,他们一起压榨我们;我们怕见魔鬼,就象怕见领主一样。"唱出了"召法(神)没有良心,根本不可怜穷人。"也许,这些诗句从艺术技巧来看,还不算怎样的精炼、形象,然而,这样的诗句出现在一个还俗的佛爷的口中,不能不认为是作者的思想经历了(或正在经历)深刻的革命的反映,这是十分难能可贵的。在第七章,作者歌唱欢乐的泼水节,反映了傣族人民的新的生活和新的思想感情,反映了这个民族的节日的新的内容和新的意义:"这是洁净的水,祝福你们身体健康,愿水洗去你们的疲劳,让红旗飘扬在你们头上!"真是刚健清新。同一章里,作者这样描写傣族的著名的舞蹈:"随着一阵鼓声和掌声,一对傣族姑娘跑出人群,在草场上跳起孔雀舞,扇一扇翅膀,摆一摆翎羽,仿佛是真的孔雀,从森林里飞了出来,在一个美丽的水库里洗澡,人们看着看着,就象草场上起伏着绿色的水波……"形式和内容达到了高度的统一,而且显然看得出作者对民族艺术的深厚感情。

　　发掘和继承民族民间文学艺术的传统,有着头等重要的意义,然而这仅是一个方面,更重要的一个方面是在继承传统的基础上创造和革新。《流沙河之歌》可以看成是新的开始,因此,也许《流沙河之歌》的第一章,描写召底米战胜魔鬼的神话,在艺术上似乎更生动、更完整些;然而更值得重视的,应该说是在第四章以后歌颂新的劳动、新的生活和新的思想感情的那些诗句。

（本文有删节）

傣族文学繁荣发展的十年

陈贵培

史料解读

史料原载《中国民族》1963 年第 1 期。该文论述了傣族文学繁荣发展的十年间，党和诗人们所做出的努力和取得的成就。新中国成立以后，随着国家对民族文学的重视，傣族传统文化也得到发掘和保护，傣族诗歌重新焕发生机。党精心培养出了许多优秀的傣族诗人，如康朗甩、康朗英、岩敦等人。这些诗人创作出了无数歌颂党和祖国、歌颂毛主席的诗篇，响亮地唱出傣族人民解放后的新生活。该文对十年来傣族诗歌艺术方面的特点和成绩的评价分析仍显欠缺。

原文

居住在祖国西南边疆西双版纳地区的傣族，是具有悠久历史文化传统的民族。傣族人民智慧的祖先，曾经用自己辛勤的双手，在茫茫的森林里采集翠绿的棕叶，把许多民间的故事传说刻在上面，留传给自己民族的后代。据说，在自治州有些佛寺里，收藏着由民间故事组成的叙事长诗有八万四千册之多。这些诗篇一般语言优美，情节动人，有的真实地反映了傣族人民的风俗习尚和生活面貌，反映了傣族人民善良纯朴的品质。几千年来，它象澜沧江边耀眼的宝石，为自己民族所珍爱、传颂。

但是，傣族人民过去在国民党匪帮和本民族封建领主的反动统治下，他们悠久的历史文化传统不仅得不到发扬，而且被反动统治阶级任意阉割篡改，利用来为巩固其反动统治服务，受到极大的摧残。在那些苦难的岁月中，傣族人民的多少歌手被迫停止歌唱，多少具有创作才能的康朗（学者）被迫丢下笔杆。所以在解放前半个世纪，在傣族广大的村寨里，除了出现一些短歌之外，叙事的诗篇几乎绝迹了。

1950 年春天，革命战争的风暴扫除了笼罩在西双版纳上空的乌云，党和毛主席的灿烂阳光照亮了澜沧江。伴随着傣族人民的翻身解放，傣族悠久的历史文化传统从此也获得了生机。自治州成立后，党委宣传部门认真贯彻党的百花齐放、百家争鸣和推陈出新的文艺方针，大力促进傣族文学的繁荣与发展。仅1958 年 10 月至 12 月，文艺工作者在州内对民族民间文学广泛深入调查的结果，就收集了傣族文学资料一万多份，发掘出优秀的叙事诗四十多部。这些叙事诗经过翻译整理，剔除了混杂其间的封建糟粕，使其重放光彩。长诗中的《召树屯》《嘎龙》《松帕敏与嘎西娜》《葫芦信》《朗鲸布》《娥并与桑洛》等出版后，受到了广大读者的好评称赞。部分作品并已译成外文，流传国外，丰富了世界文学宝库。

在发掘整理传统文学的同时，自治州各级党委及作协昆明分会还派专人帮助傣族歌手们开展创作活动，使广大歌手能运用诗歌这一传统的形式，更好地表达对党和毛主席的热爱，对现实生活的歌颂，对美好未来的向往。

十年来，傣族歌手们以其对旧社会的无比憎恨，对现实生活的无比热爱，辛勤地写下了许多反映傣族地区民主革命和社会主义革命、社会主义建设成就的、具有民族特色的长短诗篇。其中，已汉译出版的长诗有：老歌手康朗甩的《从森林里眺望北京》（中国青年出版社）和《傣家人之歌》（上海文艺出版社），康朗英的《流沙河之歌》（作家出版社），波玉温的《彩虹》（上海文艺出版社），波玉温、康朗英、康朗甩的《三个歌手唱北京》合集（作家出版社），青年歌手岩棚的《玉娥的新衣》（《边疆文艺》1960 年 6 月号）等。即将出版的有康朗甩的《托彩霞寄歌声》和《澜沧江边的故事》。尚在翻译整理中的还有：老歌手岩敦曼载以亲身参加过的农民反封建领主召勐腊斗争为题材的《歌手的歌》，康朗井的以岩拉舍己为人、牺牲自己生命为题材的《岩拉之歌》，康朗糯的以一个时刻为群众利益着想的党支书为题材的《我们支书》，岩英邦的以兴修南览河水坝为题材的《欢腾的南览河》，康朗香贡的以佤佤山的变化为题材的《阿瓦的春天》等。这些长诗，继承和发展了傣族文学的优秀传统，反映了傣族人民在党的领导下进行现实斗争的伟大风貌。因此，已出版的长诗受到了广大读者的赞许和欢迎。《傣家人之歌》曾被誉为"傣族的新史诗"，《流沙河之歌》被誉为"一朵又香又美的花"，而《彩虹》，则被称为傣族人民解放后第一部有故事情节人物的叙事长诗。这些作品的出现，都有力地说明了傣族人民在党的领导下，傣族文学正在大踏步地迈进，是万分令人可喜的。

正当我们检阅傣族文学十年来取得了如此优越的成绩的时候，就不能不使人想起傣族歌手们过去的悲惨生活，更不能不谈谈党对他们的教育培养。

著名的歌手康朗甩、康朗英、岩敦、康朗井、岩英邦等，都是出身于过去傣族社会中最低贱的雇农阶层。尽管他们善于歌唱和具有创作才能，并且为劳动人民所热爱，但在吃人的旧制度下，一直处于被奴役和被压迫的地位，没有独立的人格。荒淫无耻的封建领主"召片林"（直译为大地主的儿子），无论是在豪华的宫廷里寻欢作乐的夜晚，或是婚丧喜庆和狩猎归来的时候，都要把歌手召去歌唱。尤其是当歌手被选为"赞哈勐"（歌手的指挥）以后，更是不能抗命，如果不去，就会遭受坐牢和杀身之祸。当时，只是由于劳动人民对歌手们的喜爱和鼓舞，才使他们坚持了歌手这条辛酸的道路。

那时候，歌手们虽然也在村寨苦难的人群中，唱出了许多诅咒旧社会、对神祈福的悲歌，用歌声诉说了百姓的疾苦、灾难和愤懑之情，有时，也唱一些男女青年爱情生活的情歌，但是，由于他们认识不到阶级压迫的根源，认识问题受到一定的局限性，所以歌的调子都是低沉的，缺乏明朗的战斗性。

解放后，歌手们站起来了。他们以主人翁的态度，在自己的土地上积极地参加劳动（如康朗甩、岩英邦多次被评为生产模范，一直是生产队里的能手），积极地歌唱新的生活。但是，作为一个人民的歌手，最光荣最崇高的任务，是要用自己的歌来为工农兵服务，为革命斗争服务，为社会主义和共产主义建设服务。

而要做到这一点，首先要求歌手本人建立起革命的世界观，不断地改造和提高自己。在西双版纳地区这些具有创作才能的歌手们，虽然大都出身于劳动人民，一直未脱离劳动生产，有着劳动人民的许多优良品质，但在过去全民信奉佛教的封建迷信统治下，宿命论和唯心主义思想也深深影响着他们。过去歌手最怕违反教义，得罪鬼神，因此在创作上虽也写了人物，但是这个人物必然受着鬼神的支配，象木头人一样没有意志，软绵绵的，甚至有的歌手根本不敢写人物，只写一些短小的情歌。

各级党委为了帮助歌手们不断提高阶级觉悟和政治思想水平，帮助他们打开思想上的枷锁，经常对他们进行阶级教育，讲解过去所以受压迫和各民族间所以互相歧视以至仇杀的社会根源；经常给他们讲解党的各项政策，吸收他们参加县及自治州的一些会议，并且给他们许多机会，参加到与大自然作斗争的群众行列中去锻炼。经过这一系列的教育，歌手们过去被鬼神深深锁住了的思想，才逐渐启开，觉悟逐渐提高。在这个基础上，他们敢于向叭英（最高天神）、向水鬼、向山神、向病魔宣战，写下了许多向大自然作斗争的战歌。应该说，这是歌手们受到党的教育后思想上的一大进步。

特别是"大跃进"的号角传进傣族村寨后，西双版纳的面貌发生了巨大的变化。许多新奇的工厂在傣家世代居住的森林里诞生了，汹涌无比的急流被傣族人民第一次驯服了，无数激动人心的新鲜事物涌现出来了。现实生活的这种急剧变化，给予了歌手们更为深刻的教育和鼓舞。当时，多少歌手都这样说："假若我们不能把这些千年万载从未有过的变化用诗歌的语言写下来，留传给后代子孙，我们做鬼也会含羞。"

是的，在沸腾的社会主义建设事业中，歌手们激动的心情是无法平静下来的。所以当伟大的中华人民共和国建国十周年来临的时候，老歌手康朗甩、康朗英和其他歌手，都以自己辛勤的劳作，向党和毛主席献出了概括性较高的、具有社会主义思想内容的《傣家人之歌》和《流沙河之歌》等长诗。但歌手们并不以此而满足。经过 1960 年 3 月在作协昆明分会、9 月在思茅地委宣传部学习了毛主席文艺思想和交流创作经验以后，许多歌手表示决心和制订计划，要创作出有人物、有故事情节的、无愧于我们这个伟大时代的优秀作品。现在,歌手们正朝着这个目标,努力以赴。波玉温写出的长诗《彩虹》,岩棚的《玉娥的新衣》,康朗甩《澜沧江边的故事》,康朗英的《一块包头》,康朗香贡的《阿瓦的春天》,岩敦曼载的《歌手的歌》等,就都是第一批诞生的作品。这些有人物和完整故事情节的诗篇,情景交融,诗意盎然,是一幅幅反映现实生活的巨大画卷,在傣族地区来说,几乎是半个世纪以来第一次出现的产物,也是在党的阳光雨露下,培育出来的第一批鲜艳的花朵。

歌手们现在正在党的无微不至的关怀与教导下,沿着党和毛主席的文艺方向不断前进。歌手中波玉温、康朗甩、康朗英、康朗井、康朗糯、岩英邦、波汪香等,都已被选为州人民代表。有的还多次到过首都出席文艺界的一些重要会议,思想上得到了进一步的提高,他们每次带着党的许多宝贵指示回来,把它化为行动,更积极地投身到创作和生产劳动中去,争取思想、创作的更大丰收。

傣族人民创作叙事诗篇的歌手,半个世纪虽然在昏睡中过去,但今天已经在伟大的共产党领导下苏醒过来了。在祖国波澜壮阔的社会主义建设事业中,歌手们要遥对依高(首都),把每一滴澜沧江水化为激动人心的诗行,来歌颂共产党,歌颂毛主席。他们深信,傣族人民祖先留下的棋叶经卷中找不到的优美动人的诗篇,将在这个伟大的百花齐放的时代里大量地涌现出来。

1962 年 12 月于昆明

(本文有删节)

《三个傣族歌手唱北京》前记

陈贵培

史料解读

　　《三个傣族歌手唱北京》是傣族民间歌手波玉温、康朗英、康朗甩在新中国成立后创作的新民歌的合集，1960 年由作家出版社出版。当时在昆明市委文艺工作团和中国作家协会昆明分会民族民间文学翻译委员会工作的陈贵培为这本诗集撰写了前记。诚如作者所言，党的民族政策照亮了边疆各族人民的心，使他们看见了自己的光辉灿烂的前途；赞哈受到极大的鼓舞，他们热情昂扬地唱出了傣族人民对于共产党和毛主席真诚的感激，歌颂了自己民族的新生活。三位诗人分别参加了国家重大活动，回到边疆后，以十分激动的心情创作了一大批歌颂党和祖国的诗篇，从这些诗篇中我们能够感受到那个时代边疆民族诗人真挚、真诚的情感。该文也指出，这些诗篇也是献给祖国和其他兄弟民族的。

原文

　　居住在祖国边疆的傣族人民，每当傍晚从田里回到村寨的时候，总喜欢围着自己民族的赞哈（歌手），听他们用歌词朗诵优美的民间故事。过去在土地上浸满着自己民族血泪的年代里，傣族人民往往借听歌来解脱自己内心的苦闷，并且把美好的愿望寄托在这些歌声里，所以听赞哈的歌唱成了社会风习。这些能够带给人们心灵以艺术感受的赞哈，散布在西双版纳傣族村寨里的，就有一千三百多人，他们一直受到傣族人民的敬爱。在这一千三百多个赞哈中，为人们最热爱和最熟悉的，恐怕要推负有盛誉的老歌手波玉温、康朗英、康朗甩三人了。

全国解放以后，党的民族政策照亮了边疆各族人民的心，使他们看见自己的光辉灿烂的前途；赞哈受到极大的鼓舞，他们热情昂扬地唱出了傣族人民对于共产党和毛主席真诚的感激，歌颂了自己民族的新生活。他们的创作活动受到党和政府的关怀，特别是在一九五八年，康朗甩曾出席全国民间文学工作者代表大会，波玉温出席全国曲艺工作者代表会议，康朗英代表云南省文艺工作者参加了庆祝建国十周年的观礼，他们看到了伟大祖国辽阔的疆土，看到了六亿颗跳动的心脏向往着的北京，看到祖国的太阳、各族人民敬爱的恩人毛泽东主席及党中央的领导同志。这些，都给了他们极大的鼓舞，使他们创作的热情更加高涨了，他们回到边疆后，立刻把这些感受化成自己衷心向党向毛主席歌颂的诗篇，这些诗表达了广大傣族人民的愿望。选择在这个诗集里的，主要是这三位歌手在一九五八年从北京归来后的创作，这些诗篇绝大部分都曾在《诗刊》、《边疆文艺》、《民族团结》、《人民日报》上刊载过。为了进一步帮助读者听到这些出自傣族人民肺腑的声音，特此把它们收集起来，编成这本诗集，献给伟大祖国大家庭里的兄弟姊妹们。

陈贵培

1959 年 12 月于西双版纳允景洪城

（本文有删节）

第八辑

土家族诗歌

本辑概述

　　本辑共收录 4 篇史料，收录了蔻洱星、宋垒、洋韬的 4 篇评论。这些文献分别发表在《长江日报》《诗刊》《西藏文艺》等报刊上。在 20 世纪 40 年代末至 70 年代的土家族诗歌研究中，皆是对土家族诗人汪承栋及其作品的评析。

　　汪承栋出生于湖南，而后扎根于西藏。西藏的雪山草原使诗人迸发了创作灵感，诗情潮涌，创作了大量诗作。蔻洱星在《朴实的、挚情的诗——读诗集〈从五指山到天山〉》一文中对汪承栋的作品给出了中肯的评价，认为诗歌感情真挚、语言素洁。在爱情主题上，作者认为诗人下笔还不够细腻，但同时也肯定了诗人的多角度创作。

　　宋垒在《叙事诗的人物和立意——评汪承栋的叙事诗创作》中着重对汪承栋的叙事诗展开了评析，认为诗人在叙事诗创作上有显著的成就，作者认为这和诗人的亲身经历与创作基础有关。诗人在 1958 年和 1959 年西藏民主改革中，亲身投入斗争中，有最真实的生活感受。作者对诗人叙事诗中的人物处理和故事情节进行了仔细分析，对诗人优秀的叙事诗和还有待完善的作品都做了评论。

　　在《一首好诗》中，宋垒对《拉萨河的性格》进行了评论。作者认为这部作品突破了诗歌创作的窠臼，整首诗短小精练且有力量，立意深远、构思新颖，是一部让读者印象深刻的作品。

　　洋韬在《浅谈汪承栋同志长诗〈雪山风暴〉》中认为社会主义的诗歌创作最重要的问题在于，如何基于当下时代的高度，把主题思想精练和深化，将人物形象塑造得更好更真实。而诗人的叙事长诗《雪山风暴》在这一点上做得很好。

从本辑文献可以看出,从新中国成立至 20 世纪 80 年代,对土家族诗歌研究较少,特别是对中国其他地区的土家族诗人及作品的研究还尚有欠缺。当然,汪承栋虽扎根于西藏,创作的作品大部分与西藏有关,但诗人的骨子里还保留有土家族的民族文化基因。这 4 篇对汪承栋及其作品的评析具有代表性。

同时,汪承栋的视野非常开阔,边疆许多民族形象、民族生活都出现在他的诗中。这一点,在少数民族诗人中较为少见。

朴实的、挚情的诗

——读诗集《从五指山到天山》

蔻洱星

史料解读

史料原载 1957 年 1 月 15 日《长江日报》，是对诗集《从五指山到天山》的评论。汪承栋的第一部诗集《从五指山到天山》描绘了五指山下和天山南北的人民的生活和革命斗争，诗人从熟悉的边疆生活出发，表现边疆少数民族对党、对新生活直率质朴的情感。诗集的不足之处在于部分诗歌语言稍显粗糙，不够精练。

原文

我一口气读完了汪承栋的第一个诗集《从五指山到天山》。这是一个热情的小伙子对祖国美丽边疆激情的赞颂。

在内地的人，很向往祖国富饶美妙的边疆，很想知道天山南北的变化，很想听听五指山下的建设的音响，而边疆的人民也很希望在文学作品中、在诗歌中能听到自己的歌声、自己的欢笑和自己的心的跳动。诗集《从五指山到天山》多少给了我们一些满足，我们看到了黎族老大娘怎样挥着感激的眼泪"把儿子交给敬爱的毛主席"，我们看到了黎族小伙子怎样陪送汉族干部"投向夜色苍茫的原野中……"，我们看到了"原是一片芦苇和草莽"的地方出现了石河子新城在闪烁着"绚丽的霞光"，我们看到了在天山下描"画自己的理想"描"画明天的图样"的"一个牧民的孩子"和把毛主席的讲话"送到每一个帐篷里边"把姑娘的信件带来给年轻的小伙子的"草原上的乡邮员"……这些朴实的诗把我们的心带到了边疆、带到了五指山下和天山南北的人民的生活中、情绪中……而我们的许多兄弟民族的同胞，他们的生活起了根本的变化。他们的鼓"曾经发出恐怖的声音，沉睡的夜鸟也惊飞出林；""曾经发出愤怒的呼吼，像台风震撼着荒山老林；它召唤来数不清的复仇的火把，它聚结过漫山遍野的呐喊的人群……"可是今天它不再聚集悲愤和仇恨，今天它"响得格外动听"，它响着激动的欢乐的声音："为了欢迎来自大陆的远客，它请你们倾听黎族人民的心声。"友谊，最真挚最深沉的友谊，成为我们社会里人与人之间和民族与民族之间的关系的普遍特征；这在边疆是特别容易感觉到的，而青年作者汪承栋也就用他的许多诗篇表达了这一崇高的主题：

> 盛好的白饭香气扑鼻，
>
> 不用你动手端上桌去，
>
> 该坐下你就坐下吧，
>
> 这是黎族待客的规矩。
>
> 当用大娘递给你藤制的小凳，
>
> 当孩子把刚摘下的椰子捧给你，
>
> 请用一颗热情的心把它收下，
>
> 这深情厚意没有话能够翻译。

这友谊是纯朴的，真诚的，深挚的；这诗句是朴实的，纯净的，明朗的。作者在生活经验的基础上，从真情实感出发，抓住了黎族人民的直率的朴实的感情特征，用素洁的语言很好地表达了"友谊"这一主题。像"再见吧，婀娜"，更由于构思的新颖、感情的典型和深刻，是一首激动人心的应该说是出色的诗。

汪承栋也接触到爱情的主题，这是值得注意的。爱情是人民生活中一个重要方面，是人民感情中一个无限丰富复杂和生动的方面，从爱情的恩怨苦乐可以看出人民生活的变化，从对待爱情的态度可以看出人的思想品质、个性和人格，汪承栋写了《请你不要性急》《采桑姑娘》和《叫我这一夜怎能合上眼》等诗，虽然数量还很少，整个说来也写得不够细腻和深刻，但作者注意了这一方面，而且企图从不同角度来抒写边疆人民的爱情，这尝试是值得肯定的。《采桑姑娘》和《请你不要性急》都表现了人们的新的爱情和生活的变化；特别是《叫我这一夜怎能合上眼》，作者相当细致地富有特色地抒写了一个维吾尔族姑娘的初恋的心情：她悄悄地爱上一个维吾尔青年，这个青年是有名的骑手，后来当了司机，他的汽车每天都经过她的门前，可是她一直没有机会表达自己的爱：

有时你开车快如风，

我想召唤你难听见；

有时你停车太凑巧，

乡亲们早已围上前。

今夜我怕你着凉，

想给你盖件"夹袄"，

又怕惊动屋后的猎犬，

又怕多嘴的妈妈看见。

我只好悄悄靠在门边，

把千言万语藏在心间；

月光下你倒是睡得真甜，

叫我这一夜怎能合上眼。

这些诗都说明作者是比较熟悉他所写的生活的，而且也有了一定的艺术素养。当然,像许多青年作者的诗一样,汪承栋的这一本诗集中也有写得比较粗糙或浮浅的,有些诗语言不够简洁精练;有些诗句则是由于作者片面追求押韵而显得比生硬扭口,有损于诗的朴素和自然。我们希望作者更好的向生活学习,向民歌学习,向大师们学习,写出更多更好的歌唱边疆的诗来。

1956 年 11 月 28 日于昆明

一首好诗

宋　垒

史料原载《诗刊》1963 年第 7 期。汪承栋扎根于中国西南边陲，长期与藏族同胞相处。藏族人民的朴实、勇敢、善良深深感染了他。于是诗人创作出了一首西藏人民的赞歌——《拉萨河的性格》。拉萨河与西藏人民息息相关，在藏族人民心中，这是一条具有生命的河。而在诗里，拉萨河不仅是活生生的形象，而且具有感情和性格。这一性格，是中国人民的性格。该文指出，《拉萨河的性格》在构思、立意、语言形式上，都有独到之处。

原文

歌唱一条江河，先写沿岸人民深重的历史苦难，再写翻身后的欢乐，再写未来的憧憬；或者，先写解放后建设的壮观，再回忆过去，展望将来……这些写法，已经司空见惯了。土家族青年诗人汪承栋的《拉萨河的性格》（见《诗刊》六三年第一期），突破了一般的套子，不作"纵断面"的叙述，只作"横断面"的抒情，写得凝练集中，简短有力，这是作者在构思上的创新。这首诗的更为突出之处，是立意深远，有较高的艺术概括。它不仅在写拉萨河——

我欢歌接待邻邦朋友

"远方的客人请你留下。"

……

我愿溢出全部豪爽，

浇灌友谊的奇葩。

但谁敢欺我善良温柔，

风云变化我变化；

万柱波峰举尖刀，

千座浪山会爆炸；

谁敢夺我河中水，

谁敢套我铁锁枷，

且看湍急的漩涡，

就是铁硬的回答！

热爱和平，热爱友谊，但又不畏强敌，不可轻侮，豪爽而威严，温厚善良而又坚不可摧……这是拉萨河的性格吗？这是中国人民的性格！一首短诗，叙说了多少人心中的话！这是一首抒时代之情、言人民之志的好诗！

值得注意的，这首诗虽然不仅写拉萨河，从文字上看，它又只是在写拉萨河；这种写法，是很好地承继了我国传统诗歌的某些经验的。李商隐的"春蚕到死丝方尽，蜡炬成灰泪始干"，并不直接写人，却更深刻地透露了恋人至死不移的心情。在民歌中，这样的表现手法也很多。

如果要把《拉萨河的性格》严格地划进哪一种诗体，是困难的。它有些地方象民歌体，有些地方象新诗，有些地方又象旧体诗词，全诗却糅合得很自然，很少给人牵强的感觉。这是因为，作者不是按照固定的体裁和格律来写诗，而是根据内容的需要来提炼语言，建立诗节和诗行。"我爱新生的土地，——羊群漫草坝，金麦伴红荞，春风追骏马；流不完的诗和画。我恋和平的村庄，——炊烟舞云纱，牧笛招山歌，笑语缠情话；泻不尽的锦和霞。"五言和七言诗行的交错，形成节奏上轻捷的跳跃，与内容相适应地传达出一种轻快欢愉的情绪，即使不分行写，也可感受得出来的。接下去，"黄河长江是我的姐妹，祖国土地是我的家……"节奏放慢了，用了稍为长一点的句子，很恰当地传达出风和日暖、一片和平繁盛景象中婉转悠徐的牧歌声。"风云变化我变化"以后的结尾，决绝有力，节奏突然加快，又用了七言民歌体，有如狂风暴雨中怒拍云天的惊涛骇浪声，爆发出无限愤慨，表达出坚强的民族意志。

不同格式的诗行，在全诗中糅合得很自然，还有一个原因是，几乎所有诗行的最后都是双音词：阿爸、阿妈、悬崖、深峡、浪花、土地、草坝、红荞、骏马……也有助于不同格式的诗行在全诗中的统一。这首诗中大部分是五七言的诗行，又是大部分以双音词结尾，看来五七言诗对双音词的运用并没有绝对的局限性，全看对语言是否熟悉，和运用的是否得心应手。《拉萨河的性格》一诗除炼意精到外，在字句的锻炼上花了很大功夫。诗中可有可无的字句是很少的。"牧笛招山歌"、"笑语缠情话"的"招""缠"这些字，都用得很好。只是"炼就我性格的浪花"、"赏我……荡玉飘花"、"锁枷"一类句和词，还可进一步锤炼、修饰。

一首好诗，只要在一两方面有鲜明的特点，便能给人以深刻的印象。有的诗以构思新颖胜，有的诗以命意深远胜，有的诗妙在语言精美，有的诗贵在形式上的创新……。《拉萨河的性格》则在构思、命意、语言形式上都颇有独创之处，因此就更为难得了。

叙事诗的人物和立意

——评汪承栋的叙事诗创作

宋　垒

史料解读

史料原载《诗刊》1963年第12期。该文为一篇评论。开篇即指出汪承栋不同于其他民族诗人的独特之处：在他的笔下，有苗、黎、维吾尔、哈萨克、汉、藏族等多民族新人的形象，反映了华南、西北和西南边疆的生活，礼赞了边疆的艰苦建设，描绘了边疆的尖锐阶级斗争，讴歌了各民族团结友爱大家庭的幸福生活。他的叙事诗在人物和立意两个方面都具有鲜明的个性特征。汪承栋的叙事诗，大多以尖锐的阶级斗争为题材。如果说，歌颂社会主义祖国的新人新事新气象，是他的抒情诗与叙事诗的一个总的特点；那么，他的叙事诗的一个重要特点便是着力反映尖锐的阶级斗争，并在尖锐的阶级斗争中塑造光辉的新人形象。

原文

土家族青年诗人汪承栋同志，从一九五四年开始创作，已经有整整十年的写作经历了。他先后写出的几部诗集的名字，画出他这些年来生活的足迹：——《从五指山到天山》《边疆颂》《雅鲁藏布江》《昆仑垦荒队》《高原放歌》……。十年来,他一直扎根在祖国边疆,他的诗中,反映了华南、西北和西南边疆的鲜明的生活画面。他讴歌着各民族团结友爱大家庭的幸福生活,礼赞着边疆的艰苦建设,描绘着边疆的尖锐阶级斗争。他走到哪里,就歌颂哪里的新人新事、新气象。在他的笔下,有着苗、黎、维、哈①、汉、藏各族新人的形象;特别是许多藏族翻身农奴的形象,生动感人。

　　一九五八年以来,他在叙事创作方面有着更显著的成就。到现在为止,已发表和出版了十几首小型和中型叙事诗,两部叙事长诗,第三部长诗也在修改定稿中。这些诗长短不等,其中多数是写得较好的。拿一首最短的《洛桑》来说吧:

　　　　三周岁了——

　　　　我们群山环抱的煤矿;

　　　　他也三次获奖——

　　　　我们的英雄洛桑。

　　作品回溯到三年前,当洛桑还是个农奴,为领主放羊时,拾到了煤块;他想去报矿,遭到领主的坚决制止。但他"不顾身后流弹呼啸,为报矿飞奔出山。匪徒快马追踪赶上,木签猛戳他的双眼,眼看生命已经难保,从天而降的解放军救他脱险。军医们一心一意的治疗,使受伤的右目重见青天;他兴奋地昂首高喊:有一只眼就能找到煤田!"接着他领人翻过云岭雪山,找到了煤田,他也成了矿工。这首诗只有三十六行,它着力描绘的只是矿山中一个人物的一个特征性的生活片断,却从侧面写出了一座煤矿的成立史,应该说,对于生活是有较高概括的。

　　叙事诗,不论短到什么程度,都必须有人物、有情节、有浓烈的诗的情绪。(人物素描式的短诗则常常没有情节。)叙事诗并不是写诗的捷径。有些青年同志偶尔听来一两个民间故事,或根据别人的革命回忆录,便写起叙事诗来,这是

_____

①　　编者注:"维、哈"应为"维吾尔、哈萨克"。

很难成功的,因为自己既无有关的生活实感,又缺乏应有的写作基本功的训练。汪承栋同志从一九五八年以后,在叙事诗创作上显露出自己的才华,我以为这是因为:一方面,他在一九五八年下放劳动和一九五九年西藏民主改革中,亲身参加了群众火热的斗争,有了实际的生活感受;另一方面,在此以前的几年中,他写了大量的抒情诗和一些人物短诗,再写起叙事诗来,便有着较好的技术基础。他写的人物短诗,常常是选择某一人物的一个或几个细节,用一二十行或二三十行的篇幅集中表现出来。我们不难看出这类人物诗和《洛桑》这样的小叙事诗之间的血缘关系。

叙事诗中的人物,需要通过人物的行动以至外形来加以描写,但是更有力的表现手法,常常是通过人物内心感情的吐露,来作更深刻的描绘。那么,写作抒情诗,对于写好叙事诗也就起着一定的奠定技术基础的作用。汪承栋同志有很多抒情诗是写自己的见闻和感受。但又有很多抒情诗,是抒发不同民族、不同职业、不同性格、不同年龄和性别的各种人物的感情。有的是黎族老人的革命情思(《鼓》),有的是藏族青年的杀敌誓词(《海螺》),有的是民间兽医对党的感激(《一位民间兽医的话》),有的是地质队员的豪言壮语(《地质队员》),有的是维族少女的恋情(《叫我这一夜怎能合上眼》),有的是一个护士送别哈族①病人时的祝福(《再见吧,婀娜》)……。诗人,不仅要善于抒发自己的内心感受,善于抒情写景和状物,还要善于把感情的触角深入到别人的心灵中去,并有表现别人的内心感受的本领。这样,在写作时,他才具有多方面的表现能力,对于不同的题材,才能得心应手地选择最适合的角度去表现,才能把人物写得更传神,更符合诗歌表现人物的手法特点,并能在精练的篇幅中加以表现。这一点,在汪承栋的《央金回来了》中可以看得很明显。这首小叙事诗描述一个在乡亲们印象中已经死去六年的女农奴,平叛后突然随着工作组回到村里的一刹那的场面。一开始,乡亲们已经不认识央金了。当她撩起衣袖,露出被农奴主用刀砍

---

① 　编者注:"哈族"应为"哈萨克族",后同。

的伤疤，人们才突然记起，这是六年前被农奴主打死扔在荒野给狼吃的央金。
这个央金，有着无限悲苦的身世。她：

马厩里生，马厩里长，

无穷的灾难和创伤。

三岁失去了慈父，

四岁唤不醒亲娘，

五岁六岁喂马草，

七岁八岁放牛羊，

九岁作十五岁的重活，

十五岁穿九岁的衣裳。

当她被农奴主打昏扔在荒野，共产党救了她，送她到首都学习，现在她已是
平叛工作组的一个成员了。央金对乡亲们这样说：

饱饱地看我吧，乡亲们，

我是六年前的央金。

我幸福地活着，我没有死，

共产党给我新生命；

我顽强地活着，我不能死，

血海深仇还未报清。

…………

呼唤阶级斗争的风暴吧，

别让利剑在鞘中生锈，

砍掉套在脖子上的枷锁，

洗尽千年万代的冤仇。

看天边卷起裹雪的浓云，

正是鹰群起飞的时候！

这强烈的抒情,有力地塑造着一个翻身农奴的形象,从中我们不仅看到了女农奴央金从血泪的海中高高站立了起来,也似乎看到了西藏百万农奴推倒头上的重压,雪山一般威严地站立起来的雄伟形象。

在汪承栋同志的小叙事诗中,《央金回来了》《飞刀》《红旗之歌》等,是给我印象特别深的几首。《央金回来了》一诗只有一百多行,感情深挚,结构紧凑,别出心裁的结构增加了诗的艺术力量。这首诗共分三段:一、她是谁;二、乡亲的回忆;三、央金的话。这样三个段落,似乎情节上缺乏紧密的关联,但在诗的情绪上却有着十分紧密的联系;而且,这样地"剪接"——紧跟着乡亲们对央金过去的非人生活的悲苦回忆,就是劈空而来的央金以今天的崇高精神状态所作的昂扬的抒情,强烈的对比,使诗的感情在结尾处进入最高潮,把读者也引入一个悲壮的充满战斗气氛的境界中去。叙事诗并不是故事的分行押韵,更不是事件的平铺直叙。优秀的叙事诗,要求以浓烈的诗情塑造人物,并以人物的充满诗情的遭际、命运、行动和内心的精神境界,强烈地打动读者。《央金回来了》一诗把更多的篇幅留给乡亲的回忆和央金的抒情,而央金离村六年间的经历,只用十行诗便一笔带过,情节上有较大的跳跃。这样的处理,对于在叙事诗中如何按照诗的特点和塑造人物的需要去剪裁和安排题材,提供了很好的经验。

《飞刀》的结构与《央金回来了》类似,也是选择了一个刹那间会见的场面,也分三段,中间一段是回忆。但《飞刀》是从侧面反映平叛,主题也不同。通过一个百发百中的飞刀手——过去的农奴、后来的农会主任多吉与一个汉族医生之间的关系,揭露了背叛祖国的西藏农奴主的凶残,歌颂了汉藏人民之间的阶级感情。解放军进藏后,农奴主索勒把多吉派到深山放羊,怕他与汉人接近。一天,山下来了汉人医生,索勒在深夜里交给多吉两把钢刀,命令他用飞刀将医生暗杀。多吉到了医生住处,看到许多藏族病人在医生诊治下化危为安,内心深深震动。他感到绝不能卑鄙地害死给人民带来好处的人,于是,多吉用一把刀向医生报警,让他早早离去;用另一把刀在森林中射杀雪熊,沾上雪熊的鲜血去向索勒交差。平叛斗争中，他又用飞刀亲手杀死了成为叛匪的索勒。《飞刀》稍长一些，也是二百多行，结构也是紧凑的，但文字锤炼不足，还有一些可有可无的字句和诗节。

关于叙事诗中的人物问题，曾有过一些不同的看法。有的同志认为，叙事诗和小说戏剧一样，都应以写人物为主；另一些同志则认为不应以写人物为主。有的同志认为叙事诗应当极为精练，只能写极少的人物，优秀的叙事诗应当是通过两三个人物就能概括表现广阔的生活面，另一些同志则认为作为史诗样式之一的叙事诗，应当有众多的人物。从汪承栋同志的叙事诗中可以看出，叙事诗和小说、戏剧在艺术地再现生活这一点上有共同之处，它也必须写人物。只是，叙事诗在人物的塑造，叙事的方式，结构的处理，情节的安排，细节的选择等方面，有着自己的特点，和小说戏剧有所不同。一般说来，它在人物的塑造和叙事的方式上，需要更多地浸透诗的情绪，情节和结构上有更大的跳跃，细节上也要作更精心的选择。从《洛桑》《央金回来了》《飞刀》这几首诗中，我想是可以看出这些特点的。

至于人物的多少，是不是在叙事诗中就应当特别有所限制呢？作品中人物的多少，并不完全是由不同文艺样式的特点所决定。并不能说叙事诗只能有极少的人物，而小说戏剧则需要较多的人物。有些小说，也只着重写一两个人物；而戏剧中，更有的是以"独角戏"而赢得众多观众的喜爱。叙事诗中人物的多寡，也由不同作品的题材所决定。汪承栋的小叙事诗中，《央金回来了》和《飞刀》中的人物极少；另一首《红旗之歌》虽也只二百多行，却写了五六个人物：道班工人尼玛和女农奴达娃正在热恋中，达娃在幽会回家时，听到农奴主和叛匪头目深夜密谈围攻道班的计划，她连忙飞马报信；整个道班在班长领导下英勇击退叛匪的多次进攻；尼玛的老阿爸被叛匪绑来向道班喊话，但他大义凛然，呼唤道班工人们坚决歼灭叛匪；他被叛匪打死了，由于众寡悬殊，道班也伤亡甚重，弹尽粮绝；班长和尼玛等三人正抱在一起，准备拉响手榴弹自杀时，达娃领着援兵来到,全歼了来犯之敌;平叛后,达娃和更多的藏族农奴参加了道班……。二百多行的叙事诗而有五六个人物,应当说是比较多的,但其中并无一个多余的人物。诗中虽没有着力描写突出的英雄,却通过尖锐的斗争塑造出新人的群象。这首诗反映的是平叛斗争中的一个事件,一次战斗。这一事件的进行,交织着汉族与藏族、农奴与农奴主、军与民之间的错综复杂的关系,具有一定的规模。固然也可以有另一种写法,即着重刻画一两个人物和他们之间的纠葛,把战斗的环境作为背景来处理。但现在既然正面描写战斗,就完全可以有这样多的人物,通过他们来加以充分的反映。

以上这几首叙事诗,都是写得较好的。与此比较起来,作者的其他小叙事诗如《德吉达娃》《在雅鲁藏布江边》《战士和格桑》等,可算作中等之作,这些诗的主题都很好,其中的主要人物德吉达娃、阿旺、格桑等,写得可爱,但还不十分传神。另一首《卓措》则显得拉杂冗长,对素材剪裁不够。《藏胞雪夜捆送叛匪》又有点就事写事,缺乏更精心的构思,对于两位郎生从尊敬"活佛"到认清作为叛匪头子的"活佛"的丑恶面目的这一复杂心理过程,没有能够更细腻更深刻地表现出来。

从以上这些作品可以看出,汪承栋同志的小叙事诗,大多以尖锐的阶级斗争为题材,如果说,歌颂社会主义祖国的新人新事新气象,是他的抒情诗与叙事诗的一个总的特点;那么,他的叙事诗的一个重要特点便是:着力反映尖锐的阶级斗争,并从尖锐的阶级斗争中塑造光辉的新人形象。这一点,在他的叙事长诗中也并不例外。他的第一部叙事长诗《昆仑垦荒队》描写人们与大自然的斗争,其中也没有忽视阶级斗争的线索。第二部长诗《波乌赞丹》,更以阶级斗争的最高形式——武装斗争为诗的主线。

《昆仑垦荒队》描写一九五八年一支青年垦荒队在高原上白手起家开辟农场的故事。长诗中有很多部分都写得较好。开头第一章,便让诗中的五个人物各按其性格特点形象地站立在读者之前。斗志昂扬、英勇劳动的共青团员张佩英,天真急躁而进取心强的袁小珍,坚强、乐观、善于组织群众的场长(老游击队长),青年气很浓的老管理员江大爹,舍身堵缺口的团支部书记高昌林,他们和全场青年结成一个坚强的集体,忍受着风雪饥寒的艰苦生活,以忘我的劳动在荒原上挖渠、开荒、播种,终于酿出了金色的秋收。这部长诗是激动人心的颂歌,是艰苦奋斗、不断革命的无产阶级精神的颂歌。

诗中的阶级斗争的线索,是作为插曲来处理的。长诗的主人公张佩英,一个来自城市的姑娘,她立志作暴风中的雄鹰,顽强地带病劳动;作品中的"他"——张佩英曾经热恋过的,至今仍在大城市中的"他",却要她"洗净泥土,离开那自寻烦恼的队伍",回到他身边作"笼中的黄莺"。他们之间存在着两种敌对阶级世界观的斗争。张佩英终于在这一斗争中经受了考验,坚持垦荒,把自己的一生献给祖国的社会主义事业。整首诗的立意很好,读后令人激动。从建场开始的一次紧接一次的艰苦考验,显示了农场建设者们非凡的意志力量。诗的结尾是由场长宣布把这里作为农场的第一分场,并率领一部分人员开赴新的战场,开辟更广袤的荒原,展示了雄伟的气势和社会主义建设的更广阔的前景,洋溢着令人感奋的激情。这样的立意不是概念的、外加的,而是从具体形象的描写中自然地生发出来。当然,整部作品,还没有更紧密地以这个总的立意为中心,加以更精练的概括,以至有些部分令人有芜杂之感。张佩英和"他"之间的冲突,作为插曲来处理,是适当的,但对这一冲突的内容,还没有进一步深入挖掘,使整个作品的立意能再有所深化,人物再有所加强。现在看来,袁小珍、江大爹等次要人物似乎个性更鲜明一些,作为长诗主人公的张佩英,形象的塑造上还不够丰满。

汪承栋同志在他的长篇叙事诗中,相当注意作品的立意,这是很可贵的。革命的文艺作品,不应当只是形象地告诉读者一些人物故事,而且要以强烈的革命激情打动读者,并给读者以深刻的思想上的启发。我国许多古代诗论家,即使是从作品的艺术着眼,也是十分重视诗的立意的。我想,特别是在长篇作品中,如果没有较深的立意,是更易于流为从表面上反映生活,也容易写得有"芜漫之累"的。

但是,作品的立意,既需要有作者在生活和斗争中的独特的发现,需要深刻的人生经验概括中的极富思想光辉的部分,又绝不是作者所企图主观赋予作品的某一两点概念,而需要根据作品的题材本身所能提供的思想意义,根据现实斗争的需要,加以进一步提炼、深化,并通过艺术形象表现出来。立意的过程,绝不是思想注入作品的单纯的过程,而是作者透过生活现象表现出生活的本质,也是逻辑思想和形象思维的交错进行和相互作用的过程。在那些着力刻划新人形象的较短的作品中,有时,作者有意识地强调和歌颂新人品质的某一方面,刻划得成功的新人形象身上,便可能体现出作品的立意。在结构比较复杂的长篇作品中,立意的过程也便较为复杂,需要作者进行更艰苦的构思,对人物的塑造以及人物与人物、人物与环境的关系,加以全盘的细致的思考,进行更周密的处理。

汪承栋同志的第二部叙事长诗《波乌赞丹》,是一部人物写得甚为生动,战斗性较强,比较精练,有着强烈的社会意义,但在立意上又有一定的不足之处的作品。

波乌赞丹(黑痣英雄),是藏北草原上的一个农奴。一九五〇年,为了反抗农奴制度对农奴砸骨吸髓的残酷压榨,波乌赞丹率领农奴暴动,火烧了宗(县)政府,把土登宗本打得狼狈而逃。从此波乌赞丹的队伍便活动在藏北草原上。解放军进藏后,土登宗本企图笼络波乌赞丹"并肩驱汉",派人送来委任状和联名书,但波乌赞丹撕碎了这两张肮脏的纸,并割去使者的舌头。不久以后,解放军的丁政委来拜访他,邀请他参加解放委员会。他盛宴接待,但拒绝参加解放委员会,原因是那时他还不了解共产党和解放军。后来,他从事实中已经认识党和解放军是代表藏族人民的利益的,但他仍旧不肯参加解放委员会,因为他与噶厦(原西藏地方政府)势不两立,只要解放委员会内有噶厦官员,他就坚决不参加。他在草原上孤军作战了七年,逐渐地骄傲麻痹起来,终于被土登宗本利用了他的弱点,联合康区的叛匪司令突然偷袭,使他全军覆没。他在失败后投奔丁政委。此后,西藏反动的上层农奴主在藏北的叛乱更加猖狂,他不了解解放军迟迟不予反击这一出于政策上的考虑,于是又不辞而别,单骑到草原上召集骑手,与叛匪作战。但又因众寡悬殊,难以取胜。等到解放大军出动,双方配合作战,才消灭了叛匪,他也亲手杀死土登宗本。平叛后,他才深深体会到党和解放军的伟大。

这部长诗与《昆仑垦荒队》比较起来,有着更鲜明的艺术特色。长诗中出色地描写了波乌赞丹这个人物。这是一个带有强烈传奇色彩的英雄,他身上"褐色的肌肉有如山丘隆起","额上乱发翻腾,象滚滚浓烟","打仗时不待敌人拉枪栓,刀已穿透敌人胸膛。格斗时右臂挡住三双手,用不着左臂再帮忙。"他身上佩的宝刀,传说是"天神赐下",从远古至今,一直由英雄传给英雄,跑遍千里草原,只要擎起这把刀,所有部落的骑手便会从各地奔驰而来,听候宝刀的主人的号令。长诗中的《灾难》《迎宾》《闯宴》《突围》《平叛》等章,传奇色彩更浓。《闯宴》中波乌赞丹突然呼啸而来、飞驰而去的身影,《突围》时他站在马背上与敌人格杀的雄姿,《平叛》中他在负伤后藏入马的腹下飞速接近敌人、又突然飞身上马砍落土登宗本的头颅的英勇行动,都给读者留下深刻难忘的印象。在《迎宾》中,"白色军帐外,骑手们人字形排开,马啸惊飞雁,刀光映雪海。森严的军帐里,毛毯地下铺,酒肉桌上摆,——单等贵宾来。"——许多处类似这样的富有民族特色的描写,也是对读者很有吸引力的。我以为长诗的传奇色彩,正是其中浓厚的民族特色和浪漫主义手法相结合的产物。这部长诗较之作者其它的叙事诗,有更多的浪漫主义色彩。这种色彩,不仅是来自浪漫主义的手法,主要是因为写出了波乌赞丹的强烈的革命理想主义精神。波乌赞丹的坚定的阶级立场,对于反动统治阶级的强烈的仇恨,与阶级敌人势不两立、不共戴天的英勇革命精神,有力地反映了西藏人民坚决要求推翻农奴制度的热烈愿望。

　　这部长诗的题材,有重要的典型意义。波乌赞丹领导的农奴暴动,有那样壮阔的声势,说明了西藏农奴制度的残酷和腐朽,说明了西藏人民是如何渴望自由解放。长诗也表明了,在农奴制长期的残暴统治下,仅仅依靠农奴的自发革命斗争,尽管可以暂时地、局部地取得一定的胜利,要取得彻底解放,显然是不可能的;一定要有党的领导,革命才能彻底。长诗中以较多的笔墨,力图写出波乌赞丹如何从自发的斗争逐步走向依靠无产阶级政党的领导。这样的立意有着重要的现实意义。从现有的改定稿看来,作者的命意在诗中有一定的体现,长诗忠实地反映了水流千转归大海的过程。不足之处在于诗中还没有更有力、更形象地写出这一过程进行中的内在的逻辑根据,因而立意还不够深刻。为了突出作者的以上命意,长诗中从第一章第五节开始就描写波乌赞丹和作为党和解放军的代表的丁政委之间在如何对待噶厦问题上的不同态度,并一直延续到作品的结尾,成为长诗中的重要线索之一。波乌赞丹打噶厦,而党对西藏上层的政策,是尽可能地团结争取他们。是波乌赞丹正确,还是党的路线正确?长诗中提出了这个问题,但并未给读者以满意的答复。作者对波乌赞丹是既有歌颂又有批判的,作者也试图从丁政委身上体现党的路线的正确,并通过丁政委对波乌赞丹进行批判。但批判不够有力,因为没有充分写出党为什么正确,波乌赞丹为什么错了。此外,长诗中只用很少的诗句反映了党带给西藏人民的某些利益,如盐巴、砖茶、医疗、修公路之类,而对波乌赞丹的歌颂则是具体的、形象的,特别是《婚礼》一章,非常突出,能够感染读者。还有,我觉得作者为了突出描写这一人物,把背景写得单薄了一些;对于其他人物——特别是作为党和解放军的代表的丁政委,也写得过于简单。这部长诗的立意,既在于写出农奴的自发斗争必须走向依靠无产阶级政党的领导,只有党,才是各族人民的真正救星,那末,就必须比较深刻地写出党的伟大、正确,作品的立意才能得到有力的体现,而长诗中恰恰在这一点上写得比较薄弱。由于没有更有力地树立起丁政委的形象,没有通过形象描写更深地体现出党的政策的正确,也就相应地减弱了作品的思想深度。

汪承栋同志的第三部叙事长诗《雪山风暴》，已在《长江文艺》一九六二年十二月号上发表了第一章。我们至今尚未看到全诗，但从第一章《动荡的初夏》看来，这将是一部描写阶级斗争的规模比较宏伟的作品。已发表部分成功地写出了山雨欲来风满楼的气势，我们预祝这部新作取得新的成绩。

1963 年 10—11 月

浅谈汪承栋同志长诗《雪山风暴》

洋　韬

史料解读

　　史料原载《西藏文艺》1978 年第 1 期。土家族诗人汪承栋的叙事长诗《雪山风暴》以西藏 1959 年民主改革运动为题材，运用复杂而生动的生活素材，以饱满的政治热情，描绘了两个阶级、两条路线在改革运动中的激烈斗争，歌颂了党领导下的西藏民主改革运动这一翻天覆地的伟大历史事件。叙事诗成功地塑造了张书记、平措、曲珍、巴桑等英雄形象，表现了藏族人民在党的领导下英勇斗争的精神。叙事诗主题深刻，人物形象丰满，具有一定的教育意义。

原文

　　在社会主义的诗歌创作中，如何从我们时代的高度出发，去提炼和深化主题思想，通过塑造和刻划人物形象，使之能够更好地、真实地反映我国革命各个历史阶段的斗争画面，对现实斗争起到指导和推动作用，这是诗歌创作中的一个十分重要的问题。

　　土家族诗人汪承栋同志的叙事长诗《雪山风暴》，（见《西藏文艺》1977 年第四期）在提炼和深化主题思想方面，下了很大功夫，取得了可喜的成绩，值得我们学习和借鉴。

这部三章二十七节、浑然一体的长诗，选择了我们时代的重大题材——西藏一九五九年民主改革运动。作者运用了复杂而生动的生活素材，以饱满的政治热情，描绘了一幅在改革运动中两个阶级、两条路线激烈斗争的战斗场面，热情歌颂了我们党领导下的西藏民主改革运动这一翻天覆地的伟大历史风暴，显示了藏族人民在党的领导下英勇斗争的精神，逼真而生动地再现了"倔强的、叱咤风云的和革命的无产者"的英雄形象。

一部叙事长诗，能否具有生命力，有没有深刻的主题思想，关键是通过诗中所塑造的人物形象和描写的故事情节来体现的。如果说主题思想是叙事诗的灵魂，那么人物形象则是它的核心。

《雪山风暴》的作者，在叙事诗中努力运用高度集中的艺术概括手段，比较成功地塑造了张书记、平措、曲珍、巴桑等鹰群的形象，他们在如风如雷的时代中发言，在你死我活的阶级大搏斗中放号，在"世界屋脊"的雪山上高歌；作者还塑造了拉姆、多吉等有血有肉的转变人物形象，鞭挞了卡玛这个"喜欢无边黑暗"的三大领主的典型代表。使我们清晰地看到了民主改革时期各个阶级的精神面貌，从而能深刻地理解这场运动的伟大现实意义和深远历史意义。

特别是我党领导下的中国人民解放军从进军西藏到叛国贼达赖发动武装叛乱的八年之中，模范的执行了十七条协议，不动群众一针一线，尊重藏族人民的风俗习惯，保护宗教信仰自由；无息贷款象玉露琼浆，免费医疗如惠雨普降，……这些工作虽不是惊雷骇电，却象细水一样悠长地流淌，"深深浸润人民的心田，慢慢把人们眼睛洗亮"，为民主改革奠定了坚实的群众基础。如民族干部平措在启发群众思想感悟的过程中，抓住了用阶级观点教育群众的重要性，以自己"枯草"般苦寒的童年生活，来点燃阶级兄弟对农奴制度仇恨的烈火：

难忘那暖身的泉水，

抱住我瘦弱的身躯夜眠，

人们就宿处何止千万，

谁睡过露天的温泉？

……

岁夜在泉水里流过，

皮肤在泉水里泡烂，

何处有我谋生的路？

豺狼霸占雪山草地。

平措就是这样以自己仇恨的闪电，引出乡亲们心间愤怒的雷声，使广大农奴认识到跟着共产党就是胜利的伟大真理，从而形成了一股摧枯拉朽的革命风暴，荡涤着封建农奴制度千年来的污泥浊水，揭开了新生活的光辉序幕。群众无限地信任平措，象信任大江东流。农奴把党比喻成"天降的神仙"。党的崇高的威信通过平措、张书记的工作树立起来了，这就突出了我们党的领导，充分地说明了民主改革的每一个战略部署，无一不是在党的领导下顺利地进行的，这便是形成"雪山风暴"的风源和强大的动力，也是伟大的民主改革运动取得胜利的可靠保证。

曲珍的形象，也是长诗主题思想的一个很好体现。她是广大翻身农奴的典型代表，具有坚强的性格和不屈不挠的斗争精神。然而她的思想性格的发展，除了"仇恨的风暴，没有泪，也没有欢乐"的悲惨生涯所铸就的坚韧性格外，主要还在于革命风暴的锤炼和党的阳光雨露的哺育。

我就是雷的化身！

我就是电的姐妹！

作者以这种强烈的抒情方式，从深化主题思想的需要出发，满腔热情地歌颂了以曲珍为代表的广大贫苦农奴在党的民族政策的指引下，成长为如雷似电的无产阶级英雄形象。作者抓住了生活本质，掌握了时代的脉搏，把十分深刻的思想内容，熔铸到一个具体的艺术形象之中，使曲珍的性格，在斗争中不断发展。当曲珍发现卡玛造谣言，放暗箭，用小恩小惠笼络人心时，针锋相对地和卡玛进行斗争，对卡玛的阴谋诡计及时地进行了揭露和批判，还教育了养母拉姆，使她真正地看到了党的民族政策的光辉。从朴素的母爱转变到阶级的爱这样的深度，这便是作者对曲珍形象刻划的主要方面。长诗这一艺术处理，具有深广的内涵，充分发挥了诗歌为无产阶级政治服务的战斗作用，具有很大的教育意义。

诗作者还注意到，能否成功地塑造好巴桑这个人物形象，对于深化作品的主题思想是非常重要的。巴桑使人印象强烈，性格鲜明。他出生在一个苦大仇深的贫苦农奴家庭。在民主改革前夕的动荡岁月里，一个匪徒举起明晃晃的刀，要杀害一个贫穷无辜的妇女时，巴桑挺身而出，与匪徒搏斗，救出了妇女。作者在这里赋予了巴桑"发怒的雄狮"、"矫健的山鹰"、"雪峰"的独特性格。"眼看豺狼伤害人，猎人怎能扭头不理，"这是巴桑对那位被救妇女的谈话。反映了广大农奴之间心心相印、团结一致和朴素的阶级感情。使巴桑爱憎分明的典型性格活灵活现地展现在读者的面前。然而巴桑虽然有敢于从匪徒屠刀下救出无辜妇女的英雄行为，但他却没有敏锐的眼光，被狠毒的卡玛的谣言所中伤，使他在一段较长的时间里，处于迷惘之中，难以分得出泥沙和黄金。民主改革时期，三大领主为了维护自己的反动统治，千方百计要赶走共产党，赶走解放军，他们制造谣言，散布民族分裂主义。致使象巴桑一样的一部分人，对党一时不能正确理解，甚至产生了怀疑，尽管通过民族干部平措等人作了大量的政治思想工作，也并没使他的阶级觉悟很快提高，这说明了斗争的复杂性、曲折性和尖锐性。而要取得民主改革的彻底胜利，不把巴桑这样对旧社会有血海深仇的人发动起来，形成推动历史前进的力量是难以完成这一历史任务的。所以对巴桑的转变教育工作，事关路线，事关大局，事关斗争的成败问题。经过反复的深入细致的政治思想工作，终于扫去了他心上的乱云，卸掉了嘴上的锁链，使他倾泻出了久积的苦水，从而变成了生擒卡玛、活捉匪指挥官的叱咤风云的英雄人物。

作者这一大胆的创作方法，不仅有利于深化叙事长诗的主题思想，而且是对所谓"三突出"、"三陪衬"创作原则的一个有力批判。

叙事诗的主题思想的高低深浅，直接决定着作品教育意义的大小。我们有些写叙事诗的同志，往往不注意主题思想的开掘、提炼和深化，塑造的人物形象不典型，无个性，千人一面，千篇一律，枯燥无味，苍白无力，读后不能留下印象，得不到什么启发，起不到教育作用。这主要是因为缺乏扎扎实实的生活，或者是有一定的生活基础，但又不善于运用典型化的手段，形象思维的方法从生活中开掘、提炼和深化主题思想。要深化作品的主题思想，则是一个艰苦的劳动过程，也就是作者必须投身于革命运动的实践中去，认真改造世界观，不断提高思想觉悟的过程。《雪山风暴》的出现，也并非偶然。他是作者长期地深入火热的斗争生活，进行艰苦创作的结果。汪承栋同志在一九五九年和一九六〇年，先后两次参加民主改革和复查工作，使他有机会接触到当时各种各样的人物，了解到各种各样的事件。尖锐复杂的阶级斗争和丰富多彩的生活，给他提供了取之不尽，用之不竭的创作源泉。《雪山风暴》中的不少人物，都是根据现实生活中的模特儿塑造的。当然并不是真人真事的照搬，而是经历了"去粗取精、去伪存真、由此及彼、由表及里"改造制作的过程。《雪山风暴》的创作，又一次证实了这样一条创作经验：没有深厚的生活积累和文学艺术修养，就写不出好作品来，作者只有不断提高政治思想水平和深入生活，掌握生活的本质，才能创作出具有一定思想深度的作品。也只有这样的作品才能显示出强大的艺术生命力！

叙事长诗《雪山风暴》并不是十全十美，也还有美中不足之处：平措的个性特点还不够典型化、性格特征未能象巴桑那样突出。在诗歌的结尾欢庆解放时，平措便"烟消云散"了，这是令人感到遗憾和失望的。在这样大喜大庆的日子里，平措应以突出的地位出现在欢乐的人群里，同时应在这时反映他跟着党和毛主席革命到底的坚强决心。我想这样对深化这部长诗的主题思想也许会起到更大的作用，也有利于作品中人物形象和故事情节臻于完善。

总之，《雪山风暴》是一部好诗，主题思想是鲜明的，人物形象也比较典型，政治上和艺术上都比较成功。我们希望诗人在新的一年里，更高地举起毛主席的旗帜，坚持党的十一大路线，以毛主席《在延安文艺座谈会上的讲话》为指针，迎着大干社会主义的新的革命风暴，乘胜前进，写出更多更好的诗篇来！

第九辑

仫佬族诗歌

本辑概述

　　本辑共收录 6 篇史料，收录了胡明树、杨智、苗延秀、易征等人的 6 篇评论。这些文献分别发表在《读书》《文艺报》《广西文艺》《广西日报》《柳州文艺》等报刊上。本辑收集的六篇文献皆是对仫佬族诗人包玉堂及其作品的评析。党的十一届三中全会以后，仫佬族的文学艺术得到了迅速的发展。特别是仫佬族作家（书面）文学的开启，结束了这个民族只有口头文学的历史。

　　包玉堂是仫佬族在这时期首批具有代表性的诗人，他将仫佬族作家文学首次推到广大读者面前，他的作品也首次将仫佬族作家文学写入了中国当代民族文学史册。杨智在《评〈歌唱我的民族〉》一文中评论了诗人的第一本诗集《歌唱我的民族》中的几首诗，评论中肯独到，既分析了作品令人称赞之处，也道出了不足。苗延秀在《仫佬族诗人包玉堂和他的诗》一文中叙述了诗人的创作历程，认为诗人的笔调清新、刚健，生动形象地反映了在党的领导下仫佬族生活的巨变，抒发了仫佬族人民对党、对社会主义的真挚感情。不仅如此，诗人的诗无不散发着仫佬族浓烈的民族生活气息，体现了独特的民族风情。易征在《读包玉堂的诗》一文中对诗人的诸多作品都做了评析，在称赞之外，也分析了诗人的不足之处，认为有些作品还缺乏更深层的揭示。

读《虹》

胡明树

史料解读

史料原载《广西文艺》1956 年第 9 期。苗族民间故事长诗《虹》是广西仫佬族的青年作家包玉堂创作的一首苗族故事长诗,是他发表的第一篇诗作。诗作塑造了最能干最可爱的苗族姑娘花姐姐,她不畏强权,成功破解了皇帝出的三个难题,最后骑在自己手织的、染了自己的手指血而活起来的仙龙身上,飞到天上去了,而皇帝、群臣、宫殿、监牢都被仙龙口吐的火焰烧成了灰炭。花姐姐住在天上,并没有忘记苗家姐妹们,她织了一条大花边"虹",挂在天边让姐妹们学着编。这首具有浓郁神话色彩的长诗,表达了少数民族人民不畏惧统治王朝和官僚的迫害,不向命运低头的反抗、复仇、斗争精神。该诗运用了民间歌谣体,具有鲜明的民族特色。该文同时指出,作为民歌体长诗,《虹》在叙述和人物刻画上简洁有力,但也有不少地方显得过于粗糙。

原文

《广西文艺》1956 年第 7 本上,发表了一篇苗族民间故事长诗《虹》。

故事是这样的:花姐姐是最能干最可爱的苗族姑娘,她织花边织得最好,姑娘们都愿意跟她学。她的名声传到了京城,皇帝派人把她强抢了去,可是她始终不肯屈从，皇帝出了三次难题来难她。第一次要她在七天内用五彩线织一只会跳会唱的大公鸡；第二次又要她在七天内织一个会跳会唱的鹧鸪；第三次又要她织一个会叫会生风的仙龙；皇帝的难题没有难到花姐姐，她最后骑在自己手织的、染了自己的手指血而活起来的仙龙身上，飞到天上去了。而皇帝、群臣、宫殿、监牢都被仙龙口吐的火焰烧成了灰炭。花姐姐住在天上，并没有忘记苗家姐妹们，她就织了一条大花边"虹"，挂在天边让姐妹们学着编。

这是一个美丽的故事，很富于民族特色的故事。广西的苗族妇女（其他少数民族妇女也一样），根据我们平时所接触，从她们的衣着看来，她们的确是编织美丽花边的能手。住在山中，自己耕山，自己织布，自己做房子，这就是过去广西苗族（还有其他少数民族）人民生活的主要部分，而于工余时间讲究衣饰、编织花边，正是苗族妇女的文化生活的重要部分。这也正是少数民族生活的特色。

少数民族在其艰苦的然而却是和平的生活中，最易遇到的灾祸就是统治王朝和官僚的迫害。而抢劫、逼婚、被损害、被侮辱，正是象花姐姐这样的聪明美貌的少数民族女子的"命运"所难逃的。但是她们并不向"命运"低头，她们反抗、复仇，从没有停止过对压迫者的斗争。

花姐姐手织的仙龙之所以是"活"的，正是由于花姐姐用自己的指头血赋给它以生命。也可以这样说：仙龙也就是花姐姐自己的化身。她把自己的血培养成复仇的力量。因此我想说，这个事除了具有一般的民间故事特色之外，还具有民族的特色。

少数民族住在山间，早晚都生活在大自然中，山雨是常有的，而虹则是常见的现象。不把虹作为神灵的显现，而说成为苗家姑娘手织的花边。所以故事虽然写得象"神话"，而实际上写的却是"人话"；掌握大自然的不是"神"，而是"人"；因此作品所歌颂的不是"神"，而是"人"。这也正是民族民间故事的现实主义的特色。

上述的这些特色，也就是这篇作品《虹》的特色。

因此我想说,《虹》是一篇好作品,一篇不易多见的作品;作者包玉堂是一位广西仫佬族的青年。广西仫佬族现在还没有自己的文字。这个《虹》的故事虽然写的是苗族的故事,但据说在仫佬族是同样的流行。据说作者正在用汉文写着不少的诗,而这篇《虹》就是他用汉文发表的第一篇诗作。虽然是用汉文写的,却没有失去它本来的民族特色,这也正是作品成功的地方。

正因为作品中是有民族特色,也同样成了作者的特色——作者的风格。在这里让我引几节诗句来看看吧:

(一)

好花逗人爱,

好姑娘人人想;

花姐姐的茅蓬里,

后生男女常成帮。

(二)

天上星星朝月亮,

地上葵花朝太阳,

寨上的姑娘呵,

个个要学花姐样。

(三)

好花越看花越鲜,

好人越学她越贤;

花姐姐呀,

天天教姐妹们织花边。

(四)

鲜花开山上,

花香百里闻,

花姐姐的好名声，

传到了京城。

（五）

蛇出把人咬，

虎出把人伤，

皇兵出京城，

百姓就遭殃。

（六）

象狐狸拖孔雀，

象蚂蚁缠蜜蜂，

一群狗杂种，

把花姐拖进皇宫。

上列六节诗章，每节的头两句都是作为陪衬句和形容句使用的，然而却又是非常重要而有力的诗句。这样的叙述方法是描写方法也正是成为作者风格的因素之一。

整篇诗的基调是民歌体的格调，更多的地方是五言的歌谣体。在叙述上，在刻划上，是很简短有力的。可惜的是，也有不少的地方是显得过于粗糙的。尤其第三章"小仙龙"中出现了不少松散的冗赘的章句，在这里似乎是作者采取了易走的道路，影响了前后各章中风格的统一。例如下列这几节：——

黑嘴臣子发冷笑，

以为自己主意高：

"这人太野了，

不如杀了好！"

到嘴边的肉哪能放下筷手，

进了网的鱼怎肯把它放走；

见着就流口水的姑娘，

皇帝怎肯把她斩首。

吃不到肉狗咬狗，

兽性不得泄，皇帝骂走狗：

"好计不出出坏计，

推出午门去斩首！"

我以为是多余的，这几节对整首诗来说没有必要，至多是表现皇帝的凶残，而表现皇帝的凶残的地方多着，用不着添上他如何对待自己的臣子这一笔。又如这一章叙述皇帝叫人拿来五彩线，要花姐姐织一只大公鸡，皇帝这样对他说：

"冠要红，毛要亮，

会跳又会唱，

若是七天织不出，

就进西宫做宫女。"

这里恐怕有错误的地方，皇帝花了那么大的力要花姐姐入宫，决不止于做"宫女"，应该是要把她封作"皇妃"的。

此外，如在用词练句方面，更加一些工会更好一些，如：

六月金银花盛开，

金花黄，银花白；

桃李结成堆，

人人见了口水来。

这里的一个"来"是用得不够恰当、不够确切的。在这样的场合，单单一个"来"字是不够的，应该是"……口水流下来"，或者是"口水吊下来"，或者是"口水浮上来"，如果嫌句子累赘，可以索性改为"人人见了流口水"，则这个"水"字和上句的"堆"字也是押韵的。

　　我举了这个例子，并非挑剔作者文章的弱点，不过提出来商榷，使这篇美好的作品加工修改得更好、更完整。

　　上述的话，仅作为我对《虹》的读后感想吧。也许说得很不对头，希望作者和读者们指正。

1956.8.8 于北京

评《歌唱我的民族》

杨 智

史料解读

史料原载《读书》1959 年第 8 期。该文是关于仫佬族诗人包玉堂诗集《歌唱我的民族》的短评。《歌唱我的民族》这部诗集选辑了包玉堂 11 首短诗,1 篇组诗,1 首叙事诗和 1 首抒情长诗。该文重点评价了叙事长诗《虹》。在肯定诗人创作的同时,也指出了包玉堂诗歌创作中存在的问题。

原文

《歌唱我的民族》是仫佬族青年诗人包玉堂的第一本诗集,包括有十一首短诗,一个描写仫佬族青年男女的爱情的组诗,一首诵颂性质的长诗《歌唱我的民族》和一首故事诗《虹》。从这本诗集里,我们看到了包玉堂同志写诗的才能,也看到了他在诗歌创作道路上的脚步。

《虹》是一首反映苗族人民对封建统治作斗争的长诗。作者热情地歌颂了坚强不屈的劳动人民的代表——花姐姐,明显地指出了封建统治者和人民势不两立以及劳动人民必然胜利的真理。这首长诗对于人物的内心世界的描写是比较成功的,语言是朴实的,作者没有呕心沥血地去寻觅华丽辞藻,可是来自人民群众中的比喻却精辟而亲切动人。

长诗《歌唱我的民族》是一支对我们社会和党的颂歌,也是一把反右派斗争的犀利的战刀。作者用粗犷的声音,浓厚的感情唱出了他们的民族的赤诚的心,唱出了他们民族对自己家乡的巨大变化的赞歌,唱出他们民族对右派分子的憎恨和无比的愤怒,唱出了他们的立场、决心。

这首长诗,不论在思想上和艺术上都是相当成功的。思想明确,和人民的感情息息相通;艺术上,结构紧密,诗句随内容时而欢快柔和,时而高亢激奋,动人心弦。

但从诗集的另一部分作品看,也反映出作者在诗歌创作上的某些弱点。第一,在刻划人物内心世界方面还不够充分,像《桃花树下的姑娘》。第二,在爱情诗作中,作者离开了劳动的主题,这缺点突出地表现在《仫佬族走坡组诗》里。第三,作者有时感受不深就遽然下笔,因而也出现了些比较粗糙的作品,如《高级社的……》

（本书由新文艺出版社出版 评论原载 1959 年 3 月 23 日广西日报 经本刊删节）

仫佬族诗人包玉堂和他的诗

苗延秀

史料解读

史料原载《文艺报》1959 年第 22 期。仫佬族诗人包玉堂创作的诗歌题材多样,他在近百首诗中描绘仫佬族在党领导下的新生和成长过程,歌颂党、歌颂民族团结、歌颂祖国的美好河山以及描写爱情和民族风习,构成了一幅丰富多彩的仫佬族新生活史诗。诗人包玉堂从小受到民间文学的熏陶,善于利用民间传说故事的形式表现现代生活,表达深刻的主题,民间文学手法赋予诗歌浪漫色彩和民族特色。

原文

仫佬族大部分居住在广西壮族自治区罗城县。整个民族虽然只有五万五千多人,但"每个民族,不论它的大小,都有其品质上的特点和特色,它是仅属于这个民族而为别的民族所没有的。这些特征,就是每一个民族对于整个世界文化宝库的一种贡献,它们使它更充实、更丰富。"(斯大林)正是如此,仫佬族和全国各民族一样,以自己的辛勤的劳动和无穷的智慧,共同创造、发展祖国的历史和文化。

仫佬族青年诗人包玉堂的诗,像春天初开的花朵,带着较浓厚的民族色彩,在我们祖国的文艺园地里日益鲜艳地开放。

包玉堂满腔热情地歌唱着仫佬族的新生,赞颂着仫佬族地区蓬蓬勃勃的社会主义建设。诗人在《歌唱我们的民族》一诗中，以今昔对比的手法和清新朴素的语言，描绘了从前是虎狼窝的国民党乡公所，如今变成了民族小学；从前是官吏敲诈勒索的地方，现在开了民族商店；从前是国民党杀害"造反者"的罪恶刑场，今天是雪白瓦房耸立的医院；从前是荒凉偏僻的乡村，如今变成规模宏大的国营煤硫矿；从前是破烂不堪的山镇，如今亮起繁星一般的电灯……。于是，诗人情不自禁地歌唱道："幸福呵，象孔雀一样，从北京飞向我的家乡！"

仫佬族的家乡，由于有党的领导和勤劳的人民进行社会主义建设，生活一天比一天美好，河山日益壮观。诗人在同一首诗中，用轻松愉快的诗句，描绘着家乡的美如画面的情景。从这画面中，我们可以看到仫佬族家乡的"透明的泉水叮咚地欢跳在绿山坡上"，也见到"迎风摇动的竹林，碧绿婆娑的榕树，多情美丽的山桃花，坚强挺拔的板栗树"；还可以看到"欢跳上学去的孩子们"和"耕山锄岭的仫佬族同胞们。"

诗人以清新、刚健的笔调，歌唱仫佬族人民新的生活场景：像那山道上的车队驰骋，田野里的红旗飘扬，那天空中的鸽群翱翔，以及那画眉、喜鹊的婉转喧闹，简直有声有色地勾画出富有春天般的生命力的新气象。而那仫佬族的姑娘欢乐的歌声，像醇酒一样使人心醉；那山泉清脆的琴音，美得令人神往。这种诗情画意的新生景色，使诗人自己也禁不住唱道："呵，我的家就是这样爱煞人！"

诗人对本民族家乡的赞颂和对祖国的热爱是统一的、不可分割的。因此，他在《歌唱我的民族》一诗中，对阴谋破坏社会主义建设和民族团结的右派分子，表现了强烈的憎恨；对党则表现了高度热爱：

> 喜欢黑暗的夜猫子，
>
> 只会报丧的黑乌鸦，
>
> 滚开吧！滚开，
>
> 这里没有你们落脚的地方！
>
>
>
> 我要一万次歌唱：
>
> 共产党，我的民族的太阳！

谁要往太阳上抹黑，

我们就斩断他的手，

谁要向共产党进攻，

我们就先把他打倒。

诗人是在仫佬族中长大的，今年虽只有二十七岁，但却与本民族人民一同遭受过国民党反动派的摧残和压迫。他父亲给地主作过二十年长工，诗人自己，也从小就在家里砍柴、割草、拾牛粪、挑水和种田，生活很苦，直到解放后的1951年才穿上第一件棉衣。解放前后两种不同的生活，使年青的诗人深切地懂得了：谁是本民族的救星，谁是敌人，因此他对右派分子的反击和对党的高歌赞美的许多诗句，都是雄厚有力的。

一直生活在偏僻山区地方的勇敢、勤劳的仫佬族，解放后，从落后的农业经济，跨上了建设社会主义工业的新的历史阶段，出现了本民族的工人阶级。这一支新生茁壮的队伍，目前正以雄伟的姿态向社会主义大道奔驰前进。诗人在《古庙吟》一诗中，对本民族工人阶级的诞生和新兴工业的建立表现了很大的欢乐情绪：

呵，在这古老的庙堂里，

我的民族拉开了电气化的序幕，

看，千百座发电站正在兴工修建，

我的民族要张开电的翅膀高飞远翔！

仫佬族地区成立了人民公社；工农业也迅速发展了，随着也就改变了交通闭塞的状态：在高耸云霄的丛山峻岭上，出现了一条条的公路，对这种现实生活，诗人写了一首《又一条公路通车了》。

这首诗以生动活泼的民歌情调表现了新建公路通车后仫佬族人民带来的喜悦："如今坐车上天河，白云上面唱山歌；人民公社力量大，高山大岭奈我何？"

诗人在另一首《春雷》中，对仫佬族地区社会主义建设的蓬蓬勃勃的图景，也作了真实的描绘，而且构思新颖，感情丰富，诗句优美，读后令人心怡神爽：

天空没有预示下雨的黑云，

地上没有传告雨讯的大风，

谁也想不到这明朗的早春，

忽然响起隆隆的雷声！

…………

呵，在这美丽的早晨，

司春的不再是天神，而是人民；

在拖拉机驶过的地方，

社员们唱着山歌，急忙播种…

值得提起的是，诗人在这首诗里，十分鲜明地表现了这样的思想：主宰自然的不是"司春的天神"，而是人民。这对一向有崇拜神的思想的本民族来说，是一个很深刻的启示。

人民公社成立后，各民族在生产中互相协作、支援；这不仅推动了生产的发展，而且使各民族间的联系、交往日益密切，从而促使民族团结走上了新的历史阶段。诗人包玉堂在《天河流过凤凰山》一诗中以热情洋溢和充满理想的诗句，歌颂了各民族团结、互助的精神，显示了民族团结力量的伟大，展示着只有各民族大团结，共同建设社会主义，才能把人间变成天堂：把稻谷种到高入云霄的山头上去；把亮如明珠的电灯挂到千家万户的大门口；把山谷变成能荡轻舟、能钓鱼的大湖，使山区变成仙境中的蓬莱，使生活变得更幸福。这是现实，也是优美的大胆的理想。

解放后，由于生活的改善和民族政策的光辉照耀，仫佬族人民生活得更欢乐；青年人的爱情生活，比以往更自由、更美好，他们按仫佬族的特有的风俗习惯去"走坡"（谈爱）。一群群的姑娘，一队队的青年，穿着盛装，有如春日的百花斗艳似的站了山岗；而他们的歌声，清脆、嘹亮地响彻云霄。这种民族的生活风习，滋润了诗人包玉堂的创作，于是，他的《仫佬族走坡组诗》就相应而生。

这首诗，非常生动地刻划了一个第一次去走坡的少女的心情，她那种"走坡"前夕的又喜又惊、又向往又害羞的复杂不安的心情，写得栩栩如生。

睡去的村庄多宁静，
我却不愿熄掉床头的小灯，
激情使我全身发烫，
我要站在窗口吹一吹夜风。

站在窗口吹一吹夜风，
让这颗激动的心慢慢平静。
可是怎么一回事呵？
凉风越吹心儿越跳得凶！

凉风越吹心儿越跳得凶，
我想象着明天，走坡的情景，
和我结交的是一位漂亮的后生，
太阳一样的脸，清泉般的眼睛……

太阳般的脸，清泉一样的眼睛，
这是一位多么理想的爱人……
哎！我怎么尽这样的胡思乱想，
谁知道我交上的是怎样的人？

不知道交上什么样的人，
想着想着我脸儿热到耳根，
双手蒙脸我伏倒窗台上，
却又偏偏碰着小圆镜。

偏偏碰着新买的小圆镜，
我又轻轻把它拿到手中，

在窗台下对着月光照了照，

我的脸比后塘的莲花还红。

诗人用夜风和新买的小圆镜，把一个激动得全身发烫和满脸发红的少女的心情，表现得非常逼真动人；而当第二天天明以后，诗人又描绘她手提竹篮，草帽遮着羞红的脸，悄悄地从菜园里溜到村子外面，碰着同村一个姑娘，她们俩整了整衣着，互相作个鬼脸，想笑，又怕人听见，只好互相在背上狠狠捶了一拳，就像一只燕子飞向山坡去寻找爱情和幸福。这种通过人物行动的描写来披露姑娘的心情，不仅使人物形象更鲜明，而且使诗意更浓。

每个民族，都有他自己的性格特征和风俗习惯，但民族心理状态和风俗习惯，不是一成不变的，它是随着这个民族的政治、经济、文化的发展而变化的，在这发展、变化的过程中，好的风俗习惯得到发扬，不好的风俗习惯，本民族人民会自觉自愿的把它改掉。这是社会和民族发展的必然现象。这种发展和改变，对民族有利。诗人包玉堂在《倒香炉》一诗中，非常敏锐地反映了这一现实生活中的新生现象：

说什么动了香炉人不安，

我们迷信鬼神几千年，

烧香作揖总受穷，

有了共产党才把身翻。

香炉里积了几十年的香灰，

真是卫星田用的好肥料，

人人动手大扫除，

家家都把香炉倒。

香炉洗净拿到食堂作菜盆，

撕掉那红纸写的"天地君……"

换上一张崭新的毛主席象，

屋子里顿时亮堂堂。

这首诗,表现了人民群众的思想觉悟的跃进,促进了生产的跃进,而生活本身证明,给仫佬族人民带来幸福的是共产党,不是神。诗人不过是用朴素的诗句把生活的真理揭示出来罢了。

诗人包玉堂从小受到民间文学很深的熏陶,因此,他善于利用民间传说故事的形式来表现现代生活,如《山谷里的故事》这首叙事诗,写得相当优美动人:一个老牧人,从小听说山谷里有给人间带来幸福的仙女,可是他从来没见过,穷苦一辈子;解放后,他赶着公社的牛帮仍是到那山谷里去放牧,忽然看见了五位年青漂亮的"仙姑",这几位"仙姑"唱着歌,非常快乐,老牧人走到"仙姑"身边,拉住"仙姑"的衣服,恳求她们给仫佬人以幸福。那几位美丽的"仙姑"笑着互相望了望,告诉老牧人说:

"我们是五个人,

都是勘探队员,

从毛主席身边,

来到了仫佬山。"

接着,姑娘们告诉他:仫佬山有丰富的矿藏,不久,在这里要建设大工厂,还要建设一座水库,让机器给仫佬人带来幸福,让水库的水滋润着土地,年年给仫佬人带来丰收。于是老人恍然大悟:

说什么仙姑带来春天,

那不过是前人美丽的幻想,

只有毛主席派来的人,

才能给我们带来真正的幸福。

这种利用民间故事形式来烘托现代生活的表现手法,使生活带上神奇优美的浪漫色彩,而且富有民族特色,主题思想也挖掘得比较深。像类似这样的诗,还有《古泉水》及其他作品。此外,用民间传说中的"龙"的雄姿来比喻现代生活中动人的群众场面的,有《山城的早晨》《造海养龙》等诗。至于用仫佬人民所喜爱的"凤凰"来比喻美好的生活,更是包玉堂诗中常用的美丽形象。仫佬族地区

479

有个"凤凰山"，山上山下住着仫佬人，当党给仫佬族人民带来幸福的生活的时候，仫佬族人民的心真如春天的百花怒放，我们的诗人的第二个诗集，就以《凤凰山下百花开》为名而快要出版了。这些诗，就是在民族生活的土壤里和民间文学哺养下生长起来的花朵。

包玉堂的诗，描绘生活是相当宽广的，它的题材是多种多样的。近年来，他写有近百首歌颂党、歌颂民族团结、歌颂祖国的美好河山，以及描写爱情和民族风习的诗。这些诗实际上是从各方面描绘了仫佬族在党领导下的新生和成长过程，构成了一幅丰富多彩的仫佬族生活的画面；也可以说是一部丰富多彩的仫佬族新生活的史诗。而诗人自己的成长，也是党和仫佬族人民所哺育起来的。诗人的成长，和民族的命运是共同着脉搏的。

党对于包玉堂的培养是无微不至的，他有缺点便给予批评教育；有所进步，便给予勉励，经常关怀他政治思想觉悟的提高，指示他要努力做一个不脱离生活的红色的文艺工作者，并帮他解决创作上的困难。诗人成长的道路，用他自己的话来说："最重要的是党的领导。党给我指出方向，引导着我向革命的道路奔驰前进。而生活的教科书给我指出：从前我们仫佬族这儿，一担谷子只能买十多斤盐，缝一套衣服要卖掉三四百斤谷子，物质文化生活都是很低的，解放前全民族只有一、二个地主家庭出身的大学生；现在，通了汽车，各种生活的日用品源源运进来，新的墟亭、工厂、学校、医院……到处出现，工农家庭出身的大学生难以计数，姑娘们进了中学大学，山里有了电灯，年年干旱的地区修起了水库，四季水绿如春……就是这种新生活在鞭策我，召唤我去歌唱、去写诗。我亲眼看见我们民族的苦难的过去和幸福的现在，我怎能不歌唱不写诗呢？"

生活是创作的源泉，诗人包玉堂的诗就是生活海洋中翻腾起来的浪花，所以它才那样激动人心，那样高昂、明快，那样铿锵、响亮，那样富有生活气息和战斗性。

当然，包玉堂的诗不都是完美无缺的，比如有些诗的主题思想和人物性格挖掘、刻划得还不深不广，又如《仫佬族走坡组诗》虽然优美，但人物思想还缺乏时代感，看不出新的社会生活和新的道德观念在爱情上所引起的变化；有些诗，主题思想虽然好，但却比较概念，没有生动的形象和优美的诗的意境，如《高级社的……》就有这个缺点；有些诗还缺少民族风格等等。我们希望，包玉堂同志正视这些缺点，不断提高思想水平和艺术修养，继续长期地深入到仫佬族人民生活中去，并研究和继承民族文学传统，向古今中外优秀文学作品学习和借鉴，努力创作出更多的富有思想性和民族风格的优美的诗篇！

评《石崖青松》

陈能骋、陶继宗、胡树琨、吴善安

史料解读

史料原载 1961 年 10 月 28 日《广西日报》。该文认为，诗歌《石崖青松》是近期广西诗歌创作中不可多得的优秀作品。长诗通过具有典型意义的情节塑造了密切联系群众，对党、对人民的事业赤胆忠心的共产党员韦华隆这一人物形象。韦华隆在旧社会饱经苦难。担任公社党委书记后，韦华隆带领群众兴修水利，战胜旱灾，开山辟岭，与群众一道改变家乡贫困面貌。韦华隆这一为党的事业、为群众的利益而奔波劳碌的党委书记的形象具有强烈的感染力。长诗以民歌的形式，巧妙地运用夸张、比喻、对比等民歌的传统表现手法，使主题生动鲜明。作品的不足之处在于第三篇的人物挖掘不深，语言相对松散，不够凝练，过多运用比喻等。

原文

自从《广西日报》发起征集万首民歌以后，《群星》副刊登载了很多首歌唱今天"刘三姐"的民歌。在这些民歌中，我们觉得《石崖青松》（黄勇刹、包玉堂作）无论就思想性或艺术性来说，都是目前广西民歌创作中不可多得的优秀作品。说它好，好在于它向我们展示了全民大办农业、大办粮食，改变一穷二白面貌的波澜壮阔的宏伟图景，更重要的是为我们塑造了一个光辉的英雄人物——宜山安马公社党委书记韦华隆。

　　韦华隆出身于贫苦农民的家庭,七岁就死了父亲,留下一身债难以还清,被凶狠的地主拉走了,在地主的皮鞭下过着饥寒交迫的痛苦生活,正是:"苦楝根,苦楝开花细纷纷,吃了几多苦楝子,苦水泡大长成人。"他在地主家里不管天寒地冻,起三更睡半夜地做着他力所不能及的繁重工作。然而他却挨打受骂,过着牛马不如的生活。这一来,终年的奔波劳碌,给他从小就磨炼出了一副坚韧不拔的身体,勤劳、勇敢、浑厚、纯朴的性格,在他幼小的心灵中也同时埋下了对地主阶级切骨的仇恨。但是,这只是劳动人民对地主阶级本能的仇恨,在地主阶级当道的旧社会里,韦华隆在还没有得到党的教育,找到革命的真理的时候,他也象一般劳动人民一样,对剥削、压榨自己的阶级敌人只是敢怒而不敢言,正如歌中描写的:"不知为何做牛马,任人打骂任人欺……年年欠债利滚利,为养亲娘把头低。"即使被逼得走投无路,他只能想出投河自杀这条路来反抗。如第二篇《宜州河水漫山沟》一节里,韦华隆被逼得无法,只得投河。投河不死,后来在河里捞了几条鱼,迈开大步回家救亲娘,狼心狗肺的地主却恬不知耻地骂他偷鱼,还要用鞭打他。直到三个狗腿动手抢鱼了,他才忍无可忍"火起还三拳"打财主的狗腿闯了祸,便:"白日不敢露脸走,夜间躲在洞里头。"这样的人,对地主阶级仇恨是极其深刻的,他一旦找到了党,得到党的教育,明白了革命的道理,他的革命性是最坚定的,斗争是最勇敢的,所以他参加了游击队,"跟着红旗向前进,十年革命不回头",党的教育和革命烈火的锻炼,使他成长为一个坚强的无产阶级战士。这时他真是"骏马扬蹄嫌路短,大鹏展翅恨天低"了。读到这些章节,人物形象给我们的感染是极深的。

　　韦华隆这一形象之所以具有如此强烈的感染力量,不仅是因为作者通过对他在旧社会饱经苦难的描绘引起了读者的共鸣,更主要的是通过成长起来的韦华隆长期"扎营在安马"领导群众,与群众一道改变家乡"一穷二白"面貌的英雄事迹中刻划人物的性格和揭示这一英雄形象崇高的精神面貌。在第三篇的"开荒辟岭打冲锋"里,我们看到韦华隆领导群众兴修水利,战胜旱灾,开山辟岭的英雄气概:"初春开荒两万亩,搞得黄猄无处溜,山鹰展翅落下地,猴王带仔来叩头。"

　　在《龙头飞舞龙尾飘》这节里，为了抢季节插下秧苗，韦华隆冒大雨来到索敢生产大队与社员一道上梯田开沟拦水，使得抢插任务胜利完成。这里通过"盏盏马灯雨中亮，把把银锄风里闪"的紧张劳动场面的描写，表现了在韦华隆的行动的感染下，群众发挥了冲天的劳动干劲，使得韦华隆深入群众领导好生产的优秀质量得以深刻的表现。而《睡觉秘密被揭开》这节歌，则以点滴生活事例生动地揭示了人物崇高可贵的心灵。在一个大雨的夜里，大水淹了龙残山村，韦华隆救了正在生病的蓝汝荣一家人出水后，到党支书斗南家了解情况，"一直谈到月西斜"，因夜静更深，在斗南的百般挽留下就在斗南家睡。"华隆硬要睡床外边"，作者这样绘声绘色地写道：

　　三更鸡仔叫连连，

　　斗南伸手摸床边，

　　一摸摸到空心被，

　　冷汗冒湿几层衫。

　　不见华隆心里慌，

　　摸黑寻找到天光，

　　找到山角秧田里，

　　他和社员赛插秧。

　　看，一个赤胆忠心，为党的事业、为群众的利益而奔波劳碌的党委书记的形象，是多么魁梧高大地站立在人们面前。诗里还通过韦华隆深入群众，关心群众生活，亲自挂帅办好食堂的生动事迹丰富了这一英雄人物的精神面貌，使得这个"为党事业破肚皮，破肚掏出热心肺"的形象显得更有血有肉，真实感人，增强了作品的艺术魅力。透过这一形象，使我们看到了在党的"大办农业、大办粮食"的号召下，战斗在农业战线上千百万党的优秀儿女的精神面貌，使我们坚信，有了这些赤胆忠心的人民干部领导群众，还有什么困难不能克服，还有什么力量能阻挡我们前进呢！

　　这首长歌以民歌的形式，全篇都巧妙地用了夸张、比喻、对比等民歌的传统表现手法，语简而意深。如第一篇写韦华隆英勇威武的形象时，作者写道：

脚踢大树动摇摇，

肩挑重担轻飘飘，

下河游水龙怕近，

上山砍树虎怕瞧。

仅仅二十八个字就把一个彪形大汉的形象栩栩如生地勾勒出来了，真称得起妙笔生辉。更难得的是全篇中不少上下句对称的句子用得恰切自然，如"脚踢"、"肩挑"、"龙怕近"、"虎怕瞧"、"雨中亮"、"风里闪"等，这些形象生动的语言，给人以深刻的动态的美感，使作品的思想得到高度的发挥。

恰切、形象的比喻可以启发读者对作品的想象和理解，增强作品的艺术感染力。这篇作品中的比喻就起了这样的作用。如第二篇里《划船过海买灯芯》这节，作者把韦华隆比作灯草，把党领导的游击队比作买油人，穷人遇到了党，找到了革命的真理，投入了革命斗争，不正如灯草碰到灯油，发出了灼灼的光芒吗？革命的游击队与革命群众的关系比喻得多么形象而又贴切呵！

鲜明的对比，更能烘托人物形象，增添作品的艺术光彩，请看：

数九寒冬夜朦胧，

地主穿绒抱火笼，

华隆烂衣九十洞，

五更就被赶出工。

这是多生动鲜明的对比呵，仅仅几行诗就深刻地概括了旧社会人与人之间的不平等，读后使人对地主更恨，对主人翁更加同情，同时也更爱今天幸福的生活。

从这些成功的诗句中，不难看出作者是下了不少推敲之功的。更重要的是，我们觉得作者在学习民歌、继承民歌的传统表现手法方面，取得了相当的成绩。

此外，文艺的内容决定形式，内容与形式的统一，在这篇长歌里也有所体现。如第一、二篇是写主人翁在旧社会的悲惨遭遇，采用了传奇的形式，一环扣一环，具有强烈的故事性，加强旧社会劳动人民遭遇的悲剧性，使得作品更具有艺术魅力。而第三篇着力刻划一个深入群众，与群众有密切关系的，对党对人民的事业赤胆忠心的共产党员形象。公社党委书记韦华隆不但要领导社员搞好生产，还要关心群众的生活，他不但要挥臂举锄和群众一起与自然界作斗争，还要深入群众搞好思想工作……这些复杂纷纭的社会生活，作者通过几个具有典型意义的片段，全面深刻地塑造人物形象，揭示人物的精神面貌。这篇作品对不同的内容采用了不同的表现形式，使得主题得以准确生动而又鲜明的表达，达到了形式为表现内容服务的艺术效果。

当然，这篇作品也还有些不足之处。例如描写主人翁旧社会的生活遭遇的篇章比较生动、深刻，而描写主人翁新生活的篇章就挖掘得不够深，缺少第一、二篇中那样具有感人的艺术魅力。而第三篇的语言也比较松散，不够凝炼，比起第一、二篇显得略有逊色。而且过多地运用了比喻，很多地方，一组诗中竟有三行是转弯抹角的比喻，显得啰嗦了些。尽管如此，我们觉得《石崖青松》仍然不失为一篇激动人心的佳作。

读包玉堂的诗

易　征

史料解读

史料原载《广西文艺》1963 年第 5 期。该文是作者阅读包玉堂 1959 年以后创作的诗歌的评论。该文以单篇阅读点评的方式,散点式评点了包玉堂的诗作,颇似茅盾对玛拉沁夫、敖德斯尔小说的阅读札记。文章对包玉堂诗歌的主题、艺术风格、民族特色等都进行了感性解读和评价。文章最后概括指出,包玉堂同志是一个热情充沛,热爱我们时代,同时深知过去苦难的青年歌手。

原文

最近有机会读了包玉堂同志自一九五九年以来的大部分作品。这篇东西就是地道的读后感。边读边记,琐碎不堪,深望读者勿以"评论"绳之。我想,这篇文字既然保存了读诗时候的一些真实心情,那么,不加什么修饰也许是可以的罢。

一、《进京前夕》28 行。

感情真挚可喜。笔墨落在"前夕"二字,有特点。他收到一封信:党"吩咐"他"明天上北京"。这时候,一串炙热的诗句从胸口跳出:

> 我是一个普通的仫佬人
>
> 从小就在山里放牧羊群，
>
> 做梦也不曾想到呵，
>
> 生活里还有这样幸福的时辰！

一颗飞荡着的心，按捺不住。他的眼前，忽而出现了千万颗仫佬人的心，因为，他憧憬着"编成一个花环献给毛主席。"年轻人这时候的兴头儿多高，以致于带着几分儿不安了：

> 打开窗门我眺望东方，
>
> 黎明呀，你快点来临！

通篇虽不见什么惊人之笔，但亦质朴干净。

二、《太阳的颂歌》（组诗·三首）92 行。

甲，《最大的幸福》：祖国十年华诞的颂歌。写见到毛主席的一节，热度很高，相当感人："代表们的心好象落进蜜糖罐，说不出的兴奋啊说不出的甜，热泪从脸上滚下来，好象两串长长的银链。"两处比喻恰到好处。可惜这类佳句不多，把篇幅用去写事件的一般过程。

乙，《在怀仁堂》：前诗的继续。感情没有获得更高的上升。人物的对话只是依样照搬，没有予以诗的提炼，感染人的力量较弱。如："国庆典礼同志们都参加了吗？"回答是："参加了，我们都在观礼台上。"意义止于字面。

丙，《我的歌》：缺少了一个"我"字，没有透过"我"来写，焦点还不够准确。结果，"我的歌"变成了"一般的歌"，如："十年前一声春雷响，五星红旗插上了凤凰山，从此仫佬人的天空，乌云消散，升起不落的太阳。"这类歌可以是许多人都能唱，未必"我"。

这组诗热情很高，只是毛病在于过分铺衍；剪去一些枝蔓，将会更可观一些。感情不足的地方，勉强为诗，总还是缺少火候的。正如旅行者在郊野采得一朵红花，如果略配几张绿叶，那会是相得益彰的。如把这朵小红花置于茫茫森林,那么这小小的花儿也就难得让人看见它了。鲁迅说:"宁可将小说的材料缩成 sketch,决不将 sketch 材料拉成小说。"做诗也更其应当如此。特别值得我辈注意的是,鲁迅这段话里的一"缩"一"拉"二字。

三、《回音壁》32 行。

好诗!

构思美妙,想象丰富,思想深刻。回音壁是个古董,作者赋予这东西以一个新鲜的、独特的、发人深思的意义。这类"点化"工夫在诗创作中值得珍贵。首节实写回音壁。作者"贴着耳朵一试。"

伟大的北京啊,我们爱您!

我们爱您! 我们爱您! 我们爱您!

接连反复三声"我们爱您!"既写了作者感情之深、之浓,也具有题目"回音壁"的特点。情有所寄,始不致流于空喊。然后,笔锋一掉,山回路转;一个无限广阔的天地豁然开朗:

转身向四方遥望,

祖国的大地伸向天空,

呵,阳光灿烂;晴空万里,

那不是一座更伟大的回音壁?

这一比,有如蛟龙出海,气势、魄力、风神,都使人耳目为之一震。作者透过"回音壁"把强烈的诗兴落实了,扩大了,深化了。毛主席的号召、总路线的号角,这一切来自北京最神圣的声音,都在晴空万里——诗人心中那"伟大的回音壁"上发出铿锵的回响。回音壁在这里获得了真正的诗的表现。

四、《共产党——真理的太阳》44 行。

运思、语言均一般化。没有写出民族的特点,也缺乏作者自己的感受。黄河长江,公社金桥,天南地北,等等,多重复别人写过的东西,少了一个新的角度。概念化很明显。

五、《十·一颂》40 行。

两行写跃进的时代，很有概括力："合作社——公社化，一年是一座凯旋门，一座比一座更雄伟。"余同前病。

六、《幸福的泉源》32 行。

党颂。比喻新颖可取："您是弓，人民就是箭，您是舵，人民就是船，您是水，人民就是田。"失当者一处："是你用浪花的烈焰，烧尽了大地上漫长的黑暗……"到底是说"浪花"还是"烈焰"？ 如说"烈焰"，用"浪花"来修饰显然不妥。因为"烈焰"的高温同浪花的低温是格格不入的。并不是说，在诗句里"水火不能相容"。张永枚《六连岭上现彩云》开篇有一句说："波浪象蓝色的火焰。"着眼点在"蓝色的"，读者可以从中获得微妙的联想。

七、《金锁匙》44 行。

情思活泼，笔触清新。作者小时候听了妈妈讲的故事；到西水河去寻找打开幸福之门的金锁匙。但是：

那里有金锁匙的影子啊？

回答我的是昏鸦的悲啼！

我的民族那时正处冬夜，

刮髓的寒风把我的幻想吹去……

真正的金锁匙在红旗的飘卷中来到了，这就是党和公社。作者欢呼道：

而我那水深火热中的民族呵，

从此也象一个卸下锁链的奴隶，

西河水每一朵白色的浪花呀，

都向着太阳致以深深的谢意！

对于党的歌颂，裹上了民族的、作者自己的生活血肉。

八、《仫佬人》28 行。

虽然题名仫佬人，诗里的仫佬人却缺少具体的特征。把这些诗移去写其他族的人也无不可。比方："明天要把家乡建成蓬莱,因为我们是英雄的仫佬人"以及"豪迈的诗句就是我们的誓言,因为我们是敢说敢做的仫佬人。"等等。英雄的、敢说敢做的,这都是我国各族人民在党和毛主席领导下所具有的属性,而具体到仫佬人,特别是出现在诗里面的仫佬人,就不宜停留在这种普遍的属性上。由于作者没有从具体的感受出发,而只是从一般的观念出发,所以没有捕捉到鲜明的形象,无法结构诗的境界。在这首诗里,"稻海"、"歌声"、"英雄"、"伟大"、"坚强"、"光辉"、"欢乐"、"喜报"、"东风"、"红旗"……这类词儿虽然通篇出现,却仍然令人觉得不够扎实。这类词儿来得多么顺手,它们几乎不需要经过什么思考就可以鱼贯而出的。

语病一处:"……唱着欢乐的歌声。"歌声只能被听到,被传播等等,不能被"唱着"。

九、《西水谣》24 行。

民谣风。短小隽永,虚实有致。写了一个"凤凰夜借西河照容颜"的传说,紧接下去,扣准西河沸腾的现实,刻意渲染,多少写出了西河的美貌。但用字仍有欠妥之处:

西河黄昏金光闪,

传是凤凰眨眼睛。

"传"字底下因为限字涂去了一个"说"字,不啻削足就履。我看"传说"二字,这儿与其取"传",不如取"说"。

十、《凤凰山下百花开》(组诗·三首)220 行。

甲、《鬼龙潭之歌》:题材虽为今昔之变,却有自家东西。如状鬼龙潭之苦:

若是三年不涝也不旱,

公鸡穿褂母猪带耳环。

出语尖新。然而写至今日鬼龙潭新貌,期后继乏力,浮光掠影:"金破玉浪漂着红领巾的游船。"形象虽也活跃,但是多少仍有外贴的东西,"银"、"玉"之类即是。

乙、《四把墟》：首节写旧时代的灾难。由于还没有抓住更本质的东西，所以，虽然铺陈了诸如垃圾、瘦狗、赌博、剩饭、伪警等等，还是给人以浮浅的印象。表现在语言形式上则为笔力涣散。次节写四把墟新气象，但是缺少诗意，类似一则小报道。举凡市场的诸般景象，作者都力争巨细不遗。而读者未读这诗之前，所见所闻比诗中所写更多。新的东西不多。在揭示人物思想感情方面，也显得比较浮泛：

> 人们是买主又是顾客，
>
> 大家互买互卖和和气气，
>
> 左手卖掉自己带来的物品，
>
> 右手买回自己需要的东西……

这些诗句显然看出是未加提炼的。四行之多的篇幅，无非是四个字："互相交流"。一、二行重复，第一行的"买主"和"顾客"也是一回事。诗是反映现实生活的。但是，这应当是诗的反映，也就是说，要透过作者感情的三棱镜的强烈折光来反映。《四把墟》（包括第三节写未来的前景）在这一点上似乎工夫还不到家。

这诗在不少地方语言还拖泥带水。如写新四把墟的繁荣："果行上摆着各种各样的果子。""果行上"不摆"果子"，还能叫"果行"吗？

丙、《号角》避免了《四把墟》的一些显眼毛病，注意抒情。对仫佬族山区人民昂扬的精神状态，刻划得简练集中。佳句如：号角"好象一把无形的火焰呵，把人们的血液都烧得发烫"等等。

十一、《走坡新歌》32 **行**。

姑娘今天要去走坡了。老奶奶对她说：

> 第一首情歌比金子还贵呵，
>
> 可不能让它轻易飞出心窝。

姑娘急不可耐地要举步了。奶奶还是一个劲儿地凑着姑娘耳朵说：

你要学会观察小伙子的手，

白嫩嫩的手值不得爱慕。

有的人做活比南蛇还懒，

漂亮只是一具骗人的躯壳。

老奶奶的话虽然还不仅合乎她自己的身份，如"观察"这词儿不一定为她所用，但是整个说来，诗味是浓的。老奶奶还想说下去罢？可是：

性急的姑娘把老人挣脱；

"奶奶，你真是太啰嗦！"

老人跟着姑娘走到堂屋，

把竹篮挂在姑娘的胳膊。

这段结尾可谓上乘。若换上个不高明的笔头，也许是姑娘接受奶奶的好意，请其放心之类。作者写了姑娘之急、之嗔、之娇，犹见其情之真，其景之实。新感情，新手法，新构思，《走坡新歌》担当得起这个"新"字。

十二、《芦笙匠》44行。

捉住了特点：芦笙匠制芦笙，过去"十天制一只"，如今"一天制三只"。匠人的手艺到了作者笔底，成为了苗家人民生活变化的见证。写芦笙的地方不多，而相当美："捕得千泉调，捉来百鸟音。""捕"、"捉"两字很活。吹笙的人多了。芦笙匠忙起来了。这不就是新的生活喜悦在发言吗！

十三、《桂林风情》(组诗·三首)60行。

甲、《夜半到桂林》：感情薄了些。在一个灯稀雾浓的夜晚，作者漫步在桂林的大街上。他看到些什么呢？他想到些什么呢？——

我走上解放桥，

隐隐漓江闻鱼跳；

抬头看看独秀峰，

独秀峰披着雾钓纱罩，

低头望望还珠洞，

犹见仙翁玩珠宝……

由于他看到的东西太贫乏了，所以他想到的不过是："我走着走着，不肯把旅店门儿敲"，因为他担心：

深怕敲门声，

把这山中仙女的美梦打扰。

等到作者把这些都写完了，才说道："祖国呵，你有多少这样的江山？我的心，感到幸福，充满骄傲！"这样一来，人们可以问道：祖国的江山，值得诗人幸福、骄傲的只是些"鱼跳"、"纱罩"、"仙翁"、"仙女"、"珠宝"、"美梦"这类东西么？这似乎把全诗的感情冻结在一个平平庸庸的境界里了。我们听不到一点时代的足音，虽然中在"夜半"。作者好象在一个巨大矿脉的边缘，微微顾盼一下，便拔脚而去了。

乙、《画山》这一首较好。和夜半到桂林的那首诗恰可比对。画山九马是桂林胜景之一。我曾经看过欧外鸥同志的一首《画山九马》，那意思是说这九马"不食天禄却食人间草"，多少寄寓了作者对现实生活的爱意。我也曾经看过韩笑同志的《画山》一诗，那是说一位革命的将军看到九马以后的战斗情怀，站得高，写得深。包玉堂的《画山》，也具有他自己独特的感受。他写这九马：

千年跃跃身未起，

恨世无人敢挥鞭！

两句写九马过去，实则寄寓作者的一番感慨。到底谁人才敢挥鞭呢？笔锋一提，作者由那画山的九马联想到现实生活的万马奔腾：

看今日，桂林人，

跨马扬鞭画山前，

何需腾云上天去，

天堂要建在人间。

除了前三句皆三音尾,四句为双音尾;节奏稍感参差不顺而外,这些诗的感情色彩是浓艳的。同是写画山九马,三个作者角度不同,手法不同,各有千秋。可见只要不离开自己的感受,不停滞于自然形态的摹拟,诗就可能被发现。

丙、《独秀峰》:秀句如"身经多少恶雨,千年巍然不动,""你象一位巨人,顶住黑暗欲坠的天空"等。但全诗境界求其上仅得乎其中。

此外,还读了包玉堂同志其他的一些作品,只是匆匆读过,来不及记点什么。总的感受有如下三点。

第一,包玉堂同志是一个热情充沛,热爱我们时代,同时深知过去苦难的青年歌手。他写得很多。五九年以前还出过两本诗集。他的成长,是仫佬族人民,也是各族人民的喜事。他的诗句迸发自心灵深处,很少矫情。因为新的生活给了他以无穷的温暖。他说:"解放前十五年间,我没有穿过一件棉衣;我到汉族地区去赶集,被汉族阔少爷们用石块赶出墟场,还骂我是'仫佬崽'……"(《思想·生活·技巧》)一个在旧社会受冻挨打被侮辱的穷孩子,面对着这样一个万里晴空,沉浸在这样一个欢乐盛世,他怎能不开怀高歌!他的心儿,正如他写的诗那样:"落进蜜糖罐"里了。那些感人的篇页,那些撩拨人心的诗行,莫不是这个年青人用强烈的爱憎之情铸成的。这一点多么可贵呵!

第二,一首好诗的诞生真是不容易!包玉堂同志很用功。虽然他的作品还存在着一些不容忽视的缺点,但是,他在思想和艺术的追求上是不畏艰辛的。相当成功的《回音壁》,作者从第一次构思到最后写成:前后历时三年多。反复修改——一锤定音,这里面包孕了多少心血!在他优秀的诗篇里,我们都可以看出他的苦苦追求。冰冻三尺非一日之寒。同这句老话一样,艺术硬度也非一日之功。倚马可待的奇才固然可钦,而三年心血造就一首真诗,也很令人尊敬。但愿作者锲而不舍,那剑锋总是在磨砺之中才能闪光的。

第三,包玉堂同志的诗,其存在毛病归纳起来看,恐怕在于生活基础不够丰厚，对生活理解得不深，未能言人之所未言。作者的有些诗，味道不浓，流于一般，主要是对生活还缺乏真知灼见，少了一个自己的角度，自己的表现方式，所以没有揭示出事物背后的东西。所有这些，也许是作者需要着意下工夫的重要方面。（一九六三年二月十日）

仫佬族人民献给毛主席的颂歌

——评包玉堂同志的诗集《在天河两岸》

周昭霞　金彦华　于建才

史料解读

　　史料原载《柳州文艺》1974 年第 3 期。仫佬族诗人包玉堂在其诗集《在天河两岸》中展现仫佬族在党的领导下,在民族政策的照耀下,开拓社会主义革命和社会主义建设的新局面,表现了仫佬族及广西各兄弟民族对党、国家以及新生活的由衷礼赞。诗歌使用民歌体、自由体等多种形式,语言朴素而不失热烈。诗集的不足之处在于个别作品内容不够精练,缺乏生活深度和思想深度,构思不够精巧,艺术形象不够丰满,有的语句欠锤炼等。

原文

一

我在心里编着一支歌,
用我全部的智慧和激情,
这支歌献给敬爱的毛主席,
这支歌献给伟大的首都北京。
我要代表仫佬族人民,
向伟大的首都北京致敬,
用五万三千仫佬人民的心,

编成一个花环献给我们的恩人……

包玉堂同志的诗集《在天河两岸》展现在我们读者的面前。

这是继广西诗选《红水河欢歌》之后，我区出版的专业作者的第一部诗集。

这是诗人用无产阶级激情唱出的一支颂歌，是用五万三千颗红心组成的一个花环，是仫佬族人民献给毛主席的一份礼物。

包玉堂同志从一九五六年开始写诗，一边努力学文化，做工作，一边勤奋地创作，写出了不少歌颂党、歌颂毛主席、各民族新生的饱含无产阶级激情的诗歌。《在天河两岸》，只选收了四十六首，成书前作者又作了某些加工修改，可见作者的态度是严肃的，选编的条件是力求严格的。

二

《在天河两岸》这部诗集绝大部分都是抒情诗。革命的抒情诗是作者直接抒发自己在生活中所激起的强烈的思想感情，这种思想感情是无产阶级和广大劳动人民的，是属于全阶级和全民族的爱和恨、喜和怒、哀和乐。因此，诗里的形象"我"就往往不仅是指作者个人，而是一个阶级一个民族的代表。展读诗集，我们首先感到，包玉堂同志正是努力做到了这种共性和个性的统一。

包玉堂同志出身于仫佬族的一个贫苦家庭，在旧社会，是"终年披着蓑衣的看牛仔"。解放了，"五星红旗插上了凤凰山""仫佬族人民迎来了真正的春天"，而受尽折磨的包玉堂同志，在党的阳光雨露哺育下，也成长为一位青年诗人。所以，他在他的第一个诗集《歌唱我的民族》的后记中说："是党教会我歌唱。"所以在伟大的国庆十周年的日子里，在全各族人民的歌手象千万只金凤凰一样，飞集首都人民大会堂放声歌唱党和毛主席的时候，作者满怀激情地加入了节日的大合唱："我这仫佬族的牧童呵，也高高举起赞美的诗章"。

《在天河两岸》这部诗集的大部分诗篇感情是饱满的。尤其是第一组的作品，以激昂的无比热烈的感情，歌颂了党和毛主席。

在第一组的作品中，《进京前夕》《百凤朝阳》《最大的幸福》《一个仫佬人的歌》《回音壁》《金锁匙》《美丽的画卷，展开，展开》等都是扣人心弦的诗篇。这些诗的形式，有的近民歌体，有的不很押韵，句式或音节也不很整齐，属于自由体；这些诗的语言，有的朴素，有的华丽，然而都写得那么真挚，那么自然，字里行间那么热烈地洋溢着诗人、仫佬族人民和全国各族人民无限感激、无限热爱党和毛主席的情怀。

三

诗集第二组,作者热烈地歌唱他的民族的新生。

诗集第三组,作者热情地礼赞翻身解放了的壮族、苗族、侗族、瑶族等广西其它各族人民。

请看诗人笔下他家乡的新人新事新景象:仫佬山坡上第一次活跃着一群象传说里的"仙姑"那么美丽的女勘察队员;仫佬族的第一代工人身披阳光,精神抖擞地跨入煤山矿井;古老的小城镇一夜之间亮起了千万盏银灯;早就干涸的古泉喷涌出幸福水,铮铮琮琮地流过仫佬人民的家门口,拖拉机开进山村发出振奋人心的春雷般的轰鸣,那一行行的梨花正在给大地换上美丽的新容;历尽艰辛的老人吴太公噙着喜悦的泪花,走进了人民公社的敬老院;明天,一条铁路将要横跨在仫佬山间,一个机械化、电气化的社会主义新山区即将出现在眼前……

在党的英明领导下,在毛主席民族政策的光辉照耀下,广西各个兄弟民族的社会主义革命和社会主义建设,一日千里,突飞猛进,从前被反动派称为"牛栏关"的玛寨,象大海一般的苗山森林,弹响着牛腿琴的侗家鼓楼……,都和仫佬山区一样,新人新事新景象不断涌现,层出无穷。

诗集第二组和第三组的一篇篇作品,实际上是一支支仫佬族人民以及广西各族人民新生活和新风貌的赞歌。这两组里的不少诗篇是写得清新可喜的。展读这些诗篇,我们自然地联想起抒情诗和生活的关系。

抒情诗在反映生活方面虽然自有其某些特点,但是,"世上决没有无缘无故的爱,也没有无缘无故的恨",诗人的思想感情是由他的客观实践决定的。因此,抒情诗的产生跟一切文艺作品一样,是一定的社会生活在头脑中的反映的产物,是客观实践的结果。《在天河两岸》的作者正是坚持唯物论的反映论,认真深入社会生活,才创作出这些革命的抒情诗的。如果说毛主席的革命文艺路线是照亮命文艺创作道路的光,那么,广大工农兵群众火热的斗争生活便是孕育革命文艺作品的肥沃的土壤,离开这肥沃的土壤,任是怎样优秀的诗人,也绝对不可能栽培出革命抒情诗的花朵。

四

鲁迅先生说："文学是战斗的！"

抒情诗的创作也必须恪守这一无产阶级文学的革命原则。过去，抒情诗按其不同的内容分为颂歌、挽歌、哀歌、情歌，等等。今天的诗人们，主要应该是写作表达对党、对领袖、对祖国、对人民、对社会主义事业无比热爱的颂歌；同时还应该写作表达对旧社会的深恶痛绝、激励和鼓舞工农兵以及广大人民群众坚定不移地沿着毛主席革命路线奋勇前进的战歌。

这里，有必要一提《在天河两岸》中的这类诗篇，特别是《歌唱我的民族》和《高歌唱公社》。作者在当年全党、全国人民反击右派和反击右倾机会主义者的猖狂进攻的斗争中，及时地写出了这两支嘹亮的战歌。这是十分值得赞扬的。这两首诗充满着革命的激情，在强烈的抒情中，夹入深刻的议论和形象的描写，极富于战斗性和鼓动性。今天读起来，仍然那么激动人心，而且，仍然有现实的意义。

谈到这里，我们又自然地联想到文艺创作的目的问题。

鲁迅先生曾经说过一段含义深刻的话，"作者的任务，是在对于有害的事物，立刻给以反响或抗争，是感应的神经，是攻守的手足"，并且指出："为现在抗争，却也正是为现在和未来的战斗的作者，因为失掉了那现在，也就没有了未来。"

我们赞扬包玉堂同志这两首诗，主要理由正在于此。

无产阶级文艺服务于无产阶级政治。文艺创作者必须为革命而创作。抒情诗作者也必须为革命而创作抒情诗。谁要是违背文艺创作这正确的目的，离开现实的革命斗争去创造"伟大的作品"，写作"不朽的抒情诗"，不但"恰如用自己的手拔着头发，要离开地球一样"，纯属幻想，最后还必然走向邪路，甚至走向反面。

五

现在，让我们来读读诗集中的两首短诗。

青翠的古柏树林里，

耸立着弧形的回音壁，
我们伟大的祖先，
留下智慧和劳动的足迹。

站在巍峨的回音壁下，
心中怀着深深的敬意，
走近古老的回音壁前，
我贴着耳朵试一试——

"伟大的北京呵，我们爱您！
我们爱您，我们爱您，我们爱您……"
充满激情的诗句呀，
在回音壁上传来传去。

转身向四方远望，
祖国的大地伸向天际，
呵！阳光灿烂，晴空万里，
那不是一座更伟大的回音壁？

十一年前的十月一日，
天安门上第一次出现毛主席：
"中国人民从此站起来了！"
回声是六亿只手刷刷举起。

一九五〇年美帝侵略朝鲜，
天安门上又一次出现毛主席：
"抗美援朝，保卫国家！"
回声是三年后中朝人民欢呼胜利。

总路线的号角从北京响起，

回声是漫天社会主义建设的胜利消息；

战鼓从北京响起，

回声是漫天遍地的机器欢歌，钢粮报喜……

呵，美丽的祖国大地，

如今，我在您的怀抱里，

听见天空回响着各族人民的歌声：

前进，前进，向着共产主义……

——《回音壁》

大苗山的森林呵，

象大海一般深远，一样宽阔；

一座高峰是一朵绿色的浪花，

一个峡谷是一阵湍急的旋涡；

古老的苗寨，新建的林场，

多么象那繁华忙碌的海港；

山道上奔驰着的汽车队，

多么象船舰成群航行在海上；

阵阵嘹亮的汽笛呵，

是这海上的螺号；

满山伐木的锯声斧声，

是春天的海潮在欢笑……

谁是这海上的舵手？

请听苗家放排工人高歌：

"我们是森林里的主人翁，

把万座高楼献给亲爱的祖国……"

什么是这海里的珍宝？

遍地的木材象采不尽的珊瑚玛瑙，

千万颗苗家人民美丽的心呵，

是千万明珠，颗颗红光闪耀……

大苗山森林呵，绿色的大海，

日日夜夜，沸腾着劳动的热潮，

此刻呵，我站在大苗山上，

也仿佛感到，海风扑面浪拍腰！

——《绿色的大海》

这两首短诗是很有特色的。

一切文艺创作者进行创作时都一定要认真地构思，诗作者更不可例外。什么是诗的构思？诗的构思就是诗作者认识生活、概括生活、抓住生活中富有特征意义的典型感受，创造出一种情景交融、虚实相生的意境，进而表现主题和深化主题的全过程。《回音壁》和《绿色的大海》的特色就在于构思新颖，不落常套。

所有文学样式都必须以典型的艺术形象生动地反映社会生活，表达作者的思想感情，但用诗，尤其是用抒情诗来反映社会生活时则要求更集中、更概括，表达作者感情时则要求更强烈、更淋漓尽致，这就要求诗的内容必须最精练，感情必须最饱满。由于要求诗的内容必须最精练，构思时就特别需要有高度的艺术概括力。由于要求诗的感情必须最饱满，构思时就特别需要有丰富的想象。

我们第一次读到《回音壁》是在一九六〇年，自它发表到现在，十几年过去了，一直留下深刻的印象。如果没有在社会现实生活的基础上借助奇特而又入情入理的想象产生一个飞跃，没有由实写的巍峨古老的回音壁联想到祖国大地这一虚写的更伟大的回音壁，那么这首歌颂领袖毛主席和正在胜利地进行社会主义革命与社会主义建设的中国人民的诗篇，势必剩下一个抽象的概念，淡如白水，索然无味，更不可能从思想感情上引起读者强烈的共鸣。《绿色的大海》也是主要以美丽的想象获得艺术感染力的。诗人借助美丽的想象，并用一连串生动而贴切的比喻，创造出一个情景相交融、虚实相统一的清新开阔的艺术境界，抒发了大苗山人民献身祖国社会主义建设事业的壮志豪情。从艺术上来看，就整部诗集相比较，这首诗是写得相当完美的。全诗几乎都是一些富于形象的句子，而且所有的具体的形象构成了一个总的单一的形象。这首诗的文字也是相当精练的，没有什么多余的或显得不协调、不和谐的字句。

文艺创作中的想象是重要的。无产阶级革命的伟大导师们都很重视这个问题。他们有的直接发出号召或呼吁，有的则对一些作家或作品在这方面的优劣给予热情赞扬或严肃批评。至于伟大领袖毛主席，更不但提出了关于革命现实主义与革命浪漫主义相结合的光辉理论，而且还创作出许多诗词作品为我们树立了光辉的典范。诚然，文艺创作中的想象并不是脱离现实的胡思乱想，而是必须源于实际生活。这里，同样也有一个深入工农兵群众火热的斗争生活问题。只有正确地认识了生活，深刻地理解生活的本质，在思想感情上和工农兵群众真正地打成一片，才有可能充分地而又恰当地发挥想象的功能，写出具有活泼的艺术生命力的革命抒情诗来。

六

诗集《在天河两岸》也有不足之处。有些作品内容不够精练。有些作品只是停留在对新生活的表面赞颂，缺乏生活深度和思想深度。有些作品的构思比较一般化，艺术形象不够丰满。有些诗句欠锤炼。有个别生造的不合规范的词语。标点符号也有个别地方使用不当。这是一些前进中的缺点，通过努力是可以克服的。

诗集《在天河两岸》的作者包玉堂同志从一个普通的牧童成长为一位已经为党为人民做出了一定成绩的诗人，我们热烈地希望包玉堂同志和所有专业的以及业余的诗作者，在毛主席无产阶级文艺路线的指引下，认真学习创作经验，深刻领会"三突出"原则的精神，为迎接百花盛开、万紫千红的诗歌创作的新景象而努力。

（本文有删节）

后 记

从国家社科基金重大项目"新中国少数民族文学研究史(1949—2009)"获准立项至今,正好是岁星绕太阳一周的时间,也是生肖轮回的一个完整周期。这12年,少数民族文学史料的阅读和整理,成为我生活的一部分。本书是这些史料重新整理和研究的成果,也是国家社科基金重大项目"新中国少数民族文字文学史料整理与研究"的阶段性成果。

本书的史料搜集整理涉及1949—1979年间少数民族文学各学科领域,史料形态多样,分布空间广阔,留存情况复杂,涉及搜集、整理、转换、校勘、导读撰写诸多方面,难度之大,可以想见。因此,在本书即将付梓之际,特向为此付出了大量心血和努力的学界师长、同仁以及团队成员致以谢意。

感谢朝戈金、汤晓青、丁帆、张福贵、王宪昭、罗宗宇、汪立珍、钟进文、阿地力·居玛吐尔地、李瑛、邹赞、刘大先、吴刚、周翔、包和平、贾瑞光等学界师长和同仁的悉心指导和鼎力支持。

感谢宛文红、王学艳、陈新颜、杨春宇以及各边疆省(自治区)图书馆的大力支持。特别要感谢大连民族大学图书馆宛文红12年来持续、有力的支持和帮助。

感谢团队各位成员的参与和付出。参加史料解读撰写和修改的有:王莉(33篇)、丁颖(29篇)、韩争艳(39篇)、苏珊(35篇)、邱志武(43篇)、李思言(38篇)、邹赞(42篇)、王妍(25篇),王微修改了古代作家(书面)文学卷的史料解读和概述初稿。撰写史料解读和部分概述初稿的有:王潇(71篇)、包国栋(58篇)、王丹(89篇)、张慧(65篇)、龚金鑫(16篇)、雷丝雨(85篇)、卢艳华(58篇)、王雨栞(39篇)、冯扬(35篇)、杨永勤(15篇)、方思瑶(15篇)。王剑波、王思莹、并蕊校对了部分史料原文。

李晓峰撰写了全书总论、各卷导论，审阅、修改了全书本辑概述和史料解读，并重写了各卷部分本辑概述和史料解读。

由于种种原因，许多整理出来并已经撰写了解读的史料（图片）未能收入书中，所以，团队成员撰写的篇目数量与本书实际的篇目数量存在出入。史料学是遗憾之学，相信，未收入的史料定会以其他方式面世。

再次对多年来关心、支持我和本课题研究的各位师长、同仁、家人表示衷心感谢。

李晓峰

2024 年 11 月 12 日于大连